Paul Sussman

# L'OASIS SECRÈTE

Roman

*Traduit de l'anglais par Thierry Piélat*



PRESSES
DE LA CITÉ

Titre original : *The Hidden Oasis*


ISBN 978-2-258-08198-7

*J'ai la chance d'avoir trouvé la plus parfaite oasis sur terre,*
*un havre de paix qui me procure une chaleur et une joie*
*sans bornes.*
*C'est ma famille : Alicky, Layla, Ezra et Jude.*

*Ce livre leur est dédié, avec amour, toujours.*

# 2153 AVANT J.-C., EN ÉGYPTE, DANS LE DÉSERT OCCIDENTAL

Ils avaient amené un boucher avec eux dans les lointaines étendues désolées du *deshret*[1], et il se servit d'un couteau à saigner le bétail et non d'un couteau de cérémonie pour leur couper la gorge.

Le boucher allait de prêtre en prêtre et appuyait d'une main experte la lame de cet instrument barbare, un éclat de silex jaunâtre long d'une coudée, à la jointure fragile du cou et de la clavicule. Les yeux vitreux après avoir ingéré le breuvage à base de *shepen* et de *shedeh* afin d'atténuer la douleur, et la tête rasée toute luisante de gouttelettes d'eau lustrale, chacun adressait des prières à Rê-Atoum et aux dieux de la grande Ennéade, les implorant de l'emmener sans encombre par la salle des Deux Vérités dans les Champs bénis de Iarou. Sur quoi, le boucher lui inclinait la tête en arrière vers le ciel de l'aube et, d'un geste ferme et ample, lui tranchait le cou d'une oreille à l'autre.

« Puisse-t-il marcher par les beaux chemins, puisse-t-il franchir le firmament ! psalmodiaient les prêtres encore en vie. Puisse-t-il manger tous les jours au côté d'Osiris ! »

Le torse et les bras éclaboussés de sang, le boucher étendait chaque homme par terre avant de passer au prêtre suivant, et la rangée de corps s'allongeait sans cesse tandis que, le visage dénué d'expression, il accomplissait sa tâche avec une brutale efficacité.

Du sommet d'une dune voisine, Imti-Khentika, grand prêtre d'Iounou, premier prophète de Rê-Atoum, le plus grand des devins, contemplait ce massacre méthodique. Il éprouvait certes du chagrin en voyant mourir tant d'hommes qu'il en était arrivé à

1. Les termes égyptiens en italique sont explicités dans le glossaire qui se trouve en fin d'ouvrage et qui contient également nombre de renseignements concernant l'Egypte de l'époque. (*N.d.T.*)

considérer comme des frères. Mais aussi de la satisfaction, car leur mission était accomplie et tous avaient su dès le départ qu'elle devait se terminer ainsi, afin que rien ne transpire de ce qu'ils avaient fait.

Derrière lui, à l'orient, il sentait la première chaleur du soleil, Rê-Atoum sous l'aspect de Khépri, qui apportait au monde lumière et vie. Il se tourna vers lui, rejeta en arrière son capuchon en peau de léopard, ouvrit les bras et lança :

— O Atoum, qui es venu à l'existence sur la colline primordiale, dans un éclair, comme l'oiseau Bénou dans le sanctuaire du Benben à Iounou !

Il leva la main, les doigts écartés comme s'il voulait saisir l'étroite frange magenta qui pointait au-dessus des sables à l'horizon. Puis, se tournant de nouveau, il regarda dans la direction opposée, vers l'occident et la muraille de falaises qui se dressait du nord au sud à une centaine de *khet*, comme un vaste rideau tiré au bord même du monde.

Quelque part au pied de ces falaises, dans le dense réseau d'ombres que la lumière de l'aube n'avait pas encore pénétré, s'ouvrait la Divine Porte : *re-en wesir*, la Bouche d'Osiris. De là où il était, elle était invisible. Et elle l'aurait été aussi pour quelqu'un qui se serait trouvé juste devant, car lui, Imti, avait prononcé les formules magiques destinées à la fermer et la cacher, et personne, hormis ceux qui savaient regarder, ne se serait rendu compte de sa présence. C'était ainsi que la demeure de leurs ancêtres, *wehat er-djeru ta*, l'Oasis du Bout du Monde, avait conservé ses secrets au fil des ans, son existence connue de quelques élus seulement. Ce n'était pas pour rien qu'elle était aussi appelée *wehat seshtat*, l'Oasis secrète. Leur chargement y serait en sécurité. Personne ne le trouverait. Il y resterait en paix jusqu'à ce que viennent des temps plus stables.

Imti scruta les falaises, hocha la tête en un geste d'approbation, puis son regard se dirigea vers la flèche de roche tordue qui émergeait des dunes à quelques *khet* de la muraille. Même à cette distance, elle était un trait frappant du paysage, qu'elle dominait de près de vingt *meh-nswt*, tourelle de pierre noire qui s'incurvait vers l'extérieur et le haut telle une immense lame de faucille fauchant le désert ou, plutôt, telle la patte antérieure de quelque gigantesque scarabée en train de se frayer un chemin à travers les sables.

Combien de voyageurs étaient passés à côté de cette sentinelle solitaire sans comprendre son importance ? se demanda Imti. Très peu, si tant est qu'il y en ait eu, se répondit-il, car c'étaient les terres vides, les terres mortes, le domaine de Seth, où nul être humain tenant à la vie n'aurait songé à s'aventurer. Seuls ceux qui connaissaient l'existence de ces lieux oubliés se hasardaient aussi loin dans ces immensités vides et brûlantes. Là seulement le fardeau dont ils avaient la charge ne risquerait rien, hors de portée de ceux qui auraient fait mauvais usage de ses terribles pouvoirs. Oui, pensa Imti, malgré leur épouvantable voyage, la décision de le transporter à l'ouest avait été vraiment la bonne.

Cette décision avait été prise, quatre mois plus tôt, par un conseil secret composé des personnages les plus puissants du pays : la reine Neith, le prince Merenré, le *tjaty* Userkef, le général Rehou et lui-même, Imti-Khentika, le plus grand des devins.

Le *nisou* lui-même, seigneur des Deux Pays, Néfer-ka-Rê Pépi, n'avait pas été informé de la décision du conseil. Pépi avait été naguère un puissant souverain, l'égal de Khâsékhem, Djoser et Khoufou. Maintenant, dans la quatre-vingt-treizième année de son règne, trois fois la durée de vie d'un homme normal, son pouvoir et son autorité avaient décliné. Dans tout le pays, les nomarques levaient des armées privées et guerroyaient entre eux. Au nord et au sud, les Neuf Arcs ravageaient les frontières. Sur trois des quatre dernières années, il n'y avait pas eu de crue, ce qui avait entraîné la perte des récoltes.

Kemet se désintégrait et on pouvait s'attendre à ce que les choses aillent de mal en pis. Peut-être Pépi était-il le fils de Rê, mais à présent, en ces temps de crise, d'autres devaient prendre les rênes et effectuer les choix importants du gouvernement à sa place. Et donc le conseil avait statué : pour sa propre protection et pour la sécurité de tous, l'*iner-en sedjet* devait être retiré d'Iounou, où il était hébergé, et ramené à travers les champs de sable à l'abri de l'Oasis secrète, d'où il provenait à l'origine.

Et c'était à lui, Imti-Khentika, grand prêtre d'Iounou, qu'avait incombé la responsabilité de diriger l'expédition.

« Transporte-le à travers les méandres de la voie navigable, emmène-le à l'orient des cieux ! »

Les psalmodies montèrent à nouveau en contrebas au moment où une autre gorge était coupée, un autre corps allongé par terre. Il y en avait quinze maintenant, la moitié du nombre.

— O Rê, laisse-le venir à toi ! lança Imti, se joignant au chœur. Conduis-le sur les routes sacrées, fais-le vivre à jamais !

Il regarda le boucher aller vers le suivant tandis que l'air résonnait du sifflement humide des trachées sectionnées. Puis, lorsque le couteau trancha de nouveau, Imti regarda au loin à travers le désert, se remémorant le voyage cauchemardesque qu'ils venaient d'accomplir.

Ils avaient été quatre-vingts a partir, au commencement de Peret, la saison où la chaleur est la moins forte. Leur chargement enveloppé de plusieurs couches de lin protecteur et arrimé à un traîneau, ils s'étaient dirigés vers le sud, d'abord en bateau jusqu'à Zawty, puis par voie de terre jusqu'à l'oasis de Kenem. Là, ils s'étaient reposés une semaine avant d'entamer la dernière étape de leur mission, la plus difficile : cinquante *itérou* à travers les espaces désolés, torrides et dépourvus de pistes du *deshret* jusqu'aux hautes falaises et à l'Oasis secrète.

Cette dernière étape leur avait pris sept longues semaines, les pires qu'Imti eût jamais vécues, bien plus terribles que tout ce qu'il avait pu imaginer. Avant d'arriver à mi-chemin, leurs bœufs étaient tous morts et ils avaient dû tirer eux-mêmes le chargement, attelés par vingt comme du bétail, leurs épaules lacérées jusqu'au sang par la morsure des cordes, les pieds écorchés par les sables brûlants. Leur progression se ralentissait de jour en jour, entravée par les grandes dunes, les tempêtes de sable aveuglantes et surtout la chaleur, qui même en cette saison présumée fraîche les avait accablés de l'aube au crépuscule comme si l'air avait été en feu.

La soif, la maladie et l'épuisement avaient inexorablement réduit leur effectif et quand l'eau avait commencé à manquer, sans pour autant que leur destination soit en vue, il avait craint que leur mission ne fût vouée à l'échec. Ils avaient pourtant continué à marcher, péniblement, silencieux, indomptables, perdus dans leur monde intérieur de tourment, jusqu'à ce que, le quarantième jour après leur départ de Kenem, les dieux récompensent leur persévérance en faisant apparaître à l'horizon occidental ce pour quoi ils avaient si longtemps prié : la frange rouge et floue qui annonçait la ligne des hautes falaises et la fin de leurs pérégrinations.

Il leur avait fallu encore trois jours pour atteindre la Bouche d'Osiris et la franchir avant de s'engager dans la gorge envahie par les arbres de l'oasis. A ce moment-là, ils n'étaient plus que trente. Ils avaient confié leur fardeau au temple situé au cœur de l'oasis ; ils s'étaient baignés dans les sources sacrées, puis, le matin de bonne heure, une fois les paroles magiques récitées pour fermer et cacher le temple, les Deux Malédictions prononcées, ils étaient repartis dans le désert et le boucher avait commencé à les égorger.

Un fracas tira Imti de sa rêverie. Le boucher, qui était muet, tapait sur un rocher avec le manche de son couteau pour attirer son attention.

Vingt-huit corps étaient étendus dans le sable à côté de lui ; ils n'étaient plus que tous les deux à être encore en vie. C'était fini.

— *Dua-i-nak netjer seni-i*, merci, mon frère, dit Imti en posant la main sur l'épaule maculée de sang du boucher après être descendu de la dune.

Puis il ajouta :

— Tu veux boire le *shepen* ?

Le boucher secoua la tête en signe de dénégation, lui tendit le couteau en tapotant son cou avec deux doigts pour indiquer à Imti où il devait inciser, puis il se tourna et s'agenouilla devant lui. La lame était plus lourde qu'Imti ne l'avait imaginé, moins facile à manier, et il lui fallut toute sa force pour la lever jusqu'à la gorge du boucher et la passer à travers la chair. Il la trancha aussi profondément qu'il put, dans un jaillissement de sang écumant, qui retomba en arc de cercle dans le sable.

— O Rê, ouvre-lui les portes du firmament, prononça-t-il d'une voix haletante en soutenant le corps dans sa chute. Laisse-le venir à toi et vivre à jamais.

Il allongea les bras du boucher le long de son corps et, après l'avoir embrassé sur le front, il remonta péniblement vers le haut de la dune en s'enfonçant dans le sable presque jusqu'aux genoux, le couteau toujours serré dans sa main.

Le soleil était presque complètement levé, seul le bas de sa circonférence s'aplatissait encore sur la ligne d'horizon ; même en cette heure matinale, sa chaleur déformait l'air et le faisait palpiter. Imti le regarda en plissant les yeux, comme pour estimer le temps qu'il fallait pour qu'il se lève complètement, avant de se tourner vers l'ouest, vers la flèche de roc au loin et la masse sombre des falaises au-delà. Une, deux, trois minutes passèrent, puis il leva soudain les bras vers le ciel et s'écria :

*O Khépri, ô Khépri,*
*Rê-Atoum à l'aube,*
*Ton œil voit tout !*
*Garde l'iner-en sedjet,*
*Conserve-le dans ton sein !*
*Puissent les infâmes être broyés entre les mâchoires de Sobek*
*Et avalés dans le ventre du serpent Apep,*
*Laisse-le donc reposer en paix et en silence,*
*Derrière re-en wesir, dans la wehat seshtat !*

Sur quoi il se tourna de nouveau vers le soleil, rabattit le capuchon en peau de léopard sur sa tête et, s'escrimant encore avec le lourd couteau, il s'ouvrit les veines des poignets.

Il était vieux, soixante ans passés. Ses forces le quittèrent rapidement, sa vue baissa, une procession confuse d'images embruma son esprit. Il vit la fille aux yeux verts du village de sa jeunesse (oh, comme il l'avait aimée !), son vieux fauteuil en osier au sommet de la tour de Seshat à Iounou, où il s'installait la nuit pour observer le mouvement des étoiles, le tombeau qu'il s'était fait construire dans la nécropole des prophètes et qui n'enfermerait jamais sa dépouille – mais, du moins, son histoire resterait et son nom vivrait pour l'éternité.

Les images tourbillonnaient, s'enchevêtraient et se démêlaient les unes des autres, se fondaient et se raccordaient ; puis elles se fragmentèrent de plus en plus jusqu'à s'effacer complètement, et il ne resta plus que le désert, le ciel, le soleil et, quelque part non loin de là, un léger battement d'ailes.

Il crut d'abord que c'était un vautour venu dévorer son cadavre, mais le bruit était trop délicat pour un si gros volatile. Il regarda autour de lui en vacillant et fut surpris de voir là, en haut de la dune à côté de lui, un tout petit oiseau à poitrail jaune, un hochequeue, la tête inclinée d'un côté. Ce qu'il faisait là, dans le néant aride du désert, Imti n'en avait aucune idée, mais, malgré sa faiblesse, il sourit, car n'était-ce pas sous la forme d'un hochequeue que le grand Bénou s'était d'abord manifesté, lançant son appel dans l'aube de la création, perché au sommet de la grosse pierre du Benben ? Et, finalement, tout cela confirmait sans aucun doute que leur mission avait été bénie des dieux.

— Puisse-t-il marcher par les beaux chemins, murmura-t-il. Puisse-t-il franchir...

Il ne parvint pas à finir sa phrase, ses jambes ployèrent sous lui et il tomba face contre terre, mort. Le hochequeue sautilla un moment alentour, puis se posa en voltigeant sur son épaule. La tête levée vers le soleil, il se mit à chanter.

# Novembre 1986, aérodrome de Kukesi, nord-est de l'Albanie

Les Russes étaient en retard au rendez-vous et la fenêtre de conditions météo favorables s'était refermée. D'épais bancs de nuages filaient maintenant vers l'est à travers les montagnes du Săr, assombrissant le ciel de fin d'après-midi. Lorsque la limousine se présenta finalement aux portes de l'aérodrome, les premiers flocons tombaient et, dans les deux minutes qu'il fallut à la voiture pour filer jusqu'à l'Antonov AN-24 et s'arrêter au pied de la passerelle à l'arrière de l'avion, la neige tourbillonna en rafales et saupoudra le sol de blanc.

— *Verfluchte Scheisse !* Tas de merde ! marmonna Reiter en tirant sur sa cigarette tout en jetant un coup d'œil par la vitre du cockpit sur la tempête de plus en plus forte. *Schanzlutschende Russen !* Enfoirés de Russes !

La porte du cockpit s'ouvrit derrière lui sur un homme de haute taille à la peau sombre, vêtu d'un costume qui avait dû coûter cher. Il avait des cheveux noirs lissés en arrière et sentait fortement l'after-shave.

— Ils sont là, dit-il en anglais. Mettez les moteurs en marche.

La porte se referma. Reiter prit une autre bouffée et commença à actionner les manettes avec des mouvements rapides, ses gros doigts tachés de nicotine se déplaçant avec une dextérité surprenante sur les tableaux de bord devant lui et au-dessus de sa tête.

— *Schanzlutschende Ägypter !* éructa-t-il. Enfoirés d'Egyptiens !

A sa droite, le copilote gloussa de rire. Il était plus jeune que Reiter, blond, beau, malgré la grosse cicatrice qui lui barrait le haut du menton, parallèle à la lèvre inférieure.

— Où que tu sois, tu irradies la grâce et la bonne volonté, Reiter, dit-il en se tournant sur son siège pour regarder par la vitre latérale du cockpit. Que l'on puisse avoir autant d'amour en soi, cela dépasse l'entendement...

Un grognement en guise de réponse. Derrière Reiter, le navigateur feuilletait ses cartes de vol.

— Vous croyez qu'on va décoller, dans cette purée de pois ? demanda-t-il. Ça paraît plutôt moche.

Reiter haussa les épaules, les doigts toujours pianotant sur les tableaux de bord.

— Ça dépend du temps qu'Omar Sharif va passer à jacter. Encore un quart d'heure et la piste sera sous la neige.

— Alors ?

— Alors on devra passer la nuit dans ce trou de merde. Espérons qu'Omar fasse fissa.

Il pressa le bouton de démarrage de son doigt épais et, après un crachotement et une plainte stridente, les deux turbopropulseurs Ivchenko s'animèrent dans un rugissement, les hélices fendirent l'air empli de flocons et le fuselage se mit à vibrer autour d'eux.

— Quelle heure il est, Rudi ?

Le copilote regarda sa montre, une Rolex Explorer en acier qui avait connu des jours meilleurs.

— Presque 17 heures.

— Je leur donne jusqu'à 17 h 10, puis je coupe les moteurs, dit Reiter en se penchant de côté pour écraser sa cigarette dans le cendrier posé à même le pont. 17 h 10, pas une minute de plus.

Le copilote se tourna davantage sur son siège et tendit le cou pour regarder l'homme en costume descendre la passerelle, un gros fourre-tout en cuir à la main. Un autre le suivit à terre, celui-ci emmitouflé dans un lourd manteau et une écharpe. La portière arrière de la limousine s'ouvrit à leur approche et l'homme en costume disparut à l'intérieur de la voiture pendant que son compagnon prenait position au pied de la passerelle.

— Il s'agit de quoi, là, Kurt ? demanda le copilote sans cesser de regarder dehors. Drogue ? Armes ?

Reiter alluma une autre cigarette et fit aller sa tête un coup à droite, un coup à gauche, dans un craquement de vertèbres, pour s'assouplir le cou.

— J'en sais rien et je m'en fous. On a pris Omar à Munich, on l'a conduit ici, il fait ce qu'il a à faire, puis on l'emmène à Khartoum. J'ai pas posé de questions.

— La dernière fois que j'ai eu un boulot sans poser de questions, un salopard a essayé de me dessiner une seconde bouche, marmonna le copilote en touchant la cicatrice sous sa lèvre inférieure. J'espère seulement qu'ils nous paieront bien.

Il jeta un coup d'œil par-dessus son épaule avant de regarder à nouveau dehors, où le capot de la limousine disparaissait lentement sous une fine couche de neige. Cinq minutes passèrent, puis la portière de la voiture se rouvrit et l'homme en costume ressortit. Il n'avait plus son fourre-tout. A la place, il tenait maintenant une grosse valise métallique, plutôt lourde, à en juger par l'effort qu'il faisait pour la porter. Il la tendit à son compagnon, retourna à la voiture en prendre une autre puis tous deux montèrent péniblement les marches de la passerelle. Quelques instants plus tard, ils redescendirent pour venir chercher deux autres valises avant de remonter à pas lourds dans l'Antonov. Le copilote entrevit quelqu'un dans la limousine, enveloppé dans ce qui semblait être un long manteau en cuir noir, puis une main se tendit et claqua la portière, et la limousine démarra à toute allure.

— Très bien, ils ont fini, dit-il en se détournant. Ferme la porte, Jerry.

Pendant que le navigateur filait dans la cabine pour retirer la passerelle et verrouiller la porte de l'appareil, les deux pilotes mirent leur casque à écouteurs et effectuèrent les dernières vérifications. Derrière eux, l'Egyptien en costume apparut à la porte du cockpit, la tête et les épaules saupoudrées de neige.

— Le temps ne va pas nous empêcher de décoller.

C'était plus une affirmation qu'une question.

— Laissez-moi en juger, ronchonna Reiter, la cigarette entre les dents. Si ça souffle trop fort sur la piste, nous coupons les moteurs et attendons que ça passe.

— M. Girgis nous attend à Khartoum ce soir, dit l'Egyptien. Nous décollerons comme prévu.

— Si vos amis russes n'avaient pas été en retard, la question ne se poserait même pas, répliqua sèchement Reiter. Maintenant, retournez à votre place. Jerry, assure-toi qu'ils bouclent leur ceinture.

Il débloqua les freins, poussa la manette de mélange, puis celle des gaz, et les moteurs se mirent à gronder en montant en régime. L'avion commença à avancer.

— Le mauvais temps ne doit pas nous empêcher de décoller ! lança l'Egyptien derrière eux dans la cabine. M. Girgis nous attend à Khartoum ce soir !

— Va chier, espèce d'abruti, marmonna Reiter en roulant jusqu'au bout de la piste cendrée pour faire demi-tour.

Le navigateur revint, ferma la porte du cockpit, s'assit et boucla sa ceinture.

— Qu'est-ce que t'en penses ? demanda-t-il en montrant d'un signe de tête la tempête de neige, de plus en plus violente.

Reiter ne répondit pas, réduisit seulement les gaz et regarda quelques instants les tourbillons de neige, puis, en grommelant « Putain de merde ! », il repoussa en avant la manette des gaz et empoigna le manche à balai de l'autre main.

— Serrez les fesses, les gars, dit-il. Ça va secouer...

L'avion prit rapidement de la vitesse en cahotant et en faisant des embardées sur la cendrée irrégulière. Reiter s'escrimait avec les pédales de gouvernail, s'évertuait à compenser la poussée du vent de travers qui balayait la piste. A 80 nœuds, le nez de l'Antonov se souleva, puis retomba et, comme le bout de la piste approchait, le navigateur cria à Reiter de renoncer. Le pilote l'ignora et accéléra, à 90 nœuds, puis à 100 et à 110, tout en maintenant l'appareil stable. Au dernier moment, alors que le compteur indiquait 115 nœuds et que la piste disparaissait sous eux, il tira brusquement le manche à balai contre sa poitrine. Le nez de l'avion fit une embardée, les roues tressautèrent dans l'herbe, puis l'engin s'éleva mollement dans les airs.

— Nom de Dieu, fit le navigateur en toussant. T'es complètement dingue...

Reiter eut un petit rire, alluma une cigarette et monta à travers les nuages vers le ciel dégagé.

— Fastoche, dit-il.

Ils se ravitaillèrent en carburant à Benghazi, sur la côte de l'Afrique du Nord, avant de mettre le cap au sud-est à travers le Sahara, volant à cinq mille mètres en pilotage automatique, le désert au-dessous d'eux luisant dans la faible lueur argentée du clair de lune comme s'il avait été fondu dans l'étain. Une heure et demie après le décollage, ils partagèrent une thermos de café tiède et quelques sandwichs. Une heure plus tard, après avoir débouché une bouteille de vodka, le navigateur entrebâilla la porte du cockpit et jeta un coup d'œil dans la cabine.

— Ils dorment, dit-il en refermant la porte. Tous les deux. A poings fermés.

— On devrait peut-être jeter un coup d'œil dans les valises, suggéra le copilote en buvant un coup à la bouteille de vodka avant de la tendre à Reiter. Pendant qu'ils sont dans les bras de Morphée.

— C'est pas une bonne idée, dit le navigateur. Ils sont armés. Omar, en tout cas, l'est. J'ai vu son flingue sous sa veste quand j'ai bouclé sa ceinture. Un Glock, je crois, ou un Browning. J'ai pas bien vu.

Le copilote hocha la tête.

— Je l'sens mal, ce coup-là. Depuis le début. Je le sens très mal.

Il se leva, étira ses jambes, alla à l'arrière du cockpit, prit un sac de toile à bandoulière dans le casier, se rassit et farfouilla dans le sac.

— Tu veux en prendre une de ma bite ? demanda Reiter tandis que le copilote sortait un appareil photo.

— Désolé, Kurt, j'ai pas de zoom.

Le navigateur se penchait en avant pour mieux voir.

— Un Leica ? demanda-t-il.

Le copilote hocha la tête.

— Un M6. Je l'ai acheté il y a deux semaines. J'ai pensé faire quelques photos à Khartoum. J'y suis encore jamais allé.

Reiter émit un grognement méprisant et, après avoir bu une longue rasade, passa la bouteille de vodka au navigateur par-dessus son épaule. Le copilote tripotait l'appareil photo, le tournait dans ses mains.

— Hé, vous savez, cette nana que j'ai levée ?

— Laquelle, celle au gros cul ? demanda le navigateur.

Le copilote eut un petit sourire satisfait et brandit l'appareil photo.

— J'ai pris quelques photos d'elle avant qu'on parte.

Reiter se retourna, soudain intéressé.

— Quel genre de photos ?

— Du genre artistique, répondit le copilote.

— Ça veut dire quoi ?

— Tu sais bien, Kurt, des photos artistiques.

— Je sais que dalle.

— Artistiques. Pas vulgaires. Bas, jarretelles, les jambes autour du cou, le poireau dans...

Les yeux de Reiter s'agrandirent, une moue lubrique se peignit sur son visage. Derrière eux, le navigateur sourit et se mit à fredonner l'air de *Fat Bottomed Girls*, des Queen. Le copilote joignit sa voix à la sienne, puis Reiter fit de même et ils se mirent à chanter tous les trois comme un seul homme, reprenant le refrain à tue-tête, marquant le rythme sur les accoudoirs de leurs sièges. Ils reprirent le morceau une fois, deux fois, et repartaient pour un tour quand Reiter se tut brusquement et se pencha pour scruter le ciel par la vitre du cockpit. Le copilote et le navigateur chantèrent encore deux ou trois phrases, puis ils se rendirent compte que Reiter ne les accompagnait plus et leurs voix s'évanouirent aussi.

— Qu'est-ce qu'y a ? demanda le navigateur.

Pour toute réponse, Reiter indiqua d'un signe de tête ce qui ressemblait à une énorme montagne soudain dressée au loin, en plein sur leur trajectoire – une épaisse masse ombreuse et renflée, qui s'élevait du désert haut dans le ciel et s'étendait d'un horizon à l'autre. Bien qu'il fût difficile d'en être certain, elle paraissait se déplacer, dériver dans leur direction.

— Qu'est-ce que c'est ? s'enquit le navigateur. De la brume ?

Reiter ne répondit pas et continua à regarder, les yeux plissés pour mieux voir, la masse obscure qui se rapprochait régulièrement.

— Une tempête de sable, finit-il par dire.

— Nom de Dieu, fit le copilote d'une voix sifflante. Regardez-moi ça...

Reiter empoigna le manche à balai et commença à le ramener en arrière.

— Il faut qu'on grimpe.

Ils montèrent à cinq mille cinq cents mètres, puis à six mille, tandis que la tempête progressait inexorablement dans leur direction, engloutissant, cachant le sol.

— Putain, elle avance vite ! dit Reiter.

Ils montèrent encore, jusqu'au plafond pratique de l'appareil, près de sept mille mètres. La muraille d'ombre était maintenant assez proche pour qu'ils en distinguent les contours, de grands bouillons et tourbillons de poussière qui s'enveloppaient mutuellement, se repliaient les uns dans les autres et déboulaient en silence à travers le paysage. L'avion se mit à bringuebaler et à vibrer.

— Je crois pas qu'on va arriver à passer au-dessus, lança le copilote.

Les secousses devinrent plus prononcées, un léger sifflement commença à se faire entendre dans le cockpit, provoqué par l'impact des grains de sable et autres débris sur les vitres et le fuselage.

— Si ça rentre dans les moteurs...

— … on est baisés, grommela Reiter, finissant la phrase du copilote. Il va falloir qu'on rebrousse chemin et qu'on essaie de la contourner…

La tempête semblait prendre de la vitesse. Comme si elle avait perçu leurs intentions et voulait les attraper avant qu'ils aient eu le temps de faire demi-tour, elle déferlait tel un raz-de-marée, dévorant la distance qui les séparait. Reiter vira sur l'aile bâbord, le front soudain perlé de sueur.

— Si on réussit à la contourner, nous devrions…

Un grand boum à tribord l'empêcha d'achever sa phrase. Presque au même instant, l'appareil fit un brusque mouvement de lacet de ce côté-là et se mit à rouler, les principaux indicateurs d'alerte clignotant comme les guirlandes d'un arbre de Noël.

— Oh, bon Dieu ! s'écria le navigateur. Oh, nom de Dieu !

Reiter bataillait pour stabiliser l'appareil, dont le nez piquait de plus en plus, le cockpit incliné de près de quarante degrés sur le côté. Du matériel dégringolait du casier derrière eux, la bouteille vide de vodka roula à travers le pont et se brisa contre la cloison tribord.

— Moteur tribord en flammes ! cria le copilote en jetant un coup d'œil en arrière par la vitre. Complètement en flammes, Kurt !

— Merde, merde, merde, fit Reiter entre ses dents.

— Pression du carburant en chute. Pression d'huile aussi. Altitude six mille cinq cents, en baisse. Virage et glissade sur l'aile… Bon Dieu, ça envahit tout !

— Coupe-le et prends l'extincteur ! cria Reiter. Jerry, j'ai besoin de savoir où on est. Vite !

Pendant que le navigateur se démenait pour déterminer leur position et que le copilote donnait furieusement des chiquenaudes aux manettes, Reiter continuait de se battre avec les commandes. L'avion ne cessait de perdre de l'altitude et descendait en spirale en décrivant de grands cercles. La tempête se rapprochait de plus en plus, surgissant et disparaissant devant la vitre du cockpit telle une immense falaise.

— Six mille mètres ! cria le copilote. Cinq mille sept cents… six cents… cinq cents. Il faut que tu relèves le nez et fasses demi-tour, Kurt !

— Ne me dis pas ce que je sais déjà, bon sang ! répliqua Reiter, un accent de panique dans la voix. Jerry ?

— Vingt-trois degrés trente minutes nord ! lança le navigateur. Vingt-cinq degrés dix-huit minutes est !

— Où est l'aérodrome le plus proche ?

— Qu'est-ce que tu racontes ? On est en plein milieu de ce putain de Sahara ! Il n'y a pas d'aérodrome ! Dakhla est à trois cent cinquante kilomètres, Koufra à...

La porte de la cabine s'ouvrit à la volée et l'Egyptien en costume entra en chancelant dans le cockpit, s'accrochant au siège du navigateur pour ne pas tomber tandis que l'avion décochait des ruades et roulait d'un côté et de l'autre.

— Qu'est-ce qui se passe ? cria-t-il. Dites-moi ce qui se passe !

— Nom de Dieu de nom de Dieu ! rugit Reiter. Retournez à votre place, espèce de...

A cet instant précis, la tempête fondit sur eux et les enveloppa, secouant l'Antonov comme s'il avait été en balsa. L'Egyptien fut projeté la face la première contre l'accoudoir du siège de Reiter et s'y ouvrit le crâne ; le moteur bâbord crachota, toussa et rendit l'âme.

— Lance un SOS ! cria Reiter.

— Non ! fit l'Egyptien en toussant et en portant la main à sa tête. Silence radio. Nous ne...

— Vas-y, Rudi !

Le copilote avait déjà allumé la radio.

— SOS, SOS. Victor Papa Charlie Mike Tango quatre sept trois. SOS, SOS. Les deux moteurs en panne. Je répète, les deux moteurs en panne. Position...

Le navigateur répéta leurs coordonnées GPS et le copilote les retransmit dans son microphone, renvoyant le message sans discontinuer pendant que Reiter se battait avec les commandes. Les moteurs arrêtés, ballottés par la tempête de tous côtés, c'était une bataille perdue, la jauge de l'altimètre tournait inexorablement dans le sens contraire des aiguilles d'une montre et passa sous 5 000, puis 4 000, 3 000, 2 000. Dehors, les hurlements du vent devenaient encore plus forts, les turbulences encore plus violentes alors qu'ils plongeaient dans le cœur du maelström.

— On va s'écraser ! hurla Reiter tandis qu'ils passaient sous les quinze cents mètres. Attache Omar !

Le navigateur abattit le fauteuil pliant à l'arrière du siège du copilote, souleva leur passager couvert de sang pour l'y asseoir, boucla sa ceinture et regagna son siège en vacillant.

— *Estana !* lança l'Egyptien d'une voix faible à son compagnon resté dans la cabine. *Ehna hanoaa ! Echahd !*

Ils étaient maintenant à moins de mille mètres. Reiter laissa tomber les volets d'atterrissage et activa les aérofreins en une tentative désespérée de réduire leur vitesse.

— Train d'atterrissage ? cria le copilote, sa voix presque noyée par les rugissements du vent et le cliquetis des débris contre le fuselage.

— Peux pas prendre le risque ! hurla Reiter en réponse. Le sol est rocheux et on pourrait se retourner...

— Combien on a de chances ?

— Un peu moins de zéro, j'dirais !

Il continua de tirer sur le manche à balai. Des « *Allah-ou-Akhbar* » psalmodiés dans la cabine leur arrivèrent en écho, tandis que le copilote et le navigateur, fascinés et horrifiés, regardaient l'altimètre baisser en chuintant sur les dernières centaines de mètres.

— Si on s'en sort, tu nous montreras tes photos, hein, Rudi ! cria Reiter au dernier moment. Tu entends ? Je veux voir les nichons et le cul de cette fille !

L'altimètre arriva à zéro. Reiter tira un dernier coup sur le manche à balai avec l'énergie du désespoir et, comme par miracle, le nez de l'appareil réagit et se releva : ils heurtèrent le sol à près de quatre cents kilomètres à l'heure, mais du moins le firent-ils en position horizontale. Un bruit sourd leur ébranla les os et sous le choc l'Egyptien fut arraché de son siège et projeté d'abord contre le plafond du cockpit, puis contre la cloison arrière, le cou brisé comme un fétu de paille. Ils rebondirent, touchèrent à nouveau le sol, les lumières du cockpit s'éteignirent et la vitre bâbord explosa vers l'intérieur, cisaillant comme un scalpel la moitié du visage de Reiter, ses hurlements hystériques presque couverts par le fracas de la tempête, tandis qu'un nuage suffocant de sable et de débris s'engouffrait par l'ouverture.

L'avion glissa à toute allure sur mille mètres en lançant des ruades, secoué en tous sens, mais à peu près en ligne droite. Puis le nez de l'appareil heurta un obstacle invisible et partit en toupie, l'Antonov et ses quatorze tonnes tourbillonnant telle une feuille dans la brise. Un extincteur projeté hors de son support partit en boulet de canon dans les côtes du navigateur et les brisa net, la porte du casier mural, arrachée de ses gonds, vint percuter l'arrière de la tête de Reiter et la fracassa. Ils ne cessaient de pirouetter, toute notion de vitesse et de direction perdue dans l'obscurité étouffante du cockpit, tout se mêlant comme dans un kaléidoscope en une masse indistincte et chaotique. Puis, après ce qui parut une éternité mais ne devait pas avoir duré plus de quelques secondes, ils commencèrent à ralentir, les révolutions de l'avion freinées par le contact du dessous de la carlingue avec la surface du désert. L'appareil s'immobilisa enfin, en équilibre instable, apparemment au sommet d'une pente raide, incliné en arrière, le nez pointé vers le ciel.

Pendant un moment, rien ne bougea, la tempête de sable continuait de marteler le fuselage et les vitres, le cockpit envahi par l'odeur âcre du métal surchauffé, puis, chancelant, le copilote changea de position sur son siège.

— Kurt ? Jerry ? appela-t-il.

Pas de réponse. Il tendit la main, ses doigts touchèrent quelque chose de chaud et humide, puis il entreprit de déboucler son harnais. Ce faisant, il sentit l'avion s'incliner davantage. Il s'arrêta, attendit, puis continua à tâtons, se débarrassa de son harnais et se souleva de son siège. Alors, dans un nouveau mouvement de bascule, le nez de l'appareil oscilla de bas en haut. Le copilote se figea, essayant de comprendre ce qui se passait, scrutant l'obscurité. L'avion pivota encore, puis, avec un grincement plaintif, son nez se dressa, sans redescendre cette fois-ci, presque à la verticale tandis que l'Antonov commençait à glisser en arrière. Il s'accrocha à quelque chose, s'immobilisa, se remit à glisser, puis dégringola dans le vide, la queue la première. La tempête de sable s'éloigna et les vitres soudain dégagées laissèrent entrevoir, de chaque côté, des parois rocheuses plongées dans l'ombre, comme s'ils tombaient dans une gorge. L'avion rebondit en faisant la roue et s'écrasa finalement sur le ventre dans un fracas assourdissant, au milieu d'un épais massif d'arbres. Pendant quelques instants, on n'entendit que les craquements et crissements du métal torturé. Puis, peu à peu, s'y mêlèrent d'autres sons : un bruissement de feuilles, le murmure de l'eau au loin et, faible au début puis de plus en plus fort jusqu'à emplir la nuit, le chant alarmé des oiseaux.

— Kurt ? gémit une voix à l'intérieur de l'épave. Jerry ?

# Le même soir,
# Pentagone, Washington

— Merci à tous d'être présents. Excusez-moi de vous avoir fait venir à la dernière minute, mais... il est arrivé quelque chose.

Celui qui parlait tirait sans arrêt sur sa cigarette en agitant la main pour dissiper la fumée et il fixait du regard les sept hommes et la femme réunis autour de la table devant lui. La pièce était dépourvue de fenêtres, à peine meublée, impersonnelle, pareille aux centaines d'autres bureaux à l'étroit dans ces catacombes qui constituent le Pentagone. Seule la distinguait la grande carte d'Afrique et du Moyen-Orient qui couvrait la majeure partie d'un mur. Et puis aussi le fait que l'unique éclairage provenait d'une lampe d'architecte cabossée posée à même le sol sous la carte et tournée vers le haut, de sorte que celle-ci était illuminée, tout le reste de la pièce, y compris ses occupants, demeurant dans l'obscurité.

— Il y a quarante minutes, reprit l'orateur d'une voix basse et rauque, l'une de nos stations a capté un message radio provenant de quelque part au-dessus du Sahara...

Il sortit de sa poche un pointeur laser, qu'il dirigea vers la carte : un point rouge animé de mouvements saccadés apparut au milieu de la Méditerranée.

— Il a été envoyé à peu près d'ici...

Le point lumineux descendit vers le bas de la carte et s'arrêta du côté de la frontière sud-ouest de l'Egypte, non loin de l'intersection avec celles de la Libye et du Soudan, sur les mots *Hadabat al Jilf al Kabir* (« plateau du Guilf Kébir »).

— Le message provenait d'un avion. Un Antonov immatriculé aux Caïmans, indicatif d'appel VP-CMT 473.

Un silence, puis :

— C'était un SOS.

Les personnes présentes changèrent de position sur leur siège, quelqu'un marmonna :

— Nom de Dieu !

— Qu'est-ce qu'on fait ? demanda un homme solidement charpenté, atteint d'un début de calvitie.

Celui qui avait pris la parole aspira une dernière bouffée de sa cigarette et écrasa le mégot dans un cendrier posé sur la table.

— A ce stade, pas grand-chose, répondit-il. Je vais vous faire part des informations dont nous disposons...

Il parla cinq minutes, traçant des lignes sur la carte avec son pointeur entre l'Albanie, Benghazi, et de nouveau le Guilf Kébir, consultant de temps en temps une liasse de feuillets posée devant lui. Il alluma une autre cigarette, puis une autre immédiatement après, l'atmosphère de la pièce devenant de plus en plus enfumée et âcre.

Lorsqu'il eut fini, tous se mirent à parler fort en même temps, leurs voix se mêlant en une cacophonie d'où émergeaient quelques mots et bribes de phrases – « Je savais que c'était de la folie ! »... « Saddam ! »... « Troisième Guerre mondiale ! »... « Affaire Iran-Contra »... « Une catastrophe ! »... « Un cadeau à Khomeiny »... –, desquels ne se dégageait aucun sens général.

Seule la femme gardait le silence ; elle tapota pensivement le dessus de la table avec son stylo avant de se lever, d'aller jusqu'à la carte, qu'elle regarda, la tête levée. Sa silhouette mince se détachait, ses cheveux blonds et courts brillaient à la lumière de la lampe.

— Il faut qu'on le retrouve, dit-elle.

Sa voix était douce, à peine audible dans le tohu-bohu des discussions masculines, mais il y avait en elle une force sous-jacente, une autorité, qui commandait l'attention. Les autres se turent les uns après les autres et la pièce devint silencieuse.

— Il faut tout simplement qu'on le retrouve, répéta-t-elle. Avant que quelqu'un d'autre ne le fasse. Je suppose que le SOS a été lancé sur une fréquence publique ?

L'organisateur de la réunion confirma que c'était le cas.

— Alors, nous devons nous mettre au travail sans attendre.

— Et qu'est-ce que vous suggérez de faire ? demanda l'homme à forte carrure d'un ton sarcastique, conflictuel. Téléphoner à Moubarak ? Mettre une annonce dans le journal ?

La femme ne releva pas.

— Nous allons nous adapter, improviser, poursuivit-elle sans cesser de regarder la carte, le dos tourné à l'assistance. Images satellites, manœuvres militaires, contacts locaux. La NASA a une unité de recherche dans cette partie du globe. Nous mettrons à profit toutes les ressources dont nous disposons, de toutes les façons possibles. Ça vous va, Bill ?

Son interlocuteur marmonna quelque chose, mais n'en dit pas davantage. Personne d'autre ne prit la parole. Puis, au bout de quelques instants :

— On fait comme ça, fit le premier à avoir parlé en fourrant son pointeur laser dans sa poche et en remettant de l'ordre dans sa liasse de papiers. On s'adapte, on improvise.

Il alluma une autre cigarette.

— Et mieux vaut faire vite. Avant que cette histoire ne tourne au désastre.

Il ramassa ses papiers et sortit rapidement de la pièce, suivi par les autres. Seule la femme resta là, une main à son cou, l'autre levée vers la carte.

— Guilf Kébir, murmura-t-elle en touchant l'endroit du doigt.

Quelques instants plus tard, elle appuya sur l'interrupteur de la lampe avec le bout de sa chaussure, plongeant la pièce dans l'obscurité.

# Quatre mois plus tard, à Paris

Ils attendaient Kanounine dans la suite de son hôtel à son retour de la boîte de nuit. Au moment où il entra, empêtré dans son manteau en cuir noir qui lui descendait à la cheville, ils le ceinturèrent, tandis que l'un d'entre eux abattait son garde du corps d'une balle dans la tempe tirée avec un silencieux. L'une des putes se mit à crier et elle mourut, elle aussi, d'une balle dum-dum de 9 mm dans l'oreille droite, le côté gauche de sa tête volant en éclats comme une coquille d'œuf brisée. Pendant que l'homme au pistolet braquait sa compagne pour lui faire comprendre qu'elle subirait le même sort si elle ouvrait la bouche, ils forcèrent Kanounine à se mettre sur le ventre et lui tirèrent la tête en arrière, les yeux tournés vers le plafond. Il ne chercha pas à se défendre, sachant qui ils étaient et que c'était inutile.

— Finissons-en, dit-il simplement.

Il ferma les yeux, attendant la balle. Au lieu de cela, il y eut un froissement de papier suivi par la sensation de quelque chose qui tambourinait sur son visage. Il rouvrit les yeux. Au-dessus de lui, par l'ouverture d'un sac en papier, s'écoulaient à flot continu des billes d'acier de la taille d'un petit pois.

— Qu'est-ce que...

On lui tira la tête plus en arrière, un genou lui appuya dans le creux des reins, d'énormes mains lui enserrèrent le front et les tempes comme dans un étau.

— M. Girgis t'invite à dîner.

D'autres mains lui empoignèrent la mâchoire et la maintinrent ouverte, le sac se rapprocha de son visage, de sorte que les billes tombèrent directement dans sa bouche, le suffoquant. Il se débattit, se tortilla, ses cris réduits à un gargouillis étouffé, mais les mains le tenaient fermement et les billes continuèrent de se déverser jusqu'à ce que le sac soit vide et que ses mouvements saccadés cessent peu à peu. Ils laissèrent son corps retomber au sol, les billes d'acier s'échappant d'entre ses lèvres sanglantes, lui mirent une balle dans la tête pour plus de sûreté et, sans un regard à la fille recroquevillée contre le mur, s'en allèrent. Ils étaient déjà loin, dans la circulation du petit matin, quand elle commença à hurler.

## De nos jours, dans le désert occidental, entre le Guilf Kébir et l'oasis de Dakhla

Ils étaient les derniers Bédouins à effectuer le grand voyage entre Koufra et Dakhla, mille quatre cents kilomètres aller et retour à travers le vide du désert. A dos de chameau uniquement, ils transportaient de l'huile de palme, des broderies, des objets artisanaux en argent et en cuir à l'aller et revenaient avec des dattes, des mûres séchées, des cigarettes et du Coca-Cola.

Un tel voyage n'avait pas grand sens, au point de vue économique, mais il ne s'agissait pas d'économie. Il s'agissait de tradition. Il s'agissait de conserver l'ancien mode de vie, de suivre les vieilles routes caravanières que leurs pères et les pères de leurs pères avaient suivies avant eux, de trouver son chemin là où personne d'autre n'était capable de le faire. Des hommes résistants et fiers, des Bédouins de Koufra, des senoussis, les descendants des Banou Soulaïm. Le désert était leur patrie, le parcourir était leur vie.

Le voyage avait été dur, même selon les critères du Sahara, où aucun voyage n'est jamais facile. De Koufra, le trajet vers le sud-est en direction du Guilf Kébir, par la brèche d'al-Aqaba – la route directe plein est les aurait menés dans la Grande Mer de Sable, que même eux n'osaient traverser –, s'était déroulé sans événements notables.

Puis, à l'extrémité orientale de la brèche, ils avaient découvert que le puits artésien auquel ils auraient, en temps normal, rempli leurs outres était à sec, ce qui les laissait avec des réserves d'eau extrêmement limitées pour les trois cents kilomètres restants. C'était préoccupant, mais pas désastreux, et ils avaient poursuivi leur chemin vers le nord-est en direction de Dakhla sans s'être vraiment alarmés. Deux jours après et encore à trois jours de leur destination, ils avaient essuyé une violente tempête de sable, le redoutable khamsin. Ils avaient été contraints de rester accroupis pendant quarante-huit heures, le temps qu'elle passe, et leurs réserves d'eau étaient alors pratiquement réduites à néant.

Après le passage de la tempête, ils étaient repartis, forçant l'allure pour couvrir la distance qui restait avant de manquer d'eau complètement, leurs chameaux courant à grandes enjambees a travers le désert, presque au trot, poussés par les cris de leurs maîtres : « *Hout, hout ! Yalla, yalla !* »

Les Bédouins étaient si résolus à atteindre au plus vite le terme de leur voyage qu'ils seraient certainement passés à côté du cadavre sans le voir s'il ne s'était trouvé pile sur leur passage. Rigide comme une statue, il dépassait à partir de la taille du flanc d'une dune, la bouche ouverte, un bras tendu comme pour implorer de l'aide. Le chamelier de tête poussa un cri, ils s'arrêtèrent, firent coucher leurs chameaux, mirent pied à terre et s'attroupèrent tous les sept afin de regarder, le *shaal* enroulé autour de la tête pour se protéger du soleil, laissant seuls les yeux visibles.

C'était le corps d'un homme, cela ne faisait aucun doute, parfaitement conservé par l'étreinte dessiccative du désert, la peau séchée et tendue jusqu'à avoir la consistance du parchemin, les yeux racornis dans leurs orbites comme des raisins secs.

— La tempête a dû le découvrir, dit l'un des chameliers en badaoui, l'arabe des Bédouins, d'une voix aussi rude et râpeuse que le désert.

Sur un signal de leur chef, trois des Bédouins s'agenouillèrent et entreprirent de dégager le cadavre du sable. Ses vêtements – bottes, pantalon, chemise à manches longues – étaient réduits en lambeaux. Il serrait encore une bouteille thermos, vide, dans une main, le couvercle à pas de vis disparu, le goulot strié de ce qui ressemblait à des marques de dents, comme si l'homme avait mâché le plastique pour tenter désespérément de trouver une dernière goutte restée à l'intérieur.

— Un soldat ? s'enquit un Bédouin d'un air sceptique. De la guerre ?

Le chef secoua la tête, s'accroupit et tapota la Rolex Explorer éraflée que l'homme portait au poignet gauche.

— Plus récent, dit-il. *Amrekanee*. Américain.

Il usait de ce mot pour désigner de manière générale un Occidental, quelqu'un qui ne ressemblait pas à un Arabe.

— Qu'est-ce qu'il fait là ? demanda un autre.

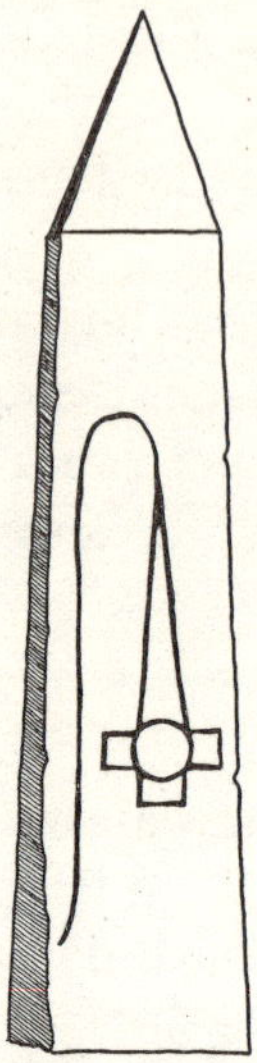

Le chef haussa les épaules, fit rouler le corps sur le ventre, ôta le sac de toile qu'il avait à l'épaule et l'ouvrit, puis en retira ce qu'il contenait : une carte, un portefeuille, un appareil photo, deux feux de détresse, des rations de secours et, enfin, un mouchoir roulé en boule. Il le déplia, découvrant un obélisque miniature en argile grossièrement façonné, pas plus gros que son doigt. Tout en le tournant dans tous les sens, il examina l'étrange symbole incisé dans chacune des faces : une sorte de croix à la branche supérieure terminée en pointe, de laquelle une mince ligne s'incurvait comme une queue. Il n'en comprit pas la signification, le roula à nouveau dans le mouchoir, le posa à l'écart et tourna son attention vers le portefeuille. Il contenait une carte d'identité portant la photo d'un jeune homme blond, balafré sous la lèvre inférieure. Aucun des Bédouins n'était capable de lire ce qui y était écrit et, après l'avoir regardée un moment, le chef la remit dans le sac à dos avec les autres objets et se mit à palper les poches de l'homme, dont il tira une boussole et un boîtier avec une pellicule photo usagée à l'intérieur. Il les fourra aussi dans le sac à dos, avant d'enlever la montre du poignet du cadavre : il la glissa dans la poche de sa djellaba et se releva.

— Allons-y, dit-il en balançant le sac à dos sur son épaule et en se dirigeant vers les chameaux.

— On ne l'enterre pas ? lança l'un des hommes.

— Le désert s'en chargera. Il faut partir, répondit-il.

Ils le suivirent en bas de la dune, remontèrent sur leurs chameaux et leur donnèrent des coups de pied pour qu'ils se relèvent. Comme ils repartaient, le dernier chamelier de la file, un petit homme ratatiné à la peau couverte de cicatrices de variole, se tourna sur sa selle et regarda en arrière le cadavre qui disparaissait lentement au loin. Quand il ne fut plus qu'une masse indistincte au milieu du désert monotone, il fouilla dans les plis de sa djellaba et en sortit un téléphone portable. Sans quitter des yeux les autres chameliers, afin de s'assurer qu'aucun ne se retournait pour le regarder, il appuya sur le clavier de son pouce noueux. Il n'y avait pas de signal et, après avoir essayé pendant deux ou trois minutes, il renonça et remit le portable dans sa poche.

— *Hout, hout !* cria-t-il en talonnant les flancs frémissants de son chameau. *Yalla, yalla !*

# Yosemite Park, Californie

La paroi rocheuse verticale se dressait à cinq cents mètres au-dessus de la Merced Valley, telles des ondulations de satin gris, et Freya Hannen n'était qu'à cinquante mètres du sommet quand elle dérangea un nid de guêpes. Elle avait coincé le bout de son pied dans une petite anfractuosité de rocher près du haut de sa dixième longueur de corde et, la main levée par-dessus une saillie en surplomb, elle cherchait une prise autour des racines d'un vieux buisson d'arctostaphylos quand elle avait heurté le nid ; un nuage d'insectes avait jailli de dessous le buisson et s'était mis à tourbillonner furieusement autour d'elle.

Les guêpes étaient sa terreur depuis qu'elle avait été piquée dans la bouche quand elle était enfant. Une peur absurde, inattendue, chez quelqu'un dont le métier consistait à escalader les parois rocheuses les plus dangereuses du monde, mais la terreur est rarement rationnelle. Sa sœur Alex, elle, avait la phobie des seringues et des piqûres.

Elle se figea, l'estomac noué, la respiration saccadée. Autour d'elle, l'air se transformait en un écheveau vrombissant d'insectes en livrée jaune. L'un d'eux la piqua au bras et, malgré elle, elle lâcha brusquement la saillie tandis que sa corde claquait violemment et que la forêt de pins ponderosa, quatre cent cinquante mètres plus bas, lui donnait l'impression de monter vers elle à toute allure. Pendant quelques instants, elle se balança en pivotant sur sa main et son pied droits, battant l'air de son bras et de sa jambe gauches, dans le cliquetis des mousquetons et pitons accrochés à son harnais. Puis, les dents serrées, s'efforçant d'ignorer la sensation de brûlure à son bras, elle se hissa de nouveau contre la paroi, empoigna une aspérité rocheuse et se plaqua contre le granit chaud, comme à la recherche de l'étreinte protectrice d'un amant. Elle resta ainsi pendant ce qui lui parut une éternité, les yeux fermés, luttant contre l'envie de crier et attendant que l'essaim se calme et se dissipe, puis elle fit une traversée rapide sur sa droite sous la saillie et grimpa un peu plus haut, près d'un pin rabougri qui sortait en biais de la roche. Elle se cala au tronc et s'y adossa, haletante.

— Nom de Dieu ! lâcha-t-elle, avant de prononcer, sans raison apparente, le prénom de sa sœur : Alex...

Onze heures s'étaient écoulées depuis l'appel téléphonique. Elle venait de rentrer dans son appartement de San Francisco, juste après minuit, lorsqu'elle l'avait reçu, complètement inattendu après tant d'années. Un jour, au début de sa carrière, elle avait perdu pied à deux cents mètres de haut et dégringolé dans le vide avant que sa corde ne la retienne. Ce coup de fil lui avait laissé la même impression : le vertige, la stupéfaction, l'incrédulité, avant le choc brusque et cruel de la prise de conscience de la chute.

Elle était ensuite restée assise dans l'obscurité, tandis que les bruits de la nuit en provenance des bars et des restaurants de North Beach s'infiltraient par les fenêtres ouvertes. Puis elle avait réservé un vol sur Internet, jeté quelques affaires dans un sac, fermé l'appartement, et elle était partie en faisant vrombir sa Triumph Bonneville toute cabossée. Trois heures plus tard, elle était à Yosemite, et deux heures après, alors que les premières lueurs de l'aube teintaient de rose les sommets de la Sierra Nevada, au pied du Liberty Cap, elle était prête à commencer l'ascension.

C'était toujours ce qu'elle faisait en période de trouble, quand elle avait besoin de s'éclaircir les idées : elle grimpait. Alex avait un faible pour les déserts : les vastes espaces vides et secs, dépourvus de vie et silencieux ; pour Freya, c'étaient les montagnes et le roc, les paysages verticaux qu'elle pouvait escalader vers le ciel, poussant son esprit et son corps à la limite. Il était impossible de l'expliquer à ceux qui n'avaient jamais connu ça, impossible de l'expliquer même à elle-même. Elle avait été près d'y parvenir lors d'une interview donnée à *Playboy* : « Lorsque je suis là-haut, j'ai l'impression de vivre plus intensément, avait-elle dit. Comme si, le reste du temps, j'étais à moitié endormie. » (Et non, elle n'avait pas accédé à la demande du magazine de se laisser prendre en photo accrochée à une paroi rocheuse avec ses chaussures d'alpinisme et son harnais pour tout vêtement.)

Maintenant plus que jamais, elle avait besoin de la paix et de la clarté intérieure que lui apportait la varappe. Pendant qu'elle fonçait sur la Highway 120 en direction de Yosemite, sa première impulsion avait été de grimper en escalade libre par une voie vraiment difficile : la Freerider sur El Capitan, ou l'Astroman sur la Washington Column.

Puis elle avait commencé à songer au Liberty Cap, et plus elle y avait pensé, plus l'idée lui avait paru séduisante.

Ce n'était pas un choix évident. Plusieurs sections étaient pitonnées, ce qui exigeait un matériel supplémentaire et retirait à son escalade libre sa pureté absolue ; techniquement, la voie n'était pas très difficile, du moins pour elle, ce qui voulait dire qu'elle n'aurait pas à exiger autant d'elle-même, pas jusqu'à l'extrême limite et au-delà.

En revanche, c'était l'une des grandes parois du Yosemite Park dont elle n'avait pas encore tenté l'ascension. Et surtout, c'était sans doute l'une des seules à cette époque de l'année qui ne seraient pas couvertes par une nuée d'autres grimpeurs, ce qui lui garantissait la paix et la solitude – personne pour lui adresser la parole, pour tenter de la prendre en photo, pas d'amateurs lui bloquant le passage et la ralentissant. Seulement elle, la roche et le silence.

Assise maintenant sur la saillie, le visage chauffé par le soleil de midi, le bras encore douloureux de la piqûre de guêpe, elle but une gorgée à sa gourde et regarda en contrebas le trajet qu'elle avait déjà parcouru. Sans même prendre en compte les deux ou trois sections pitonnées – sa cinquième longueur de corde en particulier, une partie de la paroi en surplomb dont elle serait aisément venue à bout sans l'aide d'échelles de corde –, cela n'avait pas posé trop de problèmes. Il aurait sans doute fallu deux jours à un grimpeur moins expérimenté pour atteindre le sommet en bivouaquant sur une saillie à mi-hauteur. Elle allait faire l'ascension en deux fois moins de temps. Huit heures, à tout casser.

Elle ne pouvait s'empêcher de se sentir vaguement déçue de ne pas avoir été mise à plus rude épreuve, de ne pas se retrouver dans cet état grisant, enivrant, que l'on atteint seulement après un effort physique et mental extrême. Mais la vue de là-haut était si spectaculaire, le sentiment d'être éloigné de tout si intense, que cela faisait oublier le reste. En se tenant à sa corde d'assurance, elle allongea ses jambes – longues, bronzées, toniques –, se massa les muscles, tendit le bout de ses chaussons d'escalade Anasazi pour s'étirer les pieds et les mollets. Puis elle se leva et se tourna pour scruter la roche au-dessus d'elle, prête à entamer sa onzième et dernière longueur de corde, cinquante mètres jusqu'au sommet.

— Allez, murmura-t-elle en français en se frottant les mains avec la magnésie qu'elle gardait dans une pochette à la taille. Allez.

Et comme poussée par la quasi-homophonie, sa voix presque couverte par le grondement des chutes en contrebas, elle ajouta :

— Alex.

Plus tard, de retour à sa moto, alors qu'elle rangeait ses affaires dans son sac pour repartir chez elle, elle tomba sur deux types qu'elle connaissait, des grimpeurs eux aussi, l'un des deux assez beau garçon, bien qu'en ce moment ce fût la dernière de ses préoccupations. Ils bavardèrent un moment – « Tu as fait le Liberty Cap en solo ? C'est quelque chose ! » – avant qu'elle ne coupe court à la conversation, expliquant qu'elle avait un avion à prendre.

— Tu vas dans un chouette coin ? demanda le beau garçon.

Elle releva la béquille de sa moto et se mit en selle.

— En Egypte, répondit-elle en démarrant et en faisant ronfler le moteur.

— Pour grimper ?

Elle passa la première.

— Pour l'enterrement de ma sœur.

Sur ce, elle partit dans un vrombissement, ses cheveux blonds fouettant l'air derrière elle comme une flamme.

# HÔTEL MARRIOTT,
# LE CAIRE

Flin Brodie ajusta ses lunettes et leva les yeux vers son auditoire : quatorze touristes américains âgés répartis sur les quelque cinquante chaises rangées devant lui, aucun d'entre eux n'ayant l'air particulièrement intéressé. Il s'essaya à un peu d'humour, disant qu'il était content que tous aient réussi à trouver un siège, ce qui fit éclater de rire son amie Margot, la guide touristique, mais fut accueilli par les regards vides du reste de l'assistance.

Bon Dieu ! pensa-t-il en tripotant nerveusement la poche de sa veste en velours côtelé. Encore une foutue partie de rigolade en perspective…

Il fit une ultime tentative, expliquant qu'après avoir travaillé comme archéologue dans le désert occidental pendant tant d'années il était habitué aux vastes espaces vides. Là encore, la plaisanterie tomba complètement à plat, et même le rire solidaire de Margot lui parut forcé. Il renonça et, alors qu'il venait d'appuyer sur une touche de son ordinateur portable pour faire monter à l'écran la première diapo sur PowerPoint – une photo des crêtes des dunes s'éloignant à l'infini dans la Grande Mer de Sable – et s'apprêtait à commencer sa conférence, la porte sur le côté de la salle s'ouvrit. Un homme avec des kilos en trop – beaucoup –, une veste crème et un nœud papillon se pencha à l'intérieur.

— Puis-je ? demanda-t-il d'une voix étrangement haut perchée, presque féminine, avec un accent américain du Sud profond.

Flin regarda Margot, qui haussa les épaules comme pour dire : « Pourquoi pas ? », et lui fit signe d'entrer.

Le nouveau venu referma la porte derrière lui et prit place sur la chaise la plus proche avant de sortir un mouchoir et de s'essuyer le front. Flin lui laissa le temps de s'installer puis s'éclaircit la gorge et reprit la parole – accent anglais, diction nette et claire :

— Il y a dix mille ans, le Sahara était bien plus hospitalier qu'il ne l'est aujourd'hui. Des images radar de la nappe de sable de Sélima recueillies par la navette spatiale Columbia ont révélé une topographie fluviale étendue – en gros, les contours de systèmes de lacs et de cours d'eau disparus. Le paysage ressemblait beaucoup à celui de l'actuelle savane subsaharienne.

Diapo suivante : le parc national du Serengeti, en Tanzanie.

— Des lacs, des rivières, des forêts, des prairies hébergeaient une faune abondante : gazelles, girafes, zèbres, éléphants, hippopotames. Et des êtres humains aussi, des chasseurs-cueilleurs nomades pour la plupart, bien qu'il y ait également des signes d'habitats plus permanents aux paléolithiques moyen et supérieur...

— Parlez plus fort !

L'injonction venait d'une femme assise tout au fond de la salle, un sonotone fixé à l'oreille comme une bernache en plastique.

Nom de Dieu ! Pourquoi tu t'assieds derrière si t'es pas fichue d'entendre correctement ? pensa Flin.

— Excusez-moi, dit-il à haute voix. C'est mieux comme ça ?

La femme agita une canne de marche en guise de confirmation.

— Des habitats paléolithiques plus permanents, répéta-t-il, essayant de reprendre le fil de son discours. Le plateau du Guilf Kébir, dans le coin sud-ouest de l'Egypte, une région de hautes terres de la superficie approximative de la Suisse, est particulièrement riche en vestiges de cette période, tant matériels...

Diapositives de hautes falaises orangées, d'une pierre meulière et d'une collection d'outils en silex.

— ... que votifs et artistiques. Certains d'entre vous connaissent peut-être le film *Le Patient anglais*, dans lequel on voit les peintures rupestres de la grotte dite « des Nageurs », découverte en 1933 par l'explorateur hongrois László Almásy dans l'oued Soura, dans la partie occidentale du Guilf...

Une photo de la grotte apparut : des silhouettes rouges stylisées à grosse tête et membres filiformes qui semblaient nager ou plonger à travers les parois calcaires irrégulières.

— Quelqu'un parmi vous a vu le film ?

Murmure général, « Non », qui le persuada de ne pas se donner la peine de faire la brève critique du film qu'il glissait d'habitude à ce moment-là. Il poursuivit son exposé :

— A la fin de la dernière période glaciaire, vers le milieu de l'holocène, soit environ sept mille ans avant Jésus-Christ, ce paysage de savane subit un changement spectaculaire. Le retrait des couches de glace septentrionales entraîna une désertification, les systèmes de plaines et de rivières verdoyants laissèrent place au genre de paysage que nous voyons aujourd'hui. Les habitants du désert furent contraints de migrer vers l'est, dans la vallée du Nil...

Diapo panoramique du Nil.

— ... où ils fondèrent les cultures prédynastiques – badarienne, tasienne, Naqada – qui allaient ensuite se fondre en un Etat unique : l'Egypte des pharaons.

Flin remarqua qu'un des membres de l'auditoire, un homme aux oreilles décollées et coiffé d'une casquette de base-ball des Mets de New York, commençait déjà à s'endormir. Et il n'avait pas encore fini l'introduction... Bon sang, il avait besoin de boire.

— J'ai parcouru le Sahara et j'y ai fait des fouilles pendant plus de dix ans, continua-t-il en passant sa main dans ses cheveux noirs mal peignés. Essentiellement sur des sites du Guilf Kébir et autour. Je souhaiterais, au cours de cet exposé, avancer trois propositions fondées sur mon travail. Trois propositions passablement sujettes à controverse...

Il insista sur « controverse », marqua une pause pour ménager son effet, parcourut l'assistance du regard en quête d'un signe d'intérêt. Rien. Pas la moindre réaction. Il aurait tout aussi bien pu parler de maraîchage, il aurait peut-être eu plus de succès. Il avait vraiment besoin de boire un coup.

— Premièrement, poursuivit-il en s'efforçant de paraître enthousiaste, je crois que, même apres avoir migré dans la vallée du Nil, les anciens habitants du Sahara n'ont jamais oublié complètement leur patrie désertique d'origine. Le Guilf en particulier, avec ses falaises spectaculaires et ses oueds luxuriants, a continué d'exercer une forte influence religieuse et superstitieuse sur l'imagination des premiers Egyptiens, son souvenir est resté vivace, quoique sous forme allégorique, dans un certain nombre de mythes et de traditions littéraires, notamment ceux liés aux dieux du désert, Ash et Seth...

Diapo du dieu Seth – corps humain surmonté d'une tête d'animal indéterminé à oreilles pointues et long museau.

— Deuxièmement, j'ai l'intention de démontrer que les anciens Egyptiens ont conservé non seulement le souvenir de leur pays d'origine, le Guilf Kébir, mais aussi, en dépit des distances énormes, un contact matériel avec lui, retraversant sporadiquement le désert pour faire leurs dévotions sur des sites chargés d'une importance religieuse et sentimentale spéciale.

« Un oued, surtout, la *wehat seshtat*, l'Oasis secrète, paraît avoir été l'objet d'une vénération particulière. Bien que les preuves soient maigres, ce dernier site semble être resté un lieu de culte important jusqu'à la fin de l'Ancien Empire, près de mille ans après que l'Egypte fut devenue un Etat unifié.

Le supporter des Mets dormait maintenant à poings fermés, remarqua Flin.

— Enfin, continua-t-il, criant presque, je soutiendrai que c'est cet oued mystérieux, et non encore découvert à ce jour, qui a inspiré et servi de modèle à toute une série de légendes sur les oasis oubliées du Sahara, notamment celle de Zerzura, l'Atlantide des Sables, que le susmentionné László Almásy a cherchée en vain pendant la majeure partie de sa carrière !

Dernière diapo de l'introduction : une photo en noir et blanc floue d'Almásy en short, coiffé d'une casquette de l'armée, sur fond de désert.

— Je vous invite donc, mesdames et messieurs, à vous joindre à moi pour un voyage de découverte à travers le désert, à travers le temps, à la recherche du temple-cité depuis longtemps perdu du Guilf Kébir !

Il se tut, attendant une réaction. Laquelle ne se fit pas attendre :

— C'est pas la peine de crier ! lança quelqu'un dans le fond de la salle. Nous ne sommes pas sourds, vous savez.

Lâche-moi, pensa Flin.

Il continua laborieusement jusqu'à la fin de son exposé, sautant ou raccourcissant des passages chaque fois qu'il le pouvait de façon à ce que la durée normale de la conférence, quatre-vingt-dix minutes, soit réduite à moins de cinquante. Comparé à la plupart de ses collègues égyptologues, il était considéré comme un orateur captivant, capable de rendre vivant un sujet aride et complexe, de retenir l'attention de son auditoire, de l'enthousiasmer. Cette fois, il avait beau faire, cela n'avait apparemment aucun effet. Au milieu de l'exposé, un couple se leva et s'en alla ; les autres s'agitaient, regardaient ouvertement leur montre. L'homme aux oreilles décollées dormit paisiblement pendant toute la conférence, la tête contre l'épaule de sa voisine. Seul le retardataire aux kilos en trop et au nœud papillon semblait vraiment intéressé. Les yeux brillants de concentration, il écoutait l'Anglais avec une attention inébranlable, en s'essuyant le front de temps en temps.

— En conclusion, dit Flin en passant la dernière diapo, une autre vue des imposants flancs orangés du Guilf Kébir, on n'a découvert aucune trace de la *wehat seshtat*, ni de Zerzura, ni d'aucune des légendaires oasis perdues du Sahara.

Il se tourna légèrement, les yeux levés vers la diapo, avec un sourire nostalgique, comme au souvenir d'un adversaire de longue date. Pendant un moment, il parut s'abîmer dans ses pensées avant de secouer la tête et de se retourner vers les personnes encore présentes.

— Beaucoup ont soutenu que l'idée même d'une oasis perdue est précisément cela : une idée, un rêve, une création de l'imagination, pas plus tangible qu'un mirage du désert, poursuivit-il. J'espère que les faits que je vous ai exposés ce soir vous auront convaincus que le fondement de toutes ces histoires, la *wehat seshtat*, a certainement existé et était considéré par les anciens Egyptiens comme un lieu de culte d'une importance primordiale.

« Que son emplacement soit un jour découvert est une tout autre question. Almásy, Bagnold, Clayton, Newbold ont tous passé le Guilf Kébir au peigne fin et en sont revenus bredouilles. Plus récemment, les images satellites et les relevés aériens n'ont rien révélé non plus.

Il jeta à nouveau un coup d'œil à la diapo projetée, sourit encore avec nostalgie.

— Et c'est peut-être mieux ainsi, dit-il en guise de conclusion, en se tournant à nouveau vers son auditoire. Une telle proportion de notre planète a été étudiée, cartographiée, explorée, dénudée et dépouillée de sa magie que le fait de savoir qu'un petit coin nous a encore échappé rend le monde plus intéressant. Pour l'heure, la *wehat seshtat* demeure exactement cela : une oasis secrète. Merci.

Il s'assit sous des applaudissements épars, arthritiques, le gros homme étant une fois de plus le seul à montrer qu'il avait réellement apprécié : il applaudit un bon moment avant de se remettre debout et de se glisser dehors avec un geste de reconnaissance. Margot, l'amie de Flin, se leva et vint sur le devant de la pièce.

— Quel exposé fascinant ! dit-elle, s'adressant à l'auditoire d'une voix forte de maîtresse d'école. Pour ma part, j'aimerais que nous puissions monter tout de suite dans le car et nous rendre au Guilf Kébir pour avoir un bon aperçu des lieux.

Silence.

— Le professeur Brodie a aimablement accepté de répondre à toutes les questions que vous souhaiteriez poser, poursuivit-elle, imperturbable. Comme je l'ai dit auparavant, il est l'une des principales autorités mondiales en matière d'archéologie du Sahara, auteur d'un ouvrage majeur, *Le Deshret : l'Egypte ancienne et le désert occidental*, et une légende dans son domaine – ou peut-être est-ce une légende dans sa mer de sable ! Alors, profitez de l'occasion.

Silence, toujours. Puis l'homme aux oreilles décollées, apparemment bien réveillé, demanda :

— Professeur Brodie, pensez-vous que Toutankhamon a été assassiné ?

Après que les touristes furent partis dîner en troupeau, Flin rangea ses notes et son ordinateur portable tandis que Margot tournait autour de lui.

— Ils ne m'ont pas paru particulièrement captivés, dit-il.

— Mais si, soutint Margot. Ils étaient absolument... subjugués.

Il n'avait donné la conférence que pour lui faire plaisir, à elle, sa vieille amie de l'université, pour remplacer à la dernière minute une manifestation tombée à l'eau. Il voyait bien qu'elle était gênée par la réaction de son groupe, elle essayait de rattraper les choses.

— Ne t'en fais pas, Margs. Crois-moi, j'ai vu bien pire, lui dit-il en lui pressant le bras.

— Du moins tu n'as eu à les supporter qu'une heure, répondit-elle en soupirant. Moi, je les ai sur le dos pendant dix jours. Est-ce que Toutankhamon a été assassiné ! Je ne savais plus où me mettre.

Tout en tirant la fermeture éclair de la sacoche de son portable, il se mit à rire et ils traversèrent la pièce, bras dessus bras dessous. Au moment où ils arrivaient à la porte, il y eut une soudaine cacophonie de clarinettes et de tambours en provenance du hall. Ils s'arrêtèrent et regardèrent passer une troupe de gens réunis pour un mariage, les jeunes époux suivis par une cohorte de parents qui frappaient dans leurs mains, un caméraman vidéo marchant à reculons en tête du groupe et criant des instructions.

— Mon Dieu, regarde sa robe, murmura Margot. On dirait un bonhomme de neige en train d'exploser.

Flin ne répondit pas, les yeux tournés non vers les nouveaux mariés, mais vers l'arrière du groupe. Une fillette, pas plus de dix ou onze ans, sautait en l'air pour essayer de voir ce qui se passait devant elle. Elle était tout excitée, jolie, ses longs cheveux noirs tournoyaient autour d'elle. Exactement comme...

— Ça va, Flin ?

Il s'était appuyé contre le chambranle de la porte, serrant le bras de Margot pour se soutenir, le cou et le front luisants de sueur.

— Flin ?

— Ça va, marmonna-t-il en se redressant et en lâchant le bras de Margot. Ça va.

— Tu es blanc comme un linge.

— Ça va, vraiment. Juste un peu de fatigue. J'aurais dû manger avant de sortir.

Il sourit, de façon pas entièrement convaincante.

— Laisse-moi t'inviter à dîner, dit Margot. Ça te remontera. C'est le moins que je puisse faire, après ce soir.

— Merci, Margs, mais si ça ne te fait rien, je vais rentrer chez moi. J'ai un tas de copies à corriger.

C'était un mensonge et il voyait bien qu'elle le savait.

— Je ne suis pas tout à fait dans mon assiette, ajouta-t-il pour tenter de se justifier. J'ai toujours été un casse-pieds d'humeur orageuse.

Margot sourit et, se penchant en avant, le prit dans ses bras.

— C'est ce côté ténébreux que j'aime en toi, mon Flin chéri. Ça et ta belle gueule, évidemment. Si seulement tu me laissais...

Elle resserra un instant son étreinte, puis s'écarta de lui.

— Nous sommes au Caire jusqu'à jeudi, avant de partir pour Louxor. Je t'appelle à mon retour ?

— J'espère bien. Et n'oublie pas de leur dire que les pyramides sont alignées avec Orion parce que c'est de là que venaient leurs bâtisseurs.

Elle éclata de rire et s'en alla, l'air affairée. Il la regarda s'éloigner, puis tourna à nouveau les yeux vers la noce. Celle-ci entrait maintenant dans une salle à l'autre bout du hall, la fillette toujours sautant à l'arrière du groupe. Même après tant d'années, des petites choses comme celle-là l'accablaient encore, faisaient tout ressortir d'un seul coup. Si seulement il était arrivé à temps...

Il regarda encore un moment les invités disparaître à l'intérieur de la salle et les portes se refermer derrière eux, puis, n'ayant nullement l'intention de rentrer chez lui ni de corriger des copies, il sortit à la hâte de l'hôtel avec l'envie de se saouler le restant de la soirée, suivi quelques instants plus tard par un personnage replet qui se dandinait dans sa veste couleur crème.

Freya avait eu son avion de justesse – départ pour Londres à minuit de l'aéroport international de San Francisco, puis correspondance pour Le Caire. Elle aurait dû avoir tout son temps, mais Dieu sait pourquoi, comme toujours en pareil cas, la pendule sembla mystérieusement accélérer et cela se termina par une course effrénée. Elle fut la dernière à se présenter à l'enregistrement et à embarquer ; elle dut enfoncer son sac dans un casier déjà bourré de bagages et se glisser sur son siège entre un gros Latino et un ado aux cheveux longs et raides vêtu d'un tee-shirt à la gloire de Marilyn Manson.

Après le décollage, elle parcourut rapidement le programme des divertissements en vol : une reprise de *Friends*, une comédie apparemment idiote avec Matthew McConaughey et un documentaire de *National Geographic* sur le Sahara, qui, étant donné la raison de son voyage, était la dernière chose qu'elle avait envie de regarder. Elle passa en revue le programme deux fois, puis éteignit l'écran, inclina son siège et enfonça les écouteurs de son iPod dans ses oreilles : Johnny Cash, *Hurt*[1]. Tout à fait approprié.

Leurs parents leur avaient donné les prénoms de voyageuses célèbres. Dans son cas, Freya Stark, la grande voyageuse du Moyen-Orient, dans celui de sa sœur, Alexandra David-Neel, l'exploratrice de l'Himalaya. Ironiquement, chacune avait fini par imiter non son homonyme, mais celui de sa sœur : Alex, comme Stark, avait été attirée par le désert, elle, Freya, comme David-Neel, par les montagnes et les falaises.

« Avec vous deux, rien ne se passe jamais comme prévu, avait plaisanté leur père. Il aurait fallu vous échanger à la naissance. »

Ç'avait été un homme grand et fort, leur papa, genre ours, jovial, professeur de géographie à Markham, en Virginie, leur ville natale. En dehors du jazz et de la poésie de Walt Whitman, la vie au grand air avait été sa grande passion et, dès leur plus jeune âge, il les avait emmenées en expédition : des randonnées dans les Blue Ridge Mountains, du canoë-kayak sur la Rappahannock, du voilier au large des côtes de Caroline du Nord ; il leur montrait les oiseaux et autres animaux, les arbres et les plantes, leur apprenait à connaître les paysages et tout ce qui les composait. C'est de lui qu'elles avaient hérité leur esprit d'aventure, leur fascination pour

1. « Douleur ». (*N.d.T.*)

les lieux sauvages. Leur physique, par contre – minces, blondes, les yeux verts translucides –, c'était de leur mère, une peintre et sculptrice cotée, qu'elles le tenaient. Leur physique, ainsi qu'une certaine réserve et une tendance à l'introspection, une aversion pour les bavardages ineptes et la foule. Leur père avait l'esprit grégaire, il appréciait beaucoup la conversation et les réunions entre amis. Les femmes Hannen, au contraire, étaient toujours plus à l'aise dans leur monde intérieur.

Alex était l'aînée des deux de cinq ans, pas aussi séduisante de prime abord que Freya, mais plus intelligente – une intelligence scolaire du moins – et aussi d'humeur moins changeante. Elles n'étaient pas inséparables comme le sont certaines sœurs, la différence d'âge faisant que chacune était encline à suivre son propre chemin et à faire les choses de son côté au lieu de chercher à être tout le temps en compagnie de l'autre.

La vieille maison familiale en bois en lisière de la ville avait recelé un trésor de cartes, atlas, guides et livres de voyage, accumulé au fil des ans par leur père, et, les jours de pluie, elles emportaient leurs volumes favoris et disparaissaient dans leur coin secret pour projeter de futures aventures, Alex au grenier, Freya dans le pavillon d'été délabré au fond du jardin.

Lorsqu'elles étaient dehors, c'est-à-dire la plupart du temps, elles prenaient aussi des directions différentes : Freya vagabondait sur des kilomètres dans les bois et les vergers voisins, grimpait aux arbres, fabriquait des balançoires en corde, se chronométrait pour voir à quelle vitesse elle pouvait parcourir un sentier de randonnée ou gravir une montagne, exigeant toujours beaucoup d'elle-même. Alex aussi aimait marcher et explorer. Ses randonnées avaient un côté plus intellectuel. Elle emportait avec elle un carnet de notes et des crayons de couleur, des cartes, un appareil photo, une vieille boussole de l'armée, qui avait apparemment appartenu à un Marine, un combattant d'Iwo Jima. Lorsqu'elle rentrait à la maison, invariablement tard le soir, c'était avec de longues notes sur son parcours de la journée, des dessins, la description précise du chemin qu'elle avait suivi, toutes sortes de spécimens ramassés en cours de route – feuilles et fleurs, pommes de pin, pierres aux formes curieuses, jusqu'à, un jour mémorable, un serpent à sonnette mort qu'elle avait passé autour de son cou comme une étole de vison.

« Et moi qui pensais avoir élevé deux jeunes demoiselles, avait dit leur père en soupirant. Quels phénomènes ai-je donc lâchés dans le monde ? »

Aussi indépendantes qu'elles aient pu être, toujours lancées dans leurs propres aventures, Alex essayant de cartographier le monde, Freya de le conquérir, cela ne diminuait en rien l'amour qu'elles avaient l'une pour l'autre. Freya vouait une véritable adoration à sa sœur aînée, lui faisait confiance et l'admirait, lui disait des choses qu'elle ne confiait à personne d'autre, pas même à leurs parents. Alex, pour sa part, avait une attitude farouchement protectrice envers sa sœur cadette, elle se glissait dans sa chambre en pleine nuit pour la réconforter quand elle faisait un cauchemar, lui lisait les livres de voyages et d'aventures qu'elles aimaient toutes les deux, lui tressait les cheveux, l'aidait à faire ses devoirs. Lorsque, à cinq ans, Freya avait été piquée dans la bouche par une guêpe, c'était sa sœur plus que ses parents qui avait entrepris de la consoler. Quelques années plus tard, lorsqu'elle avait été hospitalisée pour une méningite, Alex avait tenu à rester auprès d'elle, dormant sur un lit de camp dans la chambre et lui tenant la main pendant qu'elle subissait une ponction lombaire (c'est à cause de cela et de l'hystérie de Freya quand on lui avait enfoncé l'aiguille à la base de la colonne vertébrale qu'elle avait définitivement pris en horreur tout ce qui se rapportait aux piqûres). Quand, juste avant ses dix-sept ans, Freya avait stupéfié le monde de la varappe en escaladant en solitaire le Nez d'El Capitan, dans Yosemite Park, la plus jeune personne à avoir accompli cet exploit, qui l'attendait au sommet, un bouquet de fleurs dans une main et une bouteille de soda dans l'autre ? Alex.

« Que je suis fière de toi ! avait-elle dit en l'étreignant. Mon intrépide petite sœur. »

Et, bien sûr, quand, à peine quelques mois plus tard, leur père et leur mère avaient été tués dans un accident de voiture, c'est Alex qui avait pris les rênes. A ce moment-là, elle avait déjà commencé à se faire une réputation comme exploratrice du désert – *La Petite Tin Hinan*, le récit des huit mois qu'elle avait passés avec les Touaregs du Niger septentrional, s'était retrouvé brièvement en tête des listes de best-sellers. Mais elle avait mis tout cela entre parenthèses pour rentrer à la maison et s'occuper de sa sœur ; elle avait trouvé un travail au service cartographique de la CIA à Langley – il fallait que ce soit là ! –, si bien qu'elle avait pu payer les études de Freya, d'abord au lycée puis à l'université, financer sa carrière d'alpiniste, subvenir à ses besoins et prendre soin d'elle.

Et après tout cela, Freya l'avait payée de retour en la trahissant. Tandis que la voix rauque et râpeuse de Johnny Cash résonnait dans ses oreilles, chantant le chagrin et la perte, le manquement à ses devoirs envers les êtres aimés, elle ferma les yeux et revit le choc sur le visage d'Alex quand elle était entrée dans la chambre. Le choc. Pis, une affreuse tristesse culpabilisante.

Sept ans s'étaient écoulés et Freya ne s'était jamais excusée. Elle avait voulu le faire. Dieu savait combien elle l'avait voulu ! Pas un jour n'avait passé sans qu'elle y pense. Mais elle ne l'avait pas fait. Et maintenant Alex était morte, et l'occasion ne se présenterait plus. Sa bien-aimée Alex, sa grande sœur. *Douleur.* Le mot ne pouvait même pas décrire ce qu'elle éprouvait.

Elle tira de sa poche une enveloppe froissée revêtue du cachet de la poste égyptienne, la regarda un moment, puis elle arracha les écouteurs de ses oreilles et se passa le film de Matthew McConaughey. N'importe quoi pour l'aider à oublier.

# Le Caire

Flin ne buvait plus beaucoup, incomparablement moins qu'avant en tout cas. Les rares fois où il le faisait, c'était toujours au bar de l'hôtel Windsor, dans Sharia Alfi Bey, et c'était là qu'il dirigeait ses pas, ce soir.

Une pièce paisible au premier étage de l'immeuble, parquets cirés, fauteuils profonds et éclairage tamisé, un retour en arrière, à l'époque du bon ton colonial. Le personnel portait des chemises blanches impeccables et des nœuds papillons noirs ; il y avait un secrétaire dans un coin, des curiosités comme celles qu'on peut trouver dans une brocante respectable – une carapace de tortue géante, une vieille guitare, des bois de cerf, des photos en noir et blanc de scènes de la vie égyptienne. Même les bouteilles derrière le bar – Martini, Cointreau, Grand Marnier, de la crème de menthe – évoquaient un autre temps, celui des cocktails et des apéritifs. Seule la musique d'ambiance, Whitney Houston en l'espèce, gâchait l'illusion. Çà et là, des routards en jean agglutinés dans les coins consultaient leur guide *Lonely Planet*.

Flin arriva juste après 20 heures, prit position sur un tabouret au bout du bar et commanda une Stella. Une fois la bière servie, il la fixa du regard, hésita, comme peut le faire un plongeur avant de s'élancer du tremplin de haut vol, puis il porta le verre à ses lèvres et le vida en quatre longues gorgées avant d'en commander immédiatement une autre. Celle-là aussi, il l'éclusa rapidement, et il entamait la troisième quand son regard tomba sur un des panneaux en miroir derrière le bar. Le gros Américain qui avait assisté à sa conférence était installé sur un canapé derrière lui et sur sa gauche. Il ne se rappelait pas l'avoir vu quand il était entré et, ne voulant pas de compagnie, il déplaça les tabourets pour élever un rempart entre eux. Au même moment, l'Américain leva les yeux, le vit et lui fit signe, puis il posa son journal et traversa la pièce.

— C'était une bonne conférence, professeur Brodie, dit-il de sa voix traînante étrangement aiguë en le rejoignant, la main tendue. Très bonne.

— Merci, répondit Flin en lui serrant la main et en ronchonnant intérieurement. Je suis content qu'elle vous ait plu.

L'Américain lui tendit sa carte de visite.

— Cy Angleton. Je travaille à l'ambassade. Aux Affaires publiques. J'adore l'Egypte ancienne.

— Vraiment ? fit Flin en essayant de paraître enthousiaste. Une période particulière ?

— Oh, non, du début à la fin, je crois, répondit Angleton avec un geste de la main. Tout l'ensemble. Quoique je trouve l'histoire du Guilf Kébir particulièrement passionnante.

Il avait prononcé « Guilf Kaïbir ».

— Vraiment passionnante, poursuivit-il. Voulez-vous me permettre de vous inviter à déjeuner un de ces jours ? Pour faire appel à vos lumières.

— J'en serais enchanté, dit Flin, se forçant à sourire.

Après un silence, sentant qu'il n'avait pas le choix, il demanda à l'Américain s'il voulait se joindre à lui. A son grand soulagement, l'autre déclina l'invitation.

— Je dois me lever tôt demain. Je voulais seulement vous dire combien j'avais apprécié votre conférence.

Pause très brève, puis :

— Il faut vraiment que nous ayons ce brin de conversation sur le Guilf.

Quoique dite de manière anodine, quelque chose dans cette dernière remarque mit Flin mal à l'aise, comme s'il y avait dans ces paroles plus que n'en disait Angleton. Avant qu'il ait eu le temps de continuer sur le sujet, l'Américain lui donna une tape sur l'epaule, le complimenta encore et sortit du bar d'un pas nonchalant.

C'est la fillette que j'ai vue à l'hôtel, se dit-il en finissant sa bière et en faisant signe au barman de lui en servir une autre. Voilà ce qui m'a mis à cran. Ça et toutes ces conneries.

— Avec un Johnny Walker ! lança-t-il. Un double !

Il continua de boire, en repassant les choses dans sa tête – la fillette, le Guilf, Dakhla, Sandfire –, sans plus compter les verres, se noyant dans l'alcool comme jadis. De jeunes Anglaises vinrent s'installer à la table voisine, l'une d'elles – une jolie brune aux traits délicats – n'arrêtait pas de lui lancer des œillades, essayant d'accrocher son regard. Il avait toujours eu du succès auprès du sexe opposé – c'est du moins ce qu'on lui disait –, son corps mince et musclé, ses grands yeux marron le distinguant de la plupart de ses collègues égyptologues, qui étaient en général quelconques physiquement. Malgré cela, il n'avait jamais été particulièrement sûr de lui avec les femmes, incapable de briser la glace par de menus propos, ce en quoi certains hommes excellent. Et même s'il l'avait été, il n'était certainement pas d'humeur à le faire ce soir. Il répondit par un demi-sourire à l'attention de la jeune fille, puis leva les yeux vers la paire de bois montés au-dessus du bar et les garda fixés là. Vingt minutes plus tard, elle et ses compagnes s'en allèrent, relayées par des hommes d'affaires égyptiens.

Vers 23 heures, fin saoul, Flin décida que ça suffisait pour la soirée et se mit à chercher son portefeuille. Il sentit alors une main sur son épaule. L'espace d'un instant, il pensa que c'était de nouveau le gros Américain. Ce n'était qu'Alan Peach, un de ses collègues de l'Université américaine. « Alan le Passionnant », comme on l'appelait, parce qu'il était probablement l'homme le plus barbant du Caire, un spécialiste de la poterie dont la conversation sortait rarement du domaine des céramiques rouges des premières dynasties. Il salua Flin et, montrant un groupe d'autres collègues de l'université qui s'étaient installés à une table de l'autre côté de la pièce, lui proposa de se joindre à eux. Flin refusa d'un signe de tête, expliquant qu'il était sur le point de s'en aller, sortit son portefeuille pendant que Peach se lançait dans une histoire sans queue ni tête sur une discussion qu'il avait eue avec l'un des conservateurs du Musée égyptien à propos d'une poterie qui, à son avis, était certainement badarienne et non Naqada II, comme elle avait été officiellement étiquetée. Flin hochait la tête de temps en temps, mais ne faisait guère attention à ce qu'il disait. C'est seulement après avoir compté et posé sur le bar la somme qu'il devait et ramassé son ordinateur portable qu'il se rendit compte que Peach avait changé de sujet et parlait de tout autre chose :

— … au métro Sadat. Je n'en croyais pas mes yeux. J'ai littéralement buté contre lui.

— Quoi ? Qui ?

— Hassan Fadaoui. Littéralement buté contre lui. J'allais à Héliopolis pour faciliter les choses ; ils ont trouvé des céramiques et pensent qu'elles sont de la IIIe dynastie, bien que, du point de vue du style…

— Fadaoui ? répéta Flin, l'air abasourdi. Je croyais qu'il était…

— Moi aussi, dit Peach. Il a apparemment bénéficié d'une remise de peine. Il avait l'air d'un homme brisé. Complètement brisé.

— Hassan Fadaoui ? Tu es sûr ?

— Sûr et certain. Au dire de tous, il a de l'argent hérité de sa famille et, financièrement, il ne va donc pas...

— Quand ? Quand est-il sorti ?

— Il y a une semaine, apparemment. Il est maigre comme un clou. Je me souviens d'avoir eu avec lui une conversation extrêmement intéressante à propos d'étiquettes de jarres de vin hiératiques de la IIe dynastie qu'il avait découvertes à Abydos. On dira ce qu'on voudra sur son compte, il connaît la poterie. La plupart des gens les auraient datées de la IIIe ou même de la IVe, mais il avait estimé qu'on ne trouvait pas de bords de cette forme...

Il finit par se taire, Flin ayant déjà tourné les talons et quitté le bar.

Il aurait dû rentrer directement chez lui. Au lieu de cela, il fit un détour par le magasin de spiritueux détaxés dans Sharia Talaat Harb, y acheta une bouteille de scotch, du tord-boyaux à vrai dire, avant de héler un taxi et de se faire conduire à son immeuble, au coin des boulevards Mohamed-Mahmoud et Mansour.

Taïb, le concierge, n'était pas encore couché, assis dans son fauteuil dans l'entrée de l'immeuble, la tête enturbannée d'un *shaal*, ses pieds sales chaussés de ses vieilles tongs. Ils ne s'étaient jamais entendus et, saoul comme il était, Flin ne se mit pas en peine de le saluer ; il passa à côté de lui sans s'arrêter et entra dans le vieil ascenseur, qui l'emmena en grondant jusqu'au dernier étage.

Dans son appartement, il alla chercher un verre dans la cuisine, le remplit de whisky et gagna le séjour en zigzaguant. Il alluma la lumière, s'écroula sur le canapé. Il vida le verre, s'en versa un autre et le vida aussi d'un trait, parfaitement conscient d'être sur une pente savonneuse, mais incapable de s'arrêter.

Pendant cinq ans, il était resté maître de la situation, touchant à peine à l'alcool. Il avait certes souvent ressenti le manque, surtout au début, mais une femme l'avait aidé à tenir bon et, grâce à elle, il n'avait pas fait d'écart et avait reconstruit peu à peu sa vie, comme l'une des poteries reconstituées d'Alan Peach.

Cinq ans, et voilà qu'il laissait tout tomber. Et il s'en fichait. Il s'en fichait complètement. La fillette, le Guilf, Dakhla, Sandfire et maintenant Hassan Fadaoui… c'en était trop. Il n'arrivait plus à assumer tout ça.

Il remplit encore son verre, le vida, but directement à la bouteille, promenant des regards perdus autour de la pièce. Des objets entraient au hasard dans son champ de vision et s'effaçaient – son foulard de l'équipe de foot d'Al Ahly, un exemplaire du *Culte de Rê*, de Stephen Quirke, un morceau de verre du désert libyen gros comme le poing –, puis son regard se fixa sur une photo posée sur la table basse près du canapé. Celle d'une jeune femme. Blonde, bronzée, en train de rire, elle portait des lunettes de soleil à verres réflecteurs et une vieille veste en daim ; derrière elle, le désert plat et caillouteux s'étendait au loin jusqu'à une dune en forme de dos de baleine. Flin la regarda, détourna les yeux et les ramena immédiatement à elle, une expression d'humiliation douloureuse se composant sur son visage comme s'il avait été surpris en train de faire quelque chose qu'il avait promis de ne plus faire. Cinq secondes passèrent, dix, vingt. Puis, grognant sous l'effort, tout le corps pris de tremblements comme s'il avait lutté contre une force invisible, il se releva en tanguant et alla à la fenêtre d'un pas incertain. Il ouvrit les volets, lança la bouteille de whisky dans la nuit.

— A… lex, dit-il sans parvenir à articuler, tandis que résonnait le fracas de la bouteille volant en éclats dans la ruelle en contrebas. Oh, Alex, qu'ai-je fait ?

Cy Angleton s'essuya le front avec son mouchoir – Bon Dieu, quelle chaleur dans cette ville ! – et commanda un autre Coca-Cola. Tous les autres consommateurs présents dans le café buvaient du thé rouge foncé ou un épais café noir, mais Angleton ne touchait pas à ça. Cela faisait vingt ans qu'il avait ce genre de jobs temporaires – Moyen-Orient, Extrême-Orient, Afrique – et il s'en était toujours tenu à la même règle : si ça n'est pas en boîte, ne le bois pas. Ses collègues se moquaient de lui, le traitaient de parano, mais c'était son tour de rire quand ils s'écroulaient, pliés en deux par une intoxication alimentaire, aux prises avec une colique carabinée. Si ça n'est pas en boîte, ne le bois pas ; si ça n'est pas cuisiné par des Américains, ne le mange pas.

Le Coca arriva. Angleton ouvrit la cannette et but une longue gorgée en regardant le slalom du serveur adolescent entre les tables, admirant ses hanches étroites et ses bras musclés. Il but encore, détourna les yeux et concentra son attention sur la question qui l'occupait.

Il n'avait pas perdu sa soirée. Pas du tout. Quelque part, il se demandait s'il n'était pas allé trop loin à l'hôtel Windsor, si son insistance à propos du Guilf Kébir auprès de Brodie n'avait pas été trop lourde de sous-entendus, mais dans l'ensemble cela avait valu la peine de prendre le risque. Dans ce genre d'affaires, il faut parfois faire confiance à son instinct. Et son instinct lui avait dit que la réaction de Brodie le renseignerait. Ç'avait été le cas. Il savait manifestement quelque chose. Reconstituer le tableau morceau par morceau, démêler patiemment les faits, c'est ainsi qu'il aimait travailler. C'est pour cela qu'on le payait, qu'on faisait toujours appel à lui en pareil cas.

Ensuite, il avait suivi Brodie jusqu'à son immeuble, où il avait bavardé avec le vieux concierge. De toute évidence, celui-ci n'aimait pas l'Anglais et il avait joué là-dessus ; il avait gagné sa confiance, lui avait donné la pièce, ce qui faciliterait les choses lorsque le moment viendrait de jeter un coup d'œil dans l'appartement de Brodie, comme il n'allait pas tarder à le faire. Oui, l'un dans l'autre, il était loin d'avoir perdu sa soirée. Morceau par morceau...

Il buvait son Coca à petites gorgées et regardait autour de lui les autres clients du café, des hommes uniquement. Certains fumaient des narguilés, d'autres jouaient aux dominos. Le serveur passa encore à côté de lui et Angleton le suivit à la trace, des scènes lui traversant paresseusement l'esprit, étreintes, humidité et sueur. Il sourit et secoua la tête, jeta quelques pièces sur la table avant de se lever et de repartir dans la rue. Il avait des besoins mais nullement l'intention de les satisfaire dans un endroit comme celui-ci. Peut-être à son retour aux Etats-Unis, pour l'heure il se contenterait d'une empoignade solitaire. Telles étaient les règles qu'il s'était fixées : ne pas boire d'eau, ne pas manger la nourriture locale et, surtout, ne jamais toucher à la chair fraîche du cru, aussi tentante fût-elle.

Freya atterrit à l'aéroport international du Caire à 8 heures du matin, heure locale. Une certaine Molly Kiernan, une amie d'Alex, celle qui lui avait téléphoné deux soirs plus tôt pour lui annoncer sa mort, l'attendait à l'arrivée.

Proche de la soixantaine, cheveux blonds grisonnants, chaussures confortables aux pieds et petit crucifix en or autour du cou, elle s'avança, embrassa Freya et lui présenta ses condoléances. Puis, la prenant par le bras, elle l'escorta hors du terminal international vers le terminal national pour son vol jusqu'à l'oasis de Dakhla. C'était là qu'avait vécu Alex, là aussi que son enterrement devait avoir lieu, le lendemain.

— Vous êtes sûre que vous ne voulez pas passer la nuit au Caire et prendre l'avion demain ? lui demanda Kiernan tout en marchant. J'ai un lit supplémentaire.

Freya la remercia, mais dit qu'elle préférait partir immédiatement vers le sud. Qu'elle voulait voir sa sœur une dernière fois avant l'enterrement, lui faire ses adieux.

— Bien sûr, ma chère, répondit son interlocutrice en lui pressant la main. Zahir al-Sabri vous attendra à l'arrivée… il travaillait avec Alex. C'est un brave homme, un peu revêche. Il vous emmènera à l'hôpital puis chez votre sœur. Si vous avez besoin de quelque chose, quoi que ce soit…

Elle tendit sa carte à Freya : Molly Kiernan, coordinatrice régionale, USAID – l'Agence des Etats-Unis pour le développement international. Un numéro de portable était griffonné au dos.

Freya se présenta à l'enregistrement, avec trois autres passagers seulement. Après avoir montré une sorte de laissez-passer et parlé aux hommes de la sécurité en un arabe parfait, Kiernan fut autorisée à l'accompagner dans la salle d'embarquement et à y rester jusqu'à ce qu'on appelle les voyageurs. Aucune des deux ne parla beaucoup. C'est seulement quand elle se leva pour embarquer et se joindre à la queue pour monter dans la navette qu'elle lui fit part de ses sentiments depuis qu'elle avait appris la mort de sa sœur :

— Je n'arrive pas à croire qu'Alex se soit suicidée. Je n'y arrive pas. Pas Alex.

Si elle attendait une explication, elle ne l'obtint pas. Kiernan se contenta de la serrer encore dans ses bras en lui caressant les cheveux, puis, sur un ultime « Je suis vraiment désolée », elle tourna les talons et s'en alla.

Après le décollage, Freya regarda distraitement le désert au-dessous d'eux, une étendue sans fin de jaune sale qui se fondait dans la brume à l'horizon. Ici et là, la surface était striée par les cours ramifiés pareils à des cicatrices d'oueds depuis longtemps asséchés, mais pour l'essentiel elle était monotone. Morne, vide, désolée… exactement comme elle.

Overdose de morphine… c'était la méthode qu'Alex avait utilisée pour en finir. Freya ne connaissait pas les détails précis, ne voulait pas vraiment les connaître, c'était trop pénible. Elle avait apparemment une sclérose en plaques, une forme particulièrement virulente de la maladie, et déjà perdu l'usage de ses deux jambes et d'un bras, et aussi en partie la vue... Bon Dieu, c'était si cruel !

« Elle ne pouvait plus le supporter, lui avait dit Molly Kiernan quand elle l'avait appelée pour lui apprendre la nouvelle. Elle ne pouvait plus continuer comme ça. Elle a décidé d'agir pendant qu'elle le pouvait encore. »

Ça ne ressemblait pas à Alex de renoncer ainsi à toute espérance, d'abandonner sans lutter. Mais, au vrai, il ne lui restait d'elle qu'un souvenir lointain : celui de l'Alex de son enfance, avec ses carnets de notes, sa collection de cailloux et sa vieille boussole de l'armée, de la bataille d'Iwo Jima. De l'Alex qui l'avait tenue contre elle à l'enterrement de leurs parents et avait délaissé sa carrière pour s'occuper d'elle, lui donner son amour et subvenir à ses besoins. Une Alex du passé. Une Alex disparue. Sept ans avaient passé depuis la dernière fois où elles s'étaient parlé ; comment savoir combien sa sœur avait changé pendant tout ce temps-là ?

Elle avait certes écrit à Freya, une fois par mois, avec une régularité d'horloge, des dizaines de lettres au fil des ans, toutes de son écriture curieuse, à la fois nette et heurtée. Elle avait cependant évité toutes considérations personnelles. Comme si ce qui s'était passé ce dernier jour à Markham avait empêché toute relation plus profonde entre elles deux. Dakhla, le désert, le travail qu'elle effectuait sur les mouvements des dunes et la géomorphologie du plateau du Guilf Kébir, quoi que cela ait voulu dire... voilà de quoi Alex parlait dans ses lettres. Des choses superficielles, extérieures, sans jamais creuser trop profondément. Seule sa dernière lettre, celle que Freya avait reçue quelques jours avant d'apprendre la nouvelle de sa mort, seule celle-là avait été différente : elle s'était de nouveau ouverte à elle, l'avait laissée pénétrer dans ses pensées. Mais il était déjà trop tard.

Et évidemment Freya, honteuse de ce qu'elle avait fait, n'avait jamais répondu à aucune de ces lettres. Pas une seule fois en sept ans elle n'avait tenté de lui tendre la main, de lui dire à quel point elle regrettait, de réparer le tort qu'elle lui avait fait.

C'est ce qui la tourmentait maintenant, encore plus que la mort d'Alex. Le fait que, de l'avis de tous, sa sœur avait souffert et que elle, Freya, n'avait pas été là pour la soutenir, comme Alex l'avait toujours fait avec elle. La piqûre de guêpe, la ponction lombaire, le jour où elle avait escaladé en solitaire le Nez d'El Capitan – sa sœur ne l'avait jamais laissée tomber, elle l'avait toujours soutenue.

Mais elle ne lui avait jamais rendu la pareille... elle l'avait délaissée. Une deuxième fois.

Elle sortit de sa poche l'enveloppe froissée portant le cachet de la poste égyptienne, la regarda avant de la ranger, sans avoir relu la lettre, puis fixa à nouveau le désert tout en bas. Morne, vide, désolé. Exactement comme elle se sentait maintenant. Comme elle se sentait depuis sept ans. Se sentirait sans doute toujours.

Comme prévu, Zahir al-Sabri, le collègue d'Alex, l'attendait à l'aéroport de Dakhla, quelques bâtiments orange entourés de tous côtés par le désert. Physique maigre et nerveux, nez busqué, fine moustache, la tête enturbannée de l'*imma* à carreaux rouges des Bédouins, il marmonna une brève salutation et, prenant son fourre-tout – elle garda le sac à dos –, il la conduisit à travers le hall des arrivées et à l'extérieur par des portes en verre. La chaleur du milieu de la matinée l'assaillit, comme si on avait appliqué une serviette bouillante sur son visage. Il faisait chaud au Caire, mais c'était autre chose : l'air brûlant semblait pénétrer en profondeur dans ses poumons, aspirer son souffle hors d'elle.

— Comment peut-on vivre ici ? fit-elle, haletante, en mettant ses lunettes de soleil pour se protéger de la réverbération.

Zahir haussa les épaules.

— Venez en été. Là, il fait vraiment chaud.

Devant le bâtiment du terminal, des figuiers pleureurs et des lauriers-roses en fleurs entouraient un parking. Zahir le traversa à pas légers jusqu'à un vieux Land Cruiser Toyota blanc cabossé, une galerie fixée sur le toit, le phare gauche cassé. Il posa le sac de Freya à l'arrière, ouvrit la portière du passager et, sans un mot, prit place derrière le volant et lança le moteur. Ils démarrèrent, franchirent un poste de sécurité et se retrouvèrent sur une route goudronnée – la seule – qui s'éloignait en serpentant à travers le désert comme une giclée de peinture gris sale. Au loin apparaissait la masse verte indistincte de l'oasis. Derrière, l'ourlant et incurvant l'horizon comme le bord d'une gigantesque soucoupe, se dressait un escarpement raide de couleur crème.

— Djébel el-Kasr, commenta Zahir sans s'étendre davantage.

Ils roulaient rapidement et en silence, des dunes graveleuses laissèrent d'abord la place à de l'herbe broussailleuse éparse, puis à des champs irrigués entrecoupés de massifs de palmiers, d'oliviers et d'agrumes. Au bout de dix minutes, un panneau en arabe et en anglais annonça qu'ils entraient dans Mout, qui, à en croire les lettres d'Alex, était la principale agglomération de Dakhla. Ville assoupie composée d'immeubles blanchis à la chaux de deux ou trois étages, elle était pratiquement déserte, ses rues poussiéreuses bordées de casuarinas et d'acacias, les bords des trottoirs peints de bandes blanches et vert menthe, les couleurs dominantes de la ville.

Ils passèrent devant une mosquée, une charrette tirée par un âne, des femmes en robe noire assises à l'arrière, une file de chameaux qui cheminaient sans but sur le côté de la route, et de temps à autre des bouffées de fumée de bois et de crottin entraient par les vitres baissées. En d'autres circonstances, Freya aurait été captivée, tant tout cela était différent, si complètement étranger à ce qu'elle connaissait. Mais elle se contentait de regarder distraitement par la portière tandis qu'ils suivaient un large boulevard à travers la ville, franchissant une succession de petits ronds-points d'où rayonnaient d'autres boulevards, si bien qu'elle avait la curieuse impression d'être baladée en tous sens dans un flipper géant.

En quelques minutes, ils se retrouvèrent de l'autre côté de l'agglomération, dans un paysage formé d'un patchwork de champs de maïs et de rizières. Pigeonniers, palmeraies, canaux d'irrigation, étranges affleurements de roche tordus défilaient, puis ils arrivèrent à un village de maisons en adobes serrées les unes contre les autres. Zahir ralentit, tourna à gauche et passa un portail ouvert pour s'arrêter dans une cour entourée de hauts murs de terre surmontés par des frondaisons de palmiers. Il klaxonna et coupa le moteur.

— C'est la maison d'Alex ? demanda Freya, essayant de faire le lien entre la cour, le logement délabré attenant et les descriptions que sa sœur en faisait dans ses lettres.

— Chez moi, répondit Zahir en sortant de la voiture. Nous allons boire le thé.

Freya n'avait aucune envie de boire du thé, mais elle sentait qu'il eût été impoli de refuser – Alex avait insisté sur l'importance que les Egyptiens attachent à l'hospitalité. Fatiguée comme elle était, elle empoigna son sac à dos et descendit à son tour du Toyota.

Zahir la conduisit dans la maison, puis le long d'un couloir – obscur et frais, où flottaient des odeurs de fumée et d'huile de cuisson – et dans une pièce sombre et haute de plafond, aux murs bleu pâle et au sol couvert de nattes. En dehors d'une banquette équipée de coussins et d'un téléviseur installé sur une table dans l'angle opposé, la pièce était vide. Il lui fit signe de prendre place sur la banquette, cria quelque chose vers l'arrière de la maison et s'accroupit par terre devant elle, sa djellaba remontée découvrant des Nike blanches. Silence.

— On m'a dit que vous travailliez avec Alex ? dit-elle au bout d'un moment, Zahir ne montrant aucune intention d'entamer la conversation.

Il répondit affirmativement par un grognement.

— Dans le désert ?

Il haussa les épaules comme pour dire : « Où, sinon ? »

— Qu'est-ce que vous faisiez ?

Autre haussement d'épaules.

— Nous allons en voiture. Loin. Au Guilf Kébir. Longue route.

Il leva rapidement les yeux vers elle, puis détourna le regard et, tordant le cou, épousseta quelque chose sur sa djellaba. Elle avait envie de lui en demander davantage : à propos de la vie qu'Alex avait menée ici, de sa maladie, de ses derniers jours, tout ce qu'il savait d'elle, voulant à tout prix recueillir la moindre bribe d'information la concernant. Elle se retint cependant, sentant qu'il n'était pas particulièrement disposé à parler. Molly Kiernan l'avait prévenue qu'il était revêche, mais c'était plus que cela. Presque hostile. Elle se demanda si Alex lui avait dit ce qui s'était passé entre elles, la raison pour laquelle elles ne s'étaient pas parlé pendant si longtemps.

— Vous êtes bédouin ? demanda-t-elle, exprimant sa pensée, pour tenter à nouveau de rompre la glace.

Hochement de tête, pas plus.

— Senoussi ?

Elle se rappelait vaguement avoir lu le mot dans les lettres d'Alex, un nom associé aux gens du désert. Si elle espérait l'impressionner par ses connaissances, elle manqua son but. Zahir poussa une exclamation de dégoût et secoua vigoureusement la tête.

— Pas senoussi, éructa-t-il. Les senoussis sont des chiens, la racaille. Nous sommes des al-Rashaayda. Des vrais Bédouins.

— Excusez-moi, bafouilla-t-elle. Je ne voulais pas...

Un tintement de verres dans le couloir l'interrompit. Un petit garçon d'à peine deux ou trois ans entra en trottinant dans la pièce, suivi d'une jeune femme – mince, la peau sombre, séduisante. Elle portait une pipe *chicha* dans une main et un plateau avec deux verres de thé brun rougeâtre de l'autre. Freya se leva pour l'aider, mais Zahir lui intima d'un geste de se rasseoir et fit signe à sa femme – du moins Freya supposait-elle qu'elle l'était – de poser le plateau et la pipe à eau à côté de lui. Un bref instant, son regard croisa celui de Freya et elle disparut.

— Sucre ?

Zahir en versa une cuillerée dans le verre de Freya sans attendre sa réponse et le lui tendit avant de prendre le garçonnet dans ses bras.

— Mon fils, dit-il, souriant pour la première fois, la tension du moment précédent apparemment oubliée. Très intelligent. N'es-tu pas intelligent, Mohsen ?

L'enfant rit en lançant des coups de pied sous le bas de sa djellaba miniature.

— Un bien joli garçon, dit Freya.

— Pas joli, répliqua Zahir en agitant un doigt désapprobateur. Femmes sont jolies. Mohsen beau. Comme son père.

Il rit doucement par-devers lui et embrassa son fils sur le front.

— Vous avez des enfants ?

Elle avoua qu'elle n'en avait pas.

— Commencez bientôt, conseilla-t-il. Avant vous trop vieille.

Il versa trois cuillerées de sucre dans son thé, le but à petites gorgées et, levant l'embout de la pipe à eau, la ranima en tirant quelques bouffées. Un nuage d'épaisse fumée bleue s'éleva lourdement vers le plafond. Il y eut un autre silence pesant – du moins Freya le trouva-t-elle ainsi, alors que Zahir ne semblait pas en être conscient. Puis, avec l'embout de la pipe, il montra au-dessus de la tête de Freya un coutelas incurvé accroché au mur, sa gaine en bronze damasquinée d'un réseau complexe de filets d'argent, son manche en ivoire terminé par ce qui ressemblait à un gros rubis.

— Ça appartient ancitre de ma famille, déclara-t-il, plongeant momentanément Freya dans la confusion, le temps qu'elle comprenne ce qu'il voulait dire.

— Ancêtre, corrigea-t-elle.

— C'est ce que je dis. Ancitre. Son nom Mohammed Wald Yousouf Ibrahim Sabri al-Rashaayda. Il vit il y a six cents ans, homme très célèbre. Plus célèbre Bédouin du désert. Sahara comme son jardin, il va partout, même Mer de Sable, connaît chaque dune, chaque point d'eau. Très grand homme.

Il hocha fièrement la tête, enlaçant son fils d'un bras. Freya attendit la suite, mais cela semblait être tout et ils retombèrent dans le silence. Le toussotement d'une pompe d'irrigation au loin et, plus près, le criaillement d'une oie leur parvenaient par la fenêtre ouverte. Elle laissa une ou deux minutes s'écouler en buvant son thé à petits coups, le regard de l'enfant fixé sur elle. Puis elle posa son verre, se leva et demanda si elle pouvait aller aux toilettes. Non parce qu'elle en avait besoin, uniquement pour s'échapper un moment. De la main, Zahir lui indiqua qu'elle devait suivre vers l'arrière de la maison le couloir qu'ils avaient emprunté en arrivant.

Elle sortit de la pièce, soulagée d'être seule, passa devant deux chambres – murs et sol nus, lits en bois curieusement ornés – avant de franchir un rideau de perles de verre bruissant et de se retrouver dans une petite cour intérieure. Des cages en bambou empilées contre un mur étaient pleines de lapins et de pigeons. Par une ouverture du côté opposé, elle entendait le tintement de marmites et des voix de femmes. Il y avait deux portes fermées sur sa droite, dont l'une, supposa-t-elle, devait être celle des toilettes. Elle traversa la cour et ouvrit la plus proche. C'était soit un bureau, soit une remise, elle ne savait trop, une table de travail, une chaise et un vieil ordinateur incitant à pencher en faveur de la première hypothèse, des sacs de grain, une bicyclette rouillée et divers outils agricoles, en faveur de la seconde. Elle s'apprêtait à refermer la porte quand son attention fut attirée vers l'autre côté de la pièce, là où le bureau était poussé dans un coin. Une photo était scotchée au mur. Elle entra dans la pièce pour mieux la voir.

Elle était en couleur, agrandie plusieurs fois, si bien que, même de la porte, on voyait distinctement ce qu'elle représentait : une colonne incurvée de roche noire lisse qui jaillissait du désert par ailleurs monotone, pareille à un énorme cimeterre fendant les sables. Cette formation rocheuse spectaculaire, à la partie supérieure effilée, aux flancs entaillés en dents de scie par les intempéries pendant des millénaires, défiait la pesanteur. Freya ne put s'empêcher de penser que cela ferait une belle ascension, mais c'était moins le rocher qui avait captivé son attention que le personnage debout dans l'ombre à sa base. Elle s'approcha du bureau, se pencha par-dessus, les yeux levés. Bien que la silhouette fût minuscule à côté du monolithe recourbé qui la dominait, elle ne pouvait pas ne pas reconnaître le sourire, la vieille veste en daim, les cheveux blonds. Alex. Elle tendit la main et la toucha.

— C'est privé.

Elle se retourna. Zahir était sur le pas de la porte, son fils derrière lui.

— Excusez-moi, marmonna-t-elle, embarrassée. Je me suis trompée de porte.

Il ne répondit rien, se contenta de la regarder.

— J'ai vu Alex.

Elle montra la photo, se sentant inexplicablement coupable, comme surprise en train de faire quelque chose qu'elle n'aurait pas dû faire, comme en ce jour lointain où…

– Toilettes porte à côté, dit-il.

— Bien sûr. Je ne voulais pas…

Elle s'interrompit, troublée, incapable de trouver le mot juste. Me mêler de ce qui ne me regarde pas ? Me montrer indiscrète ? Fureter ? Elle sentit ses yeux s'emplir de larmes.

— Etait-elle heureuse ? lâcha-t-elle brusquement, sans pouvoir s'en empêcher. Alex. Elle m'a envoyé une lettre, vous voyez, juste avant de mourir, elle m'a dit des choses… elle semblait heureuse. L'était-elle ? A la fin. Etait-elle heureuse ?

Il continuait de la fixer des yeux, impassible.

— C'est privé, répéta-t-il. Toilettes à côté.

Elle sentit la moutarde lui monter au nez.

*Elle est morte !* avait-elle envie de crier. *Ma sœur est morte et vous m'emmenez ici pour boire le thé sans même me laisser voir sa photo !*

Elle ne dit rien, consciente que sa fureur était dirigée autant contre elle-même que contre Zahir – à cause de ce qu'elle avait fait à Alex, pour avoir manqué à ses devoirs envers elle, pour tout. Elle jeta un dernier coup d'œil à la photo, puis retraversa la pièce et ressortit dans la cour.

— Je n'ai plus besoin des toilettes, dit-elle doucement. Je veux seulement la voir. Voulez-vous m'emmener auprès d'elle, s'il vous plaît ?

Il fixait sur elle un regard dénué d'expression, ne trahissant aucune émotion, puis, avec un hochement de tête, il ferma la porte. Il poussa son fils en direction de la cuisine avant de reconduire Freya à travers la maison jusqu'au Land Cruiser. Ils ne dirent pas un mot pendant le trajet de retour jusqu'à Mout.

# Le Caire

Il était près de midi quand Flin réussit à émerger. Il était vautré sur son canapé, tout habillé, des battements dans la tête, la bouche sèche et râpeuse. Alarmé, il crut un instant qu'il avait manqué ses cours du matin avant de se rappeler qu'on était mardi et que le mardi il ne commençait qu'en début d'après-midi. Il murmura « Dieu merci » et se laissa retomber sur les coussins, puis il s'étira les jambes et se massa les tempes.

Il resta un moment étendu là, à regarder les bandes de soleil qui découpaient le plafond en tranches, retournant dans sa tête les événements de la nuit précédente tandis qu'un concert de klaxons incessant montait de la rue en contrebas. Puis, après s'être mis debout, il alla à la salle de bains en tanguant et prit une douche froide en faisant pleuvoir une cascade sur son visage et son torse, dans les grondements et les borborygmes de la plomberie vétuste de l'appartement. Il y resta un quart d'heure. Pendant que ses idées s'éclaircissaient peu à peu, il se sécha et prépara du café, un épais café noir égyptien, aussi fort et aigre que du jus de citron. Il entra nonchalamment dans la salle de séjour, ouvrit les volets. Une multitude chaotique d'immeubles s'étalait devant lui vers l'est, comme un flot d'écume boueuse, avant de percuter au loin la muraille nimbée de brume des collines du Muqqatam. Sur sa droite, le dôme argent sale de la mosquée Mohammed Ali luisait au soleil de midi. Partout, des minarets jaillissaient de la confusion, pointés vers le ciel telles des aiguilles piquées dans une étoffe grossière, leurs haut-parleurs emplissant l'air du hululement plaintif des muezzins de la ville qui appelaient les fidèles à la prière de midi.

Il avait habité là pendant la majeure partie de la décennie écoulée, louant l'appartement à une vieille famille égyptienne qui possédait l'ensemble du pâté de maisons depuis sa construction à la fin du XIX$^{e}$ siècle.

De l'extérieur, l'immeuble ne payait pas de mine, sa façade coloniale, jadis fière – balcons ornés, encadrements de fenêtre finement sculptés, vitres de couleur voyantes et portes en fer forgé –, maintenant lézardée, dégradée par les intempéries et teintée de la couleur du crottin par l'air pollué. A l'intérieur, les parties communes n'étaient plus non plus de la première jeunesse, sombres et déprimantes, les murs éraflés, entaillés, couverts de graffitis, la peinture écaillée.

Cependant, c'était commodément situé, à quelques rues seulement de l'Université américaine, où il donnait des cours. Et le loyer était bas, même à l'aune des prix cairotes – considération importante puisqu'il n'enseignait qu'à temps partiel. Et si le pâté de maisons avait connu des jours meilleurs, son appartement, au dernier étage, était une oasis de calme et de lumière, les pièces hautes de plafond, les fenêtres offrant une vue spectaculaire sur la ville à l'est et au sud. Il se sentait toujours plus chez lui dans le désert, où il passait quatre mois par an, loin de tout et de tous, mais dans la mesure où il pouvait être heureux en ville, il l'était ici. Même avec ce salopard acariâtre de Taïb embusqué au rez-de-chaussée.

Il avala son café d'un trait, s'en versa un autre et retourna à la fenêtre, le regard perdu sur le fouillis de toits. La plupart, à l'instar des rues en contrebas, étaient couverts de monceaux d'ordures et de détritus, comme si la métropole avait été prise en sandwich entre deux couches de déchets. Il essaya en vain de repérer Saint-Simon-le-Tanneur et les églises coptes creusées dans les falaises au-dessus du quartier de Manshiet Nasser, où habitaient les Zabbaleen, puis il baissa les yeux vers la ruelle au pied de l'immeuble, où les morceaux de la bouteille de whisky de la veille au soir étaient encore éparpillés dans la poussière. Un chat reniflait autour avec curiosité.

— Merci, Alex, murmura-t-il, sachant que s'il n'y avait pas eu sa photo il serait encore en train de boire. Que ferais-je sans toi ?

Il continua de regarder dehors un moment. Le café lui éclaircissait les idées. Il rapporta la tasse à la cuisine, s'habilla et longea le couloir jusqu'à son bureau, à l'autre bout de l'appartement.

Partout où il avait élu domicile durant sa vie – Cambridge, Londres, Bagdad, ici au Caire –, il avait toujours organisé son espace de travail de la même façon. Son bureau était installé juste à côté de la porte, face à la fenêtre de l'autre côté de la pièce. Des meubles classeurs étaient alignés près du bureau, des étagères à livres tapissaient les deux murs latéraux du sol au plafond et il y avait dans un coin un fauteuil, une lampe, un lecteur de CD portable et une pendule au mur au-dessus d'eux. C'était exactement la même disposition que celle adoptée par son père – éminent égyptologue lui aussi – dans son bureau, jusqu'aux plantes en pots posées sur les classeurs et au tapis kilim. Flin s'était demandé plus d'une fois ce qu'en penserait un psychanalyste. Probablement la même chose que du fait d'avoir suivi son paternel en Egypte : un besoin sublimé de plaire, d'imiter, d'être aimé. Les conneries habituelles que sortent les psychanalystes. Il s'efforça de ne pas s'appesantir là-dessus. Son père était mort depuis longtemps et, tout compte fait, il était désormais si habitué à cette disposition du mobilier qu'il était plus simple de n'y rien changer. Quelle que fût la charge affective sous-jacente.

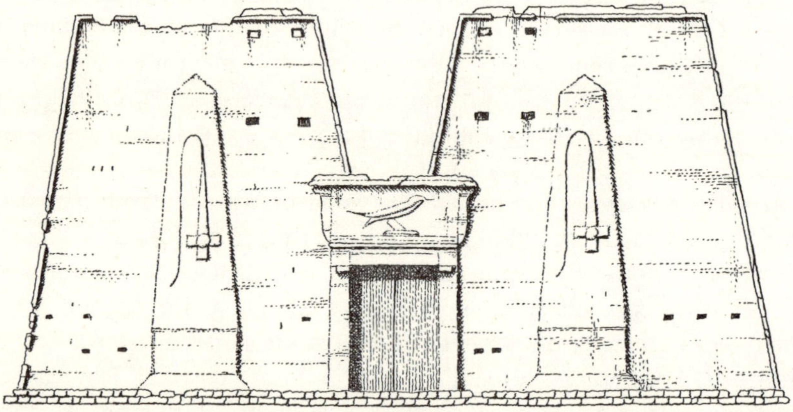

En entrant dans la pièce, il marqua un temps d'arrêt, comme il le faisait toujours, pour regarder la gravure encadrée accrochée au mur au-dessus du bureau. Ce simple dessin à l'encre représentait une entrée monumentale : deux tours trapézoïdales entre lesquelles, à peu près à mi-hauteur, un linteau surmontait une porte rectangulaire à deux battants. Chaque tour présentait sur le devant l'image d'un obélisque, avec, à l'intérieur, une croix et le symbole linéaire en boucle – le *sedjet*, l'idéogramme hiéroglyphique du feu. Sur le linteau aussi on voyait un bas-relief, cette fois-ci un oiseau avec un petit bec et une longue queue majestueuse. Dans le bas de la gravure, la légende en scriptes fluides disait :

*La cité de Zerzura est blanche comme une colombe*
*et sur sa porte est sculpté un oiseau.*
*Entrez et vous découvrirez là de grandes richesses.*

Il la fixa des yeux, répétant la légende par-devers lui comme il le faisait toujours, puis, sur un hochement de tête, se dirigea vers le fauteuil et s'y laissa tomber en allumant le lecteur de CD. Les accents mélancoliques et limpides d'une *Nocturne* de Chopin s'élevèrent autour de lui.

Il suivait le même rituel tous les matins, et ce depuis le temps où il était étudiant (apparemment, l'espion Kim Philby n'agissait pas autrement) : une demi-heure d'un silence méditatif en début de journée – en l'occurrence en milieu de journée –, pendant laquelle il se renversait dans son fauteuil, se coupait du monde extérieur et se concentrait, l'esprit encore reposé, sur le problème intellectuel qui le préoccupait à ce moment-là. C'était parfois un problème abstrait – comment interpréter la lutte entre les dieux Horus et Seth, par exemple –, à d'autres moments quelque chose de plus spécifique : une argumentation qu'il développait pour un article académique, peut-être, ou la traduction d'une inscription particulièrement obscure.

Le plus souvent il finissait par réfléchir à un aspect du mystère de l'Oasis secrète. Plus que tout autre sujet, c'était celui-là qui lui occupait l'esprit depuis dix ans. Et celui vers lequel, à la lumière des récents événements, il tournait maintenant ses pensées.

C'était un problème déroutant, d'une complexité insurmontable, pensait-il parfois : un puzzle dont la plupart des pièces semblaient manquer et où celles dont on disposait refusaient de former un quelconque motif reconnaissable. Une poignée de fragments de textes, en majorité ambigus ou incomplets ; deux ou trois œuvres d'art pariétal ; l'histoire de Zerzura ; et, bien sûr, le papyrus d'Imti-Khentika. Pas grand-chose, tout bien considéré ; l'équivalent en égyptologie d'une tentative de déchiffrer le code Enigma des nazis.

Les yeux fermés, tandis que les *Nocturnes* de Chopin tourbillonnaient doucement autour de lui, Flin laissa son esprit vagabonder, revenant sur le sujet pour la dix millième fois, évoluant parmi les témoignages épars comme dans un champ de ruines antiques. Il retourna dans sa tête les divers noms donnés à l'oasis – l'Oasis secrète, l'Oasis des Oiseaux, la Vallée sacrée, la Vallée du Benben, l'Oasis du Bout du Monde, l'Oasis des Rêves –, dans l'espoir qu'en les passant et repassant en revue il tomberait sur un indice jusque-là négligé. De même, pour la mention de l'Iret net Khépri, l'Œil de Khépri, dont il était persuadé qu'elle n'était pas seulement l'une de ces expressions figurées tant appréciées des anciens Egyptiens mais qu'elle désignait quelque chose de particulier, à entendre au sens littéral. Il n'avait pas encore trouvé ce que c'était et n'était pas plus près d'y arriver aujourd'hui.

Une demi-heure passa, puis une autre – la Bouche d'Osiris, les Malédictions de Sobek et Apep, que diable cela pouvait-il bien être ? –, jusqu'à ce que son esprit commence à s'obscurcir. Il rouvrit les yeux. Pendant quelques instants, son regard erra à travers la pièce, puis s'arrêta sur la gravure au-dessus de son bureau : « La cité de Zerzura est blanche comme une colombe et sur sa porte est sculpté un oiseau. Entrez et vous découvrirez là de grandes richesses. »

Il se leva, alla jusqu'à elle, la décrocha du mur, l'apporta à son fauteuil, se rassit, la posa sur ses genoux et l'examina attentivement.

C'était le frontispice – ou plus exactement la copie du frontispice, l'inscription originale en arabe traduite en anglais – d'un chapitre du *Kitab al-Kanouz*, le « Livre des Perles cachées », un guide médiéval des sites remarquables d'Egypte, à la fois réels et fantaisistes, destiné aux chasseurs de trésors. Ce chapitre était consacré à la légendaire oasis perdue de Zerzura – hormis une brève mention passablement sibylline dans un manuscrit du XIII$^{e}$ siècle, c'était là la première référence connue au lieu.

Quoique sans valeur intrinsèque, la gravure était l'un de ses biens auxquels Flin attachait le plus de prix, un cadeau du grand explorateur du désert Ralph Alger Bagnold, qu'il avait rencontré brièvement peu avant son décès, en 1990. Flin travaillait alors à son doctorat (sur la physionomie de l'habitat autour du Guilf Kébir) et, du fait de leur passion commune pour le Sahara, ils s'étaient tout de suite découvert des atomes crochus, passant ensemble une série d'après-midi bienheureux à parler du désert, du Guilf et plus particulièrement de Zerzura – des conversations magiques qui avaient éveillé l'intérêt de Flin pour le sujet.

Il contemplait la gravure en souriant et, même maintenant, presque vingt ans après, il éprouvait encore le frisson d'excitation qu'il avait ressenti en présence du grand homme.

Pour Bagnold, cela ne faisait aucun doute : Zerzura n'était qu'une légende, la description qui en était faite dans le *Kitab al-Kanouz* – des monceaux d'or et de pierreries disséminés un peu partout, un roi et une reine endormis dans un château – tenait purement et simplement du conte de fées, au même titre que Jacques et son haricot magique ou Hänsel et Gretel.

Le *Kitab*, plein d'histoires de trésors cachés, comportait indubitablement une part importante de fantaisie. Malgré tout, plus il faisait des recherches sur le sujet, plus Flin était convaincu qu'une fois les enjolivures évidentes éliminées, la Zerzura du *Kitab al-Kanouz* était bien un endroit réel. Non seulement cela, mais, comme il l'avait laissé entendre dans sa conférence, la veille au soir, elle ne faisait qu'un avec l'Oasis secrète des anciens Egyptiens.

Le nom lui-même fournissait un indice. Zerzura venait du mot arabe *zarzar*, un petit oiseau, un écho manifeste de l'une des variations sur la *wehat seshtat* : la *wehat apedu*, l'Oasis des Oiseaux.

La représentation de l'entrée l'intriguait également : la copie presque conforme d'un pylône monumental de temple de l'Ancien Empire. L'obélisque et les symboles du *sedjet* signalaient un lien avec l'Egypte ancienne, comme le faisait l'oiseau sculpté dans le linteau, une évocation évidente de l'oiseau sacré Bénou.

Tout cela était certes assez mince et lorsque Flin en avait parlé avec Bagnold, celui-ci n'avait pas été convaincu. La similitude de noms était certainement une coïncidence, avait-il argué – toutes les oasis hébergent des oiseaux –, tandis que les symboles et l'architecture ancienne pouvaient aisément s'expliquer par le fait que l'auteur du *Kitab* avait tout simplement copié ce qu'il avait vu dans les temples de la vallée du Nil, qui devaient sans aucun doute lui être familiers.

Et, bien sûr, restait le problème évident de la façon – même si Zerzura existait et ne faisait qu'un avec l'Oasis secrète – dont l'auteur du *Kitab* avait trouvé ses informations, l'oasis étant censée être cachée.

Curieusement, c'était Bagnold lui-même qui avait, si l'on peut dire, fourni une réponse : des rumeurs couraient depuis longtemps, avait-il rapporté à Flin, selon lesquelles certaines tribus du désert savaient où se trouvait Zerzura, des Bédouins qui étaient tombés dessus par hasard et avaient depuis gardé le secret de son emplacement. Lui-même n'en croyait pas un mot, mais si Flin cherchait une explication, c'était, de l'avis de Bagnold, la plus plausible : l'auteur du *Kitab* avait entendu parler de l'oasis de deuxième main par un Bédouin qui l'avait vue ou par quelqu'un qui avait connu ce dernier.

« C'est une histoire fascinante, avait conclu Bagnold. Mais faites attention. La quête de Zerzura en a rendu fou plus d'un. Continuez de vous y intéresser, mais n'en faites pas une obsession. »

Flin avait suivi le conseil. Du moins au début. Il avait continué à étudier la question, à exhumer toutes les informations possibles, mais ça n'était resté qu'un passe-temps, une activité secondaire par rapport à son principal domaine d'étude. Et après avoir terminé son doctorat et s'être éloigné de l'égyptologie, il avait presque oublié l'Oasis secrète.

C'est seulement lorsque sa vie était partie à vau-l'eau et qu'il était retourné en Egypte, s'était impliqué dans Sandfire, qu'il avait de nouveau envisagé la question et réexaminé les témoignages. Alors seulement, il s'était vraiment réapproprié le sujet, son intérêt se muant lentement mais sûrement en obsession.

C'était là, quelque part, il le savait, le sentait. En dépit de ce qu'avaient dit Bagnold et des centaines d'autres, Zerzura, la *wehat seshtat*, ou quel que soit le nom qu'on lui donne, se trouvait là-bas, dans le Guilf Kébir. Et il avait eu beau chercher, il ne parvenait pas à la trouver.

Il leva les yeux vers la pendule accrochée au mur.

— Merde ! s'exclama-t-il.

Il était censé commencer son cours de niveau supérieur sur les hiéroglyphes un quart d'heure plus tard. Il remit en place la gravure, prit son ordinateur portable à la volée et sortit de l'immeuble si précipitamment qu'il ne remarqua pas le personnage replet installé à la devanture du bar à jus de fruits voisin, qui se tamponnait le front avec un mouchoir et sirotait un Coca-Cola en boîte.

# Dakhla

L'« Hôpital central d'al-Dakhla », puisque tel était le nom proclamé par un panneau sur le toit de l'édifice, se trouvait dans l'artère principale de Mout : un immeuble moderne de deux étages, entouré de palmiers doums et peint en vert et blanc comme la majeure partie de la ville. Après avoir laissé le Land Cruiser dans la cour de devant, Zahir et Freya entrèrent dans le bâtiment et Zahir parla à l'infirmière qui était à la réception. Elle leur indiqua un alignement de chaises en plastique et décrocha un téléphone.

Des gens circulaient dans le hall autour d'eux, de la musique leur parvenait, de quelque part dans les profondeurs du bâtiment. Dix minutes passèrent ainsi, puis un quinquagénaire atteint d'un début de calvitie et vêtu d'une blouse blanche s'approcha.

— Mademoiselle Hannen ?

Freya et Zahir se levèrent.

— Docteur Mohammed Rachid, se présenta le médecin en serrant la main de Freya. Excusez-moi de vous avoir fait attendre.

Il parlait anglais couramment, avec un léger accent américain. Il s'adressa brièvement en arabe à Zahir, qui hocha la tête et se rassit. Sur un « Veuillez me suivre, s'il vous plaît », il entraîna Freya le long d'un couloir qui menait vers l'arrière de l'édifice, expliquant en chemin qu'il avait soigné Alex durant ces derniers mois.

— Elle avait ce que nous appelons la variante de Marburg, lui expliqua-t-il, adoptant ce ton de sympathie détachée qu'emploient toujours les médecins pour décrire des maladies en phase terminale. C'est une forme rare de sclérose en plaques, dans laquelle le mal progresse extrêmement vite. Le diagnostic a été établi il y a tout juste cinq mois, et à la fin elle avait perdu l'usage de presque tout en dehors du bras droit.

Freya marchait à son côté, n'enregistrant qu'à moitié ce qu'il disait. Plus elle approchait de sa sœur, plus elle avait peine à croire à ce qui s'était passé.

— ... été plus facile pour elle au Caire ou aux Etats-Unis, disait Rachid. Mais c'est ici qu'elle se sentait chez elle, et nous avons donc fait tout notre possible pour qu'elle soit bien. Zahir a été très gentil avec elle.

Ils tournèrent à droite pour franchir des portes battantes et descendre un escalier conduisant au sous-sol de l'hôpital, où ils suivirent un autre couloir, leurs pas résonnant sur le carrelage. A mi-chemin, Rachid s'arrêta, sortit un trousseau de clés, ouvrit une porte – lourde, épaisse comme celle d'une cellule –, la poussa et s'effaça pour laisser passer Freya. Elle hésita, la température ambiante semblant chuter brusquement. Puis, avec un effort de volonté, elle entra.

Une vaste pièce, carrelée de vert et éclairée de néons, où régnait un froid anormal et flottait une vague odeur d'antiseptique. Devant elle, sur un chariot, un drap blanc recouvrait la forme d'un corps. Freya porta une main à ses lèvres, la gorge serrée.

— Voulez-vous que je reste avec vous ? demanda le médecin.

Elle secoua la tête, craignant de se mettre à sangloter si elle ouvrait la bouche. Il hocha la tête et commençait à fermer la porte quand il se pencha à l'intérieur de la pièce.

— Ici, à Dakhla, les gens ne se montrent pas toujours chaleureux avec les étrangers, dit-il d'une voix plus douce, moins officielle qu'avant. Ils l'ont été avec Mlle Alex. *Ya doctora*, « docteur », ils l'appelaient. Une expression de grand respect. *Ya doctora*, et aussi *el-mostakchefa el-gamila*... c'est difficile d'en donner une traduction exacte, mais en gros cela veut dire « la belle exploratrice ». Elle sera très regrettée. Je vous attends dehors. Je vous en prie, prenez tout le temps que vous voulez.

La porte se referma dans un déclic et Freya la regarda quelques instants avant de faire demi-tour et d'aller jusqu'au chariot. Elle tendit la main et la posa sur le drap, toute chavirée en sentant à quel point le corps qui en était recouvert semblait squelettique, comme si presque toute la chair avait fondu.

Elle resta ainsi un moment, se mordant la lèvre, le souffle court, accablée. Puis, avec hésitation, elle saisit le coin supérieur du drap et découvrit d'abord le visage et le cou de sa sœur, puis son buste. Elle était nue, les yeux clos, sa peau d'une pâleur translucide, en dehors de la région de l'épaule gauche, où il y avait une grosse ecchymose.

— Oh, mon Dieu, murmura-t-elle. Oh, Alex.

Curieusement, ce furent des détails insignifiants, des petites choses, qui attirèrent son attention, plutôt que l'ensemble du corps, comme si l'embrasser du regard entièrement eût été insupportable et le considérer morceau par morceau, comme les pièces d'un puzzle, pouvait seul lui permettre d'accepter l'énormité de ce qu'elle voyait. L'état de celle qu'elle regardait. Le grain de beauté sur le côté du cou, le tissu cicatriciel en forme de faucille sur sa main gauche, là où elle se l'était ouverte sur des fils barbelés quand elle était enfant, cette autre ecchymose, beaucoup plus petite, celle-là, juste sous le pli du coude droit, pas plus grosse que l'empreinte d'un pouce...

Détail après détail, elle se faisait une idée du corps de sa sœur, elle la reconstituait, la refaisait sienne, puis ses yeux se posèrent sur le visage d'Alex.

Malgré toute la souffrance et l'affliction de ses derniers mois, son expression était empreinte d'une paix et d'un contentement étranges, les yeux fermés comme si elle dormait, les commissures de ses lèvres légèrement relevées en ce qui ressemblait à une esquisse de sourire. Pas du tout le visage de quelqu'un mort dans la douleur et le désespoir.

C'était en tout cas ce dont Freya essayait de se convaincre. Elle pensa à ses parents dans leurs cercueils au funérarium après l'accident de voiture qui les avait tués tous les deux, se souvint qu'eux aussi avaient le même air. Peut-être tous les cadavres étaient-ils ainsi, peut-être était-ce la rigidité provoquée par la mort. Il se pouvait aussi qu'elle veuille lire trop de choses sur ce visage.

Elle ne pouvait cependant s'en empêcher. Elle avait besoin de se réconforter en pensant que le suicide de sa sœur n'avait pas été aussi complètement et indiciblement triste qu'il y semblait. Qu'à la fin Alex avait trouvé quelque chose de bon à quoi se raccrocher. Qu'elle était, à sa façon, morte heureuse. C'était ce que Freya voulait croire, avait besoin de croire. L'autre possibilité – qu'elle soit morte seule, en souffrant terriblement, désespérée – était tout simplement trop terrible pour être envisagée. Il fallait qu'il y ait eu autre chose. Une lueur d'espoir.

Elle toucha la joue de sa sœur, la peau froide et douce comme de l'albâtre sous ses doigts. Elle se rappela ce jour où, âgée de treize ans, au cours d'une de ses longues randonnées autour de Markham, elle était tombée sur Alex et Greg – son petit ami, qui allait devenir son fiancé – endormis l'un contre l'autre au coin d'une meule de foin. Ils étaient couchés sur le côté, en petites cuillères, le bras de Greg autour de la taille d'Alex, dont les coins de la bouche étaient retroussés en un vague sourire. La même expression qu'elle avait maintenant dans la mort. Greg et Alex… Freya se mit à sangloter.

— Je suis désolée, dit-elle d'une voix étranglée. Oh, mon Dieu, je suis vraiment, vraiment désolée. Je t'en prie, Alex… je t'en prie…

Elle avait envie de dire « Pardonne-moi », mais les mots ne sortaient pas. Elle se pencha en avant, baisa le front de sa sœur, posa un moment sa joue contre lui. Puis elle remonta le drap et sortit à la hâte de la pièce.

# Le Caire

L'ambassade des Etats-Unis se trouve dans une enceinte close de murs fortement gardée, tout a côte de Midan Tahrir. Elle tient plus de la prison de haute sécurité que de la résidence diplomatique et deux immeubles la dominent.

Le Caire 1, comme l'appelle le personnel, est une affreuse tour de quinze étages couleur caca qui se dresse au centre de l'enceinte et héberge les services essentiels de l'ambassade : le bureau de l'ambassadeur, la liaison gouvernementale, les affaires militaires, les renseignements.

Le Caire 2, à une encablure de l'autre côté de l'enceinte, est dans l'ensemble moins voyant que le premier, avec sa façade en pierre crème, ses fenêtres pareilles à des meurtrières et ses deux antennes paraboliques installées sur le toit et évoquant des oreilles décollées géantes. S'y trouvent les divers services d'appoint qui permettent le fonctionnement de l'ambassade : comptabilité, administration, presse, information. Et c'est là, au troisième étage, que Cy Angleton avait son bureau.

Assis à sa table de travail, la porte fermée à clé et le store baissé, il emboîta une aiguille dans le stylo injecteur, puis souleva sa chemise pour empoigner un pli de chair caoutchouteux, la compression rendant la peau encore plus blanche qu'elle n'était déjà.

Il y avait du progrès depuis les années 1960 où, gamin, il habitait à Brantley, dans l'Alabama. A l'époque, pour faire les piqûres, il fallait une ampoule, une seringue et une aiguille longue comme le doigt. Il suffisait maintenant d'une petite cartouche et d'un stylo injecteur pas plus gros qu'un stylo plume. Si la technique s'était améliorée, certaines choses n'avaient cependant pas changé. Diabétique à vie de type 1, il devait toujours se faire une injection quatre fois par jour avec une régularité d'horloge (à l'école, ses camarades scandaient « Petit cochon pelote à épingles ! »). Encore maintenant, près de quarante ans plus tard, il détestait toujours autant ça.

Il serra les dents et se mit à fredonner quelques mesures de *Your Cheating Heart* de Hank Williams avant de planter fermement l'aiguille dans son ventre. Elle lui transperça la peau avec une brève douleur cuisante. Il la maintint là un moment tandis que l'insuline était injectée dans le tissu adipeux et le maintenait en vie ; puis, avec un soupir de soulagement, il remit le stylo injecteur sur son support. Il se leva en reboutonnant sa chemise et se dandina jusqu'à la fenêtre pour lever le store. Le soleil entra à flots dans le bureau.

C'était une petite pièce encombrée au mobilier – bureau, chaise, canapé, bibliothèque – quelconque et très laid : ils appelaient ça des meubles de GI. C'eût été plus confortable au Caire 1, où les locaux étaient plus spacieux et mieux meublés, mais il avait été détaché aux Affaires publiques, et les Affaires publiques se trouvant au Caire 2, c'était donc là qu'il était. On lui posait moins de questions, ainsi. Et avec un peu de chance, ça ne durerait pas très longtemps. Une fois que cette affaire Sandfire serait éclaircie, il bouclerait sa valise et sauterait dans le premier avion.

Au-dessous de lui, deux joueurs se démenaient sur le court de tennis de l'ambassade, le bruit sourd, rythmique, de la balle résonnait, amorti, dans toute l'enceinte. Il les regarda en se demandant avec une sorte de détachement l'effet que ça faisait de se déplacer avec une telle aisance, puis retourna à son bureau. Il s'assit et reprit le dossier sur lequel il travaillait avant de se faire sa piqûre. Les mots *CLASSÉ SECRET* étaient tamponnés en diagonale sur la couverture. Au-dessous, il y avait un nom : *Alexandra Hannen.* Il ouvrit le dossier et s'y replongea.

# Dakhla

Il fallut s'immerger dans un monceau de paperasses, signer moult formulaires, afin que le corps puisse être inhumé. La fin d'après-midi approchait quand tout fut fini et Freya put quitter l'hôpital ; le violent soleil de la matinée avait été adouci par une brume couleur de miel, mais la chaleur était toujours aussi forte.

— Je vous emmène maison docteur Alex, dit Zahir quand ils remontèrent dans le Land Cruiser.

— Merci, répondit-elle.

Après quoi ils restèrent silencieux.

Ils suivirent ce qui paraissait être le principal axe nord-ouest à travers l'oasis. Des champs de maïs et de canne à sucre s'étendaient des deux côtés de la route entrecoupés de canaux d'irrigation, d'oliveraies, de palmeraies et de ce que Freya pensa être des bosquets de mûriers. Elle n'y prêtait guère attention, l'esprit encore obnubilé par ce qu'elle avait vu à la morgue.

Vingt minutes après, ils tournèrent à gauche et prirent une route secondaire qui les mena à un village – Qalamoun, d'après le panneau en arabe et en anglais planté en lisière. Il y avait une mosquée, un cimetière, deux ou trois éventaires de fruits et légumes, et, de manière assez incongrue, un magasin à devanture en verre avec une enseigne Kodak au néon et un écriteau : *DÉVELOPPEMENT RAPIDE DE PHOTOS*.

Juste après le village, ils tournèrent encore, cette fois-ci pour emprunter une piste défoncée jonchée de détritus. Accrochée à la poignée de la portière tandis que le Land Cruiser faisait des embardées, Freya regardait distraitement les terres cultivées faire place au désert, le vert de la végétation se dissoudre en des teintes brûlées orange et rouge. Bringuebalés en tous sens, ils suivirent la piste qui serpentait à travers un paysage chaotique de tertres sablonneux et de plaines graveleuses avant de grimper sur une petite crête au-delà de laquelle le désert se déployait de manière spectaculaire. Freya se pencha en avant, le trauma subi à l'hôpital s'estompant peu à peu à mesure qu'elle s'imprégnait du panorama : un océan de sable qui ondulait à perte de vue, les dunes semblant devenir de plus en plus hautes et anguleuses, si bien qu'à l'horizon les douces ondulations se muaient en énormes vagues de sable à l'arête aiguisée. En contrebas, dans la large plaine entre la crête et les premières dunes, était nichée une petite oasis secondaire, d'une luxuriance chatoyante au milieu du vide environnant.

— Voilà maison docteur Alex, dit Zahir en ralentissant et en montrant un point blanc du côté opposé de l'oasis.

Freya sourit malgré elle, pensant que l'endroit avait parfaitement convenu à sa sœur et qu'elle avait dû y être heureuse.

— C'est superbe, dit-elle.

Zahir se borna à pousser un grognement, fit ronfler le moteur et les emmena en bas de la crête et à travers la plaine.

Ils passèrent au milieu de champs à l'écart récemment labourés où des oiseaux, des aigrettes blanches, semblait-il, picoraient le sol couleur chocolat, et pénétrèrent dans l'oasis. Maintenant qu'ils approchaient de chez sa sœur, Freya se fit plus attentive, tournant la tête d'un côté et de l'autre pendant que le Toyota cahotait et dérapait sur la piste sablonneuse serrée de près par les arbres, le sol tacheté par un enchevêtrement de toiles d'araignée d'ombre et de lumière. Ils longèrent un enclos à bestiaux couvert de broussailles, un tas de cannes à sucre coupées, une aire de battage rectangulaire, avant que n'apparaisse au détour d'une courbe une charrette tirée par un âne, sur laquelle étaient empilées des branches d'olivier. Zahir dut se ranger sur le bas-côté pour lui laisser la place. Un homme âgé tanné par le soleil et coiffé d'un chapeau de paille les lorgna au passage, une cigarette pendillant de sa bouche édentée.

— C'est Mahmoud Gharoub, dit Zahir après que la charrette se fut éloignée. Pas un homme bon. Vous pas lui parler.

Il jeta un coup d'œil à Freya pour s'assurer qu'elle avait compris l'injonction, puis il redémarra et reprit la route, le sous-bois se clairsemant de plus en plus jusqu'à l'endroit où la piste se perdait dans une clairière au milieu de jacarandas à fleurs lilas. Devant eux, de l'autre côté, se dressait la maison d'Alex – de plain-pied, blanchie à la chaux, une antenne parabolique sur le toit, la porte encadrée d'un bougainvillier. Zahir se gara, descendit de voiture et, après avoir pris le sac de Freya sur le siège arrière, se dirigea vers la porte d'entrée.

— Vous êtes sûre vous ne voulez pas aller à l'hôtel ? demanda-t-il en tirant un trousseau de clés de sa djellaba et en déverrouillant la porte. Mon frère a bon hôtel à Mout.

Elle le remercia et dit qu'elle était très bien ici.

Il haussa les épaules, ouvrit la porte, laissa tomber le sac à l'intérieur.

— Femme de ménage laisse nourriture, dit-il. Vous chauffez sur réchaud, très facile.

Il lui tendit les clés et lui donna son numéro de portable, qu'elle enregistra sur le sien.

— Pas marcher au milieu des arbres sans chaussures, avertit-il. Beaucoup de serpents. Et pas parler Mahmoud Gharoub. Très mauvais homme. Je viens demain matin 7 h 30 vous emmener à...

Il s'interrompit, répugnant à prononcer le mot.

— ... à l'enterrement d'Alex, acheva-t-elle. Merci.

Ils restèrent là quelques instants. Zahir traînait les pieds, comme s'il s'apprêtait à dire quelque chose. Freya voulait seulement qu'il s'en aille. Lisant apparemment dans ses pensées, il la salua d'un bref signe de tête, remonta dans le Land Cruiser, fit demi-tour et reprit la route.

Une fois la voiture disparue, Freya entra dans la maison et referma la porte derrière elle, alors que le bruit du moteur du 4×4 faiblissait au loin, abandonnant la place au broutement lointain d'une pompe d'irrigation et, par intermittence, au doux bruissement des feuilles de palmier qui se balançaient dans la brise.

L'intérieur de la bâtisse était frais et sombre ; elle resta un moment sans bouger, soulagée d'être enfin seule. Puis, après avoir traversé le vaste espace living, elle ouvrit une porte à deux battants munis de volets et sortit sur une véranda à l'arrière de la maison. C'était un bel endroit, ombragé par un jacaranda géant, avec une vue fabuleuse sur le désert, l'air embaumant les fleurs et les agrumes. Elle imagina Alex là et se mit à sourire, sourire qui disparut quand elle vit le fauteuil roulant de l'autre côté de la véranda. Elle grimaça, le regardant comme si ç'avait été quelque instrument de torture, puis elle tourna les talons et rentra dans la maison.

Plusieurs pièces – cuisine, salle de bains, chambre, bureau, réserve – donnaient dans le living et elle passa de l'une à l'autre pour se familiariser avec les lieux. Le mobilier et la décoration se résumaient à peu de chose – Alex avait toujours vécu simplement et détesté l'encombrement –, mais c'était sans nul doute possible la maison de sa sœur, sa marque apposée partout et sur tout. Elle la retrouvait dans la collection de CD (Bowie, Nirvana, Richard Thompson, ses bien-aimées *Nocturnes* de Chopin), les cartes punaisées partout aux murs, les échantillons de roche étiquetés alignés sur tous les rebords de fenêtre. Elle retrouvait même l'odeur d'Alex, peut-être imperceptible pour quelqu'un qui ne la connaissait pas, mais que Freya ne pouvait pas ne pas reconnaître, ayant grandi avec elle : le savon Coal Tar de Wright mêlé au déodorant Sure et à un soupçon de parfum Samsara.

Elle entra enfin dans la chambre. Suspendue à une patère derrière la porte, elle trouva la vieille veste de voyage en daim d'Alex – combien d'années l'avait-elle traînée ? Elle l'entoura de ses bras, pressa son visage contre la peau usée, puis alla s'asseoir sur le lit. Trois livres étaient posés sur la table de nuit : *La Physique du sable emporté par le vent et des dunes du désert*, de R. A. Bagnold, *La Tombe héliopolitaine d'Imti-Khentika*, de Hassan Fadaoui – depuis quand Alex s'intéressait-elle à l'égyptologie ? –, et, plus émouvant, *Feuilles d'herbe* de Walt Whitman, l'exemplaire fatigué et écorné qui avait appartenu à leur père. Trois livres et trois photos : une de leurs parents, une d'un beau brun, avec quelque chose de vaguement universitaire dans ses lunettes rondes et sa veste en velours côtelé, une…

Elle se pencha en avant et leva la troisième photo. C'était elle, Freya, qui souriait, gênée, étreignant un Piton d'Or, la plus haute récompense de l'alpinisme mondial. Une autre photo plus petite, format identité, était coincée dans un coin du cadre, celle des deux sœurs, prise quand elles étaient adolescentes, en train de faire des grimaces et de rire devant l'objectif. Elle la serra contre sa poitrine, les yeux embués de larmes.

— Tu me manques, murmura-t-elle. Oh, comme tu me manques, Alex !

Bien plus tard, apaisée, elle sortit de la maison et marcha jusqu'au désert. Elle grimpa en haut de la dune la plus proche et s'assit en tailleur dans le sable. Elle regarda le soleil descendre peu à peu vers l'horizon, puis sortit de sa poche l'enveloppe froissée revêtue du cachet de la poste égyptienne et déplia la lettre qu'elle contenait. La dernière lettre qu'Alex lui avait écrite. Elle lut : *A Freya, ma sœur bien-aimée.*

# UNIVERSITÉ AMÉRICAINE, LE CAIRE

En fin d'après-midi, après avoir fini son cours – celui de niveau supérieur sur les hiéroglyphes, théorie et pratique de l'archéologie de terrain, littérature égyptienne ancienne – et donné le cours d'anglais pour débutants à la place d'un collègue en congé, Flin passa voir Alan Peach le Passionnant à son bureau pour essayer d'en apprendre davantage sur sa récente rencontre avec Hassan Fadaoui.

— C'est apparemment Moubarak lui-même qui a demandé sa mise en liberté anticipée, dit Peach distraitement, les yeux braqués sur le bureau devant lui, où il rassemblait les tessons d'un gros pot en terre cuite. Pour services rendus à l'égyptologie et tout ça. De toute façon, trois ans à l'ombre, c'est déjà assez dur. Tu veux bien me...

D'un signe de tête, il indiqua un tube d'amalgame Duco posé sur le coin de son bureau. Flin ôta le bouchon et lui tendit le tube. Peach passa un filet d'adhésif sur le bord d'un tesson et pressa fermement celui-ci contre un autre, tenant les deux morceaux l'un contre l'autre pendant qu'ils se collaient.

— Il ne travaillera plus jamais, évidemment, poursuivit-il. Pas après ce qu'il a fait. Je n'arrive toujours pas à imaginer ce qui lui a pris. Une vraie tragédie. Un type si brillant.

Il fit tourner dans tous les sens les deux morceaux recollés sous sa lampe de bureau pour s'assurer qu'ils étaient bien alignés.

— Un moule à *bedja* ? hasarda Flin, sachant que le meilleur, et en fait le seul moyen de poursuivre la conversation avec son collègue était de lui faire plaisir en parlant de ses bien-aimées céramiques.

Peach acquiesça en reposant avec précaution les morceaux collés sur le bureau avant d'en prendre un autre.

— Ça vient du village des ouvriers de Guizèh, dit-il. Regarde.

Le tesson était estampé d'un cartouche très effacé dont les signes hiéroglyphiques – disque solaire, colonne *djed*, vipère à cornes – étaient à peine visibles.

— « Djédéfré », lut Flin.

— En dehors des cartouches de la fosse à bateaux, c'est la seule mention directe du fils de Khoufou qu'on ait jamais trouvée à Guizèh, commenta Peach, rayonnant. Sexy, non ?

— Très sexy, reconnut Flin.

Il laissa passer un peu de temps, tandis que Peach reposait le fragment revêtu de l'inscription et cherchait à apparier d'autres tessons, puis :

— Qu'a-t-il dit d'autre ?

— Qui ?

— Fadaoui. Quand tu es tombé sur lui. Qu'est-ce qu'il a dit d'autre ?

— Ah, oui...

Peach parut légèrement déconcerté par la question, comme si ce sujet de conversation était épuisé.

— Pour être franc, il radotait un peu. Il était dans un état épouvantable, le pauvre, maigre comme un clou. Tu sais quelle importance il attachait à son apparence, un tantinet homme à femmes de l'avis de tout le monde – un play-boy, c'est comme ça qu'on dit ? Mais alors, à le voir maintenant...

Il prit deux autres tessons, le bord irrégulier de l'un parfaitement adapté à celui de l'autre.

— Fadaoui, dit Flin, essayant de faire en sorte qu'il ne s'éloigne pas du sujet.

— Quoi ? Oh, oui, oui. Il n'arrêtait pas de répéter qu'il était innocent. Que tout ça avait été mal interprété, qu'il avait été victime d'un coup monté. Vraiment attristant. D'après ce que j'ai entendu dire, les preuves étaient sacrément accablantes. De l'avis de tous, il avait même des choses de Toutankhamon. Je n'arrive pas à imaginer ce qui lui a pris. Vraiment.

Il secoua la tête et, se penchant en avant, passa un filet de colle le long du bord d'un des tessons, l'appliqua contre l'autre et, comme la première fois, les tint sous la lampe pour s'assurer que le raccord était bien net.

— Il a parlé de moi ? demanda Flin, comme s'il posait la question en passant, de manière anodine.

— Hein ? fit Peach en examinant la jointure et en retournant les pièces recollées dans un sens et dans l'autre.

— Il a parlé de moi ? répéta Flin, plus fort.

— Eh bien… Oui, il se trouve que oui.

Peach leva un instant les yeux, puis les baissa à nouveau vers les morceaux de poterie.

— Il a dit en fait des choses assez déplaisantes. Très déplaisantes. Je sais que c'est toi qui l'as dénoncé et tout, mais…

Il s'interrompit, se rendant compte que le raccord était mal fait. Il claqua la langue d'un air contrarié et se pencha sous la lampe pour tenter délicatement de réaligner les deux fragments.

— Qu'a-t-il dit ? s'enquit Flin.

Pas de réponse.

— Qu'est-ce que Fadaoui a dit, Alan ?

— Je n'ai pas envie de rapporter cette sorte de langage, marmonna son collègue en aboutant fermement les deux tessons. Il s'était pas mal énervé et… Oh, merde alors !

Les deux fragments s'étaient séparés dans sa main. Il lança un regard agacé de l'autre côté du bureau, comme pour dire : « Si tu ne me distrayais pas avec ces questions idiotes, ça n'arriverait pas », et tendit la main vers le tube de Duco. Avant qu'il ait eu le temps de le prendre, Flin se pencha, le ramassa et le garda hors de portée de Peach, forçant celui-ci à lever les yeux vers lui.

— Qu'est-ce qu'il a dit, Alan ?

Ils se regardèrent dans les yeux quelques instants, puis, avec un soupir exaspéré, Peach posa les deux tessons sur la table et s'adossa à sa chaise.

— Si les rumeurs que j'ai entendues sont exactes, à peu près la même chose que ce qu'il t'a dit au tribunal quand on a prononcé sa condamnation. Je suis sûr que tu t'en souviens.

Flin s'en souvenait en effet. Comment aurait-il pu oublier ?

« Je te tuerai, Brodie, avait crié Fadaoui. Je te couperai les couilles et je te tuerai, espèce de salaud et de traître ! »

— Je ne le prendrais pas trop pour moi, dit Peach.

— Comment diable pourrais-je le prendre autrement ?

— Je suis certain qu'il ne pensait pas ce qu'il disait. C'est un archéologue, après tout, pas un gangster. Enfin, un ex-archéologue. Il ne retravaillera plus jamais, après ce qu'il a fait. Je n'arrive vraiment pas à imaginer ce qui lui a pris. Je peux…

Il montra le Duco. Flin le lui donna et Peach se pencha à nouveau sur la table.

— Tu vas au lancement du livre de Donald, ce soir ? demanda-t-il, changeant de sujet. Ça pourrait être amusant, pourvu que son satané petit ami ne se montre pas.

Flin secoua la tête et se leva.

— Je prends l'avion pour Dakhla à 17 heures. Amuse-toi bien.

Il salua Peach de la main et se dirigea vers la porte.

— Il a dit quelque chose à propos de l'oasis...

Flin s'arrêta et se retourna. Peach était toujours penché sur ses débris de pot, apparemment inconscient de l'effet produit par sa dernière sortie.

— Je n'ai pas très bien compris ce qu'il a dit, pour être franc, continua-t-il, absorbé par son travail. Il bafouillait, très agité. Il prétendait avoir trouvé quelque chose. Ou bien savoir quelque chose Je ne me rappelle pas exactement. L'un des deux. En tout cas, il s'agissait de l'oasis. Il disait qu'il n'en parlerait à personne et que ce serait sa vengeance. Il était très énervé, très agité. Et maigre comme un clou. C'est tragique, quand on y pense. Je t'ai déjà parlé des étiquettes des jarres à vin hiératiques de la II$^{e}$ dynastie en provenance d'Abydos ? Voleur ou pas, il connaissait la poterie, il faut lui accorder ça...

Peach leva les yeux. Flin n'était plus là.

# Dakhla

Assise en haut de la dune alors que le sable soulevé par une brise soudaine murmurait et sifflait autour d'elle, Freya lut la dernière lettre d'Alex, la voix de sa sœur résonnant clairement dans sa tête.

*Oasis de Dakhla, Egypte,*
*5 mai,*

*A toi, Freya, ma sœur bien-aimée,*

*Je commence par ces mots car, bien que nous ne nous soyons pas parlé ni vues depuis des années et qu'il y ait eu beaucoup de peine et de colère, ils n'ont jamais cessé un instant d'être vrais et tu n'as pas cessé un instant d'être présente dans mes pensées. Tu es ma petite sœur et quoi qu'il se soit passé entre nous, quoi qu'il ait été dit et fait, mon amour pour toi a toujours été là et le sera toujours.*

*Je veux que tu le saches, Freya, car j'en suis venue récemment à me rendre compte que l'avenir est un lieu peu sûr, plein de doute et d'ombre, et que si nous ne disons pas ce que nous ressentons maintenant, dans le présent, nous risquons de laisser passer définitivement la chance de le faire. Je le redis donc : je t'aime, ma petite sœur. Plus que je ne puis l'exprimer, plus que tu ne le sauras jamais.*

*C'est la fin de soirée maintenant et il y a la pleine lune : la lune la plus grosse et la plus brillante que tu aies jamais vue, au point qu'on distingue les cratères et les mers à sa surface, si grosse qu'on a l'impression qu'il suffirait de tendre la main pour pouvoir la toucher. Tu te souviens de cette histoire que racontait papa ? Quand il disait que la lune était en fait une porte et que si on montait là-haut et qu'on l'ouvrait, on pouvait passer à travers le ciel et entrer dans un autre monde ? Tu te souviens qu'il rêvait à quoi pouvait ressembler cet autre monde – un endroit magnifique, magique, plein de fleurs, de cascades et d'oiseaux capables de parler ? Je ne peux pas l'expliquer, Freya, pas clairement, mais, ces derniers temps, j'ai jeté un coup d'œil par cette porte et entrevu l'autre côté : il est aussi magique que tout ce que nous avions pu imaginer. Plus, même. Quand on a vu ce monde secret, on ne peut s'empêcher d'avoir de l'espoir. Aussi sombres que les choses puissent sembler, il y a toujours une porte quelque part, petite sœur, et, derrière, une lumière.*

*J'ai tant de choses à te dire, à partager avec toi, à te décrire, mais il est tard, je suis fatiguée et n'ai plus l'énergie que j'avais autrefois. Avant de m'arrêter, je veux quand même te demander quelque chose – ça fait des années que je veux te le demander – et c'est ton indulgence. Ce qui est arrivé est arrivé et, aussi grande qu'ait été ma peine à ce moment-là, j'aurais dû le voir venir et faire davantage pour l'empêcher, pour te protéger. J'aurais dû aussi avoir le courage de te tendre la main plus tôt et de te dire ce que je te dis maintenant. C'est ma faute, Freya, et maintenant les années ont passé, la peine est restée enfermée et je n'ai pas été la sœur que j'aurais dû être. J'espère que cette lettre me permettra de me racheter un peu.*

*Je m'arrête là. Je t'en prie, ne sois pas triste. La vie est belle et il y a tant de beauté en ce monde. Sois forte, grimpe haut et sache que quoi qu'il arrive, où que tu sois, je serai toujours à ton côté, d'une façon ou d'une autre. Je t'aime tant !*

*Alex*

*P.-S. : La fleur ci-jointe est une orchidée du désert. Elle est, m'a-t-on dit, très rare. Conserve-la précieusement et pense à moi.*

Freya posa la lettre sur le haut de la dune en essuyant ses larmes et sortit la fleur de l'enveloppe, ses pétales séchés fins comme du papier de riz, d'une couleur orange doré profonde, comme les sables qui l'entouraient. Elle la contempla, puis la remit soigneusement dans l'enveloppe, enlaça ses genoux de ses bras et regarda le soleil descendre lentement vers l'horizon. Une douce brise sifflait à travers les sables, le désert ondulait et tourbillonnait au loin, comme un grand morceau de taffetas froissé.

On enterra Alex à la première heure le lendemain matin, non loin de chez elle, dans un bosquet d'acacias en fleurs, en lisière de la petite oasis. Des fleurs – zinnias et pervenches – poussaient là, un parfum de chèvrefeuille flottait dans l'air et de quelque part audelà du bosquet provenait le doux clapotement de l'eau ruisselant dans une citerne. C'était, pensa Freya, l'un des endroits les plus beaux et paisibles qu'elle eût jamais vus.

Ils n'étaient pas nombreux, comme l'aurait voulu Alex : elle-même, Zahir, le Dr Rachid, Molly Kiernan et un bel homme un peu échevelé vêtu d'une veste en velours côtelé froissée, en qui elle reconnut celui de la photo posée sur la table de nuit d'Alex – Flin Brodie, comme il se présenta. Il y avait aussi quelques gens du cru. Des agriculteurs pour la plupart, venus rendre un dernier hommage à la disparue, qui restaient un peu en retrait, et trois Bédouines, dont la femme de Zahir, toutes portant le costume traditionnel – robe noire, châle et bijoux en argent très élaborés. Lorsqu'on mit en terre le cercueil d'Alex, elles s'avancèrent et se mirent à chanter – « Aloosh », expliqua Zahir, une chanson d'amour bédouine « sur très belle femme ». Leurs voix nasales et claires s'entrecroisaient, montaient et descendaient, très basses et tout juste audibles à certains moments, s'élevant à nouveau l'instant d'après, si bien que tout le bosquet paraissait résonner de leur chant. Il n'y avait apparemment pas de paroles, du moins aucune que Freya pût distinguer, seulement un fil sonore sinueux qui néanmoins, à la façon dont la mélodie changeait et offrait des contrastes, parfois sombre, parfois légère, semblait raconter une histoire qu'elle comprenait. Une histoire d'amour et de perte, de joie et de peine, d'espoir et de désespoir. Elle sentit la main de Molly Kiernan prendre la sienne et la serrer fort tandis que le chant flottait au-dessus et autour d'elles, puis retombait dans le silence. On n'entendit plus que le murmure de l'eau et, venu d'en haut, le doux pépiement de deux huppes.

Tous restèrent là un moment, perdus dans leurs pensées. Puis, lâchant la main de Freya, Kiernan s'éclaircit la gorge et s'avança au bord de la tombe.

— Freya m'a demandé de dire quelques mots, dit-elle en jetant un coup d'œil d'abord à Freya, puis à Flin, qui gardait les yeux baissés vers le cercueil. Je promets de ne pas être longue, car, comme le savent tous ceux qui ont eu le privilège de connaître Alex, elle aimait la simplicité et détestait les bavardages.

Quoique basse, sa voix semblait emplir toute la clairière.

— Il y a trente ans, j'ai moi-même perdu un être cher. Mon mari, en l'occurrence. Deux choses m'ont aidée à traverser cette période sombre. D'abord l'amour et le soutien de mes amis. J'espère, Freya, que vous sentez notre amour aujourd'hui, dans ce bel endroit, à la fois pour Alex et pour vous. Nous serons là si vous avez besoin de nous, quoi qu'il arrive, n'importe quand, où que ce soit.

Elle s'éclaircit à nouveau la gorge et toucha le crucifix d'or suspendu à son cou.

— La Sainte Bible et les paroles de notre Seigneur Jésus-Christ sont la deuxième chose qui a allégé ma peine en cette période de chagrin. Je les aurais volontiers citées maintenant, mais je sais qu'Alex n'était pas croyante et, bien que l'amour de Jésus soit universel, je ne ferai pas insulte à sa mémoire en m'appesantissant sur des sentiments avec lesquels elle n'était pas à l'aise.

Ce fut fugitif et à peine visible, mais, tandis qu'elle prononçait ces mots, il y eut une légère contraction, comme de désapprobation, autour de sa bouche.

— Au lieu de cela, continua-t-elle, j'aimerais vous lire quelque chose qui était cher au cœur d'Alex. Un poème de Walt Whitman.

Elle farfouilla dans la poche de sa veste, en sortit une feuille de papier imprimée et mit ses lunettes. Sa voix monta dans le silence.

*O moi ! O la vie ! Toutes les questions qui reviennent à leur propos,*
*L'interminable cortège des sans foi, les villes entières d'imbéciles,*
*Les reproches que je m'adresse à moi-même (y a-t-il plus imbécile que moi, y a-t-il plus dépourvu de foi ?),*
*Les yeux qui cherchent en vain la lumière, les objets médiocres, la lutte qui recommence toujours,*
*Ce médiocre résultat d'ensemble, les foules sordides et piétinantes que je vois autour de moi,*
*Le vide, la vanité dans la vie des autres, moi aux autres entremêlé,*
*Et toujours la triste question qui n'en finit pas de revenir,*
*O moi – à quoi ça sert d'être au milieu de tout cela, ô moi, ô la vie ?*

*Réponse*

*Au fait que tu es sur terre – au fait que la vie existe avec l'identité,*
*Au fait que la forte pièce théâtrale continue et que tu peux y apporter ta réplique.*

Elle replia la feuille, enleva ses lunettes et s'essuya l'œil avec l'index.

— Il y a tant de choses que je pourrais dire à propos d'Alex... Evoquer sa beauté, son intelligence, son courage, son sens de l'aventure. Je crois cependant qu'on ne peut mieux exprimer tout cela que Walt Whitman quand il parle de faire don d'un vers. Alex nous a fait don d'un vers, un vers très particulier, qui a enrichi notre vie à tous et nous a édifiés. Sœur, ami, collègue... Le monde est moins riche sans elle. Merci, Alex. Tu nous manques.

Elle revint à côté de Freya et lui reprit la main tandis que deux hommes s'avançaient avec des pelles et entreprenaient de combler la fosse. Le bruit mat de la terre tombant sur le cercueil résonnait faiblement à travers la clairière, un son dur, discordant, en désaccord avec l'atmosphère par ailleurs idyllique du lieu. Un court instant, le regard de Freya croisa celui de Flin, et ce dernier lui adressa un signe de tête à peine perceptible, comme pour lui faire savoir qu'il comprenait et partageait le chagrin qu'elle ressentait, puis tous deux détournèrent les yeux. La tombe fut rapidement comblée et il ne resta plus qu'un rectangle en relief de terre sablonneuse entouré de fleurs.

— Adieu, Alex, murmura Freya.

Après quoi le Dr Rachid s'excusa et s'en alla précipitamment, expliquant qu'il était de garde à l'hôpital. La plupart des gens du cru se retirèrent aussi et il ne resta plus que Freya, Molly, Flin, Zahir et un jeune homme barbu que Zahir présenta comme son frère, Saïd. Tandis que tous les cinq suivaient le sentier qui menait chez Alex, Flin vint se placer à côté de Freya.

— Ce ne sont pas des circonstances idéales, je le sais, dit-il, mais je suis content de faire enfin votre connaissance.

Elle hocha la tête, sans rien dire.

— Alex m'a beaucoup parlé de vous, poursuivit-il. De l'alpinisme et tout. Ça me fichait une trouille bleue, pour être franc. J'ai le vertige rien qu'en montant sur un escabeau.

Elle esquissa un sourire.

— Vous la connaissiez bien ?

— Assez bien, répondit-il en fourrant ses mains dans les poches de son jean. Nous partagions la même passion pour le désert occidental. Nous sommes devenus amis. De bons amis.

Elle lui jeta un coup d'œil en levant les sourcils.

— Vous et Alex étiez... ?

— Grand Dieu, non !

Flin poussa un petit grognement amusé.

— Les rats de bibliothèque anglais et névrosés n'étaient pas son genre. A ce que j'ai compris, elle préférait le style surfeur hippie.

L'image de Greg, l'ex-fiancé d'Alex, lui traversa l'esprit – blond, bronzé, tonique. Elle secoua la tête pour la chasser.

— Elle était très gentille avec moi, poursuivit Flin. Elle m'a aidé à m'en sortir dans… des temps difficiles. Elle était plus comme une sœur que comme une amie.

Il donna un coup de pied dans une pierre sur le sentier, puis se tourna vers elle, les sourcils froncés.

— Excusez-moi, je ne voulais pas… l'analogie est mal choisie.

Elle agita la main pour signifier qu'il était inutile de s'excuser. Ils se regardèrent dans les yeux quelques instants, puis les détournèrent encore, tandis que le sentier traversait une oliveraie ombreuse au sol couvert de plaques de fumier et d'olives noires poussiéreuses avant d'arriver à la maison d'Alex.

Quelqu'un – la femme de ménage, supposa Freya – avait préparé un petit déjeuner très simple sur la table de la pièce principale : fromage, tomates, oignons, haricots, pain et thermos de café. Ils se rassemblèrent autour et piochèrent dedans, seuls Zahir et son frère montrant un réel appétit. La conversation s'engageait, hésitante, pour se tarir et laisser place à de longs silences. Une demi-heure passa, puis Flin et Kiernan annoncèrent qu'ils devaient aller prendre leur avion pour rentrer au Caire.

— Vous êtes sûre que ça va aller ? demanda Kiernan au moment où elle se dirigeait vers le Land Cruiser de Zahir, au bras de Freya. Je peux retarder mon départ, si vous voulez.

— Ça ira, répondit Freya. Je vais rester ici deux ou trois jours, rassembler les affaires d'Alex, puis retourner chez moi. Mon vol n'est que vendredi.

— Pourquoi ne nous retrouverions-nous pas à l'aéroport, lorsque vous repasserez par Le Caire ? dit Kiernan. Nous pourrons déjeuner ensemble et nous dire au revoir comme il faut.

Freya accepta et elles s'étreignirent, Kiernan l'embrassa sur la joue puis s'installa derrière le siège du passager. Flin s'approcha et lui tendit une carte :

Professeur F. Brodie
*– Université américaine du Caire –*
*tél. : 202 2794 2959*

— Je doute que cela arrive, dit-il, mais si vous ne savez pas quoi faire, faites-moi signe. Vous pourrez me flanquer la frousse avec vos histoires d'escalade et je vous renverrai l'ascenseur en vous assommant avec mes inscriptions rupestres du néolithique…

Il se pencha en avant, parut un instant sur le point de la prendre dans ses bras. Il ne lui donna qu'un rapide baiser sur la joue et, après avoir contourné le 4 × 4, s'installa à côté de Kiernan. Zahir et son frère montèrent devant, le moteur se mit à ronfler et Freya saisit le poignet de Kiernan par la vitre baissée.

— Elle n'a pas souffert, n'est-ce pas ? demanda-t-elle sur un ton pressant, d'une voix étranglée. Lorsqu'elle a... Alex... vous savez, la morphine... Lorsqu'elle l'a prise. Ç'a été rapide, n'est-ce pas ? Pas douloureux...

Kiernan lui pressa la main.

— Je crois qu'elle n'a pas souffert du tout, Freya. D'après ce que j'ai entendu dire, ça a dû être très rapide et très paisible.

A côté d'elle, Flin semblait sur le point d'ajouter quelque chose, il ouvrit la bouche et la referma. Freya retira sa main.

— J'avais besoin de savoir, marmonna-t-elle. Je ne le supporterais pas, si elle...

— Je comprends, ma chère, dit Kiernan. Croyez-moi, Alex n'a pas souffert le moins du monde. Juste une petite piqûre au moment où l'aiguille est entrée et c'est tout. Aucune douleur, je vous assure.

Elle se pencha et toucha le bras de Freya, puis fit un signe de tête à Zahir et la voiture démarra. Ils disparurent parmi les arbres, Freya repartit vers la maison.

Alors seulement, ce qu'avait dit son interlocutrice la frappa. Elle se retourna brusquement, prise d'une pâleur soudaine.

— Alex n'aurait jamais...

Mais le vrombissement du moteur s'estompait au loin et seuls le bourdonnement des mouches et le toussotement lointain de la pompe d'irrigation rompaient maintenant le silence.

# Le Caire

Angleton referma la porte de l'appartement de Flin Brodie en la poussant du coude tandis que le claquement rythmique des tongs du concierge qui redescendait au rez-de-chaussée s'éloignait lentement dans l'escalier. Il avait voulu rester là, voir ce que trafiquait Angleton, mais l'Américain avait ajouté une liasse de billets au bakchich qu'il lui avait déjà versé pour lui ouvrir l'appartement, et il lui avait dit de filer. Il était vieux, sale, maladroit, et Angleton ne voulait pas qu'il déplace des objets, avertissant ainsi Brodie qu'il avait eu une visite. Il s'agissait de travail et non d'aller fureter chez l'Anglais pour passer le temps. Rester pro, rester concentré. C'est pour ça qu'on le payait. Pour ça qu'il était le meilleur.

Il sortit de sa poche une paire de gants en latex et les enfila, le caoutchouc chuintant et claquant quand il les tira jusqu'aux poignets. Grâce à eux et aux housses qu'il avait mises par-dessus ses chaussures sur le palier, il ne laisserait aucune trace, aucune indication de sa venue. Il prenait sans doute trop de précautions. Brodie n'avait aucune raison de suspecter une intrusion de ce genre. Mais on n'est jamais trop prudent. Même s'il n'y avait qu'une chance sur mille que l'Anglais soit plus parano qu'il ne l'estimait – et compte tenu de son passé, la possibilité existait –, il n'allait pas risquer de ficher en l'air toute l'opération en laissant des indices de son passage.

Il jeta un coup d'œil à sa montre. Il pouvait prendre son temps ; l'avion de Dakhla n'avait même pas encore décollé. Il commença à parcourir l'appartement. Il ne cherchait rien de particulier, essayait seulement de se faire une impression générale concernant Brodie, ce qu'il savait, ses liens avec l'affaire Sandfire. Salle de séjour, cuisine, salle de bains, les deux chambres, bureau, il les examina tour à tour, prenant photo sur photo avec son appareil numérique et enregistrant ses réflexions sur un dictaphone Olympus portable.

Pour un œil non exercé, l'appartement n'aurait pas révélé grand-chose sur son locataire : un égyptologue célibataire au caractère indépendant qui s'intéressait à la musique classique, à l'exploration du désert, aux questions d'actualité – en particulier celles concernant le Moyen-Orient – et, à en juger par l'écharpe et la photo signée de l'équipe exposée dans le séjour, au club de football Al Ahly. Ça et quelques autres détails – Brodie se maintenait en forme, lisait couramment au moins cinq langues, évitait l'alcool et possédait une conscience sociale (comme le montraient des lettres de remerciement d'un orphelinat de Louxor et un programme destiné à informer les Zabbaleen, les habitants défavorisés de Manshiet Nasser, de leurs droits et des aides dont ils pouvaient bénéficier) –, c'eût été à peu près tout. Une sorte de portrait brossé à partir d'éléments ponctuels, donnant un profil sommaire de son caractère, mais sans grande profondeur et peu étoffé.

Angleton avait l'œil exercé. En parcourant les pièces de l'appartement, il parvint à lire entre les lignes de leur contenu, à faire apparaître des informations sous-jacentes. Dans la salle de bains, par exemple, fourré dans une des tennis Kayano usées jusqu'à la corde de Brodie, il trouva un capteur de vitesse et de distance dont la mémoire informatisée avait conservé tous les détails des séances de course à pied de l'Anglais au cours des deux dernières semaines : 10 km en 31 min 2 s, 20 km en 1 h 3 min 31 s, 15 km en 45 min 12 s – apparemment, Brodie n'était pas seulement en forme, il était aussi sacrément entraîné. Dans la chambre, la lampe cabossée sur la table de nuit, les marques sur le mur derrière le lit, la boîte aux trois quarts vide de Xanax, tout cela parlait aussi à Angleton : Brodie faisait des cauchemars, battait l'air dans l'obscurité à la recherche de l'interrupteur avant de se bourrer d'anxiolytiques pour se calmer. Tout cela confirmait ce que les recherches de l'Américain lui avaient déjà appris sur le personnage.

La photo d'Alex Hannen dans le séjour était intéressante. Angleton ne savait trop s'ils avaient été amants. A tout prendre, il aurait dit non – selon son expérience, les amants possédaient d'ordinaire plusieurs photos de l'autre, surtout s'ils n'habitaient pas ensemble, alors qu'ici il n'y en avait qu'une. Elle comptait manifestement pour Brodie – beaucoup, même, à en juger par le cadre en argent coûteux dans lequel la photo était placée –, mais, s'il lui avait fallu absolument choisir une des possibilités, Angleton aurait opté pour une amitié intime plutôt que pour une liaison.

Quoi qu'il en soit, les petits indices révélés par la photo elle-même l'intriguaient davantage. Elle avait de toute évidence été prise en plein désert – le désert occidental, supposait-il, compte tenu de leur intérêt commun pour le lieu – et par Brodie lui-même, dont on distinguait le reflet sur les verres des lunettes de soleil de Hannen.

Dans le fond, sur la gauche et un peu flous, se trouvaient deux boîtiers orange destinés à ranger du matériel (il y en avait un semblable dans l'entrée de l'appartement, contenant une sorte d'appareil radar ou de détecteur). Encore plus intéressant, derrière le reflet de Brodie dans les lunettes de Hannen, presque invisible – Angleton dut scruter attentivement le cliché avec la loupe qu'il portait toujours sur lui –, on apercevait l'extrémité d'une voile ou d'une aile, beaucoup trop petite pour être celle d'un avion. Un cerf-volant ? Un deltaplane ? Un ULM ? Il était incapable de le dire et il ne disposait pas d'assez de temps pour emporter la photo et la faire agrandir. C'était néanmoins instructif et donnait à penser, si l'on prenait en considération les boîtiers et l'endroit où avait été prise la photo, que Brodie et Hannen avaient non seulement été proches mais avaient aussi travaillé ensemble, d'une façon ou d'une autre. Une virée unique ? Un voyage dans le cadre d'un projet plus vaste ? Là encore, il ne pouvait avoir aucune certitude, mais c'était un fragment de plus à ajouter au tableau. Morceau par morceau.

Il passa presque vingt minutes à examiner la photo de près avant de regarder de nouveau sa montre – il avait encore amplement le temps – et de retourner dans le bureau. Il y avait déjà jeté un coup d'œil rapide, mais c'était manifestement le centre nerveux de l'univers de Brodie et il voulait donc encore aller y fureter avant de partir, voir s'il pouvait y glaner quelque chose d'autre.

Il regarda une nouvelle fois la gravure encadrée accrochée au mur derrière le bureau et en répéta la légende – « La cité de Zerzura est blanche comme une colombe et sur sa porte est sculpté un oiseau... » – dans son dictaphone alors qu'il l'avait déjà fait lors de sa première exploration de la pièce.

Les meubles classeurs en bois alignés près du bureau firent aussi l'objet d'une seconde inspection. Chacun comportait cinq tiroirs, chacun d'entre eux bourré de liasses de notes, d'articles, de photos, de diagrammes, de sorties sur imprimante, le tout classé dans différentes sections par ordre alphabétique, de *Almásy*, dans le tiroir du haut du premier meuble, à *Zerzura*, dans le tiroir du bas du dernier.

Il y avait beaucoup trop de documents pour les étudier en détail. Il se borna à ouvrir les tiroirs, l'un après l'autre, et à promener ses doigts gantés sur les index des sections, sortant un dossier de temps en temps – *Bédouin*, *Khépri*, *Long Range Desert Group*, *Wingate/Pépi II* – avant de passer à un autre, ne s'attardant jamais trop longtemps sur un sujet particulier, les parcourant seulement.

Seuls deux dossiers l'incitèrent à une lecture plus attentive. L'un, intitulé « Guilf Kébir/Images satellites », contenait une liasse de photos en couleur. D'abord des clichés à grande échelle de toute la partie sud-ouest de l'Egypte, puis les images se focalisaient, avec de plus en plus de détails, sur des zones particulières du Guilf, le paysage désertique devenant progressivement plus net et défini. Les vingt et quelques dernières photos étaient si précises qu'Angleton put discerner les parois des falaises sur la bordure est du plateau. On distinguait de temps à autre un point vert, sans doute un ou deux arbres ou un massif de broussailles du désert, mais à part ça la région était complètement vide et dénuée de vie. Aucun signe, en tout cas, de la mystérieuse oasis de Brodie.

L'autre dossier qui attira son attention s'intitulait « Données magnétométriques » (le détecteur entreposé dans le couloir était-il cela, un magnétomètre ?). Le contenu du dossier, des feuilles et des feuilles de mouchetures et de taches monochromes, ne lui disait rien. En elles-mêmes, les données importaient peu. Ce qui lui donnait matière à réflexion, c'était le fait que Brodie se serve d'un magnétomètre. Pour autant qu'Angleton le savait, les magnétomètres étaient utilisés pour obtenir des images du sous-sol et détecter les métaux. Et pourtant, dans sa causerie de l'autre soir, Brodie avait affirmé que les populations du Guilf à l'âge de pierre ne possédaient pas encore les techniques du travail des métaux. Il y avait sans doute une explication parfaitement anodine, n'empêche, sa curiosité était éveillée.

— Pourquoi un magnétomètre ? dit-il de sa voix traînante dans son dictaphone, appuyant sur le bouton « pause » avant de reprendre l'enregistrement presque tout de suite : Et où se procure-t-il les images par satellite ? Auprès de la NASA ? Des compagnies pétrolières ? Penser à voir qui détient ces matériaux.

Il acheva de parcourir les classeurs, promena à nouveau les yeux sur les étagères à livres. Tous traitaient apparemment d'égyptologie, en dehors d'une section consacrée aux questions d'actualité – beaucoup d'ouvrages sur l'Irak – et, glissé derrière une rangée de volumes reliés cuir sur l'architecture de l'Egypte ancienne, raison pour laquelle il ne l'avait pas vu la première fois, d'un livre sur les avions russes.

— Encyclopédie Osprey de l'aéronautique russe, enregistra-t-il sur son dictaphone. Qu'est-ce que ça peut bien foutre là ?

Il revint au bureau de Brodie. Un grand meuble traditionnel en chêne poli, sur lequel étaient soigneusement disposés un téléphone, une lampe, un sous-main, une corbeille de rangement pour les papiers, un porte-plume, les objets habituels. Pas d'ordinateur, ce qui laissait à penser que l'Anglais travaillait sur son portable et qu'il avait dû l'emporter avec lui à Dakhla, puisqu'il n'était nulle part ailleurs dans l'appartement. Ennuyeux. Angleton farfouilla partout à la recherche d'une clé USB, au cas où Brodie aurait sauvegardé son travail, n'en trouva pas. L'heure avançant, il abandonna ses recherches et tourna son attention d'abord sur les papiers de la corbeille de rangement, dont aucun n'était particulièrement révélateur, puis sur le livre posé au centre du sous-main : *Textes cunéiformes du musée de l'Ermitage.*

Une feuille format A4 était glissée à peu près au milieu de l'ouvrage. Il ouvrit le livre à la page marquée : l'illustrait la photo d'une tablette d'argile couleur caramel très érodée et couverte de petits signes en forme de coin. La légende disait : « La tablette d'Egypte. Archives royales de Lugal-Zagesi (v. 2375-2350 av. J.-C.). Ourouk. Collection N. Likhachev. »

Il regarda la photo, puis la feuille A4. Brodie y avait minutieusement transcrit les signes cunéiformes de la tablette, du moins ceux qui étaient lisibles. Dessous, il avait écrit ce qu'Angleton supposa être la translittération phonétique du texte en caractères latins. Et plus bas – là encore, Angleton le supposait, mais c'était fort probable –, une traduction littérale en anglais, entrecoupée de points de suspension aux endroits où le texte cunéiforme était abîmé, de suppositions entre parenthèses et de points d'interrogation pour les mots dont le sens devait sembler incertain à Brodie :

*... à l'ouest de kalam (Sumer) au-delà de l'horizon... le grand fleuve artiru (Itérou/Nil) et le pays de kammoutouta (Kemet/Egypte)... à 50 danna ( ?) du bouranoun (Euphrate ?)... riche en... vaches, poisson, blé, geshnimbar (palmiers dattiers ?)... ville appelée manarfour (Mennefer/Memphis ?)... roi qui gouverne tout... de crainte que ses ennemis... toukoul (arme ?) appelée... du an (ciel ?) sous la forme d'un lagab (pierre ?) et portée dans la bataille devant les armées du roi... bil (brûle ?) avec une lumière aveuglante et u-hub (assourdit ?)... souffrance et maladie... Avec cette arme les ennemis de kammoutouta au nord et au sud*

*sont anéantis… à l'est et à l'ouest sont réduits en poussière si bien que leur roi gouverne tous les pays autour d'artirou et nul ne se dressera contre lui ni ne l'attaquera ni ne le vaincra car sa main est le mitum (massue ?) des dieux… l'arme la plus terrible connue des… prenez garde et ne vous attaquez jamais au roi de kammoutouta car dans son courroux il… complètement anéantis.*

Angleton lut cela deux ou trois fois, incapable d'y trouver un sens.

— Des conneries bizarres à propos de pierres et d'armes, conclut-il à l'adresse de son dictaphone en secouant la tête, ne comprenant pas qu'on puisse s'intéresser à de telles choses.

Il s'interrompit quelques instants, puis ajouta :

— Probablement pas pertinent.

Il remit la feuille A4 à sa place, referma le livre et le déplaça légèrement sur le sous-main afin qu'il soit exactement à l'endroit où il l'avait trouvé. Il jeta un dernier coup d'œil dans la pièce, installa les dispositifs d'écoute GSM – un dans le téléphone, un autre derrière les étagères à livres, un troisième sous le canapé du séjour – et sortit de l'appartement. Il était resté là un peu moins d'une heure et demie. Selon son estimation, l'avion de Brodie ne devait même pas encore être à mi-chemin du Caire.

Du bon travail, précis, se dit-il.

C'est pour ça qu'on le payait. Pour ça qu'il était le meilleur.

— Alex ne se serait pas fait une piqûre. Jamais de la vie. Il y quelque chose qui ne colle pas, vous devez me croire.

Devant elle, le Dr Mohammed Rachid, les sourcils froncés, tirait sur le lobe de son oreille gauche.

— Vous devez me croire, répéta-t-elle. Alex avait la phobie des aiguilles. J'en aurais parlé avant, mais je supposais qu'elle avait avalé des comprimés, ou bu quelque chose. Elle ne se serait jamais, au grand jamais, fait une injection.

Elle était tendue, agitée, depuis qu'elle avait entendu Molly Kiernan parler de la piqûre. Dès qu'elle avait pris conscience de ce que celle-ci avait dit, elle avait immédiatement essayé d'appeler Zahir sur son portable pour lui demander de rebrousser chemin. Son téléphone était éteint. Ceux de Kiernan et de Brodie aussi. Elle n'avait même pas pris la peine de laisser des messages. Dans tous ses états, elle avait empoigné son sac à dos et s'était mise à courir à travers les palmeraies et les oliveraies et sur la piste qui menait à l'oasis principale. Elle ne savait pas ce qu'elle allait faire, elle savait seulement que quelque chose n'allait pas du tout et qu'il lui fallait agir. Après environ un kilomètre, il y avait eu un bruit de ferraille derrière elle et une charrette tirée par un âne était apparue à sa hauteur, conduite par le vieux édenté que Zahir et elle avaient croisé la veille en allant chez Alex – Mohammed, Mahmoud, quelque chose comme ça. Zahir l'avait avertie de ne pas lui adresser la parole, mais elle était trop énervée pour s'en soucier ; elle avait accepté sa proposition de la déposer, désirant à tout prix arriver à Mout le plus vite possible. Il n'avait cessé de baragouiner, s'était serré contre elle plus que nécessaire et avait laissé sa main lui effleurer la cuisse, mais elle l'avait à peine remarqué.

« Mout, lui répétait-elle. S'il vous plaît, Mout, l'hôpital, vite. »

Au village en adobe au bout de la piste, il avait stoppé devant le magasin Kodak et fait signe de s'arrêter au conducteur d'un pick-up, qui avait fait parcourir à Freya le reste du trajet. A son arrivée à l'hôpital, on lui avait dit que le Dr Rachid était de service et ne serait libre qu'après midi. Elle avait insisté pour le voir, fait une scène ; finalement, des appels avaient été passés, on s'était agité dans tous les sens, il était descendu et l'avait emmenée à son bureau.

— Vous devez me croire, répéta-t-elle pour la troisième fois, s'efforçant de maîtriser sa voix. Alex n'a pas pu se tuer. Pas de cette façon. C'est impossible.

Le médecin changea de position sur sa chaise, son regard passant rapidement de son bureau à Freya et de nouveau à son bureau.

— Mademoiselle Hannen, dit-il lentement, toujours en train de tirailler le lobe de son oreille. Je sais combien il est difficile...

— Vous ne savez pas ! coupa-t-elle. Alex ne se serait jamais fait une piqûre. Elle en était incapable ! Incapable !

— Mademoiselle Hannen, quand un être cher meurt...

Elle ouvrit la bouche pour l'interrompre, mais il leva la main pour qu'elle le laisse parler.

— Quand un être cher meurt, répéta-t-il, surtout de cette façon, cela peut être très difficile à accepter. Nous refusons de le croire, d'admettre que quelqu'un à qui nous tenons..., à qui nous tenons beaucoup, puisse souffrir au point de préférer renoncer à la vie.

Il joignit les mains sur le bureau, bougea les pieds par terre.

— Alex avait une maladie dégénérative incurable. Une maladie qui, en un très court laps de temps, l'avait déjà privée de ses mouvements et allait immanquablement la tuer, sans doute en quelques mois. C'était une femme courageuse, qui avait de la volonté, et elle a décidé que, si elle devait mourir, elle jugerait au moins du moment, de l'endroit et de la manière de le faire. Ça ne me réjouit pas, j'aurais préféré qu'elle ne le fasse pas, mais je comprends ses raisons et je respecte sa décision. Aussi pénible que ce soit, vous devez essayer de faire de même.

Freya secoua la tête et se pencha en avant, empoignant les accoudoirs de son siège.

— Alex ne se serait jamais fait une piqûre, insista-t-elle en détachant les mots et en appuyant sur « jamais ». Si elle avait avalé des médicaments, si elle s'était pendue ou si...

Elle s'interrompit, bouleversée par les scénarios qu'elle évoquait.

— Depuis que nous étions enfants, Alex avait la terreur des aiguilles, reprit-elle au bout d'un moment, refoulant ses larmes, s'efforçant de parler d'une voix ferme. Je sais que nous ne nous etions pas vues depuis longtemps, mais je sais aussi qu'on ne se défait pas de cette sorte de peur. Elle n'était même pas capable de regarder une seringue, alors en remplir une de morphine et se la planter dans le corps... Impossible.

Le Dr Rachid leva les yeux au plafond, puis les baissa en expirant lentement.

— Parfois, quand on est très malade, on fait en sorte que l'impossible se produise, dit-il doucement. J'ai vu cela maintes fois au cours de ma carrière. Je ne veux pas dire que vous vous trompez à propos de votre sœur ou que sa peur n'était pas aussi grande que vous le dites. Mais simplement que, lorsqu'on souffre comme elle a souffert, la peur devient relative. Ce qui la terrifiait quand elle était en bonne santé le faisait probablement moins en comparaison d'une mort lente et douloureuse, une mort qui la privait du peu de dignité qui lui restait. A la fin, Alex était désespérée et les gens désespérés font des choses désespérées. Excusez-moi de ne pas mâcher mes mots, mais je n'aime pas vous voir ajouter ainsi à votre chagrin. Alex a mis fin à ses jours. Nous devons l'accepter...

Un bip sonore de son alphapage l'interrompit. En s'excusant, il décrocha le téléphone et appuya sur un bouton, puis, se détournant d'elle, il se mit à parler à voix basse. Freya se leva, alla à la fenêtre et jeta un coup d'œil à la grande cour pavée en contrebas, au milieu de laquelle trônait un grand laurier d'Inde. Une famille prenait le petit déjeuner à l'ombre de l'arbre ; un homme en pyjama bleu poussait un chariot pour le goutte-à-goutte d'un pas traînant, une cigarette pendillant aux coins des lèvres. Elle attendit, en pianotant sur l'appui de fenêtre, que le médecin termine son entretien téléphonique.

— Alex vous avait-elle dit qu'elle allait faire quelque chose comme ça ? demanda-t-elle dès l'instant où il eut raccroché, revenant immédiatement à leur conversation. Vous en avait-elle touché un mot ?

Rachid ajusta la position de son siège et joignit de nouveau les mains sur le bureau.

— Pas de façon aussi explicite, répondit-il. Le sujet est venu sur le tapis... comment dire ?... de façon abstraite. En tout cas, elle ne m'a pas demandé mon aide, si c'est ce que vous voulez dire. Et je ne la lui aurais pas accordée, si elle l'avait fait. Je suis médecin. Mon travail consiste à sauver des vies, pas à en supprimer. Elle connaissait ma position là-dessus.

Freya s'avança d'un pas.

— Qui a trouvé le corps ?

— Mademoiselle Hannen, je vous en prie, ces questions...

— Qui ? répéta-t-elle d'un ton brusque, insistant.

— La bonne, dit-il avec un soupir. En arrivant, le matin.

— Où ? Où a-t-elle trouvé Alex ?

— Sur le porche de derrière, je crois. Dans son fauteuil roulant. Elle aimait rester là, regarder le désert, surtout vers la fin quand les mouvements lui étaient devenus difficiles. Le flacon de morphine et la seringue étaient sur la table, près d'elle. Exactement comme on pouvait s'y attendre.

— A-t-elle laissé un mot ?

— Pas que je sache.

— Ça ne vous a pas semblé bizarre ? Quelqu'un se suicide et ne laisse pas de mot, de lettre d'explication...

— Mademoiselle Hannen, ce qu'elle a fait et la raison pour laquelle elle l'a fait étaient évidents. Elle avait déjà averti que si quelque chose lui arrivait il fallait vous contacter, qu'elle souhaitait être enterrée dans l'oasis près de chez elle. Elle n'avait pas de raison de laisser un mot.

— Le flacon de morphine ? insista Freya. La seringue ? Où sont-ils passés ?

Il secoua la tête, le visage froissé par une expression de légère exaspération.

— Je n'en ai aucune idée. Je pense que la bonne les a jetés. Etant donné les circonstances, il eût été morbide de...

— Elle avait un bleu à l'épaule, coupa Freya, changeant de tactique. Un gros bleu. Comment se l'est-elle fait ?

— Je serais bien incapable de vous le dire, avoua-t-il. Elle a dû tomber, se cogner contre quelque chose. Dans son état, elle perdait facilement l'équilibre. Les personnes atteintes de sclérose en plaques ont souvent des ecchymoses Je vous en prie, croyez-moi, mademoiselle Hannen, s'il y avait quoi que ce soit...

— Où se l'est-elle fait ? coupa encore Freya d'un ton sec.

— Pardon ?

— L'injection. Où s'est-elle fait l'injection ?

— Mademoiselle Hannen...

— Où ?

L'air exaspéré de Rachid s'accentua.

— Dans le bras.

— Le bras droit ?

Freya revint en pensée à la morgue, au corps nu de sa sœur sur le chariot.

— Juste au-dessus du coude ? Là où il y avait un petit bleu ?

Il hocha la tête.

— Comment a-t-elle fait ?

Il plissa les yeux, ne comprenant pas la question.

— Comment a-t-elle fait ça ? répéta-t-elle, plus durement cette fois-ci. Vous m'avez dit qu'elle avait conservé seulement l'usage du bras droit, que son bras gauche était paralysé Elle n'a pas pu se faire une piqûre dans le bras droit avec la main droite. C'est matériellement impossible. Elle n'aurait pu le faire qu'avec la main gauche. Mais vous avez dit que la main gauche était paralysée. Alors comment ? Comment a-t-elle fait ? Allez ! Dites-le-moi !

Il ouvrit la bouche pour répondre, puis la referma. Visiblement, la question ne lui était jamais venue à l'esprit.

— Comment peut-on se faire une piqûre dans le bras droit avec la main droite ? hurla-t-elle presque. Ce n'est pas possible ! Regardez !

Elle en fit la démonstration, plia le coude et le poignet, ses doigts ne pouvant effleurer que le haut du biceps. L'air toujours perplexe, le Dr Rachid clignait des yeux, tout en s'efforçant de trouver une réponse.

— La... la sclérose en plaques peut être une maladie très fluctuante, dit-il au bout d'un moment en parlant lentement, de manière hésitante, comme s'il essayait encore de réfléchir à ce qu'il disait. Les symptômes se manifestent et disparaissent parfois très rapidement, il est difficile de prévoir ce qui va se passer...

— Vous êtes en train de me dire que l'état de son bras gauche se serait brusquement amélioré...

— Je veux dire qu'avec une maladie comme celle-là, on assiste à des choses... curieuses, inattendues, des rechutes et des rémissions soudaines...

Lui-même ne paraissait pas convaincu.

— Il est difficile de faire des prévisions, reprit-il. Ce peut être une maladie très... déroutante.

— Avez-vous déjà vu des cas semblables ? insista Freya. Des personnes atteintes de... comment appelez-vous ça, le syndrome de Marburg ?

— La variante de Marburg, corrigea-t-il.

— Vous avez déjà vu cela se produire ? Des gens qui recouvrent soudain l'usage d'un membre ? Vous l'avez vu, vous l'avez entendu dire ?

Long silence, puis il secoua la tête.

— Non, admit-il. Avec d'autres formes de la maladie, des formes moins graves, oui, peut-être. Mais avec celle de Marburg, non, je n'en ai jamais entendu parler.

— Alors ? Comment ma sœur aurait-elle pu s'injecter de la morphine dans le bras droit ? Même sans tenir compte du fait qu'elle était droitière et terrifiée par les aiguilles... comment aurait-elle pu faire ça ?

Le Dr Rachid ouvrit la bouche, la referma, se frotta les tempes, se cala dans son fauteuil. Il y eut un long silence.

— Mademoiselle Hannen, finit-il par dire. Puis-je vous demander... ce que vous sous-entendez exactement ?

Elle le regarda droit dans les yeux.

— Je crois que quelqu'un a tué ma sœur. Qu'elle ne s'est pas suicidée.

— Tué... Un meurtre ? C'est ce que vous voulez dire ?

Elle acquiesça.

Il soutint son regard en tripotant le poignet de sa veste blanche. On entendait dehors des oiseaux pépier et, très amorti, le vrombissement d'automobiles. Cinq secondes passèrent. Dix. Puis il se pencha en avant, décrocha le téléphone, composa un numéro et parla en arabe.

— Venez, dit-il en reposant le combiné et en se levant.

— Où ?

Il tendit le bras pour montrer la porte.

— Au commissariat de Dakhla.

# Entre Dakhla et Le Caire

— Encore un peu de café, monsieur ?

— S'il vous plaît.

Flin posa sa tasse sur le plateau tendu, l'hôtesse la remplit avec une thermos en plastique et la lui rendit.

— Madame ?

— Non merci, dit Molly Kiernan en posant la main sur sa tasse.

L'hôtesse hocha la tête et s'éloigna. Kiernan reprit sa lecture de l'article du *Washington Post* sur le programme nucléaire de l'Iran ; Flin but son café à petites gorgées tout en pianotant sans conviction sur le clavier de son ordinateur portable. Autour d'eux, la cabine résonnait du grondement sourd et monotone des moteurs de l'avion. Deux ou trois minutes passèrent, puis, se tournant sur son siège, Flin regarda sa compagne de voyage.

— Je ne savais pas, dit-il.

Elle lui jeta un coup d'œil par-dessus ses lunettes de lecture en levant un sourcil interrogateur.

— Que vous aviez été mariée. Toutes ces années, et je ne l'ai jamais su.

Il montra l'alliance à la main gauche de Kiernan.

— J'ai toujours supposé que c'était destiné à décourager des admirateurs indésirables. Que vous étiez, vous savez...

Il fallut un moment à Kiernan pour comprendre ce qu'il voulait dire. Elle poussa alors une exclamation faussement outragée.

— Flin Brodie ! Ai-je l'air d'une lesbienne ?

Il haussa les épaules en manière d'excuse.

— Puis-je vous demander comment il s'appelait ?

Elle ne répondit pas tout de suite, puis, avec un soupir, elle baissa son journal et ôta ses lunettes.

— Charlie. Charlie Kiernan. L'amour de ma vie.

Brève pause, puis :

— Il est mort dans l'exercice de ses fonctions. Au service du pays.

— Il était...

— Non, non. Dans les Marines. Pasteur. Tué au Liban. En 1983. Au cours de l'attentat contre la caserne de Beyrouth Nous n'étions mariés que depuis un an.

— Je suis désolé, dit Flin.

Elle haussa les épaules, plia le journal, le glissa dans la pochette du siège devant elle, renversa la tête en arrière et regarda en l'air.

— Ç'aurait été son soixantième anniversaire, demain. On en parlait tout le temps, de ce que nous ferions en prenant de l'âge. Une petite propriété dans le New Hampshire, une véranda, des rocking-chairs. Des enfants, des petits-enfants. Le truc à l'eau de rose. Charlie était très sentimental.

— Je suis vraiment désolé, répéta Flin.

Elle soupira, se redressa et posa ostensiblement ses lunettes, le geste indiquant qu'elle ne voulait pas s'étendre sur le sujet.

— Ça parle d'oasis ? demanda-t-elle.

— Hein ?

De la tête, elle montra le portable, le dossier sur lequel il travaillait.

— Oh, non. Une conférence que je donne à l'ARCE, la semaine prochaine. Pépi II et le déclin de l'Ancien Empire. Même moi, ça me barbe, alors j'ai vraiment pitié des pauvres diables qui vont devoir rester assis à m'écouter.

Elle sourit et, appuyant le front contre le hublot, regarda le désert au-dessous d'eux, et au loin le monticule miniature de la pyramide en escalier de Djoser, qui passa comme quelque iceberg brun sale.

— Fadaoui est sorti de prison, dit-elle au bout d'un moment, sans se retourner.

— C'est ce que j'ai entendu dire.

— Vous croyez...

— Hors de question, coupa-t-il, sentant ce qu'elle avait en tête et écartant cette pensée avant même qu'elle ait eu le temps de la formuler. Même s'il savait quelque chose, il ne me le dirait pas ; il préférerait se couper la langue. Il me rend responsable de ce qui est arrivé. A juste titre, il faut le reconnaître.

— Ce n'était pas votre faute, Flin, dit-elle en se retournant. Vous ne pouviez pas savoir.

— Quand bien même.

Il éteignit son ordinateur et le glissa dans sa mallette. Au-dessus, le voyant « Attachez vos ceintures » s'alluma avec un tintement sourd.

— On ne le retrouvera pas, vous savez, dit-il à voix basse. Vingt-trois ans… on ne le retrouvera jamais, Molly.

— Vous y arriverez, Flin. Croyez-moi. Vous y arriverez.

Sur le système de haut-parleurs de l'avion, une voix fit une annonce en arabe, puis en anglais :

« Mesdames et messieurs, nous approchons de notre destination. Assurez-vous, s'il vous plaît, que vous avez attaché votre ceinture et que tous vos bagages à main sont rangés dans le compartiment au-dessus de votre siège. »

— Vous y arriverez, répéta-t-elle. Avec l'aide de Dieu, vous y arriverez.

Je ne crois pas que Dieu sache mieux qu'aucun de nous où il se trouve, pensa Flin.

Il garda cette pensée pour lui, sachant que Kiernan désapprouverait le blasphème. Il appuya la tête contre le dossier, ferma les yeux et commença péniblement à tout repasser en revue – l'Œil de Khépri, la Bouche d'Osiris, les malédictions de Sobek et Apep –, ses oreilles se débouchant avec un petit bruit sec tandis que l'avion descendait vers Le Caire.

Les malédictions de Sobek et Apep…

# Dakhla

Quand les Bédouins arrivèrent sur la crête de la dune et aperçurent le miroitement lointain de l'oasis de Dakhla, ils n'avaient pas bu depuis deux jours. Epuisés, ils rangèrent leurs chameaux de front et, comme un seul homme, levèrent leurs mains vers le ciel et crièrent d'une voix rauque : « *Hamdoulillah !* Que Dieu soit remercié ! », tandis que leurs chameaux haletaient et blatéraient sous eux.

S'ils avaient eu de l'eau, ils auraient mis pied à terre là et préparé du thé pour célébrer l'achèvement de leur périple en profitant du moment présent, ainsi perchés, le désert s'étendant d'un côté, la civilisation se dessinant de l'autre. Mais leur réserve d'eau était depuis longtemps épuisée et, de toute façon, ils étaient trop fatigués et éprouvés pour penser à autre chose qu'à arriver à destination aussi vite que possible. Sans plus de cérémonie, ils poussèrent leurs chameaux de l'autre côté de la crête et poursuivirent leur chemin en silence, en dehors de quelques cris d'encouragement : « *Hout, hout ! Yalla, yalla !* »

Les trois derniers jours, depuis la découverte du mystérieux cadavre, le désert les avait tourmentés, leur barrant le passage par une succession interminable d'énormes dunes escarpées, les accablant d'une chaleur qu'aucun d'eux n'avait connue en cette saison. Maintenant, elle semblait cependant avoir diminué. Il faisait plus frais aujourd'hui et, comme las de jouer avec eux, le paysage devenait plus plat et le labyrinthe de dunes se morcelait en volutes et monticules de sable épars séparés par des espaces plats couverts de cailloutis, peu éprouvants pour les chameaux et rapides à traverser. En moins d'une heure, le miroitement indistinct de l'oasis s'était matérialisé en une dense masse verte adossée à la grande courbe pâle de l'escarpement du djébel el-Kasr. Deux heures plus tard, ils distinguaient les bosquets d'arbres et les points blancs des maisons et des pigeonniers. Ils lancèrent leurs montures au trot en de grandes enjambées maladroites, le chamelier de tête bien en avant des autres, ses compagnons espacés derrière lui l'un à la suite de l'autre, djellabas ondulant au vent, les chameaux semblant aller de plus en plus vite à mesure qu'ils approchaient de l'eau et de la sécurité.

Seul le dernier chamelier ne suivait pas l'allure et se laissait peu à peu distancer par les autres, une centaine de mètres le séparant finalement de celui qui le devançait. Convaincu d'être hors de portée de voix, il sortit son portable et, comme il l'avait fait toutes les quelques heures ces deux derniers jours, il jeta un coup d'œil à l'affichage du téléphone. Il sourit par-devers lui. Il y avait maintenant un signal. Il composa un numéro, se baissa sur sa selle afin que personne ne voie ce qu'il faisait et, une fois la liaison établie, se mit à parler avec animation.

# MANSHIET NASSER, LE CAIRE

— Notre distingué invité d'aujourd'hui n'a pas à être présenté, mesdames et messieurs. Comme vous le savez, il est né dans notre communauté et il en est toujours un membre estimé et respecté, même si sa vie l'a entraîné ailleurs. Au fil des ans, sa générosité a permis de mener à bien de nombreux projets sanitaires et éducatifs, ici, à Manshiet Nasser, cette clinique n'étant que le dernier en date. Bien qu'il ait connu la fortune et le succès, il n'a jamais oublié ses racines ni abandonné ses frères zabbaleen. Il est à la fois notre ami, notre bienfaiteur et – je suis sûr qu'il ne se formalisera pas de me l'entendre dire – notre père à tous. Réservez, s'il vous plaît, un accueil chaleureux à M. Romani Girgis !

Il y eut des applaudissements et un homme au visage revêche et au teint cireux, qui portait des lunettes noires et un costume impeccablement coupé, se leva. Des cheveux grisonnants et ternes, raides et huilés, ramenés en arrière sur le cuir chevelu, et quelque chose de nettement reptilien dans son aspect : les joues creuses, les lèvres fines comme un trait de crayon, la façon dont sa langue ne cessait de pointer au coin de sa bouche. Il salua les dignitaires assemblés d'un signe de tête et, après s'être baissé pour embrasser sur la joue l'évêque copte qui occupait le siège voisin du sien, il s'avança et serra la main de la femme qui l'avait présenté.

— Merci, dit-il, en se tournant vers l'auditoire, d'une voix basse et lente pareille au grondement d'un lourd camion (pas du tout le genre de voix à laquelle on se serait attendu chez un homme au physique si menu). Je suis honoré d'être ici pour inaugurer ce nouveau centre médical. A Mlle Mikhaïl, poursuivit-il en désignant la femme, à Sa Grâce l'évêque Marcos, au conseil d'administration du Fonds zabbaleen pour le développement métropolitain, je dis encore merci...

Légers déclics lorsqu'un photographe manœuvra pour prendre en photo Girgis et les autres invités.

— Comme l'a dit Mlle Mikhaïl, je suis un Zabbal et fier de l'être. Je suis né à Manshiet Nasser, à quelques rues d'ici. Enfant, j'ai tiré les charrettes d'ordures avec mes parents et, bien que ma situation se soit, grâce à Dieu, transformée et améliorée…

Il jeta un coup d'œil à l'évêque, qui sourit et hocha la tête, en caressant sa barbe de la main.

— … je me sens encore chez moi à Manshiet Nasser, et ses habitants restent mes frères et sœurs.

Applaudissements polis. Nouveaux déclics d'appareil photo.

— Les Zabbaleen sont partie intégrante de la vie de la cité, continua-t-il en tirant sur les poignets de sa chemise pour que la même longueur de blanc dépasse des manches de sa veste. Depuis cinquante ans, ils ramassent, trient et recyclent ses détritus en pratiquant une gestion durable des déchets qui peut servir de modèle. Du fait qu'ils trient à la main, leur efficacité ne peut être égalée par des moyens mécaniques. Pour la même raison, ils sont cependant prédisposés à l'hépatite, à cause des coupures et égratignures qu'ils se font en effectuant le tri. Cette terrible maladie a tué mon père et mon grand-père et je suis enchanté de participer à un projet qui contribuera à diminuer la fréquence des infections en permettant la vaccination gratuite de tous ceux qui en ont besoin.

Murmures d'approbation dans l'auditoire.

— J'ai parlé assez longtemps et je me bornerai donc à vous remercier encore une fois d'être ici aujourd'hui, et sans autre cérémonie je déclare ouvert le Centre d'inoculation Romani Girgis de Manshiet Nasser ! déclara-t-il en tendant les mains pour montrer la cour dans laquelle ils étaient réunis, les bâtiments environnants, les portes en verre revêtues d'une croix rouge.

Recevant une paire de ciseaux des mains de Mlle Mikhaïl, Girgis se tourna et, sous les applaudissements, entreprit de couper le lourd ruban tendu à travers la cour, le photographe posant un genou à terre pour immortaliser l'événement. Le ruban lui résistant, il lui fallut tailler dans le tissu. Il n'y arrivait pas et, tandis que les secondes passaient et qu'il poursuivait ses tentatives maladroites, les applaudissements commencèrent à se tarir, laissant place à des chuchotements embarrassés et à quelques petits rires. Ses mains se mirent à trembler, son visage se renfrogna en un rictus d'abord de contrariété, puis de colère. Mlle Mikhaïl s'avança pour l'aider et tira sur le ruban pendant que Girgis continuait à s'escrimer avec les ciseaux.

— Je vous donne de l'argent et vous me faites passer pour un imbécile, lui dit-il tout bas d'une voix sifflante.

— Je suis navrée, monsieur Girgis, bafouilla-t-elle, ses mains agitées de tremblements.

— Et dites à ce crétin de cesser de prendre des photos !

Le ruban céda enfin. Corrigeant son expression, Girgis arbora un sourire magnanime en se retournant vers l'assemblée, ciseaux levés. Les applaudissements reprirent et résonnèrent à travers la cour. Au bout d'un moment, il rendit les ciseaux à Mlle Mikhaïl, les plaçant dans sa paume de façon que la pointe s'enfonce dans le coussinet de chair du pouce et entame la peau sans que personne d'autre s'en rende compte.

— Ne me mettez plus jamais dans l'embarras, espèce de grosse vache, murmura-t-il sans cesser de sourire.

Pour donner plus de poids à ses paroles, il imprima une poussée supplémentaire aux ciseaux, les lâcha et regagna son siège. La pauvre femme joignit les mains devant elle, la lèvre frémissante.

— M. Romani Girgis ! bredouilla-t-elle en s'efforçant de retrouver son calme. Notre bien-aimé bienfaiteur. Témoignez-lui votre reconnaissance, je vous prie !

Les applaudissements redoublèrent tandis que Girgis se rasseyait puis se penchait pour essuyer une trace de poussière sur le bout de sa chaussure avant de se redresser, la tête modestement baissée. L'évêque se pencha vers lui et posa la main sur son bras.

— Vous êtes un exemple pour nous tous, Romani. Quelle chance ont ces pauvres âmes de vous avoir comme protecteur !

Girgis secoua la tête.

— C'est moi qui ai de la chance, Votre Grâce. D'avoir les moyens de les aider, d'aider les miens, d'améliorer leurs conditions de vie… Vraiment, je suis béni.

Il porta la main de l'évêque à ses lèvres et baisa son anneau sacerdotal, puis, comme gêné de parler ainsi de lui, il regarda de nouveau droit devant. Un groupe de jeunes filles en robes et châles assortis s'avança au premier rang et se mit à chanter.

Tout cela était évidemment de la foutaise. Manshiet Nasser son chez-soi, les Zabbaleen ses frères et sœurs… de la pure et simple foutaise. Girgis détestait l'endroit où il avait grandi et le détestait encore plus maintenant qu'il avait réussi à en sortir à force de volonté. Infect, crasseux, merdeux, puant, peuplé de niais illettrés qui se crevaient la peau à travailler, respectaient la loi, disaient leurs prières, et tout ça pour quoi ? Une vie misérable passée à gratter dans des tas d'ordures et à habiter des appartements infestés de cafards ! Des exclus de la société, les derniers des derniers. Fier d'être un Zabbal ? Il aurait pu tout aussi bien se dire fier d'avoir un cancer.

Les apparences : c'était pour ça, et pour ça seulement, qu'il continuait à revenir ici, finançait les divers programmes d'aide auxquels il prêtait son nom, jouait les humbles fils de l'Eglise. Parce que cela lui permettait de passer pour un homme bon, ni plus ni moins. Détournait l'attention de ses activités moins saines. Il sourit intérieurement. Incroyable à quel point un peu de philanthropie pouvait soigner votre image. Une clinique par-ci, une école par-là – même Susan Moubarak faisait partie de ses fans (elle disait de lui qu'il était « un pilier de la société égyptienne »). Quant aux Zabbaleen, il n'éprouvait pour eux rien de plus que pour les troupeaux de cochons qui fourrageaient dans les décharges publiques de Manshiet Nasser. Les affaires, voilà ce qui comptait pour lui. Ce qui avait toujours compté. C'est pour cela qu'il était devenu ce qu'il était – multimillionnaire – et qu'eux étaient restés ce qu'ils étaient : des miséreux puants, qui passaient leur vie à trier des saloperies et mouraient d'hépatite.

La chanson s'acheva et les filles s'éloignèrent en groupe. Caché derrière ses lunettes, Girgis les suivit du regard. Elles étaient jolies, toutes avaient de grands yeux verts et des petits seins fermes ; il nota mentalement de faire rechercher leurs noms et adresses. Les coptes étaient toujours plus appréciées dans ses bordels que les musulmanes arabes, surtout les jeunes. Cela faisait des années qu'il ne s'occupait plus directement de ce secteur de ses affaires, préférant consacrer son énergie à des activités plus haut de gamme – trafic d'armes, contrebande d'antiquités, blanchiment d'argent –, il n'en aimait pas moins garder la main. Il soudoyait les parents des filles – ou, s'il n'y réussissait pas, enlevait celles-ci et les mettait au turbin. Bien sûr, elles ne faisaient pas long feu, à cause du sida et des traitements que certains de ses clients se plaisaient à leur faire subir, mais ça ne le préoccupait pas. Ce qui le préoccupait, c'était le profit. Et de toute façon, la vie des Zabbaleen étant ce qu'elle était, elles ne s'en seraient probablement pas mieux tirées si elles étaient restées là. Son sourire s'élargit, un fin sourire déplaisant, comme si on lui avait entaillé le visage d'un coup de scalpel.

Les filles parties, il y eut d'autres discours et un interminable récital de violon donné par un gamin aveugle et obèse. Girgis fit son possible pour paraître enthousiasmé tout en jetant des coups d'œil de plus en plus fréquents à sa montre. Lorsque le récital fut enfin terminé, tout le monde se leva et commença à entrer à la queue leu leu pour prendre des rafraîchissements et visiter la clinique. Girgis fut le seul à refuser, poliment, de faire la visite, prétextant des rendez-vous professionnels, affirmant qu'il était désolé, qu'il aurait aimé rester plus longtemps, etc. Il accepta les remerciements du personnel de la clinique, fit ses adieux en ignorant ostensiblement Mlle Mikhaïl et, soulagé de pouvoir enfin s'échapper, traversa la cour et franchit le haut portail en bois qui donnait sur la rue, les narines révulsées par la puanteur aigre-douce des ordures en putréfaction.

En sortant de l'enceinte, il claqua des doigts. Deux personnages se détachèrent du mur où ils étaient appuyés et s'empressèrent de le rejoindre. Trapus, replets mais musclés, ils portaient des costumes Armani gris et, de manière incongrue, des maillots rouge et blanc de l'équipe de football d'Al Ahly. L'un avait un nez aplati de boxeur, l'autre le lobe de l'oreille gauche déchiqueté ; en dehors de cela, ils étaient identiques à tous égards, chacun étant le reflet de l'autre : mêmes doigts couverts de bagues, mêmes cheveux roux lissés sur le côté, même air menaçant et maussade. Ils attendirent pendant que Girgis sortait un mouchoir et se tamponnait le nez, puis marchèrent à ses côtés en se mettant à son pas.

Ils se trouvaient sur une colline escarpée et la rue en terre battue jonchée de détritus qu'ils descendaient était très en pente. Les yeux de Girgis ne cessaient de se tourner d'un côté et de l'autre derrière ses lunettes de soleil, son sourire depuis longtemps effacé, remplacé par une expression qui tenait à la fois de la grimace et de la moue hargneuse. De chaque côté, les immeubles empiétaient pêle-mêle sur la rue, avec leurs briques irrégulières et mal posées, leurs balcons festonnés de linge multicolore en train de sécher. Sur des charrettes tirées par des ânes qui passaient dans un bruit de ferraille s'entassaient d'énormes sacs en polypropylène pleins de papier, de vieux vêtements, de plastique, de verre et d'autres déchets ; des sacs semblables étaient empilés contre les murs, tels des monceaux de larves gonflées, obstruant une voie déjà fort étroite. Bouffées de fumée de bois, grondement des granulatoires, femmes en robes noires coiffées de châles de couleurs vives, et, partout – dans chaque embrasure de porte, chaque ruelle, derrière chaque fenêtre, dans chaque cage d'escalier –, des tas et des tas d'ordures fumantes, malodorantes, entourés de nuées de mouches, comme si tout le quartier était un gigantesque sac d'aspirateur dans lequel toutes celles de la ville étaient inexorablement abandonnées.

C'était l'univers dans lequel Romani Girgis avait passé ses seize premières années, celui dont il avait tenté en vain de nettoyer son organisme pendant les cinquante années suivantes. Lotions après-rasage de Paris, crèmes pour le visage italiennes, savons, baumes, émollients parfumés – il avait eu beau dépenser des fortunes, se laver et se récurer avec acharnement, rien n'y faisait. Jamais il ne parviendrait à se débarrasser de la crasse infernale de sa jeunesse : la puanteur, les germes, les rats, les cafards. Elle était là, la souillure, toujours là, collée à lui comme une moisissure fétide et répugnante, aigrissant chaque pore de son corps, encrassant ses cellules. Il était multimillionnaire et il aurait donné jusqu'à sa dernière piastre pour se sentir enfin propre.

Il accéléra le pas, un mouchoir serré contre son nez, ses gardes du corps jumeaux bousculant les passants pour les écarter de son chemin tandis que la rue descendait toujours en pente raide avant de tourner brusquement sur la droite. De chaque côté, les immeubles s'espacèrent et ils arrivèrent sur une large terrasse inondée de soleil taillée à flanc de colline. Au-dessus, comme des grosses tranches bombées de cake jaunâtre, se dressaient les falaises de Muqqatam, leurs parois sculptées d'effigies polychromes du Christ et de ses saints. Au-dessous, le fouillis des immeubles et des monceaux d'ordures continuait de s'étendre vers le bas, arrêté d'un seul coup par l'autoroute Al-Nasr et les cimetières du Nord.

Une limousine, longue, noire, aux glaces teintées, était stationnée sur le côté de la route, n'ayant pu approcher davantage de la clinique. Le chauffeur en costume noir qui attendait à côté se précipita pour ouvrir la portière arrière. Girgis monta dans la voiture et laissa échapper un soupir de soulagement tandis que la portière se refermait derrière lui, l'isolant dans l'atmosphère fraîche, propre et fleurant bon le cuir de l'intérieur du véhicule. Il sortit de sa poche un paquet de lingettes, en tira deux ou trois et entreprit de se frotter frénétiquement les mains et le visage.

— Dégueulasse, marmonna-t-il, son corps animé de contractions convulsives comme si des insectes avaient détalé sur sa peau. Dégueulasse.

Il continua de se frotter tandis que les jumeaux et le chauffeur s'installaient sur la banquette avant et que la limousine démarrait, descendant et manœuvrant lentement à travers les rues étroites. Le monde défilait à l'extérieur : des hommes noirs de crasse qui soulevaient de gros sacs d'ordures, des femmes et des enfants triant des bouteilles en plastique, une porcherie pleine de cochons noirs poisseux. C'est seulement en arrivant en bas de la pente, quand ils traversèrent en cahotant une voie ferrée pour prendre l'autoroute et s'éloigner des collines de Muqqatam, accélérant en direction du centre-ville, que Girgis commença à se détendre. Il s'essuya une dernière fois les mains, posa les lingettes, sortit son portable et consulta sa boîte vocale. Un message. Il appuya sur la touche, écouta. Trente secondes passèrent. Les sourcils froncés, il appuya à nouveau sur la touche et réécouta le message. Il retrouva son sourire. Il attendit un moment, puis composa un numéro et porta le téléphone à son oreille.

— Il y a du nouveau, dit-il en anglais quand la liaison fut établie. Ça pourrait être un membre de l'équipage. Appelez-moi au numéro habituel.

Il raccrocha, leva le rabat de l'accoudoir de la limousine et en sortit un interphone.

— Fais venir l'Agusta à la maison. Les jumeaux vont à Dakhla.

Il remit l'appareil à sa place et posa sa nuque contre l'appuie-tête en cuir.

— Vingt-trois ans, murmura-t-il. Vingt-trois ans et… enfin… enfin…

# Oasis de Dakhla

Freya fut de retour chez Alex en milieu d'après-midi. Elle s'était alors presque persuadée qu'elle se faisait des idées et que sa sœur s'était bel et bien suicidée.

Elle avait passé quasiment quatre heures au commissariat de Dakhla – un immeuble quelconque, jaune citron, flanqué de miradors et situé dans la même rue que l'hôpital. Au début, elle avait eu affaire à un policier local. Il n'avait semblé comprendre qu'une partie de ce qu'elle lui disait et on avait ensuite trouvé quelqu'un d'autre pour mener l'entretien, un inspecteur parfaitement anglophone venu de Louxor pour la journée afin de traiter une autre affaire.

L'inspecteur Youssouf Khalifa avait été aimable, efficace, et il avait pris ses soupçons au sérieux, témoignant d'une prévenance qui, paradoxalement, avait eu pour effet de lui faire paraître ses soupçons de plus en plus mal fondés. Il avait analysé tout ce qu'elle avait dit au Dr Rachid à propos de la phobie d'Alex, griffonné des notes et fumé cigarette sur cigarette – il avait transformé en cendres au moins un paquet de Cleopatra au cours de l'entretien – avant d'élargir le champ des questions.

« Savez-vous si votre sœur avait des ennemis ? lui avait-il demandé.

— Cela faisait longtemps que je ne l'avais pas vue. Mais je ne crois pas... Elle n'en a jamais parlé dans ses lettres. Elle n'était pas du genre à se faire des ennemis. Tout le monde... »

Elle allait dire : « ... aimait Alex », mais les mots lui étaient restés dans la gorge, ses yeux s'étaient emplis de larmes. Khalifa avait tiré un mouchoir en papier d'une boîte posée sur le bureau et le lui avait tendu.

« Excusez-moi, avait-elle marmonné, gênée.

— Je vous en prie, mademoiselle Hannen, inutile de vous excuser. J'ai moi-même perdu un frère, il y a quelques années. Prenez tout le temps qu'il faut. »

Il avait attendu patiemment que Freya se calme, puis il avait continué à lui poser des questions, examinant les choses lentement, posément. Savait-elle si sa sœur avait eu des ennuis ? Des indications laissaient-elles supposer qu'on se serait introduit chez elle par effraction ? Freya avait-elle remarqué près de la maison quelqu'un se comportant de manière suspecte ? Voyait-elle des raisons pour lesquelles quelqu'un aurait voulu faire du mal à sa sœur ?

Et cela avait duré longtemps, l'inspecteur envisageant le problème sous tous les angles possibles, étudiant tous les mobiles et scénarios concevables. Au bout des quatre heures, il était devenu évident que Freya connaissait peu sa sœur, et que ses soupçons paraissaient manquer de substance quand on les considérait objectivement et sans émotion. Tout – l'ecchymose à l'épaule d'Alex, sa terreur des injections, l'absence de petit mot expliquant son suicide, le fait qu'elle n'ait apparemment pas été le genre de personne à mettre fin à ses jours –, tout semblait pouvoir s'expliquer de manière rationnelle, comme l'avait fait le Dr Rachid quand elle s'était adressée à lui auparavant dans son bureau.

En désespoir de cause, Freya avait parlé de Mahmoud Gharoub, le vieux paysan qui l'avait emmenée sur sa charrette, de la façon dont il l'avait lorgnée et lui avait touché la jambe, et elle avait ajouté qu'on lui avait conseillé de l'éviter.

« Il a peut-être quelque chose à voir là-dedans », avait-elle suggéré, s'efforçant de trouver des raisons de conserver ses doutes.

Cette possibilité avait cependant été éliminée, dès que Khalifa eut demandé l'avis de ses collègues du commissariat sur le vieil homme.

« Ce Gharoub est bien connu de nos services, avait-il informé Freya. Un… comment dites-vous ? un… loucheur notoire ?

— Un voyeur.

— C'est ça. Un vieux cochon, d'après mes collègues, mais inoffensif. Certainement pas capable de meurtre. »

Il avait allumé une autre cigarette, ajoutant :

« Apparemment, c'est sa femme qui est violente. Et il en est la principale victime. »

A la fin, tout s'était résumé à la question de l'endroit où Alex s'était fait une piqûre – comment quelqu'un ayant le bras gauche paralysé pouvait-il se planter une seringue dans le bras droit ?

C'était une pierre d'achoppement majeure et la raison pour laquelle l'entretien avait tant traîné en longueur. Puis, vers le milieu de l'après-midi, le Dr Rachid, reparti entre-temps à l'hôpital, avait téléphoné et parlé à Khalifa. Il avait pris contact avec des collègues, des neurologues chevronnés au Royaume-Uni et aux Etats-Unis, beaucoup plus expérimentés que lui dans ce domaine, et, contrairement à ce qu'il avait dit à Freya, il en était ressorti qu'il existait des cas de personnes atteintes de la variante de Marburg ayant connu une rémission des symptômes soudaine et inexpliquée. L'un de ces cas était étrangement similaire à celui d'Alex. Trois ans plus tôt, un Suédois qui avait perdu l'usage moteur de ses quatre membres s'était aperçu un matin à son réveil qu'il pouvait de nouveau se servir de sa main droite ; il en avait profité pour sortir un revolver du tiroir de sa table de nuit et se tirer une balle dans la tête.

Pourquoi, étant droitière, Alex avait-elle décidé de se faire une injection de la main gauche ? Ça, le médecin ne pouvait l'expliquer. L'important était que, d'un point de vue médical, il paraissait parfaitement concevable qu'Alex se soit fait une piqûre de cette manière. Etrange, certes, mais néanmoins possible.

Khalifa avait rapporté tout cela à Freya après avoir raccroché le téléphone.

« Je me sens toute bête, avait-elle dit.

— Non, non, l'avait-il réprimandée. Vous avez bien fait de vous poser des questions. Vos doutes étaient parfaitement justifiés.

— Je vous ai fait perdre votre temps.

— Bien au contraire, vous m'avez rendu un fier service... si je n'avais pas eu à vous entendre, j'aurais passé l'après-midi à un colloque sur les systèmes de police dans le gouvernorat de la Nouvelle Vallée. Je vous en serai à jamais reconnaissant. »

Elle avait souri, soulagée que ses soupçons semblent sans fondement.

« Si vous avez encore des inquiétudes...

— Non, non, vraiment...

— Parce que nous pouvons explorer d'autres pistes. Qu'est-il advenu du flacon de morphine et de la seringue, où la morphine a-t-elle été achetée... »

C'était lui, semblait-il, qui essayait maintenant de la convaincre que le décès d'Alex exigeait un complément d'enquête.

« Franchement. Vous en avez fait plus qu'assez. J'aimerais seulement retourner chez Alex. La journée a été longue.

— Bien sûr. Je vais vous y faire reconduire. »

L'inspecteur s'était levé et, après avoir ouvert la porte du bureau dans lequel ils s'étaient entretenus, l'avait précédée dans un couloir et un escalier menant au rez-de-chaussée. Là, il avait parlé en arabe à un agent en uniforme à la réception – pour demander une voiture, avait supposé Freya. En guise de réponse, le planton avait fait un signe de tête en direction de l'entrée, par laquelle on apercevait Zahir dans son Land Cruiser garé dans la rue, pianotant sur le volant. Comment il avait découvert qu'elle était au commissariat, Freya l'ignorait, mais dès qu'il l'avait vue, il s'était penché sur la banquette et avait ouvert la portière du passager en lançant du même coup à Khalifa un regard qui n'était pas vraiment amical.

« Vous le connaissez ? avait demandé l'inspecteur.

— Il travaillait avec ma sœur. Il s'est... »

Elle allait dire : « ... occupé de moi », mais avait retenu ses mots, avant de poursuivre :

« Il m'a servi de chauffeur. »

Il l'avait accompagnée dehors.

« Je vous en prie, n'hésitez pas à reprendre contact avec nous si vous avez d'autres doutes, avait-il dit quand ils étaient arrivés à la voiture.

— Merci. Vous avez été vraiment obligeant. Je suis seulement désolée d'avoir... »

L'inspecteur avait agité la main pour l'arrêter. Il avait salué de la tête Zahir, qui s'était contenté de pousser un grognement et avait regardé droit devant lui, puis il s'était reculé quand Freya était montée dans la voiture et avait refermé la portière.

« Cela a été un plaisir de vous rencontrer. Et veuillez accepter mes condoléances pour... »

Sans lui laisser le temps de finir sa phrase, Zahir avait écrasé l'accélérateur et démarré à toute allure, tout en zieutant l'inspecteur dans le rétroviseur.

« Police pas bonne, avait-il marmonné en tournant à un coin de rue, manquant de peu une charrette chargée d'un monceau de pastèques. Police comprend pas les choses. »

Il s'était montré particulièrement bavard sur le chemin du retour, la bombardant de toutes sortes de questions sur la mort d'Alex, lui demandant pourquoi elle avait eu des soupçons, ce que la police avait dit, sans cesser de lui jeter de rapides coups d'œil de côté. Cela l'avait mise mal à l'aise, plus encore que sa réticence de la veille, et elle lui avait répondu par monosyllabes, de façon laconique et évasive, sans trop savoir ce qu'elle essayait d'éluder.

Lorsqu'il s'était enfin arrêté devant chez sa sœur, elle s'était hâtée de sortir de la voiture, avait marmonné un bref remerciement et avait disparu à l'intérieur de la maison en claquant la porte avant de s'y adosser, soulagée d'être débarrassée de lui.

Maintenant qu'il était parti et qu'elle se retrouvait seule, la fatigue la prit, comme si, sa sœur maintenant enterrée et ses soupçons dissipés, son corps demandait grâce. Pour la première fois en trois jours, elle se rendit compte que rien ne l'inquiétait ni ne l'obsédait. Elle s'était déplacée en Egypte, elle avait enterré Alex, elle avait résolu les questions qui entouraient sa mort. Tout ce qui devait être fait l'avait été. Il ne restait plus que le chagrin. Et son sentiment de culpabilité. Ils n'allaient pas lui faire défaut de sitôt.

Quand elle était partie, le matin, dans sa précipitation elle avait laissé grands ouverts les volets des portes-fenêtres, et la pièce était maintenant pleine de mouches, une forte odeur de fromage flottait dans l'air, provenant des reliefs du petit déjeuner encore sur la table du séjour. Elle chassa les mouches et entassa du pain, des tomates et un concombre sur une assiette. Puis, après avoir tiré un fauteuil sur la véranda, elle s'y laissa tomber, replia les jambes sous elle et, tout en contemplant le désert, se mit à grignoter. Elle avait faim, n'ayant pas fait de vrai repas depuis trois jours, et en quelques minutes l'assiette fut nettoyée. Elle aurait pu manger plus, mais son épuisement était devenu tel que la perspective de parcourir la distance jusqu'à la table du séjour la découragea. Elle posa l'assiette par terre, se pelotonna dans les coussins et, la tête appuyée sur le bras, ferma les yeux et s'endormit presque instantanément.

— *Salam.*

Freya se réveilla en sursaut, pensant qu'elle rêvait, qu'elle venait de s'endormir. Puis elle remarqua combien le soleil était rouge et bas dans le ciel, presque au niveau de l'horizon. Elle avait dû dormir au moins une heure. Encore mal réveillée, elle s'étira bras et jambes, bâilla, et elle venait de se remettre debout quand elle aperçut une silhouette, à trois mètres d'elle, au bout de la véranda. Elle se figea.

— *Salam*, répéta la voix, une voix bourrue et gutturale.

L'homme avait le visage enturbanné, on ne lui voyait que les yeux.

Pendant un moment, ils restèrent ainsi à se regarder, sans rien dire. Complètement réveillée maintenant, Freya commença à reculer ; les mains levées devant elle pour se protéger, elle serra les poings, ses yeux tombant sur le grand couteau incurvé glissé dans la ceinture de l'inconnu. Il avait dû comprendre ce qu'elle pensait car il leva les mains à son tour, paumes ouvertes, en baragouinant quelque chose en arabe.

— Je ne comprends pas, dit Freya, d'une voix plus perçante qu'elle n'aurait voulu.

Elle recula encore d'un pas en cherchant du regard autour d'elle un objet dont elle aurait pu se servir comme d'une arme au cas où il l'attaquerait. Un râteau était appuyé contre le tronc d'un jacaranda, à quelque distance sur sa gauche. Elle descendit avec précaution de la véranda et s'en approcha doucement. L'homme sembla à nouveau se rendre compte de ce qui lui passait par la tête : il secoua la tête, tira le couteau de sa ceinture, le posa au sol et recula d'un pas.

— Pas danger, dit-il dans un anglais hésitant avec un fort accent. Il pas danger vous.

Ils se regardaient, l'air autour d'eux résonnant du pépiement des oiseaux et du chant des cigales. Il leva lentement la main et dénoua son turban, découvrant son long visage barbu, la peau burinée et sombre comme l'ébène, les pommettes si hautes et saillantes, les joues si creuses que toute la chair semblait lui avoir été retirée. Il avait les yeux rouges de fatigue, la barbe mouchetée de grains de sable, remarqua Freya.

— Il pas danger vous, répéta-il en se tapotant la poitrine du plat de la main. Il ami.

Freya baissa légèrement les mains, les poings toujours fermés.

— Qui êtes-vous ? demanda-t-elle, sa voix plus assurée, maintenant que le choc était passé. Que voulez-vous ?

— Il vient docteur Alex, dit-il. Il...

Ses yeux se plissèrent tandis qu'il essayait de trouver le mot voulu. Sur un claquement de langue de contrariété, il renonça et mima des coups frappés à une porte.

— Pas quelqu'un, expliqua. Il repartir de maison. Vous...

Autre mime, cette fois-ci la tête appuyée sur les mains. C'était ainsi qu'il avait trouvé Freya endormie.

— Il désolé. Il pas vouloir vous faire peur.

Il était maintenant évident qu'il n'avait pas de mauvaises intentions et les mains de Freya s'ouvrirent, retombèrent à ses côtés. D'un signe de tête, elle indiqua qu'il pouvait ramasser son couteau. Il se baissa, le fourra dans sa ceinture avant de faire glisser un sac de toile de son épaule et de le lui tendre.

— Ça trouvé, dit-il en penchant la tête en direction du désert. Pour docteur Alex.

Freya se mordit la lèvre, la poitrine serrée.

— Alex est morte, dit-elle, les mots lui semblant étrangement ternes et dénués d'émotion, comme si elle tentait de se distancier de ce qu'elle disait. Elle est décédée il y a quatre jours.

L'homme ne comprenait manifestement pas. Freya formula autrement sa phrase, sans plus de succès. En désespoir de cause, elle passa un doigt en travers de sa gorge, le seul mime auquel elle put penser pour signifier la mort. Il dressa brusquement les sourcils et marmonna quelque chose en arabe, levant les mains au ciel en un geste d'horreur et d'incrédulité.

— Non, non, pas assassinée, dit-elle rapidement en secouant la tête, se rendant compte qu'elle s'était mal exprimée. Elle s'est donné la mort, suicidée.

Là encore, les mots ne lui dirent rien et il fallut encore une bonne minute d'explications et de gesticulations avant qu'il semble finalement comprendre. Son visage s'éclaira d'un grand sourire qui découvrit ses dents marron.

— Docteur Alex partie, dit-il triomphalement. Vacances.

Comment avait-elle réussi à lui donner cette impression, elle n'en avait aucune idée, mais elle n'eut pas le cœur de le dissuader et se contenta de hocher la tête.

— Oui, dit-elle. Docteur Alex est partie.

— Vous *okht* ?

— Pardon ?

Il joignit les mains, indiquant la proximité, un lien.

— *Okht* ? répéta-t-il. Sœur.

— Oui, répondit-elle en souriant malgré elle, amusée par l'absurdité de la situation. Oui, je suis la sœur du docteur Alex. Freya.

Elle lui tendit la main en guise de bienvenue et il imita son geste avant de lui tendre à nouveau le sac de toile.

— Vous donner docteur Alex.

Freya s'avança et prit le sac.

— Ça appartient à Alex ?

Il fronça les sourcils, perplexe. Puis, comprenant ce qu'elle disait, il secoua la tête.

— Pas à docteur Alex. Il trouver. Dans sable. Loin.

Il indiqua le désert de la main.

— Loin, loin. Mi-chemin Guilf Kébir. Homme.

Il passa un doigt en travers de sa gorge, comme l'avait fait Freya. L'homme dont il parlait devait être mort, mais elle ne pouvait dire s'il avait été assassiné ou s'il était simplement décédé.

— Docteur Alex donne argent, poursuivit-il. Docteur Alex dit il trouver homme dans désert, il trouve chose nouveau, il apporte.

Il plongea la main dans la poche de sa djellaba et en sortit une Rolex en acier qu'il lui tendit aussi.

— Je ne comprends pas, dit Freya, tenant le sac d'une main, la montre de l'autre. Pourquoi Alex voudrait-elle ces choses ?

— Vous donner docteur Alex, répéta-t-il. Elle sait.

Freya aurait aimé continuer à l'interroger, lui demander pourquoi Alex lui avait donné de l'argent, qui était l'homme trouvé dans le désert, de quoi il retournait, mais, ayant remis les objets, il considérait de toute évidence qu'il avait atteint le but de sa visite. Sur un dernier « Vous donner docteur Alex », il s'inclina et tourna les talons, laissant Freya fixer sans comprendre le coin de la maison derrière lequel il venait de disparaître.

# Entre Le Caire et Dakhla

L'hélicoptère Agusta volait vite et bas, à quelques centaines de mètres seulement au-dessus du désert, et son ombre balayait les crêtes des dunes. Le vrombissement rythmique des pales de son rotor actionnées par le moteur Pratt et Whitney résonnait sourdement à travers les sables comme le battement de lointains tamtams. Ses huit sièges étaient occupés, l'un par le pilote, cinq par des hommes aux visages durs qui serraient des mitraillettes Heckler & Koch dans leur giron, et deux, ceux du fond, par les hommes de main jumeaux de Girgis, toujours vêtus de leurs costumes Armani gris et de leurs maillots de l'équipe d'Al Ahly. Tous deux étaient complètement absorbés par la lecture d'un fanzine de football que l'un tenait sur les genoux. Après avoir jeté un rapide coup d'œil par-dessus son épaule pour s'assurer qu'ils n'écoutaient pas, le pilote poussa du coude son voisin

— Personne n'a jamais pu savoir comment ils s'appellent, chuchota-t-il. Ça fait sept ans qu'ils travaillent pour Girgis et personne n'a pu découvrir quel est leur nom. Même lui ne le sait pas, apparemment.

L'autre ne dit rien et se borna à hocher légèrement la tête, signifiant par là que ce n'était ni le moment ni l'endroit de parler de telles choses.

— Ils ont tué un de ses macs, continua le pilote, qui se laissait entraîner par son sujet, ignorant la mise en garde. Ils l'ont taillé en pièces et jeté dans le Nil parce qu'il avait dit qu'Al Ahly était de la merde et que Hafeez aime se la faire mettre jusque-là. Girgis a été si impressionné qu'il les a embauchés.

Autre hochement de tête, plus vigoureux celui-là, accompagné d'un geste tranchant de la main pour indiquer que la conversation devait s'arrêter là. Cette fois encore, le pilote ne saisit pas :

— Apparemment, leur mère est une camée, mais ils la vénèrent. Ils ont tué quarante personnes et…

— Ferme-la, bordel, et pilote, fit une voix derrière eux.

— Sinon, on va passer à quarante et une, lança une voix presque identique.

Le pilote resserra sa main sur le manche à balai, le visage livide, les cuisses serrées comme pour protéger son entrejambe. Il ne dit plus un mot pendant le reste du vol.

# Dakhla

Une fois rentrée dans la maison, Freya ouvrit le mystérieux sac de toile, en sortit un à un les objets qu'il contenait et les posa sur la table du living à côté de la Rolex. Carte, portefeuille, appareil photo, boîtier de pellicule, feux de détresse, rations de secours, mouchoir plié autour d'un obélisque en argile miniature, boussole en métal verte munie d'un couvercle. Elle s'attarda sur cette dernière, l'ouvrit en se souriant à elle-même avec mélancolie. C'était exactement la même que celle qu'avait sa sœur lorsqu'elles étaient enfants : une boussole de l'armée, avec cadran, lunette tournante, lentille grossissante, et dans le couvercle une rainure parcourue par un fil de cuivre fin comme un cheveu (« Tu alignes le fil avec le point que tu vises, puis tu lis l'azimut à travers le verre, lui avait expliqué Alex. C'est la boussole la plus précise qu'on puisse trouver. »)

Freya doutait que celle-ci soit aussi fiable, car son fil de visée était coupé en deux, ce qui rendait quasiment impossible une lecture précise. Elle ne la tint pas moins délicatement dans le creux de sa main, comme si cela avait été une antiquité inestimable, son contact et son poids la ramenant à sa jeunesse, à ces étés insouciants et magiques à Markham, avant que tout ne parte de travers, avant ce jour où elle avait brisé le cœur de sa sœur. Elle leva la boussole en alignant la lentille, le cadran et la rainure de visée, exactement comme Alex le lui avait appris, et regarda l'aiguille osciller paresseusement tandis qu'elle entendait à nouveau la voix d'Alex, les histoires qu'elle lui racontait à propos de la boussole, qui avait appartenu à un Marine, un combattant d'Iwo Jima. Près d'une minute passa ainsi, puis, avec un soupir, elle referma le couvercle, posa la boussole sur la table et tourna son attention vers les autres objets.

Le portefeuille contenait quelques billets de banque allemands, ainsi que deux cartes de crédit et une liasse de reçus, tous datés de

1986. Et aussi une carte d'identité. Sa photo montrait le propriétaire du portefeuille : un beau blond au menton barré par une grosse cicatrice.

— Rudi Schmidt, lut-elle à haute voix.

Le nom ne lui disait rien... un ami d'Alex ? Un collègue ? Après l'avoir répété deux ou trois fois, elle remit la carte dans le portefeuille et passa à autre chose. Elle examina le mini-obélisque d'argile aux côtés gravés de curieux motifs, le boîtier de pellicule, l'appareil photo, dont la chambre contenait encore une pellicule, de laquelle il ne restait plus que deux photos à prendre à en croire le compteur de prises de vue. Enfin, elle déplia la carte, écarta les autres objets et l'étala sur la table.

Elle représentait l'Egypte, la moitié occidentale du pays, de la frontière libyenne à la vallée du Nil, au 1/500 000. Le papier était froissé et les pliures commençaient à se déchirer, tant la carte avait servi.

Les yeux baissés dessus, elle eut le regard attiré vers le coin inférieur gauche, où le plateau du Guilf Kébir avait été entouré d'un cercle au crayon. Elle fronça les sourcils. N'était-ce pas là qu'Alex avait travaillé ? Elle inclina la tête d'un côté, essayant de se souvenir de ce que sa sœur lui en avait dit dans ses lettres, puis elle regarda de nouveau la carte et, penchée sur elle, examina la ligne qui partait en diagonale du Guilf vers le nord-est et la tache verte la plus proche, l'oasis de Dakhla, qui avait aussi été entourée au crayon. Cinq petites croix coupaient la ligne, la première proche du Guilf, la dernière à environ un quart de la distance jusqu'à Dakhla, chaque croix accompagnée de deux chiffres : un relèvement au compas en degrés et une distance en kilomètres. La position était toujours la même, 44°, alors que la distance semblait diminuer à mesure que les croix s'éloignaient du Guilf : 27 km, 25 km, 20 km, 14 km, 9 km.

On avait consigné ainsi les étapes d'un voyage, c'est du moins l'impression immédiate qu'en eut Freya. Une randonnée pédestre de cinq jours, à en juger par les distances parcourues relativement courtes, au départ du Guilf, et qui s'était poursuivie sur quatre-vingt-quinze kilomètres avant de s'arrêter brusquement en plein vide jaune du désert. Qui était Rudi Schmidt, que faisait-il là, les crayonnages de la carte n'avaient-ils pas une tout autre signification ? A ces questions, elle ne pouvait répondre. Ce qu'elle savait, c'est que ça n'allait pas. Rien de tout cela ne lui semblait normal. Pourquoi ces objets auraient-ils intéressé sa sœur ? Pourquoi aurait-elle payé pour se les procurer ? Plus elle y pensait, plus cela lui paraissait bizarre. Elle en arriva à repenser au suicide d'Alex – à son bras gauche paralysé, à sa phobie des piqûres – et des doutes s'insinuèrent à nouveau dans son esprit. Toutes les explications qu'on lui avait données lui semblèrent soudain peu convaincantes. Elle se demanda si elle n'allait pas retourner au commissariat – cet aimable inspecteur lui avait dit de se remettre en contact avec eux si elle avait d'autres inquiétudes –, mais que dirait-elle ? Que quelqu'un était venu apporter les affaires d'un mort chez sa sœur ? Cela sonnerait comme une bonne crise de paranoïa... De toute façon, l'inspecteur lui avait dit qu'il n'était là que pour une demi-journée et il devait probablement être sur le chemin du retour à Louxor. Cela voulait dire qu'il lui faudrait non seulement recommencer à zéro avec quelqu'un d'autre, mais aussi dans une langue qu'aucun autre inspecteur ne semblait parler convenablement. Peut-être devrait-elle appeler Molly Kiernan ? Ou Flin Brodie ? Mais, là encore, qu'était-elle censée leur dire ? Qu'il y avait quelque chose de suspect dans la façon dont Alex était morte ? Elle se faisait l'effet d'être un personnage d'un film de série B.

Freya regarda la carte encore un moment, puis, dans un soupir de contrariété, elle la replia et commença à remettre les objets dans le sac de toile en se demandant quoi faire et si ses doutes étaient justifiés ou non. Elle s'arrêta quelques instants pour contempler l'obélisque miniature – un souvenir, ou une sorte d'amulette, pensa-t-elle – avant de le fourrer aussi dans le sac ainsi que l'appareil photo, la boussole et enfin le boîtier en plastique de la pellicule. Une fois tout remis à sa place, elle ferma les boucles du sac... et les défit immédiatement, sourcils froncés, sous le coup d'une pensée subite. Elle fouilla dans le sac pour récupérer le boîtier de pellicule et l'appareil photo, les soupesa en réfléchissant. Plusieurs secondes passèrent, puis, sur un hochement de tête, elle prit son sac à dos et y mit les deux objets, après les avoir enveloppés dans la polaire qu'elle y laissait toujours. Elle récupéra aussi la boussole pour la garder avec elle, un lien, aussi ténu fût-il, avec sa sœur et des jours meilleurs. Elle laissa le sac de toile sur la table, ferma la maison et repartit vers l'oasis principale en espérant que le magasin Kodak serait encore ouvert. Les pellicules de l'appareil photo et du boîtier l'aideraient, espérait-elle, à découvrir qui était Rudi Schmidt, pourquoi il errait en plein milieu du Sahara et pourquoi diable sa sœur s'était intéressée à lui.

Les Bédouins restèrent à Dakhla le temps nécessaire pour remplir leurs outres, ramasser du bois à brûler, acheter une chèvre et d'autres provisions. Puis, préférant rester entre eux, ils se retirèrent dans le désert et dressèrent le camp à un kilomètre et demi de l'oasis, près d'un taillis d'acacias et d'arassous qui avaient réussi à prendre racine au milieu du néant environnant.

Lorsque leur chef revint de chez Alex, les chameaux étaient entravés et en train de mâchouiller des tas de *bersiim* fraîche, la chèvre avait été égorgée et rôtissait sur un feu et les hommes, assis autour, chantaient une vieille chanson de Bédouins à propos d'un méchant djinn du désert et du jeune garçon qui s'était montré plus malin que lui. Après avoir attaché sa monture avec les autres, le chef rejoignit le cercle et ses compagnons s'écartèrent pour lui faire de la place. Il entonna les couplets de la chanson de sa chaude voix sonore pendant que les autres reprenaient le refrain et que les premières étoiles du soir scintillaient au-dessus d'eux, l'air lourd de fumée et de la bonne odeur grasse de la viande grillée. Une fois la chanson finie, ils firent passer des cigarettes et se mirent à discuter de la route à prendre pour le trajet de retour. Certains arguaient qu'ils devaient revenir par le même chemin qu'à l'aller, d'autres recommandaient avec insistance une voie plus septentrionale qui contournait le djébel Amassy et l'extrémité nord du Guilf. Ils parlaient de plus en plus fort, avec une animation croissante, leurs voix s'élevaient et se heurtaient, puis l'un d'eux cria que la viande était prête et la tension retomba. Ils retirèrent la chèvre du feu, plantèrent verticalement un bout de la broche dans le sable et commencèrent à tailler dedans avec leur couteau, découpant de longs morceaux de viande grasse. Ils mangeaient avec les doigts, leurs voix se turent peu à peu et l'on n'entendit bientôt plus que le crépitement du feu, le bruit rythmique de la mastication et, venant du nord, un ronronnement régulier à peine audible qui évoquait le vol de quelque énorme insecte.

— Qu'est-ce que c'est ? demanda soudain l'un des hommes. Une pompe ?

Personne ne répondit et le bruit se fit de plus en plus fort.

— Un hélicoptère, finit par dire le chef.

— L'armée ? s'enquit un autre de ses compagnons, les sourcils froncés, les relations entre les Bédouins et les militaires n'ayant jamais été particulièrement bonnes.

Le chef haussa les épaules, posa sa viande et se remit debout. Il regarda vers le nord, la main fermée sur le manche de son couteau. Puis il leva le bras et indiqua la direction.

— Là.

Ils se levèrent l'un après l'autre et scrutèrent l'horizon. Une vague tache trépidante émergea lentement de l'obscurité crépusculaire et sa silhouette se précisa jusqu'à devenir distincte : un hélicoptère noir, long, aux lignes épurées, qui filait dans le ciel du soir à quelques centaines de mètres seulement au-dessus du désert. Il venait droit vers eux, s'approcha jusqu'à passer directement au-dessus de leurs têtes, le vent de ses pales faisant gonfler leurs djellabas, aspergeant de sable leurs visages.

Il fit demi-tour en un virage incroyablement serré et revint au-dessus d'eux. Plus bas cette fois-ci, obligeant les Bédouins à se coucher par terre, leurs cris de protestation emportés par le fracas métallique des rotors.

Dès qu'il fut passé, le chef se leva d'un bond et courut aux chameaux pour détacher de l'une des selles un vieux fusil à culasse mobile, les yeux fixés sur l'hélicoptère. L'appareil refit demi-tour et fonça vers eux avant de se cabrer brusquement et de se poser, à une cinquantaine de mètres. Des silhouettes indistinctes sautèrent à terre et avancèrent dans leur direction

Les autres Bédouins étaient maintenant debout, eux aussi. Après avoir défait les dernières attaches, le chef lança le fusil au plus proche d'entre eux. Celui-ci l'attrapa des deux mains et, d'un mouvement fluide, arma la culasse, puis, se tournant vers les hommes qui approchaient, il leva l'arme et visa. Avant qu'il ait eu le temps d'appuyer sur la détente, une salve de coups de feu retentit et il tournoya sur lui-même, le fusil lui échappa des mains et il tomba face contre terre. Une tache noire s'étala sur sa djellaba, comme de l'encre à travers un buvard. D'autres détonations suivirent, le sable volait et jaillissait autour des Bédouins, les forçant à s'immobiliser sur place. Tandis qu'ils restaient là sans bouger, les hommes de l'hélicoptère arrivèrent et se rangèrent en ligne près du feu, mitraillette au poing. Pendant un moment, les deux groupes se firent face en silence, une odeur métallique âcre mêlée à l'arôme de la viande grillée. Puis les nouveaux venus s'écartèrent légèrement pour faire de la place à deux autres personnages arrivés derrière eux. Trapus, musclés, les traits presque identiques, cheveux roux lissés, costume gris et maillot rouge et blanc d'Al Ahly, tous les deux parfaitement déplacés dans ce paysage désertique et sauvage.

— Vous avez trouvé des choses, dit l'un d'un ton neutre, pas du tout perturbé par le déchaînement de violence qui avait précédé.

— Dans le désert, ajouta l'autre.

— Où sont-elles ?

Pas de réponse. Les jumeaux se regardèrent, puis, comme un seul homme, levèrent leur arme et firent feu sur le chameau le plus proche. Les Bédouins poussèrent des cris d'horreur en voyant les balles déchirer l'encolure et le flanc de l'animal. La fusillade se poursuivit pendant cinq secondes, puis cessa, le crépitement des coups de feu laissant place à un terrible silence. Calmement, les deux jumeaux éjectèrent leurs chargeurs vides et en insérèrent de nouveaux.

— Vous avez trouvé des choses, répéta le premier jumeau exactement sur le même ton.

— Dans le désert.

— Où sont-elles ?

— *Taala elhass teezi, ya kalbeen*, jeta le chef des Bédouins, les yeux étincelants à la lueur du feu. Allez chier, espèces de chiens.

Les jumeaux se regardèrent à nouveau. Ils ouvrirent encore le feu, abattant deux chameaux avant de tourner leurs mitraillettes vers l'homme qui se tenait près du chef. L'impact des balles le fit décoller du sol et le projeta en arrière dans le sable, où il se tordit convulsivement avant de s'immobiliser.

— Il les a emportées !

La voix était aiguë, terrifiée. L'un des Bédouins s'était avancé, les mains en l'air, un petit homme ratatiné à la barbe pauvre, le visage grêlé.

— Il a emporté les choses, répéta-t-il, désignant le chef, les mains tremblantes. Je l'ai vu.

Les jumeaux le regardèrent.

— C'est moi qui vous ai appelés, fit l'homme d'une voix geignarde en agitant son téléphone portable pour étayer ses dires. Je suis votre ami. Je vous aide !

Le chef bédouin poussa un grognement de dégoût, sa main se déplaçant vers son couteau puis s'en écartant tandis que d'autres balles labouraient le sol à ses pieds.

— Ta mère a toujours été une pute, Abdoul-Rahmane, murmura-t-il. Et ta sœur une baiseuse de chiens.

L'homme l'ignora et s'avança encore d'un pas.

— On m'a promis de l'argent, dit-il. Si j'appelais. M. Girgis m'a promis de l'argent.

— En échange des objets, rétorqua l'un des deux jumeaux.

— Où sont-ils ? demanda l'autre.

— Je vous l'ai dit, il les a emportés. Ils étaient dans un sac et il les a emportés.

— Où ?

— A l'oasis. Il les a donnés à quelqu'un. Je ne sais pas qui, il ne l'a pas dit. J'ai fait ce que j'ai promis. Je veux mon argent.

— Va te faire foutre.

Un déluge de balles le frappa au visage et à la poitrine, le tuant instantanément. Son corps était encore en train de s'affaisser au sol que les jumeaux s'en prenaient déjà aux autres Bédouins, les massacrant tous en dehors de leur chef, qui, seul, fut laissé indemne. Il resta où il était, pesant ses options, tandis que le lourd silence du désert les enveloppait à nouveau, les braises du feu rougeoyant intensément dans l'obscurité qui succédait au crépuscule. Puis il saisit brusquement le couteau glissé dans sa ceinture et s'élança en poussant un hululement aigu de fureur et de défi, dans l'espoir de liquider au moins un des assaillants avant de succomber. Ceux-ci se jetèrent sur lui, l'empoignèrent par les bras, lui arrachèrent son couteau de la main, le rouèrent de coups de poing et de coups de pied et le traînèrent jusqu'au feu, où ils le forcèrent à s'agenouiller et lui tirèrent brutalement la tête en arrière, alors qu'il pissait le sang par la bouche et le nez. Les jumeaux se penchèrent sur lui, un de chaque côté.

— Vous avez trouvé des choses.

— Dans le désert.

— Où sont-elles ?

Il se montra plus résistant qu'ils ne s'y étaient attendus. Et plus courageux. Ils durent lui brûler les deux pieds et une main avant qu'il ne cède enfin et leur dise tout ce qu'ils voulaient savoir. Ils mirent fin à ses souffrances et abattirent les derniers chameaux – l'endroit était à l'écart, le massacre ne serait pas découvert avant des jours, voire des semaines. Leur besogne accomplie, les hommes de main retournèrent à l'hélico et décollèrent, s'éloignant à toute allure dans la nuit au-dessus du désert.

# Dakhla

Riant sous cape, sa djellaba marron crasseuse déjà renflée à l'entrejambe, Mahmoud Gharoub portait une échelle en bois à travers l'oliveraie en direction de la maison du docteur Alex. Il faisait sombre, la lune ne s'était pas encore levée, un brouillard ombreux noir comme de l'encre nimbait le bosquet. Plus d'une fois, il avait trébuché, le tapis de feuilles mortes dont le sol était couvert craquant sous ses pieds, le bout de l'échelle cognait bruyamment contre les troncs d'arbres alentour. Le bruit ne le préoccupait pas. Il avait vu l'Américaine suivre au petit trot la piste menant à Dakhla, il savait qu'il avait tout le temps de prendre position avant son retour et il poursuivait son chemin sans s'inquiéter du boucan qu'il faisait. Il parlait tout seul et entonnait de temps à autre une chanson peu mélodieuse :

*O jolie petite femme aux jeunes seins fermes,*
*Viens, écarte les cuisses et laisse-moi goûter à ta pêche !*

Lorsqu'il arriva à la maison d'Alex, il en fit le tour, passa entre deux lauriers-roses en fleurs et appuya l'échelle contre le mur. Il y grimpa et arriva sur le toit en terrasse. Les lumières éparses de Dakhla scintillaient d'un côté, de l'autre les ondulations grises et vides du désert s'étendaient au loin. Il tira une bouteille de la poche de sa djellaba, but au goulot, puis alla jusqu'à la petite lucarne au-dessus de la salle de bains et s'accroupit à côté. Le picotement s'intensifiait dans son entrejambe à mesure qu'augmentait l'excitation.

Il avait maté la sœur de la femme des tas de fois, même après qu'elle fut tombée malade et eut perdu sa beauté. Son épouse était grosse et laide, ressemblant plus à un buffle d'eau qu'à une femme. N'importe quoi plutôt que ça, même une infirme qui devait s'asseoir sur une chaise spéciale pour prendre sa douche. Quand elle était morte, ça l'avait attristé, car il avait supposé que c'en était fini de ses parties de plaisir. Mais sa sœur était arrivée, jeune, blonde, en pleine forme. Et dévergondée, comme toutes les Occidentales. Mahmoud Gharoub avait peine à se contenir. Il aurait aimé venir plus tôt, mais sa femme s'était montrée soupçonneuse, et c'est seulement parce qu'elle passait la soirée dans sa famille qu'il avait pu s'échapper. Il but une autre rasade à la bouteille en regardant par la lucarne la pièce en dessous. Il y faisait maintenant noir comme dans un four, un puits d'une obscurité impénétrable, mais, une fois la lumière allumée, il verrait tout : la douche, les toilettes, chaque mouvement, chaque contour, sa salle de spectacle particulière. Il se remit à chanter en se caressant le bas-ventre.

*Couche-toi, ma douce, et ferme les yeux,*
*Laisse-moi pénétrer en toi, si profondément, si...*

Il s'arrêta, leva la tête, inclinée de côté, pour écouter. Qu'est-ce que c'était que ça ? Le bruit devenait de plus en plus fort, un battement saccadé. Un hélicoptère. Qui se dirigeait droit vers lui, à en juger par le son. Il se leva, soudain nerveux, craignant que ce ne soit la police. Si on le trouvait ici, sur le toit de la maison de quelqu'un, il lui faudrait fournir des explications à la fois aux autorités et, plus préoccupant, à sa mégère de femme. Son membre en érection s'affaissa et, la salle de bains oubliée, il retraversa le toit, s'élança vers le bas de l'échelle, impatient de s'en aller. Il n'avait descendu que deux ou trois barreaux quand il se retrouva ballotté dans une bourrasque soudaine, sa djellaba claquant violemment dans le vent, poussière et sable soufflés dans ses yeux. Il y eut un éclat aveuglant quand le projecteur de l'hélicoptère s'alluma, tournant d'un côté et de l'autre avant de le repérer et de s'arrêter sur lui. Gharoub se cramponnait à l'échelle en gémissant de terreur, criant qu'il avait seulement balayé le toit, que tout cela était une méprise. Puis la force du souffle le fit lâcher prise et il tomba en arrière, dégringolant avec un cri aigu en un fracas de branches brisées dans les buissons, deux mètres cinquante plus bas. L'hélicoptère voltigeait au-dessus de lui comme quelque monstrueuse libellule, fixant de son œil lumineux le vieil homme qui se tortillait et se débattait tout en continuant à crier qu'il y avait erreur, qu'il était seulement en train de balayer le toit, qu'il y avait là des feuilles, des monceaux de feuilles...

La virée au magasin Kodak avait été une perte de temps totale, bien que les quarante minutes de marche sur la piste de Dakhla aient au moins permis à Freya de se dégourdir les jambes et de s'éclaircir un peu les idées.

Il était encore ouvert quand elle était arrivée, sa vitrine brillamment éclairée visible à huit cents mètres de là. L'intérieur climatisé – sol en marbre, mobilier chromé et photos encadrées artistiquement floues de jeunes mariés souriants et de bébés trop gros – laissait augurer de la bonne suite des événements, tout comme le fait que la jeune femme derrière le comptoir lui ait répondu en anglais. A partir de là, pourtant, tout s'en était allé à vau-l'eau. Les processeurs dans l'arrière-boutique ne fonctionnaient pas – et n'avaient apparemment jamais fonctionné. Quant au « développement rapide » promis par l'écriteau à l'extérieur, cela voulait dire « rapide » au sens donné au mot à Dakhla : environ une semaine. S'efforçant de réprimer sa contrariété, Freya avait bavardé un moment avec la jeune femme ; elle l'avait laissée toucher ses cheveux blonds, avait tenté de lui expliquer pourquoi, à vingt-six ans, elle n'avait pas encore de mari, puis elle était partie. Elle avait brièvement caressé l'idée de faire du stop pour aller à Mout et voir si elle pourrait faire développer les pellicules là-bas, puis elle avait estimé que c'était trop tard et trop compliqué, et elle s'était remise en route pour rentrer chez Alex.

Elle marchait de nouveau le long de la piste, le ciel au-dessus d'elle constellé d'étoiles, le silence rompu uniquement par le doux craquement de la terre sablonneuse sous ses pas et les braiments d'un âne au loin. Une petite brise emportait ce qu'il restait de la chaleur de la journée ; la lune se levait lentement derrière elle, sa lueur crémeuse teintant le désert de sépia, si bien qu'elle avait l'impression de marcher dans une vieille photo. La solitude la calma et la détendit, et plus elle marchait, plus cela lui remontait le moral. Elle allait rentrer, manger quelque chose, peut-être écouter un peu de musique, prendre une bonne nuit de sommeil puis faire le point le lendemain matin. Tout paraît toujours plus clair le matin.

Elle arriva sur la crête d'où Zahir lui avait montré la maison d'Alex, la veille. L'oasis miniature apparaissait indistinctement en contrebas, un ovale allongé et sombre plaqué sur le paysage par ailleurs monotone, la silhouette fantomatique de la maison nettement visible. Elle descendit la pente et traversa la plaine, traçant sa route entre les champs environnants avant de s'enfoncer dans le bosquet. Les épaisses murailles végétales qui se pressaient de chaque côte empêchaient le peu de lumière de passer et elle se retrouvait dans des ténèbres presque totales. Elle s'arrêta quelques instants pour laisser ses yeux s'habituer à l'obscurité et elle perçut alors au loin un bruit strident de pales brassant l'air. Il devenait de plus en plus fort... un hélicoptère. Il ne cessait de se rapprocher. Le bruit sourd des rotors faisait vibrer l'air, les branches autour d'elle se mirent à se balancer et à siffler tandis que l'appareil passait à basse altitude au-dessus de la cime des arbres avant de s'éloigner sur sa droite, sa silhouette à peine visible à travers l'enchevêtrement du feuillage.

Freya resta où elle était, s'attendant à ce que le bruit s'amenuise. Mais le volume sonore ne diminuait pas, comme si l'hélicoptère faisait maintenant du sur-place. Deux ou trois secondes passèrent, puis devant elle, grosso modo dans la direction de la maison d'Alex, il y eut soudain une violente illumination. Des lambeaux de lumière vaporeuse filtraient vers elle à travers le sous-bois, éclairant mieux certaines parties du feuillage, en plongeant d'autres dans une ombre encore plus épaisse. Au même moment, presque couvert par la vibration des moteurs, elle entendit ce qui ressemblait à un cri. Plus par instinct qu'à la suite d'une décision consciente, elle quitta la piste et s'engagea dans l'un des petits sentiers qui en partaient. Elle pénétra plus avant sous le couvert des arbres en s'efforçant de ne pas trop penser aux mises en garde de Zahir à propos des serpents et écouta les rotors ralentir peu à peu et s'arrêter. La lumière disparut. L'hélicoptère devait avoir atterri. Il y eut des voix étouffées, un autre cri, puis un bruit sourd de verre brisé.

C'était à nouveau sombre, tout noir. Freya ne bougeait pas, le cœur battant, tentant de comprendre ce qui se passait. Une minute s'écoula. Lorsque les branches et les feuilles autour d'elle se redessinèrent vaguement, elle se remit en marche. Lentement, en essayant de ne pas faire trop de bruit, elle s'enfonça plus profondément dans le bosquet et suivit le sentier qui serpentait avant de traverser un massif de roseaux et de déboucher dans un champ à terrain découvert.

Il y avait davantage de lumière ; la lune était plus haute qu'à son départ du village et sa sourde lueur argentée baignait toutes choses. Elle s'arrêta pour se repérer, puis traversa le champ, prit un autre sentier à l'autre bout et fit le tour de l'oasis jusqu'à arriver à une oliveraie ombreuse d'où elle pouvait voir la pâle silhouette de la maison d'Alex. Les lumières étaient allumées. D'autres voix se faisaient entendre.

Elle hésitait, se demandant si elle ne ferait pas mieux de se cacher et d'attendre que ces gens s'en aillent. Un nouveau bruit s'éleva, le faible cri d'un homme terrifié. Sa curiosité prenant le dessus, elle continua d'avancer à pas de loup pour ne pas déranger le tapis de feuilles mortes, allant d'un arbre à l'autre, le souffle court, haletant. Elle parvint à une haie basse en broussailles à la lisière du bosquet, s'accroupit derrière. Les voix étaient maintenant plus fortes, plus distinctes et elle se demanda encore si elle ne devrait pas rester là et se contenter de regarder de loin. La curiosité l'emporta une nouvelle fois. Elle se glissa à travers une brèche dans la haie et continua de s'approcher de la maison, s'immobilisant tous les deux ou trois mètres comme si elle jouait à un, deux, trois, soleil, prête à faire demi-tour et à partir en courant si quelqu'un en sortait. Personne ne le fit et elle put contourner la bâtisse et se cacher derrière l'un des jacarandas qui ombrageaient la véranda sur l'arrière. Maintenant, elle avait une bonne vue sur la salle de séjour par la fenêtre.

Il y avait là des hommes, musclés, la mine patibulaire. Elle en voyait trois, mais à en juger par le bruit de tiroirs et de placards que l'on ouvrait dans le bureau d'Alex, sur sa gauche, ils devaient être plus nombreux. Deux des trois étaient physiquement identiques : solidement bâtis, mêmes cheveux roux lissés, les bagues qui couvraient leurs doigts brillant à la lumière. Ils semblaient s'adresser à quelqu'un, de l'autre côté de la pièce, hors de son champ de vision. Les mots « appareil photo » et « pellicule » revenaient sans cesse. Une voix terrifiée leur répondait en bredouillant. Cela dura ainsi, les mêmes mots, la même réponse, gémissante, toujours répétés, jusqu'à ce que, sur un hochement de tête contrarié, l'un d'eux claque des doigts. Il y eut un mouvement et trois autres personnages apparurent : deux d'entre eux, à forte carrure et à l'air dur, comme les autres. Entre eux, tremblant et se tordant les mains, chien famélique tourmenté par une meute d'animaux plus gros, se trouvait Mahmoud Gharoub, le paysan ratatiné qui l'avait convoyée sur sa charrette au cours de la journée. Freya se colla davantage à l'arbre et regarda, horrifiée et fascinée, la main sur son sac à dos où reposaient l'appareil photo et la pellicule.

Sur un signal, la djellaba de Gharoub fut remontée autour de sa taille, découvrant ses jambes maigres et son caleçon blanc crasseux. D'un même mouvement, des bras s'accrochèrent autour de son dos et de ses cuisses, et, tandis qu'il se débattait faiblement, il fut soulevé du sol, les jambes écartées comme s'il était sur le point d'accoucher.

— *La !* dit-il en gémissant, les yeux si écarquillés de terreur qu'ils semblaient sur le point de jaillir de leurs orbites. *La ! Minfadlak, la !*

Ses interrogateurs s'approchèrent de lui, le visage dénué d'expression, comme s'ils allaient se livrer à quelque tâche domestique. Effarée, Freya vit l'un d'eux passer un doigt sous le soufflet du caleçon du vieillard et le tirer brutalement de côté ; l'autre ouvrit un couteau à cran d'arrêt. Il se pencha entre les jambes de l'homme, appuya la pointe de la lame sur la chair à découvert. Sous le choc, leur victime poussa un hurlement en secouant ses hanches. On lui reposa des questions. Lorsque les réponses ne venaient pas, la pression sur le couteau augmentait et un fort goût acide emplit la gorge de Freya quand la lame s'enfonça dans le périnée du vieil homme, creusant d'abord la peau puis la déchirant.

— Non ! s'écria-t-elle, malgré elle.

Sa voix emplit la nuit. Il y eut une pause infime, d'une seconde, pas plus, la scène à l'intérieur de la pièce figée comme dans un arrêt sur image, puis ce furent des cris et un martèlement de pieds. Les portes de la véranda s'ouvrirent avec fracas, un flot de silhouettes se déversa à l'extérieur, les mitraillettes ouvrirent le feu en une volée d'éclairs rouges, les balles percutant avec un bruit mat le jacaranda derrière lequel s'était cachée Freya. Qui ne s'y trouvait plus. Elle avait contourné la maison au pas de course et fonçait vers l'oliveraie ; elle sauta par-dessus la haie basse de broussailles et continua en slalomant entre les arbres, trébuchant sur le sol irrégulier, le cœur battant, des bruits de coups de feu et des cris derrière elle.

Elle arriva à l'autre extrémité de l'oliveraie, sauta de nouveau par-dessus la haie et plongea la tête la première dans un épais massif de roseaux. Elle se fraya un passage à travers et s'élança dans le champ de l'autre côté. Les coups de feu s'étaient arrêtés, mais les cris continuaient – une demi-douzaine de voix, qui provenaient de directions légèrement différentes, ses poursuivants s'étant déployés en tirailleurs pour lui donner la chasse. Se fit entendre alors le vrombissement sourd et menaçant des moteurs de l'hélicoptère qui redémarraient.

Elle traversa le champ et se précipita dans un canal d'irrigation qu'elle franchit, de la boue jusqu'aux chevilles, avant de remonter de l'autre côté en s'agrippant à la berge glissante. Elle poursuivit son chemin en trébuchant. D'abord à travers un verger de citronniers, un champ de maïs, puis une étendue apparemment sans fin de sous-bois enchevêtré dont elle écartait les branches par de grands gestes pareils à ceux d'une nageuse, jusqu'au moment où la végétation s'arrêta brusquement. Elle était à la lisière même de l'oasis et le désert semblait venir clapoter contre ses pieds, comme la mer. A l'écart sur sa gauche, enveloppée d'ombre, se dressait une sorte de grange ou de remise. Murs en parpaings, toit en feuilles de palmier. Elle courut jusque-là, essaya d'ouvrir la porte, mais elle était fermée par un cadenas. Elle regarda autour d'elle, frénétique, puis s'accroupit près d'une vieille charrette en bois garée contre l'un des murs de la grange, tremblant de tout son corps, le souffle court, râpeux, douloureux.

L'hélicoptère avait repris l'air, décrivant des cercles à basse altitude au-dessus de la cime des arbres, et son projecteur tentait de percer l'ombre du sous-bois. Le battement de ses rotors noyait tous les autres sons, bien que de temps à autre Freya crût percevoir des cris et, à un certain moment, le crépitement caractéristique de coups de feu.

— Ils ont tué Alex, marmonna-t-elle, la scène à laquelle elle venait d'assister ne lui laissant aucun doute sur ce qui était arrivé à sa sœur. Ils ont tué Alex, et maintenant ils vont me tuer. Et je ne sais même pas pourquoi.

Elle essuya la sueur de son front, se maudissant d'avoir laissé son portable chez Alex, se demandant quoi faire. Il était possible que toute cette agitation ait attiré l'attention à Dakhla et que des gens viennent voir de quoi il retournait, mais elle ne pouvait trop compter là-dessus. Elle ne pouvait pas non plus jouer au chat et à la souris le reste de la nuit. L'oasis était petite, il n'y avait pas beaucoup d'endroits où se cacher. Même dans l'obscurité et avec toute cette végétation, ils finiraient par la trouver, surtout avec l'aide de l'hélicoptère.

Il faut que j'aille à Dakhla, pensa-t-elle en reprenant son souffle. Il faut que je sorte de cette oasis et que je retraverse le désert pour arriver à Dakhla…

Mais comment ? Avec l'hélicoptère au-dessus de sa tête et la lune de plus en plus brillante, ils la repéreraient à l'instant même où elle quitterait le couvert des arbres.

Elle regarda autour d'elle pour s'orienter, s'accroupit de nouveau. Elle semblait être à l'extrémité sud de l'oasis. La principale agglomération se trouvait à sa gauche, vers l'est, à cinq kilomètres, comme de l'autre côté d'un large bras de mer, ses lumières éparses scintillaient dans la nuit et la paroi fantomatique de l'escarpement du djébel el-Kasr se dessinait au-delà.

C'était la direction la plus évidente à prendre, celle du plus court chemin vers le salut. Mais le terrain était complètement à découvert, consistant exclusivement en plaines parsemées de gravillons et tertres sablonneux de faible hauteur. Il n'y avait aucune protection possible, nulle part où se tapir pour échapper à l'œil inquisiteur du projecteur de l'hélicoptère. Elle serait repérée immédiatement, clouée sur place, comme un lapin dans les phares d'une voiture.

Les choses ne se présentaient guère mieux au sud, quoique le paysage y fût plus accidenté et varié : le désert se soulevait en hautes dunes et formations rocheuses distordues, de gros rochers et des bouquets de végétation disséminés un peu partout à sa surface. Elle pouvait marcher cinq kilomètres vers le sud, pensa-t-elle, et ensuite seulement, loin de l'oasis, obliquer vers l'est pour gagner Dakhla, espérant être alors hors du rayon des recherches de ses poursuivants.

Freya estima que c'était la meilleure solution. La seule. Le problème était que deux cents mètres de sable plat et compact séparaient la grange abandonnée où elle était tapie et le premier endroit où se mettre à couvert, une grosse touffe d'herbe. Si elle tentait de les franchir, elle serait terriblement visible, comme si elle avait été seule au milieu d'une patinoire.

Dans chaque ascension, il y a un passage-clé, la partie la plus difficile au-delà de laquelle la route s'ouvre brusquement et devient plus facile. C'était le passage-clé de la fuite de Freya. Si elle parvenait à franchir ces deux cents mètres, elle avait ses chances. Si elle était repérée, soit du ciel, soit par un des hommes restés au sol, c'en serait fini d'elle.

Le bruit sourd de l'hélico devint soudain plus fort : l'engin était presque au-dessus d'elle, son projecteur scrutait l'obscurité en tous sens et les arbres se balançaient violemment dans le vent provoqué par les rotors. Freya se roula en boule sous la charrette, des bouffées de sable et de poussière lui fouettèrent le visage tandis que des rayons de lumière filtraient à travers le toit en planches fissuré. L'appareil resta là un moment, puis s'éloigna rapidement et fonça vers le nord, en direction de l'autre extrémité des cultures. Le bruit des moteurs s'affaiblit avant d'augmenter à nouveau lorsque l'hélicoptère rebroussa chemin et revint vers elle. Tel semblait être son plan de vol : d'un bout à l'autre de l'oasis, comme des longueurs de bassin dans une piscine ; ils la cherchaient dans un sens pendant trente secondes, dans l'autre sens pendant les trente suivantes. Pour avoir une chance de traverser l'espace découvert, elle devait synchroniser sa course avec les allers et retours de l'hélicoptère, s'élancer au moment où celui-ci repartait dans la direction opposée, vers l'autre bout de l'oasis, et arriver au but avant qu'il n'ait fait demi-tour et ne revienne sur elle.

Elle posa la main sur son front et fit le calcul. Trente secondes pour parcourir deux cents mètres. Sur une cendrée, c'eût été facile – quand elle était au lycée, elle avait couru la distance pour le comté de Markham en un peu moins de vingt-quatre. Mais ici, il fallait courir dans le sable et de nuit. Ça allait être juste, terriblement juste. Cela sans tenir compte des hommes encore à terre. Et si l'un d'eux la repérait ? Où s'ils s'étaient déjà déployés dans le désert pour tenter de le faire ? Elle se mordit la lèvre, soudain en proie au doute, effrayée, se demandant si le risque n'était pas trop grand. Ils n'étaient pas tellement nombreux, après tout. Et il faisait nuit, le sous-bois était dense par endroits et elle serait certainement capable de leur échapper, de garder une longueur d'avance sur eux.

C'est alors qu'elle entendit un cri. En alerte, elle scruta l'obscurité, tendant l'oreille, essayant de déterminer d'où il provenait. De quelque part derrière elle, au-delà du taillis à travers lequel elle s'était frayé un chemin, quelques instants plus tôt. Encore assez loin, mais plus tellement. Un autre cri lui répondit, puis un autre. Ils étaient trois et convergeaient dans sa direction. Un, elle aurait pu lui échapper, même deux, mais trois… aucune chance. Elle prit une décision. Il fallait fuir. S'il n'était pas déjà trop tard.

Un fracas métallique et l'hélicoptère passa à nouveau au-dessus d'elle, son projecteur ouvrant des rais de lumière aveuglants autour de la grange et à travers elle. La fois précédente, l'appareil était reparti presque tout de suite. Cette fois-ci, de façon exaspérante et terrible, il se mit à faire du sur-place. Freya se boucha les oreilles pour se protéger du bruit, la charrette au-dessus d'elle vibrait follement, comme secouée par des mains invisibles, le souffle des rotors arracha une partie de la toiture et l'envoya tourbillonner dans la nuit. Et cela se prolongeait, les trois hommes se rapprochant davantage à chaque seconde qui passait, ce qui réduisait d'autant ses chances de salut. Elle avait presque perdu tout espoir, acceptant la perspective d'être coincée là comme un rat dans un piège, lorsque, enfin, le vrombissement commença à diminuer et l'air autour d'elle s'immobilisa, l'hélicoptère entamant son trajet de retour vers l'autre extrémité de l'oasis.

La seconde suivante, elle était debout à côté de la carriole. A peine consciente de ce qu'elle faisait, mue par un instinct de conservation activé par l'adrénaline, elle s'élança dans le désert. Elle n'avait aucune idée de l'endroit où se trouvaient ses poursuivants, priant seulement qu'ils soient encore en train de se colleter avec le fourré derrière la grange et ne puissent pas la voir à travers l'épais rideau de feuillage. Le sable était plat, compact, presque aussi ferme qu'une cendrée, et elle couvrit facilement les cent cinquante premiers mètres, balançant les coudes énergiquement, propulsée par ses jambes vers la grosse touffe d'herbes du désert.

Elle commençait à croire qu'elle allait y arriver quand ses pieds se mirent à ralentir. La surface du désert devenait plus meuble, le sable aspirait ses chaussures, ralentissait son allure. La progression devenait de plus en plus difficile à chaque foulée, elle ahanait, ses cuisses la brûlaient, l'acide lactique freinant l'activité des muscles.

Lorsqu'elles étaient petites, Alex et elle jouaient les effrontées : elles allaient frapper à la porte des maisons puis partaient en courant, s'attendant à tout moment avec angoisse à entendre derrière elles les cris de colère du propriétaire. Elle avait maintenant la même impression, mais mille fois amplifiée : l'espoir fébrile de ne pas se faire prendre, inextricablement mêlé à la quasi-certitude qu'elle n'y couperait pas.

Ses pieds glissaient, dérapaient, s'évertuaient à la pousser en avant et, de plus en plus lentement, elle continuait d'avancer. La vibration malveillante des rotors de l'hélicoptère se mit à enfler progressivement après que l'hélico eut fait demi-tour pour revenir dans sa direction. Freya savait qu'elle était à court de temps, qu'elle allait être repérée, qu'elle ne manquerait pas de l'être maintenant qu'elle était directement dans le champ de vision des passagers de l'hélicoptère. Elle s'acharnait néanmoins, son corps continuait de courir alors même que son esprit semblait ralentir et abandonner tout espoir. Dans un ultime effort, elle parcourut les dix derniers mètres et se jeta la tête la première dans la grosse touffe d'herbes, qui se révéla dissimuler une pente raide qu'elle dégringola avant de s'immobiliser sous une pluie de sable.

Pendant un moment, elle resta étendue là, la poitrine se soulevant comme un soufflet de forge, les jambes horriblement endolories, s'attendant à être noyée dans le faisceau lumineux du projecteur de l'hélicoptère. Mais non. Après avoir roulé sur le ventre, elle remonta la pente en rampant et écarta avec précaution les tiges rêches des herbes. A deux cents mètres de là, l'hélico faisait maintenant du sur-place au-dessus de la grange, oscillant d'un côté et de l'autre. Dessous, pris dans le faisceau du projecteur, trois hommes en costume levaient les bras comme pour signifier : « Elle n'est pas là. » Ils gesticulèrent et agitèrent les mains, puis l'hélicoptère repartit à toute allure vers l'autre côté de l'oasis et les trois hommes disparurent dans le sous-bois.

Elle avait réussi.

# Oasis de Dakhla

Après avoir dit ses prières du soir – salutations et prosternations dans la cour intérieure de sa maison –, Zahir dîna avec sa femme et son fils, assis tous les trois par terre en tailleur dans la salle de séjour, piochant en silence avec les doigts dans les bols de riz, de haricots et de *molocchia*. Lorsqu'ils eurent fini, la femme alla chercher un narguilé et le posa à côté de son mari avant d'emmener l'enfant, laissant Zahir seul. Il resta ainsi, immobile, pendant un quart d'heure, perdu dans ses pensées, le silence rompu uniquement par le doux bruit de succion de ses lèvres sur l'embout de la pipe à eau. Puis il posa l'embout, se leva, traversa la maison à nouveau et ressortit dans la cour. Il se dirigea vers la première porte sur sa droite, l'ouvrit et alluma la lumière. Devant lui, sur le mur au-dessus du bureau, était accrochée la photo qu'avait vue Freya. Le bras rocheux incurvé et le docteur Alex, en dessous. Il la fixa du regard, les doigts pianotant nerveusement sur le chambranle de la porte.

— Qu'est-ce qui te tracasse ?

Sa femme était arrivée derrière lui et avait posé la main sur son bras. Il ne répondit pas, continua à regarder la photo.

— Tu n'es pas toi-même, dit-elle. Qu'est-ce qui ne va pas ?

Il ne répondait toujours pas, mais il posa la main sur celle de sa femme et la serra doucement.

— C'est à cause de l'Américaine ? demanda-t-elle.

— Elle est allée à la police, murmura-t-il. Elle croit que quelqu'un a tué sa sœur.

— Et ?

Il haussa les épaules.

— Tu devrais lui parler, reprit sa femme. Essaie de découvrir ce qu'elle sait.

Il hocha la tête.

— Demain. J'irai demain.

Il l'embrassa sur le front, passa un doigt le long de sa joue, puis lui indiqua qu'elle devait le laisser. Il entra dans la pièce, referma la porte derrière lui, alla au bureau et s'assit, sans quitter la photo des yeux.

— Sandfire, murmura-t-il, le regard toujours levé vers elle.

Freya attendit quelques minutes, tapie derrière la touffe d'herbes, tandis que croissait et décroissait le bruit de l'hélicoptère qui patrouillait au-dessus de l'oasis dans un sens et dans l'autre. Elle s'assura que l'appareil photo, le boîtier de la pellicule et la boussole étaient toujours dans son sac à dos et essuya le plus gros du sang sur ses bras et son cou, sérieusement égratignés pendant sa course échevelée dans le sous-bois. Puis elle se mit en marche vers le sud.

La nuit était claire, fraîche, presque froide, la lune complètement levée maintenant, le désert pareil à une surface argentée glaciale. Craignant d'être vue, elle ne se déplaçait que lorsque l'hélicoptère allait dans l'autre direction, fonçant pour se mettre à couvert d'un rocher à une dune, une formation rocheuse ou un buisson. Une fois ou deux, elle entendit des coups de feu et, à un certain moment, l'hélicoptère sortit du périmètre de l'oasis et vint voler presque au-dessus d'elle, roulée en boule sous une étroite saillie rocheuse. Le pilote semblait s'en remettre au hasard pour la repérer, et après avoir volé alentour un moment l'hélico fit demi-tour et rebroussa chemin. Après quoi, il n'y eut plus aucun signe de poursuite.

Elle continua vers le sud pendant près de deux heures, avec précaution d'abord, puis avec plus d'assurance à mesure que l'oasis disparaissait à sa vue derrière elle, perdue parmi les dunes et les collines rocailleuses. Le froid devenait piquant, elle s'arrêta, sortit sa polaire de son sac et s'en vêtit, repartit de plus belle, piquant un sprint de temps en temps pour se réchauffer. Elle essaya de se repasser mentalement les événements, de trouver des réponses, mais elle était toute retournée et tout s'embrouillait. Ce qui se passait était dénué de sens. En dehors du fait que quelqu'un avait tué sa sœur et tenté de la tuer, que cela était lié aux objets que le Bédouin avait apportés à la maison dans l'après-midi, elle n'arrivait pas à y trouver la moindre signification.

Elle parcourut à peu près cinq kilomètres, puis estima qu'elle ne risquait plus grand-chose à obliquer vers l'est en direction des lumières scintillantes du bourg le plus proche. Il lui fallut encore une heure pour atteindre les premiers champs périphériques et, au-delà, encore quarante minutes pour s'extirper d'un dédale de massifs de roseaux, de mares à poisson et de canaux d'irrigation. Puis, plus par chance qu'à dessein, en émergeant d'un champ de canne à sucre densément planté, elle se retrouva sur une route goudronnée, la principale artère qui traversait l'oasis.

Des lumières approchaient sur sa droite. Elle hésita, puis recula au milieu des cannes à sucre, craignant qu'il ne s'agisse de ses poursuivants. Quand elle vit que les phares étaient ceux d'un gros camion-citerne, alors seulement elle en ressortit et agita frénétiquement les bras pour arrêter le véhicule. Il y eut un coup de klaxon et un grincement asthmatique de freins hydrauliques quand le camion ralentit et s'arrêta à côté d'elle. Le chauffeur abaissa sa vitre et se pencha à l'extérieur.

— S'il vous plaît, aidez-moi, supplia-t-elle. Je dois aller à Mout. Au commissariat. Quelqu'un essaie de me tuer. Je vous en prie, je dois aller au commissariat. Vous comprenez ? Mout. Police. Mout. Mout.

Les mots sortaient de sa bouche précipitamment, se bousculaient. Le chauffeur – un homme grassouillet au visage poilu maculé de cambouis – haussa les épaules, ne comprenant manifestement pas ce qu'elle disait.

— *El-Qahira*, dit-il. Aller *El-Qahira*. Le Caire.

Il semblait penser qu'elle faisait de l'auto-stop. Elle ferma les poings, contrariée, commença à se répéter, puis se tut. *El-Qahira*. Le Caire. Oui, pensa-t-elle, ce serait peut-être mieux. Quitter complètement l'oasis, s'en éloigner le plus possible, retourner au Caire, où elle pourrait aller à l'ambassade ou appeler Molly Kiernan... des compatriotes, des gens qui parlent anglais. Des gens susceptibles de l'aider.

— Oui, dit-elle en lançant un regard anxieux par-dessus son épaule. Le Caire. Oui, merci. Le Caire.

Elle contourna rapidement la cabine pour gagner le côté passager, monta à bord et claqua la portière.

— Ils essayaient de me tuer, dit-elle, encore incrédule, d'une voix tremblante, quand le camion démarra. Vous comprenez ? Des hommes essayaient de me tuer.

Le chauffeur haussa de nouveau les épaules.

— *Inglizaya ?* demanda-t-il.

— Quoi ?

— *Inglizaya ?* Anglise ?

Elle secoua la tête.

— Américaine. Je suis américaine.

Il sourit jusqu'aux oreilles.

— *Amrrika* bon. Bous Ouilis. Amal Shwassnegar. Très bon.

Elle aurait tellement voulu lui expliquer, lui faire comprendre qu'on avait essayé de la tuer, qu'on avait tué sa sœur et qu'elle n'avait réussi à s'échapper que de justesse, qu'elle avait marché dans le désert pendant quatre heures, qu'elle avait soif, peur, qu'elle était épuisée. Mais c'était peine perdue. Elle hocha la tête en signe d'assentiment, remonta ses jambes et passa ses bras autour, puis appuya la tête contre la vitre en regardant dehors.

— Oui, oui, très bon, fit le chauffeur en gloussant de rire, en tapotant le volant avec plaisir. Bous Ouilis. Amal Shwassnegar. Très très bon.

Alors qu'ils prenaient de la vitesse, le point blanc du projecteur de l'hélicoptère apparut fugitivement au-dessus du désert, avant de disparaître au loin derrière eux tandis qu'ils s'éloignaient bruyamment dans la nuit en direction du nord.

## Le Caire

La fille etait jeune, quinze ou seize ans, pas plus, vêtue d'un uniforme de collégienne. Elle avait été droguée. Assise sur le lit, les yeux vitreux, perplexe, elle ne comprenait pas vraiment ce qui se passait. Accueillis par des murmures d'approbation, les Ethiopiens effectuèrent leur entrée, se pavanèrent un peu dans la pièce en faisant les imbéciles avec leur pénis dont ils mettaient en valeur la longueur et le diamètre, avant de passer aux choses sérieuses. Ils déshabillèrent la fille, lui donnèrent des claques un peu partout et la pénétrèrent de force à tour de rôle par la bouche. Les hommes d'affaires souriaient et tiraient sur leur cigare tandis qu'ainsi besognée la fille pleurait et suppliait qu'on la laisse tranquille.

Dans la pièce voisine, Girgis assistait à la scène à travers un miroir sans tain et hochait la tête avec satisfaction. Non à cause du viol lui-même – le sexe ne l'intéressait pas particulièrement – mais du marché conclu avant. Tout le monde savait que si l'on faisait des affaires avec Romani Girgis il vous traitait bien, organisait pour vous un beau spectacle, et cela voulait dire qu'en retour les affaires étaient toujours menées rondement. Comme ce soir. Connaissant le genre de distractions qui avaient été prévues à leur intention, les Nord-Coréens avaient signé les contrats assez vite : cinquante missiles sol-air FIM-92 Stinger à deux cent cinq mille dollars pièce, Girgis prenant au passage une commission de vingt pour cent sur les ventes en tant qu'intermédiaire. Il sourit, pensant que peut-être il devrait en verser une part à la fille en dédommagement de ses fatigues. Mais elle serait probablement morte à la fin de la nuit, son corps jeté dans le Nil ou quelque part dans le désert, et il faisait donc aussi bien de tout garder pour lui. A cette pensée, son sourire s'épanouit encore davantage.

Il continua de regarder encore un moment alors que le viol devenait de plus en plus frénétique et bestial. Puis, après avoir jeté un coup d'œil à sa montre, il se détourna, sortit de la pièce, traversa l'entrée dallée de marbre et prit l'escalier monumental pour regagner son bureau au dernier étage. Il y aurait d'autres spectacles après celui-là – de jeunes garçons avec une femme plus âgée, trois filles ensemble, une fille et un chien –, après quoi ses invités seraient conduits à des chambres où on leur fournirait des prostituées, de la drogue, des films pornos, tout ce qu'ils voudraient, et les divertissements se poursuivraient jusqu'aux premières heures du jour. Ses gens veilleraient à tout. Il avait d'autres affaires à suivre. Plus importantes. Encore plus importantes que sa commission de vingt pour cent sur un peu plus de dix millions de dollars.

En haut de l'escalier, il se baissa pour chasser d'une pichenette une miette sur la moquette – ces satanées femmes de ménage étaient incapables de faire leur boulot proprement – avant de longer un couloir et d'ouvrir une porte à l'autre extrémité. Il entra dans une vaste pièce lambrissée. Une batterie d'écrans de télévision en circuit fermé étaient installés le long d'un mur, chacun réglé sur une pièce différente de la maison. Il alla s'asseoir à son bureau et, après avoir de nouveau regardé sa montre, il décrocha le téléphone, enfonça le bouton du haut-parleur et posa le combiné sur le bureau.

— Tout le monde est là ?

Murmures d'assentiment des personnes au bout du fil confirmant qu'elles étaient bien présentes et prêtes à entamer la téléconférence : Boutros Salah, son bras droit, Ahmed Ousmane, son expert en antiquités, Mohammed Kasri, son avocat et agent de liaison avec la police et les services de sécurité. Le cercle des intimes, ses plus proches confidents.

— Très bien, commençons, dit Girgis. Boutros ?

Il y eut un toussotement quand Salah s'éclaircit la voix.

— C'est bel et bien le copilote, dit la voix rauque d'asthmatique, la voix d'un gros fumeur. Nous avons vérifié les renseignements trouvés dans le portefeuille, ça concorde. Il semble qu'il ait essayé de sortir du désert à pied.

— Et il venait de l'oasis ? demanda Girgis. Nous en avons la certitude ?

— Oh, c'est incontestable, intervint une autre voix, hésitante celle-là, qui bafouillait légèrement, celle d'Ahmed Ousmane. Vraiment incontestable. Nous savions déjà que c'était là que l'avion était tombé, après son dernier message radio, mais l'obélisque confirme qu'il n'y a aucun doute. Un obélisque votif revêtu du *sedjet*, trouvé si près du Guilf... ça ne peut être que Zerzura. Absolument incontestable.

Girgis hocha la tête en joignant les mains sur le bureau devant lui.

— Et la pellicule de l'appareil photo ?

Autre toussotement de Salah, puis :

— La carte devrait nous suffire, répondit-il de sa voix sifflante. Les jumeaux sont partis à la recherche du corps du copilote. Le chef des Bédouins leur a donné une bonne description de l'endroit, et les traces des chameaux sont encore visibles ; il ne devrait donc pas être trop difficile de le trouver. Cela fait, il ne leur restera qu'à suivre en sens inverse les relèvements portés sur la carte jusqu'au Guilf. En théorie, ils devraient conduire droit à l'avion.

— En théorie ?

— Le type devait être en assez mauvais état sur la fin, et il est donc possible que ses relèvements manquent de précision. Quoi qu'il en soit, ils nous conduiront tout près et, une fois dans les parages, il devrait être facile de retrouver l'appareil avec l'hélicoptère, même de nuit. Si tout se passe bien, ils devraient l'avoir repéré d'ici deux heures, peut-être moins. S'il leur faut retourner à Dakhla pour se ravitailler en carburant, quatre ou cinq. A l'aube. Nous l'aurons certainement trouvé à l'aube.

Un coup fut frappé à la porte et un domestique en veste blanche entra, portant un verre de thé. Girgis lui fit signe d'avancer sans même lever les yeux. Le domestique posa le verre sur le bureau et s'en alla en gardant sans cesse les yeux baissés.

— Et l'armée ? demanda Girgis. Le Guilf est une zone de sécurité. Je ne veux pas d'ennuis.

— Tout est réglé, répondit une troisième voix.

Douce, onctueuse, celle de Mohammed Kasri, qui poursuivit :

— J'ai parlé à qui de droit ; ils nous laisseront passer. Le général Zaoui a été extrêmement obligeant.

— Il peut l'être, nom de Dieu, avec la somme qu'on lui verse ! lâcha Girgis dans un grognement, avant de boire une gorgée de son thé.

Il y eut un silence, puis la voix d'Ousmane se fit à nouveau entendre :

— Puis-je vous demander ce qu'il en est de la sécurité ? Je veux dire, nous ne savons pas dans quel état cela va être après tant d'années, en quoi l'accident a pu l'affecter. Nous allons vraiment avoir besoin d'un matériel spécialisé, de gens qui savent ce qu'ils font.

— Tout est réglé, répondit Girgis.

— Il ne s'agit pas simplement d'une expédition d'armes. Nous ne pouvons pas nous contenter de le mettre en caisse et de décoller comme ça. Nous avons affaire à quelque chose de...

— Tout est réglé, répéta Girgis d'un ton plus ferme. Tout le soutien technique nécessaire sera fourni.

— Bien sûr, monsieur Girgis, marmonna Ousmane, sentant qu'il avait dépassé la mesure. Je ne voulais pas... je voulais seulement être sûr...

— Eh bien, maintenant tu l'es, rétorqua Girgis.

Il but une autre gorgée de thé, ses lèvres touchant à peine le breuvage, puis il reposa le verre et se tamponna les lèvres avec un mouchoir.

— Il ne reste plus que la fille, dit-il. Si j'ai bien compris, nous ne l'avons pas encore trouvée.

Salah reconnut que non.

— Nous avons laissé cinq hommes à Dakhla. Et nous avons des amis sur place. Si elle est là, nous finirons par mettre la main dessus.

— La police ? demanda Girgis. Le Jihaz amn al-douala ?

— Nous avons alerté tous nos contacts, répondit Kasri. Si elle se pointe, ils nous avertiront. Je suppose que notre Améri...

— Je la veux, dit Girgis.

Il continua de se tamponner la bouche avant de replier soigneusement son mouchoir et de le remettre dans sa poche.

— Je veux qu'on la retrouve, reprit-il. Même si la carte nous fournit toutes les informations dont nous avons besoin. Je veux qu'on la retrouve. Je n'ai pas attendu vingt-trois ans pour qu'une petite conne fiche tout en l'air en mangeant le morceau.

— C'est clair, répondirent les trois voix à l'unisson.

— Appelez-moi dès qu'il y a du nouveau.

Il y eut une succession de déclics sur la ligne au fur et à mesure que les trois autres raccrochaient. Girgis ne bougea pas pendant un moment, les yeux fixés sur les écrans de télévision de l'autre côté du bureau – une mosaïque de sexe et de violence, avec du grain –, puis il se pencha en avant.

— Vous avez tout entendu ?

Un murmure affirmatif à peine audible sortit du téléphone. Le ton était légèrement plus haut que celui des interlocuteurs qui venaient de raccrocher, la voix aurait pu appartenir aussi bien à un homme qu'à une femme.

— Je vais avoir besoin de votre aide, dit Girgis. Si la fille prend contact avec l'ambassade...

Autre murmure et la communication fut coupée. Girgis regarda le téléphone, les yeux plissés, en dardant et en rentrant rapidement la langue au coin de sa bouche. Avec un hochement de tête, il reposa le combiné sur sa base, se leva et, emportant le thé avec lui, se rendit d'un pas nonchalant sur le balcon, le regard fixé sur le jardin d'agrément qui descendait vers le Nil à l'arrière de la maison.

Il vivait là depuis vingt ans, une somptueuse demeure coloniale donnant directement sur le quai Zamalek. Même maintenant, il en était encore ébahi : que lui, fils de chiffonniers, petit-fils de *fellâhin* saïdis, habite à l'une des adresses les plus chics du Caire et fraye avec l'élite. De Manshiet Nasser à cette maison, du dealer du coin de la rue au multimillionnaire à la tête d'un empire financier, il avait certes fait beaucoup de chemin. Plus qu'il n'aurait pu l'espérer. Seul le fiasco du Guilf Kébir avait gâté sa carrière par ailleurs brillante. Ce marché qui aurait dû consacrer sa réussite, audacieux même selon ses propres critères, avait été fichu en l'air à cause d'un phénomène climatique exceptionnel.

Il fronça les sourcils, sa bouche se contracta en une grimace de colère. L'expression ne s'attarda que quelques instants avant de se muer en sourire.

Parce que l'opération n'était pas foutue en l'air. Retardée, oui. Mais pas foutue en l'air. Loin de là. L'accident les avait finalement servis, lui et ses clients, transformant une entreprise déjà ambitieuse en quelque chose d'encore plus juteux. Elle avait mis du temps à se réaliser, mais maintenant il était enfin prêt à en récolter les fruits.

Il eut un petit rire, un son sec comme lorsqu'on plie du papier de verre. Il but son thé à petites gorgées et regarda l'hôtel Carlton et les tours éclairées a giorno de la Banque nationale égyptienne, de l'autre côté du Nil, pendant que, d'en dessous, provenaient des cris de douleur désespérés. Son sourire s'élargit et il laissa échapper un autre petit rire. On dirait ce qu'on voudrait, mais Romani Girgis faisait toujours bien les choses.

# Ambassade américaine, Le Caire

Après s'être préparé une tasse de lait chaud, Cy Angleton passa dans le séjour et s'installa dans le fauteuil, sa bedaine retombant par-dessus la ceinture de son pantalon de pyjama, les hanches coincées entre les accoudoirs (qui avait conçu ce fauteuil ? Des nains ?). La majorité du personnel de l'ambassade habitait en dehors, à Garden City ou de l'autre côté du fleuve, à Gézira et Zamalek, mais lui avait réussi à s'approprier l'un des appartements du dernier étage de Caire 2. Il était petit, une chambre, un séjour, une salle de bains et une kitchenette, un espace à peine suffisant pour effectuer plus de quelques pas dans n'importe quelle direction sans se heurter à un mur. Mais c'était plus sûr que d'habiter en dehors de l'enceinte, il y avait moins de risques qu'on vienne fouiner chez lui. Par ailleurs, il pouvait se faire monter ses repas de la cuisine du corps des Marines, au sous-sol, de la nourriture convenable, américaine, et se faire approvisionner régulièrement en tartes du chef Barney, la Mississipi Mud Pie. Bon sang, elle était sacrément bonne, cette tarte. Elle permettait presque de supporter tout le reste. Presque.

Il but lentement une longue gorgée de lait et, avec la commande à distance, mit en marche le lecteur de CD. Après avoir réglé le volume, il zappa les premiers morceaux pour arriver à celui qu'il voulait : *Too Many Secrets*, de Patsy Kline. Un bref silence, puis la sonorité enjouée des clarinettes au début de la chanson. Il soupira de plaisir, renversa la tête sur le dossier et ferma les yeux en marquant le rythme sur les accoudoirs.

Il adorait la musique country, il l'avait toujours adorée depuis qu'il était gamin à Brantley, dans l'Alabama, où il écoutait des 78-tours qui grésillaient sur le vieux tourne-disque-radio Crosley de sa mère. Hank Williams, Jimmie Rodgers, Lefty Frizzell, Merle

Travis : sans eux, il n'aurait pas survécu à ses premières années : aux brimades, aux visites incessantes à l'hôpital, aux fureurs de son père alcoolique (« Regarde-toi, bon Dieu ! J'ai demandé à Dieu un fils, et qu'est-ce qu'il m'a donné ? Un gros porc, une putain de tapette ! »). La country lui avait fourni une échappatoire, un refuge où il ne se sentait pas tout à fait aussi seul. C'était encore le cas. Si tant est que ce fût possible, il en avait encore plus besoin maintenant, dans le bourbier puant de mensonges, de suspicion et de corruption dans lequel il lui fallait patauger. « La country, ce n'est pas seulement de la musique, lui disait sa mère. C'est ce qui te permet de t'en sortir. » Et elle avait raison. La citation encadrée accrochée au mur d'en face le prouvait : « La médaille de l'héroïsme du Département d'Etat des Etats-Unis est décernée à Cyrus Jeremiah Angleton pour services héroïques rendus dans des circonstances extrêmement dangereuses. » C'est la country qui lui avait valu ça. Il aurait vraiment aimé que sa mère soit encore là pour voir combien elle avait eu raison.

Il laissa passer le premier couplet et le refrain, puis baissa le volume, finit son lait et se pencha en avant, les yeux fixés au sol. Une grande carte d'Egypte était déployée devant lui, couverte de gribouillages au crayon : noms, dates, numéros de téléphone, sommes d'argent, successions de chiffres qui étaient peut-être des numéros de comptes bancaires. Il y avait aussi un grand nombre de photos disséminées sur tout le pays, toutes de format identité, sauf trois plus grandes, disposées au-dessus des mots « Plateau du Guilf Kébir » : celles de Flin Brodie, Alex Hannen et Molly Kiernan. Il se pencha plus bas avec difficulté pour les ramasser et se redressa en les battant comme des cartes à jouer. Il les regarda à tour de rôle : Brodie, Hannen, Kiernan, puis revint à Brodie. Les choses commençaient à s'éclaircir, des liens à se dessiner, il le sentait, il le sentait vraiment. Il y avait encore du chemin à parcourir, mais avec un peu de chance il pourrait se tirer d'ici avant longtemps. Plus de Sandfire, plus de canicule, plus besoin de fureter partout – mission accomplie, argent bien gagné, employeurs satisfaits. Plus de tartes du chef Barney non plus, mais il pouvait s'en passer. Il pouvait se passer de tout, sauf de sa bien-aimée musique country. Il jeta les photos par terre, prit la commande à distance et appuya sur « replay » ; la pièce fut plongée dans le silence avant de s'emplir une nouvelle fois de l'ouverture instrumentale enjouée du morceau. *Too Many Secrets*. Trop de secrets. Il rit doucement. C'était toute l'histoire de sa fichue vie.

# Dakhla

A l'orient, le ciel avait pris une teinte rose fraîche et les oiseaux de l'aube poussaient des cris stridents dans les arbres tandis que Fatima Gharoub traversait l'oasis à pas lourds. Son ample robe noire claquait autour d'elle et, compte tenu de sa corpulence, elle se déplaçait à une vitesse surprenante. De temps en temps, elle s'arrêtait et crachait par terre en marmonnant avec colère avant de repartir pour suivre les tours et détours de la piste au milieu des palmeraies et des oliveraies et elle se retrouva finalement devant la maison de l'Américaine.

— Salope ! brailla-t-elle en se dirigeant à grands pas vers la porte. Où est-il ? Qu'as-tu fait avec mon Mahmoud ?

Elle leva le poing pour frapper et se rendit compte que la porte était entrebâillée. Elle l'ouvrit d'un coup de pied et entra comme un ouragan dans le séjour.

— Allez, je sais que vous êtes ici ! L'âne et sa putain ! Quarante ans de mariage et voilà comment il me récompense !

Elle resta là à écouter, le visage déformé par un rictus de fureur et d'indignation. Elle saisit une pelle à poussière en plastique sur le rebord de la fenêtre et s'avança vers la chambre principale, la pelle brandie au-dessus de la tête comme une arme.

— Ne m'oblige pas à venir te chercher, Mahmoud Gharoub ! hurla-t-elle. Tu m'entends ? Parce que, crois-moi, si tu m'y obliges, tu le regretteras le restant de tes jours !

Elle avait traversé la moitié du séjour quand elle perçut un mouvement. Quelqu'un apparut dans l'embrasure de la porte de la chambre. Elle s'arrêta net, bouche bée.

— Zahir Sabri ? Mon Dieu, vous êtes combien, là-dedans ?

— Je ne sais pas de quoi tu parles, répondit Zahir avec brusquerie, les sourcils froncés, manifestement mécontent d'avoir été surpris là.

— Oh, si, tu le sais ! s'écria Fatima Gharoub. Je sais ce qui se passe, ici ! Il n'arrête pas de traîner dans les parages. Ensorcelé ! Elles l'ont ensorcelé, ces petites salopes ! Mahmoud ! Mahmoud ! Oh, mon beau Mahmoud !

Elle se mit à pleurnicher en tirant sur sa robe et en se frappant la tête avec la pelle. Aussi soudainement qu'elle avait commencé, sa crise d'hystérie cessa et elle plissa les yeux.

— Qu'est-ce que tu fais ici ?

Zahir changea de position, mal à l'aise.

— Je suis venu voir Mlle Freya.

— A 6 heures du matin ?

— Je lui ai apporté son petit déjeuner, dit-il en montrant de la tête le panier posé sur la table du séjour. La porte était ouverte. Je suis entré pour m'assurer qu'elle allait bien.

— Tu étais en train de fouiner, répliqua la vieille en agitant un doigt accusateur. De farfouiller.

— Je suis venu m'assurer que Mlle Freya allait bien, répéta Zahir. Elle n'est pas là. Son lit n'a pas été défait.

— Tu fouinais et farfouillais, insista-t-elle, sentant qu'il y avait là matière à ragots. Tu t'occupais de ce qui ne te regarde pas. Attends un peu que je raconte… Qu'est-ce que tu veux dire par « son lit n'a pas été défait » ?

Zahir ouvrit la bouche pour répondre, mais, avant qu'il ait eu le temps de dire un mot, l'épouse en colère s'était remise à crier, à déchirer sa robe en se frappant le front de ses paumes.

— Oh, mon Dieu, je le savais ! Ils sont partis ensemble ! Elle m'a volé mon Mahmoud ! Mahmoud ! Mahmoud ! Mon petit Mahmoud !

Elle jeta la pelle à travers la pièce, tourna les talons et, sans doute dans l'intention de prendre en chasse le couple de fugitifs, se précipita hors de la maison, laissant là Zahir, qui secouait la tête et semblait vraiment mal à l'aise.

# Le Caire

Ceux qui travaillaient pour Romani Girgis sentaient quand la violence couvait. En pareil cas, ils savaient l'éviter ou, s'ils ne le pouvaient pas, garder profil bas, faire ce qu'ils avaient à faire sans attirer l'attention sur eux.

Ça avait commencé tôt. Un peu après l'aube, Girgis avait reçu un appel téléphonique sur la terrasse à l'arrière de la maison et, d'après le vieux jardinier qui était alors en train d'arroser des géraniums en pots à proximité, son humeur en avait pris un coup ; il avait injurié la personne au bout du fil, tapé du poing sur la table en bois si fort que sa tasse de café était tombée et s'était brisée au sol, laissant une tache disgracieuse sur le marbre blanc étincelant. Le jardinier n'avait pas entendu distinctement ce qui se disait, avait-il expliqué plus tard à l'un des cuisiniers de la maison, il n'avait pas osé regarder ni s'approcher, mais il avait bien entendu Girgis employer les mots « oasis » et « hélicoptère ». Et parler aussi d'un éperon noir arqué, bien qu'à ce moment-là il eût commencé à sortir du champ de vision de Girgis et ait pu mal comprendre.

Ce n'était que le début. A mesure que la matinée avançait, l'humeur de Girgis n'avait cessé d'empirer. Vers 8 heures, ses trois lieutenants – Boutros Salah, Ahmed Ousmane et Mohammed Kasri – étaient arrivés et avaient disparu dans son bureau. Une domestique avait entendu un bruit de verre cassé et son patron crier : « Vous aviez dit que la carte suffisait ! » Une heure plus tard, à 9 heures, un homme à tout faire qui réparait une prise de courant au pied du grand escalier avait presque été renversé par Girgis, qui était passé en trombe à côté de lui, portable à la main, en beuglant : « Je me fous du carburant ! Continuez à chercher ! Vous m'entendez ! Continuez à chercher, un point c'est tout ! »

Il était de plus en plus en colère, la tension n'avait fait que monter, puis, juste après midi, il y avait eu un bruit de tonnerre, celui des pales des rotors de l'hélicoptère de Girgis en train d'atterrir sur l'hélistation du jardin. Les jumeaux en étaient sortis et avaient rejoint Girgis, qui les attendait sur la pelouse. La plupart des membres du personnel se rendaient compte maintenant que quelque chose se préparait et regardaient subrepticement par les fenêtres de la demeure, mais seul le vieux jardinier se trouvait assez près pour entendre ce que leur employeur disait aux deux jumeaux.

— Retrouvez-la ! cria-t-il. Retrouvez cette fille, la pellicule de l'appareil photo, arrachez-lui les yeux et jetez-la dans le désert ! Vous m'entendez ? Retrouvez cette salope !

— Il va faire du mal à quelqu'un, chuchota le vieux jardinier à son aide sans lever la tête du parterre de fleurs qu'ils désherbaient. Souviens-toi de ce que je dis, il va faire du mal à quelqu'un.

Tout le monde pensait la même chose quand Girgis rentra en trombe dans la maison. Comme des poissons s'égaillant devant un prédateur, tous ses domestiques et employés s'écartèrent à bonne distance dès qu'il traversa l'entrée d'un air furieux pour monter à son bureau au dernier étage.

Tous sauf Adara al-Hawwari. Elle ne travaillait là que depuis trois jours et ne savait encore rien du maître des lieux et de son caractère ; elle était seulement heureuse d'avoir trouvé un emploi. Pour une veuve de soixante ans, ce n'était pas facile de s'en procurer, et la possibilité de travailler dans un aussi beau cadre, même pour seulement cinquante piastres de l'heure, lui avait semblé être une faveur d'Allah. Depuis trois jours, elle attendait l'occasion de remercier son nouvel employeur, de lui dire combien elle était reconnaissante de sa gentillesse. Et voilà qu'il montait l'escalier alors qu'elle astiquait la balustrade en teck au premier étage. C'était une femme timide et ça ne lui venait pas naturellement de s'adresser à un homme aussi important. Elle estima cependant de son devoir de le faire, aussi, quand il arriva en haut des marches, elle s'avança vers lui, porta la main à son cœur et, d'une voix hésitante, le remercia humblement de la bonté qu'il témoignait à une vieille veuve. Girgis l'ignora, passa devant elle sans s'arrêter et s'engagea dans le couloir en direction de son bureau. Il était à mi-chemin quand il se retourna soudain. Il revint en arrière, repartit vers elle à grands pas et la gifla durement.

— Ne me parle pas, éructa-t-il. Tu as compris ? Ne m'adresse jamais la parole.

Adara al-Hawwari resta là à le regarder fixement, une grosse marque rouge sur la joue. Son silence parut l'exaspérer davantage et il la gifla derechef, plus violemment. La force du coup lui cassa le nez et la projeta en arrière contre la balustrade, le sang coulant de ses narines sur la moquette crème.

— Comment oses-tu m'adresser la parole ? cria-t-il en élevant la voix, déchargeant désormais sa colère et sa frustration sur la femme prostrée devant lui. Comment oses-tu ? Comment oses-tu ?

Il la frappa encore une fois, sur le côté de la tête. Tirant un paquet de lingettes de la poche de sa veste, il en arracha une et s'en frotta vigoureusement les mains.

— Et n'oublie pas de nettoyer tes cochonneries, ajouta-t-il, haletant, en montrant la tache de sang sur la moquette. C'est compris ? Je veux que tu nettoies tes cochonneries ! Je veux que ce soit impeccable ! Impeccable !

Il lui jeta la lingette, tourna les talons et disparut dans le couloir, laissant Adara al-Hawwari tremblante, silencieuse, morte de honte et se demandant si travailler pour M. Romani Girgis était vraiment une telle aubaine.

# Quartier copte, Le Caire

Tout en se fredonnant à elle-même « Quel ami nous avons en Jésus », son hymne préféré, Molly Kiernan poursuivit son chemin à travers les rues sinueuses du Masr al-Qadima – le Vieux-Caire – avant de descendre quelques marches usées pour entrer dans l'église de Saint-Serge-et-Saint-Bacchus.

Normalement, elle allait faire ses dévotions dans une petite chapelle locale du quartier Maadi, dans lequel se trouvaient les bureaux de l'USAID, où elle travaillait, et le petit pavillon de deux pièces ombragé par des flamboyants et des jasmins qu'elle habitait. Aujourd'hui, cependant, on était le 7 mai, c'était l'anniversaire de Charlie, et ce jour-là elle aimait aller ailleurs, trouver un endroit spécial. Elle était donc venue là, la plus ancienne église du Caire, une vieille basilique tombant en ruine, construite selon la légende sur le site où la Sainte Famille s'était arrêtée pour se reposer lors de son voyage en Egypte.

Le jour de l'anniversaire de Charlie, elle respectait toujours le même emploi du temps, elle l'avait fait pendant le quart de siècle écoulé. Elle lui préparait un petit déjeuner de fête – bacon, œufs, gruau de maïs, gaufres et confiture de myrtilles, la préférée de Charlie –, défaisait les emballages des cadeaux qu'elle lui avait achetés et passait un moment à feuilleter ses albums de photos, revoyant l'histoire de leur vie commune, souriant au souvenir des bons moments qu'ils avaient connus, du bel homme pas ordinaire qu'avait été Charlie.

« Oh, mon chéri, murmurait-elle en soupirant. Oh, mon mari chéri. »

Ensuite, elle faisait un pique-nique et allait au zoo – c'est au zoo de Washington qu'avait eu lieu leur premier rendez-vous –, puis a l'église. Elle y passait le reste de l'après-midi, à rendre grâce pour la vie de Charlie, à essayer de se convaincre qu'il existait une raison pour laquelle Dieu l'avait rappelé à lui de si terrible façon, que cela participait d'un projet de plus grande envergure, bien que même après toutes ces années elle s'évertuât encore à comprendre en quoi consistait ce projet. Un homme si bon, si gentil, tué par une bombe posée par ces sauvages ! « Oh, mon chéri. Oh, mon mari chéri. »

Molly Kiernan entra dans la basilique, s'arrêta quelques instants pour regarder la grande icône de la Vierge Marie dans l'entrée, alluma des cierges sur un support au-dessous avant de s'avancer et de s'asseoir sur l'un des bancs. Deux moineaux voltigeaient sous le plafond en bois voûté.

Elle aimait cet endroit, comme Charlie l'aurait aime, elle le savait. La simplicité et l'aspect défraîchi du lieu lui donnaient un charme particulier : les fresques à moitié passées, les tapis usés jusqu'à la corde, l'odeur fraîche de moisi dégagée par l'humidité, la poussière et la pierre. On pouvait ici se croire ramené aux tout premiers temps du christianisme, aux jours où la foi était encore jeune et pure, innocente, pas encore encombrée par les terribles dilemmes moraux dont elle allait être accablée. Il fut un temps, lui semblait-il, où être chrétien était seulement affaire d'amour et de croyance, d'acceptation de l'idée que la bonté du Christ suffirait à guérir le monde de tous ses maux. C'était évidemment ainsi que Charlie avait vu les choses – la conviction simple, presque puérile, que si on avait une foi suffisante, si on suivait de son mieux les pas du Christ, tout finirait par s'arranger, le bien triompherait du mal.

Mais Kiernan savait que les choses étaient plus compliquées que cela, plus confuses, et la mort de Charlie l'attestait. Comme tout, de nos jours, semblait l'attester. L'Agneau de Dieu était assailli de toutes parts par les chacals et l'amour ne suffisait plus à vous tirer d'affaire. Elle avait depuis longtemps accepté le fait que, étant chrétien, il vous fallait marcher sur la corde raide, trouver le moyen de vivre dans le Christ tout en tenant bon face aux infâmes. Humilité et force, foi et conflit… tout était si difficile, si pénible et inquiétant. C'est pourquoi elle aimait venir là. Se perdre, ne serait-ce qu'un après-midi, dans la fraîcheur, la simplicité dépouillée de ce vieil et bel édifice. Seulement elle, Dieu et Charlie, unis en silence, à l'écart des dilemmes dans lesquels sa vie quotidienne était empêtrée.

Elle s'appuya au dossier et joignit les mains dans son giron en regardant autour d'elle – les colonnes de marbre de chaque côté de l'allée centrale, les iconostases aux superbes incrustations au bout de la nef, l'énorme lustre de cuivre suspendu au-dessus de sa tête –, tout en pensant à Charlie et à leur vie commune. A tout ce qu'ils avaient partagé pendant ce laps de temps trop bref. A tout ce qu'elle avait perdu.

Ils s'étaient mariés tard, tous les deux dans la trentaine. Elle travaillait pour le gouvernement, il était pasteur dans le 1er bataillon du 8e régiment de Marines. Elle avait alors presque renoncé à trouver un compagnon, accepté l'idée que sa vie allait tourner autour de son travail, qu'elle était destinée à rester vieille fille. Mais dès l'instant où elle l'avait vu à côté d'elle, à la National Gallery of Art de Washington – de façon appropriée, devant *La Fuite en Egypte* de Carpaccio –, elle avait su instinctivement que c'était lui. L'homme qu'elle attendait depuis tant d'années. Ils s'étaient parlé, il l'avait invitée à dîner, ils s'étaient fiancés six mois après, mariés cinq mois plus tard. Ils avaient parlé d'avoir des enfants, des voyages qu'ils feraient, de vieillir ensemble – elle avait été heureuse, très heureuse.

Moins d'un an après leur mariage, le bataillon de Charlie avait été envoyé au Liban, comme partie intégrante d'une force internationale de maintien de la paix. Ils avaient passé leurs quinze derniers jours ensemble, deux semaines magiques, puis, un matin, elle lui avait préparé son petit déjeuner – bacon, œufs, gruau de maïs, gaufres et confiture de myrtilles –, il l'avait embrassée sur la joue, lui avait donné la croix qu'il portait toujours autour du cou, puis, après avoir mis son sac à l'épaule, il était sorti dans la demi-lumière de l'aube. C'était la dernière fois qu'elle l'avait vu. Un mois plus tard, le 23 octobre 1983, la nouvelle était arrivée d'une explosion à Beyrouth, un attentat suicide dirigé contre la caserne, qui avait fait de nombreuses victimes, et elle avait su instantanément que Charlie était mort. Deux ans, c'était tout ce à quoi ils avaient eu droit. Deux courtes années. Les meilleures de sa vie.

Un brouhaha de voix interrompit le cours de ses pensées : un groupe important entrait dans l'église, des touristes italiens, bien vite installés par leur guide sur les sièges voisins du sien, l'obligeant à se pousser pour leur laisser de la place. Des jeunes qui ne semblaient pas du tout intéressés par les lieux et n'avaient apparemment aucun sens du sacré. Ils parlaient entre eux à haute voix, mangeaient des chips, l'un d'eux jouait même avec sa Game Boy. Elle essaya de les ignorer, mais un autre groupe arriva alors, des Japonais cette fois-ci, et les flashs incessants de leurs appareils photo envahirent l'église. La voix de leur guide, qui baragouinait dans une sorte d'ampli portable, paraissait emplir tout l'espace.

N'en pouvant plus – pourquoi ne se taisaient-ils pas et ne la laissaient-ils pas pleurer en paix ? –, elle se leva et passa sans ménagement devant les personnes assises pour s'en aller. Quand elle arriva dans l'allée centrale, un couple de Japonais lui barra le passage en levant un appareil et lui demanda en souriant et en s'inclinant si elle pouvait le prendre en photo.

— Qu'est-ce que vous avez, bon sang ? s'écria-t-elle avec brusquerie. Vous êtes dans une église ! Vous ne comprenez pas ça ? Un peu de respect, s'il vous plaît !

Elle dépassa le couple et se précipita dehors, remonta l'escalier en trébuchant et s'engagea dans la rue étroite au-dessus, les yeux embués de larmes.

— J'ai besoin de toi, Charlie, dit-elle d'une voix étranglée. Je ne peux pas continuer ça seule. Oh, mon Dieu, comme j'ai besoin de toi ! Mon mari, mon mari chéri.

Il était plus de 1 heure de l'après-midi quand Freya arriva enfin dans les faubourgs du Caire et quarante minutes supplémentaires lui furent nécessaires pour gagner le centre-ville, tant la circulation était bloquée. Le chauffeur du camion-citerne s'arrêta à un bout d'une énorme place carrée, à côté d'une bande herbeuse jonchée de détritus et semée de palmiers.

— Midan Tahrir, l'informa-t-il, ignorant les coups de klaxon de protestation des automobilistes derrière eux.

Il leur avait fallu près de seize heures pour venir de Dakhla, un trajet interminable qui l'était d'autant plus que le chauffeur avait tenu à s'arrêter à quasiment tous les cafés en bord de route pour prendre un thé. Plus d'une fois, Freya avait envisagé de le laisser tomber et de faire du stop pour trouver quelqu'un d'autre. Elle en avait finalement décidé autrement, craignant que des collègues des hommes de l'oasis ne soient à sa recherche. Ce camionneur était lent, assurément, mais du moins semblait-il digne de confiance.

Elle s'était assoupie de façon intermittente, une heure par ci, quarante minutes par là. Parfois, elle ouvrait son sac à dos et jetait un coup d'œil à l'appareil photo, au rouleau de pellicule et à la boussole. Elle avait surtout regardé par la vitre l'étendue sans fin du désert et les bornes kilométriques qui les rapprochaient du Caire via Al-Farafra et Bahariya.

Et maintenant, ils étaient enfin arrivés.

— Midan Tahrir, répéta le chauffeur.

— Téléphone, dit-elle, faisant mine de tenir un combiné à son oreille. Je dois téléphoner.

Il fronça les sourcils et montra du doigt un téléphone public vert et jaune, à vingt mètres de là.

— Menatel, dit-il.

Il farfouilla dans la boîte à gants sous le tableau de bord et en tira une carte de téléphone jetable qu'il lui tendit, avant de refuser d'un geste son offre de la payer. Elle le remercia, à la fois pour la carte et de l'avoir prise à son bord, empoigna son sac à dos et sauta de la cabine sur le trottoir. Le chauffeur lança un dernier « Bous Ouilis ! Amal Shwassnegar ! » et démarra.

Freya resta là un moment, épuisée, embrassant du regard les environs – le tourbillon de la circulation automobile, la foule fourmillante des piétons, les hauts immeubles en adobes surmontés de gigantesques panneaux publicitaires Coca-Cola, Vodaphone, Sanyo, Western Union. Malgré la lenteur exaspérante du trajet, l'intérieur de la cabine du camion-citerne avait eu quelque chose de rassurant. Brusquement, elle se sentait très seule et très vulnérable, comme un escargot auquel on aurait arraché sa coquille. Non loin de là, à un feu rouge, un chauffeur de taxi parlait dans son portable. Il semblait la fixer du regard. Tout comme cette vieille femme qui vendait des briquets présentés sur une caisse retournée, à quelques mètres d'elle. Freya baissa la tête, se hâta vers le téléphone public, chercha à tâtons dans sa poche et en sortit la carte de visite que lui avait donnée Molly Kiernan lors de leur première rencontre. Elle glissa la carte de téléphone dans la fente, choisit l'option « anglais » sur l'affichage numérique et, le combiné coincé sous le menton, composa le numéro. Silence, sonnerie, puis, au grand dam de Freya, le message de la boîte vocale : « Bonjour, ici Molly Kiernan. Je ne peux pas recevoir votre appel pour l'instant. Veuillez laisser un message et je vous rappellerai dès que possible. »

— Molly, c'est Freya, dit-elle d'une voix tendue, pressante, après avoir attendu la tonalité. Freya Hannen. J'appelle d'un téléphone public. Quelque chose de… J'ai besoin d'aide. Quelqu'un a tenté de… Je crois qu'ils ont tué Alex… Ils étaient… Cet homme est venu hier à la maison avec un sac… il y avait un appareil photo… il a dit qu'il les avait trouvés dans le désert…

Elle s'arrêta, se rendant compte qu'elle bafouillait et qu'elle aurait dû penser à ce qu'elle allait dire avant d'appeler. Mieux valait être brève, lui expliquer les choses face à face.

— Je suis au Caire, ajouta-t-elle. Il faut que je vous voie. Je suis à…

Elle s'interrompit à nouveau, essaya de se rappeler ce que le chauffeur lui avait dit.

— Midan quelque chose… c'est une grande esplanade…

Elle regarda autour d'elle, cherchant des points de repère.

— Il y a un hôtel Hilton et une sorte de fast-food appelé Hardees, et… et…

Son regard venait de s'arrêter sur un grand immeuble clair, de l'autre côté de la rue. Construit dans le style ottoman – toutes les fenêtres en plein cintre, moucharabiehs et corniches très ornées –, il était entouré d'une grille et d'une haute haie poussiéreuse, l'inscription « Université américaine » s'étalant en lettres bleues dans le haut de la façade. N'était-ce pas là que… Elle farfouilla encore dans sa poche, hésitant au téléphone, s'excusant d'être si longue, et tira la carte de visite que lui avait donnée Flin Brodie : *Professeur F. Brodie, Université américaine du Caire.* Elle se remit à parler, d'une voix plus assurée maintenant.

— Je suis devant l'Université américaine, expliqua-t-elle. Je vais y aller pour essayer de trouver Flin Brodie. S'il n'est pas là, j'irai à l'ambassade. Je crois que je suis en danger. J'ai besoin de…

La communication fut coupée. L'affichage numérique du téléphone montrait que le crédit était épuisé. Elle jura, raccrocha et s'écarta du téléphone. Les passants jouaient des coudes autour d'elle. Le chauffeur de taxi au portable était parti, mais la vieille femme qui vendait des briquets était toujours là et regardait fixement dans sa direction. Pendant quelques instants, Freya se demanda si elle ne ferait pas mieux de se rendre directement à l'ambassade américaine, de rechercher une forme de protection officielle, mais la perspective d'avoir affaire à un tas de bureaucrates moroses et de reprendre toute son histoire depuis le début l'en dissuada. Ce dont elle avait besoin pour le moment, c'était d'un visage familier, de quelqu'un à qui elle puisse faire confiance, de quelqu'un qui prendrait au sérieux ce qu'elle lui dirait. Elle connaissait à peine Brodie, ne lui avait parlé que quelques minutes, mais il avait été un ami de sa sœur et cela lui suffisait. L'ambassade pouvait attendre. Flin Brodie allait l'aider, elle en était certaine. Il saurait quoi faire.

Elle tapota son sac à dos, jeta un rapide coup d'œil vers la vendeuse de briquets, qui continuait de la fixer, ses dents en or luisant sous le soleil de l'après-midi. Puis, repérant une brèche dans la circulation, Freya traversa la rue au trot et suivit la grille sur le côté du bâtiment de l'université, cherchant anxieusement l'entrée principale.

Ils avaient à l'ambassade américaine un matériel d'écoute et de surveillance extrêmement perfectionné et des personnes extrêmement compétentes pour s'en servir. Etant donné qu'il avait été envoyé en mission auprès des Affaires publiques, Angleton ne pouvait cependant y avoir recours, sans, dans le meilleur des cas, que toutes sortes de questions délicates lui soient posées. Il aurait pu se mouiller, tirer des ficelles, se débrouiller pour obtenir les autorisations nécessaires – peut-être lui faudrait-il le faire –, mais pour l'heure il lui était plus facile d'improviser. Il ne voulait pas vendre la mèche. Pas pour l'instant du moins.

Il avait donc installé sa propre station d'écoute, hors de l'ambassade, dans une suite tout en haut de la tour orange sale de l'hôtel Sémiramis Intercontinental. Le matériel n'était pas d'aussi haute technologie que celui de l'ambassade, et Mme Malouff, qui assurait une permanence quotidienne à la station, était compétente sans être experte. Mais cela faisait l'affaire et permettait à Angleton d'écouter secrètement des conversations téléphoniques et, grâce à sa connaissance, en homme du sérail, des divers codes et mots de passe, de s'introduire dans des boîtes vocales et des comptes e-mail. Il n'avait certainement pas une vision d'ensemble du tableau, il devait y avoir des canaux de communication dont il ignorait encore l'existence, mais pour l'instant cela suffisait. Morceau par morceau…

Angleton y arriva ce même après-midi en taxi – il se déplaçait toujours en taxi, ne marchait jamais. En traversant le vaste hall de l'hôtel, il fit une halte à la pâtisserie du rez-de-chaussée pour acheter deux éclairs et une sorte d'énorme meringue couronnée d'une tranche de citron caramélisé, puis il se dirigea vers les ascenseurs.

Il avait choisi l'Intercontinental en partie parce que c'était l'un des hôtels préférés des touristes américains et que sa présence n'attirait donc pas l'attention, mais surtout parce que c'était l'un des lieux de prédilection des prostituées de luxe du Caire. Si quelqu'un le filait – ce qu'il ne pensait pas, mais on n'est jamais trop prudent –, il supposerait qu'il était venu là pour prendre du bon temps. Cela obligeait Mme Malouff à s'habiller un peu – ou à se déshabiller, à l'en croire –, ce qu'elle n'aimait pas du tout, mais au tarif où il la payait, elle était prête à sourire et à supporter ça.

L'ascenseur arriva et vibra légèrement quand il y entra. Il appuya sur le bouton du vingt-septième étage et se recula pour faire de la place à un groupe de vieilles dames en tee-shirts rouges identiques, qui, à elles toutes, appuyèrent sur les boutons de presque tous les étages.

— Je crains que nous ne vous ralentissions beaucoup, s'excusa l'une d'elles avec un pur accent texan quand les portes se refermèrent et qu'ils commencèrent à monter.

— Plus c'est lent, mieux c'est, répondit Angleton avec un sourire joyeux. Cela me donne davantage de temps pour jouir de votre charmante compagnie, mesdames.

Elles gloussèrent de plaisir et jacassèrent avec Angleton, qui fit étalage de son charme méridional en lançant des saillies et en plaisantant avec elles tout en retournant dans sa tête sa visite du matin dans l'immeuble de l'USAID, où travaillait Molly Kiernan et où il avait passé la majeure partie de la journée.

Un imposant édifice moderniste à New Maadi, tout en verre fumé et acier poli, au sein d'une enceinte fortement gardée en haut de la rue Ahmed-Kamel et donnant sur un terrain vague poussiéreux et pierreux. Angleton avait pris rendez-vous avec le directeur et inventé une histoire selon laquelle il était nouveau aux Affaires publiques et estimait que le service devrait davantage promouvoir l'excellent travail de l'USAID, et il avait parlé de synergie accrue, de valeur ajoutée et de changement de paradigme progressiste. Angleton se souriait à lui-même – un tas de conneries sur la gestion que le directeur avait bues comme du petit-lait avant de lui faire les honneurs d'une visite de l'ensemble du bâtiment et de lui dire tout ce qu'il pouvait souhaiter savoir concernant l'organisation, son personnel, les divers programmes dans lesquels elle s'était lancée.

Rien de tout cela n'intéressait le moins du monde Angleton. Il avait cependant joué le jeu jusqu'au bout. Il ne pouvait arriver comme ça et demander à brûle-pourpoint : « Dites-moi tout ce que vous savez de Molly Kiernan. » Il fallait donner un peu de mou au poisson avant de le remonter. Et il s'était donc laissé balader dans tout l'édifice, feignant l'intérêt, s'enthousiasmant pour des projets de drainage des eaux de surface, des programmes d'échange scolaire, et il avait ainsi gagné la confiance du directeur avant d'orienter très doucement, très subtilement, la conversation dans la direction désirée.

Kiernan était la cheville ouvrière, il en était certain. Flin Brodie, Alex Hannen jouaient tous les deux un rôle important, mais c'était

Kiernan qui était la clé de Sandfire. Il avait déjà fouillé son petit pavillon, l'un des premiers endroits où il était allé quand on lui avait exposé l'objet de sa mission, mais, comme il s'en était douté, il n'y avait rien trouvé d'intéressant. Elle était trop fine, trop prudente pour laisser traîner quoi que ce soit.

Il n'avait pas tiré grand-chose non plus du directeur, ce qui, en soi, était instructif. Cela confirmait ce que toutes ses autres pistes avaient indiqué : que Molly Kiernan ne laissait rien voir de son jeu. C'était une des employées les plus anciennes de l'USAID, elle était basée au Caire depuis la fin 1986 et avait dirigé divers programmes dans le désert occidental : une clinique de planning familial à Kharga, une école agricole, un projet de recherche scientifique dans le Guilf Kébir. Le directeur n'était pas tout à fait sûr des détails.

« Pour être franc, Molly a tendance à travailler de manière indépendante, avait-il dit à Angleton. Elle rédige un rapport annuel et c'est à peu près tout... inutile d'être toujours derrière quelqu'un d'expérimenté. On la laisse se débrouiller. Dites donc, et si je vous montrais le nouveau réseau d'égouts que nous finançons à Assiout ? J'ai une présentation du projet sur PowerPoint dans mon bureau...

— Montrez-moi ça », avait répondu Angleton.

Comme il s'y était attendu, la présentation avait été ennuyeuse à mourir. Heureusement, il n'avait eu à la subir que quelques minutes avant que, comme prévu, le directeur ne reçoive un appel d'un ami journaliste d'Angleton, qui lui avait demandé une interview téléphonique. Il avait accepté d'un geste les excuses du directeur, déclaré que, si celui-ci n'y voyait pas d'inconvénient, il allait se promener un peu dans les locaux pour se faire une idée générale. Et il s'était rendu directement au bureau de Kiernan. Il se trouvait au bout d'un couloir au troisième étage, fermé à clé naturellement, mais il était entré en crochetant la serrure, avait fouillé partout – rien, absolument rien – et était de retour dans le bureau du directeur avant la fin de son interview téléphonique.

Voilà à quoi s'était résumée sa visite. Aucune piste, aucune information nouvelle – chou blanc. Ce à quoi il s'attendait, grosso modo. Il finirait évidemment par la percer à jour, il y arrivait toujours – c'était pour ça qu'on l'engageait –, mais ça n'allait pas être facile. Molly Kiernan et Sandfire étaient en passe, semblait-il, de lui donner plus de fil à retordre que ne l'avaient fait la plupart de ses autres missions.

— On descend là, dirent les deux dernières dames en tee-shirt quand la porte de l'ascenseur s'ouvrit, au vingt-quatrième étage. Ç'a été un vrai plaisir de faire votre connaissance.

— Tout le plaisir a été pour moi, répondit Angleton en revenant au présent. Bonnes vacances, mesdames. Et, attention, allez-y doucement, avec la danse du ventre...

Elles gloussèrent de rire et sortirent de l'ascenseur, qui, après que la porte se fut refermée, monta en silence jusqu'au vingt-septième étage, où Angleton l'abandonna. Il longea un couloir moquetté aux murs duquel étaient accrochées des reproductions d'aquarelles du XIXe siècle – chameaux, pyramides et hommes enturbannés, des trucs typiques pour touristes – et s'arrêta devant une porte en bois peinte en blanc dont la plaque de cuivre portait un simple numéro : *2704*. Il frappa cinq coups – trois rapides, deux longs –, inséra une carte magnétique, ouvrit la porte et entra.

A l'intérieur régnait un véritable chaos technologique : fils, câbles, magnétophones, serveurs, ordinateurs, modems. Le mobilier de la chambre avait été poussé d'un côté pour laisser place à tout ça. Mme Malouff était assise à un bureau installé contre le mur du fond, tenant d'une main des écouteurs contre son oreille tout en réglant, de l'autre, un gros amplificateur. Grassouillette, proche de la cinquantaine, maquillée à l'excès, elle portait une robe de cocktail trop moulante, parfaitement en accord avec sa couverture de belle-de-nuit, quoique de l'avis d'Angleton il eût fallu une nuit très noire pour que quelqu'un s'avise de la trouver à son goût. La mine revêche, elle lui fit un signe de tête et lui tendit une liasse de transcriptions des enregistrements de la journée. Il la prit et sortit sur le balcon.

On apercevait au loin les pyramides de Guizèh, triangles flous en lisière de la ville. Il ne leur accorda pas même un regard. Il s'assit sur une chaise, près d'une grosse antenne parabolique, et entreprit d'éplucher les papiers. Divers appels reçus par Brodie et donnés par lui, la plupart en rapport avec l'université ; deux messages anodins laissés sur le répondeur de Kiernan, des enregistrements d'autres numéros qu'il avait mis sur écoute, des e-mails – rien de bien utile.

— C'est tout ? lança-t-il.

— Kiernan vient de recevoir un appel sur son portable, répondit Mme Malouff. Je n'ai pas encore eu le temps de le transcrire.

Elle semblait stressée.

— Faites-moi seulement écouter l'enregistrement.

Il y eut un soupir de lassitude suivi de déclics de boutons sur lesquels on appuyait. Ensuite, un bafouillage incohérent et accéléré pendant le rembobinage de la bande, puis une voix de femme, tendue, haletante, accompagnée en bruit de fond d'un concert de klaxons.

« Molly, c'est Freya. Freya Hannen. J'appelle d'un téléphone public. Quelque chose de... J'ai besoin d'aide. Quelqu'un a tenté de... Je crois qu'ils ont tué Alex... »

Angleton était assis, immobile, respirant à peine, et à mesure que le message défilait ses yeux se rétrécirent au point de n'être plus que des fentes. A la fin, il demanda à Mme Malouff de rembobiner pour qu'il puisse le réécouter.

« Je suis devant l'Université américaine. Je vais y aller pour essayer de trouver Flin Brodie. S'il n'est pas là, j'irai à l'ambassade. Je crois que je suis en danger. J'ai besoin de... »

Léger déclic à la fin de l'enregistrement. Angleton ne bougea pas pendant quelques instants, expirant doucement. Puis, souriant, il chercha à tâtons dans la boîte de gâteaux achetés à la pâtisserie du rez-de-chaussée, prit un éclair et mordit dedans.

— Très bien, murmura-t-il, un peu de crème dégoulinant aux coins de sa bouche. Excellent, même.

# Université américaine, Le Caire

*Le grand complexe du temple d'Iounou (le « lieu des colonnes »), ou, pour user de son nom grec, Héliopolis (la Cité du Soleil), était peut-être – non, sans nul doute ! – le site religieux le plus important et extraordinaire de toute l'Egypte ancienne. Il reste aujourd'hui bien peu de chose de la magnificence du lieu, ses temples et sanctuaires, jadis primordiaux, désormais recouverts de poussière, ensevelis profondément sous les faubourgs du Caire d'Aïn Shams et Matariya (à l'exception d'un obélisque solitaire de Senwosret Ier, si triste, si évocateur). Il est difficile de croire que pendant trois mille ans, des jours nimbés de brume de l'époque prédynastique tardive à l'avènement des Gréco-Romains, cet endroit qui ne paie pas de mine ait pu être le centre de culte prééminent de Rê, le grand dieu soleil, le séjour de l'Ennéade sacrée, le sanctuaire du bœuf Mnévis, de l'oiseau Bénou, du mystérieux et loufoque Benben…*

Bon Dieu !

Flin Brodie poussa un soupir de lassitude et jeta le mémoire sur la table de travail de son bureau. C'était le premier d'une haute pile de copies qu'il devait avoir notées pour le lendemain matin (« Expliquer et discuter de l'importance d'Iounou/Héliopolis pour les Egyptiens de l'Antiquité »). Comme toujours, ses étudiants usaient d'une prose fleurie et surannée pour compenser le fait que l'anglais n'était pas leur première langue. Trente-trois mémoires, chacun de quatre pages au minimum. Il était, semblait-il, parti pour une longue nuit.

Il se frotta les yeux, se leva, alla à la fenêtre et jeta un coup d'œil en contrebas aux jardins de l'université, où un groupe d'étudiants se prélassaient dans des fauteuils en osier en bavardant et fumant. Il aurait bien bu un coup – plusieurs –, mais résista à l'envie. L'époque où il gardait une bouteille de scotch planquée dans le tiroir du haut de son meuble classeur était depuis longtemps révolue et, malgré son écart de l'autre soir, il avait bien l'intention de persévérer dans cette voie.

Là, en bas, dans son champ de vision, Alan Peach apparut, de sa démarche heurtée habituelle, les étudiants installés dans les fauteuils en osier faisant mine de bâiller sur son passage, ce qui contraria Flin, alors que lui-même plaisantait souvent à propos du caractère barbant de Peach. Il regarda son collègue disparaître au coin, puis retourna à son bureau. Il s'assit et joignit les mains sur sa nuque en fixant des yeux le plafond.

Il se sentait anxieux et pas seulement à la perspective d'avoir à noter trente-trois mémoires illisibles. Ce n'était pas cette anxiété doublée de panique et de tremblement qui l'accablait de temps en temps, moments où ses intestins se muaient en plomb, où tout son univers semblait se replier sur lui-même et l'écraser sous le poids insupportable de son passé. Non, c'était une inquiétude d'un ordre inférieur, plus une sorte de malaise de fond qui le travaillait, le sentiment que quelque chose n'allait pas tout à fait. Même si, bien évidemment, avec cette histoire de Sandfire, rien ne serait jamais complètement normal.

Cette anxiété était présente depuis l'autre soir, depuis que ce gros Américain était venu lui parler à l'hôtel Windsor et avait fait des remarques lourdes de sous-entendus à propos du Guilf Kébir. Il tâta la poche de son jean, en sortit la carte de visite qu'il lui avait donnée : « Cyrus J. Angleton, attaché aux Affaires publiques, ambassade des Etats-Unis, Le Caire. »

S'il n'y avait eu que cette fois-là, il n'y aurait probablement plus pensé. Mais il avait rencontré Angleton à deux reprises depuis. Une fois, l'avant-veille, qui se baladait dans l'enceinte de l'université, et de nouveau, la veille au soir, dans les tribunes du Gézira Sporting Club, où Flin allait deux ou trois fois par semaine faire du jogging sur la cendrée. La première de ces rencontres pouvait aisément s'expliquer : il n'y avait rien d'extraordinaire en soi à ce qu'un fonctionnaire américain visite une université américaine. Le fait de l'avoir vu au Gézira était plus troublant. Il est vrai qu'il l'avait seulement entraperçu, tout en haut de la tribune, et il avait disparu dès qu'il s'était dirigé vers lui, mais il était sûr que c'était Angleton. Même veste couleur crème. Même obésité. Il n'y avait aucune raison qu'il soit là, absolument aucune – comme Flin le savait, il était l'un des rares Occidentaux à venir au club –, et l'y avoir vu était pour le moins… perturbant.

Et ce n'était pas tout. Cela paraissait fou, mais quand il était rentré chez lui la veille dans l'après-midi, au retour de l'enterrement d'Alex, il avait eu l'impression curieuse que quelqu'un l'y avait précédé. Rien ne manquait, chaque chose était à sa place. Il n'y avait aucun signe d'intrusion ou de désordre pour confirmer ses soupçons. Un sixième sens lui avait néanmoins dit que quelqu'un était venu fouiner là et que cette personne était Angleton. Il était descendu au rez-de-chaussée et avait interrogé Taïb, le concierge, à ce propos. Il avait nié savoir quoi que ce soit, mais il y avait en lui quelque chose de furtif, de coupable.

Tout cela était dépourvu de substance, des murmures et des ombres. L'anxiété n'en était pas moins présente et, neuf fois sur dix, il le savait par expérience, cette sorte d'anxiété avait une origine bien réelle. Peut-être se faisait-il des idées, peut-être pas. Quoi qu'il en soit, il ouvrait l'œil et se montrait encore plus prudent que d'habitude. Peut-être devrait-il en parler à Molly, voir ce qu'elle en pensait.

Il resta ainsi encore un moment. Puis il secoua la tête comme pour chasser ses soupçons, se pencha en avant, reprit le mémoire et se remit à lire. Il n'avait avancé que de deux paragraphes quand il fut interrompu par un coup frappé à la porte.

— Vous pouvez revenir un peu plus tard ? lança-t-il sans lever les yeux. Je suis en train de travailler.

La personne n'entendit manifestement pas car elle frappa de nouveau.

— Vous pouvez revenir plus tard, répéta-t-il, plus fort cette fois-ci. Je corrige des copies.

— Flin ?

La voix était hésitante, mal assurée.

— C'est Freya. Freya Hannen.

— Bon Dieu !

Il jeta le mémoire sur son bureau, se leva, traversa la pièce à grandes enjambées et ouvrit la porte.

— Freya, quelle bonne surprise ! s'écria-t-il. Je ne pensais pas que vous viendriez au Caire avant...

Il se tut en voyant son jean et ses tennis maculés de boue, les écorchures sur ses bras et son cou.

— Bon sang, ça va, Freya ?

Elle ne répondit pas, resta dans l'embrasure de la porte.

— Freya ? répéta-t-il, inquiet maintenant. Que s'est-il passé ?

Elle ne disait toujours rien. Il s'apprêtait à lui poser la question pour la troisième fois lorsque les vannes sautèrent :

— Quelqu'un a tué Alex, lâcha-t-elle. Et ils ont essayé de me tuer aussi. Hier soir, dans l'oasis, tout un groupe, il y avait des jumeaux, ils étaient arrivés en hélicoptère et ils étaient en train de torturer…

Elle s'interrompit, se mordit la lèvre pour refouler ses larmes, s'efforçant de se maîtriser. Flin hésita quelques instants, ne sachant trop comment réagir, puis il s'avança, passa un bras autour d'elle et l'attira dans la pièce. Après avoir refermé la porte avec le pied, il la conduisit à une chaise et la fit asseoir.

— Tout va bien, tout va bien, dit-il doucement. Calmez-vous. Vous ne risquez rien ici.

Elle s'essuya les yeux, repoussa son bras d'un haussement d'épaules, un peu trop agressivement peut-être, mais elle avait honte de sa faiblesse et il fallait qu'elle s'affirme. Il y eut un silence. Flin la regardait. Freya gardait les yeux rivés au sol comme si elle luttait pour retrouver son calme. Puis, après s'être excusé, Flin quitta la pièce un moment. Il revint quelques instants plus tard avec un gant de toilette et une tasse fumante.

— Du thé, dit-il. Le remède anglais à tous les maux.

Elle semblait s'être calmée un peu, lui adressa un pâle sourire et prit le gant pour se tamponner les bras.

— Merci, marmonna-t-elle. Je suis désolée, je ne voulais pas…

Il leva la main pour signifier qu'elle n'avait pas à s'excuser. Il posa la tasse sur le coin du bureau, tira sa chaise autour du meuble afin de s'asseoir devant elle. Il laissa passer un moment avant de lui demander ce qui lui était arrivé.

— Quelqu'un a essayé de me tuer, répondit-elle d'une voix plus ferme, plus assurée. Hier soir, à l'oasis. Ils ont tué Alex, ce n'était pas un suicide.

Il entrouvrit la bouche pour prendre la parole, se ravisa et la laissa raconter son histoire à sa façon, à son rythme. Freya posa le gant, prit la tasse et but à petites gorgées, se ressaisissant. Puis elle se mit à parler et relata tout ce qui s'était passé la veille, en commençant par ce que Molly Kiernan lui avait appris concernant l'injection de morphine, puis en suivant le cours des événements de la journée : la conversation avec le Dr Rachid, le commissariat, le mystérieux sac de toile, les jumeaux, la poursuite à travers l'oasis – tout. Flin écoutait, courbé en avant, les yeux plissés sous l'effet de la concentration, s'abstenant de tout commentaire, calme en apparence, quoique l'intensité de son regard, le léger tremblement de ses mains eussent pu donner à penser à un observateur attentif que le récit de Freya le touchait plus qu'il ne voulait le reconnaître. Quand elle eut fini, il demanda à voir les objets qu'elle avait apportés. Elle ramassa son sac à dos, le posa sur ses genoux, l'ouvrit et lui tendit les objets, un à un : appareil photo, boîtier de pellicule, boussole.

— Ils ont tué Alex, répéta Freya. Et cela est lié à l'homme mort trouvé dans le désert et à ce qu'il avait dans son sac. Rudi Schmidt, c'est le nom inscrit sur sa pièce d'identité. Ça vous dit quelque chose ?

Flin secoua la tête, sans cesser de fixer l'appareil photo des yeux, sans croiser son regard.

— Jamais entendu parler de lui.

— Pourquoi ces choses auraient-elles intéressé Alex ? Pourquoi quelqu'un l'aurait-il tuée à cause d'elles ?

— Nous ne sommes pas certains qu'Alex ait été tuée, Freya. Nous ne devrions pas tirer des conclusions hât...

— Je sais qu'elle l'a été, insista-t-elle. Je les ai vus. J'ai vu ce qu'ils faisaient au vieux fermier. Ils ont assassiné ma sœur, ils lui ont fait une injection. Et je veux savoir pourquoi.

Il leva les yeux et soutint son regard. Il semblait sur le point de dire quelque chose, mais une fois encore se ravisa et se borna à hocher la tête avec réticence.

— D'accord, je vous crois. Quelqu'un a tué Alex.

Ils continuèrent à se regarder dans les yeux un moment, puis il reprit son examen des objets. Il posa l'appareil photo et la pellicule sur le bureau et, ouvrant la boussole, il regarda à travers la lentille en tirant d'un coup sec sur le fil de cuivre sectionné de la mire.

— Parlez-moi des autres objets qu'il y avait dans le sac, dit-il. De la carte, de l'obélisque en argile.

Elle les lui décrivit : les mystérieux symboles gravés sur l'obélisque miniature, les distances et les positions portées sur la carte. Pendant ce temps-là, Flin tripotait la boussole en paraissant n'écouter qu'à moitié ce qu'elle disait, même si le tremblement à peine perceptible de ses mains et l'éclat de ses yeux trahissaient un intérêt – une excitation – plus grand que ne le révélait sa nonchalance affichée.

— Je crois que ce Rudi Schmidt tentait de se rendre à pied à Dakhla depuis le Guilf Kébir, dit-elle sans quitter l'Anglais des yeux pour essayer de lire en lui et de déterminer s'il la prenait ou non au sérieux. Je sais qu'Alex travaillait dans le Guilf Kébir, elle m'en a parlé dans ses lettres. Il y a un lien entre les deux. Je ne sais pas en quoi il consiste, mais il y a indéniablement une relation et c'est à cause de ça qu'elle a été tuée.

Elle se pencha pour reprendre l'appareil photo et le boîtier de la pellicule.

— Et je crois que les réponses sont là-dedans. C'est la raison pour laquelle ces hommes venus à l'oasis voulaient les pellicules. Parce qu'elles vont nous apprendre ce qui se passe. Il faut les faire développer.

Il y eut un silence. Flin continuait de retourner la boussole dans sa main. Puis, comme s'il avait pris une décision, il la remit dans le sac de Freya et se leva.

— Ce qu'il faut, c'est vous conduire en lieu sûr, dit-il. Je vous emmène à l'ambassade américaine.

— Quand nous aurons fait développer les pellicules.

— Non. Maintenant. J'ignore ce qui se passe, qui sont ces gens, mais ils sont de toute évidence dangereux, et plus tôt vous serez à l'abri, mieux cela vaudra. Venez, allons-y.

Il tendit la main pour l'aider à se lever, mais elle resta où elle était.

— Je veux savoir ce qu'il y a sur les pellicules. Ils ont tué ma sœur et je veux savoir pourquoi.

— Freya, ces pellicules sont restées en plein milieu du Sahara, probablement pendant des années. Il y a une chance sur cent qu'on puisse les développer. Que dis-je... Une sur mille.

— Je veux quand même essayer, dit-elle. Je vais d'abord m'occuper de ça, puis nous irons à l'ambassade.

— Non, rétorqua Flin d'un ton brusque. Les pellicules peuvent attendre, Freya. Je vais vous emmener en sûreté. Vous ne savez pas...

Il s'interrompit.

— Quoi ? dit-elle. Qu'est-ce que je ne sais pas ?

Elle avait les yeux rouges de fatigue, elle était pâle, avec les traits tirés, mais alerte, comme regonflée, et elle transperçait Flin du regard.

— Qu'est-ce que je ne sais pas ? répéta-t-elle.

Il poussa un soupir exaspéré, se passa la main dans les cheveux.

— Ecoutez, Alex était pour moi une amie très chère...

— C'était ma sœur.

— ... et je lui dois de faire en sorte qu'il ne vous arrive rien.

— Et moi je lui dois de découvrir pourquoi elle a été assassinée.

Ils commençaient à élever la voix.

— Je ne vais pas vous laisser vous balader à travers Le Caire, dit-il avec brusquerie. Pas après ce qui s'est passé. Je vous emmène à l'ambassade.

— Lorsque j'aurai fait développer les pellicules.

— Pour l'amour de Dieu, Freya, vous avez besoin d'une protection.

— Ne prenez pas ce ton condescendant.

— Je ne prends pas un ton condescendant, bon sang ! J'essaie de vous aider.

Ce fut son tour de le rembarrer :

— Je n'ai besoin ni d'aide ni de protection. J'ai besoin de savoir ce qu'il y a sur ces pellicules, pourquoi quelqu'un a essayé de me tuer. Pourquoi on a tué Alex.

— Nous ne savons pas...

— Si, nous le savons ! J'ai vu ces hommes chez elle, vu de quoi ils étaient capables. Ils ont tué Alex et je vais découvrir pourquoi.

Elle se leva, si brusquement qu'elle renversa sa chaise. Elle fourra l'appareil photo et la pellicule dans son sac à dos, ouvrit la porte à la volée et traversa le couloir pour gagner les ascenseurs. Flin la suivit.

— Attendez, attendez...

Elle l'ignora, appela l'ascenseur et laissa son pouce appuyé sur le bouton.

— Freya, fiez-vous à moi, la supplia-t-il en la rejoignant. Je vis en Egypte, je connais cette sorte de gens. Si vous avez un devoir envers Alex, c'est d'abord de ne pas vous faire tuer...

Les portes en bois de l'ascenseur s'ouvrirent bruyamment et elle entra dans la cabine et appuya sur le bouton du rez-de-chaussée en continuant de l'ignorer.

— Freya, je vous en prie, écoutez-moi, j'essaie seulement...

Les portes commençant à se fermer, Flin les bloqua avec le pied.

— Nom de Dieu, vous êtes aussi entêtée que votre sœur ! s'exclama-t-il.

— Croyez-moi, Alex était la plus accommodante de nous deux, rétorqua-t-elle avec colère en tambourinant sur le bouton du rez-de-chaussée pour essayer de faire fermer les portes.

Pendant quelques instants, Freya continua d'appuyer avec hargne sur son bouton et Flin à bloquer les portes du pied, puis il laissa soudain échapper un grognement amusé. Elle lui lança un regard furibond, puis son visage s'éclaira aussi d'un sourire las. Il recula d'un pas, elle le suivit sur le palier et les portes se refermèrent.

— Je vous propose un compromis, dit-il. Vous me faites plaisir et allez à l'ambassade et je fais développer les pellicules. J'ai un ami qui travaille au musée des Antiquités du Caire, au service photographique, il pourra le faire tout de suite. Dès qu'elles seront prêtes, je vous les apporterai. C'est d'accord ?

Elle réfléchit quelques instants, puis acquiesça :

— Marché conclu.

— Très bien. Retenez l'ascenseur, il faut que je mette quelques papiers de côté et que je prenne mon portefeuille et mon portable...

Il disparut dans son bureau et la porte se referma derrière lui. L'ascenseur redescendait enfin au rez-de-chaussée en cliquetant. Elle appuya sur le bouton d'appel, fit un tour sur le palier, regardant d'abord un panneau d'affichage – des prospectus pour divers concerts, des livres d'occasion à vendre, un symposium Naguib Mahfouz –, puis par la fenêtre. Un léger bruit de pas résonna, derrière la porte donnant sur la cage d'escalier, à peine audible derrière le vacarme de l'ascenseur.

Le bureau de Brodie se trouvait au quatrième et dernier étage de l'immeuble, pour Dieu sait quelle raison dans le département d'anglais, et de la fenêtre on avait une vue dégagée sur les jardins de l'université – pelouses, palmiers, bordures de plantes herbacées – et, au-delà, sur le va-et-vient chaotique de Midan Tahrir. Elle vit un groupe d'étudiants passer nonchalamment, suivis de deux hommes solidement charpentés. Quelque chose en eux – leurs visages durs, leur démarche pesante de malabars – semblait déplacé dans l'enceinte de l'université. Elle ressentit soudain une pointe d'anxiété. Elle appela Flin.

— J'arrive ! lança-t-il.

L'ascenseur remontait maintenant, s'élevant avec effort à travers l'immeuble dans un ronronnement aigu. Elle revint appuyer sur le bouton d'appel, puis retourna à la fenêtre en se demandant pourquoi Flin mettait tant de temps. Les deux hommes étaient toujours en bas dans le jardin, l'un fumant, l'autre parlant dans un portable. Le bruit de pas dans la cage d'escalier se rapprochait, un claquement rythmique de chaussures sur le linoléum, deux ou trois personnes apparemment. Elle retraversa le palier, ouvrit la porte de la cage d'escalier et jeta un coup d'œil en bas. Elle vit une étroite bande de marches et, deux étages au-dessous, une main d'homme qui remontait la rampe. Une grosse main épaisse, à moitié cachée par des chevalières en or massif. Exactement comme... Elle se recula. Elle referma la porte sans bruit, se précipita vers le bureau de Flin, fit irruption dans la pièce.

— Ils sont là !

Le combiné du téléphone à la main, il parut très surpris par son arrivée.

— Freya ! J'étais seulement en train...

— Ils sont là, coupa-t-elle. Les hommes de l'oasis. Ceux qui ont essayé de me tuer. Ils montent l'escalier. Et je crois que d'autres ont pris l'ascenseur...

Elle s'attendait à moitié à ce qu'il hésite, lui demande si elle était sûre d'avoir bien vu, mais il réagit instantanément.

— Je vous rappelle ! aboya-t-il.

Il reposa violemment le combiné, prit Freya par le bras et l'entraîna de nouveau dans le couloir. Au même instant, il y eut une secousse, un déclic, et les portes de l'ascenseur coulissèrent. Là encore, sa réaction fut immédiate. D'un grand geste, il la fit passer derrière lui pour la protéger et s'avança d'un pas. Au moment où les portes achevaient de s'ouvrir, un homme vêtu d'un costume apparut, un revolver à la main. Avec la rapidité de l'éclair, Flin lui donna un coup de poing d'une violence inouïe et lui fracassa le nez. Projeté en arrière, le sang coulant à flots sur la bouche et le menton, l'inconnu alla heurter le fond de l'ascenseur. Avant qu'il ait eu le temps de se rendre compte de ce qui lui arrivait, Flin s'était avancé et lui avait décoché trois nouveaux coups de poing, rapides, l'un dans l'estomac, qui le plia en deux, un dans les reins, qui l'envoya de côté dans le coin de l'ascenseur et un dans la mâchoire, qui le fit s'étaler au sol, hébété et gémissant.

— Oh, mon Dieu, murmura Freya, stupéfaite.

— Pas eu l'impression qu'il était venu bavarder autour d'une tasse de thé, dit Flin en guise d'explication, l'empoignant de nouveau par le bras et la guidant le long du couloir, avant de lui faire franchir une porte de secours.

A l'instant où elle se refermait derrière eux, celle de la cage d'escalier s'ouvrit brutalement.

Ils se trouvaient en haut d'une courte volée de marches métalliques qui menait sur le toit d'un immeuble légèrement plus bas. Ils les descendirent deux par deux et sautèrent sur les tuiles de la toiture avant de parcourir en courant un étroit passage qui longeait une rangée d'appareils de climatisation géants.

— Où diable avez-vous appris à faire ça ? demanda-t-elle, haletante.

— A Cambridge, répondit-il en jetant un coup d'œil par-dessus son épaule pour s'assurer qu'ils n'étaient pas suivis. Deux distinctions pour la boxe. C'est ce qui m'a permis d'arriver au bout de trois ans de hiératique du Moyen Empire...

Ils parvinrent à une autre volée de marches, les grimpèrent jusqu'à une toiture beaucoup plus grande, avec un petit dôme blanc au milieu et des cactus en pots dans les coins. Au moment où ils commençaient à la traverser, la porte de secours s'ouvrit avec fracas derrière eux. Cris et martèlement de pieds. Ils piquèrent un sprint et des étudiants assis sur un banc dans un coin du toit levèrent les yeux de surprise quand ils passèrent près d'eux à toute allure.

— Tu es en retard pour ton mémoire, Aïcha Farsi ! lança Flin en se tournant à moitié et en agitant un doigt en direction d'une fille replète coiffée d'un foulard en soie. Je le veux sur mon bureau demain matin à la première heure !

— Oui, professeur Brodie, marmonna la fille en essayant de cacher la cigarette qu'elle avait à la main.

— Et on ne fume pas !

Ils passèrent devant une salle de prière où des rangées d'hommes agenouillés se prosternaient, le front appuyé au sol couvert de tapis, et rentrèrent en trombe dans l'immeuble. Flin claqua la porte derrière lui et poussa les verrous du haut et du bas.

— Vite ! cria-t-il.

Il la précéda dans un couloir mal éclairé qui distribuait une succession de salles de cours et de bureaux. Les coups de pied et de poing frappés à la porte qu'il venait de verrouiller semblaient faire vibrer tout l'immeuble. Au milieu du couloir, une étroite cage d'escalier s'ouvrait sur leur droite, flanquée de deux distributeurs d'eau réfrigérée. Ils commencèrent à descendre mais durent rebrousser chemin en apercevant deux silhouettes en bas – les hommes que Freya avait vus traîner sur le campus.

— Merde ! grommela Flin tandis que derrière eux les coups frappés à la porte redoublaient de violence. Merde, merde, merde !

Il jeta un coup d'œil éperdu autour de lui, fit deux pas sur le côté, tira à lui l'un des deux distributeurs d'eau placés contre le mur et le projeta dans l'escalier vers les hommes qui le grimpaient quatre à quatre, leurs cris brusquement interrompus par le distributeur qui dégringolait vers eux dans un fracas métallique et liquide.

— Venez ! cria-t-il à Freya en la prenant par la main.

Après avoir parcouru le couloir au pas de course, ils franchirent à toute vitesse une autre sortie de secours et déboulèrent dans la cour en contrebas par un escalier extérieur.

— Encore en retard pour ton cours, Flin ? lança une voix familière. Bon Dieu, même les anciens Egyptiens étaient plus ponctuels que toi !

— Très drôle, Alan, marmonna Flin au passage à l'adresse de son collègue, en entraînant Freya précipitamment dans la cantine de l'université.

Ils traversèrent la pièce en courant, slalomant entre les rangées de tables et de chaises métalliques sous les regards stupéfaits des dîneurs, avant de ressortir par la porte du fond. Ils ralentirent et s'arrêtèrent, hors d'haleine. Presque tout de suite, des cris s'élevèrent sur leur gauche tandis que trois hommes fonçaient vers eux sur le côté de l'immeuble et d'autres cris, de protestation apparemment, leur parvinrent de la cantine, où les jumeaux avaient fait irruption et renversaient assiettes et gobelets en passant en force entre les tables.

— Ils sont partout, nom de Dieu ! s'écria Flin en faisant signe à Freya de le suivre le long d'un passage couvert d'un treillage entre des courts de tennis et des terrains de volley-ball.

Ils obliquèrent à droite, puis à gauche, dans une large allée bordée de panneaux d'affichage, et franchirent un haut portail métallique. Ils débouchèrent dans une petite rue sur le côté de l'université, devant le flot rapide des voitures et des taxis.

Leurs poursuivants ne s'étaient pas encore engagés dans la rue et Freya crut un bref instant qu'ils allaient réussir à les semer dans la foule qui se pressait là. Puis, à une vingtaine de mètres sur sa droite, elle vit une BMW noire, étincelante, garée le long du trottoir, deux hommes appuyés contre elle, à l'allure aussi menaçante, au visage aussi patibulaire que ceux qu'ils avaient à leurs trousses. Une voiture identique, contre laquelle s'adossaient aussi deux hommes, était garée juste en face, devant un McDonald's, tandis qu'à une centaine de mètres sur leur gauche trois autres costauds traînaient près de feux de signalisation au bout de la rue. Il y eut un martèlement de pieds et leurs poursuivants apparurent derrière eux, bloquant la rue ; ils ralentirent et se mirent à marcher normalement, se rendant compte que leurs proies étaient prises au piège. Flin passa un bras protecteur autour de Freya et l'attira contre lui.

— Merde, dit-il.

# Dakhla

A l'entrée de l'oasis de Dakhla, de chaque côté de la grand-route du désert, se dressaient deux sculptures métalliques assez rudimentaires en forme de palmier. En dehors de la rangée de poteaux télégraphiques et de deux panneaux indicateurs, c'étaient les seuls traits du paysage, par ailleurs vide, dessinés par l'homme.

C'est là que Zahir attendait son frère Saïd, son Land Cruiser garé dans une mince bande d'ombre au pied de l'une des sculptures, séparé des vagues de dunes uniquement par des terrains broussailleux. Dix minutes passèrent, puis, au loin, apparut une moto, sa silhouette déformée par la chaleur. La route sur laquelle elle roulait s'était dissoute en un mirage vitreux si bien que son conducteur semblait foncer dans l'eau. Elle se rapprocha de plus en plus, puis, brusquement, reprit une forme précise et couvrit les dernières centaines de mètres avant de s'arrêter en dérapage à côté du Land Cruiser.

— Du nouveau ? demanda Zahir en se penchant par la portière.

— *Mafeesh haga*, rien, répondit Saïd en coupant le moteur et en s'époussetant les cheveux. Je suis allé jusqu'à Kharga, personne ne sait quoi que ce soit. Tu es allé à *el-shorty* ? Voir les flics ?

Zahir poussa un grognement dédaigneux.

— Des crétins. Ils disent qu'elle a dû partir avec Mahmoud Gharoub. Ils m'ont ri au nez. Ils nous prennent pour des imbéciles parce que nous sommes des Bédouins.

Son frère bougonna.

— Tu veux que je continue à chercher ? Je pourrais aller jusqu'à Al-Farafra, parler aux gens...

Zahir réfléchit quelques instants, puis acquiesça.

— Je vais continuer à demander autour de Dakhla. Quelqu'un doit bien savoir quelque chose.

Son frère démarra sa moto au kick, une vieille Jawa 350, et sur un signe de tête partit vers le nord dans un vrombissement.

Zahir le regarda s'éloigner, puis fit démarrer le Land Cruiser. Il ne passa pas la vitesse immédiatement et resta là, le pied sur la pédale de l'embrayage et le moteur en marche, les yeux fixés sur le désert. Puis il farfouilla dans la poche de sa djellaba et en sortit une boussole en métal verte. Les poignets appuyés sur le volant, il l'ouvrit et regarda les initiales gravées à l'intérieur du couvercle. *AH.* Il tripota la lentille grossissante et le biseau, passa le doigt sur le fil de cuivre de visée en murmurant par-devers lui. Il secoua la tête, remit la boussole dans sa poche, passa la première et démarra dans un tourbillon de poussière soulevé par le dérapage des roues sur le gravier de l'accotement.

# Le Caire

— Qu'est-ce qu'on fait ? demanda Freya en lançant un regard désespéré autour d'elle.

— Je ne sais pas trop, dit Flin, les poings serrés, tournant la tête d'un côté et de l'autre pour évaluer la situation.

Deux hommes appuyés contre une BMW à droite, deux autres face à eux, à côté d'une seconde BMW, trois aux feux tricolores et cinq qui arrivaient derrière eux, emmenés par les jumeaux en costume Armani et maillot de football rouge et blanc.

Leurs poursuivants s'arrêtèrent à deux mètres de Flin et Freya, séparés d'eux par la cohue des piétons. Ils écartèrent les pans de leurs vestes, laissant entrevoir des pistolets Glock. L'un des deux montra Freya du doigt et grommela quelque chose en arabe.

— Que dit-il ? s'enquit-elle.

— Il vous demande d'enlever votre sac à dos et de le lui lancer, répondit Flin.

— Je dois le faire ?

— Il semble que nous n'ayons guère le choix.

Le jumeau répéta son injonction, plus fort cette fois-ci. Menaçant.

— Enlevez-le lentement, dit Flin.

Au moment où Freya commençait à s'exécuter, un taxi – une vieille Fiat 124 noir et blanc – vint se garer contre le trottoir derrière eux. Elle ôta son sac, le serrant entre ses mains, répugnant à s'en défaire.

— *Yalla nimshesh !* lança le jumeau en lui faisant signe de lui jeter le sac. *Bissora, bissora !*

Le chauffeur du taxi était maintenant sorti de la voiture, en laissant sa portière ouverte et le moteur en marche, pour aider une vieille dame à descendre de la banquette arrière. Flin lorgna brièvement dans cette direction, Freya aussi.

— *Bissora !* cria le jumeau, perdant patience, lui et son frère ouvrant leurs vestes jusqu'en haut pour empoigner leurs pistolets.

— Mieux vaut le lui donner, dit Flin en se tournant vers Freya et en tendant la main vers le sac, dardant des regards vers le taxi tandis que le chauffeur allait ouvrir la malle arrière pour en sortir une énorme valise. Allez, Freya, ce n'est pas un jeu ! lui enjoignit-il d'une voix exagérément forte. Donnez-lui ce sac, qu'on en finisse...

Il fit mine de lui prendre le sac des mains. Freya comprit ce qu'il faisait et s'y cramponna, leur permettant ainsi de gagner quelques secondes pendant que le chauffeur du taxi déposait la valise sur la chaussée et refermait la malle arrière. Flin tira sur le sac à dos en rapprochant son visage de celui de Freya.

— Banquette arrière, murmura-t-il. Je prends le volant.

Il s'écarta avec le sac en faisant à Freya des remontrances théâtrales, puis, brusquement, il bouscula sur sa droite un homme qui passait en portant en équilibre sur sa tête un grand plateau d'*aïsh baladi*, le projetant en arrière sur les jumeaux. Il y eut des cris, des bras qui battirent l'air, le fracas du plateau tombant par terre. Dans ce bref instant de confusion, Freya se jeta la tête la première à l'arrière du taxi. Flin sauta au volant. Sans même prendre la peine de refermer la portière, il lança le sac par-dessus son épaule à Freya, enclencha une vitesse et écrasa l'accélérateur. Muet de stupéfaction, le propriétaire du taxi vit son gagne-pain démarrer devant lui dans un crissement de pneus.

— Tenez-vous bien ! cria Flin, sa grande carcasse coincée derrière le volant.

Il fit une embardée autour d'un bus, dont le pare-chocs arrière heurta les deux portières ouvertes du taxi et les referma dans un claquement. Il passa la seconde, puis la troisième, se faufila à travers la circulation et prit de la vitesse, le compteur tictaquant follement sur le tableau de bord.

Derrière lui, Freya se redressa tant bien que mal et regarda derrière. Sur le bord du trottoir, les jumeaux faisaient des signes frénétiques vers l'une des BMW tandis que de l'autre côté de la rue la deuxième BMW démarrait déjà dans un nuage de fumée provoqué par le patinement des pneus.

— Ils nous suivent ! s'écria-t-elle.

Le taxi était maintenant presque arrivé aux feux tricolores au bout de la rue, et la vaste place chaotique de Midan Tahrir s'ouvrait devant eux. Moteurs tournant au ralenti, les voitures attendaient au feu rouge et un agent en uniforme blanc se tenait au milieu de la chaussée, le bras levé. Flin prit sur la gauche une voie libre, monta sur le trottoir, dispersant les gens qui se trouvaient là, et brûla le feu rouge. Il tourna le coin en dérapage dans une cacophonie de coups de klaxon et de sifflet et se glissa dans le flot des voitures qui longeaient la place. Il redressa, dérapa de nouveau et heurta le flanc d'un pick-up, qui, à son tour, percuta un minibus ; celui-ci sortit de la chaussée et fila droit dans un éventaire de fruits. Avec force cris et gesticulations, les piétons sautèrent de côté pour l'esquiver, oranges et pastèques roulant au sol comme de gigantesques billes.

— Il y a des blessés ? lança Flin.

— Je ne crois pas, répondit Freya, l'estomac retourné, en regardant à nouveau en arrière.

Il hocha la tête et continua de foncer, les pieds dansant une folle gigue sur les pédales d'accélérateur, de frein et d'embrayage, la main droite ricochant du volant au levier de vitesse. Derrière eux, l'une des BMW noires tourna le coin sur les chapeaux de roue. La deuxième apparut quelques instants plus tard ; les deux voitures slalomaient à travers la circulation et les autres véhicules faisaient des embardées en s'écartant de leur passage tout en klaxonnant furieusement. Plus puissantes que la vieille Fiat, les BMW la rattrapaient rapidement et étaient maintenant à moins de vingt mètres de Freya et Flin. Lequel freina net, braqua brusquement sur la droite et s'engagea en dérapage dans une large rue bordée de vieux immeubles coloniaux très ornés. Des panneaux défilaient à toute allure – Memphis Bazar, Turkish Airlines, Pharaonic American Life Insurance –, le compteur atteignit la vitesse maximale, puis Flin écrasa à nouveau la pédale de frein, contourna un grand rond-point au milieu duquel se dressait la statue d'un homme coiffé d'un fez et fonça dans une autre rue. Les BMW disparurent quelques instants avant de réapparaître.

— Elles sont trop rapides ! cria Flin en jetant encore un coup d'œil dans le rétroviseur. Nous n'arriverons jamais à les semer !

Comme pour confirmer ses craintes, la BMW de tête les rattrapa et vint heurter violemment leur pare-chocs arrière, arrachant un cri à Freya et la projetant contre l'arrière du siège de Flin.

— Ça va ? lança Flin.

— Oui, répondit-elle en lui tapotant l'épaule et en s'efforçant de paraître moins secouée qu'elle ne l'était.

La BMW se laissa légèrement distancer, reprit de la vitesse et heurta encore leur pare-chocs, puis, profitant de ce qu'aucune voiture n'arrivait en sens inverse, elle déboîta et vint à leur hauteur.

— Il est armé ! hurla Freya, tandis que l'homme installé à la place du passager dirigeait un pistolet vers eux par la vitre baissée, son visage assez proche pour que Freya distingue ses dents jaunes et un grain de beauté sous l'œil droit.

— Accrochez-vous !

Flin freina brutalement et vira dans une ruelle adjacente tandis que la BMW continuait sur sa lancée. Il dut faire une embardée pour éviter un groupe d'écolières, percuta un chariot de vendeur ambulant de noix et de grains, qui crépitèrent comme de la grêle sur le pare-brise de la Fiat, avant de redresser et de poursuivre sa route à toute allure. Il y eut un bruit de sirènes, bien que dans la confusion il fût impossible de dire de quelle direction il provenait.

— L'autre est toujours là ! s'écria Freya au moment où la deuxième BMW apparaissait à l'angle de la ruelle.

Penchés aux portières, les jumeaux ouvrirent le feu tandis que les piétons se dispersaient sur les trottoirs, criaient et se jetaient au sol pour se protéger. Une balle fit voler en éclats la vitre arrière du taxi et Freya reçut une pluie de morceaux de verre. Une autre effleura en sifflant l'épaule de Flin et fracassa le compteur.

— Vous allez avoir droit à une course gratuite, plaisanta-t-il, tout en s'efforçant de maîtriser son véhicule, qui traversa un croisement à toute vitesse, coupant la route à un bus.

Projetée en travers de la banquette arrière, Freya entendit craquer les débris de verre sous elle ; le chauffeur du bus freina brutalement pour éviter la collision, provoquant celle, en chaîne, des véhicules qui le suivaient.

— Au moins, on a semé l'autre ! cria-t-elle en se redressant, les cheveux fouettés par le vent.

— J'aurais bien aimé, grommela Flin en changeant de direction à l'instant où la première BMW émergeait d'une rue latérale en dérapant dans un crissement de pneus avant de prendre le sillage de la voiture des jumeaux.

Le hurlement des sirènes se fit soudain plus fort : une, puis deux, puis trois Daewoo de la police s'étaient jointes à la poursuite.

— Nom de Dieu ! jura Flin.

Un motard venait aussi de leur coller au train, mais il partit en glissade presque aussitôt, tomba sur le côté et percuta une pile de cages à pigeons en bois. Freya entrevit le policier qui se relevait, étourdi, dans un tourbillon de plumes, puis ils tournèrent le coin de la rue et il disparut à sa vue.

Ils s'éloignaient maintenant à toute vitesse du centre-ville. L'architecture européenne début de siècle laissait place à d'affreux immeubles en béton parsemés de mosquées et de bâtiments d'apparence médiévale aux murs épais dans lesquels s'ouvraient des fenêtres aux arcs compliqués. La circulation se faisait plus dense, entravée par des embouteillages et des bouchons de plus en plus gros, obligeant Flin à changer constamment de direction pour tenter de distancer leurs poursuivants tout en évitant les piétons et les autres véhicules.

Deux des voitures de police entrèrent en collision lorsqu'elles essayèrent de dépasser la BMW de queue : l'une balaya la terrasse d'un café dans une série de tête-à-queue, envoyant valdinguer tables et chaises en tous sens tandis que les consommateurs décampaient précipitamment. L'autre heurta le bord du trottoir, se retourna et glissa sur le toit dans une gerbe d'étincelles avant de percuter un réverbère. La troisième Daewoo réussit à les suivre encore pendant quelques virages avant d'être éliminée de la course : le conducteur ayant mal négocié un coin de rue, le véhicule vint s'encastrer dans un camion à l'arrêt qui transportait du bétail ; les vaches, terrifiées, se ruèrent par-dessus le hayon arrière et s'égaillèrent sur la chaussée. D'autres véhicules de police reprirent la poursuite, sirènes hurlantes, gyrophares allumés, mais l'allure était trop rapide et, un à un, ils se laissèrent distancer et disparurent. Ne restait plus que les deux BMW, comme collées dans le sillage de la Fiat de Flin et Freya, suivant tous ses tours et détours, déterminées à ne pas se laisser semer.

Ils traversèrent un tunnel en vrombissant, dépassèrent un convoi funéraire et pénétrèrent en trombe sur une place dominée par de hauts remparts et une énorme mosquée au dôme argenté, dressée au-dessus d'eux comme un vaisseau spatial. Dans un hurlement de protestation du moteur, Flin fit valser le taxi autour d'une succession de ronds-points et dans une rue adjacente dangereusement étroite, qu'ils suivirent en rebondissant sur la chaussée percée de nids-de-poule, dispersant la foule paniquée. Boutiques et éventaires défilaient rapidement de chaque côté, un étal de boucher où s'entassaient des abats roses luisants, d'énormes sacs pleins à craquer de coton blanc pelucheux ; la rue se rétrécissait de plus en plus et il devenait d'autant plus difficile d'esquiver les coups de feu tirés de la BMW.

— Il faut qu'on sorte de là ! s'écria Freya.

Flin ne répondit pas et tout en martelant le klaxon à tout va, le regard fixé droit devant lui, mit le cap sur une porte en pierre massive dont l'arche centrale était flanquée d'une paire de minarets. La porte était en cours de rénovation, sa façade couverte par une matrice d'échafaudages en bois branlants, sur lesquels s'empilaient des sacs de ciment et d'énormes blocs de pierre.

— Ils essaient de crever nos pneus ! cria Freya, désespérée, son regard passant rapidement des BMW à la porte.

Les yeux braqués sur l'échafaudage, la mâchoire serrée, Flin ne disait toujours rien. Il jeta un coup d'œil dans le rétroviseur, lâcha un peu l'accélérateur pour attirer les BMW encore plus près, puis appuya à nouveau dessus en tournant le volant vers la droite.

— Bon Dieu, glapit-elle. Qu'est-ce que vous fou...

— Baissez-vous et accrochez-vous ! cria-t-il, lançant la Fiat droit sur les supports en bois de l'échafaudage.

Celui-ci vacilla et commença à s'effondrer ; la Fiat et la première BMW réussirent à passer avant que toute la structure ne s'écroule en un tourbillon de poussière et de débris, écrasant la deuxième BMW comme un œuf sous un marteau.

— Et d'une, murmura Flin.

Il freina, vira brusquement à gauche, s'engouffra en zigzaguant dans un labyrinthe de rues de plus en plus larges, avant d'attaquer la bretelle d'accès à une voie surélevée qui menait vers le centre du Caire. Le trafic, bien que dense, était fluide et rapide. Grâce aux espaces entre les véhicules, Flin put atteindre les cent kilomètres à l'heure et slalomer entre voitures et camions en passant d'une des trois voies à l'autre tandis que les tours et les panneaux publicitaires du centre-ville se multipliaient autour d'eux. La BMW était plus rapide, mais la Fiat – petite, carrée, facile à manœuvrer – était mieux adaptée à ce genre de circulation. Lentement, inexorablement, ils commencèrent à distancer la BMW des jumeaux. Lorsqu'ils quittèrent la chaussée surélevée et descendirent à toute allure la bretelle de sortie vers Midan Tahrir, où la poursuite avait commencé, ils avaient mis près de quatre cents mètres entre eux et leurs poursuivants.

— Je crois qu'on va y arriver, dit Flin en jetant un coup d'œil par-dessus son épaule et un sourire à Freya.

— Attention !

Il donna un coup de volant, écrasa la pédale de frein et la Fiat s'arrêta en dérapage à un doigt d'un pick-up chargé d'un monceau de choux-fleurs et d'aubergines. Devant, la circulation était bloquée sur les trois voies et apparemment sur toute la longueur de la place. Il enclencha la marche arrière, pensant s'engager sur la voie extérieure, où il pourrait faire demi-tour et échapper à l'embouteillage. Mais un car de touristes arriva derrière eux et un autre sur la voie extérieure, à leur gauche, un camion de ciment venant compléter le blocus sur leur droite, coupant du coup l'accès à leur dernière issue.

— Merde, lâcha Flin en tapant du poing sur le volant.

Puis :

— On fiche le camp !

Il ouvrit sa portière à la volée et mit pied à terre. Freya empoigna son sac à dos et suivit le mouvement. Ignorant les cris des autres conducteurs, ils piquèrent un sprint entre les voitures, puis sur le trottoir.

Ils se trouvaient à l'extrémité nord de Midan Tahrir, près d'un énorme bâtiment rose orangé entouré de grilles métalliques. Flin regarda en arrière pour essayer de voir où étaient leurs poursuivants, puis il prit Freya par la main et l'entraîna le long des grilles puis dans le jardin devant le bâtiment. Il y avait là des bassins d'agrément, un étalage de sculptures et statues égyptiennes antiques et, partout, des foules de touristes et d'écoliers. Des policiers de blanc vêtus, AK-47 contre la poitrine, montaient la garde. Personne ne faisait attention à eux. Flin hésitait et regardait alternativement devant et derrière, essayant de décider quoi faire. Des guichets vitrés s'alignaient à l'entrée de l'enceinte, et l'un venait juste de se libérer. Il fonça acheter deux tickets.

— Vite, dit-il en revenant, avant d'entraîner Freya à travers les jardins et en haut d'un escalier qui menait à l'entrée voûtée de l'édifice.

— Regardez ! s'exclama-t-elle, arrivée à la dernière marche, en lui agrippant le bras.

Sur la place, on apercevait les jumeaux qui couraient entre les files de voitures à l'arrêt, encore à quelque distance du taxi abandonné. Ils les regardèrent quelques instants, puis se hâtèrent d'entrer dans le bâtiment.

Lorsque Romani était en colère, il criait et cassait des objets. Lorsqu'il était très en colère, il faisait du mal aux gens, la souffrance des autres le délivrant de manière bienvenue de ses ennuis. Cependant, quand il était vraiment en rage, dans cette sorte de déchaînement de fureur qui aurait fait écumer, fulminer, crier d'autres personnes, il avait l'impression étrange que des cafards, des centaines et des centaines de cafards, grouillaient sur son visage, ses membres et son torse, comme ils le faisaient lorsqu'il était enfant, à Manshiet Nasser.

Tout cela était évidemment un pur effet de son imagination. La sensation était malgré tout affreusement réelle : le chatouillement répugnant de leurs antennes, la galopade de leurs ignobles petites pattes. Il avait vu des médecins, des analystes, des hypnotiseurs et même, en désespoir de cause, un exorciste. Aucun n'avait été capable d'y remédier. Les insectes continuaient de l'assaillir, comme quand il était gamin, et comme tout à l'heure, quand il avait reçu le coup de téléphone lui annonçant que la fille leur avait échappé.

Cela avait commencé par un vague picotement à peine perceptible sur les joues et, à mesure que se poursuivait la conversation téléphonique et qu'il apprenait les détails de la poursuite, cela s'était rapidement intensifié et envenimé, au point qu'aucun endroit de son corps, aucun de ses replis, n'avait été épargné par l'invasion : des cafards couraient sur sa peau, gigotaient dans sa bouche, sous ses paupières, lui entraient dans l'anus – tout son être était submergé de cafards.

Sans cesser de se gratter et de se donner des tapes, pris d'un tremblement incontrôlable, il acheva la conversation et donna un autre appel pour informer la personne au bout du fil de ce qui s'était passé et lui donner pour instruction de tout faire pour retrouver la fille. Puis, jetant le téléphone, il se précipita vers la douche la plus proche. Il sauta tout habillé sous le pommeau et ouvrit le robinet au maximum en se donnant des claques comme s'il était en feu.

— Foutez le camp ! cria-t-il. Fichez-moi la paix ! Dégueulasse ! Dégueulasse, dégueulasse, dégueulasse !

Tout en s'épongeant le front avec son mouchoir et se dandinant, Cy Angleton monta les marches qui menaient à l'entrée principale de l'Université américaine. Il s'arrêta quelques instants pour embrasser du regard la demi-douzaine de voitures de police garées dans la rue avant de se diriger vers le bureau de la sécurité qui bloquait le seuil.

— L'université est fermée, l'informa le garde. Personne n'est autorisé à y entrer ou à en sortir.

Il y avait eu un incident, expliqua-t-il, la police enquêtait et il lui faudrait revenir plus tard, une fois l'alerte passée.

Angleton était habitué à traiter avec les fonctionnaires subalternes de ce genre – ça faisait partie de son travail – et il savait par expérience qu'il existe deux façons de procéder : faire du charme ou bien jouer la carte de l'autorité. Il observa l'homme un moment pour le jauger et déterminer laquelle des deux stratégies serait la plus efficace, puis il se lança :

— Je sais qu'il y a eu un incident, bon sang ! rétorqua-t-il d'un ton brusque en montrant sa carte d'identité. Cyrus J. Angleton, ambassade américaine. Je viens de recevoir un coup de téléphone du principal. L'un de nos ressortissants est apparemment impliqué.

Il s'attendait au moins à un semblant de résistance, ce en quoi il se trompait : le garde s'aplatit dans la seconde, présenta des excuses et lui fit signe de franchir le châssis rectangulaire du détecteur de métaux, qui manifestement avait lui aussi baissé pavillon, car Angleton trimbalait des clés, des stylos et toutes sortes de babioles métalliques dans ses poches et l'appareil ne moufta pas.

— Vous allez me faire réparer ce machin, dit-il en tapant du poing sur le côté de l'appareil. Je ne veux pas que la vie d'Américains soit mise en danger parce que votre foutu matériel de sécurité ne marche pas. Compris ?

Le garde s'excusa d'un ton plaintif et dit qu'il allait faire venir quelqu'un immédiatement.

— Je compte sur vous, répliqua Angleton en lui lançant un regard furieux avant de tourner les talons et de s'engager dans un long vestibule.

La lumière jaune de lourdes lampes en laiton suspendues au plafond créait une atmosphère étrangement soporifique, onirique. Au bout du vestibule, il monta les deux ou trois marches menant à l'ascenseur, qui semblait lui aussi être en panne. Forcé de prendre l'escalier, il grimpa au quatrième étage en soufflant et respirant bruyamment.

Il y avait là-haut une foule de policiers, qui restaient là sans faire grand-chose, apparemment. Un ruban jaune interdisait de franchir la porte ouverte de l'ascenseur, dont le plancher et la paroi du fond portaient des taches de sang. Il embrassa tout cela d'un regard, puis il se dirigea d'un pas décidé vers le bureau de Brodie, ouvrit la porte, entra et la referma derrière lui. Aucun des policiers ne l'avait interpellé ou n'avait tenté de l'arrêter.

Il ne s'attendait pas à trouver quoi que ce soit dans le bureau et, de fait, ne trouva rien. Il obtint une seule information potentiellement utile en appuyant sur la touche bis du téléphone et en constatant que le dernier numéro appelé par Brodie avait été celui d'un portable. Il ne prit pas la peine de le noter car il l'avait reconnu instantanément : celui de Molly Kiernan.

Il fureta discrètement, ouvrit des tiroirs, fouina dans les meubles classeurs, jeta un coup d'œil rapide aux mémoires posés sur le bureau de Brodie, puis ressortit dans le couloir. Deux nouveaux venus étaient apparus depuis qu'il était entré dans le bureau, deux inspecteurs en civil – on ne pouvait pas s'y tromper. L'un des deux lui demanda ce qu'il faisait là.

— Je viens de déposer des mémoires à l'intention du professeur Brodie. Nous avons une classe en commun. Dites, tout va bien ? Il y a beaucoup de policiers, par ici...

Non, tout n'allait pas bien, lui répondit l'inspecteur. Et lui n'aurait pas dû se trouver là, il y avait eu un crime.

— Un crime ! fit Angleton en ouvrant de grands yeux, la stupéfaction incarnée. Oh, bonté divine ! Quelqu'un a été blessé ?

C'était ce qu'ils cherchaient à savoir, expliqua l'inspecteur.

— Oh, bonté divine, répéta Angleton. Je vous en prie, dites-moi qu'il n'est rien arrivé à Flin. Au professeur Brodie.

On ne savait pas trop ce qui s'était passé, répondit l'inspecteur, cependant, le professeur Brodie semblait effectivement impliqué.

— Oh, bonté divine ! s'exclama Angleton pour la troisième fois, une main sur la poitrine, l'image même de l'universitaire radoteur. Puis-je être d'une aide quelconque ? Flin est un bon ami à moi, nous travaillons dans le même département. Si je peux faire quelque chose, quoi que ce soit...

Dès ce moment-là, tout marcha comme sur des roulettes. L'inspecteur entreprit de lui poser des questions à propos de Brodie, il improvisa les réponses, jouant l'ami inquiet. Ce faisant, il soutira à l'inspecteur toutes les informations que la police possédait sur les événements de l'après-midi – la compagne de Brodie, la poursuite, les jumeaux, le vol du taxi, tout.

— Et personne n'a une idée de l'endroit où ils sont maintenant ? demanda Angleton innocemment. Vous en êtes sûr ?

— Absolument sûr, répondit l'inspecteur. Si le professeur Brodie entre en contact avec vous...

— Vous en serez le premier informé, lui assura l'Américain. Flin est un ami cher, et je sais qu'il va vouloir tirer tout cela au clair au plus vite.

Il se rendit ensuite sur le toit et refit le trajet de la poursuite, se retrouvant finalement à la porte latérale, de l'autre côté du campus, porte elle aussi barrée par une bande jaune de la police. Il bavarda avec diverses personnes en cours de route, glanant une ou deux bribes d'informations supplémentaires – le sac à dos de la jeune femme revêtait visiblement une importance particulière –, mais rien qui modifiât radicalement le tableau brossé par l'inspecteur ni, surtout, qui lui fournît la moindre indication concernant l'endroit où se trouvaient Brodie et la fille. Il erra encore un moment dans le coin, puis estima qu'il en avait assez fait pour la journée. Il se baissa pour passer sous le ruban jaune et se mit en marche dans la rue tout en composant un numéro sur son portable, qu'il leva à son oreille.

# Musée du Caire

— C'est le musée, n'est-ce pas ? dit Freya quand ils franchirent le point de sécurité juste après l'entrée, encore sous l'effet de l'adrénaline. Le musée des Antiquités.

C'était énoncer l'évidence, étant donné le déploiement de statues et de sarcophages exposés autour d'eux, et Flin se contenta de hocher la tête tout en la conduisant sous le dôme d'une haute rotonde. De longues galeries en partaient, à droite et à gauche ; en face d'eux, en bas d'une volée de marches, s'ouvrait un immense atrium à plafond de verre. Dans le fond, deux personnages assis, de taille colossale – un homme et une femme –, les regardaient d'un œil froid.

— Nous allons nous perdre là-dedans un moment, puis nous prendrons un taxi jusqu'à l'ambassade, dit Flin. De préférence conduit par quelqu'un d'autre que moi.

Il la regarda, puis s'engagea dans la galerie de gauche. Freya resta où elle était.

— C'est peut-être le moment de faire développer les pellicules ! lança-t-elle.

Il s'arrêta et se retourna.

— Vous avez dit que vous avez un ami qui travaille ici, au service photographique.

Elle leva son sac à dos.

— Nous pouvons faire développer les pellicules.

Elle s'attendait à ce qu'il discute. Après avoir réfléchi quelques instants, il hocha la tête, revint sur ses pas, la prit par le bras et l'entraîna dans la direction opposée, celle de la galerie de droite.

— C'est mieux que d'aller regarder des hameçons du néolithique, j'imagine, dit-il.

Ils passèrent devant une série de sarcophages géants – en granit et basalte noir pour la plupart – couverts de rangées bien nettes de hiéroglyphes, des groupes d'écoliers et écolières en train de les dessiner, assis par terre à côté.

— Tout cela date de la dernière période et de l'époque gréco-romaine, expliqua-t-il en chemin avec des gestes du bras à la manière d'un guide. Très inférieur sur le plan de la qualité, quoique important d'un point de vue stylistique.

— Fascinant, murmura Freya.

Au bout de la galerie, ils arrivèrent à un bureau de la sécurité près d'un détecteur à métaux. Flin parla au garde en arabe, montra une sorte de carte et entraîna Freya par une porte de l'autre côté du détecteur. Ils étaient sortis de la zone publique du musée et se trouvaient dans ce qui semblait être la section administrative, des pièces pleines de bureaux et de classeurs s'ouvrant à droite et à gauche. Ils suivirent un court couloir, montèrent un escalier en colimaçon jusqu'à un espace sans cloison, aux fenêtres crasseuses, encombré du sol au plafond d'étagères couvertes de boîtes d'archives étiquetées.

– « Papyrus... Ostracons... Vases... Cercueils », lut Freya à voix haute, parcourant des yeux quelques-unes des boîtes avant d'embrasser du regard le reste de l'espace.

Il y avait là une demi-douzaine de classeurs, quelques meubles délabrés épars, un massicot rouillé et, partout, entassé dans tous les recoins, sur les étagères et sous les tables, un fouillis de matériel photographique et de développement, la plupart des appareils vieux et démodés, tous miteux et couverts de poussière. Boîtes lumineuses, projecteurs, agrandisseurs, piles chancelantes de papier photographique noir et blanc... Cela ressemble davantage à une brocante qu'à un studio de photo, pensa Freya.

Assis à un bureau de l'autre côté de la pièce, un homme replet aux cheveux ondulés, épaisses lunettes rondes et chemise hawaïenne aux couleurs criardes, parlait au téléphone. Ils restèrent là un moment, attendant qu'il termine sa conversation. Comme il ne semblait pas avoir l'intention de le faire, Flin toussa bruyamment. L'homme leva les yeux, les vit, et son visage s'éclaira d'un grand sourire. Il mit rapidement fin à la communication, raccrocha brutalement, se leva d'un bond.

— Professeur Flin ! s'écria-t-il en allant à eux d'un air affairé. Comment vas-tu, mon ami ?

— *Kwaïs, sahebee*, répondit Flin en l'embrassant sur les deux joues. Freya, voici Majdi Rassoul, le meilleur photographe archéologique d'Egypte...

Freya et Majdi se serrèrent la main.

— Tenez-vous sur vos gardes, avertit l'Egyptien en souriant. C'est un bourreau des cœurs.

Freya regarda par terre, dit qu'elle n'y manquerait pas.

Ils échangèrent encore quelques menus propos, Majdi expliquant longuement qu'il venait de dénicher une boîte de négatifs inédits sur verre d'Antonio Beato – « Vieux de cent cinquante ans et encore jamais vus ! Des raretés, des vraies raretés ! » –, avant que Flin n'oriente la conversation vers l'objet de leur visite :

— J'ai besoin d'un service, dit-il. Des photos à développer Rapidement, si possible. Tu peux le faire ?

— J'espère bien ! répondit Majdi en tendant la main C'est un studio de photo, après tout.

Sur un signe de tête de Flin, Freya ouvrit son sac à dos et lui tendit l'appareil photo et le boîtier en plastique.

— Ils étaient dans le désert, expliqua Flin. Probablement depuis des années et je n'ai donc pas beaucoup d'espoir...

— Tout dépend de ce que tu veux dire par « dans le désert », rétorqua Majdi en retournant les objets dans ses mains.

Il examina d'abord le Leica, puis le boîtier, retira le couvercle et fit glisser la pellicule utilisée dans la paume de sa main.

— S'ils étaient au sommet d'une dune en plein soleil, alors, oui, la pellicule est cuite, impossible de la développer. En revanche, s'ils étaient protégés...

— Ils étaient dans un sac de toile, intervint Freya.

— En ce cas, il se peut qu'on en tire quelque chose. Je vais commencer par le rouleau... la pellicule de l'appareil pourrait donner plus de fil à retordre. Vous voulez le service « développement-pendant-que-vous-attendez » ?

Flin sourit.

— Ce serait parfait.

— Ou sa version haut de gamme, « le-développement-de-luxe pendant-que-vous-attendez-avec-thé-offert » ?

— Encore mieux.

Majdi cria quelque chose dans la cage de l'escalier en colimaçon et, après avoir laissé l'appareil photo sur le bureau devant lequel il était assis, il alla à la porte de l'autre côté de la pièce et l'ouvrit. La chambre noire apparut : évier, bac de développement, meuble de séchage, boîte lumineuse, étagères couvertes de flacons de produits chimiques.

— Accordez-moi vingt minutes, dit-il en lançant en l'air le rouleau de pellicule avant de le rattraper.

Il fit un clin d'œil, entra dans la chambre noire et referma la porte derrière lui.

— Et pas de bécotage sur le canapé ! lança-t-il.

Ils restèrent là un moment, embarrassés par le commentaire de l'Egyptien, Freya maintenant plus calme, son pouls revenu à la normale après la frénésie de la poursuite à travers la ville.

— Ça va ? demanda enfin Flin.

Elle hocha la tête.

— Sûr ?

Autre hochement de tête.

— Et vous ? interrogea-t-elle en retour.

Il leva les paumes.

— Je suis dans un musée. Ça ne pourrait aller mieux.

Freya sourit, plus pour saluer sa tentative de faire de l'humour que parce qu'elle était réellement amusée. Ils se regardèrent dans les yeux, ne sachant trop que dire, ni comment exprimer le choc provoqué par ce qu'ils venaient de vivre.

— Savez-vous qui étaient ces hommes ? finit-elle par demander.

Il haussa les épaules et fit non de la tête.

— Pas les Marx Brothers, en tout cas.

Cette fois-ci, elle ne sourit pas. Flin lui pressa le bras de manière rassurante.

— Tout ira bien, dit-il. Croyez-moi. Nous allons nous en sortir.

Ils restèrent là un moment sans bouger, à se regarder. Puis, comme gênés par cette intimité, ils s'éloignèrent l'un de l'autre. Freya se jeta dans un fauteuil en cuir et se mit à feuilleter un livre d'images aériennes des monuments égyptiens ; Flin alla nonchalamment jusqu'aux boîtes d'archives qui couvraient le mur, passa les doigts sur les étiquettes sépia à moitié décollées, en tira une au hasard – « Bas-Reliefs » – et en parcourut distraitement le contenu. Un vieil homme apparut, avec deux verres de thé, versa du sucre dedans avant de s'en aller d'un pas traînant. Un moineau entra en voletant par l'une des fenêtres, se percha quelques instants sur un ventilateur avant de filer par où il était venu.

Vingt minutes passèrent. Vingt-cinq. Une demi-heure. Trois quarts d'heure s'étaient presque écoulés avant que ne s'ouvre à nouveau la porte de la chambre noire, par laquelle Majdi passa la tête.

— Ça a marché ? s'enquit Flin en se dirigeant vers lui.

L'Egyptien avait les sourcils froncés. Il semblait passablement moins jovial qu'avant.

— J'ai développé les photos, si c'est ce que tu entends par là, mais je dois dire... Bon, je ne voudrais pas passer pour pudibond, cependant...

Il secoua la tête et leur fit signe d'approcher.

— Mieux vaut que vous veniez voir par vous-mêmes.

Flin et Freya échangèrent des regards intrigués et le suivirent dans la chambre noire. La lumière était maintenant allumée, une unique ampoule nue suspendue au plafond. Majdi ouvrit le placard de séchage et en sortit une longue bande de négatifs. Il la posa sur la boîte lumineuse, éteignit l'ampoule tout en actionnant un interrupteur sur le côté de la boîte. Une lueur fluorescente filtra à travers sa surface en plexiglas, éclairant les images.

— Je veux dire, je suis aussi large d'esprit que n'importe qui, reprit-il, tendu, en s'écartant pour leur faire de la place. Mais vraiment... nous sommes dans un musée, pas dans un sex-shop.

Ils se penchèrent pour regarder les négatifs. Il leur fallut un moment pour comprendre ce qu'ils voyaient. Ils restèrent alors bouche bée, à la fois horrifiés et perplexes.

— Ça alors, murmura Flin.

Les photos – en noir et blanc – étaient celles d'une grosse femme, pas laide, qui portait des bas, des jarretelles, un string et un soutien-gorge à balconnet, bien qu'après deux ou trois clichés soutien-gorge et string se soient volatilisés, découvrant ses seins, ses parties génitales couvertes d'une toison luxuriante et, point de mire de la plupart des photos, son postérieur, extrêmement généreux. Elle se trouvait apparemment dans une chambre d'hôtel, sur un lit, parfois couchée sur le dos, les jambes aussi écartées que celles d'une gymnaste, la plupart du temps à quatre pattes, les fesses dirigées vers l'objectif, une main entre les cuisses, en train de s'enfoncer dans le vagin une banane anormalement grosse.

— Je ne mangerai plus jamais de tarte à la banane caramélisée, dit Majdi d'un air sombre en tripotant ses lunettes. Qu'est-ce qui t'a pris de prendre...

— Je... je ne les ai pas prises, nom de Dieu, bafouilla Flin. Bon sang, Majdi, tu ne crois pas que...

Il s'interrompit, marmonnant dans sa barbe en secouant la tête.

— Nous ne savons pas qui les a prises, intervint Freya, qui paraissait bien moins gênée que les deux hommes. L'appareil photo a été trouvé dans le désert. Nous espérions que les photos nous apprendraient qui était son propriétaire et ce qu'il faisait là.

— De l'exploration, apparemment, dit Majdi en penchant la tête de côté pour jauger une posture particulièrement acrobatique. Comment peut-elle arriver…

— Je t'en prie, dit Flin d'un ton brusque.

Il y avait trente-six photos en tout, et ils les examinèrent une à une. A la moitié, Freya estima que c'était une perte de temps et sortit de la pièce. Flin resta là, courbé sur la boîte lumineuse. Majdi vaquait à ses occupations derrière lui pendant qu'il passait méthodiquement en revue les photos restantes, les étudiant attentivement à tour de rôle dans l'espoir apparemment vain qu'elles pourraient révéler quelque chose d'utile. En arrivant aux dernières, cependant, même Flin avait accepté l'idée que c'était une cause perdue, et il commençait à se redresser quand il se contracta soudain et se pencha à nouveau, le visage à quelques centimètres du plexiglas.

— Qu'est-ce qu'elle fait ? demanda Majdi, qui avait remarqué son regain d'intérêt et se penchait à côté de lui.

Flin ignora sa question :

— Il me faut un tirage de celle-là, dit-il d'un ton pressant, tout excité, en tapotant le dernier cliché du rouleau de pellicule.

— Flin, tu es un vieil ami, mais ce n'est vraiment pas le lieu…

— Il n'y a pas de banane, Majdi, c'est promis.

L'Egyptien laissa échapper un soupir exaspéré.

— D'accord, d'accord.

Il prit vivement une feuille de papier photographique Ilford dans une pile posée sur l'une des étagères et, après avoir fait sortir l'Anglais de la chambre noire, en referma la porte.

— Vous avez trouvé quelque chose ? demanda Freya en levant les yeux.

— Peut-être que oui, peut-être que non, répondit Flin. Majdi est en train de faire un tirage.

— Qu'est-ce que c'est ?

— Attendons le tirage.

Elle essaya d'en savoir davantage, mais il éluda les questions et fit les cent pas avant d'aller frapper à la porte de la chambre noire.

— C'est prêt ? s'enquit-il.

— Laisse-moi travailler.

— Tu en as pour combien de temps ?

— Dix minutes.

Flin reprit ses allées et venues, sans cesser de jeter des coups d'œil à la pendule murale et de se donner nerveusement des tapes sur la cuisse, puis la porte de la chambre noire se rouvrit et son ami apparut, un cliché A4 sur papier brillant à la main. Flin se hâta vers lui et lui arracha presque le tirage de la main tandis que Freya s'approchait, elle aussi.

Elle ne savait pas trop à quoi s'attendre… des dunes, peut-être. Ou une photo de Rudi Schmidt, quelque indice de la raison pour laquelle sa sœur s'était intéressée à lui. La photo n'apportait aucune des réponses qu'elle espérait. Elle ne semblait même pas avoir été prise dans le désert. Une sorte d'énorme porte ou entrée en pierre, voilà ce qu'elle représentait, une porte envahie par une végétation luxuriante, comme si l'édifice auquel elle donnait accès avait été depuis longtemps abandonné et que la nature avait repris ses droits. Elle se pencha plus près, essayant de comprendre ce que c'était, fixant des yeux les battants en bois rectangulaires, la silhouette de l'oiseau sculpté dans le linteau, les hautes tours trapézoïdales qui la flanquaient. Elle regarda un moment, puis montra du doigt l'image gravée sur le flanc de chaque tour : un obélisque entourant un curieux motif composé d'une croix surmontée par une boucle.

— J'ai déjà vu ça, dit-elle. Sur l'obélisque miniature en argile qui était dans le sac de Rudi Schmidt, celui dont je vous avais parlé.

Flin ne répondit pas et continua de fixer la photo des yeux. Elle tremblait légèrement dans sa main.

— La cité de Zerzura est blanche comme une colombe, murmura-t-il. Et sur sa porte est sculpté un oiseau.

— Qu'est-ce que ça veut dire ?

Il ne répondit pas davantage, apparemment perdu dans ses pensées. Après avoir regardé la photo encore un moment, il traversa la pièce, ramassa le Leica et le tendit à Majdi.

— Il faut développer la pellicule qui est là-dedans, dit-il d'un ton pressant. Il faut la sortir de l'appareil et la développer…

— Flin, je suis ravi de rendre service, mais il y a d'autres choses que je suis censé…

— Nous devons développer cette pellicule, Majdi. J'ai besoin de savoir ce qu'il y a dessus. Fais-le maintenant. S'il te plaît.

L'Egyptien cligna des yeux, déconcerté par la brusquerie de son ami. Puis, avec un hochement de tête, il prit l'appareil.

— C'est si important que ça ?

— Ça l'est, crois-moi.

L'Egyptien retourna l'appareil dans ses mains.

— Ça va sans doute prendre plus de temps que l'autre rouleau, dit-il. Le rembobinage est foutu, le boîtier va probablement être plein de sable – les Leica sont connus pour ce genre de désagréments –, et même si j'arrive à sortir la pellicule, rien ne garantit…

Il haussa les épaules.

— Je vais voir ce que je peux faire. Accorde-moi quarante minutes. Je saurai alors si c'est récupérable ou non.

Il retourna dans la chambre noire.

— Merci, *sahebee* ! lança Flin, avant d'ajouter : Et désolé de t'enquiquiner.

Majdi agita la main pour signifier que cela n'avait pas d'importance.

— Tu es égyptologue. Ça va avec.

Il se retourna, fit un clin d'œil et disparut dans la chambre noire, les laissant encore une fois seuls tous les deux.

— Vous voulez me dire ce qui se passe ? demanda Freya. Quel est cet endroit ?

Flin regardait de nouveau le cliché en secouant doucement la tête comme s'il avait peine à en croire ses yeux, un sourire esquissé aux coins de la bouche. Il y eut un long silence.

— Je ne puis en être absolument certain tant que je n'aurai pas vu ce qu'il y a sur l'autre pellicule, dit-il finalement.

— Mais vous croyez savoir ce que c'est.

Autre silence, puis :

— Oui, je crois.

Il leva les yeux vers elle. Il était pâle, les traits tirés, mais ses yeux brillaient et le contraste semblait rehausser la beauté de son visage.

— Je crois qu'il s'agit d'un endroit appelé Zerzura.

— Qui se trouve où, précisément ?

Au grand dam de Freya, une fois de plus il ne répondit pas. Il regarda encore la photo, puis sa montre. Prenant une décision, il sortit son portable de la poche de son jean, composa un numéro en allant à l'autre bout de la pièce, hors de portée de voix. Elle écarta les mains comme pour dire : « Mais enfin qu'est-ce qui se passe ? », mais il se contenta de lever la paume vers elle pour lui intimer le silence et parla rapidement dans le téléphone. Quand il eut fini, il remit le portable dans sa poche, retraversa la pièce et la prit par le bras.

— Vous vous y connaissez un peu, en histoire de l'Egypte ancienne ? lui demanda-t-il en l'entraînant vers l'escalier en colimaçon.

— A peu près autant qu'en physique quantique.

— D'accord. Le moment est venu de vous donner un rapide cours intensif.

Yasmine Malouff avait un secret qu'elle cachait à ses parents, à ses frères et sœurs, à son mari Hosni et aussi à son employeur américain. Elle fumait.

Pour un secret, il n'avait rien de particulièrement fracassant. Cependant, à son avis, ce n'était pas quelque chose dont une dame devait faire étalage. Alors que cela n'aurait probablement pas beaucoup perturbé Hosni s'il l'avait découvert, sa famille l'aurait certainement désapprouvée. Et M. Angleton lui avait clairement fait savoir qu'il ne tolérait pas qu'on fume pendant le travail. Elle pouvait faire tout ce qui lui chantait dans la chambre d'hôtel, lui avait-il dit – « Vous pouvez même travailler à poil si ça vous aide à vous concentrer » –, mais les cigarettes et « cette puanteur de cendres froides » étaient strictement prohibées.

Elle ne fumait pas beaucoup – trois ou quatre Cleopatra Light par jour –, et il ne lui était guère difficile de s'en passer pendant qu'elle assurait sa permanence à la station d'écoute. C'est seulement en fin d'après-midi que le besoin devenait insupportable. Elle fermait alors la porte à clé, prenait l'ascenseur jusqu'à l'étage du dessous, se mettait près d'une fenêtre ouverte au bout du couloir et allumait une cigarette.

Aujourd'hui, pour une raison inconnue, le besoin de fumer était encore plus fort que d'habitude. Après avoir fini une cigarette, elle en alluma immédiatement une autre, et sa pause habituelle de cinq minutes se prolongea jusqu'à dix. Puis elle s'aperçut qu'elle n'avait plus de pastilles à la menthe et elle dut prendre l'ascenseur jusqu'au rez-de-chaussée pour se réapprovisionner à la boutique. Lorsqu'elle revint dans la chambre, son haleine masquée comme il convenait, toute trace de cendre époussetée sur sa robe, elle s'était absentée pendant près de vingt minutes. Ce qui aurait été sans conséquence si entre-temps le portable de Molly Kiernan n'avait pas reçu un appel, le signal rouge du magnétophone à l'écoute de ce numéro clignotant furieusement quand elle franchit la porte.

Un appel vers tout autre numéro n'aurait pas été un problème. Lors de sa visite un peu plus tôt dans l'après-midi, M. Angleton lui avait dit expressément qu'il tenait à être informé sur-le-champ de tout appel vers le Nokia de Kiernan. Yasmine Malouff claqua la porte derrière elle, jeta son sac à main sur le lit et se précipita vers le magnétophone. Elle saisit son bloc-notes et son stylo, appuya sur le bouton « play » en s'asseyant, prête à transcrire. Sifflement de parasites, puis une voix, basse et pressante :

« Molly, c'est Flin. Je suis au Musée égyptien. Avec Freya Hannen. Nous faisons développer des photos – je vous expliquerai plus tard – et je la conduis ensuite à l'ambassade américaine. Vous pouvez nous y retrouver ? C'est urgent, Molly, vraiment urgent... Merci. »

Fin de la communication.

Elle repassa l'enregistrement pour s'assurer qu'elle l'avait bien retranscrit, puis, décrochant le téléphone spécial qu'Angleton avait fait installer dans la chambre, elle composa un numéro. Son correspondant décrocha après deux sonneries.

— Monsieur Angleton, c'est Yasmine Malouff. Il y a eu un appel sur le portable de Kiernan. Voici la transcription...

Elle prit son bloc-notes et commença à lire.

— Ce n'est pas risqué ? demanda Freya lorsque Flin la ramena dans le musée.

Elle avait toujours en tête l'image nette des jumeaux, et l'immense galerie envahie par la foule lui semblait bien moins sûre que l'espace confiné du studio de photo.

— Et s'ils étaient encore à notre recherche ?

— Cela fait plus d'une heure, répondit Flin en s'arrêtant près d'un gigantesque sarcophage en pierre et en scrutant du regard la galerie devant eux. S'ils ont pensé à venir ici, je suppose qu'ils l'ont déjà fait et sont repartis. Mais je ne peux le garantir, alors ouvrez l'œil. Si vous voyez quoi que ce soit...

— Qu'est-ce que je fais ?

Il haussa les épaules.

— Vous partez en courant.

Il regarda alentour encore un moment, puis avança le long de la galerie, la photo de la porte de pierre toujours à la main, Freya à son côté. Il semblait sinon détendu, du moins plus calme et plus assuré qu'elle, comme si la présence de tant d'objets antiques diminuait en quelque sorte le danger encouru. Ils parcoururent à peu près la moitié de la vaste galerie qui résonnait du brouhaha des voix et des pas lents des visiteurs, puis Flin se mit à parler :

— Zerzura est une oasis saharienne perdue, expliqua-t-il en s'écartant du passage d'une horde d'écoliers en uniformes bleus conduits par un professeur à l'air harassé. J'en ai une bonne présentation sur PowerPoint, mais dans les circonstances présentes je crains que vous ne deviez vous contenter de la version abrégée.

— Ça me va, dit Freya, qui, mal à l'aise, lançait des regards autour d'elle, s'attendant à moitié à ce que l'un des jumeaux surgisse de derrière une statue.

— Le nom vient du mot arabe *zarzar*, continua Flin, qui se laissait entraîner par son sujet avec un enthousiasme grandissant. Qui veut dire « étourneau », « moineau », « petit oiseau ». Nous ne savons pas vraiment grand-chose du lieu, si ce n'est qu'il est mentionné pour la première fois dans un manuscrit médiéval intitulé *Kitab al-Kanouz*, le « Livre des Perles cachées », et qu'il est censé se trouver à proximité du Guilf Kébir, bien que De Lancey Forth le situe dans la Grande Mer de Sable, et que Newbold…

Il se rendit compte qu'elle ne suivait plus, s'interrompit et leva les mains au ciel.

— Désolé, trop d'informations à la fois. C'est l'un des risques que l'on court à passer sa vie immergé dans ces choses-là : on ne peut jamais les dire simplement. Tout ce qu'il vous faut savoir pour l'instant, c'est qu'il s'agit d'une oasis perdue et que la plupart de ceux qui ont exploré le désert au début du XX^e^ siècle – Ball, Kémal el-Din, Bagnold, Almásy, Clayton – ont essayé de la découvrir en vain. C'est en fait la recherche de Zerzura qui a motivé ces premières explorations.

Ils arrivèrent à la rotonde surmontée d'un dôme à l'entrée du musée et continuèrent tout droit, dans la galerie dévolue à l'Ancien Empire, aux murs garnis de statues, de hauts et bas-reliefs sculptés.

— Beaucoup ont argué que Zerzura n'existait pas, poursuivit Flin, absorbé par son discours, apparemment oublieux des objets exposés de chaque côté et de la foule – contrairement à Freya, nerveuse, qui continuait de jeter des coups d'œil devant et derrière eux. Que tout ça est une légende. Comme l'Eldorado, Shangri-La ou l'Atlantide… l'une de ces histoires séduisantes, mais en définitive imaginaires, que les régions sauvages comme les déserts ont tendance à inspirer. Pour ma part, j'ai toujours été persuadé qu'elle existait et que Zerzura était un autre nom, bien plus tardif, de ce que les anciens Egyptiens appelaient la *wehat seshtat*, l'Oasis secrète.

Il lança un regard de côté pour s'assurer que Freya suivait bien ; elle hocha la tête.

— Malheureusement, comme pour Zerzura, nous ne savons pas grand-chose de la *wehat seshtat*, reprit Flin, les sourcils légèrement froncés, apparemment contrarié par ce manque d'informations. A une notable exception près, sur laquelle je reviendrai dans un instant, les données sont toutes extrêmement incomplètes et difficiles à interpréter : quelques fragments de papyrus, des pétroglyphes très endommagés, une ou deux inscriptions et une mention assez confuse dans l'*Ægyptiaca* de Manéthon… je ne vous ennuierai pas en les passant en revue. Au fond, ce que nous avons réussi à déterminer – et je le répète, une grande partie de tout cela est sujette à interprétation –, c'est qu'il s'agirait d'une gorge ou d'un oued profond sur le flanc est du Guilf Kébir, et qu'elle existerait depuis une date très reculée, avant même que le Sahara ne soit devenu un désert…

— Cela fait combien de temps, exactement ? coupa Freya, qui, malgré sa nervosité, était de plus en plus captivée par son exposé.

— Il est difficile de donner une date précise, dit-il en la regardant à nouveau, apparemment ravi qu'elle manifeste enfin de l'intérêt pour le sujet. Mais on parle d'au moins dix ou vingt mille ans avant Jésus-Christ, peut-être même du paléolithique moyen.

Le terme ne disait rien à Freya, mais elle ne chercha pas à en savoir davantage, ne souhaitant pas l'interrompre encore.

— En tout cas, cela remonte à la nuit des temps, continua Flin, reprenant le fil de ses explications. Même alors, cette gorge, cette oasis, quel que soit le nom qu'on lui donne, paraît avoir été considérée comme un lieu d'une importance religieuse suprême et sa situation exacte est restée un secret soigneusement gardé. Quand et pourquoi elle a commencé à être tenue pour tel, nous l'ignorons, mais elle semble avoir conservé ce prestige jusqu'à la fin de l'Ancien Empire. A peu près deux mille ans avant Jésus-Christ. Après quoi, la connaissance de la situation géographique de l'oasis se perd et elle disparaît de l'Histoire.

Ils atteignirent le bout de la galerie et prirent un escalier, la foule des touristes s'éclaircissant à mesure qu'ils montaient vers l'étage supérieur du musée. C'était plus calme qu'au rez-de-chaussée. Ils reprirent en sens inverse le chemin par lequel ils étaient venus, vers la rotonde, et entrèrent dans une petite salle latérale déserte où des objets en pierre et argile simples, d'une époque manifestement très antérieure à celle de tout ce qu'ils avaient vu jusque-là, étaient exposés dans des vitrines. Il s'arrêta devant l'une d'elles et montra du doigt ce qu'elle contenait. Freya reconnut immédiatement, encadrés par deux peignes en ivoire et un grand bol en terre cuite, trois objets : des petits obélisques en argile, à peu près de la longueur d'un doigt, chacun gravé du même symbole que celui qu'arborait l'obélisque trouvé dans le sac de Rudi Schmidt. Elle lut l'étiquette explicative : « Miniatures votives Benben, prédynastiques (v. 3000 av. J.-C.), Hiérakonpolis ».

— Qu'est-ce qu'un Benben ? demanda-t-elle, la pensée de leurs poursuivants passant de plus en plus à l'arrière-plan.

— Le Benben, corrigea Flin en se penchant près d'elle, son coude contre le sien. Je crains qu'il ne nous faille faire maintenant une petite digression dans le monde assez complexe de la cosmologie de l'Egypte ancienne. Je vais essayer de simplifier...

— Allez-y.

Un jeune couple s'approcha de la vitrine, regarda son contenu un moment, aucun des deux ne paraissant particulièrement intéressé, avant de poursuivre son chemin. Flin attendit qu'ils soient hors de portée de voix, puis reprit la parole :

— Le Benben était un élément essentiel de la religion et de la mythologie de l'Egypte ancienne, expliqua-t-il. A bien des égards, l'élément principal. Symboliquement, il représentait le monticule de terre primordial, la première petite montagne à émerger de Noun, l'océan primitif du Chaos. Selon les textes des pyramides – l'ensemble le plus ancien d'écrits religieux égyptiens que nous connaissions –, Rê-Atoum, le dieu créateur, vola à travers les ténèbres de Noun sous la forme de l'oiseau Bénou...

Il tapota la photo qu'il avait à la main, montrant l'oiseau à longue queue sculpté dans le linteau de la porte.

— ... et atterrit sur le Benben, d'où son chant s'éleva dans le premier lever de soleil. D'où le nom, de l'égyptien *weben*, « s'élever dans la lumière éclatante »...

Le jeune couple repassa près d'eux, la fille parlant maintenant dans son portable. Flin attendit de nouveau qu'ils soient partis pour reprendre son explication, le visage contre la vitrine, le coude toujours contre celui de Freya :

— Cependant, le Benben n'était pas seulement un symbole. Nous savons, grâce à des inscriptions et des textes anciens, qu'il avait une réalité matérielle : c'était un rocher en forme d'obélisque. Certains éléments indiquent que ç'aurait été à l'origine un météorite, ou une partie de météorite, quoique les textes pertinents soient complexes et sujets à interprétation. Ce que nous savons, c'est que le Benben était hébergé dans le sanctuaire intérieur du grand temple du soleil d'Iounou et que, de l'avis de tous, il possédait d'extraordinaires pouvoirs surnaturels...

Freya poussa un grognement amusé.

— Je sais, je sais, tout ça fait penser aux *Aventuriers de l'arche perdue*, mais un assez grand nombre de sources le corroborent, dont une provenant des archives royales de Sumer, et leurs descriptions concordent remarquablement. Selon elles, pendant les batailles, le Benben était traîné à la tête de l'armée du pharaon, émettait un son étrange et une lumière aveuglante, qui anéantissaient complètement l'ennemi. Ce qui explique peut-être deux des autres noms qui le désignaient : *khérou-en Sekhmet*, la Voix de Sekhmet – Sekhmet étant l'ancienne déesse égyptienne de la guerre –, et *iner-en sedjet*, la Pierre de Feu. Soit dit en passant, c'est ce qu'est le symbole.

Il montra le motif sculpté sur le côté de l'obélisque d'argile.

— Le *sedjet*, le hiéroglyphe désignant le feu. L'extrémité en forme de croix représente un brasero d'où monte une flamme...

Il s'interrompit un instant, en levant les mains, déplorant à nouveau sa loquacité.

— Mais je m'égare. L'important est que le Benben et la *wehat seshtat* – l'Oasis secrète – sont inextricablement liés et que l'on ne peut parler de l'un sans évoquer l'autre. Il semble que la pierre était à l'origine logée dans un temple situé à l'intérieur de l'oasis – comme je l'ai dit, nous parlons d'une époque antérieure de plusieurs dizaines de milliers d'années à l'ère chrétienne, bien avant que la vallée du Nil n'ait été colonisée. Et quoique nous ne puissions avoir de certitude à ce propos, certaines données laissent à penser que la raison pour laquelle l'oasis était considérée comme si sacrée au départ est que le Benben y a été découvert. Tous les deux forment un ensemble. C'est pourquoi, outre *wehat seshtat*, l'oasis a aussi été appelée *inet benben*, la vallée du Benben.

Il lança un regard de côté, craignant d'avoir noyé Freya sous un excès d'informations. Elle se contenta de hocher la tête et leva le pouce pour signifier qu'elle suivait ; après avoir regardé une dernière fois dans la vitrine, il lui donna le signal du départ et l'entraîna hors de la salle. Ils passèrent sous le dôme de la rotonde et empruntèrent une galerie en mezzanine qui surplombait l'atrium.

— Il y a une autre raison pour laquelle le Benben a un rapport avec tout cela, dit-il en levant la photo qu'il avait à la main. C'est que la description la plus claire et détaillée que nous possédions de l'Oasis secrete se trouve dans un texte spécifiquement lié au Benben. Par ici...

Ils tournèrent à droite dans une autre salle, elle aussi déserte, où était exposée une collection de papyrus couverts de hiéroglyphes. Une vitrine qui arrivait à hauteur de la poitrine occupait presque tout le fond de la pièce. Flin y alla, s'arrêta devant, un sourire mélancolique jouant aux commissures de ses lèvres. Contrairement aux autres papyrus exposés, dont la plupart étaient magnifiquement exécutés, avec de belles couleurs et une ornementation complexe, ce document-là semblait terne et brouillon, ses hiéroglyphes donnaient l'impression de tanguer et de se heurter, comme tracés à la hâte. En fait, ils n'avaient même pas l'air de véritables hiéroglyphes ; les symboles, bâclés, gribouillés, se chevauchaient et rappelaient plus l'écriture arabe que les pictogrammes égyptiens traditionnels. Freya se pencha pour lire la note explicative fixée au mur derrière la vitrine.

*PAPYRUS D'IMTI-KHENTIKA*
*Trouvé dans la tombe d'Imti-Khentika,*
*grand prêtre d'Iounou/Héliopolis,*
*VI$^{e}$ dynastie, règne de Pépi II*
*(v. 2246-2152 avant J.-C.)*

— En dépit des apparences, dit Flin, c'est le papyrus le plus important de la salle. A l'exception de la liste des rois de Turin et des textes d'Oxyrhynchos, c'est sans doute le plus important d'Egypte, point final.

Il posa les mains sur le dessus en verre de la vitrine et il y avait presque de la vénération dans la façon dont il regardait son contenu. Il y eut un silence.

— Il a été découvert voilà quarante ans, finit-il par expliquer en passant doucement la main sur le verre comme s'il caressait un animal rare. Par un certain Hassan Fadaoui, l'un des plus grands archéologues qui aient jamais vu le jour en Egypte et un vieil...

Il s'apprêtait à dire « ami à moi », du moins à ce qu'il sembla à Freya, mais, après une pause infime, il ajouta :

— ... un vieux collègue. C'est une histoire aussi extraordinaire que celle de Carter et Toutankhamon, poursuivit-il. Fadaoui n'avait alors que vingt ans et venait de sortir de l'université. Il effectuait un travail routinier de déblaiement dans la nécropole des prophètes – le cimetière des grands prêtres d'Iounou – et trouva par hasard la tombe d'Imti-Khentika. Les scellés de la porte étaient intacts, ce qui veut dire que la sépulture l'était aussi, exactement dans l'état où elle était le jour où elle avait été fermée, quatre mille ans plus tôt. Je ne saurais exagérer l'importance de cette découverte : il s'agit de l'une des rares sépultures intactes de l'Ancien Empire qu'on ait trouvées, antérieure de près d'un millénaire à celle de Toutankhamon.

Alors qu'il connaissait manifestement bien le papyrus et son histoire, le ton de sa voix était encore empreint de stupéfaction. Son enthousiasme était contagieux, et Freya complètement captivée, toutes ses craintes momentanément oubliées, comme si elles participaient d'une autre réalité.

— Et qu'y avait-il dedans ? demanda-t-elle, impatiente, en levant les yeux vers lui.

Flin marqua une pause, comme s'il préparait une révélation fracassante. Puis :

— Rien, répondit-il, les yeux brillants de malice.

— Rien ?

— Lorsque Fadaoui a pénétré dans la tombe, elle était vide. Aucune décoration, aucun objet, aucune inscription, pas de corps. Rien, si ce n'est un petit coffret en bois contenant...

Il tapota du doigt le cadre de la vitrine.

— Ce fut extrêmement embarrassant. Toute la presse mondiale était là pour l'ouverture de la sépulture, le président Nasser... Fadaoui se sentait ridicule. Jusqu'à ce qu'il lise ce qui était écrit sur le papyrus. Il se rendit compte alors que la tombe revêtait une importance encore plus grande que si elle avait recelé un trésor.

Quelque chose dans la façon dont Flin avait dit cela provoqua des picotements le long de la colonne vertébrale de Freya. Etrange, pensa-t-elle, qu'avec tout ce qui lui arrivait depuis quelque temps un cours d'histoire la passionne autant. Elle le pressa de continuer.

— C'est un document extraordinairement compliqué, de toute évidence écrit à la hâte. En écriture hiératique... une sorte de sténo hiéroglyphique. La discussion va toujours bon train sur la question de savoir comment en interpréter certaines parties, mais c'est pour l'essentiel un tableau de la vie d'Imti-Khentika et de son temps... une biographie, si vous préférez – et il explique aussi pourquoi son corps n'a jamais été inhumé dans la tombe qu'il s'était fait préparer. Je ne prendrai pas la peine de vous le traduire du début à la fin car la première partie (il la montra de la main) ne nous est pas particulièrement utile ; c'est seulement une énumération interminable des divers titres d'Imti, de ses fonctions de grand prêtre, les formules habituelles. C'est à partir d'ici que ça devient intéressant, expliqua-t-il en touchant le dessus de la vitrine, à peu près au milieu du papyrus. A brûle-pourpoint, notre ami se lance dans une description longue et décousue de la situation politique contemporaine, le seul compte rendu un tant soit peu détaillé dont nous disposions des dernières années de l'Ancien

Empire et de son effondrement dans le chaos des querelles intestines de la Première Période intermédiaire.

Freya n'avait aucune idée de ce que c'était, mais, comme auparavant, elle ne releva pas, ne voulant pas l'interrompre.

— C'est extrêmement embrouillé, continua Flin, et j'interprète beaucoup, mais au fond Imti explique comment l'Egypte s'est désintégrée. Le pharaon Pépi II est vieux et fou – il est à ce moment-là sur le trône depuis quatre-vingt-treize ans, le plus long règne de l'Histoire –, et l'autorité centrale s'est effondrée. C'est une période de famine, de guerre civile, d'invasions étrangères, d'anarchie. Pour reprendre les mots d'Imti, Maat, la déesse de l'ordre, a été supplantée par Seth, le seigneur des déserts, du chaos, des conflits et du mal.

Flin avait commencé à se déplacer le long de la vitrine, suivant le récit à mesure qu'il se déroulait.

— Selon Imti, confrontés à cet écroulement généralisé, les principaux personnages du pays se réunirent en une assemblée secrète et prirent une décision capitale : pour sa sauvegarde et empêcher qu'elle ne tombe entre les mains d'« infâmes », la pierre Benben devait être retirée du temple d'Iounou et, sous la gouverne d'Imti, ramenée dans le désert...

Il s'interrompit, se pencha sur la vitrine et commença à lire, sa voix devenue soudain plus profonde et sonore, comme si elle venait d'un lointain passé.

— ... *set ityou-en wehat seshtat inet-djeseret mehet wadjet er-imenet er-djerou ta em-khet sekhet-sha em ineb-aa en-Setekeh*, soit : « le lieu de nos ancêtres, l'Oasis secrète, la vallée sacrée luxuriante et verdoyante, à l'extrême ouest, au bout du monde, au-delà des champs de sable, à l'intérieur de la grande muraille de Seth »...

Il leva les yeux vers elle, le visage légèrement empourpré.

— Extraordinaire, ne trouvez-vous pas ? Comme je l'ai dit, c'est de loin la description la plus claire et détaillée que nous ayons de l'oasis.

— Vous trouvez ça clair ? Moi, je...

— Clair comme de l'eau de roche à l'aune de l'Egypte ancienne. Les champs de sable, c'est la Grande Mer de Sable, la muraille de Seth est le flanc est du Guilf Kébir. Seth étant, comme je l'ai indiqué, le dieu des déserts de l'Egypte ancienne. A défaut d'un code postal, on ne saurait être plus précis que ça. Et ce n'est pas tout.

Il se déplaça à nouveau le long de la vitrine.

— Imti entreprend ensuite de décrire l'expédition – ce qui est très intéressant, étant donné qu'il en a fait le récit avant même de se mettre en route et rapporte donc des événements à venir. Là encore, je ne traduirai pas tout mot à mot, mais la dernière partie est importante...

Il s'arrêta vers la fin du papyrus, se pencha une fois de plus et se mit à lire, sa voix reprenant un timbre profond et sonore :

— « Et nous arrivâmes donc au bout du monde, à la muraille occidentale, et l'Œil de Khépri était ouvert. Nous passâmes par la Bouche d'Osiris, nous entrâmes dans l'Inet Benben, nous arrivâmes au *hout aat*, le grand temple. Ici est ta demeure, ô Pierre de Feu, d'où tu es venue au commencement de toutes choses et où tu es maintenant de retour. C'est la fin. Les portes sont fermées, les formules magiques de dissimulation sont prononcées, les Deux Malédictions sont proférées – puissent les infâmes être broyés entre les mâchoires de Sobek et engloutis dans le ventre du serpent Apep ! Moi, Imti-Khentika, le plus grand des prophètes, ne reviendrai pas de ce lieu, car telle est la volonté des dieux que ma tombe reste vide pour l'éternité. Puissé-je marcher par les beaux chemins, puissé-je franchir le firmament, puissé-je manger au côté d'Osiris. Rê-Atoum soit loué ! »

Il s'arrêta et se redressa. Freya attendit la suite, mais il n'y en eut pas.

— C'est tout ?

Elle ne pouvait cacher sa déception. Après toute la montée en puissance du récit, elle s'attendait, sinon à une révélation renversante, du moins à quelques éclaircissements, à quelque allusion à ce qui se passait et à la raison pour laquelle cela se passait. Au lieu de ça, tout lui semblait encore plus confus et obscur que lorsque Flin s'était lancé dans ses explications. L'Œil de Khépri, la bouche de Dieu sait qui, des malédictions et des serpents... rien de tout cela ne signifiait quoi que ce soit pour elle. Elle avait l'impression d'avoir été entraînée dans un labyrinthe compliqué pour finalement se retrouver au point de départ sans jamais avoir approché du centre.

— C'est tout ? répéta-t-elle.

Flin haussa les épaules en guise d'excuse.

— Ainsi que je l'ai dit, il n'y a pas beaucoup d'informations à tirer de tout cela. Vous en savez maintenant à peu près autant que moi.

Il y eut un tohu-bohu soudain à l'entrée d'un groupe de touristes, guidés par une femme qui levait un parapluie plié. Ils traversèrent la salle et sortirent par la porte de l'autre côté, sans un seul regard à ce qui était exposé. Freya avait les yeux fixés sur le papyrus, puis elle prit la photo des mains de Flin.

— S'il est impossible de trouver cette oasis...

— ... comment Rudi Schmidt y est-il arrivé ? coupa Flin, finissant la phrase à sa place. C'est la grande question. L'un des aspects les plus embarrassants de toute l'histoire de Zerzura et de la *wehat seshtat* est que, si l'oasis est « secrète », ajouta-t-il en agitant deux doigts de chaque main pour insister sur les guillemets, il semble que des gens tombent dessus par hasard de temps à autre. Rudi Schmidt, par exemple. Ou celui qui a fourni l'information sur laquelle est fondée la description donnée dans le *Kitab al-Kanouz*, probablement un Bédouin ; des rumeurs courent depuis longtemps, selon lesquelles certaines tribus du désert connaissent son emplacement, bien que personnellement je n'aie jamais pu me faire une idée sur la question.

— Alors comment ? demanda Freya. Comment ces gens-là la trouvent-ils ?

Flin leva les mains en signe d'ignorance.

— Dieu seul le sait. Le Sahara est un lieu mystérieux, des choses mystérieuses s'y passent. Des andouilles comme moi passent leur vie à la recherche de l'oasis, et quelqu'un d'autre passe dans le coin par hasard, se prend les pieds dans une racine et tombe dedans... Ne cherchez là-dedans ni rime ni raison. Croyez-moi si vous voulez, l'explication la plus convaincante que j'aie entendue à ce propos m'a été donnée par une médium, une femme très bizarre qui habitait sous la tente, à Assouan, et prétendait être la réincarnation de l'épouse de Pépi II, la reine Neith. Elle m'a dit que des sortilèges avaient été jetés sur l'endroit pour le cacher, que plus on mettait d'acharnement à le chercher, plus il était difficile à trouver. Que seuls ceux qui n'étaient pas à sa recherche découvraient son emplacement. Pour cette perle de sagesse, je lui ai donné cinquante livres.

Il poussa un grognement sans joie et jeta un coup d'œil à sa montre.

— Venez, il est temps de retourner au studio.

Ils regardèrent une dernière fois le papyrus couvert de griffonnages et revinrent sur leurs pas à travers le musée. Une sonnerie se fit entendre, signalant la fermeture.

— Alex était-elle au courant de tout cela ? demanda-t-elle tandis qu'ils descendaient au rez-de-chaussée. De l'oasis, de la pierre... Benben ?

Flin hocha la tête.

— Nous avons passé ensemble beaucoup de temps sur le Guilf Kébir, et je la saoulais avec ça autour du feu de camp. Pour être juste, elle me rendait la monnaie de ma pièce. Ça ne me dérangerait pas de ne plus jamais entendre parler de sédiments lacustres…

Ils arrivèrent en bas de l'escalier et s'engagèrent en sens inverse dans les galeries consacrées à l'Ancien Empire. Des foules de visiteurs convergeaient vers la sortie principale, menées par des gardiens en uniforme.

— En quoi l'oasis est-elle si importante ? s'enquit Freya. Je veux dire… est-elle… vous savez…

— Pleine de pierres précieuses et d'or ?

Flin sourit.

— J'en doute beaucoup. Le *Kitab al-Kanouz* affirme que celui qui la trouve y découvre de grandes richesses, mais c'est certainement une hyperbole. Des arbres et un tas de vieilles ruines… c'est tout ce qu'il doit y avoir dans le coin. D'une immense importance sur le plan des connaissances, mais pour ceux qui vivent dans la réalité quotidienne…

Il haussa les épaules, termina sa phrase :

— … c'est sûrement sans grand intérêt.

— Et la pierre, le Benben ?

— Là encore, pour les intellos comme moi, ce serait une découverte capitale, l'un des symboles totémiques de l'Egypte ancienne… absolument capitale. Mais tout compte fait, ce n'est qu'un morceau de rocher, même s'il est unique. Ce n'est pas comme s'il était en or massif, ou quelque chose de ce genre. Il y a ici beaucoup d'objets d'une bien plus grande valeur commerciale.

Ils passèrent sous le dôme de la rotonde et se retrouvèrent dans la galerie bordée de sarcophages géants. Freya s'arrêta, leva la photo de la mystérieuse porte de pierre et posa la question qu'elle avait en tête depuis qu'elle l'avait vue la première fois :

— Alors pourquoi, bon Dieu, quelqu'un aurait-il tué ma sœur pour ça ?

Flin la regarda, puis détourna les yeux.

— Je ne sais pas, dit-il au bout d'un moment. Désolé, Freya, je ne sais vraiment pas.

De retour dans la partie administrative du musée, ils grimpèrent l'escalier en colimaçon jusqu'au service photographique. La porte de la chambre noire était encore fermée.

— Ça avance, Majdi ? lança Flin en frappant dessus.

Pas de réponse. Il frappa de nouveau, plus fort.

— Majdi ? Tu es là ?

Toujours rien. Il frappa une dernière fois, puis tourna la poignée et ouvrit la porte. Ses yeux mirent un court instant à s'habituer à l'obscurité, puis :

— Oh, mon Dieu ! Oh, non !

Freya était derrière lui, la vue bouchée par sa haute stature. Elle avança d'un pas, regarda autour d'elle et, horrifiée, prise d'un haut-le-cœur, porta la main à ses lèvres. Majdi était recroquevillé au sol, les yeux grands ouverts, la gorge tranchée d'une oreille à l'autre. Il y avait du sang partout, une nappe noire et visqueuse : sur le visage de l'Egyptien, sa chemise, ses mains, une mare autour de sa tête, pareille à une auréole.

— Oh, Majdi, gémit Flin en tapant du poing contre le chambranle de la porte. Oh, mon ami, qu'ai-je fait ?

— *Salam.*

Freya et lui se retournèrent d'un bloc. Les jumeaux étaient assis sur un canapé, de l'autre côté de la pièce. L'un d'eux tenait une pellicule développée, l'autre un couteau à cran d'arrêt maculé de sang. Sans expression, comme des douairières attendant leur commande dans un salon de thé. Martèlement sourd de pieds et quatre autres truands apparurent en haut de l'escalier. L'un d'eux avait un œil au beurre noir, le nez et la lèvre supérieure monstrueusement enflés… séquelles des coups de poing que lui avait donnés Flin dans l'ascenseur de l'Université américaine. Il cria quelque chose aux jumeaux, qui acquiescèrent. Il s'avança, le regard mauvais, fit face à Flin avant d'abattre ses énormes mains sur les épaules de l'Anglais et de lui expédier un méchant coup de genou dans l'aine. Flin s'écroula au sol, le souffle coupé par la douleur.

Pendant quelques instants, Freya fut trop secouée pour réagir. Puis, elle ferma le poing, s'apprêtant à frapper le truand. Le coup fut loin d'atteindre son but : quelqu'un lui empoigna le bras par-derrière, le lui tordit dans le dos et lui arracha la photo de la main. Elle se débattit, lança des coups de pied et jura, mais ils étaient trop forts pour elle, et quand le canon d'un pistolet fut appuyé contre sa tempe, elle comprit qu'il était inutile de résister davantage. Encore gémissant de douleur, Flin fut remis debout et fouillé, son portable tiré de sa poche et écrasé d'un coup de pied. Freya et lui furent ensuite poussés vers l'escalier, les jumeaux se levèrent et suivirent le mouvement, l'un d'eux essuyant sur un mouchoir la lame de son couteau. Lorsqu'ils commencèrent à descendre l'escalier, Freya tendit le cou pour jeter un coup d'œil en arrière, d'abord au cadavre ensanglanté de Majdi, puis à Flin.

— Je suis désolée, dit-elle d'une voix rauque, sous le choc, le visage gris. Je n'aurais jamais dû vous entraîner là-dedans, l'un et l'autre…

Flin secoua la tête.

— C'est… moi qui suis désolé… et qui n'aurais jamais… dû vous y entraîner, dit-il sur le même ton, à peine capable de parler tant il souffrait.

Avant qu'elle ait eu le temps de lui demander ce qu'il voulait dire par là, un des gangsters grommela quelque chose et lui enfonça davantage le pistolet dans le cou, l'obligeant à regarder devant elle. Ensuite, seuls le bruit de leurs pas dans l'escalier métallique et la respiration difficile de Flin rompirent le silence.

Devant le musée des Antiquités égyptiennes, assis sur le socle d'une des statues dans un coin des jardins, Cy Angleton regarda Flin et Freya, que l'on faisait sortir sans ménagement par une porte latérale. Même si Brodie boitait bas et si les hommes qui les escortaient le serraient d'un peu plus près que nécessaire, le groupe dont ils faisaient partie n'avait rien de manifestement insolite, et personne, pas plus les touristes qui se pressaient dans les jardins que les policiers en uniforme blanc postés par intervalles sur le pourtour, n'y regarda à deux fois.

Seul Angleton les observa avec attention tandis qu'ils traversaient les jardins et franchissaient le portail principal du musée. Il attendit un moment, puis se leva et leur emboîta le pas lorsqu'ils tournèrent à droite dans la rue piétonne qui passait devant le musée et s'éloignait de Midan Tahrir. Les rabatteurs de taxis et les vendeurs ambulants l'entouraient de leur activité bourdonnante, proposant cartes postales, bibelots sculptés et l'inévitable « visite spéciale des pyramides et d'une fabrique de papyrus comme personne d'autre n'en organise ». Angleton les écartait d'un geste en suivant le groupe au-delà de l'hôtel Hilton et le long de la corniche El-Nil, où attendaient deux voitures, moteur tournant au ralenti : une BMW noire et un monospace Hyundai. Les jumeaux montèrent dans la BMW, les deux Occidentaux furent poussés dans le Hyundai, la portière claquée derrière eux. A ce moment-là, Brodie leva les yeux et croisa un instant le regard d'Angleton avant que le convoi ne démarre dans la circulation du soir.

— Vous voulez antiquité, monsieur ?

Un gamin, de six ou sept ans pas plus, s'était approché de l'Américain et lui tendait la sculpture grossière et visiblement récente d'un chat.

— Vingt livres égyptiennes, annonça-t-il. Très ancien. Vous voulez ?

Angleton ne répondit pas, les yeux fixés sur les voitures qui s'éloignaient rapidement sur la corniche.

— Dix livres égyptiennes. Très bonne sculpture. Vous voulez, monsieur ?

Il regarda les voitures jusqu'à ce qu'elles disparaissent au loin, puis fourra la main dans sa poche et en sortit une liasse de billets qu'il tendit à l'enfant, avant de tourner les talons et de revenir d'un pas lourd vers le musée.

— Vous voulez aller pyramides, monsieur ? Vous voulez aller boutique de parfums ? Vrai parfum égyptien. Très bon marché, très bon pour épouse.

Angleton se contenta d'agiter la main par-dessus son épaule et continua à marcher.

Molly Kiernan faisait anxieusement les cent pas dans le parc de l'ambassade américaine, sa carte d'identité battant au bout d'une chaînette passée autour du cou, le regard allant alternativement de son portable à l'entrée nord de l'ambassade. Tous les membres du personnel et les visiteurs devaient passer par là et de temps en temps la porte du vestibule de sécurité s'ouvrait et quelqu'un en sortait. A chaque fois, Kiernan s'arrêtait et jetait un coup d'œil, puis secouait la tête et reprenait sa déambulation en se tapotant la cuisse avec son portable comme pour le forcer à sonner. Il le fit à deux reprises et elle répondit chaque fois avant même la fin de la première sonnerie. Les appels n'étaient pas celui qu'elle espérait et elle les écourta poliment mais fermement.

— Allez, allez, murmura-t-elle. Qu'est-ce qui se passe ? Où es-tu ? Allez !

# ZAMALEK, LE CAIRE

— Et comment au juste allez-vous les sortir du pays, monsieur Girgis ?

— C'est ce que vous appelez un secret commercial, je crois, monsieur Colombelle. Il vous suffit de savoir que les sculptures arriveront à Beyrouth à l'heure et au jour convenus. Et pour la somme convenue.

— Et elles sont de la XVIIIe dynastie ? Vous le garantissez absolument ?

— Je livre ce que j'ai promis de livrer. On vous a dit que les pièces étaient de la XVIIIe dynastie et c'est exactement ce qu'elles sont. Je ne fais pas commerce de faux ou de reproductions.

— Elles portent bien le cartouche d'Akhenaton ?

— Le cartouche d'Akhenaton, le cartouche de Néfertiti et tout ce qui vous a été décrit par mon spécialiste des antiquités. Malheureusement, M. Ousmane est pris par une autre affaire ce soir et ne peut se joindre à nous, mais soyez assuré que les marchandises seront à la hauteur de vos attentes, voire les dépasseront.

M. Colombelle, un fringant petit Français aux cheveux d'un noir peu naturel, laissa échapper un petit rire satisfait.

- Nous allons gagner beaucoup d'argent avec ça, monsieur Girgis. Beaucoup d'argent.

Girgis leva les mains au ciel.

— C'est la seule raison pour laquelle je fais des affaires. Si je peux me permettre de vous donner un conseil, les raviolis à la langouste sont particulièrement bons.

Le Français examina la carte pendant que Girgis buvait un verre d'eau à petites gorgées et jetait un coup d'œil de l'autre côté de la table, à ses deux acolytes. Boutros Salah, trapu, bajoues et moustache aux poils raides, une cigarette pendant au coin de la bouche, et Mohammed Kasri, grand, barbu, nez busqué, croisèrent son regard, et tous les trois hochèrent légèrement la tête pour signifier que l'affaire était dans le sac.

Ce dîner était pour Girgis une distraction malvenue, mais Colombelle avait fait spécialement le voyage au Caire en avion et, ses clients attendant les marchandises volées, il avait été difficile de remettre l'entretien à plus tard. La somme en jeu – deux millions de dollars – n'était pas énorme, négligeable même en comparaison du cas Zerzura, mais les affaires sont les affaires, et la rencontre avait donc eu lieu. Les quatre hommes avaient réglé les détails du marché tandis que, sous la table, Girgis tapait du pied impatiemment, attendant d'apprendre ce qu'il y avait sur la pellicule de l'appareil photo et si cela les conduirait à l'oasis. Il avait espéré un résultat plus rapide – ses gens examinaient de près les négatifs depuis plus d'une heure maintenant –, mais essayait de rester calme. Du moins étaient-ils en possession des négatifs ainsi que de Brodie et de la fille, ce qui était un pas dans la bonne direction. Il but encore une gorgée d'eau, jeta un coup d'œil à son portable et se mit lui aussi à examiner la carte en essayant de se changer les idées. Un serveur s'approcha alors, se pencha et lui murmura quelques mots à l'oreille. Girgis hocha la tête, repoussa sa chaise et se leva.

— Veuillez m'excuser, monsieur Colombelle, mais un événement inattendu vient de se produire et ma présence est requise ailleurs. Mes collaborateurs répondront à toutes vos questions et, si vous le désirez, organiseront pour vous quelques divertissements après le dîner. Ç'a été un plaisir de traiter avec vous.

Il serra la main du Français, celui-ci un peu déconcerté par le départ inopiné de son hôte, et, sans plus de cérémonie, tourna les talons et sortit du restaurant. Sa limousine attendait dehors. Le chauffeur lui ouvrit la portière et un homme grassouillet et débraillé, les cheveux coupés au bol, avec des lunettes en plastique aux verres épais, se glissa de côté sur la banquette arrière pour faire de la place à Girgis : Ahmed Ousmane, son spécialiste ès antiquités.

— Alors ? demanda Girgis sitôt la portière refermée.

Ousmane secoua la tête et tapota les uns contre les autres les bouts des doigts de ses deux mains, en un geste qui évoquait curieusement celui des taupes.

— Rien, je le crains, monsieur Girgis. La moitié de la pellicule est abîmée et l'autre moitié...

Il lui tendit une liasse de tirages photo A4.

— Inutile, totalement inutile. Vous voyez, toutes les photos ont été prises à l'intérieur de l'oasis... rien ne permet d'identifier l'endroit. C'est comme essayer de trouver une maison au milieu d'une ville en ne disposant que d'une photo de la salle de bains. Totalement inutile.

Girgis parcourut les photos, la bouche tordue en une expression intermédiaire entre une grimace et une moue hargneuse.

— Quelque chose vous a peut-être échappé ?

Ousmane haussa les épaules et tapota à nouveau le bout de ses doigts.

— Je les ai examinées très attentivement et il me semble donc que non. Mais je ne suis pas une autorité mondiale sur la question, ajouta-t-il avec un rire nerveux.

— Et Brodie ?

— Le professeur Brodie, lui, est l'autorité mondiale en la matière.

— Alors je crois que le moment est venu d'avoir une petite discussion avec lui, dit Girgis en lui rendant les photos et en décrochant l'interphone de la limousine pour donner des instructions au chauffeur.

— Je ne vois vraiment pas comment il pourrait nous être utile, commenta Ousmane tandis que la voiture démarrait. Même s'il réussit à reconnaître quelque chose. A ce que j'ai entendu dire, il est...

Petit rire nerveux, puis :

— ... assez entêté.

Girgis ajusta les poignets de sa chemise et épousseta sa veste.

— Croyez-moi, Ahmed, une fois que le professeur Brodie sera passé par Manshiet Nasser, il n'y aura rien qu'il ne fera pour nous. Il nous suppliera de nous aider. Il nous suppliera.

# MANSHIET NASSER, LE CAIRE

— Je l'ai, murmura Freya en posant le bout d'une de ses tennis sur le cafard.

Elle l'écrasa lentement sur le sol en béton poussiéreux, la carapace de l'insecte émit un craquement humide et ses entrailles brun jaunâtre rejoignirent celles des autres cafards qu'elle avait occis dans l'heure précédente.

— Ça va ? demanda Flin.

Elle haussa les épaules.

— Pas vraiment. Et vos... ? fit-elle en indiquant de la tête le bas-ventre de Flin.

— Je n'en mourrai pas. Mais je crois que je vais m'abstenir de faire du vélo pendant quelque temps.

Elle lui répondit par un pâle sourire, l'air plus lasse qu'amusée.

— Que croyez-vous qu'ils vont nous faire ?

A son tour, Flin haussa les épaules.

— Rien de particulièrement agréable, à en juger par leurs récents états de service. Ils doivent le savoir mieux que moi, dit-il en montrant de la tête les trois hommes assis en silence face à eux, mitraillette posée en équilibre dans leur giron. Eh, les gars, qu'est-ce que vous avez comme plan ? leur lança-t-il.

Pas de réponse.

— Bon, j'imagine que c'est une surprise, dit-il en se courbant en avant et en se frottant les tempes.

Ils étaient au dernier étage de ce qui semblait être un immeuble en voie d'achèvement, un vaste espace sombre éclairé uniquement par un tube au néon posé à même le sol près de leurs gardiens. Le plancher, le plafond de la pièce, la cage d'escalier et les piliers de soutènement étaient en place – béton brut duquel dépassaient, ici et là, les armatures en fer rouillé, pareilles à des branches fossilisées –, mais il n'y avait que trois murs. Le quatrième côté de la pièce s'ouvrait sur la nuit, un vide béant qui dominait les lumières clignotantes du Caire comme l'entrée d'une grotte en haut d'une falaise. Flin et Freya étaient de ce côté-ci, assis sur deux caisses retournées. Derrière eux, le plancher s'arrêtait brusquement et donnait sur la rue en un long précipice. Leurs ravisseurs se trouvaient à une dizaine de mètres au milieu de la pièce, près de la cage d'escalier. Même en l'absence de mur, les deux Occidentaux étaient bel et bien prisonniers.

« Qu'est-ce que c'est que ce quartier ? avait demandé Freya à leur arrivée.

— Manshiet Nasser, l'avait informée Flin. C'est ici qu'habitent les Zabbaleen.

— Les Zabbaleen ?

— Ceux qui se chargent du ramassage des ordures.

— On a été enlevés par des éboueurs ?

— Je soupçonne que nous sommes seulement détenus dans leur quartier. Pour ce que j'en sais, les Zabbaleen sont des gens bien, quoique pas très respectueux des règles de l'hygiène. »

C'était près d'une heure plus tôt et ils attendaient toujours – quoi exactement, aucun des deux ne pouvait le dire. Il faisait encore jour lorsqu'ils étaient arrivés, mais la soirée s'était vite terminée. Maintenant, tout était plongé dans l'obscurité, la lueur stérile du néon ne dissipant guère l'ombre des coins de la pièce. Des papillons de nuit et d'autres insectes voletaient autour du tube fluorescent ; l'air était lourd de chaleur et de poussière et partout, flottant sur tout, imprégnant tout, saturant tout, régnait la dense puanteur aigre-douce des ordures en putréfaction.

Freya soupira et jeta un coup d'œil à sa montre : 18 h 11. Flin se leva, se tourna et, les mains dans les poches, regarda la nuit. Ils se trouvaient sur l'arrière de l'immeuble, bâti sur une forte pente. Au-dessous d'eux, une multitude confuse de toits descendait en cascade comme si on avait fait un arrêt sur image d'un glissement de terrain, tout se confondant en un sombre chaos de poussière, de brique, de béton et de monceaux d'ordures. Alors que le reste du Caire était illuminé a giorno, tapis scintillant blanc et orange qui s'étendait au loin, cette partie de la ville était noyée dans l'obscurité. Il y avait çà et là quelques fenêtres faiblement éclairées, et la rue en contrebas baignait dans la lueur maladive d'une demi-douzaine de lampes au sodium. A part ça, tout était sombre, comme si les immeubles, les ruelles, les rues adjacentes et les tas d'immondices avaient été submergés sous de l'encre noire. On entendait des cris de temps à autre, le bruit métallique de casseroles, le grincement d'une machine au loin, mais on ne voyait personne. Le quartier avait quelque chose d'étrangement spectral – un village de fantômes en lisière de la ville des vivants.

Flin s'approcha du bord et regarda la rue, tout en bas. Un camion montait péniblement la colline sur la gauche, le grondement sourd de son moteur en contrepoint du tintement doux du monceau de bouteilles de verre qu'il transportait. Il passa juste en dessous de lui, continua son ascension et disparut en tournant le coin de la rue qui faisait un virage en épingle à cheveux devant l'immeuble. Au bout d'une minute, un deuxième camion apparut, celui-ci chargé d'un tas de vieux fils électriques. A sa suite arriva une superbe limousine noire, tout à fait déplacée dans ce quartier délabré. Flin la regarda passer le coin et disparaître à sa vue, puis se tourna vers Freya.

— Il semble que nous ayons de la visite, dit-il.

A ce moment-là, un klaxon résonna à l'extérieur et les sbires se levèrent. Du bas de l'escalier monta l'écho d'un bruit de pas, lointain d'abord, puis de plus en plus net à mesure que les nouveaux arrivants – il semblait y avoir plus d'une personne – grimpaient vers eux. Freya prit instinctivement la main de Flin. Les pas approchaient régulièrement, puis deux hommes entrèrent dans la pièce. L'un était petit, replet et débraillé, les cheveux coupés au bol, une enveloppe en papier kraft format A4 à la main. L'autre était plus âgé et plus menu, impeccablement habillé, ses cheveux gris peignés en arrière, le visage en lame de couteau, le teint cireux, les lèvres minces au point de paraître inexistantes. C'est lui qui semblait commander, les autres Egyptiens s'écartant respectueusement pour lui faire de la place. Le néon posé au sol enveloppait le groupe dans une bulle de lumière froide. Il y eut un bref silence tendu, puis :

— Romani Girgis, murmura Flin.

— Vous connaissez cet homme ? s'étonna Freya en lâchant sa main et en se tournant vers lui.

— J'ai entendu parler de lui, répondit l'Anglais en regardant d'un air de défi de l'autre côté de la pièce. Tout le monde au Caire connaît Romani Girgis.

Autre pause brève, puis Flin ajouta en haussant la voix :

— Il est difficile d'imaginer une ordure plus monstrueuse.

S'il fut irrité par l'insulte ou si seulement il la comprit, Girgis ne le montra pas. Il fit un signe à son compagnon, qui s'empressa de traverser la pièce et tendit l'enveloppe kraft à Flin.

— Ça ne vous ressemble pas d'exécuter vous-même vos basses besognes, Girgis, lança ce dernier avant de sortir une liasse de photos de l'enveloppe et de les parcourir du regard. Où sont Dupont et Dupond ? poursuivit-il en relevant la tête.

Il fallut un moment à Girgis pour comprendre l'allusion. Il sourit, une expression déplaisante et sinistre évoquant un reptile sur le point de mordre.

— Ils sont allés voir leur mère, dit-il en bon anglais, mais avec un fort accent. Des fils très dévoués, au cœur très tendre. Beaucoup plus que le mien. Comme vous n'allez pas tarder à le constater...

Son sourire s'élargit, puis se mua brusquement en grimace de dégoût lorsqu'un cafard déguerpit à ses pieds. Il recula d'un pas en marmonnant quelque chose. L'un de ses hommes de main s'avança et écrabouilla du pied l'insecte sur le sol en béton. Seulement alors, Girgis parut se reprendre.

— Vous allez regarder ces photos, dit-il avec une lueur malveillante dans les yeux, d'un ton froid et tranchant comme un scalpel. Vous allez regarder ces photos, et ensuite vous me direz où elles ont été prises. Où elles ont été prises, très exactement.

Flin baissa les yeux vers les tirages.

— Celle-ci l'a été à Tombouctou, mais c'était trop facile, commença-t-il. Celle-là, à Shanghai, celle-ci, on dirait bien El Paso, et celle-là...

Il leva la photo devant lui :

— ... je parierais ma paye du mois prochain que c'est tatie Ethel, à Torremolinos.

Le regard fixé sur lui, Girgis hocha la tête comme s'il s'attendait à une telle réponse. Il sortit un paquet de lingettes de la poche de sa veste, en tira une et s'en frictionna lentement les mains. Il garda un moment le silence, que seuls troublaient le petit bruit sec produit par les papillons de nuit qui se cognaient au tube au néon et, provenant de l'extérieur, le fracas d'un tombereau et des coups de klaxon au loin. Puis, après avoir jeté la lingette par terre, l'Egyptien s'adressa à ses acolytes. L'un des sbires ramassa le néon et l'appuya debout contre une chaise en l'orientant vers le fond de la pièce, où d'énormes sacs en polypropylène s'entassaient du sol au plafond. A côté était installée une machine qui ressemblait à une grosse déchiqueteuse, avec une ouverture sur le dessus et divers boutons et leviers sur le côté. Girgis s'en approcha, le petit rondouillard trottant à son côté comme un chien obéissant. Deux des hommes de main poussèrent Flin et Freya jusque-là avec le canon de leur mitraillette. Le troisième, celui qui avait déplacé le tube au néon, disparut dans l'escalier en criant quelque chose à quelqu'un en bas.

— Vous savez ce que c'est ? demanda Girgis en tapotant la machine quand Flin et Freya arrivèrent à son côté.

Ils ne répondirent pas, arborant tous deux un visage de marbre.

— Ça s'appelle un granulatoire, dit l'Egyptien, répondant à sa propre question. Une machine courante, dans cette partie de la ville. Ils sont normalement installés au rez-de-chaussée, mais celui-là nous l'avons monté ici pour... pour des occasions spéciales.

Il poussa un grognement amusé, sa bouche se tordant à nouveau en un sinistre sourire reptilien.

— Je vais vous montrer comment ça marche...

Il fit signe à l'un de ses hommes, qui sortit un couteau à cran d'arrêt et l'ouvrit. Flin se contracta et se plaça devant Freya, prêt à la protéger. Cependant, le couteau ne semblait pas leur être destiné. Le sbire s'approcha du tas de sacs et en éventra un d'un coup de lame. Des bouteilles en plastique vides roulèrent sur le sol.

— Il n'est pas nécessaire de posséder un grand savoir-faire ni beaucoup de science, continua Girgis en sortant une autre lingette de sa poche pour s'essuyer encore les mains. C'est un jeu d'enfant. Littéralement, car le plus souvent ce sont les enfants zabbaleen qui utilisent ces machines. Comme mon petit assistant va vous en faire la démonstration.

Il y eut un mouvement derrière eux et le sbire qui avait descendu l'escalier réapparut, accompagné d'un jeune garçon. Le visage sale, souffrant de malnutrition, les mains perdues dans les manches d'une djellaba trop grande, il ne devait pas avoir plus de six ou sept ans. Girgis chuchota quelques mots au garçonnet, qui acquiesça et s'avança vers la machine. De la main gauche, il appuya sur un gros bouton rouge en forme de champignon. Après un grondement et un bafouillage, la pièce s'emplit du vrombissement assourdissant de l'appareil.

— Nous n'avions pas de telles machines quand j'étais jeune ! lança Girgis en élevant la voix pour se faire entendre. C'est seulement ces dernières décennies qu'elles sont vraiment devenues nécessaires. Il y a tant de plastique partout, de nos jours. Comme toujours, les Zabbaleen se sont adaptés aux temps qui changent.

L'enfant était allé au tas de bouteilles et, de la main gauche, il en ramassa une douzaine qu'il recueillit dans le bas retroussé de sa djellaba. Il revint au granulatoire et entreprit d'alimenter la machine en introduisant les bouteilles une à une dans l'ouverture du dessus. Il y eut un sifflement et un craquement, puis l'engin vomit une grêle de copeaux de plastique gros comme des pièces de monnaie qui tombèrent sur le sol en crépitant.

— Comme vous le voyez, les bouteilles entrent entières dans la machine et elles sont déchiquetées par les lames qui se trouvent à l'intérieur ! expliqua Girgis, toujours criant. Elles en ressortent sous forme de matériau brut, qui peut être vendu aux marchands de plastique de la ville. Très simple. Et très efficace.

Le garçonnet avait maintenant introduit toutes les bouteilles dans la machine et, à un signal de Girgis, il appuya de nouveau sur le bouton rouge pour arrêter l'engin.

— Très simple et très efficace, répéta l'Egyptien d'une voix qui parut anormalement forte dans le silence retombé sur la pièce. Quoique, malheureusement, pas toujours très sûr.

Il poussa du coude le petit garçon, qui leva le bras droit. La manche de sa djellaba glissa en arrière, découvrant un moignon décharné à l'endroit où aurait dû se trouver sa main, le tissu cicatriciel remontant jusqu'au coude, comme si l'avant-bras avait été plongé dans de la peinture rose vif. Freya en eut le souffle coupé ; Flin secoua la tête, à la fois pris de pitié pour le gamin et écœuré de le voir donné ainsi en spectacle.

— Leurs manches se prennent dans les lames, vous voyez, dit Girgis, rayonnant. Leurs bras sont tirés à l'intérieur, leurs petites mains complètement déchirées et arrachées. Beaucoup n'arrivent pas à temps à l'hôpital et meurent d'hémorragie. Une bénédiction, à bien des égards... c'est qu'ils n'ont pas un avenir particulièrement brillant devant eux, reconnaissons-le.

Il laissa ces paroles en suspens quelques instants sans cesser de s'essuyer les mains avec la lingette. Puis il se tourna vers Freya.

— J'ai cru comprendre que vous étiez alpiniste, mademoiselle Hannen...

Freya ne dit rien et se contenta de le regarder, se demandant où il voulait en venir.

— Je ne suis pas vraiment au fait de ces choses, je le crains, poursuivit Girgis. Ce n'est pas très nécessaire, dans mon domaine d'activité. J'aimerais bien en savoir davantage. Par exemple, ai-je raison de croire qu'il serait très difficile de grimper avec un seul bras ?

Flin fit un demi-pas en avant, les lèvres serrées de rage.

— Laissez-la en dehors de ça. Quoi que vous puissiez vouloir, laissez-la en dehors de ça.

Girgis eut une exclamation désapprobatrice.

— Elle est pourtant dedans, dit-il. Elle est même complètement dedans. C'est pourquoi c'est sa main qui va passer dans le granulatoire si vous ne me dites pas où ces photos ont été prises.

— Mais il n'y a que des ruines, nom de Dieu ! jeta Flin en levant les photos et en les agitant en direction de Girgis. Des arbres et des ruines ! Comment pourrais-je vous dire où elles ont été prises ? Ça peut être n'importe où ! N'importe où !

— Eh bien, espérons, pour le bien de Mlle Hannen, que vous pourrez me donner l'emplacement précis de ce n'importe où. Vous avez vingt minutes pour examiner les photos et trouver des informations. Après quoi...

Il tapa de la main sur le bouton rouge du granulatoire, l'espace s'emplit à nouveau du fracas des lames en mouvement, puis il appuya encore sur le bouton et le bruit cessa.

— Vingt minutes, répéta-t-il. Je vais attendre en bas.

Il jeta la lingette et, accompagné de son acolyte débraillé, il retraversa la pièce, contourna quelque chose par terre – un cafard, supposa Freya – avant de s'engager dans l'escalier.

— Vous avez tué ma sœur ! cria-t-elle dans son dos.

Il ralentit le pas et se retourna, les yeux légèrement plissés comme s'il n'était pas sûr d'avoir bien entendu.

— Vous avez tué ma sœur, répéta-t-elle. Et je vais vous tuer.

Après quelques instants, Girgis sourit.

— Espérons seulement que le professeur Brodie pourra me dire où ces photos ont été prises, sinon il vous faudra le faire d'une main.

Il la salua de la tête et disparut dans l'escalier.

# Butneya, Le Caire

C'était leur mère qui avait appris aux jumeaux à préparer le *torly* d'agneau, un plat qui était, de l'avis unanime de tous ceux qui avaient eu la chance d'y goûter, le meilleur du Caire, si ce n'est de toute l'Egypte. Le secret, leur avait-elle dit, consistait a laisser macérer l'agneau dans du carcadet, longtemps de préférence, un jour entier si possible, le riche jus rouge non seulement contribuant à attendrir la viande, mais aussi l'imprégnant d'une douceur subtile et alléchante qui à la fois complétait et rehaussait la saveur des autres ingrédients : oignons, pommes de terre, pois et haricots.

« On fait d'abord prendre son bain à l'agneau, leur chantonnait leur mère quand ils étaient petits tout en retournant la viande dans sa marinade d'hibiscus. On le couche ensuite dans le four, puis il va.

— ... dans notre bouche ! répondaient en chœur les jumeaux en faisant un bruit de mastication et en se tapotant le ventre tandis que leur mère éclatait de rire, attirait ses fils contre son sein et les entourait de ses bras.

— Mes oursons ! gloussait-elle. Mes petits monstres ! »

Ce soir, à force de courir dans tous les sens pour Girgis – le vol en hélicoptère dans le désert, la poursuite à travers Le Caire –, ils n'avaient pas eu le temps de faire tremper la viande aussi longtemps qu'il l'aurait fallu et ils l'avaient juste plongée dans le carcadet pendant qu'ils coupaient les légumes, avant de tout mélanger dans une marmite d'argile et de mettre celle-ci au four.

Ils faisaient la cuisine pour leur mère au moins deux fois par semaine, plus souvent s'ils le pouvaient, dans son galetas de deux pièces à Butneya, où ils avaient passé leur enfance, au milieu du sinistre labyrinthe de ruelles qui partait en zigzaguant à l'arrière de 'a mosquée Al-Azhar. Ils avaient essayé de la convaincre de déménager, de venir vivre avec eux ou du moins de les laisser lui louer quelque chose de plus confortable, mais elle se plaisait là et elle y était donc restée. Ils lui donnaient de l'argent, lui avaient acheté de nouveaux meubles, dont un superbe grand lit et un téléviseur/lecteur de DVD grand écran, et les voisins s'occupaient d'elle, de sorte qu'elle était bien soignée. Malgré tout, ils se faisaient du souci. Les coups que lui avait donnés El-Teyaban, le Serpent – ils se refusaient à l'appeler leur père –, pendant des années l'avaient fragilisée, et bien que le Serpent eût depuis longtemps disparu – après qu'ils lui eurent flanqué une sacrée correction –, le mal était fait. Dans leur for intérieur, ils savaient qu'elle n'en avait plus pour longtemps. Ni l'un ni l'autre n'en parlait ni ne l'admettait. C'était trop triste. Leur mère était tout pour eux. Tout.

Une fois le *torly* prêt, ils le sortirent du four. La pièce s'emplit de l'odeur de graisse fabuleuse de la viande cuite, mêlée d'un soupçon de menthe, un autre des ingrédients secrets de leur mère. Ils le portèrent à travers le séjour et le disposèrent par terre. Ils s'assirent tous trois en tailleur autour de la marmite et en servirent le contenu à la louche dans leurs bols ; leur mère gloussait et s'agitait, mangeait à grand bruit avec sa cuillère, sa bouche édentée en cul-de-poule pareille à une limace desséchée.

— Mes oursons ! caqueta-t-elle. Vous gâtez votre maman ! La prochaine fois, vous me laisserez faire la cuisine.

— La prochaine fois, répondirent-ils en échangeant un clin d'œil, sachant qu'elle le disait pour la forme, qu'elle adorait qu'on s'occupe d'elle et qu'on la dorlote.

Pourquoi pas ? Elle avait fait assez de sacrifices pour eux, au fil des ans. C'était la meilleure maman du monde. Elle était tout pour eux. Tout.

Ils bavardèrent en mangeant, du moins c'est ce que fit leur mère, les mettant au courant de toutes les nouvelles, tous les potins locaux : Mme Gouzmi avait eu un autre petit-fils, on avait enlevé un second testicule à M. Farid et les Attala venaient d'acheter une cuisinière toute neuve (« Six plaques électriques, le croirez-vous ! Six ! Et ils ont eu un gril gratuit pour le même prix ! »). Elle ne leur posait pas de questions à propos de leur travail et eux ne lui en parlaient pas. Un travail relationnel au sein de la communauté, c'était tout ce qu'elle savait. Inutile de l'inquiéter. Et de toute façon, ils n'allaient pas travailler pour Girgis encore très longtemps. Après toutes ces années, ils avaient mis plus d'argent de côté qu'il n'en fallait pour réaliser leur rêve : une concession dans le stade international du Caire, où ils vendraient du *taamiya*, du *fatir* et, bien sûr, le légendaire *torly* de leur mère. Ils n'allaient pas tarder à s'arrêter. Girgis, ils étaient d'accord là-dessus tous les deux, était un vrai salaud.

Après avoir fini le *torly*, ils portèrent les plats dans l'évier et, ayant mis des tabliers assortis des Diables rouges, firent la vaisselle pendant que leur mère s'installait, en se massant les pieds et en fredonnant, dans le fauteuil inclinable qu'ils avaient volé pour elle dans un magasin de mobilier de bureau à Zamalek.

— Vous avez apporté à votre *omm* une petite surprise ? demanda-t-elle avec coquetterie lorsqu'ils vinrent la rejoindre. Un petit quelque chose pour le dessert ?

— Maman, ce n'est pas bon pour toi, dirent-ils d'une seule voix, en soupirant.

Elle geignit, maugréa, supplia en se tortillant dans son fauteuil, miaulant comme une chatte affamée. Même s'ils désapprouvaient, ils ne pouvaient refuser bien longtemps, sachant que c'était l'un de ses rares plaisirs véritables. Ainsi, pendant que l'un s'occupait de régler le lecteur de DVD, l'autre disposa tout le matériel sur un plateau – ceinture, cuillère, eau, briquet, tampon d'alcool, jus de citron, coton – et, après avoir sorti de sa poche la seringue, l'aiguille et le sachet d'héroïne, lui prépara son shoot.

— Mes oursons, murmura-t-elle en posant sa tête contre le dossier et en fermant les yeux, tandis que la drogue était injectée dans son bras. Mes petits monstres...

Ils lui tinrent les mains, lui caressèrent les cheveux, lui dirent qu'ils l'aimaient et seraient toujours là pour elle. Puis, quand elle fut partie dans son monde à elle, ils s'installèrent sur le plancher, mirent en marche le lecteur en battant des mains, tout excités, bien qu'ils l'aient déjà vue cinquante fois : la victoire 4 à 3 d'Al Ahly sur le Zamalek dans la finale de la Coupe d'Egypte 2007, le plus grand match de football qui ait jamais été disputé.

*Al Ahly, Al Ahly,*
*La plus grande équipe de tous les temps,*
*Nous jouons court, nous jouons long,*
*En avant, les Diables rouges !*

Ils scandaient le couplet à voix basse tandis que, derrière eux, leur mère soupirait et riait doucement.

— Mes oursons, mes petits monstres...

# Manshiet Nasser,
# Le Caire

— Pendant dix ans, il n'y a pas eu un jour où je n'aie rêvé de voir de telles photos, dit Flin, le regard fixé sur les clichés qu'il avait à la main. Et maintenant que je les ai sous les yeux, il n'y a rien au monde que j'aie moins envie de voir que cela.

Il remua les photos et les examina une à une, encore une fois.

— Ça peut être n'importe où, grommela-t-il, au désespoir. N'importe où.

Freya tourna la tête pour regarder la ville à travers le vide qui s'ouvrait au fond de la pièce dans laquelle ils étaient retenus prisonniers. Elle se sentait étrangement calme, si l'on voulait bien considérer que le délai de vingt minutes était presque écoulé. Derrière eux, les trois gardes jouaient aux cartes en haut de l'escalier, apparemment oublieux de leur présence. A son côté, Flin étudiait de près les photos, comme il l'avait fait depuis le départ de Girgis, les perçait du regard, ses mains tremblant de façon incontrôlable.

Certaines étaient des vues d'ensemble d'une gorge étroite envahie par des arbres, ses parois à pic dressées vers une étroite bande de ciel pâle, comme si la roche avait été fendue d'un grand coup de scalpel. D'autres étaient plus spécifiques : un imposant obélisque, sur les quatre côtés duquel était gravé le signe du *sedjet*. Une voie bordée de sphinx. Une statue monumentale représentant un être assis, à corps d'homme et tête de faucon. Il y avait des colonnes, des vestiges de murs et trois autres photos de la porte en pierre qu'ils avaient déjà vue, tout cela entouré d'une épaisse végétation – fleurs, arbres, branches et feuillages –, comme si l'adobe et la pierre sculptée des structures créées par l'homme avaient commencé avec le temps à se fondre de nouveau dans le paysage, à revenir à l'état brut.

Adobe, pierre sculptée, arbres, parois rocheuses... rien de tout cela ne donnait cependant le moindre indice sur l'emplacement de l'oasis. Et maintenant, le délai arrivait à expiration.

Ils vont me couper le bras, pensa Freya, parfaitement incapable de faire le lien entre cette pensée et l'horreur de ce qui allait lui arriver. C'était presque comme si elle voyait la scène de l'extérieur. Comme si le bras de quelqu'un d'autre et non le sien était sur le point d'être déchiqueté.

Ils vont me couper le bras et je ne pourrai jamais plus grimper.

Pour une raison inexplicable, elle avait envie de rire.

Elle jeta un coup d'œil à sa montre – il restait deux, trois minutes à tout casser –, s'avança jusqu'au bord du plancher en béton et regarda la rue en contrebas. Elle songea à sauter, mais c'était beaucoup trop haut. Trente mètres au minimum, probablement plus près de trente-cinq. Elle se serait tuée ou à tout le moins fracassé les jambes. Il n'était pas non plus possible de descendre par la façade – elle s'était déjà agenouillée pour regarder par-dessus le bord, dans l'espoir de trouver une voie potentielle jusqu'en bas, mais ce n'était pas faisable. Et de toute façon, leurs anges gardiens les verraient faire avant même qu'ils aient commencé la descente. Bras déchiqueté, jambes fracassées, coups de feu... tout cela n'était guère réjouissant.

— Vous croyez que c'étaient seulement des menaces ? demanda-t-elle en tournant son regard vers Flin. Vous savez... le granulatoire... vous croyez qu'ils vont vraiment...

Il leva les yeux vers elle, puis les baissa à nouveau vers les photos, incapable de soutenir son regard. Cette réponse lui suffisait. Plus qu'une minute.

Au loin, sur sa droite, un grondement de moteur se fit entendre et des phares balayèrent la nuit : un gros camion à plateau manœuvrait lentement afin de prendre le virage en haut de la rue. Le chauffeur actionnait le frein pour garder la maîtrise du véhicule et cela le faisait avancer par à-coups et trépider. Elle se demanda si elle ne devrait pas crier, appeler au secours, mais à quoi bon ? Même si le chauffeur l'entendait et comprenait ce qu'elle disait, que ferait-il ? Appeler la police ? Monter l'escalier au pas de charge pour les délivrer à lui tout seul ? C'était sans espoir, absolument sans espoir.

Elle s'enlaça de ses bras en se demandant à quel point cela serait douloureux. Si elle allait avoir mal, si elle serait sous le choc ou perdrait connaissance.

— Vous pourrez m'emmener à l'hôpital ? s'enquit-elle. Est-ce qu'il y en a un, pas loin d'ici ?

— Pour l'amour du ciel, dit Flin d'une voix sifflante, tendue au point de se briser, le visage luisant de sueur et complètement vidé de ses couleurs.

Curieusement, il semblait plus sur les nerfs qu'elle.

En haut de la colline, le camion avait réussi à négocier le virage et maintenant il descendait lentement vers elle, dans des halètements et des crissements de freins. Son plateau était chargé de ce qui, de loin, paraissait être un tas de sable, ou de gravats, bien qu'il fût difficile de le dire, dans la mauvaise lumière intermittente des lampes à sodium. Elle le regarda un moment puis se retourna brusquement lorsqu'un des sbires poussa un cri de triomphe en brandissant ses cartes sous le nez de ses deux compagnons, avant de se frotter le pouce et l'index pour leur signifier de passer la monnaie. Ils lui tendirent la somme due en ronchonnant et s'apprêtaient à redistribuer les cartes quand trois brefs coups de klaxon résonnèrent dans la rue. Le délai était écoulé. Comme si elle avait reçu une gifle, la réalité de sa situation lui sauta soudain aux yeux. Elle se mit à trembler, réprimant une forte envie de vomir. Elle se tourna vers Flin.

— Il faudra que vous me mettiez un garrot autour du coude, murmura-t-elle d'une voix mal assurée, les yeux ternis par la peur. Lorsqu'ils m'auront coupé... lorsqu'ils auront fini. Il faudra que vous mettiez quelque chose de bien serré autour de mon coude, sinon je mourrai d'hémorragie...

— Ils ne vous feront rien, répliqua Flin. Vous avez ma parole. Restez derrière moi. Je vais...

— Quoi ? Qu'allez-vous faire ?

Il ne semblait pas avoir de réponse.

— Restez derrière moi, répéta-t-il, frappé d'impuissance.

Elle s'approcha de lui, lui prit la main et la serra. Ils restèrent quelques instants ainsi. Puis elle lâcha sa main et défit sa boucle de ceinture. Flin ne bougea pas quand elle fit glisser la ceinture hors des passants de son jean et la lui tendit.

— Un garrot, dit-elle à voix basse. Dès que ce sera fait, vous devrez me la mettre autour du bras. Promettez-le-moi.

Il ne répondit pas.

— Je vous en prie, Flin.

Après un silence, il acquiesça, prit la ceinture et lui toucha la joue.

— Restez derrière moi.

Les trois hommes avaient rangé leurs cartes et regardaient dans la cage d'escalier tandis que d'en bas provenait l'écho de pas qui montaient vers eux. L'un d'eux jeta un coup d'œil à Freya et sourit en faisant le geste de hacher le poignet gauche avec le droit et en imitant le grincement d'une machine. Elle frissonna et se détourna, puis s'approcha à nouveau du vide pour regarder une dernière fois le camion en contrebas. Il n'était plus maintenant qu'à une quarantaine de mètres en amont et continuait de descendre, à une allure d'escargot. Peut-être devait-elle crier. Ameuter le quartier. Elle n'avait rien à perdre. Elle prit une profonde inspiration et ouvrit la bouche, ne put émettre aucun son. Elle ne put que rester là, à regarder le camion approcher en grondant, son plateau soudain visible plus distinctement quand il passa sous la lumière floue de l'un des réverbères. Il n'était pas chargé de sable ou de gravats, comme elle l'avait cru d'abord, mais de matériaux au rebut : lambeaux et petits bouts de tissu, chutes de moquette, masse duveteuse de coton, morceaux de matelas en mousse – tout cela formant un rembourrage épais et moelleux...

— Flin, chuchota-t-elle, les épaules tendues, la moelle épinière parcourue d'ondes électriques.

Puis, d'un ton plus pressant :

— Flin.

— Hein ?

Il s'approcha d'elle. Freya montra de la tête le camion, qui était maintenant à moins de vingt mètres.

— Vous avez vu *Butch Cassidy et le Kid* ? demanda-t-elle. La scène où...

— ... ils sautent de la falaise, acheva Flin à sa place. Oh, Freya, je ne crois pas en être capable, vraiment. C'est trop haut.

— Tout ira bien, dit-elle, en s'efforçant de paraître plus assurée qu'elle ne l'était.

— C'est trop haut, répéta-t-il.

— Je ne vais pas me laisser couper le bras, Flin.

Derrière eux, le bruit de pas montant péniblement l'escalier ne cessait de se rapprocher. Flin la regarda, puis le camion, et elle, de nouveau.

— D'accord, dit-il en faisant la grimace.

Il glissa les photos à l'intérieur de sa chemise, qu'il boutonna jusqu'en haut et rentra dans son jean. L'un des sbires s'était approché du granulatoire. Les deux autres avaient toujours les yeux fixés sur la cage d'escalier. Aucun ne les regardait.

— On compte jusqu'à trois, murmura-t-elle à l'instant où l'avant du camion arrivait à l'aplomb de l'endroit où ils se trouvaient. Un... deux...

— Dans le film... ils survivent à leur chute, si je me souviens bien ?

Elle hocha la tête.

— Oui, mais ils sont abattus à la fin. Trois !

Ils se prirent par la main et sautèrent dans le vide.

Pendant quelques instants, le monde autour d'eux se brouilla en un fouillis kaléidoscopique de murs, de toits, de balcons et de fils à linge avant de se repréciser brusquement quand ils atterrirent avec un bruit sourd à l'arrière du camion. Le tas de chiffons et de tissus céda sous eux et amortit leur chute. Freya fut projetée de côté contre le hayon arrière et s'écrasa sur un morceau de matelas en mousse trempé, le cou ébranlé, mais indemne. Flin eut moins de chance. Il rebondit sur un rouleau de vieille moquette par-dessus le côté du camion, battant l'air de ses bras, percuta de côté une pile de fûts en plastique et atterrit la tête la première dans un tas d'ordures, un objet invisible lui entaillant profondément le bras gauche.

Ils restèrent quelques secondes là où ils étaient, sonnés, le souffle coupé. Puis des cris retentirent au-dessus d'eux et ils se relevèrent avec difficulté. Freya se laissa tomber de l'arrière du camion toujours en marche. Flin descendit du tas d'ordures en glissant et trébuchant, la manche de sa chemise trempée de sang. Chancelant, il la poussa vers une étroite ruelle de l'autre côté de l'immeuble. Aux cris venus d'en haut répondaient maintenant d'autres, au niveau de la rue. Des hommes avaient dû être postés là pour surveiller l'arrière de l'immeuble. Les deux fugitifs parvinrent à la ruelle plongée dans l'obscurité et s'y engouffrèrent, progressant maladroitement dans le noir, suffoqués par l'aigre puanteur des déchets, une marée d'immondices craquant sous leurs pieds.

— Il y a des rats ! hurla Freya en sentant une débandade autour de ses pieds et de ses chevilles.

— On s'en fout ! En avant !

Ils continuèrent d'avancer péniblement, au jugé, dans l'obscurité que ne dissipait guère la lueur des réverbères de la rue. Flin trébucha, tomba, se releva tant bien que mal en crachotant de dégoût ; le pied de Freya s'enfonça dans quelque chose qui semblait être un animal mort. Elle continua de marcher, l'obscurité se faisant de plus en plus épaisse, l'odeur de plus en plus insupportable, puis, au bout d'une trentaine de mètres, la ruelle tourna brusquement sur la gauche et commença à descendre en pente raide. Il y avait de la lumière tout en bas, encadrée par l'étroite entrée de la ruelle à l'autre extrémité. De derrière, passé le coin, leur parvint un bruit de poursuite : des jurons, des cris, une rafale de coups de feu. Ils poursuivirent leur chemin aussi vite que possible, toujours trébuchant, les ordures laissant la place peu à peu à des amas de boîtes de conserve et de vieux pots de peinture. La sortie de la ruelle approchait, les murs de chaque côté s'effacèrent et ils débouchèrent au sommet d'un talus vertical de trois mètres de haut. Des immeubles sinistres les entouraient ; à gauche, un faisceau éblouissant et glacé sortait d'un projecteur fixé à un poteau. D'en bas montaient des grognements étouffés, accompagnés d'une forte odeur d'excréments.

— Sautez ! cria Flin.

— C'est une porcherie !

— Sautez, pour l'amour du ciel !

Il poussa Freya dans le dos et elle se laissa tomber, s'étalant dans une soupe visqueuse de boue et de paille. Ses mains s'enfoncèrent presque jusqu'au coude dans la fange, les grognements se muèrent en cris d'alarme aigus tandis que des silhouettes noires et luisantes s'égaillaient autour d'elle. Elle se démena pour se relever, se tourna et leva les yeux tout en donnant une tape sur un groin couvert de vase qui venait de buter contre sa cuisse. Flin était encore sur le talus, plaqué contre le mur juste à droite de l'entrée de la ruelle, une main serrée sur ce qui semblait être un énorme caillou. Le fracas des boîtes de conserve se rapprochait, en même temps que les hommes lancés à leur poursuite, leur descente ponctuée de coups de feu sporadiques.

— Par là ! lança Flin d'une voix sifflante en montrant de la tête un tas de bottes de paille à l'autre bout de la porcherie. Allez ! Vite !

— Et vous...

— Allez-y !

Elle traversa le bourbier en pataugeant, atteignit les bottes de paille et grimpa dessus en s'accroupissant au moment où le premier de leurs poursuivants émergeait en trombe de la ruelle. Il semblait avoir une certaine avance sur les autres. Il se retourna pour appeler ses compagnons. Au même instant, Flin se dressa à côté de lui, le frappa en pleine face avec son caillou et le projeta la tête la première dans la porcherie, où il atterrit dans un bruit de succion et un claquement sec d'os brisé.

Flin sauta dans la gadoue. Il arracha le pistolet de la main molle du sbire et fouilla rapidement ses poches. Il en sortit un chargeur de rechange, puis traversa la porcherie en chancelant, se jeta derrière les bottes de paille et obligea Freya à baisser la tête, au moment même où les autres hommes de main de Girgis sortaient de la ruelle. Ils s'arrêtèrent en dérapage et regardèrent autour d'eux à leur recherche, dans la lumière aveuglante du projecteur. Incapables de les repérer, les Egyptiens se mirent à tirer au hasard, expédiant des volées de balles dans leur direction. Autour des deux Occidentaux, les projectiles sifflaient et percutaient des obstacles avec un bruit sourd, soulevant des geysers de boue et de paille ; les cochons se sauvaient à la débandade, piaillant de terreur. Ça semblait ne jamais vouloir s'arrêter. D'une main Flin tenait Freya contre lui, de l'autre il tripotait le pistolet, attendant que le feu nourri diminue. Alors, après avoir forcé Freya à baisser encore plus la tête, il se mit en position, calmement, et commença à tirer, son doigt appuyant rythmiquement sur la détente, son bras balayant l'espace d'un côté et de l'autre à mesure qu'il repérait des cibles. Puis il abaissa lentement son arme. Il n'y eut pas de riposte. Haletant, il serra l'épaule de Freya.

— C'est fini, dit-il. On peut y aller.

Elle resta un moment où elle était, pelotonnée dans la boue, tandis que l'écho des coups de feu s'évanouissait, le silence rompu seulement par les gémissements des cochons blessés et, comme dans un jeu de dominos, les claquements des volets que les gens ouvraient pour voir ce qui se passait. Puis elle se déplia et s'agenouilla pour jeter un coup d'œil par-dessus les bottes de paille. Devant elle, dispersés sur le talus inondé de lumière, pareils à des cadavres sur une scène de théâtre, il y avait quatre corps recroquevillés.

— Nom de Dieu, murmura-t-elle en tremblant. Nom de Dieu de nom de Dieu.

On entendait maintenant des voix, des cris et le hurlement lointain d'une sirène. Flin attendit encore quelques secondes en scrutant l'entrée de la ruelle, au cas où surgiraient d'autres poursuivants. Puis, après avoir fourré le pistolet à l'arrière de son jean et l'avoir recouvert du pan de sa chemise, il releva Freya.

— Comment avez-vous fait ça ? marmonna-t-elle, incrédule, d'une voix rauque. Tous ces types. Comment avez-vous…

— Plus tard. Il faut qu'on sorte d'ici. Venez.

Il l'aida à traverser la porcherie et à monter sur un muret en parpaings ; de là-haut, des gens criaient après eux en gesticulant et le hurlement de la sirène se rapprochait. Ils continuèrent leur chemin, longèrent une décharge et s'engagèrent dans une étroite rue obscure, trop hébétés pour parler. Après une cinquantaine de mètres, un bruit de course précipitée en provenance du coin de la rue devant eux les obligea à se réfugier dans une embrasure de porte nauséabonde. Ils se tapirent dans l'ombre tandis qu'une bande d'enfants passaient au galop en jacassant entre eux, tout excités à la perspective du spectacle qui les attendait. Ils leur laissèrent le temps de disparaître, puis repartirent en vitesse ; la rue descendait en serpentant et s'élargissait progressivement. Ils passèrent devant un magasin brillamment éclairé, puis devant un étal de fruits orné de guirlandes électriques et un café ; des gens apparaissaient, plus nombreux, autour d'eux et la rue, de plus en plus éclairée et grouillante, semblait s'animer à mesure qu'ils descendaient la colline.

Ils savaient, à la façon dont on les suivait du regard, que l'échange de coups de feu avait été entendu et qu'au vu de leurs vêtements maculés de boue, de la chemise couverte de sang de Flin, on faisait le lien entre eux et tout ce tapage. Se sentant terriblement exposés, ils accélérèrent le pas, impatients de s'en aller de là. Des doigts se pointaient vers eux, des voix baragouinaient, par deux fois des hommes s'approchèrent et tentèrent de les arrêter. Flin les repoussa et, empoignant Freya par le bras, il la guida à travers la foule jusqu'à ce que la rue descende une forte pente avant d'arriver à un terrain vague. Il y avait là des voitures garées, une rangée de gigantesques poubelles, une voie de chemin de fer et au-delà, telle une rivière rugissante séparant ce quartier du Caire du reste de la ville, une autoroute à trois voies très fréquentée, où les voitures filaient à toute allure dans les deux sens. Ils se mirent à courir, montèrent sur le bas-côté de l'autoroute et firent signe frénétiquement à un taxi de s'arrêter.

Au début, le chauffeur rechigna à les prendre à bord. La voiture venait d'être lavée, expliqua-t-il, les sièges avaient été récemment retapissés et il ne voulait pas qu'ils salissent tout. Il fallut que Flin sorte son portefeuille et en extirpe une liasse de billets pour qu'il se laisse fléchir et leur fasse signe de monter. Flin s'installa à côté du chauffeur, Freya, pâle, le visage creusé, épuisée, à l'arrière.

— Où vous allez ? demanda l'homme.

— N'importe où, répondit Flin. Loin d'ici. Roulez. Vite.

Après avoir jeté encore un coup d'œil à la chemise tachée de sang de son passager, le chauffeur haussa les épaules, mit en marche le compteur et démarra. Flin tourna la tête vers Freya, leurs regards se croisèrent un instant avant qu'il ne se détourne. Il prit une poignée de mouchoirs en papier dans une boîte sur le tableau de bord, les pressa contre son bras et se renversa en arrière sur le siège recouvert de plastique bon marché. Freya se pencha vers lui et approcha son visage de son oreille.

— Je vous remercie de m'avoir sauvé la vie, dit-elle d'une voix sourde.

Il poussa un grognement dédaigneux et commença à marmonner que c'était lui qui devait la remercier.

— Je veux aussi que vous cessiez de me raconter des conneries, coupa-t-elle, d'un ton soudain plus dur.

Elle tendit la main, tira d'un coup sec le pistolet glissé à l'arrière du jean de Flin et en appuya le canon dans le creux de ses reins.

— Je veux que vous me disiez qui vous êtes, ce qui se passe et à quelle saloperie vous avez mêlé ma sœur. Et, si vous ne le faites pas, je le jure devant Dieu, le chauffeur aura à enlever bien autre chose que des cochonneries de la garniture neuve de ses sièges. Allez, parlez !

Les jumeaux ne furent pas contents de recevoir l'appel de Girgis. Pas du tout contents, même. Les prolongations venaient de commencer, après qu'à la 88e minute Mohamed Aboutreika eut marqué le but miraculeux qui avait ramené Al Ahly à égalité au score, 2 à 2, et il en restait encore trois à venir, dont la tête victorieuse d'Osama Hosny. Et là, on leur donnait l'ordre de tout laisser en plan et de se rendre sans délai à Manshiet Nasser ! Si cela avait été qui que ce soit d'autre, ils l'auraient envoyé se faire foutre. Mais Girgis était Girgis et, bien que ça leur déplût fortement – ils détestaient être interrompus pendant un match, celui-là particulièrement –, il était encore le patron. Ils rangèrent le lecteur de DVD en grommelant et étalèrent une couverture sur leur mère. Après s'être assurés qu'elle aurait de quoi manger et boire le matin à son réveil et avoir laissé de l'argent sur le buffet de la cuisine, ils s'en allèrent.

— Un salaud, marmonna l'un d'eux pendant qu'ils descendaient l'escalier de l'immeuble.

— Un vrai salaud, fit l'autre en écho.

— Encore quelques mois…

— Puis on monte notre propre affaire.

— Plus de patron.

— Juste nous deux.

— Et maman.

— Et maman, bien sûr.

— Ce sera le pied.

— Ouais, le pied.

Ils arrivèrent en bas de l'escalier et remontèrent la rue, bras dessus bras dessous, en parlant de *torly*, de concession dans le stade, de Mohamed Aboutreika, et en se demandant où diable ils pouvaient bien trouver des feuilles de plastique et un pistolet à clous à cette heure de la nuit pour faire ce que Girgis leur avait demandé une fois qu'ils auraient retrouvé les deux Occidentaux.

— Freya, je ne sais pas ce que vous vous imaginez...

— Je vais vous dire ce que je pense, coupa-t-elle en se penchant tout près de son oreille et en parlant tout bas pour que le chauffeur n'entende pas ses propos. Je pense qu'un gars qui sait manier un revolver comme vous venez de le faire est un drôle d'égyptologue. Vous étiez aussi dans l'équipe de tir de Cambridge, je parie ?

— Freya, je vous en prie..

Il commença à se tourner vers elle, mais elle lui enfonça le canon du pistolet sous les côtes.

— Je n'ai pas rencontré beaucoup d'égyptologues, mais je parierais gros qu'il n'y en a guère comme vous, professeur Brodie. Je vous suis reconnaissante de tout ce que vous avez fait pour moi, mais je veux savoir qui vous êtes et ce qui se passe. Et je veux le savoir maintenant.

— D'accord, d'accord, mais baissez ce pistolet.

Elle se redressa, posa le pistolet sur le siège près d'elle, la main toujours sur la crosse.

— Parlez.

Il ne le fit pas, pas immédiatement du moins, et regarda par la vitre pendant que le taxi poursuivait sa route. La tache sombre de Manshiet Nasser s'amenuisait derrière eux, une zone d'obscurité sous la paroi inondée de lumière des falaises de Muqqatam. Le chauffeur alluma une cigarette, glissa une cassette dans la stéréo du tableau de bord, et une voix plaintive de femme accompagnée d'accents discordants de violon emplit la voiture. Une moto les dépassa sur leur droite, un mouton, l'air résigné, attaché en travers de la selle derrière le conducteur. Près d'une minute passa et Freya était sur le point de rappeler à Flin qu'elle attendait des réponses lorsqu'il tendit la main vers le tableau de bord, prit le portable du chauffeur et lui demanda s'il pouvait s'en servir. Il fallut négocier – sa femme était malade, expliqua le chauffeur, ils avaient du retard dans le paiement de leur loyer, les appels étaient chers. Flin dut finalement compter une autre grosse liasse de billets avant de recevoir la permission d'utiliser l'engin. Il composa un numéro et posa le pouce sur le bouton d'appel, avant de le retirer.

— Qui savait que vous veniez me voir ? demanda-t-il, le regard baissé vers le téléphone.

— Quoi ?

— A l'Université américaine. Cet après-midi. Qui savait que vous veniez me voir ?

— C'est à vous de répondre aux questions, vous avez oublié ?

— Allez, Freya.

Elle haussa les épaules.

— Personne. Enfin, si. Molly Kiernan. J'ai laissé un message sur sa boîte vocale. Bon Dieu, vous n'allez pas me dire qu'elle est impliquée dans toute cette histoire, non ?

— Pas de la façon que vous pensez. Molly et moi, ça ne date pas d'hier.

— Alors, qu'avez-vous à me dire ?

Une fois encore, il ne répondit pas, continua à fixer des yeux le téléphone, puis appuya sur le bouton « annuler » pour effacer le numéro qu'il était sur le point d'appeler. Il composa un texto à toute vitesse. Freya tendit le cou pour essayer de voir ce qu'il écrivait, mais l'affichage du téléphone était en arabe et elle ne put le lire. Il finit d'écrire le message et appuya sur « envoyer » en murmurant « *Choukran awoui* » au chauffeur, avant de reposer le portable sur le tableau de bord.

— J'attends, dit-elle.

— Je vous demande un peu de patience, Freya. Il y a beaucoup de choses à dire… je ne peux… pas ici. Il faut d'abord que nous allions quelque part. Je vous expliquerai tout. Je vous le promets, mais ce n'est pas le bon endroit. Je vous en prie, faites-moi confiance.

Il tourna la tête pour la regarder, puis donna des instructions en arabe au chauffeur avant de s'adosser à son siège et de regarder le plafond. Il ne dit rien de plus.

Ils roulèrent pendant une demi-heure – la moitié du temps coincés dans un embouteillage –, en direction du nord, pensa Freya bien qu'elle ne pût en être absolument certaine. Ils passèrent devant des cimetières, une sorte de base militaire et un immense stade éclairé par des projecteurs, avant de quitter l'autoroute et de suivre une large avenue bordée de palmiers. Ils obliquèrent ensuite dans un réseau de rues poussiéreuses et mornes, entre des immeubles d'habitation de quatre étages en béton, identiques. Les réverbères baignaient tout d'une lumière jaunâtre terne, comme si les immeubles et les trottoirs avaient eu la jaunisse. Le chauffeur n'avait manifestement aucune idée de l'endroit où ils allaient et Flin devait le diriger, lui dire de tourner à droite ou à gauche, de continuer tout droit après tel croisement, jusqu'au moment où ils s'arrêtèrent devant l'un des immeubles, indifférenciable de ses voisins, si ce n'est que le linge mis à sécher aux balcons n'était pas tout à fait le même. Pendant que Flin donnait au chauffeur un pourboire substantiel en sus de ce qu'il avait déjà payé, Freya glissa le pistolet sous le siège avant, sachant qu'elle ne s'en servirait jamais et qu'il était inutile de le prendre avec elle. Ils descendirent de la voiture.

— Vous voulez bien me dire où nous sommes ? demanda-t-elle tandis qu'ils se dirigeaient vers l'entrée de l'immeuble et que le vacarme de la musique s'évanouissait peu à peu, le taxi s'éloignant derrière eux, laissant place à un silence sinistre.

— Aïn Shams, répondit Flin. Dans la banlieue nord du Caire. Le lieu indiqué, je suppose, compte tenu des circonstances ?

Freya haussa les sourcils et lui demanda ce qu'il voulait dire par là.

— Vous vous souvenez du papyrus que nous avons vu au musée ? Imti-Khentika l'a écrit dans le grand temple du soleil d'Héliopolis, et les vestiges du grand temple d'Héliopolis...

Il tapa du pied par terre.

— Le centre religieux le plus important de l'Egypte ancienne sert maintenant de fondation à une cité.

Il secoua la tête d'un air las.

— Ainsi va le progrès.

Ils traversèrent un hall poussiéreux – de hautes bonbonnes de gaz alignées contre un mur, des chaises cassées empilées contre un autre – et commencèrent à monter l'escalier

— C'est là que vous habitez ?

Flin fit non de la tête.

— Seulement un endroit dont ils se servent.

Elle attendit des précisions, qu'il explique qui étaient ces « ils », mais il n'en dit pas davantage et la conduisit au troisième étage puis le long d'un couloir sombre, avant de s'arrêter devant une porte à peu près au milieu de celui-ci. Il resta là quelques instants, la tête penchée pour écouter – d'éventuels bruits venant de l'intérieur de l'appartement ou du couloir, elle ne savait pas trop –, puis il frappa, trois coups secs. Presque tout de suite, comme si quelqu'un attendait derrière la porte, il y eut le petit frottement du cache du judas que l'on tournait et la porte s'ouvrit. Devant eux se trouvait Molly Kiernan.

— Dieu merci, dit-elle en prenant la main de Flin puis celle de Freya pour les faire entrer dans l'appartement avant de refermer la porte d'un coup de pied. Je me faisais un sang d'encre.

Cela faisait moins de quarante-huit heures que Freya l'avait vue pour la dernière fois, mais elle semblait plus vieille, rongée par les soucis, les yeux bouffis par le manque de sommeil, la peau ridée et grise. Elle les regarda, remarqua leurs vêtements sales, le bras couvert de sang de Flin, les fit passer dans un couloir et entrer dans une salle de séjour à la lumière tamisée tandis que Flin la mettait au courant de ce qui était arrivé. Dans les grandes lignes, seulement l'essentiel, en commençant par ce que Freya lui avait dit à propos du corps trouvé dans le désert, de la carte, des pellicules, avant de passer aux événements de l'après-midi et du soir. Pendant qu'il parlait, Freya avait l'impression dérangeante, à la façon dont il décrivait tout cela et semblait tenir pour acquis que Kiernan était informée à propos de l'Oasis secrète, de Rudi Schmidt, de Romani Girgis et du Guilf Kébir, que si les péripéties qu'ils avaient traversées étaient nouvelles pour elle, les personnages et les lieux ne l'étaient certainement pas.

Molly Kiernan les fit asseoir sur un canapé du séjour et disparut. Elle revint quelques instants plus tard avec une cuvette d'eau tiède, une trousse à pharmacie, des seringues et des ampoules sur un plateau chirurgical en acier.

— Flin m'a envoyé un texto pour me dire que vous n'étiez pas en grande forme, expliqua-t-elle à Freya en s'agenouillant devant l'Anglais et en lui faisant signe de remonter sa manche. Il y a des serviettes et des vêtements propres dans les chambres – j'ai dû deviner votre taille, j'espère ne pas m'être trompée –, mais d'abord il faut qu'on vous rafistole... Oh là là !

Elle fit la grimace en voyant la blessure de Flin, une coupure béante d'une dizaine de centimètres le long de son avant-bras.

— Enlevez votre chemise, s'il vous plaît, lui intima-t-elle.

Il marmonna quelque chose.

— Pour l'amour de Dieu, Freya et moi avons déjà vu des hommes torse nu. Allez, enlevez-la.

Il se leva à contrecœur. Il défit quelques boutons, sortit les photos de l'oasis, indemnes en dehors de quelques traces de boue sur celle du dessus, et les posa au sol avant de déboutonner le reste de sa chemise. Il s'en débarrassa et se rassit. Il avait le torse maigre, nerveux et musclé, la poitrine couverte de poils bruns. Vive, en vraie professionnelle, Kiernan enfila des gants chirurgicaux et entreprit de lui essuyer le bras avec de l'eau et du coton avant de nettoyer délicatement la plaie avec un tampon désinfectant.

— Ma mère était infirmière, expliqua-t-elle, tout en tamponnant le bras de Flin, à Freya qui n'en perdait pas une miette. J'ai fait ça toute ma vie. Vous êtes à jour de vos vaccins contre le tétanos et l'hépatite ?

— Je n'en ai aucune idée, répondit Freya. Ecoutez, je veux savoir…

— Finissons d'abord de vous faire propres, nous parlerons ensuite, la coupa Kiernan, d'un ton aimable mais ferme, autoritaire, qui rendait impossible toute discussion. Quand j'aurai soigné Flin, je vous ferai des piqûres de rappel. Après avoir traîné dans un endroit comme Manshiet Nasser, inutile de prendre des risques. On trouve là-bas tous les microbes connus de l'homme. Et sans doute quelques autres qui ne le sont pas.

Elle acheva de nettoyer le bras de Flin et, sortant de la trousse à pharmacie quelque chose qui ressemblait à un gros stylo à bille, elle retira le capuchon et en passa doucement la pointe le long du bord de la blessure. Un liquide transparent pareil à de la colle s'en échappa et se répandit sur la peau lacérée.

— Du Dermabond, expliqua-t-elle en joignant les deux lèvres de la coupure. Ce n'est pas idéal, mais ça fera l'affaire jusqu'à ce que nous puissions faire de vrais points de suture.

Flin avait tourné la tête et regardait par la fenêtre, essayant de ne pas voir son bras et ce qu'on lui faisait. Il y eut un bref silence, puis :

— Ils n'arrivent pas à la trouver.

Freya crut d'abord qu'il se parlait à lui-même ou qu'il s'adressait à toutes les deux, mais il vit ensuite que son regard s'était tourné vers Kiernan, que le commentaire était destiné à elle seule.

— Sinon, ils n'auraient pas pris la peine de me montrer les photos. Ils n'arrivent pas à la trouver, c'est sûr.

Kiernan était toujours en train de maintenir serrés les bords de la plaie, attendant que le produit adhésif fasse son effet.

— Et la carte de Schmidt ? s'enquit-elle. Vous avez dit que des relèvements et des distances y étaient notés…

— Manifestement inexacts. C'est déjà assez difficile de se repérer dans le désert avec un matériel adéquat. Apparemment, Schmidt ne disposait que d'une boussole et son fil de visée était sectionné. Il a pu se tromper de cinquante kilomètres. De cent, peut-être.

C'était surréaliste. Freya avait l'impression d'avoir cessé d'exister.

— Mais Girgis a des hélicoptères, continua Kiernan, s'assurant que la blessure était bien refermée avant de bander le bras de Flin. Même si les positions étaient fausses d'une centaine de kilomètres, il aurait quand même dû être capable de la repérer. Il lui suffisait de survoler le Guilf Kébir et ses environs : il ne doit pas être bien difficile de trouver une gorge envahie par des arbres.

— Je n'arrive pas à me l'expliquer, Molly, pas plus que je ne puis expliquer pourquoi tous les autres couillons – dont je fais partie – qui ont recherché l'endroit pendant des années sont revenus bredouilles. Tout ce que je sais, c'est que si Girgis avait trouvé l'oasis, il nous aurait supprimés illico, au lieu de jouer aux devinettes avec les photos. Il se démène, il se démène comme un beau diable.

Freya restait assise là, perplexe. C'était comme si elle avait glissé dans une sorte d'état de rêve, où elle faisait partie de la scène tout en étant à l'extérieur, présente mais, pour quelque raison inexplicable, empêchée de dialoguer avec les autres.

« Je suis toujours là ! avait-elle envie de crier. Je ne suis pas invisible ! »

Au lieu de quoi, elle resta coite et laissa la conversation se poursuivre. Kiernan finit de panser et de vacciner Flin – qui remit sa chemise bien qu'elle fût couverte de boue et de sang séchés –, puis elle demanda à Freya de relever sa manche et la vaccina, elle aussi. Deux injections rapides dans le biceps, une contre le tétanos, l'autre contre l'hépatite B, à peine une sensation de piqûre. Une experte

Ce n'est que lorsque tout le matériel médical fut posé de côté et que Kiernan se mit à parler de serviettes, de vêtements propres, et à expliquer comment régler la température de la douche – « Elle est un peu rétive. Vous allez devoir tourner le machin dans tous les sens » – que Freya ouvrit les vannes :

— Je me fous de la douche ! cria-t-elle en se levant et reculant vers la porte. Des serviettes, des vêtements, et de tout le reste ! Je veux savoir ce qui se passe. Vous entendez ? Je veux que vous me disiez qui vous êtes et ce qui se passe, merde ! Sinon, je sors d'ici et file tout droit au poste de police le plus proche...

Flin et Kiernan échangèrent un regard, puis, lentement, posément, Kiernan entreprit de rassembler tout le matériel médical.

— Je vous en prie, Freya, asseyez-vous... commença-t-elle doucement.

— Je m'en tape, de m'asseoir ! Je veux savoir ce qui se passe ! Combien de fois dois-je le répéter ? On vient d'essayer de me couper le bras et vous me dites de prendre une douche ? Ça va pas, chez vous ?

— Je me rends bien compte à quel point c'est difficile pour vous, répondit Kiernan calmement, fermement. Et croyez bien, Freya, que je suis vraiment désolée de tout ce qui s'est passé. Si j'avais pensé une minute que vous étiez en danger, je ne vous aurais pas laissée seule à Dakhla.

Elle traversa la pièce, jeta les cotons, les seringues et les pansements usagés dans une corbeille à papier, resta là un moment à les regarder avant de se tourner vers Freya.

— Malheureusement, on ne peut pas toujours prévoir les événements, dit-elle, les yeux fixés sur la jeune femme. Nous devons les affronter quand ils surviennent, en fonction des circonstances. C'est ce que nous essayons de faire maintenant. Vous êtes pleinement en droit d'exiger des explications et vous les aurez, je vous le promets, mais il faut d'abord que Flin me brosse un tableau complet de la situation. Quoi que vous pensiez, vous êtes ici avec des amis. Vous ne risquez rien. Alors, je vous en prie, Freya, asseyez-vous et nous pourrons parler.

Elle montra le canapé, un geste à la fois d'apaisement et de commandement. Freya hésita, puis s'assit, mais dans un fauteuil, en face, et juste sur le bord du siège, comme si elle était prête à se lever d'un bond à tout moment. Kiernan la regarda, l'air vaguement contrariée, comme un professeur auquel un élève a désobéi délibérément. Puis, avec un soupir, elle prit la cuvette, le plateau chirurgical et la trousse à pharmacie pour les déposer dans la cuisine par le passe-plat avant de prendre place à côté de Flin, les mains jointes bien sagement sur les genoux, le dos droit comme un piquet. Quelque chose dans le scénario, la façon dont les deux étaient assis face à elle, donna à Freya l'impression de passer un entretien d'embauche.

— Alors ? dit-elle.

— Comme vous l'avez déjà deviné, il y a autre chose dans les événements récents que ce que nous vous avons, l'un et l'autre, laissée savoir, dit Kiernan en regardant directement Freya, sans cligner de ses yeux gris. Je m'excuse, tant en mon nom qu'en celui de Flin, j'en suis sûre, de vous avoir laissée dans l'ignorance de certaines choses. Il y a malheureusement des questions de sécurité nationale en jeu – des questions de sécurité nationale extrêmement importantes, qui nous ont empêchés d'être avec vous d'une sincérité absolue. Je le suis maintenant uniquement parce que, après ce que vous avez subi, continuer de se dérober serait à la fois inutile et injuste. Je vais vous expliquer ce qui se passe, Freya, et je vais vous en expliquer la raison. Mais avant de le faire, je veux cependant avoir la garantie que vous respecterez le caractère sensible, le caractère extrêmement sensible, de ce que vous allez entendre. Que pas un mot de tout cela ne sortira de ces quatre murs. Voulez-vous me donner cette garantie ?

Freya ne répondit pas.

— Voulez-vous me donner cette garantie, Freya ?

Freya ne répondait toujours pas et Kiernan durcit le ton :

— Freya, si vous ne pouvez me garantir...

— Elle n'en parlera à personne, Molly, intervint Flin. Pas après ce qu'elle a vu de Girgis. Elle a plus de raisons de le haïr qu'aucun de nous deux. De cela je suis sûr.

Kiernan continuait de fixer Freya du regard en plissant les yeux. Puis elle hocha la tête, ses traits s'adoucirent légèrement. Quand elle parla, sa voix était moins dure :

— Je suis désolée, Freya, mais vous devez comprendre que la situation est extrêmement délicate. Les enjeux sont trop élevés.

Le regard de Freya passa d'elle à Flin et se tourna à nouveau vers elle. Après un silence, elle dit :

— Vous êtes un genre de barbouzes, n'est-ce pas ?

— Je travaille pour la CIA. Flin est...

— Un ancien barbouze, acheva-t-il. J'ai fait une brève carrière, particulièrement peu glorieuse, dans la DGSE britannique, après quoi il a été décidé que le monde serait un lieu plus sûr si je me consacrais à la poterie et aux hiéroglyphes. On m'a cependant appris à tirer, et je crois que ça n'a donc pas été une perte de temps complète.

Ses yeux croisèrent ceux de Freya une fraction de seconde avant de se détourner.

— Et Alex ? demanda celle-ci. Etait-elle...

Kiernan secoua la tête avant même qu'elle ait achevé sa question.

— Votre sœur était une exploratrice du désert, Freya, pas une espionne. Elle nous aidait, c'est tout. Tout comme Flin nous a aidés.

— Vous a aidés en quoi, Molly ? Dans quoi avez-vous bien pu entraîner ma sœur ?

Kiernan soutint son regard en levant la main pour toucher le petit crucifix en or suspendu à son cou.

— Je crois que le moment est venu de vous parler de Sandfire, dit-elle. De la raison qui fait que nous sommes là maintenant, que je suis en Egypte depuis vingt-trois ans et qu'un homme singulièrement déplaisant du nom de Romani Girgis ne reculera devant rien pour trouver l'emplacement de l'oasis perdue de Zerzura.

# Dakhla

Même s'il habitait une maison, avec cuisine, salle de bains et trois champs derrière – deux plantés de légumes, l'autre de *bersiim* –, le désert était la véritable demeure de Zahir Sabri. Et c'était dans le désert qu'il retournait toujours quand il avait le cœur lourd. Comme ce soir-là.

Il n'alla pas loin, à quelques kilomètres seulement de Dakhla ; son Land Cruiser montait et descendait les dunes comme un coracle les vagues, et son seul phare en état de marche projetait une pâle lueur sur le sable. Alors que tout paraissait se confondre dans l'obscurité – un collage flou de sable, de roche et de clair de lune –, il semblait savoir exactement où il allait. Il se frayait un chemin à travers le paysage incertain, les pentes et les dépressions, les cuvettes semées de gravillons et les champs de rochers comme il l'eût fait dans les rues d'une ville et finit par s'engager dans une longue vallée bordée par les parois de hautes dunes et par s'arrêter près d'un buisson d'arassou rabougri et solitaire.

Il déchargea le bois et la paille qu'il avait transportés à l'arrière de son Land Cruiser et prépara un feu. Le petit bois s'enflamma à l'instant où il y porta une allumette, telle une fleur orange qui s'ouvre et déploie ses pétales irréguliers aux premiers rayons du soleil. Il fit chauffer du thé dans une vieille casserole noircie et alluma sa pipe à eau. Enveloppé dans un *shaal* pour se protéger de la fraîcheur du soir, il regardait les flammes en tirant doucement sur l'embout de la *chicha* ; seuls le crépitement doux du bois en train de brûler et, quelque part au loin, le glapissement mélancolique d'un renard du désert rompaient le silence.

Zahir venait souvent ici avec son frère Saïd ou son bien-aimé Mohsen, son fils, son héritier, la lumière de sa vie. Ils campaient sous les étoiles, entonnaient de vieux chants bédouins et se racontaient à n'en plus finir l'histoire de leur famille, comment celle-ci était arrivée en Egypte, des siècles plus tôt, venue du pays des Rashaayda en Arabie Saoudite. Tant de choses avaient changé, depuis. Tant d'autres s'étaient perdues. Le béton et l'adobe avaient remplacé les tentes, les 4 × 4, les chameaux, et les impôts, les cartes d'identité, la paperasse et toutes sortes de contraintes bureaucratiques, la liberté nomade. Malgré tout, ils restaient des Bédouins au fond de leur cœur, des habitants et des voyageurs du désert, et il leur suffisait de venir là quelques heures pour se le rappeler, se remettre en phase avec leur glorieux héritage.

Ce soir, tirant sur sa pipe, Zahir repensait à cet héritage. Il ressassait en particulier le souvenir de son ancêtre, Mohammed Wald Yousouf Sabri al-Rashaayda, le plus grand des Bédouins, le père de sa tribu, qui, avec ses chameaux, avait traversé le Sahara du nord au sud, d'est en ouest, jusqu'à ce qu'il n'y eût aucun coin de cette région sauvage qui ne lui fût familier, aucun grain de sable sur lequel il n'eût posé le pied à un moment ou un autre.

On racontait tant d'histoires merveilleuses à propos du vieux Mohammed, tant de contes et de légendes transmis d'une génération à l'autre. Pour Zahir, l'une de ces histoires revêtait plus d'importance que toutes les autres, elle symbolisait toute la noblesse de son parent et de son peuple : un jour, alors qu'il se déplaçait au fin fond du Sahara, à deux cents kilomètres au moins de l'oasis la plus proche, le vieux Mohammed était tombé sur un homme qui cheminait en chancelant dans le sable. Il était sans nourriture, ni eau, ni chameau, et les vautours tournoyaient en silence au-dessus de lui dans l'attente de sa mort imminente.

Il apparut que l'inconnu était un Bédouin Koufra, de la tribu des Banou Soulaïm, des ennemis jurés des al-Rashaayda, et il aurait été pleinement en droit de l'égorger sur-le-champ avec le coutelas maintenant accroché au mur du séjour de Zahir. Au lieu de cela, il lui avait donné de l'eau alors que sa réserve était dangereusement réduite, il l'avait pris sur son chameau et transporté pendant sept jours.

« Pourquoi as-tu fait cela ? lui avait demandé le Bédouin Koufra lorsqu'ils étaient arrivés en vue de la civilisation. Pourquoi m'as-tu sauvé la vie alors qu'il y a une telle haine entre nos tribus, que tant de torts ne seront jamais redressés ? »

Et Mohammed de répondre :

« Les Bédouins Rashaayda ont beaucoup d'obligations, mais aucune ne leur est plus chère que celle qui consiste à prendre soin d'un inconnu dans le besoin, qui qu'il soit. »

Cette histoire était d'ordinaire une source de joie et de fierté pour Zahir. Combien de fois l'avait-il racontée à son fils, en l'enjoignant à vivre comme le vieux Mohammed, à montrer les mêmes dignité, humilité et compassion ?

Ce soir-là, après tout ce qui s'était passé récemment, elle ne le rendait ni joyeux ni fier. Au contraire, elle lui faisait éprouver un sentiment insupportable de vide et de remords.

*Les Bédouins Rashaayda ont beaucoup d'obligations, mais aucune ne leur est plus chère que celle qui consiste à prendre soin d'un inconnu dans le besoin.*

Il farfouilla dans sa poche et en sortit la boussole. Il l'ouvrit, regarda les initiales gravées à l'intérieur du couvercle métallique : *AH.* Ses yeux sombres luisaient à la lumière du feu tandis que les paroles de son ancêtre résonnaient dans sa tête comme une réprimande et le tourmentaient. A quoi bon connaître le désert comme il le connaissait, préserver les histoires et les chants du temps jadis s'il était incapable de vivre en accord avec le principe le plus fondamental de son peuple ? Il avait eu l'occasion d'accomplir ce devoir et y avait manqué. Le poids de ce manquement pesait sur lui, si bien que ce soir, au lieu de l'apaiser, de l'aider à se remettre en phase avec l'héritage des Rashaayda, sa présence dans le désert n'avait pour effet que de rappeler à Zahir combien il en était indigne.

*Les Bédouins Rashaayda ont beaucoup d'obligations, mais aucune ne leur est plus chère que celle qui consiste à prendre soin d'un inconnu dans le besoin.*

Il finit son thé, tira encore un moment sur sa pipe. Incapable de trouver la paix dont il avait si grand besoin, il éteignit le feu en y projetant du sable à coups de pied, remit son matériel dans le Land Cruiser et reprit le chemin de chez lui. Les dunes roulaient et tournaient autour de lui, comme si le désert avait secoué la tête, lui signifiant ainsi à quel point il était déçu.

# Le Caire

— Que savez-vous de la guerre Iran-Irak ?

La voix de Molly Kiernan venait de la cuisine, où elle faisait du café. Freya ne s'attendait pas à cette question.

— Vous allez me donner un cours d'histoire ? demanda-t-elle. J'en ai déjà eu un aujourd'hui, et, aussi captivant qu'il ait été, je ne suis pas d'humeur à en recevoir un autre.

Kiernan regarda par le passe-plat, ne sachant trop ce que voulait dire la jeune femme.

— Je lui ai fait faire la visite « Zerzura », expliqua Flin. Au musée.

— Ah.

Kiernan hocha la tête en versant l'eau fumante de la bouilloire.

— Non, je ne vais pas vous donner un cours, Freya... je laisse ce genre de choses aux spécialistes, dit-elle en montrant Flin de la tête et en continuant à verser. Juste un bref historique. Pas de Benben ni de papyrus, promis.

Les tasses s'entrechoquèrent lorsqu'elle prit le plateau, disparaissant à leur vue avant de réapparaître à la porte du living. Elle vint poser le plateau par terre.

— C'est du café soluble, malheureusement, dit-elle en tendant des tasses à Freya et Flin. Et il n'y a ni lait ni sucre, mais c'est mieux que rien.

Elle prit la troisième tasse et alla à la fenêtre, ouvrit les rideaux d'un coup sec et jeta un coup d'œil dans la rue avant de se tourner face à eux.

— Alors ? demanda-t-elle en soufflant sur son café et en buvant à petites gorgées, la main gauche sur la hanche. Vous savez quelque chose de cette guerre ?

Freya haussa les épaules.

— Non, pas vraiment. Seulement ce qui a été dit aux informations quand nous avons envahi l'Irak. Avant cela, n'avait-on pas soutenu Saddam, ne lui avait-on pas livré des armes ?

Flin poussa un grognement.

— Ça n'a pas été l'heure de gloire du monde libre. Soutenir un dictateur, responsable d'un génocide et d'un massacre, pour des raisons perverties de realpolitik...

Kiernan eut une exclamation désapprobatrice et secoua la tête avec impatience.

— N'entrons pas dans une discussion politique. Freya veut des réponses et nous devons nous efforcer avant tout de les lui donner.

Flin ne répondit pas et se contenta de regarder dans sa tasse.

— La guerre a duré de 1980 à 1988, continua Kiernan. Elle a opposé l'Irak de Saddam à l'Iran de Khomeiny. Deux régimes complètement barbares, quoique celui de Saddam ait été, de peu, le moindre des deux maux, raison pour laquelle, comme vous l'avez dit justement, nous étions prêts à lui fournir une aide financière, des renseignements, des armes...

— Des agents biologiques, aussi, avec l'aimable autorisation de l'envoyé spécial Donald Rumsfeld, coupa Flin.

Kiernan eut à nouveau une exclamation désapprobatrice.

— Nous avons soutenu Saddam exactement pour les mêmes raisons que la Grande-Bretagne, la France, l'Allemagne, l'Italie, la Russie et une douzaine d'autres pays. Parce qu'il était trop affreux d'envisager l'autre possibilité, à savoir une victoire de Khomeiny et de ses fous de révolutionnaires. Comme l'avait dit Kissinger à l'époque, il était dommage que les deux ne puissent pas perdre, mais s'il fallait que l'un des deux en sorte vainqueur, mieux valait pour nous tous que ce soit Saddam.

— Quel allié fidèle il s'est révélé être ! marmonna Flin.

Kiernan lui lança un autre regard contrarié.

— Peu importe, dit-elle. Tout ce qui compte pour notre propos, c'est qu'au milieu des années 1980, après quelques succès initiaux, l'Irak se retrouvait sur la défensive, et ce bien qu'il fût en possession de l'armement le plus moderne et des troupes les mieux entraînées, et le conflit était devenu une guerre d'usure, ce qui était en faveur de l'Iran, qui disposait de trois fois plus d'hommes sur le terrain et se fichait royalement de savoir combien d'entre eux mouraient car il y en avait toujours d'autres pour les remplacer.

Elle fit une moue légère, comme écœurée par la mentalité qu'elle décrivait.

— Le fait qu'une proportion significative de l'armée irakienne ait été composée de musulmans chiites ne faisait qu'ajouter aux soucis de Saddam, étant donné que lui et son régime étaient sunnites.

Devant elle, Freya buvait son café à petites gorgées – léger, sans goût – en se demandant où tout cela les menait. Flin s'était renversé contre le dossier et regardait le plafond en suivant des yeux une fissure qui courait en diagonale d'un côté à l'autre de la pièce.

— En 1986, Saddam était sur les nerfs, poursuivit Kiernan en tripotant de la main gauche le crucifix à son cou. Il était évident que même avec l'appui des Occidentaux il ne gagnerait jamais la guerre complètement et il risquait même fort de la perdre. Il était comme un boxeur pendant les derniers rounds de son combat, lorsqu'il sait qu'il est en retard aux points, que son adversaire a davantage de réserve et que plus le combat avance, plus la situation va se dégrader. Ce qu'il fallait, décida-t-il, c'était mettre l'adversaire K.-O., par un coup bas qui mettrait fin au conflit immédiatement, en bousillant l'Iran d'un seul coup.

Elle marqua une pause, le regard fixé sur Freya.

— Et la forme la plus évidente de ce coup bas consistait en une frappe nucléaire contre Téhéran.

Freya leva les yeux, surprise.

— Mais je croyais...

— ... que Saddam n'avait pas la bombe ? acheva Kiernan à sa place. Il ne l'avait pas. Mais il la voulait à tout prix. Et en dépit de ce qu'affirmaient Blix et les autres âmes sensibles de l'ONU, il a été plus près de l'avoir qu'on ne l'a jamais admis publiquement.

Dehors se firent entendre soudain les miaulements aigus de chats en train de se battre. Kiernan jeta un autre regard circonspect par la fenêtre, puis vint s'asseoir sur le bras du canapé, près de Flin.

— Croyez-le si vous voulez, fabriquer une bombe atomique n'est pas très difficile techniquement, dit-elle en buvant lentement son café. En tout cas pour quelqu'un disposant des ressources scientifiques de Saddam. Le problème consiste surtout à se procurer la matière fissile nécessaire, en particulier du plutonium 239 ou de l'uranium 235. Je ne me lancerai pas dans un exposé de physique – pour être franche, j'en serais bien incapable –, mais la production de l'un de ces isotopes en quantité suffisante et à un degré de pureté suffisant pour la mise au point d'une arme nucléaire est un processus énormément complexe, coûteux et long, qui, en 1986 comme maintenant, n'était à la portée que d'une poignée de pays. Saddam n'était en aucun cas capable de le mettre en œuvre seul et, quel que fût le soutien que les gouvernements occidentaux étaient prêts à lui accorder, il était hors de question qu'ils l'accueillent dans le club nucléaire. Il chercha donc ailleurs et tâta le terrain auprès de quelques-uns des marchands d'armes les moins scrupuleux du globe, pour voir s'ils pouvaient lui procurer les matières nécessaires. Et, fin 1986, l'un d'eux s'est manifesté...

Elle finit le reste de son café, puis sa phrase :

— Romani Girgis.

Freya avait été sur le point de l'interrompre pour lui demander quel rapport tout cela avait avec le meurtre de sa sœur, avec ce qui s'était passé au cours des dernières vingt-quatre heures. A la mention du nom de Girgis, elle décida d'attendre encore un peu.

— Girgis est un marchand d'armes ? demanda-t-elle.

— Entre autres choses, répondit Flin en se redressant. Armes, drogue, prostitution, contrebande d'antiquités... il n'existe pas d'activités scélérates dans lesquelles il ne soit pas partie prenante. Le trafic d'armes est cependant la principale.

— Et il a fourni la bombe à Saddam Hussein ?

— Cinquante kilos d'uranium hautement enrichi, pour être précis, dit Kiernan. Assez pour fabriquer deux engins atomiques à implosion d'une puissance de destruction équivalant à celle de la bombe d'Hiroshima. Saddam aurait rasé d'un coup Téhéran et Macchad, mis fin à la guerre, écrasé la révolution iranienne, et imposé l'Irak comme la puissance dominante de toute la région. En bref, il aurait changé le cours de l'Histoire. Il a été à deux doigts d'y parvenir.

Elle laissa Freya assimiler tout cela, puis se leva.

— Qui veut encore du café ?

Flin lui tendit sa tasse, Freya garda la sienne. Kiernan disparut à nouveau dans la cuisine. Les regards de Flin et Freya se croisèrent un court instant, puis tous les deux se détournèrent.

— Même un quart de siècle après les événements, nous ne connaissons toujours pas de façon claire les détails exacts du marché conclu par Girgis, expliqua Kiernan depuis la cuisine. D'après les renseignements que nous avons recueillis, il a acheté l'uranium à un intermédiaire soviétique du nom de Leonid Kanounine – un sale type, assassiné dans une suite d'hôtel à Paris en 1987 –, qui semble se l'être lui-même procuré auprès de contacts dans l'armée soviétique. D'où il venait au départ, nous n'avons jamais réussi à le déterminer précisément, mais peu importe. Ce que nous savons, c'est qu'en novembre 1986 Girgis a affrété un

Antonov, un avion-cargo immatriculé aux îles Cayman, piloté par un certain Kurt Reiter, contrebandier de drogue et d'armes pendant la guerre froide. Un rendez-vous a été organisé avec Kanounine sur un petit aérodrome du nord de l'Albanie, où deux représentants de Girgis ont pris livraison de la marchandise et effectué un premier versement de cinquante millions de dollars. Pour brouiller les pistes, la cargaison devait d'abord être acheminée à Khartoum et seulement après à Bagdad, où son arrivée à bon port devait donner lieu au paiement du solde à Kanounine, soit à nouveau cinquante millions de dollars. Girgis aurait reçu sa part, vingt pour cent de la somme, Saddam aurait eu sa bombe, l'Iran aurait été anéanti. Tout le monde aurait été content...

Elle revint dans le séjour avec deux tasses fumantes, en tendit une à Flin et se rassit sur l'accoudoir du canapé. Il y eut un silence. Les yeux fixés au plancher, Freya digérait ce que Kiernan venait de dire. Puis elle regarda celle-ci dans les yeux et posa la question qu'elle avait été sur le point de poser cinq minutes plus tôt :

— Je ne vois pas ce que tout cela a à voir avec ma sœur. Avec cette histoire de l'oasis...

— Nous y arrivons, répondit Kiernan. Nous avons eu vent de toute l'opération assez tôt, grâce à des informateurs infiltrés dans les organisations de Girgis et de Kanounine. Mais les renseignements manquaient de précision. Nous savions ce qui était projeté, qui était impliqué... nous n'arrivions pas à obtenir des lieux et des dates exacts. C'est littéralement deux ou trois heures avant le rendez-vous albanais que nous avons pu finalement avoir des détails sur la façon dont l'uranium était transporté et où il devait l'être.

« La journée était alors trop avancée pour intercepter l'Antonov avant son décollage. Il y avait une vague possibilité de le saisir quand il ferait escale à Benghazi pour se ravitailler, mais, compte tenu de nos relations avec Kadhafi à l'époque, cela aurait entraîné beaucoup de complications. Mieux valait suivre l'avion de près et mettre le grappin dessus à Khartoum, avant qu'il ne décolle pour Bagdad. Nous avions une unité des Forces spéciales postée de l'autre côté de la mer Rouge, en Arabie Saoudite, les Israéliens avaient été prévenus et devaient donner un coup de main. Ça n'aurait pas présenté de difficultés. Ça n'en aurait pas présenté si la nature n'était pas intervenue.

— La nature ? répéta Freya en secouant la tête sans comprendre.

— L'unique chose que nous ne pouvions pas prévoir, dit Kiernan avec un soupir. L'Antonov a été pris dans une tempête de sable pendant qu'il survolait le Sahara et ses deux moteurs sont tombés en panne. L'une de nos stations d'écoute a capté un SOS provenant de quelque part au-dessus du plateau du Guilf Kébir, puis l'avion est sorti des écrans radar et a disparu.

Pour la première fois, Freya commença à comprendre.

— Il s'est écrasé dans l'oasis... C'est ça, n'est-ce pas ? Tout tourne autour de ça. C'est pourquoi Girgis voulait les photos. L'avion s'est écrasé dans l'Oasis secrète...

Kiernan sourit, bien qu'il n'y eût pas trace d'humour dans son expression.

— Nous n'avons pas découvert ça tout de suite, poursuivit-elle. Nous savions seulement que l'avion était tombé dans les parages du Guilf Kébir, qui est une région assez vaste, quelque cinq mille kilomètres carrés de roche et de désert. Mais, environ six heures après le premier SOS, nous avons capté un second message, envoyé celui-ci par le copilote, un type nommé Rudi Schmidt, qui semble avoir été le seul survivant de l'accident. La transmission était mauvaise et n'a duré que trente secondes, mais Schmidt a eu le temps de donner une description sommaire de l'endroit où l'avion s'était écrasé. Dans une gorge pleine d'arbres, a-t-il dit, avec des ruines partout. Des ruines antiques, dont celles d'une sorte d'immense temple sur lequel était gravé partout un étrange symbole en forme d'obélisque.

— Le Benben, murmura Freya, qui en dépit de la fraîcheur de la pièce eut la chair de poule.

— Même sans ces bribes d'informations, ça ne pouvait être que la *wehat seshtat*, dit Flin, prenant le relais. Il n'existe aucun autre site archéologique connu ou réputé dans un rayon de trois cents kilomètres autour du Guilf Kébir, et certainement pas dans une gorge comme celle que l'Allemand avait décrite. Il est concevable que ce soit un site inconnu, mais le motif du Benben chasse tous les doutes.

Il secoua la tête, incrédule, et se pencha en avant pour ramasser les photos qu'il avait posées par terre.

— Une chance sur un million, dit-il en feuilletant les photos. Sur un milliard. Alors qu'il avait tout le Sahara pour s'écraser, l'Antonov tombe en plein dans l'Oasis secrète. C'est inimaginable, absolument inimaginable.

A côté de lui sur le canapé, Kiernan regardait aussi les photos. Elle les voyait pour la première fois et ses yeux brillaient.

— Nous avons cherché cet avion pendant près de vingt-trois ans, dit-elle, la tête penchée d'un côté pour mieux voir les photos. Sandfire, c'est le nom que nous avons donné à l'opération de recherche. Elle était classée top secret, évidemment – même au sein de la CIA, nous n'étions que quelques-uns à être au courant –, et dès le départ il a été décidé de ne pas faire intervenir les autorités égyptiennes, de crainte que quelqu'un n'avertisse Girgis que nous étions sur sa piste. Même ainsi, étant donné la technologie disponible – images satellites, surveillance aérienne, drones –, nous aurions dû être capables de repérer l'appareil en quelques jours.

Elle se redressa et regarda Freya.

— Nous avons passé au peigne fin chaque centimètre carré du Guilf Kébir et du désert alentour, dans un rayon de deux cent cinquante kilomètres, nous avons fait des recherches aériennes, depuis l'espace, au sol, nous avons retourné chaque caillou, d'Abou Ballas et de la Grande Mer de Sable jusqu'au djébel Oueinat et à Yerguéhda Hill. Et malgré tout ça…

Elle poussa un grognement dépité.

— *Nada*. Rien. Un avion de vingt-cinq mètres et de vingt tonnes, purement et simplement disparu. Croyez-moi, je ne suis ni superstitieuse ni portée sur l'occultisme, mais même moi, j'ai commencé à penser qu'il y avait un fond de vérité dans toutes ces histoires de formules magiques et de malédictions qu'on trouve dans le papyrus d'Imti-Khentika. J'ai beau chercher, je n'arrive pas à trouver d'autre explication.

Dehors, l'alarme d'une voiture se déclencha et s'arrêta presque aussitôt. Kiernan se leva et alla jeter un nouveau coup d'œil à travers les rideaux avant de se retourner en croisant les bras.

— Les premières années, nous avons mis le paquet pour résoudre le problème. Ensuite, nous avons commencé à réduire les frais. Si nous n'étions pas capables de trouver l'oasis, il était extrêmement improbable que Girgis ou qui que ce soit d'autre le soit. Nous gardions les choses à l'œil, surtout après le 11 Septembre… mieux vaut ne pas imaginer ce qui arriverait si une organisation comme Al-Qaida apprenait que cinquante kilos d'uranium enrichi traînent sans protection en plein désert… Nous continuons d'effectuer une surveillance régulière par satellite et drone, nous avons en permanence une unité des Opérations spéciales à Kharga, au cas où il se passerait quelque chose. Mais, pour l'essentiel, nous nous en sommes remis à ce que nous appelons des « non-combattants accommodants », des civils qui, pour toutes sortes de raisons, ont une connaissance particulière de la zone géographique concernée ou que leur activité amène dans cette zone, et qui pourraient découvrir par hasard quelque chose qui nous aurait échappé.

Elle fit un signe de tête en direction du canapé.

— Flin, je l'ai connu dans les années 1990, quand il était dans les services de renseignements britanniques. Après qu'il eut...

Elle hésita une fraction de seconde, comme si elle cherchait les mots justes :

— ... mis fin à sa collaboration avec eux pour revenir à l'égyptologie et s'installer ici, j'ai pris contact avec lui et sollicité son aide. La personne tout indiquée, étant donné le travail qu'il faisait.

— Et Alex ? demanda Freya.

— Elle aussi était tout indiquée pour jouer ce rôle. Nos chemins s'étaient croisés à Langley, lorsqu'elle travaillait comme intérimaire au service géographique de la CIA. Quand j'ai appris qu'elle s'était installée à Dakhla, je suis passée la voir et lui ai exposé la situation. A l'exception de Zahir al-Sabri, je n'avais jamais rencontré quelqu'un qui connaissait le Guilf aussi bien qu'elle. Elle a accepté de participer, en échange de quoi nous avons subventionné en partie ses recherches. Mais, pour être franche, je crois que c'est plus la perspective de relever le défi que l'argent ou le désir de protéger le monde libre qui l'attirait. Alex étant Alex, j'avais l'impression qu'elle voyait là une possibilité d'aventure pittoresque...

Freya secoua la tête tristement. C'était exactement pour ça qu'Alex avait dû accepter de participer, pensa-t-elle : parce que ça sortait de l'ordinaire, parce que ça l'intriguait. Elle n'avait jamais été capable de résister à l'attrait du mystère. Et cette fois-ci, ça l'avait tuée. Pauvre Alex. Pauvre Alex chérie.

— ... allions au plus simple, disait Kiernan. Ils me faisaient leur rapport et c'est tout ; ils n'avaient aucun engagement avec la CIA elle-même. Nous étions sur le point de nous convaincre que l'avion ne serait jamais retrouvé. C'était l'un de ces mystères inexplicables, du même genre que le triangle des Bermudes. Et soudain, après vingt-trois ans, le corps de Rudi Schmidt ressort de nulle part et toute l'affaire redémarre...

Elle soupira et se massa les tempes. Elle semblait encore plus rongée par les soucis que lorsqu'ils étaient arrivés dans l'appartement, pensa Freya.

— Incroyable, reprit Kiernan. Et, de toute évidence, extrêmement préoccupant. Saddam a peut-être disparu, mais il y en a beaucoup d'autres qui seraient plus qu'heureux de conclure l'affaire à sa place. Et Romani Girgis n'est pas le genre d'homme à chicaner sur la moralité de ceux avec qui il traite.

Elle pivota sur elle-même et regarda encore par la fenêtre en tendant le cou d'un côté et de l'autre avant de se retourner vers eux. Silence.

— Et maintenant ? s'enquit Freya. Qu'allez-vous faire ?

Kiernan haussa les épaules.

— Nous ne pouvons pas vraiment faire grand-chose. Sinon les faire analyser sur ordinateur, expliqua-t-elle en montrant les photos que tenait Flin, et renforcer la surveillance du Guilf et de Girgis. A part ça...

Elle leva les mains au ciel.

— Observer, attendre, se tourner les pouces. C'est à peu près tout.

— Mais Girgis a assassiné ma sœur, dit Freya. Il a tué Alex.

En entendant ces mots, Kiernan fronça les sourcils et jeta un coup d'œil à Flin, qui secoua imperceptiblement la tête, comme pour dire : « Laissez tomber. »

— Girgis a tué ma sœur, répéta Freya en s'empourprant. Je ne vais pas rester là à ne rien faire. Vous comprenez ? Je ne vais pas le laisser s'en tirer comme ça !

Elle commençait à élever la voix. Kiernan s'approcha, s'accroupit devant elle et lui pressa le bras.

— Romani Girgis aura ce qu'il mérite, dit-elle. Si vous ne me faites confiance sur rien d'autre, croyez-moi au moins là-dessus.

Elle regarda Freya dans les yeux un moment, puis, avec un hochement de tête, elle se releva.

— Pour l'instant, je crois cependant que nous avons assez parlé et que vous devriez prendre une douche. Car même d'ici, vous ne sentez pas la rose.

Elle sourit et, malgré elle, Freya fit de même. Soudain épuisée, elle se mit debout.

— Vous avez dit qu'il y avait des vêtements propres...

— Dans la première chambre à droite. Sur le lit. Vous y trouverez aussi des serviettes. Et faites attention au réglage de l'eau chaude... elle n'en fait qu'à sa tête.

Freya alla à la porte, sortit dans le couloir, puis se retourna et passa la tête dans la pièce.

— Désolée pour l'épisode du revolver, dit-elle à Flin. Dans le taxi. Je n'aurais jamais tiré sur vous.

Il agita la main.

— Je sais. Vous aviez laissé le cran de sûreté, de toute façon. Essayez de ne pas utiliser toute l'eau chaude.

Après son départ, Kiernan se laissa glisser dans le fauteuil que Freya venait de libérer. Le bruit de la douche se fit entendre à l'autre bout de l'appartement.

— Elle est exactement comme Alex, vous ne trouvez pas ?

Toujours vêtu de sa chemise et de son jean sales, Flin s'était remis à parcourir les photos.

— Différente, aussi, répondit-il sans lever les yeux. Plus sombre. Elle a indéniablement un poids sur la conscience et ça se sent.

Il leva une photo au-dessus de sa tête et l'examina attentivement.

— Alex ne m'a jamais dit ce qui s'était passé entre elles, ajouta-t-il comme si ça lui était venu après coup. Elle n'en parlait jamais.

Il reposa la photo et en leva une autre. Kiernan le regardait faire tout en pianotant sur l'accoudoir du fauteuil.

— Vous voyez quelque chose ?

Flin secoua la tête.

— Bien que celle-ci soit intéressante…

Il lui tendit la photo qu'il examinait – la statue d'un être humain à tête de crocodile, supportée par un grand socle cubique sur la face duquel était nettement visible un texte hiéroglyphique encadré dans les anneaux d'un serpent.

— Sobek et Apep ? demanda Kiernan.

Flin acquiesça.

— La même formule de malédiction que sur le papyrus d'Imti-Khentika. « Puissent les infâmes être broyés par les mâchoires de Sobek et avalés dans le ventre du serpent Apep. » Sauf qu'ici il y a quelque chose de plus. Regardez.

Il se pencha et tapota du doigt le bas de la photo.

— « Et dans le ventre du serpent, traduisit-il, puissent leurs peurs devenir réelles, leurs *resut binu* – c'est-à-dire leurs mauvais rêves – un vif tourment. » Pas vraiment révélateur, mais très intéressant d'un point de vue académique. Un autre petit fragment de la mosaïque.

— Est-ce que ça nous rapproche de l'oasis ?

Il poussa un grognement.

— Même pas d'un millimètre.

Il se débarrassa de la photo, éplucha une fois de plus le reste de la pile, puis le posa sur le canapé et se leva.

— De toute façon, faites-les agrandir, mais je peux vous affirmer dès maintenant qu'on n'y trouvera rien de plus, dit-il. Nous perdons notre temps, Molly. Elles ne nous sont d'aucune utilité.

Il fit un mouvement d'assouplissement du cou et se dirigea vers le buffet, de l'autre côté de la pièce. Il l'ouvrit et en sortit une bouteille de whisky Bell aux trois quarts vide et un petit verre.

— Purement thérapeutique, dit-il en remarquant l'air désapprobateur de Kiernan.

Il remplit le verre, l'avala d'un trait et le remplit à nouveau avant de remettre la bouteille à sa place et de revenir s'asseoir sur le canapé. Il resta là un moment en faisant tourner le whisky, le liquide léchant l'intérieur du verre comme une langue dorée sale. On entendait toujours le bruit de la douche dans la salle de bains. Puis, après avoir bu la moitié du verre, Flin fixa Kiernan des yeux.

— Il y a autre chose, Molly.

Elle dressa les sourcils et pencha légèrement la tête.

— Je crois que quelqu'un a peut-être accès à votre portable.

Kiernan ne dit rien, mais la façon dont ses doigts cessèrent brusquement de pianoter donna à penser à Flin que sa remarque l'avait surprise.

— Lorsque Freya est arrivée au Caire, elle a laissé un message sur votre boîte vocale, continua-t-il. Pour vous faire savoir qu'elle venait me voir à l'université. Une demi-heure après, une bande d'hommes de main se pointait et allait droit à mon bureau. Il est concevable que quelqu'un ait été à sa recherche sur le campus et ait averti Girgis, mais ensuite, quand nous étions au musée, je vous ai aussi laissé un message. Résultat : les mêmes malfrats sont apparus comme par enchantement, et vous connaissez la suite. La coïncidence est trop grande. Girgis doit avoir accès à votre téléphone.

Flin connaissait Kiernan depuis près de quinze ans et il ne l'avait jamais vue aussi agitée.

— Impossible, dit-elle en se levant. C'est tout simplement impossible.

— Je ne vois pas d'autre explication, à moins que Freya ne mente ou que vous ne travailliez pour Girgis, ce dont je doute.

Kiernan se dirigea à grands pas vers la table où elle avait posé son sac à bandoulière et elle en sortit son Nokia. Elle le brandit.

– C'est un téléphone de l'Agence, Flin. Personne ne peut y avoir accès. Il y a des mots de passe, des codes personnels, des identités informatiques spéciales – il est complètement verrouillé. Même ces enculés de Russes ne pourraient y accéder.

Encore une première. Jamais Flin ne l'avait entendue dire un gros mot. Il but encore une gorgée de whisky.

— Quelqu'un de la maison ?

Elle ouvrit la bouche, la referma et se mordit la lèvre.

— Non, dit-elle finalement. Non. Impossible. En aucun cas la CIA n'écoute les communications privées de ses agents. Les moyens techniques existent, c'est vrai, mais s'en servir contre un employé de l'Agence... il faudrait que l'autorisation vienne de très haut. Ce n'est pas... je ne peux pas le croire. Je ne peux pas. Il doit y avoir une autre explication.

Flin haussa les épaules et avala le reste de son whisky. Il tira de la poche de son jean la carte de visite qu'Angleton lui avait donnée à l'hôtel Windsor et la lui tendit.

— Quoi qu'il en soit, vous devriez chercher du côté de ce type-là.

Kiernan prit la carte.

— Il m'a à l'œil. Il s'est pointé dans des endroits où il n'aurait pas dû être. Au musée, par exemple, juste au moment où les hommes de main nous en faisaient sortir. Je n'ai aucune preuve, mais je parierais volontiers, quelle que soit la façon dont ils nous ont trouvés, que ce gars est dans le coup. En tout cas, je suis sûr et certain qu'il ne travaille pas aux Affaires publiques.

Soudain pâle, Kiernan gardait les yeux rivés sur la carte, comme si cette dernière révélation l'avait troublée davantage que tout ce qui avait précédé. Le bruit de la douche cessa, laissant place à un silence total. Kiernan revint à son sac, y fourra la carte et le portable et se retourna vers Flin.

— Vous quittez Le Caire, dit-elle d'un ton soudain ferme, autoritaire. Vous quittez l'Egypte. Tous les deux. Ce soir même. C'est trop dangereux. La situation est en train de nous échapper. Elle nous a déjà échappé.

— Je ne voudrais pas vous offenser, Molly, mais je suis un civil et vous n'avez pas d'ordres à me donner. Je fais ce que je veux.

— Vous voulez finir dans un cercueil ?

— Je veux trouver l'oasis, dit-il, le regard dur, sans ciller. Et je n'irai nulle part tant que je ne l'aurai pas trouvée.

Kiernan parut un instant sur le point de s'emporter. Au lieu de cela, elle s'approcha de lui et lui posa une main sur l'épaule.

— Il s'agit seulement de l'oasis ?

Il leva les yeux vers elle, puis les baissa vers son verre

— Ce qui veut dire ?

— N'y a-t-il pas autre chose qu'un intérêt pour l'égyptologie et le désir d'arrêter Girgis ?

— Vous envisagez de vous recycler dans la psychanalyse, Molly ?

— J'espérais juste vous parler comme une amie qui se soucie de vous et ne veut pas qu'on vous fasse du mal.

Il soupira et posa la main sur celle de Kiernan.

— Excusez-moi, c'était malvenu. C'est seulement, vous savez...

Il ne finit pas sa phrase.

— Ce qui est arrivé à cette fille est arrivé, Flin. C'est le passé, un lointain passé. Et quelle que soit la dette de pénitence que vous croyez peut-être avoir, vous l'avez déjà plus que payée. Il est temps d'oublier.

Il continuait à la regarder sans mot dire.

— Je sais combien c'est important pour vous, reprit-elle, mais pour l'instant j'ai assez de pain sur la planche sans avoir par-dessus le marché à me faire du souci pour vous et Freya. Je vous en prie, ne me compliquez pas la tâche. Faites plaisir à une vieille femme et quittez la ville. Du moins tant que les choses ne se seront pas tassées et que je n'aurai pas pris les mesures nécessaires pour faire face aux répercussions des événements de ces dernières vingt-quatre heures, ce qui, croyez-moi, ne sera pas rien.

Flin porta son verre à ses lèvres alors qu'il était vide.

— Je peux en faire davantage, marmonna-t-il.

— Oh, je vous en prie, Flin ! s'exclama Kiernan en secouant la tête. Qu'est-ce que vous pouvez faire de plus que ce que vous avez déjà fait pendant les dix ans où vous avez travaillé sur Sandfire ? Dites-le-moi ?

— Je peux reprendre toutes mes notes. Les images satellites. Les données magnétométriques... quelque chose m'a peut-être échappé.

Il y avait un accent de désespoir dans sa voix, comme lorsqu'un enfant tente de convaincre ses parents de le laisser veiller pour regarder une série télé.

— Il doit bien y avoir quelque chose, insista-t-il. C'est évident.

— Flin, vous avez épluché tous ces matériaux mille fois. Dix mille fois et vous n'avez encore rien trouvé. C'est sans espoir.

— Je peux aller sur le Guilf... je peux... je peux...

— Le seul endroit où vous devez aller est l'aéroport international du Caire, où vous prendrez le premier avion...

— Je peux aller voir Fadaoui ! cria-t-il presque. Je peux aller voir Hassan Fadaoui, répéta-t-il en levant les yeux vers Kiernan. Il a affirmé qu'il savait quelque chose. A propos de l'oasis. Je l'ai entendu le dire. C'est probablement des foutaises, mais du moins puis-je aller lui parler.

Kiernan ouvrit la bouche pour discuter, puis la referma. Elle regarda Flin en plissant les yeux, pesant le pour et le contre.

— Vous avez dit qu'il ne vous adresserait pas la parole... Que, selon ses propres termes, il préférerait se couper la langue plutôt...

— Au pire, il me dira de foutre le camp. Ça vaut quand même la peine d'essayer. Avec des enjeux aussi élevés, ça vaut le coup d'essayer, vous vous en rendez bien compte.

Il sentit qu'elle commençait à se laisser fléchir et en profita :

— Je vais aller le voir. S'il m'envoie sur les roses, je ferai ce que vous voulez... je prendrai un congé sabbatique et mettrai les voiles en Angleterre pour quelques semaines. Je vous en prie, Molly, laissez-moi essayer. Après être arrivé jusque-là, bon sang ! Ne me mettez pas des bâtons dans les roues maintenant. Alors qu'il reste encore des possibilités. Pas maintenant, pas encore.

Elle resta où elle était, porta la main à la croix suspendue à son cou.

— Et Freya ?

— Dans l'idéal, elle devrait prendre le premier avion en partance. Mais à en juger par ce que je sais d'elle, elle ne va pas s'en aller sans faire d'histoires.

Kiernan croisa les bras. Autre silence.

— Très bien, dit-elle à contrecœur. Allez parler à Fadaoui. Voyez s'il sait quelque chose. Mais s'il ne sait rien...

— Je fiche le camp. Parole de barbouze.

Il porta la main à son front en une parodie de salut militaire.

Elle sourit, lui pressa de nouveau l'épaule et traversa la pièce. Elle décrocha un téléphone sans fil de son socle posé sur une bibliothèque près de la porte et disparut dans la cuisine. Quelques instants plus tard, sa voix se fit entendre : vive, sérieuse ; elle donnait pour instruction à quelqu'un de faire établir deux passeports en urgence et de s'assurer qu'il y aurait des places disponibles sur tous les vols en partance du Caire dans les douze heures suivantes.

Flin avait raison, Freya n'avait nullement l'intention de lâcher l'affaire.

Elle revint dix minutes plus tard, habillée avec les vêtements que Kiernan s'était procurés à son intention – jean, chemise, cardigan, tennis. L'ensemble lui allait étonnamment bien, bien qu'elle ait dû faire un revers dans le bas du jean, que la chemise et le cardigan soient un peu trop serrés. Elle n'avait pas pris la peine de mettre le soutien-gorge, de trois tailles trop grand.

Lorsque Kiernan lui expliqua ce qu'elle avait décidé, à savoir que pour sa sécurité elle allait la mettre dans le prochain avion qui décollerait du Caire, elle refusa catégoriquement. Elle devait à sa sœur de rester, dit-elle, et elle n'irait nulle part tant qu'elle n'aurait pas vu Girgis dans une cellule de la police ou un cercueil. Ils tentèrent de la convaincre, lui dirent qu'elle ne pouvait rien faire qui n'ait déjà été fait, mais elle ne voulut rien entendre et tint absolument à accompagner Flin.

— Voici le programme, dit-elle, les mains sur les hanches. Ou nous collaborons, ou je vais à la police. Ou bien vous me retenez ici contre mon gré, ce que j'aimerais bien vous voir essayer.

Fermement campée sur ses pieds au milieu de la pièce, elle ferma les poings comme si elle s'apprêtait à se lancer dans un combat professionnel. Kiernan secoua la tête avec impatience. Flin sourit.

— Je crois que la bataille est perdue d'avance, Molly. Freya et moi allons rendre visite à Fadaoui, et si ça n'aboutit à rien nous prendrons l'avion ensemble.

Kiernan n'était cependant pas satisfaite – « Pour l'amour du ciel, nous ne sommes pas en train de marchander au bazar ! » –, mais Freya se montra inflexible et finalement son aînée dut baisser pavillon.

— J'ai l'impression d'avoir affaire à deux sales gosses, marmonna-t-elle. C'est du propre, si je dois en arriver à négocier la façon dont je gère ma propre opération !

A l'entendre, elle semblait plus fâchée qu'elle n'en avait l'air, et bien que son ton ait été tranchant, une lueur d'amusement brillait dans ses yeux.

— Je vous en prie, ne me faites pas regretter ça, dit-elle.

Flin se doucha et se changea, sa tenue au final nettement moins réussie que celle de Freya.

— J'ai l'air d'un noctambule homosexuel, grommela-t-il en montrant sa chemise rose flottante et son jean brodé.

Kiernan empoigna son sac et les entraîna au rez-de-chaussée et hors de l'immeuble. Deux pâtés de maisons plus loin dans la rue, une Cherokee Sport gris métallisé était garée devant une aire de jeux.

— Vous pouvez prendre ma voiture, dit-elle en tendant les clés à Flin et en tapotant un laissez-passer collé sur le côté intérieur du pare-brise. Elle est au nom de l'ambassade, ça vous permettra de franchir n'importe quel poste de contrôle sans qu'on vous pose trop de questions. Vous avez ce qu'il faut comme argent ?

Flin hocha la tête.

— Si ce que vous m'avez dit est exact, mieux vaut ne plus m'appeler sur mon portable à partir de maintenant. Ni sur aucun de mes téléphones fixes.

— Comment faire pour vous contacter, alors ?

Kiernan tira de son sac un stylo et un petit bloc-notes, dont elle arracha une page sur laquelle elle griffonna un numéro.

— Jusqu'à ce que j'aie tiré tout ça au clair, vous pouvez me laisser un message ici. C'est un service sécurisé, personne n'en sait rien en dehors de moi ; donc, à moins qu'ils n'aient mis sur écoute toutes les lignes d'Egypte et d'ailleurs, il devrait être à toute épreuve.

Elle lui tendit le numéro et ils montèrent dans la jeep. Installé au volant, Flin régla le siège du conducteur, mit le moteur en marche et baissa sa vitre.

— Tenez-moi au courant, dit Kiernan. Et faites attention à vous.

— Vous aussi, faites attention à vous, répliqua Flin.

Il n'y avait apparemment rien à ajouter ; avec un salut de la tête, il mit le changement de vitesse automatique en position *drive* et ils démarrèrent.

— Ça n'a rien à voir avec la fille, Flin ! cria Kiernan. Vous ne devez rien à personne. Souvenez-vous de ça ! C'est du passé !

Il se contenta de donner un coup de klaxon et, sans un coup d'œil en arrière, remonta la rue et tourna le coin, en ignorant ostensiblement le regard interrogateur que lui lançait Freya.

Kiernan attendit que la voiture ait disparu avant de fouiller dans son sac pour en sortir son portable.

— Merde, murmura-t-elle. Comment c'est possible… merde !

Cy Angleton avait un pistolet, un Colt série 70 – une belle arme au canon nickelé étincelant et à la crosse en bois de rose incrusté de petits losanges de platine et de nacre. Il lui avait été donné, des années auparavant, par un homme d'affaires saoudien en échange de services rendus et, de même que certaines personnes se plaisent à donner un nom à leur voiture ou leur maison, Angleton en avait donné un à son pistolet. Il l'appelait Missy, comme la fille au visage couvert de taches de rousseur qui était assise derrière lui en classe quand il était enfant, la seule personne qui lui ait témoigné de la gentillesse, qui ne l'ait pas taquiné à propos de sa taille, de sa voix et de toutes ses infirmités.

Alors qu'il s'exerçait régulièrement avec Missy – il tirait sur des boîtes de conserve alignées sur une clôture, des cibles en carton à son stand de tir local – et l'emportait toujours avec lui où qu'il aille dans le monde, il ne s'en était jamais servi lors d'une opération. Il n'avait même pas été une seule fois sur le point de le faire et préférait le laisser dans le fond de sa valise, comme un bébé dans son berceau, content de savoir qu'il était là en cas de besoin.

Ce soir, ce n'était pas la même chose. Ce soir, il avait pris Missy avec lui, l'avait nettoyé et graissé, avait mis un chargeur neuf et l'avait fourré dans son étui en daim à bandoulière sous sa veste. Il y était maintenant, contre ses bourrelets de chair, juste sous son cœur, pendant que, installé au volant de sa voiture de location, il regardait Brodie et la fille monter dans la Cherokee et s'éloigner dans la rue devant lui.

Plus tôt dans la soirée, il avait suivi Kiernan jusqu'ici. La filature avait été facile malgré l'intense circulation du Caire et il était allé à la même allure qu'elle tout le long du trajet en restant à trois ou quatre voitures derrière, puis s'était garé dans une rue adjacente quand elle avait disparu dans l'immeuble. Il ne connaissait pas l'endroit – elle était maligne, retorse. Brodie et la fille étaient apparus vingt minutes plus tard, comme il le pressentait, et tous les trois étaient restés dans l'appartement plus d'une heure avant d'en ressortir, le jeune couple s'installant dans la Cherokee. Il était pris dans un dilemme. Devait-il rester là et voir ce que faisait Kiernan ou suivre la voiture ? Il mit en marche le moteur et tapota Missy, conscient de devoir prendre une décision rapidement.

Ils étaient sur sa piste, Angleton en était convaincu. Sinon, pourquoi Brodie aurait-il envoyé un texto codé à Kiernan un peu plus tôt, la première fois qu'il le faisait ? De quelle manière étaient-ils après lui, Angleton ne pouvait le savoir avec précision, mais il supputait qu'ils en étaient encore au stade de la suspicion et n'étaient pas encore passés à l'action.

C'était néanmoins embêtant, très embêtant même, quoique pas tout à fait inattendu. Les choses commençaient à s'accélérer et à se préciser, comme toujours dans ce genre de boulot. Ça débutait par une traque discrète, le jeu du chat et de la souris, puis la chasse proprement dite et enfin la capture et la mise à mort, bien que dans le cas présent on ne sût pas trop qui allait être tué. Raison pour laquelle il avait emporté Missy. Ça allait prendre une vilaine tournure, il le sentait. Ça avait déjà commencé.

La Cherokee tourna le coin et disparut. Angleton tenait absolument à savoir ce qui se passait du côté de Kiernan. Trop de pièces manquaient encore au puzzle. Mais, pour l'heure, son instinct lui dictait de ne pas perdre la trace de Brodie et de Hannen. Après avoir jeté un dernier coup d'œil dans la rue éclairée par un réverbère – était-ce un effet de son imagination ou Kiernan était-elle en train de lancer un regard mauvais à son portable ? –, il partit à la suite de la jeep tout en composant d'une main un numéro sur son propre portable.

Dans son bureau lambrissé, Girgis reposa le combiné du téléphone et se pencha en avant, les deux mains jointes sur sa table de travail.

— Mettez-vous à l'aise, messieurs. Je crois que nous sommes partis pour une longue nuit.

Devant lui, Boutros Salah, Ahmed Ousmane et Mohammed Kasri étaient installés dans des fauteuils en cuir à haut dossier. Salah avait à la main un verre de cognac, Ousmane et Kasri buvaient du thé à petites gorgées.

— C'est tout ? s'enquit Salah de sa voix rauque de fumeur. On reste là à attendre ?

— C'est tout, répondit Girgis. Je suppose que le plein des hélicoptères est fait ? Que le matériel est prêt à être embarqué ?

Salah acquiesça.

— En ce cas, nous n'avons qu'à attendre.

— Et s'ils nous filaient entre les doigts ?

— Nous laisserions les jumeaux faire ce qu'ils font le mieux, dit Girgis en montrant de la tête les écrans de télévision en circuit fermé alignés contre le mur latéral, l'un d'entre eux lui renvoyant l'image des deux frères en train de jouer au billard dans une pièce du rez-de-chaussée.

— Je n'aime pas ça, marmonna Salah. Je n'aime pas ça, Romani. Ils peuvent très bien disparaître.

— Tu as quelque chose de mieux à proposer ?

Salah maugréa, but un peu de cognac et tira sur la cigarette qu'il tenait de l'autre main.

— Alors, on attend, dit Girgis en s'appuyant au dossier de son fauteuil et en croisant les bras. On reste là à attendre.

Une heure et demie plus tôt, après que Brodie et la fille se furent échappés de Manshiet Nasser, il avait été au bord de l'apoplexie – il avait crié, hurlé, se grattant partout comme si des milliers de minuscules insectes avaient grouillé sur sa peau. Maintenant, il était calme, serein, déterminé... méconnaissable. C'était la facette de son caractère que les membres de son entourage trouvaient la plus déconcertante : cette façon de passer subitement d'une explosion de rage au calme le plus total et vice versa. Cela le rendait tout à fait imprévisible, et il était impossible de savoir quelle attitude adopter avec lui. Ses employés étaient toujours pris au dépourvu. Ce qui n'était pas pour lui déplaire, bien au contraire.

Un domestique apporta encore du thé et les quatre hommes passèrent à nouveau en revue les détails logistiques. Après quoi, Kasri et Ousmane s'en allèrent, Kasri pour travailler sur son ordinateur portable dans la bibliothèque, Ousmane pour s'amuser avec une des filles que Girgis gardait à disposition à l'intention de ses clients et collaborateurs. Girgis et Salah se retrouvèrent seuls dans le bureau.

— N'empêche, je n'aime pas ça, grommela ce dernier en écrasant une cigarette avant d'en allumer une autre immédiatement avec le briquet suspendu à son cou. Ça laisse trop de choses au hasard.

Girgis sourit. Ça remontait à loin, lui et Boutros. Kasri travaillait pour lui depuis vingt ans, Ousmane depuis dix-sept seulement. En revanche, Salah était à ses côtés depuis le tout début ; ils avaient grandi dans le même immeuble de Manshiet Nasser. Là-bas, dans les premiers temps, il était déjà son confident le plus proche, l'unique personne au monde qu'il pouvait considérer comme un ami, bien que, si nécessaire, il n'eût pas réfléchi à deux fois avant de le faire égorger. Il n'y avait pas de place pour les sentiments dans son genre de vie.

— On a tout bien en main, Boutros, dit-il. Si Brodie trouve quelque chose, nous serons les premiers à le savoir.

— Il a descendu quatre de nos hommes, bordel ! Personne n'a le droit de faire ça. On devrait lui arracher les yeux, à ce salaud, et ne pas rester là à se tourner les pouces.

Girgis sourit à nouveau. Il fit le tour de son bureau et vint tapoter l'épaule de son acolyte.

— Fais-moi confiance, Boutros, on lui coupera les doigts et les couilles, on lui arrachera les yeux. Et ceux de la fille aussi, pour faire bonne mesure. Mais pas avant d'avoir trouvé l'oasis. Pour le moment, c'est tout ce qui compte. Qu'est-ce que tu dirais d'une partie de jacquet ?

Salah continua à grommeler quelques instants, avant de sourire, lui aussi.

— Comme au bon vieux temps, dit-il.

— Comme au bon vieux temps, répéta Girgis en s'asseyant dans un des fauteuils en cuir et en tirant une boîte en marqueterie de dessous la table basse qui les séparait.

— Tu te souviens qu'on jouait déjà sur ce trictrac quand on était mômes ? dit Salah en l'aidant à mettre en place les pions. C'est le vieux père Francis qui nous l'avait offert.

— Qu'est-ce qui lui était arrivé, déjà ? demanda Girgis en rangeant ses pions.

— Bon Dieu, Romani ! Il a fallu qu'on le zigouille, tu te rappelles pas ? Après qu'il eut découvert qu'on dealait ; il avait dit qu'il allait nous dénoncer !

— Ah oui, ah oui. Quel imbécile !

Ils finirent de ranger leurs pions. Girgis lâcha les dés dans le cornet et les lança. Double six. Il eut un petit rire. La chance semblait vouloir lui sourire, ce soir.

Flin et Freya avaient quitté l'appartement à 20 h 30. Pris d'une crainte paranoïaque que les hommes de Girgis ne les repèrent, Flin fit des tours et des détours pendant dix minutes, obliquant brusquement à gauche et à droite, sans cesser de regarder dans le rétroviseur pour s'assurer qu'ils n'étaient pas suivis. Puis, après maintes allées et venues, ils rejoignirent l'autoroute qu'ils avaient parcourue plus tôt en taxi – du moins semblait-elle être la même aux yeux de Freya, mais elle n'en était pas sûre. Ils la suivirent pendant deux ou trois minutes, puis Freya vit avec horreur l'Anglais donner un brusque coup de volant à gauche.

— Qu'est-ce que vous faites ? s'écria-t-elle, cramponnée au tableau de bord tandis qu'ils passaient par une brèche dans la bande centrale et se retrouvaient dans les voies de circulation opposées, les phares fonçant vers eux comme un tir traçant.

Dans une cacophonie de coups de klaxon indignés, voitures et camionnettes firent des embardées pour s'écarter de leur chemin et, grimaçant, Flin se faufila à travers le flot des véhicules venant en sens inverse avant d'engager la jeep, à nouveau à contresens, le long d'une bretelle d'accès. Ils traversèrent en dérapage une autre grande route très fréquentée devant les phares des véhicules qui arrivaient en klaxonnant furieusement et franchirent une bande gazonnée avant de s'insérer dans un flux de voitures qui roulaient dans la même direction qu'eux. Flin ralentit et prit la voie de droite, le regard braqué sur le rétroviseur.

— Désolé, dit-il en lançant à Freya un coup d'œil contrit. Je voulais être sûr que personne ne nous filait le train.

Elle ne répondit pas, craignant de vomir si elle ouvrait la bouche. Etre suspendue à une paroi rocheuse de trois cents mètres ne lui semblerait plus jamais aussi risqué.

Ils revinrent dans le centre du Caire et traversèrent le Nil, puis, de l'autre côté, prirent une large avenue embouteillée. Finalement, après de nombreux bouchons, ils sortirent de l'agglomération, passèrent devant les pyramides, la ville disparaissant peu à peu derrière eux, les immeubles d'habitation et les cités laissant la place au sable nu et à des broussailles, les lumières et les néons à l'étendue monochrome du désert éclairé par la lune. Tout devint très calme et silencieux, hormis le ronronnement doux du moteur et le chuintement des pneus sur le bitume. Un panneau indiqua Alexandrie à deux cent treize kilomètres. Ils prirent de la vitesse.

— Si vous avez envie de mettre de la musique… dit Flin en tapotant le casier à CD sous la stéréo de la jeep. Il nous reste encore un bout de chemin à faire.

Freya parcourut le contenu du casier, passant rapidement sur les hymnes et compilations de sermons, qui paraissaient être en assez grand nombre, avant de jeter son dévolu sur *Slow Train Coming*, de Bob Dylan. Elle introduisit le disque dans le lecteur et la pulsation rythmique lente et grave de la guitare et de la basse du premier morceau emplit l'habitacle.

— Qui est donc cet Hassan Fadaoui ? demanda-t-elle en se renversant en arrière, les pieds sur le tableau de bord.

Un chapelet de feux arrière espacés se déroulait au loin devant eux, petits points rouges dans le mercure du paysage nocturne.

— Comme je vous l'ai dit au musée, c'est le type qui a trouvé le papyrus d'Imti-Khentika, répondit Flin en mettant son clignotant pour dépasser un vieux pick-up. Le plus grand archéologue qu'il y ait jamais eu dans ce pays. Une légende vivante.

— C'est un de vos amis ?

Les mains de Flin parurent serrer davantage le volant.

— « Ancien ami » serait plus exact, dit-il après quelques instants, avec une tension dans la voix, comme s'il lui était pénible d'aborder le sujet. Maintenant, il doit surtout avoir envie de me les couper et de me les faire bouffer... Non sans raison, pour être juste.

Freya le regarda de côté, les sourcils haussés, pour l'inviter à en dire plus. Il ne le fit pas tout de suite, mit à nouveau le clignotant, cette fois-ci pour doubler un taxi collectif à l'arrière duquel se serrait un essaim de femmes en robes noires. La voix nasillarde et lugubre de Dylan emplissait la voiture. Des panneaux d'affichage géants défilaient, publicités pour la Banque d'Alexandrie, les assurances Pharaonic, les jeans Chertex, les ampoules électriques Osram, surgissant brièvement dans les phares de la jeep avant de disparaître à nouveau dans la nuit. Elle commençait à croire que la conversation avait tourné court quand, avec un soupir, Flin baissa le son de la stéréo.

— Jusqu'à présent, je n'ai commis que deux grosses erreurs dans ma vie, dit-il. Trois, si on compte la fois où j'ai couché avec la femme du professeur responsable de mon groupe d'internes à l'école. Et de ces trois erreurs, la plus récente a consisté à faire coffrer Hassan Fadaoui.

Il se recula du volant, les bras tendus, en grimaçant légèrement. Freya ne savait trop si c'était parce que ce souvenir lui répugnait ou parce que son avant-bras lui faisait mal. La Cherokee fut secouée par le déplacement d'air que provoqua un camion passant à toute allure dans l'autre sens. Il y eut un autre silence.

— Nous nous sommes rencontrés quand j'étais étudiant à Cambridge, finit-il par dire à voix basse, les yeux fixés sur la route. L'ironie de la chose, c'est que la cargaison d'uranium de Girgis terminait sa course dans l'Oasis secrète presque au même moment. Hassan avait décroché un poste d'un an d'enseignant et de chercheur à l'université, et nous avons fait connaissance. Il m'a pris sous son aile et est devenu pour moi une sorte de mentor... il m'a appris presque tout ce que je sais de l'archéologie de terrain. Etant donné la différence d'âge, ça n'a jamais été vraiment une relation d'égal à égal, et il lui arrivait d'être difficile à vivre, mais on lui pardonnait parce qu'il était brillant. Je n'aurais jamais fini mon doctorat sans son aide. Et quand ma carrière dans les services de renseignements britanniques a tourné court, c'est Hassan qui m'a obtenu par piston un boulot d'enseignant à l'Université américaine et a persuadé le Conseil suprême des antiquités de m'accorder une concession de fouilles dans le Guilf. En fait, il a sauvé ma carrière.

— Pourquoi alors l'avez-vous fait mettre en prison ?

Flin lui jeta un regard agacé.

— Je ne l'ai certainement pas fait intentionnellement. C'était plus une sorte de…

Il secoua la main, essayant de trouver le mot juste. Il n'y arriva pas et baissa la vitre à commande électrique de quelques centimètres, ses cheveux agités par la brise.

— Ça s'est passé il y a trois ans, poursuivit-il. Je travaillais avec Hassan sur l'un de ses sites, à Abydos, de nouvelles fouilles autour de l'enceinte funéraire de Khâsékhem… je ne vous ennuierai pas avec les détails. A peu près au milieu de la saison, il m'a demandé de l'aider à effectuer un travail de conservation dans le temple de Séti Ier, le principal monument d'Abydos. Le Conseil suprême avait besoin d'un rapport sur l'état des sanctuaires du temple, Hassan était déjà sur place, il avait de l'expérience en la matière…

Il s'interrompit, ralentit et klaxonna : deux chameaux aux longs poils hirsutes traversaient tranquillement la route devant eux. Effarouchés, ils firent demi-tour et repartirent au galop dans le désert.

— Pour abréger une histoire longue et déprimante, continua Flin, Hassan est parti travailler dans le temple de Séti et j'ai repris la direction au quotidien des fouilles de Khâsékhem. Presque tout de suite, je me suis rendu compte que des objets manquaient dans le magasin où ils étaient entreposés… la cabane à l'abri des effractions où nous gardions tout ce qui avait été découvert sur le site. J'ai alerté l'inspecteur du site, il a mis le magasin sous surveillance et, quatre nuits plus tard, on a surpris quelqu'un en train de farfouiller à l'intérieur et d'empocher des objets.

Freya changea de position sur son siège, de façon à le regarder directement.

— C'était Fadaoui ?

Flin hocha la tête, la lueur du tableau de bord donnant à son visage un éclat fantomatique.

— Hassan a prétendu qu'il emportait les objets seulement pour les étudier. Qu'il allait les rapporter. Mais, lorsqu'on a fouillé son logement, on a trouvé un tas d'autres choses cachées dans des sacs, et à partir de là, ç'a été l'escalade. Apparemment, il volait depuis des décennies, sur tous les sites où il avait travaillé. Des centaines, des milliers de choses. Il avait même des pièces de Toutankhamon qu'il avait fauchées quand il travaillait au musée du Caire.

Il hocha la tête en serrant le volant au moment où un autre camion, en route pour Le Caire, les croisait en trombe, pleins phares, les éblouissant quelques instants. A l'écart sur leur droite apparut ce qui ressemblait à un camp militaire : des rangs et des rangs de baraquements éclairés par des projecteurs et entourés de barbelés, une enfilade de tanks couleur sable parqués près de l'entrée, leurs canons dirigés de manière menaçante vers la route.

— Les autorités égyptiennes voient d'un assez mauvais œil le vol d'antiquités, poursuivit Flin. Il y a eu un procès, j'ai dû témoigner, ils ont décidé de faire un exemple. On l'a condamné à six ans de prison et une interdiction à vie de refaire des fouilles. Imaginez, pour un homme qui avait consacré sa vie à l'archéologie !

Il secoua à nouveau la tête, passa une main dans ses cheveux et se massa la nuque.

— Et comme si cela ne suffisait pas, Hassan s'est persuadé que j'avais manigancé toute l'affaire. Que je l'avais livré à la police parce que je voulais prendre sa place. J'ai essayé d'aller le voir en prison pour lui expliquer les choses et lui dire combien j'étais désolé, mais dès l'instant où il m'a vu il est devenu fou furieux, il s'est mis à crier, à hurler, à me jeter des objets à la figure... j'ai dû ressortir, sous la protection des gardiens. Je ne l'ai pas revu et n'ai pas eu de ses nouvelles depuis. J'ai seulement appris il y a deux ou trois jours qu'il était sorti. Brisé, de l'avis de tous.

Il ralentit en voyant apparaître un barrage de police brillamment éclairé : quelques barils d'essence alignés en travers de la route, une guérite de chaque côté. Le policier de service faisait signe à une voiture de passer. Flin arriva derrière elle et s'arrêta. Il abaissa sa glace, parla au garde en arabe et lui montra le laissez-passer de l'ambassade sur le pare-brise. Après quelques palabres, le policier leur fit signe de passer eux aussi en griffonnant le numéro d'immatriculation de la voiture sur l'écritoire à pince qu'il tenait.

— Et vous croyez qu'il va nous aider ? demanda Freya lorsqu'ils eurent franchi le barrage, reprenant la conversation où elle en était restée. Après tout ce qui s'est passé ? Vous le croyez vraiment ?

— Vous voulez une réponse franche ?

— Evidemment.

— Pas un seul instant. J'ai fichu sa vie en l'air, bon Dieu ! Pourquoi me ferait-il une fleur ?

— Pourquoi alors allons-nous le voir ?

— Parce que Hassan Fadaoui a dit à un de mes collègues qu'il savait quelque chose à propos de l'oasis et, avec cinquante kilos d'uranium enrichi à portée de main du premier venu, j'estime que même si les chances de réussite sont minces, ça vaut la peine de tenter le coup.

Il lui lança un regard de côté, puis klaxonna et doubla la voiture qui était devant eux au barrage routier. Freya ôta ses pieds du tableau de bord et augmenta le volume du lecteur de CD. La voix râpeuse et plaintive de Dylan emplit de nouveau l'intérieur de la jeep : une chanson qui parlait de violence et de l'Egypte, ce qui en l'occurrence semblait tout à fait de circonstance. Elle jeta un coup d'œil à la pendule du tableau de bord – 21 h 35, ils étaient en route depuis un peu plus d'une heure – et appuya la tête contre la vitre. Le désert éclairé par la lune défilait, indistinct et quelconque. Une petite flamme orange dansait à l'horizon – sans doute un derrick, pensa Freya.

— Quelle était la première erreur ?

— Humm ?

— Vous avez dit avoir commis deux grosses erreurs au cours de votre vie. Quelle était la première ?

Flin ne répondit pas et appuya sur l'accélérateur, poussant la Cherokee à plus de cent quarante kilomètres à l'heure.

— On arrive dans un quart d'heure, dit-il.

# Le Caire

Une fois le choc dû aux révélations de Brodie passé, ce qui avait été assez rapide, Kiernan s'y était mise et avait fait ce qu'il fallait, solide, déterminée, imperturbable. Molly, la femme de marbre, comme l'appelait Charlie en plaisantant. « Dure comme la pierre et aussi belle qu'elle ! »

Elle avait donné les coups de fil nécessaires aux Etats-Unis – son portable n'était qu'un des canaux de communication à sa disposition –, averti tous ceux qui devaient l'être de ce qui se passait, transmis le nom d'Angleton pour enquête. Et si ses pensées et ses prières étaient en grande partie consacrées à Flin et Freya, c'était Angleton qui lui occupait surtout l'esprit tandis qu'elle regagnait en taxi son pavillon du quartier Maadi. Qui était-il ? Pour quelle raison se mêlait-il de ça ? Que voulait-il ? Elle leva la carte de visite que Flin lui avait donnée et articula le nom en silence. Puis elle fouilla dans son sac, en tira la bible de poche qu'elle emportait toujours avec elle – un cadeau de son bien-aimé Charlie pour son trente et unième anniversaire – et la feuilleta jusqu'au Psaume 64.

— « Contre la peur de l'ennemi garde ma vie », récita-t-elle, la page du livre striée de raies de lumière et d'ombre par les phares des autres voitures. « De la bande des méchants cache-moi, de la meute des ouvriers du mal ! Eux qui aiguisent leur langue comme une épée… »

Elle le relut, puis feuilleta encore les pages jusqu'au début du livre de Nahum :

— « C'est un Dieu jaloux et vengeur que Yahvé ! Yahvé se venge de ses adversaires. »

Elle hocha la tête, referma la bible et la serra contre sa poitrine.

— Sacrément juste, murmura-t-elle.

# Route d'Alexandrie

De chaque côté de la nationale 11, le principal axe routier entre Le Caire et Alexandrie, le paysage consiste presque exclusivement en un désert : une plaine monotone de sable et de gravier, que coupe la route, telle une couture piquée sur une immense toile de jute. De temps à autre, cependant, apparaissent au milieu de nulle part des zones verdoyantes incongrues – un golf, une palmeraie de dattiers, un jardin superbement paysager –, qui s'imposent sur une brève distance dans ce vide aride, avant de disparaître tout aussi soudainement, comme balayées par la marée irrésistible du désert.

Au moment où ils arrivaient à une nouvelle zone de verdure – une vaste plantation de bananiers, cette fois-ci –, Flin ralentit et tourna à droite sur une piste poussiéreuse perpendiculaire à la route. Des murailles de feuilles vertes tombantes les enserraient comme des rideaux, des régimes de fruits mûrs pendant au milieu du feuillage.

— La famille de Hassan possédait la plus grosse affaire d'exportation de bananes d'Egypte, expliqua-t-il, tandis que la jeep cahotait le long de la piste et chassait l'obscurité devant ses phares. Elle l'a vendue il y a des dizaines d'années pour une véritable fortune, raison pour laquelle il a toujours été à même de financer ses propres fouilles. Quoi qu'il ait perdu par ailleurs, il ne mourra jamais de faim.

Ils poursuivirent leur chemin, secoués sur la piste qui disparaissait derrière eux dans un nuage de poussière, leur pare-brise maculé de traces laissées par les papillons de nuit et autres insectes qui s'y écrasaient. Au bout d'environ un kilomètre, la plantation de bananiers laissa la place à un verger de manguiers, qui à son tour s'arrêta brusquement contre une palissade basse. Au-delà, baignée d'une lumière sinistre par le clair de lune, s'étendait une pelouse invraisemblablement bien entretenue menant à une grande maison blanchie à la chaux, aux volets clos et surmontée d'une girouette. Flin suivit l'allée autour de la pelouse, s'arrêta sur une zone de stationnement devant la bâtisse et coupa le moteur. L'une des pièces du rez-de-chaussée était éclairée ; des bandes de lumière filtraient entre les lamelles des volets.

Il resta là un moment en pianotant sur le volant, comme s'il hésitait à quitter la sécurité de la Cherokee, et l'on n'entendait que le chant des cigales et le tintement léger du métal en train de refroidir. Puis il ouvrit la portière et descendit de voiture, le gravier crissant sous ses pieds.

— Mieux vaut probablement que vous attendiez ici, dit-il en regardant Freya par-dessus son épaule. Je vais aller lui parler, et si tout va bien je viendrai vous chercher.

— Sinon ?

— Alors je crois que nous sommes bons pour l'aéroport.

Il tapa du poing sur le toit de la jeep pour se donner du courage, puis tourna les talons et partit vers la porte d'entrée ; il était à peu près à mi-distance quand il se retrouva soudain enveloppé dans la lumière éblouissante du projecteur d'un système de sécurité. Presque au même instant, la détonation d'un coup de feu ébranla la nuit et le sol à ses pieds explosa en une pluie de terre et de petits cailloux. Il s'immobilisa, puis fit prudemment un pas en arrière. Un autre coup de feu souleva le sol juste derrière lui. Il se figea de nouveau. On entendit le déclic d'un fusil qu'on ouvrait pour le recharger, puis une voix chaude, légèrement chevrotante, celle d'un homme cultivé :

— Oh, Dieu, il y a une justice immanente ! C'est trop beau !

Un personnage sortit de l'obscurité sur le côté de la maison, vêtu uniquement d'un ample pantalon de pyjama, en train d'introduire des cartouches dans le canon double d'un vieux fusil de chasse. Il s'avança au bord du cercle de lumière projeté par la lampe, s'arrêta, referma le fusil d'un coup sec et épaula. Il visa la tête de Flin.

— A genoux, Brodie ! Comme le rat et le salopard que tu es !

— Hassan, je vous en prie…

— Ferme-la et mets-toi à genoux !

Flin jeta un coup d'œil en direction de la jeep et leva légèrement la main pour indiquer à Freya qu'elle devait rester où elle était et ne pas faire de mouvements brusques. Puis il se baissa lentement, les mains pendant sur les côtés. L'homme eut un petit rire – un rire de gorge, sauvage, délirant, pareil au halètement d'un chien – et avança encore d'un pas dans la lumière dure du projecteur.

— Trois ans que j'attends ce moment et enfin... A plat ventre, espèce de traître merdeux !

A en juger par son grand front, ses yeux bleus étincelants et l'arête longue et étroite de son nez, il avait dû avoir belle allure. Maintenant, avec ses cheveux gris en bataille, son visage ridé et hagard à moitié caché par une barbe de plusieurs jours, il ne ressemblait plus qu'à un épouvantail tombant en morceaux.

— Brodie, Brodie, Brodie, psalmodia-t-il, la voix montant à chaque répétition jusqu'à un hurlement aigu, le cri de quelque animal martyrisé.

— Pour l'amour du ciel, Hassan ! lança Flin, la sueur perlant sur son front, les yeux rivés sur le fusil de chasse qui tremblait dans les mains de Fadaoui. Posez cet engin... Merde !

Il se jeta à terre à l'instant où deux coups claquaient, l'un à la suite de l'autre. Une volée de plombs passa en vrombissant au-dessus de sa tête et se perdit dans l'obscurité du verger de manguiers. Pendant quelques secondes, il ne bougea pas tandis que Fadaoui ouvrait le fusil et remplaçait les cartouches utilisées. Puis lentement, en hésitant, Flin se releva sur les genoux.

— Je vous en prie, Hassan, dit-il en s'efforçant de garder un ton calme et posé et d'ignorer les deux canons de nouveau braqués sur lui. Posez ce fusil, bon sang. Avant de faire quelque chose que vous regretterez. Que nous regretterons tous les deux.

Fadaoui avait le souffle court, la respiration haletante, des yeux de fou, la pupille dilatée.

— Je vous en prie, répéta Flin.

Pas de réponse.

— Hassan ?

Rien.

— Qu'est-ce que vous voulez que je vous dise, bon Dieu ?

Fadaoui posait sur lui un regard furieux en montrant les dents.

— Que je suis désolé ? Que j'aurais aimé faire les choses autrement ? Pas un jour ne passe sans que je le regrette. Vous croyez que ce qui est arrivé m'a réjoui ? Que j'ai pris un malin plaisir à fiche en l'air la vie de quelqu'un qui m'a tant aidé ?

Fadaoui ne répondait toujours pas. Flin roula des yeux, exaspéré, et les leva vers le disque argenté de la lune comme s'il pouvait lui inspirer une façon de procéder.

— Ecoutez, je ne peux pas remonter le temps, essaya-t-il encore. Je ne peux changer le passé. Je sais par quoi vous êtes passé...

— Tu ne sais rien du tout !

Fadaoui s'avança encore de deux pas. Il dominait maintenant l'Anglais de toute sa hauteur, le canon de son fusil à quelques centimètres de sa tempe. Dans la jeep, Freya chercha de la main la poignée de la portière et s'apprêta à sortir de la voiture pour tenter d'arranger les choses. Flin la vit du coin de l'œil et secoua imperceptiblement la tête. Le doigt de Fadaoui se serra autour de la détente.

— Tu sais ce que ça fait de partager une cellule avec des meurtriers et des violeurs, tu le sais ? dit-il d'une voix sifflante. De t'endormir chaque soir sans savoir si tu seras encore vivant le lendemain matin ?

C'était maintenant Flin qui se taisait.

— De passer douze heures par jour à coudre des sacs postaux ? D'avoir la chiasse pendant trois ans parce qu'il est impossible de boire de l'eau propre ? D'être tabassé au point d'uriner du sang pendant une semaine ?

Flin n'en avait aucune idée, mais il le garda pour lui. Il regardait par terre fixement pendant que Fadaoui continuait de crier sa rage, les canons de son fusil effleurant l'oreille de Flin comme des narines en train de le renifler.

— Tu n'as aucune idée de ce qu'est l'enfer, Brodie, parce que tu n'y es jamais allé. Moi, oui...

L'Egyptien tapa de son pied nu sur le sol, l'enfonçant dans le gravier comme s'il essayait d'écraser quelque chose.

— ... et c'est toi qui m'y as envoyé ! C'était ta faute, entièrement ta faute ! Tu as ruiné ma carrière, ma réputation, ma vie. Tu... as... ruiné... ma... putain.. de... viiiiiie !

Flin gardait les yeux fixés au sol, laissant Fadaoui aller au bout de sa diatribe. Puis, lentement, il les leva vers lui.

— C'est vous qui l'avez ruinée, votre vie, Hassan.

— Quoi ? Qu'est-ce que tu as dit ?

La paupière inférieure gauche de l'Egyptien s'était mise à tressauter.

— C'est vous qui avez ruiné votre vie, répéta Flin en levant la main pour écarter doucement le canon du fusil de sa tête. Tant que je vivrai, je regretterai de ne pas vous avoir parlé avant d'être allé voir les autorités, et je suis terriblement désolé de ce que vous avez enduré, mais au bout du compte ce n'est pas moi qui ai volé les objets.

Le visage de Fadaoui se rida en une grimace hargneuse, tous ses traits semblant se rassembler autour de la bouche, et il releva le fusil vers la tête de Flin, droit entre ses deux yeux. Il y eut un silence, même le craquètement des cigales parut diminuer. Puis

Flin leva à nouveau la main et écarta avec précaution le canon du fusil de chasse.

— Vous n'allez pas tirer sur moi, Hassan. Même si vous en mourez d'envie, même si vous me rendez responsable de ce qui est arrivé. Peut-être voulez-vous me faire peur – et croyez-moi, vous y êtes parvenu –, mais vous n'allez pas appuyer sur la détente. Alors pourquoi ne posez-vous pas ce fusil et n'essayons-nous pas de parler ?

Fadaoui continuait de fixer sur lui un regard furieux, l'œil tressautant, le visage tordu comme s'il essayait de trouver l'expression appropriée, puis, de manière inattendue, un sourire s'y dessina.

— Je sais de quoi tu veux parler.

Son ton était soudain léger, presque joyeux, tout le contraire de ce qu'il avait été quelques secondes plus tôt. Ce n'était plus la même personne qui parlait.

— Tu as vu Peach, c'est ça ?

Flin s'évertua à rester impassible, mais il était impossible de dissimuler le fait que les paroles de Fadaoui avaient touché une corde sensible. Le sourire de l'Egyptien s'épanouit.

— Il t'a parlé de l'oasis, n'est-ce pas ? Il t'a dit que j'avais découvert quelque chose. Et tu veux savoir ce que c'est. Tu as besoin de savoir ce que c'est. Voilà pourquoi tu es venu ici.

Il souriait maintenant jusqu'aux oreilles, se rendait compte de l'effet produit par ses paroles, y prenait plaisir, augmentait la pression.

— Je savais bien que tu finirais par venir, mais si tôt ? Tu es prêt à tout. Vraiment à tout.

Flin se mordit la lèvre, les graviers lui entraient dans les genoux.

— Ce n'est pas ce que vous pensez, Hassan. Ce n'est pas seulement pour moi…

— Oh, mon Dieu, non ! C'est pour le bien de l'humanité ! Pour sauver le monde ! Tu as toujours été altruiste.

Il gloussa de rire et fit signe à Flin de se relever.

— C'était quelque chose d'étonnant, pavoisa-t-il. Quelque chose d'extraordinaire. Quelque chose qui nous en apprendra davantage sur la *wehat seshtat* que toutes les autres bribes d'informations réunies. La plus grande découverte de ma carrière. Et tu sais ce qui la rend encore plus satisfaisante ?

Son visage s'épanouit de nouveau en un large sourire.

— Le fait est que tu ne sauras jamais ce que c'est. Pas de ma bouche. La découverte la plus importante depuis Imti-Khentika, et tout est là-dedans.

Il leva son fusil, se tapota la tempe avec la crosse.

— Voilà exactement où tout est gravé.

Flin était maintenant debout, les poings serrés sur les flancs, impuissant. Il ne savait pas quoi dire, ni comment retourner la situation.

— Vous bluffez, marmonna-t-il.

— Vraiment ? De toute façon, tu ne sauras jamais. Ni ce soir, ni demain, ni jamais.

Fadaoui se tapota encore la tête avec la crosse du fusil.

— Tout est ici, en sûreté, sous clé. Bon, si ça ne te fait rien, j'ai eu trois années difficiles, je ne suis plus tout jeune et donc, aussi charmé que je sois de te voir, je vais devoir mettre fin à ce petit entretien. Bonne nuit, mon vieil ami. Bon retour.

Il posa le fusil dans le pli du coude, tapota l'épaule de Flin et, dans un dernier sourire, tourna les talons et se dirigea vers la porte de la maison.

— S'il vous plaît, aidez-nous.

La voix de Freya. Jusque-là, elle avait gardé le silence, calfeutrée dans la jeep, laissant les deux hommes jouer la scène entre eux. Mais là, incapable de s'en empêcher, elle ouvrit la portière et descendit de voiture.

— S'il vous plaît, répéta-t-elle en s'avançant au côté de Flin. Nous avons besoin de votre aide.

Fadaoui s'arrêta et se retourna en dressant la tête. Alors qu'il n'avait été qu'à quelques mètres de la Cherokee, son attention avait été si inébranlablement dirigée vers Flin qu'il ne l'avait même pas remarquée.

— Mon Dieu ! dit-il avec une exclamation désapprobatrice et un hochement de tête, en la regardant de la tête aux pieds. Je savais que tu manquais d'amour-propre, Flinders, mais mêler une jeune demoiselle à cette histoire sordide… Et une si jolie demoiselle, en plus !

Il était soudain tout charme et politesse, une transformation qui, du fait qu'il n'avait sur lui que son pantalon de pyjama, laissait une impression non pas touchante mais tout à fait répugnante.

— Tu ne nous présentes pas ? dit-il à Flin.

— Laissez tomber, Hassan, répondit sèchement l'Anglais, que la tournure prise par les événements n'amusait manifestement pas

— Freya. Je m'appelle Freya Hannen.

Fadaoui sourit tout en fronçant légèrement les sourcils.

— Vous n'êtes pas…

— C'est sa sœur, coupa Flin en fixant sur Fadaoui un regard dur. Vous n'êtes peut-être pas au courant, mais Alex est morte.

Fadaoui souriait toujours, mais son froncement de sourcils s'accentua, comme si les diverses parties de son visage exprimaient des émotions différentes, se contredisant l'une l'autre.

— Je suis profondément navré de l'apprendre, dit-il, son regard passant rapidement de Freya à Flin. Vraiment désolé. Votre sœur était une femme fascinante.

Il leva la main pour chasser un moustique qui vrombissait autour de sa tête. Quelque chose dans ses yeux, dans l'infime contraction de son sourire, laissa supposer qu'il était en proie à une brève hésitation, comme un acteur qui a perdu le fil de son monologue. Cela ne dura qu'un instant et presque instantanément son sourire s'épanouit et son froncement de sourcils disparut.

— Oui, oui, une femme absolument fascinante. Et belle, avec ça. Mais je dois dire que sa sœur l'est encore davantage. Freya, dites-vous ?

— Laissez tomber, vous dis-je, répéta Flin d'un ton maintenant menaçant.

Fadaoui l'ignora, son attention à présent concentrée sur Freya.

— Je regrette que nous nous rencontrions dans des circonstances aussi déplaisantes, dit-il en chassant de nouveau le moustique avant de se passer les doigts dans les cheveux pour les peigner. Si j'avais su que vous veniez, j'aurais apporté un peu plus de soin à mon apparence. Comme vous le voyez, je ne suis pas sur mon trente et un. Puis-je ?

Il s'avança, prit la main de Freya et la leva à ses lèvres pour la baiser.

— Divine, murmura-t-il. Tout à fait divine.

— Ça suffit, Hassan !

Flin repoussa la main de Fadaoui et prit le bras de Freya.

— Venez, dit-il, nous avons fait tout ce que nous pouvions.

Il tenta de la ramener à la Cherokee, mais elle dégagea son bras et tint bon.

— S'il vous plaît, supplia-t-elle. Nous avons besoin de votre aide. Je ne peux imaginer par où vous êtes passé, durant ces trois dernières années, et je sais que nous n'avons aucun droit de vous solliciter, mais je le fais quand même. Aidez-nous. Parlez-nous de l'oasis. Je vous en prie.

Fadaoui semblait n'écouter qu'à moitié, les yeux fixés sur les seins de Freya qui tendaient l'étoffe de sa chemise et de son cardigan un peu trop serrés, le contour de ses mamelons bien visible.

— Ravissante, dit-il, son regard descendant vers l'entrejambe, puis remontant vers ses cheveux blonds. Je n'arrive pas à me rappeler la dernière fois où je me suis trouvé en présence d'une jeune femme aussi séduisante. C'était ce qui me manquait le plus, à Toura, vous savez, le plaisir de la société féminine, la compagnie des femmes, leur rire, leur beauté. J'adore les belles femmes. Ce que j'ai eu de plus approchant en prison a été une carte postale qu'on m'a envoyée d'une danseuse nue dans la tombe de Nakht, ce qui, je vous assure, était un piètre substitut de la réalité.

Il lança à Flin un bref regard, dans lequel courait quelque chose de rusé, comme celui d'un chasseur attirant un animal dans un piège, excité par la souffrance imminente de sa proie.

— Oui, oui, ça fait très longtemps que je n'ai pas vu une vraie femme nue, poursuivit-il en passant sa langue sous sa lèvre supérieure, les narines légèrement dilatées. Hanches, seins, parties inti...

— Suffit ! cria Flin. Vous m'entendez ? Cessez immédiatement. Je ne sais pas à quoi vous jouez, mais nous n'allons pas rester là à écouter...

— Elle te plaît, n'est-ce pas ? roucoula l'Egyptien.

— Quoi ?

— Elle te plaît.

Fadaoui souriait, son expression rusée plus marquée.

— Elle te plaît vraiment...

— Je ne sais pas de quoi vous parlez.

— Tu as des sentiments pour elle, elle t'attire, tu...

— Allons-nous-en.

Flin reprit Freya par le bras, plus rudement cette fois-ci, et l'entraîna vers la jeep.

— Je vous dirai ce que vous voulez savoir ! lança Fadaoui. A propos de l'oasis. De ce que j'ai découvert. Je vous dirai tout.

Flin s'arrêta et se retourna, sans lâcher le bras de Freya.

— Je vous dirai tout, tout ce que vous voudrez, dit l'Egyptien. Mais d'abord...

Il marqua une pause avec un petit sourire malicieux, puis referma le piège :

— D'abord, je veux la voir nue.

Flin écarquilla les yeux de fureur et de dégoût. Il ouvrit la bouche, prêt à lancer une bordée d'injures. Avant même qu'il ait eu le temps de dire quoi que ce soit, Freya dégagea son bras d'un mouvement brusque.

— J'accepte, dit-elle.

Flin la regarda, atterré.

— Vous êtes folle ? s'exclama-t-il.

— Ici ou dans la maison ? demanda Freya, l'ignorant et s'adressant à Fadaoui.

— Freya, il est hors de question que je vous laisse...

— Ici ou à l'intérieur ? répéta-t-elle.

Flin la reprit par le bras.

— Vous n'allez pas...

— Ne vous avisez pas de me dire ce que je dois ou ne dois pas faire ! coupa-t-elle sèchement en se libérant à nouveau et en se tournant vers lui. Vous avez compris ? Ça ne vous regarde pas.

— Oh que si, ça me regarde ! Si je ne vous avais pas parlé de cette fichue oasis, vous n'en auriez jamais rien su. Je ne vous laisserai pas vous prostituer avec un vieux gâteux pervers parce que Molly et moi avons...

— Ça n'a rien à voir avec vous. Et pas plus avec Molly ou avec l'oasis. Avec rien de tout ça.

Son visage commençait à s'empourprer.

— C'est pour Alex. Pour ma sœur. Ma sœur, morte, assassinée. Je le fais pour elle, parce qu'elle voulait savoir.

— Si vous pensez sérieusement...

— Ce que je pense ne vous regarde pas ! Ça ne regarde qu'Alex et moi, un point c'est tout !

— Dieu tout-puissant, Freya ! C'est la dernière chose qu'Alex aurait...

— Taisez-vous ! lui cria Freya avant de se tourner vers Fadaoui. Alors, où est-ce qu'on fait ça ?

L'Egyptien avait gardé le silence pendant la dispute, souriant, se délectant de l'embarras de Flin.

— Oh, dans la maison, je crois, gloussa-t-il. Oui, à l'intérieur, ce sera certainement mieux. A l'abri des regards indiscrets. Nous y allons ? dit-il en tendant la main vers la porte d'entrée.

— Je ne vous laisserai pas faire ça ! cria Flin.

Freya l'ignora, fit un signe de tête à Fadaoui et se dirigea vers la maison.

— Je ne vous laisserai pas faire ça ! répéta Flin en la montrant du doigt. Vous m'entendez ! Je me fous de l'avion, je me fous de l'oasis ! Vous ne ferez pas ça !

Elle ne répondit pas et continua jusqu'à la maison. Fadaoui lui ouvrit la porte et la laissa passer.

— Ça va peut-être nous prendre un petit moment, dit-il en se tournant vers Flin. Alors profites-en pour te promener dans la propriété, pour goûter une banane ou deux. Je te demanderai cependant de respecter notre intimité et de ne pas nous épier par les fenêtres.

Il arbora un sourire de triomphe, savourant l'indignation de son cadet, puis, avec un clin d'œil et un au revoir de la main, il se tourna pour entrer dans la maison et claqua la porte derrière lui.

Assassiner les gens n'était plus aussi amusant que ça l'avait été. Voilà la conclusion à laquelle étaient parvenus les jumeaux tout en frappant les billes sur la grande table de billard de Girgis pendant qu'ils attendaient d'apprendre où et quand on allait avoir besoin d'eux. Même la torture ne leur procurait plus la satisfaction d'antan. Comme des footballeurs qui auraient remporté tous les championnats, conquis tous les titres, le cœur n'y était plus. Tout ça devenait un peu fastidieux, ils étaient d'accord là-dessus.

Avant, c'était différent. Ils tiraient une réelle fierté de leur travail. Des artisans, d'habiles artisans, voilà comment ils se voyaient. Et de même qu'un menuisier éprouve de la joie en tournant un pied de chaise à la perfection, un souffleur de verre en créant un beau vase, eux aussi avaient été passionnés par ce qu'ils faisaient, avaient vraiment pris leur pied. Obliger ce dealer junkie à manger son œil, donner le journaliste d'*Al-Ahram* en pâture aux ours polaires du zoo de Guizèh, supprimer quatre personnes le même jour à Alexandrie et arriver quand même à l'heure pour préparer le dîner de leur *omm*… tout cela leur avait procuré un vrai sentiment d'accomplissement.

Mais tout ça perdait de sa magie, depuis quelque temps, et le désenchantement avait atteint son comble lors de la mission en cours. La poursuite automobile avait certes été amusante, et découper en morceaux le vieux pervers de Dakhla leur avait donné un certain plaisir, mais survoler le désert à la recherche d'un tas de ruines, se faire engueuler pour un oui pour un non par ce con de Girgis… quel intérêt ? Ils se gaspillaient en efforts inutiles, il n'y avait aucun doute là-dessus. Et ils gaspillaient leur talent.

C'est pourquoi, tandis qu'ils rassemblaient les boules pour une nouvelle partie, ils décidèrent que ce serait leur dernier travail pour Girgis. Le temps était venu de rompre avec lui et d'ouvrir leur éventaire de plats cuisinés. Ils avaient pensé continuer encore un peu, au moins jusqu'au début de la prochaine saison de football, mais, tout bien considéré, le moment semblait opportun. Achever ce dernier boulot et puis basta. A trente ans, ils prenaient leur retraite.

— Est-ce qu'on devra le tuer ? demanda le jumeau au nez de boxeur aplati en arrangeant les billes rouges dans le triangle en bois, soigneusement placé juste sous le point rose. Girgis, je veux dire. Pour que les choses soient nettes.

— C'est une idée, répondit son frère.

— Comme ça, il risquera pas de nous faire chier.

— T'as raison.

— On termine le boulot...

— Ce serait pas pro de laisser ça en plan...

— ... et puis on le liquide.

— Ça me paraît bien.

Ils se tapèrent dans la main, passèrent du bleu sur l'extrémité de leur queue et l'un des deux se pencha sur la table pour ouvrir le jeu. Il catapulta la boule blanche dans les rouges, qui s'égaillèrent dans toutes les directions. Son jumeau aonna deux tapes sur la bande de ses doigts couverts de bagues pour montrer qu'il trouvait le coup bien exécuté.

Penses-y comme à une ascension, se dit Freya tandis que Fadaoui posait son fusil de chasse contre le mur près de la porte et la précédait dans un couloir. Un passage difficile à franchir. Ce n'est que ça, un passage difficile. Concentre-toi, fais ce que tu as à faire, puis fiche le camp d'ici. Et s'il songe seulement à te toucher...

Au bout du couloir, Fadaoui ouvrit une porte et la fit entrer dans un vaste séjour-bureau brillamment éclairé. Un magnétophone portable était posé sur la table de travail. Fadaoui y alla et appuya sur « play » avant d'emmener Freya de l'autre côté de la pièce. Une voix de femme mélodieuse flotta autour d'eux, montant et descendant, étrangement hypnotique.

— Fairouz, commenta l'Egyptien en réglant un variateur fixé au mur pour tamiser la lumière. L'une des plus grandes chanteuses arabes. Merveilleuse intonation, vous ne trouvez pas ?

Freya haussa les épaules, fourra les mains dans les poches de son jean en se balançant d'un pied sur l'autre.

— Puis-je vous offrir quelque chose à boire ?

Elle refusa, puis changea immédiatement d'avis et dit que oui, elle voulait bien. Fadaoui ouvrit un meuble-bar – une antiquité à en juger par son apparence, avec un superbe placage de bandes de bois clair et sombre –, en sortit une bouteille contenant un liquide vert vif.

— Du Pisang Ambon, dit-il en lui tendant un verre. A base de banane verte d'Indonésie. Je crois que vous trouverez ça délicieux, malgré le nom assez peu flatteur.

— Vous n'avez pas une bière ?

Il secoua la tête, l'air de s'excuser. Après avoir pris l'autre verre, il s'installa sur l'un des canapés et se renversa sur les coussins rose pâle, son torse maigre presque de la même nuance que l'étoffe, au point de se confondre avec elle.

— Bon, bon, on est bien comme ça, non ? dit-il en buvant à petites gorgées tout en la lorgnant. Quand vous voudrez.

Freya but elle aussi et la douceur écœurante du breuvage la fit grimacer. Elle se sentait soudain très vulnérable et très gênée. Et elle n'avait même pas commencé à se déshabiller. Peut-être aurait-elle dû écouter Flin.

— Alors, comment voulez-vous que je fasse ? demanda-t-elle en essayant de paraître plus détendue qu'elle ne l'était.

Fadaoui allongea le bras sur le dossier du canapé.

— Comme vous voudrez. A condition que vous enleviez tout, répondit-il en montrant ses vêtements, je vous laisse volontiers décider des détails techniques.

— Je ne danse pas.

— Je n'ai pas imaginé une minute que vous le feriez.

— Et je ne… fais rien d'autre. Je me déshabille et c'est tout.

Fadaoui parut offensé.

— Ma chère demoiselle, peut-être suis-je un voyeur, mais je ne suis pas un violeur. Je souhaite admirer votre corps, pas vous peloter.

Elle hocha la tête et but une autre gorgée de liqueur ; le goût lui déplaisait, mais elle éprouvait le besoin de faire quelque chose pour se calmer.

— Et vous nous direz ce que vous savez sur l'oasis. Quand j'aurai fini.

— Je suis un homme de parole, dit l'Egyptien. Trois ans de prison n'ont pas changé cela. Si vous respectez l'accord de votre côté, je ferai de même. Vous saurez tout. Pourvu que je voie tout.

Il sourit et se pelotonna encore plus profondément dans les coussins sans la quitter des yeux une seule seconde. Freya regarda le plafond, en direction de la porte, le tapis, tout sauf lui, rassemblant son courage, faisant traîner les choses. Puis, avec un hochement de tête, elle murmura « Allez ! », vida son verre et le posa sur un buffet.

— Bon, finissons-en, dit-elle.

Elle commença par ses tennis, les délaça et les enleva avant de passer aux chaussettes. Elle fourra celles-ci dans les chaussures, qu'elle rangea, bien inutilement, côte à côte, le bout dirigé vers Fadaoui. Vint ensuite le cardigan, qu'elle plia et posa sur les tennis, tout en évitant soigneusement le regard de l'Egyptien et en tentant de penser à autre chose, puis son jean, découvrant ses longues jambes bronzées l'une après l'autre. Malgré le côté embarrassant de la situation, ses mouvements étaient souples et gracieux ; le magnétophone diffusait toujours la voix de femme.

Elle avait fait le plus facile. Il lui restait maintenant à enlever sa chemise et sa culotte pour se retrouver nue. Elle prit une profonde inspiration et s'efforça de se détacher encore plus, de s'échapper mentalement de la pièce pour entrer dans un scénario complètement différent. Pour une raison inexplicable, le premier qui lui vint à l'esprit était l'après-midi où elle et un groupe d'amis avaient fait du bodyboard dans Bodega Bay, au nord de San Francisco, et où un grand requin blanc était passé à côté d'eux, son aileron dorsal fendant l'eau comme une lame de couteau. Elle s'empara de ce souvenir, se retira en lui pendant qu'elle tournait le dos à Fadaoui et commençait à déboutonner sa chemise ; elle se rappela que ses amis et elle avaient resserré les rangs pour se protéger et parcouru en vitesse les quelques centaines de mètres qui les séparaient du rivage tandis que le requin décrivait des cercles menaçants autour d'eux.

Elle s'absorba complètement dans cette scène, presque de manière méditative. Après avoir laissé glisser sa chemise de ses épaules et découvert ainsi son dos lisse et hâlé, elle se pencha légèrement en avant et passa les pouces dans le haut de son slip blanc pour le baisser. C'est seulement quand elle commença à le tirer sur la courbe ferme de ses fesses et le haut de ses cuisses, toujours perdue dans ses pensées, qu'elle perçut une voix derrière elle. L'espace d'une seconde, elle fut déconcertée, ne sachant si elle était réelle ou dans sa tête, puis le souvenir du requin blanc se dissipa et elle se retrouva dans le présent.

— Assez, disait la voix. Arrêtez, je vous en prie, arrêtez.

Elle remonta son slip et, un bras sur ses seins nus, se retourna à moitié vers le canapé pour jeter un coup d'œil par-dessus son épaule, se demandant ce qui n'allait pas, ce qu'il voulait d'elle. Courbé en avant, Fadaoui levait la main, la paume tournée vers elle, et se voilait les yeux de l'autre. Son sourire s'était évanoui, remplacé par une sorte de grimace de stupéfaction, comme s'il venait de se réveiller après un mauvais rêve.

— Je me demande à quoi je pensais, marmonna-t-il d'une voix maintenant frêle et chevrotante qui avait perdu sa gaieté taquine. Impardonnable de ma part, impardonnable. Vous faire... je vous en prie, je vous en prie, remettez vos vêtements. Rhabillez-vous.

Il se leva et, tout en détournant le regard, il traversa la pièce jusqu'au bureau. Après avoir arrêté le magnétophone, il resta là, tournant le dos à Freya.

— Je me demande vraiment à quoi je pensais, ne cessait-il de répéter. Impardonnable de ma part. Impardonnable.

Freya hésita, puis commença à se rhabiller rapidement, passa d'abord sa chemise puis son jean. Bien que soulagée de ne pas avoir à se montrer nue, elle se sentait aussi curieusement déçue, comme si une partie d'elle-même eût voulu continuer le strip-tease. Inquiète aussi, car si Fadaoui avait changé d'avis là-dessus, peut-être l'avait-il fait également à propos de l'oasis.

— Je ne sais pas à quoi je pensais, répéta encore Fadaoui, apparemment incapable de dire autre chose. Impardonnable de ma part. Impardonnable.

Freya remit ses chaussettes et ses tennis, puis ramassa le cardigan. Le jeta sur ses épaules, commença à glisser un bras dans une manche, puis le retira. Elle s'approcha de Fadaoui et le posa sur ses épaules, éprouvant soudain de la pitié pour lui en dépit de ce qui venait de se passer. Il murmura merci et tira le vêtement autour de lui. Ils restèrent là tous les deux dans un silence gêné, Fadaoui, les yeux baissés vers le bureau, Freya, le regard fixé sur lui.

— Il doit compter beaucoup pour vous, Flinders, finit-il par dire d'une voix à peine audible. Pour être prête à faire quelque chose comme ça pour lui.

— Comme je l'ai dit quand nous étions dehors, cela n'a rien à voir avec Flin. C'était pour ma sœur. Elle comptait beaucoup pour moi, elle.

Fadaoui lui jeta un coup d'œil – une expression contrite, honteuse dans les yeux – avant de contourner le bureau d'un pas traînant jusqu'à une bibliothèque installée derrière. Il promena un doigt d'un côté et de l'autre sur l'une des étagères, trouva le volume qu'il désirait, le sortit du meuble et le tendit à Freya. Elle reconnut instantanément la couverture : un personnage en robe bleue de Bédouin marchant sur la crête d'une dune, un immense soleil rouge rubis comme suspendu juste au-dessus de sa tête : *La Petite Tin Hinan*, le récit fait par sa sœur de l'année pendant laquelle elle avait vécu avec les Berbères touareg du Niger septentrional. Elle retourna le livre et regarda la photo d'Alex au dos. Elle avait l'air si jeune, son visage si juvénile…

— Flinders nous a présentés, expliqua Fadaoui, qui s'assit dans le fauteuil derrière le bureau et s'emmitoufla davantage dans le cardigan. Il y a cinq, six ans. Nous sommes restés en contact. Elle m'a envoyé un exemplaire de son livre. Une femme extraordinaire, extraordinaire. Je suis vraiment navré de son décès.

Il leva les yeux, puis les rebaissa, ouvrit un tiroir et farfouilla dedans. Un silence, puis :

— Je suis également désolé, vous savez… Il est impardonnable de ma part de vous avoir imposé ça. Impardonnable.

Freya agita la main pour signifier qu'il n'y avait pas de mal et qu'il était inutile de s'excuser.

— Je savais que cela contrarierait Flinders, vous comprenez, continua-t-il sans cesser de farfouiller. Je voulais le provoquer. C'est un gentleman. Je voulais… après tout ce qui s'est passé, le procès, la prison… prendre ma revanche sur lui. Mais de là à me servir de vous…

Il secoua la tête, leva une main, la passa sur ses yeux.

Freya voulait l'inciter à parler de l'oasis, mais il avait l'air si vieux et vulnérable, si perdu, que cela ne lui parut pas opportun, pour le moment du moins. Elle traversa la pièce pour aller chercher le verre de Fadaoui, le remplit avec la bouteille du meuble-bar, le rapporta et le posa devant lui. Il la remercia d'un pâle sourire et but.

— Vous êtes trop bonne avec moi, dit-il. Vraiment trop bonne.

Il but une autre gorgée, referma le premier tiroir, ouvrit celui du dessous et se pencha de côté, de sorte que seul le dessus de sa tête dépassait de la surface du bureau.

— Il avait raison, Flinders, évidemment, dit-il, sa voix parvenant à Freya accompagnée d'un froissement de papiers feuilletés rapidement. Tout était ma faute, c'est moi qui ai ruiné ma vie. Je crois que c'est pour cela que j'étais si en colère contre lui… parce que c'était plus facile que de reconnaître ma responsabilité. Beaucoup moins douloureux.

Il se redressa et referma le tiroir. Il tenait un boîtier de cassette en plastique.

— J'adore les objets, vous comprenez. Je les ai toujours adorés. J'aime les avoir autour de moi, les posséder, ces fragments du passé, ces minuscules fenêtres ouvertes sur un monde perdu... une véritable dépendance, tout aussi destructrice que celle à l'alcool ou aux drogues. Je ne pouvais tout simplement pas m'en empêcher. Ils me rendaient si heureux !

Il soupira, un soupir las, de vaincu. Il ouvrit le boîtier, s'assura que la cassette était bien dedans et se pencha par-dessus le bureau pour le tendre à Freya.

— Vous allez devoir la rembobiner, mais c'est ce que vous voulez. Tout y est... Abydos, l'oasis, ce que j'ai découvert. Flinders comprendra. Vous avez un lecteur de cassettes dans votre voiture ?

— De CD.

— Ah. Alors emportez ça aussi.

Il ouvrit le magnétophone posé sur le bureau, en sortit la cassette de Fairouz, le referma et le fit glisser sur le bureau vers elle, rejetant ses objections.

— Je vous en prie, prenez-le. Inutile de me le rendre. C'est le moins que je puisse faire, après...

Il baissa les yeux.

— Et le livre de votre sœur, vous pouvez le prendre également.

Elle le remercia, mais dit qu'elle en avait déjà plusieurs exemplaires. Il hocha la tête et, après avoir repris le livre, le remit à sa place dans la bibliothèque.

— Et maintenant je crois qu'il est sans doute temps que vous partiez. La soirée a été assez éprouvante et Flinders va s'inquiéter et envisager un raid de sauvetage. Il n'a jamais pu s'empêcher de voler au secours d'une demoiselle en danger. L'Anglais par excellence...

Après s'être assuré qu'elle avait bien pris le magnétophone, il la reconduisit à la porte par le couloir. Il retira le cardigan de ses épaules et le lui tendit.

— Gardez-le, dit-elle, sachant que Molly Kiernan comprendrait. Vous me le rendrez la prochaine fois qu'on se verra.

— J'ai l'impression que ça risque de n'être pas avant longtemps, si tant est qu'on se revoie un jour. Mieux vaut que vous le preniez maintenant.

Ils restèrent un moment face à face, puis Freya se pencha et l'embrassa sur la joue.

— Merci, dit-elle.

Il sourit et lui tapota le bras.

— C'est moi qui vous remercie. Vous avez fait le bonheur d'un vieux taulard.

Leurs regards se croisèrent un court instant, puis il posa la main sur la poignée de la porte. Avant qu'il ait eu le temps de l'ouvrir, elle lui prit la main.

— Il ne jure que par vous. Flin. Même après tout ce qui s'est passé. Il continue de vous admirer. Il aimerait que vous le sachiez.

— En fait, c'est moi qui l'admire, dit Fadaoui. Le plus grand archéologue que j'aie jamais rencontré. Un génie, un vrai génie. Le meilleur homme de terrain dans ce domaine.

Il marqua une pause, puis ajouta :

— Veillez bien sur lui. Il en a besoin. Et dites-lui qu'il ne doit pas s'en vouloir. C'est moi le seul fautif.

Il retira doucement sa main, ouvrit la porte et l'invita à sortir sur l'allée de gravier.

— Merci, répéta-t-elle. Merci infiniment.

Il sourit derechef, lui tapota encore le bras et referma la porte. Il prit le fusil qu'il avait appuyé contre le mur et passa un doigt autour de la détente.

— Réfléchissons maintenant à la façon de procéder, dit-il en soupirant.

Flin s'était dirigé vers Freya dès l'instant où elle était sortie de la maison. Il piqua un sprint et la rejoignit au moment où la porte se refermait en claquant.

— Dites-moi ! Qu'est-ce qu'il vous a fait, ce cochon…

— Il n'a rien fait du tout, répondit-elle en se dirigeant à grands pas vers la voiture tandis que Flin rebroussait chemin pour l'accompagner en pointant le doigt avec colère vers la porte.

— Je vais le tuer ! Je vais le tuer !

— Vous n'en ferez rien. Il s'est comporté en parfait gentleman.

— Est-ce qu'il vous a fait…

— Non, il ne m'a pas fait mettre nue. Il a changé d'avis.

— Alors qu'est-ce que vous avez fichu là-dedans, tout ce temps-là ?

— Nous avons parlé, expliqua-t-elle en ouvrant la portière du passager et en montant dans la Cherokee. Vous serez peut-être content d'apprendre que vous êtes le plus grand archéologue qu'il ait jamais rencontré. Un génie, voilà ce qu'il a dit de vous. Un vrai génie.

Cela fit taire Flin, son expression passant de la fureur à la surprise. Pendant quelques instants, il resta là à regarder la maison, envisageant, semblait-il, d'y retourner pour parler en personne à Fadaoui. Il se ravisa, ouvrit sa portière et monta dans la voiture à côté de Freya.

— J'imagine que ce serait trop d'espérer qu'il vous ait dit ce qu'il savait ?

Elle montra la cassette.

— Tout est là-dedans, apparemment. Il a dit que vous comprendriez ce que ça signifie.

Il prit la cassette et la retourna dans sa main.

— Je suppose que c'est pour la passer ? dit-il en montrant le magnétophone posé sur les genoux de Freya.

Elle acquiesça.

— Il nous le donne. Il a dit qu'on pouvait le garder.

Il réfléchit, le regard passant rapidement de la cassette à la maison, puis il tendit la bande magnétique à Freya et mit en marche le moteur.

— Nous l'écouterons en cours de route, dit-il.

Il fit tourner la voiture et, après un dernier regard en direction de la maison, s'engagea dans l'allée, les roues crissant sur le gravier, pendant que le magnétophone ronronnait en rembobinant la cassette. D'après la pendule du tableau de bord, il était maintenant 22 h 40.

— Flinders ? dit-elle.

— Humm ?

— Flin est le diminutif de Flinders ?

Elle donnait l'impression d'être sur le point de se mettre à rire. Il la regarda de côté et haussa les épaules, embarrassé.

— En souvenir de Flinders Petrie. L'égyptologue. Dieu sait pourquoi, mes parents ont pensé que cela m'avantagerait dans la vie, dès le départ.

Elle eut un petit sourire.

— Joli prénom. Très distingué.

— Ne vous moquez pas. Si j'avais été une fille, ils m'auraient appelée Néfertiti.

Ils franchirent la palissade blanche et repartirent vers la route nationale en cahotant sur la piste. Le chuintement du magnétophone et le ronronnement du moteur les empêchèrent d'entendre le coup de feu étouffé qui retentit derrière eux.

# Le Caire

Assis sur le balcon de sa station d'écoute de l'hôtel Sémiramis Intercontinental, Cy Angleton dégustait un Mars, le regard perdu dans la nuit cairote, une mosaïque scintillante de lumières qui s'étendait au loin. Mme Malouff était partie depuis longtemps et, bien qu'en temps normal personne ne soit en charge de la station jusqu'à son retour au matin, ce soir il avait tenu à rester là, au cas où Brodie donnerait un appel, essaierait de prendre contact avec Kiernan.

Il était bien obligé d'admirer la façon dont il l'avait semé en franchissant brusquement la bande centrale de l'autoroute pour couper à travers le flot de la circulation venant en sens inverse avant de s'engager à contresens dans la bretelle d'accès. Jolie manœuvre, dangereuse et efficace. Angleton se flattait depuis longtemps de son aptitude à suivre une voiture – il avait filé Kiernan sans qu'elle remarque quoi que ce soit, et pourtant c'était une rusée parmi les rusés –, mais, là, force lui était de reconnaître sa défaite. Tenter d'imiter Brodie serait revenu à écrire « Tu es suivi ! » dans le ciel nocturne, en lettres de feu.

Il avait donc rebroussé chemin, était retourné à l'appartement d'Aïn Shams dans l'espoir de reprendre la piste de Kiernan, puis, constatant qu'elle était déjà partie, il était venu ici. C'était sans doute une perte de temps, mais il avait besoin de rassembler ses idées et de préparer sa prochaine manœuvre.

Tous les boulots de ce genre comportent un moment charnière, cet instant où il faut choisir entre continuer à piétiner dans les flaques et passer à un tout autre niveau. Ce moment était venu. Il savait qu'il n'avait pas encore une vision d'ensemble – il y avait encore trop de variables à son goût –, mais il fallait qu'il retrouve Brodie, et vite, avant que les événements ne lui échappent complètement. Jusqu'ici, ils avaient gardé la situation assez bien en main,

Mme Malouff, lui et, évidemment, ses employeurs. Maintenant, assis là sur le balcon à regarder le profil en zigzag des pyramides, éclairé de manière fantomatique par les projecteurs, à peine visible en lisière de la ville, il décida qu'il était temps d'élargir le cercle, de sortir à découvert, de se lancer dans la mêlée – quel que soit l'euphémisme qu'on veuille bien utiliser. Il avait déjà reçu le feu vert de ceux de Langley. Que Brodie n'ait pas pris contact avec Kiernan ou qu'il l'ait fait par des canaux qu'il n'avait pas encore découverts, il reconnaissait qu'il n'avait de toute façon d'autre choix que d'agir. Il fallait qu'il les retrouve. Brodie et la fille. Il fallait qu'il les déniche. Avant que quelqu'un d'autre le fasse.

Il contempla le paysage encore un moment, finit son Mars en l'enfonçant dans sa bouche, puis se remit péniblement debout. Il rentra dans la chambre, prit son portable sur le lit et composa un numéro. Cinq sonneries avant que ça décroche.

— Général Taneer ? Cyrus Angleton, de l'ambassade américaine. Je crois qu'un de mes collègues des Etats-Unis vous a déjà... Très bien, très bien, merci, c'est extrêmement aimable à vous. Permettez-moi donc de vous expliquer exactement ce dont j'ai besoin...

Il le fit lentement, posément, de la façon la plus claire possible pour être certain que l'Egyptien comprendrait bien mais également apprécierait l'urgence de la situation – une vérification auprès de tous les postes de contrôle de la police dans un rayon de cent cinquante kilomètres autour du Caire pour voir si, à l'un d'entre eux, le passage d'une jeep Cherokee Sport grise, au nom de l'ambassade, numéro d'immatriculation 21963, avait été consigné. L'heure du passage et la direction du véhicule seraient comme une cerise sur le gâteau.

Dès qu'il eut la certitude que son interlocuteur avait bien saisi ce qu'il attendait de lui et le contacterait dès qu'il aurait une information, Angleton raccrocha et ressortit. Il tira de sa poche un autre Mars, déchira l'emballage et le laissa tomber du balcon. Il prit une bouchée et se mit à fredonner doucement, sur l'air de *Michael Finnigan*.

*Où es-tu, professeur Flin-i-flin ?*
*Envolé, disparu dans la nature,*
*Mais je te battrai à plates coutures,*
*Je te retrouverai, professeur Flin-i-flin.*

# Entre Le Caire et Alexandrie

« Samedi 21 janvier. Commencé à travailler dans la chapelle d'Horus, l'idée étant de passer trois ou quatre jours dans chaque sanctuaire et de réserver une semaine à la fin pour rédiger mon rapport. Evaluer, photographier les murs, prendre des notes sur l'état de conservation des bas-reliefs, des plafonds, des fausses portes, etc. Une emmerdeuse d'Américaine est entrée et s'est mise à psalmodier ; on dirait un chameau qui a des haut-le-cœur. Ridicule. »

La Cherokee faisait des bonds et vibrait dans un tourbillon de poussière sur la piste qui les ramenait à la nationale Le Caire-Alexandrie. Flin claqua des doigts et fit signe à Freya d'arrêter la cassette.

— Qu'est-ce que ça veut dire ? demanda-t-elle.

Il fronçait les sourcils.

— Il va falloir qu'on en écoute un peu plus, mais à en juger par ce que nous venons d'entendre, on dirait bien les notes de travail de Fadaoui pendant cette saison à Abydos. Lorsqu'il a été pris sur le fait en train de voler...

Il s'interrompit et fit une embardée pour éviter un nid-de-poule. Des feuilles de bananier claquaient contre la carrosserie de la jeep comme des mains géantes.

— Hassan consignait ce qu'il faisait de deux façons différentes, reprit-il. Il tenait un journal détaillé des fouilles et enregistrait aussi un commentaire moins officiel, dans lequel il faisait part de ses réflexions, de ses impressions, exposait des idées générales, rapportait des ragots. En anglais, Dieu sait pourquoi, alors que sa langue maternelle est l'arabe.

Il donna encore un coup de volant, cette fois-ci pour éviter un chien qui marchait tranquillement au milieu de la piste.

— De quoi parle-t-il ? s'enquit Freya.

— Au milieu de la saison – je vous en ai parlé à l'aller –, on a demandé à Hassan de faire un travail de conservation dans le temple de Séti Ier. Le Conseil suprême avait besoin d'un rapport sur l'état des sept sanctuaires intérieurs du temple, dont la chapelle d'Horus fait partie. J'ai fini par superviser les fouilles de Khâsékhem, Hassan s'est absenté quatre semaines pour effectuer l'étude et rédiger son rapport.

Il se gratta la tête.

— Ce que tout ça a à voir avec l'oasis, je n'en ai cependant pas la moindre idée. Le temple de Séti a été construit mille ans après la dernière mention connue de la *wehat seshtat* et il n'y a rien qui y fasse allusion, de près ou de loin, dans ses bas-reliefs et ses inscriptions.

— Pourquoi alors nous a-t-il donné la cassette ? demanda-t-elle au moment où ils arrivaient au bout de la piste et tournaient à droite en direction du Caire.

Flin haussa les épaules.

— Nous allons devoir l'écouter entièrement pour le savoir.

Il se pencha pour appuyer sur « play ». Le magnétophone diffusa à nouveau la voix désincarnée de Fadaoui – puissante, chaude.

« Dimanche 22 janvier. Comme je n'arrivais pas à dormir, je suis venu tôt au temple, un peu après 5 heures du matin. Personne n'avait pris la peine d'avertir les gardes de nuit que je travaillais là et l'un d'eux a failli me tirer dessus – il a dû penser que j'étais un islamiste venu déposer une bombe, ou quelque chose comme ça. Neuf ans après le massacre du temple d'Hatshepsout, tout le monde a encore horriblement la frousse des terroristes. J'ai fait un croquis du bas-relief d'Horus vêtu en roi et pris d'autres photos de la voûte du plafond, qui n'est pas du tout en bon état. L'après-midi, thé avec Abou Gamaa, qui travaille sur la maçonnerie de la première cour – quatre-vingts ans et toujours le meilleur restaurateur de pierre d'Egypte. Il m'a raconté sur Howard Carter et le pénis de Toutankhamon une blague si leste que je ne peux même pas la rapporter ici ! »

Et cela continuait ainsi. Certains jours n'étaient l'objet que de commentaires hâtifs, qui esquissaient l'essentiel de ce que faisait Fadaoui. D'autres étaient consacrés à des explications beaucoup plus développées, des descriptions de son travail accompagnées de longs monologues sur les sujets les plus divers, depuis l'architecture funéraire du Nouvel Empire jusqu'à la question de savoir si les archéologues françaises étaient plus jolies que leurs consœurs polonaises (oui, pensait Fadaoui).

Au bout de vingt minutes, moment auquel ils avaient atteint et franchi le poste de contrôle où ils s'étaient arrêtés plus tôt dans la soirée – le policier de garde avait encore relevé leur numéro d'immatriculation –, Flin demanda à Freya d'utiliser l'avance rapide pour tenter d'arriver aux passages susceptibles de les intéresser directement. Ils ne parvenaient cependant pas à trouver ce qu'ils voulaient ; le bavardage de Fadaoui se poursuivait, en vagues rapides maintenant, en janvier, puis en février, à mesure qu'il passait d'un sanctuaire à l'autre, chacun apparemment consacré à une divinité différente : Horus, Isis, Osiris, Amon-Rê, Rê-Horakhty. Ils arrivèrent au bout de la cassette, la retournèrent et lancèrent l'autre face. Ne découvrant pas la moindre mention de l'Oasis secrète, ils sentaient le découragement les gagner.

— Je commence à avoir une sale impression, dit Flin tandis que la voix de l'Egyptien ronronnait en fond sonore (une explication à propos de la présence de moulures abîmées sur le plafond voûté du sanctuaire de Rê-Horakhty). Je crois qu'il nous fait perdre notre temps et nous mène en bateau pour le plaisir.

— Je ne crois pas, protesta Freya en se souvenant de l'attitude de Fadaoui dans la maison. Il était sincère. Il y a quelque chose...

Elle ne finit pas sa phrase car Flin avait soudain claqué des doigts et montré le lecteur, lui faisant signe de rembobiner. Elle arrêta la cassette, revint un peu en arrière et appuya à nouveau sur « play ».

« ... avec des cartouches et des formules d'offrandes. En me penchant plus près, j'ai senti quelque chose de très étrange... un léger courant d'air... »

Flin claqua encore des doigts et fit un mouvement circulaire de la main pour lui demander de rembobiner davantage. La bande siffla en s'enroulant. Flin laissa passer cinq bonnes secondes avant de lui faire signe de reprendre la lecture.

« ... viens de trouver quelque chose de très intéressant. J'étais sur l'échafaudage devant la chapelle de Rê-Horakhty, en train de prélever des raclures de moisissure au plafond, à l'endroit où la voûte se joint au mur nord de la chapelle. Il y a tout là-haut un bloc de pierre qui forme l'angle supérieur du mur à main droite ;

d'environ quarante centimètres sur quarante, il est orné de cartouches et de formules d'offrandes. En me penchant davantage, j'ai senti quelque chose de très étrange... un léger courant d'air sur mon visage. J'ai cru d'abord qu'il venait de l'entrée du sanctuaire, mais en y regardant de plus près – et on ne le remarque pas vraiment au niveau du sol – j'ai vu qu'il y avait là un très mince interstice, pas plus d'un millimètre de large dans le haut du bloc, et d'autres encore, plus étroits, sur les côtés et dans le bas. Partout ailleurs dans la chapelle, les pierres sont si bien ajustées qu'on ne pourrait glisser une épingle entre elles, mais là il semblait y avoir un peu de jeu. En plus de ça, le fait que l'on sente l'air passer à travers donne à penser qu'il y a une sorte de cavité derrière. Il était trop tard pour entreprendre quoi que ce soit aujourd'hui, mais j'en ai parlé à Abou Gamaa et il va revenir demain matin pour examiner les choses à fond et voir si l'on peut déplacer le bloc. Ce n'est sans doute rien, mais tout de même... »

Freya appuya sur « pause ».

— Vous pensez que c'est ça ? demanda-t-elle. Ce dont il voulait nous parler ?

Flin ne répondit pas et remit en marche le lecteur.

« Dimanche 12 février. Je n'ai pu m'en empêcher, il a fallu que je vienne de bonne heure revoir ce bloc de pierre, au risque de me faire descendre par un garde à la détente facile ! Plus j'y pense – et je n'ai guère fait que cela depuis hier soir –, plus il me semble que je suis peut-être tombé sur quelque chose de très important. Les murs de séparation entre les chapelles ont au moins trois mètres de large et on a toujours supposé qu'ils étaient pleins. S'il s'avère qu'ils sont creux et comportent des cavités, cela modifierait notre compréhension non seulement de la structure du temple, mais aussi de la façon dont il a été bâti. En droit, je devrais obtenir la permission du Conseil suprême, mais cela retarderait les choses d'au moins une semaine et je veux vraiment trouver ce qu'il y a là-derrière. Abou va arriver dans cinq minutes et, si nous pouvons déplacer la pierre, j'aurai une idée de ce qu'il y a derrière, puis j'alerterai les autorités compétentes. Je suis tout excité. »

La Cherokee se trouvait derrière un camion-citerne qui roulait à moins de soixante kilomètres à l'heure. Bien que la voie extérieure soit libre, Flin, trop absorbé par la cassette, ne chercha pas à le doubler.

« Il est 4 heures de l'après-midi et Abou Gamaa vient seulement d'arriver, ayant été retenu toute la journée par des affaires de famille, en rapport avec ses frères – ce qui, je dois dire, a été particulièrement contrariant. Je sais qu'on ne peut éviter ce genre d'imprévus, mais il fallait que ça tombe aujourd'hui ! Enfin, il est là, avec son petit-fils Latif, et nous sommes tous les trois sur l'échafaudage. Ils ont apporté deux leviers et un bout de matelas en mousse pour poser la pierre dessus quand ils l'auront enlevée et ils commencent à actionner les leviers... *Khali barak, Abou !...* L'échafaudage vacille, je crois qu'il vaudrait mieux poser le magnétophone... »

Il y eut un bruit étouffé, sans doute au moment où Fadaoui posait le dictaphone de côté. Dans l'excitation du moment, il semblait avoir oublié de l'éteindre, car s'il ne parlait plus directement dans le micro, l'enregistrement continuait. On entendait des grognements et des commentaires marmonnés, les grincements de l'échafaudage, le tintement et le raclement du métal sur la pierre. De temps en temps, on distinguait la voix de Fadaoui, qui donnait des instructions en arabe – *« Khali barak, Abou ! Haris, haris. Bati awi ! »* Il était de plus en plus essoufflé, le ton de sa voix se faisait pressant, les grognements en fond sonore de plus en plus laborieux, puis, au bout de dix minutes, il y eut une tempête de baragouinages et un bruit aigu de raclement, celui de la pierre contre la pierre, suivi d'un bruit sourd, produit par un objet lourd tombant sur quelque chose de mou. Silence. Puis, à nouveau, la voix de Fadaoui : « Bon Dieu ! Dieu tout-puissant, c'est plein de... »

Devant eux, le camion-citerne ralentit soudain. Flin ne s'en aperçut qu'à la dernière seconde et dut déboîter sur la voie extérieure pour éviter la collision. Un taxi collectif qui s'apprêtait à les doubler klaxonna furieusement, son chauffeur obligé de donner un brusque coup de frein. Lorsque Flin eut dépassé le camion et fait signe au taxi de passer, Fadaoui avait recommencé à parler dans le micro, d'une voix maintenant nerveuse, excitée :

« ... grande cavité pleine de blocs de pierre entassés les uns sur les autres... des bas-reliefs, des inscriptions hiéroglyphiques, des morceaux de statues... je décris tout ça en le voyant, c'est une masse de... Oh, mon Dieu, est-ce que c'est un... cartouche, oui c'est un cartouche, attendez, Néfer... est-ce un signe *ka* ? Néfer-ka-Rê Pépi, mon Dieu, mon Dieu... Pépi II. Je n'en crois pas mes yeux… les vestiges d'un temple de l'Ancien Empire… il faut que j'entre là-dedans, il faut que… »

Il y eut un sifflement parasitaire, suivi d'un déclic ; Fadaoui avait arrêté la bande. Flin se pencha, les yeux brillants, voulant que l'enregistrement reprenne, ce qu'il fit après une brève pause. La voix de Fadaoui était plus calme, accompagnée en fond sonore par le craquement de graviers sous des pas.

« Il est minuit, nous avons remis le bloc en place et je retourne au magasin des fouilles, encore à peine capable de croire à ce que j'ai trouvé. Pendant longtemps, j'ai accepté l'idée que rien n'égalerait la découverte du papyrus d'Imti-Khentika, que ce serait le sommet de ma carrière, et voilà que maintenant, surgi de nulle part… c'est si extraordinaire… qui l'eût cru, qui l'eût deviné… »

Il ne finissait pas sa phrase, la voix étranglée par l'émotion. Pendant un moment le seul bruit fut le crissement du gravier, puis il parut se ressaisir et reprit son commentaire :

« … trop tôt pour le dire, bien sûr, mais d'après moi ce mur n'est pas le seul à être creux et rempli ainsi, tous les murs des sanctuaires et peut-être d'autres parties du temple le sont peut-être aussi. Nous sommes peut-être en présence de la plus grande collection de vestiges architecturaux égyptiens jamais… je n'ose l'envisager, je n'ose pas. Je vais revenir demain matin à la première heure pour entreprendre une étude plus détaillée des inscriptions… j'ai fait jurer à Abou et à Latif de garder le secret entre-temps, mais dans l'immédiat je vais jeter un rapide coup d'œil au magasin des fouilles pour voir ce qu'ils ont fait aujourd'hui, puis j'irai me coucher pour prendre un repos bien mérité… à mon âge, ce genre d'excitation ne doit pas être très salutaire ! Incroyable, absolument incroyable. »

Un déclic signala un nouvel arrêt de l'enregistrement. Freya attendit qu'il reprenne, que Fadaoui décrive ce qu'il avait découvert le lendemain. Il n'y eut rien d'autre que le chuintement doux de la bande qui tournait. Elle mit sur « avance rapide » pour tenter de retrouver des passages enregistrés, mais le chuintement continua jusqu'au bout de la bande.

— Nom d'un chien, il a dû continuer sur une autre cassette, dit-elle. Il va falloir que nous retour…

— Il n'y a pas d'autre cassette.

— Mais il a dit qu'il allait...

— C'est tout. Il n'y a rien d'autre.

Elle le regarda.

— Comment le savez-vous ?

Flin était devenu tout pâle.

— Parce que c'est pendant la nuit du dimanche 12 février que Hassan a été surpris en train de voler dans le magasin des fouilles. Il n'a pas eu la possibilité de retourner au temple. Il était sous les verrous.

Freya remarqua qu'il avait les yeux humides.

— Dieu tout-puissant, pas étonnant qu'il ait été si amer. Comme si ça ne suffisait pas qu'on le boucle pendant trois ans et qu'on lui interdise de faire ce qu'il aime vraiment, il fallait que ça arrive au moment où il faisait la découverte la plus importante de sa carrière...

Il secoua la tête, continua de rouler en silence. Des maisons commençaient à surgir de chaque côté de la route. Sporadiquement d'abord, signes de ponctuation sur la feuille blanche du désert, puis plus fréquemment, les logements isolés faisant place à des lotissements, puis à une agglomération continue d'immeubles à mesure que la banlieue avançait à leur rencontre. Une station-service Mobil brillamment éclairée apparut devant eux. Flin entra lentement sur son aire et coupa le moteur de la Cherokee. Un pompiste en salopette bleue et bottes en caoutchouc blanches vint remplir le réservoir. Flin descendit de voiture et se dirigea rapidement vers un téléphone public près du kiosque. Freya le vit décrocher le combiné et composer un numéro. Il était de retour trente secondes plus tard. Trois minutes après, ils avaient repris la route.

— Je vous proposerais bien de vous déposer à l'aéroport, dit-il, mais je crois que ce serait perdre mon temps.

Elle ne répondit pas.

— C'est votre dernière chance de vous sortir de là.

Freya ne disait toujours rien. Les pyramides se dessinèrent devant eux, un panneau indiqua Le Caire tout droit, direction Fayoum, El-Minya et Assiout.

— D'accord, on y va ensemble, dit-il.

— A Abydos ?

Flin ralentit, mit le clignotant et tourna à droite.

— A Abydos.

Dans le jardin de son pavillon, Molly Kiernan se balançait doucement sur la balançoire. Elle avait une tasse de café entre les mains, une couverture autour des épaules car il était tard et l'air de la nuit s'était rafraîchi. Elle venait de recevoir le message de Flin. Cela semblait être une bonne piste, mais elle allait devoir attendre plusieurs heures pour en avoir confirmation. Du moins etait-ce une piste, alors qu'ils n'en avaient pas trouvé une seule en vingt ans.

Elle aurait dû se sentir plus optimiste. Elle l'aurait été s'il n'y avait eu le problème Angleton, apparemment plus grave qu'elle ne l'avait imaginé. Ses collègues avaient effectué des recherches, creusé un peu, et il était apparu que ledit Angleton n'était pas n'importe qui. « Un cauchemar, voilà ce qu'avait dit Bill Schultz à son propos. Notre pire cauchemar. Un crampon de première. »

Elle donna une autre impulsion à la balançoire. Elle avait son ordinateur portable sur les genoux, l'écran occupé par la photo d'Angleton qu'on lui avait envoyée des Etats-Unis par e-mail. Obèse, à moitié chauve, la courbe de ses joues rouges comme des pommes luisante de sueur. Il allait évidemment falloir lui demander des comptes, on ne pouvait le laisser agir en franc-tireur. La question était : quand ? Et aussi : comment ? Voilà vingt-trois ans qu'elle s'occupait de cette affaire et ce soir, pour la première fois, elle sentait un vrai frisson de peur.

Elle renversa la tête en arrière et regarda les étoiles. Elle respira le parfum du jasmin et des bougainvilliers, écouta le grincement de la balançoire et le doux bruissement des feuilles de flamboyant qui oscillaient dans la brise, souhaitant plus que jamais que Charlie soit auprès d'elle. Elle aurait pu ainsi se pelotonner dans le creux de ses bras, comme elle le faisait sur le porche de leur maison, aux Etats-Unis, tous ses soucis repoussés et tenus à l'écart par sa chaleur, sa force et la certitude de sa foi.

Mais Charlie n'était pas là et il était vain de souhaiter qu'il le soit. Elle avait fait tout ce chemin sans lui et ce n'était certainement pas maintenant qu'elle allait craquer. Elle regarda en l'air encore un moment en laissant la balançoire s'arrêter d'elle-même, puis, après avoir fini son café, elle ferma son ordinateur portable, prit son Beretta posé sur le siège près d'elle, rentra dans la maison et verrouilla la porte.

— Allez, Flin, murmura-t-elle. Rapporte-moi quelque chose d'utile. Je t'en prie, rapporte-moi quelque chose d'utile.

Pour Dieu sait quelle raison, Freya avait en tête qu'Abydos se trouvait juste au sud du Caire. C'était effectivement au sud, mais pas vraiment tout près, à cinq cents kilomètres pour être précis, un peu moins que la moitié de la longueur du pays, une distance qui leur prendrait, de nuit, sur des routes relativement dégagées, au moins cinq heures, et probablement plus, à parcourir.

— Ça ne nous laisse pas beaucoup de temps, dit-il. Si je me souviens bien, le temple ouvre au public à 7 heures ; il nous faut donc être sortis de là à 6 h 45 au plus tard, sinon nous serons repérés, ce qui, croyez-moi, ferait une bien sale histoire. Les Egyptiens ne sont pas tendres avec les gens qui s'introduisent par effraction dans leurs monuments et les démantèlent.

Il jeta un coup d'œil à la pendule du tableau de bord : 23 h 17.

— Ça va être juste.

— Alors, vous feriez mieux d'appuyer sur le champignon, dit Freya.

Ce qu'il fit, doublant les rares camions qui se présentaient devant eux, les seuls autres véhicules sur la route à cette heure-là. Ils parcoururent ainsi une vingtaine de kilomètres, puis, Flin obliqua brusquement sur le côté de la route et s'arrêta en dérapage devant une rangée d'échoppes délabrées. Elles étaient encore ouvertes à cette heure tardive. Devant l'une d'elles, éclairée par un tube de néon, était exposé du matériel, agricole et de construction : balais, faux, marteau de forgeron, *tourias*. Flin se précipita dans l'échoppe et en ressortit une minute plus tard avec deux lourds leviers, deux lampes électriques et un énorme coupe-boulons.

— Il faut espérer qu'on trouvera sur place un échafaudage ou une échelle, dit-il après avoir déposé les outils à l'arrière de la jeep, en reprenant place derrière le volant.

— Et si on n'en trouve pas ?

— Alors, on est foutus. A moins que vos talents d'alpiniste ne vous permettent de planer dans les airs.

Il lança le moteur, démarra sur les chapeaux de roue et fonça dans la nuit.

Ils ne parlèrent guère pendant le trajet. Flin réécouta une ou deux fois la cassette de Fadaoui pour graver les informations nécessaires dans son esprit et ils échangèrent sans conviction quelques menus propos. Freya parla un peu d'alpinisme, Flin décrivit son travail au Guilf Kébir et quelques-unes des expéditions qu'il avait faites avec Alex. Aucun des deux n'entra beaucoup dans les détails et lorsqu'ils arrivèrent à Beni Souef, à cent vingt kilomètres au sud du Caire, tous les deux étaient retombés dans le silence, que seuls rompaient le ronronnement du moteur de la Cherokee, le chuintement et les claquements rapides des pneus sur la chaussée irrégulière.

Freya dormit de façon intermittente, s'assoupissant un moment avant de se réveiller en sursaut quand ils passaient sur un gros nid-de-poule ou ralentissaient pour franchir un contrôle de police. Elle n'avait guère conscience du paysage qu'ils traversaient, en dehors du fait qu'il consistait en sable couvert de broussailles ponctué de champs de canne à sucre, de palmiers et de villages en adobe délabrés. Vers 1 heure et quart du matin, ils s'arrêtèrent dans une petite ville brillamment éclairée, pour faire le plein et acheter de l'eau – El-Minya, à en croire Flin, un peu moins de la moitié du chemin. Peu après, ils faillirent percuter de plein fouet un car qui arrivait en sens inverse, Flin ayant mal évalué les distances en doublant un camion-citerne. A part ça, il ne se passa rien de notable, l'aiguille du compteur oscillait autour de cent dix kilomètres à l'heure, le monde plongé dans l'obscurité défilait de chaque côté et les kilomètres s'égrenaient tandis qu'ils fonçaient vers le sud.

— Freya.

— Humm.

— Freya.

Elle ouvrit les yeux en battant des paupières, désorientée, ne sachant trop où elle était ni ce qui se passait.

— Venez. On est arrivés.

Flin descendait déjà de la jeep. Pendant quelques instants, elle resta où elle était en bâillant, les seuls sons étant des aboiements au loin et le léger tintement métallique qu'émettait le moteur de la jeep en refroidissant. Puis, après avoir regardé la pendule du tableau de bord – 4 h 02, ils avaient fait vite –, elle ouvrit la portière et descendit elle aussi.

Ils se trouvaient dans un gros village, au pied d'une colline, une route éclairée par des réverbères montait en pente raide devant eux en direction d'une antenne de téléphonie mobile dressée en haut de la côte. Une route grimpait parallèlement à celle-là, à trois cents mètres sur leur droite, bordée comme la première par une muraille terne d'échoppes et de petits immeubles en béton. Entre les deux, un vaste terrain vague rectangulaire s'étendait à flanc de colline. En haut, serrée entre les deux bras du village comme dans une pince, trônait la façade éclairée par des projecteurs de ce qu'elle supposa être le temple de Séti Ier : longue, imposante, surmontée d'un toit plat, doublée d'une rangée de douze colonnes monumentales pareilles aux barreaux d'une gigantesque cage.

— La Maison de Millions d'Années du roi Men-Maat-Rê, Joyeux au Cœur d'Abydos, dit Flin en s'approchant d'elle. Impressionnant, non ?

— En effet.

— Je vous ferais volontiers faire la visite complète, mais étant donné le temps qui nous est imparti…

Il la prit par le bras, l'entraîna vers l'arrière de la Cherokee. Il ouvrit la portière et récupéra les outils sur le siège. Il tendit à Freya les torches électriques et l'un des leviers, prit l'autre et le coupe-boulons, puis ferma la voiture. La jeune femme partit en direction du temple, mais il la rappela d'un claquement de doigts et l'emmena sur la gauche, dans une rue adjacente ; ils passèrent devant un âne qui mâchouillait le foin d'une meule et s'enfoncèrent dans le village.

— Tout le coin grouille de gardes, expliqua-t-il à voix basse en lui faisant signe de prendre à droite dans une autre rue. Nous devons rester hors de vue le plus possible.

Ils zigzaguaient entre les maisons dans un silence de mort, en dehors des aboiements de chiens au loin et, à un certain moment, du ronflement d'un dormeur. Le terrain grimpait régulièrement, puis commença à s'aplanir. Ils tournèrent dans une ruelle étroite et rejoignirent la route sur laquelle ils avaient garé la voiture. Ils étaient maintenant presque en haut de la colline, le mât de téléphonie mobile se dressait à leur gauche et ils distinguaient tout juste la Cherokee, dans le bas de la pente sur leur droite. Devant eux, un bout de terrain vague jonché de détritus s'étendait jusqu'à une clôture en fil de fer barbelé irrégulière. Au-delà, il y avait un fouillis de colonnes brisées et de murs en adobe, dont le plus haut n'arrivait qu'au niveau de la poitrine. Plus loin encore s'élevait un autre mur, beaucoup plus massif, formé d'un fatras de blocs de pierre, le côté de l'enceinte du temple. Tout baignait dans la lumière orangée des projecteurs ; des gardiens de noir vêtus patrouillaient sur le pourtour.

— Comme Hassan l'a dit sur la cassette, ces types ont tendance à tirer d'abord et à poser des questions ensuite, avertit Flin en l'attirant dans l'ombre. Nous devons être prudents, sinon ils vont achever le travail de Girgis à sa place…

Il scruta du regard le terrain devant eux, observant les déplacements des gardes en cherchant à leur trouver une constante.

— Il y a un angle mort quand ce type fait demi-tour, dit-il au bout d'un moment en désignant l'un des gardes en uniforme. On peut en profiter pour passer sous la clôture et arriver au milieu des anciens magasins de stockage. Lorsqu'il fera à nouveau demi-tour, nous franchirons la petite entrée, dans le coin, et nous monterons sur le portique du temple. D'accord ?

— Et s'ils nous voient ?

Il ne répondit pas, se contenta de pencher la tête et de hausser les sourcils comme pour dire : « Espérons que non. » Trente secondes passèrent, puis il poussa Freya du coude et s'élança. Elle le suivit et ils traversèrent à la hâte le terrain vague, passèrent en se baissant par une brèche dans la clôture et se frayèrent un chemin dans le labyrinthe de murs en adobe. Accroupis derrière une rangée de colonnes, ils se sentaient terriblement visibles : les projecteurs inondaient de lumière toute la zone et les fenêtres des immeubles environnants semblaient les regarder directement. Ils retinrent leur souffle, s'attendant à moitié à entendre des cris et un bruit de course. Leur présence n'avait cependant pas été remarquée et, après une demi-minute, Flin dressa la tête, jeta un rapide coup d'œil alentour et fit signe à Freya de continuer. Pliés en deux, ils se faufilèrent entre les ruines, franchirent un étroit passage dans l'enceinte du temple. En quatre pas, ils se retrouvèrent sur une terrasse qui courait le long de la façade illuminée du temple.

— Gardez le silence, chuchota-t-il, un doigt sur les lèvres, en la tirant derrière la première des colonnes monumentales qui bordaient la façade.

— Qu'est-ce que vous croyez que j'allais faire, bon sang ? répondit-elle sur le même ton. Me mettre à chanter ?

Ils restèrent là quelques instants, plaqués contre la pierre, à guetter des signes révélant qu'ils avaient été repérés. Puis ils recommencèrent à longer la terrasse en direction du rectangle noir formé par l'entrée du temple, se précipitant d'une colonne à la suivante ; leurs silhouettes, immenses, monstrueuses, difformes, glissaient le long du mur brillamment éclairé sur leur gauche, puis disparaissaient quand ils se cachaient derrière la colonne suivante. Il y eut un moment terrible quand, en atteignant la colonne adjacente à l'entrée, Freya trébucha, son levier cognant contre le sol dans un tintement métallique. Le bruit résonna dans toute l'enceinte et parut emplir la nuit. Ils se tapirent dans l'ombre, figés, dressant l'oreille, tandis que des pas approchaient à travers l'esplanade devant le temple jusqu'au bord de la terrasse.

— *Meen ?* lança une voix à deux ou trois mètres d'eux, accompagnée par le bruit de frottement d'un fusil qu'on retirait de l'épaule. Qui est là ?

Parfaitement immobiles, ils n'osaient respirer, sachant que si le garde montait sur la terrasse il les trouverait à tous les coups. A leur grand soulagement, il resta en contrebas, fit quelques allées et venues, puis, s'étant convaincu qu'il ne se passait rien d'anormal, il s'en alla et le bruit de ses bottes s'éloigna lentement. Flin attendit qu'il eût complètement disparu, puis jeta un coup d'œil prudent sur le côté de la colonne. La voie était libre. Il tendit son levier à Freya et, empoignant le coupe-boulons, s'approcha de la porte métallique qui fermait l'entrée du temple et cisailla sans difficulté le cadenas. Il entrebâilla la porte, la franchit et, après avoir lancé encore un coup d'œil à travers l'esplanade, fit signe à Freya de venir, referma la porte derrière elle et la tira sur la gauche, hors du flot de lumière des projecteurs extérieurs.

Ils restèrent là un moment, l'oreille tendue, pour reprendre haleine et laisser leurs yeux s'habituer à l'obscurité. Puis après avoir laissé le coupe-boulons contre le mur, Flin prit un levier et une torche électrique des mains de Freya, alluma la lampe et l'entraîna en avant.

Ils se trouvaient dans une immense salle dallée de pierre. Deux rangs de colonnes se prolongeaient à droite et à gauche, chacune de huit mètres de haut, grosse comme un tronc d'arbre, et toutes les surfaces disponibles – murs, colonnes, plafond – étaient couvertes d'un enchevêtrement serré de hiéroglyphes. Freya alluma sa lampe et balaya l'espace autour d'elle, éblouie. Deux ans plus tôt, elle avait fait de la plongée sous-marine de nuit sur un récif de corail près de la côte thaïlandaise et elle retrouvait maintenant la même impression. Le faisceau de sa lampe fendait l'obscurité, découvrant d'étranges formes et images : des créatures à corps humain et tête d'animal – faucons, lions et chacals –, un homme agenouillé les mains levées en un geste de supplication, trois têtes de statue alignées dans un renfoncement du mur, leurs yeux vides fixant l'obscurité. Des rouges, des verts et des bleus surgissaient momentanément avant de se fondre dans la pénombre monochrome quand elle dirigeait sa torche ailleurs, comme si les diverses nuances avaient été formées par le faisceau lumineux.

Ils arrivèrent de l'autre côté de la salle – le seul bruit était celui de leurs pas feutrés sur la pierre – et, par une ouverture dans un mur, passèrent dans un autre espace immense, celui-ci occupé par une forêt de colonnes décorées. Même à l'œil inexercé de Freya, il était évident que le travail de sculpture était ici d'une qualité bien supérieure, les hiéroglyphes en bas-relief et non gravés en creux, les dessins plus détaillés et plus fins. Un rayon de lune tombait obliquement d'un puits de jour percé dans le plafond. Sinon, tout était complètement noir, l'obscurité si épaisse qu'elle en était presque palpable.

Ils traversèrent aussi cette salle et montèrent une rampe menant à une plate-forme basse à l'autre extrémité. Flin fit jouer le faisceau de sa torche électrique sur le mur du fond et éclaira ainsi une rangée de sept portes rectangulaires. Il se dirigea vers la troisième porte sur la gauche, suivi par Freya, passa sous un linteau très abîmé et entra dans une longue salle rectangulaire. Son plafond voûté était taché de noir par la moisissure, ses murs couverts de reliefs semés ici et là de traînées de ciment pareilles à de l'eczéma, aux endroits où la maçonnerie s'était délitée et avait été réparée.

— C'est la chapelle de Rê-Horakhty, annonça Flin toujours à voix basse alors qu'ils étaient maintenant dans les profondeurs du temple et que le risque d'être entendu du dehors était quasi inexistant.

Il balaya l'espace autour de lui avec sa lampe, puis se tourna et dirigea le faisceau vers l'angle supérieur droit de la salle, à l'endroit où le mur se joignait à la voûte du plafond. Là, comme l'avait dit Fadaoui, se trouvait un petit bloc de pierre carré, de quarante centimètres de côté tout au plus, les restes d'un texte hiéroglyphique effacé tout juste visibles sous la moisissure qui recouvrait sa face.

— Il ne nous reste plus qu'à arriver là-haut, dit-il.

Ils retournèrent dans la salle hypostyle et se séparèrent. Ils la parcoururent dans des directions opposées, fendant l'obscurité avec le faisceau de leur torche, en quête de quelque chose, n'importe quoi, dont ils pourraient se servir pour monter jusqu'à la pierre, aucun des deux ne voulant exprimer la crainte qu'après être arrivés jusque-là ils ne puissent pas l'atteindre. Moins d'une minute après, Freya entendit un petit sifflement. Elle revint sur ses pas et trouva Flin près de la chapelle voisine de celle qui les intéressait, arborant un grand sourire de soulagement. A l'intérieur, contre la fausse porte du fond de la chapelle et entouré de sacs de ciment, se dressait un échafaudage en aluminium équipé de roulettes pour faciliter son déplacement.

— Il est tout à fait approprié que nous l'ayons trouvé ici, dit-il en allant à l'échafaudage et en le secouant. Nous sommes dans le sanctuaire de Ptah, dieu, entre autres choses, des maçons et des tailleurs de pierre. Espérons que c'est de bon augure.

L'échafaudage était trop haut pour passer par la porte du sanctuaire, ce qui les obligea à en démonter la partie supérieure et à le transporter dans la chapelle de Rê-Horakhty en deux pièces séparées, qu'il leur fallut assembler de nouveau, perdant ainsi de précieuses minutes. Une fois l'échafaudage mis en place, Flin bloqua les roulettes et, après avoir empoigné les leviers et les torches électriques, tous deux y grimpèrent, Freya rapidement, Flin avec beaucoup moins d'assurance.

— Bon sang, il est branlant, marmonna-t-il en se hissant sur la plate-forme supérieure. On a l'impression d'être sur de la gélatine.

— Ne faites pas tant d'histoires, le houspilla Freya. On est seulement à trois mètres.

Il lui lança un regard qui signifiait que c'était trois mètres de trop, s'avança en traînant les pieds, tout en dirigeant la lampe vers le coin du mur.

Vu d'en bas, le bloc avait semblé aussi étroitement jointé que ses voisins. Maintenant qu'ils étaient tout près et leurs torches à quelques centimètres de la pierre, ils virent exactement ce que Fadaoui avait constaté : une mince fente courait le long du haut de la pierre, et d'autres, encore plus étroites, sous elle et de chaque côté, pas plus larges qu'un coup de crayon. Flin se pencha et approcha la joue du mur.

— Hassan avait raison, dit-il après une pause, les yeux brillants d'excitation. Il y a bien de l'air qui passe par là. Allons-y.

Il jeta un coup d'œil à sa montre – 4 h 24 – et posa sa lampe sur la plate-forme de façon à ce que son faisceau éclaire le bloc, puis il cracha dans ses mains et saisit le levier.

— Au boulot !

# Oasis de Dakhla

Debout près du petit lit de son fils, Zahir al-Sabri regardait en souriant la silhouette menue pelotonnée au-dessous de lui, un bras replié sous la tête, l'autre tendu sur le côté, la paume ouverte, comme si l'enfant cherchait à attraper quelque chose. Il se rappelait le jour où Mohsen était né – comment aurait-il pu l'oublier ? –, le sentiment d'émerveillement qu'il avait éprouvé, la sensation d'euphorie qui l'avait envahi. Pour un Bédouin, il n'était pas convenable de montrer de l'émotion devant tout le monde et il s'était donc contenté de déposer un baiser sur le bébé tout fripé et d'embrasser sa femme avant de partir en voiture dans le désert où, fou de joie, il s'était mis à danser et à crier comme un dément, avec les dunes et le ciel pour seuls témoins.

Il aurait aimé avoir d'autres enfants, une douzaine de plus, car quelle plus grande satisfaction peut-on avoir que d'ajouter de nouveaux maillons à la chaîne de la vie et de la prolonger dans le futur ? Cela ne devait cependant pas être. La naissance avait été difficile, il y avait eu des complications, une perte de sang – il n'avait pas compris les détails, mais seulement qu'un autre accouchement aurait mis la vie de sa femme en danger, et cela il ne le voulait pas. Allah donne et Allah prend. C'était ainsi. Il avait Mohsen et ça suffisait.

Il continua de le regarder, la tête de l'enfant enveloppée dans un halo de clair de lune. Il se pencha, lui embrassa la joue, murmura « *Ana bahebak, ya noor eanay'a* » – « Je t'aime, lumière de mes yeux » – et retourna se glisser dans le lit à côté de sa femme. Il fixait du regard le plafond. Pendant un moment, il resta étendu sans bouger en se mordant la lèvre, pas plus près de trouver le sommeil que quatre heures plus tôt. Puis il se tourna sur le côté, passa la main sous le lit, toucha le fusil qu'il gardait là et promena un doigt le long de l'acier froid du canon.

Il était prêt. Quoi qu'il arrive, quoi qu'on lui demande, il était prêt. En cela, au moins, il serait fidèle à la mémoire de ses ancêtres.

« *Ana bahebak, ya Mohsen,* murmura-t-il. *Ana bahebak, ya noor eanay'a.* »

# Abydos

— Vous pensez vraiment que Fadaoui n'en a parlé à personne d'autre ? demanda Freya tandis qu'ils enfonçaient leurs leviers dans les interstices autour de la pierre, Flin en haut, elle sur le côté. Et que ce maçon, Abou je ne sais comment, a gardé ça pour lui ?

Flin secoua la tête en poussant sur son levier pour tenter de faire bouger la pierre.

— S'ils l'avaient ébruité, j'en aurais entendu parler. Comme Fadaoui l'a dit sur la cassette, s'il y a ici un temple démantelé de Pépi II, ce serait l'une des plus grandes découvertes de ces cinquante dernières années. Ça se saurait. Allez, bouge, espèce de salaud...

Il augmenta la pression sur le levier. Freya fit de même avec le sien ; tous deux se turent pour se concentrer sur la tâche, conscients que le temps passait. Ils avaient le visage en sueur et la pièce résonnait des grognements qu'ils poussaient dans leurs efforts et du grincement du métal contre la pierre. Au bout d'une ou deux minutes, Flin changea son angle d'attaque : il arracha le levier de la fente du haut et l'introduisit dans celle du côté opposé à Freya. Ils actionnaient les barres métalliques d'avant en arrière, poussaient et tiraient. La pierre résistait toujours et Freya commençait à se demander s'ils arriveraient à la dégager lorsque, enfin, elle daigna bouger, légèrement, un mouvement presque imperceptible. Ils rectifièrent leur position, enfoncèrent les leviers de deux ou trois millimètres supplémentaires en les tortillant d'un côté et de l'autre. Le mouvement devint plus prononcé. Flin dégagea son levier, l'enfonça sous la pierre et appuya dessus. Le bloc se souleva légèrement.

— Ça y est presque, dit-il en ahanant, les yeux écarquillés par l'effort et l'excitation de la découverte à venir.

Ils continuèrent d'enfoncer les leviers sur les côtés de la pierre, attaquant par moments le bloc par-dessus et par-dessous, jusqu'à ce qu'il commence finalement à sortir du mur peu à peu, millimètre par millimètre, puis, leur prise se faisant meilleure, plus rapidement, le grincement des leviers maintenant accompagné du crissement de la pierre contre la pierre. Lorsqu'ils l'eurent extrait d'une quinzaine de centimètres de sa cavité, ils posèrent les leviers et l'empoignèrent à pleines mains, le firent glisser avec précaution, ajustant leur prise à mesure qu'il émergeait. Enfin, dans un ultime effort, ils réussirent à le sortir complètement du mur, supportant tout son poids. Il était lourd, incroyablement lourd, bien plus qu'ils ne s'y attendaient, et extrêmement difficile à manœuvrer car l'échafaudage branlait et la place manquait sur la plate-forme. Ils s'écartèrent du mur de deux petits pas en traînant les pieds et commencèrent à se baisser, les yeux piqués par la sueur, la respiration de plus en plus rapide et haletante. A mi-chemin, ils sentirent que la pierre leur échappait des mains.

— Je ne peux plus, lâcha Freya. C'est...

Elle chancela de côté, essaya de retenir sa charge, puis se rendit compte que c'était vain et laissa le bloc tomber en sautant de côté pour ne pas avoir les pieds écrasés. Flin bascula en avant et lâcha aussi la pierre, une fraction de seconde après Freya, son mouvement propulsant le bloc au bord de la plate-forme, puis dans le vide. Le bruit sourd de la pierre heurtant le sol comme un grand coup de marteau sembla résonner dans la salle, dans tout le temple, et la force du choc brisa un gros morceau à l'un des coins.

— Bon Dieu, gémit Flin en saisissant une lampe électrique qu'il dirigea en bas.

De lourdes bouffées de poussière ondulaient à travers le faisceau de lumière.

— Deux mille cinq cents ans qu'il était là...

— Rien à foutre de la pierre. Et si quelqu'un avait entendu ?

Immobiles, ils écoutèrent l'écho du choc se répercuter autour du plafond voûté, Flin l'air aussi mortifié que s'il avait écrasé un ami intime. Ils n'entendirent cependant ni cris ni bruits de pas, rien n'indiquant que la chute avait attiré l'attention des gardes du temple. Après un dernier regard éploré à la pierre fracassée, Flin tourna son attention vers l'ouverture qu'ils venaient de pratiquer dans le mur. Il s'en approcha et dirigea sa lampe vers l'espace au-delà.

— Qu'est-ce que vous voyez ? demanda Freya en ramassant sa torche.

Il ne répondit pas et se borna à déplacer le faisceau d'un côté et de l'autre pour explorer la cavité, son dos et ses épaules empêchant Freya de voir.

— Qu'est-ce que vous voyez ? répéta-t-elle en essayant de regarder sur le côté.

Il ne répondait toujours pas et elle craignit un instant qu'il n'y ait rien, que Fadaoui se soit moqué d'eux. Puis Flin tourna la tête vers elle, l'air non plus horrifié mais ébahi.

— Des choses extraordinaires, dit-il en levant le pouce. Je vois des choses extraordinaires…

Il s'écarta pour la laisser se glisser près de lui et diriger sa torche à travers le trou. Elle vit une étroite cavité, pareille à un puits de deux mètres de large pas plus et peut-être d'une vingtaine de long, un passage secret ménagé entre les murs des sanctuaires. Le plafond formé d'énormes dalles de pierre semblait être au même niveau que celui de la chapelle, et son plancher, supposa-t-elle, se trouvait dans le prolongement de celui du sanctuaire. Il était impossible d'en être certain, car sur toute sa longueur un amoncellement chaotique de blocs de pierre, dont le plus petit faisait au moins le double de celui qu'ils venaient d'enlever, obstruait la cavité jusqu'à moins d'un mètre au-dessous de l'ouverture. Certains des blocs étaient carrés, d'autres rectangulaires, d'autres bruts, d'autres encore ornés d'images et de hiéroglyphes. Les reliefs, comme ceux des salles hypostyles extérieures, portaient encore des traces de leur coloration d'origine : vert et rouge, jaune et bleu. Il y avait aussi des tronçons de colonnes, un bric-à-brac de morceaux de statues – une partie de torse en granit, le devant d'un sphinx –, tout cela jeté apparemment pêle-mêle dans la cavité, chaque chose posée en travers et par-dessus le reste. Elle avait l'impression de regarder dans une boîte géante remplie de pièces de Lego.

— Incroyable, n'est-ce pas ? dit Flin en penchant la tête de sorte que sa joue touchait presque celle de Freya.

Il balaya la cavité avec le faisceau de sa lampe, qu'il arrêta sur la face d'un des blocs, éclairant deux ovales allongés côte à côte, chacun entourant une rangée de hiéroglyphes.

— Néfer-ka-Rê Pépi, lut-il, le faisceau de sa torche tremblant légèrement, à tel point subjugué par ce qu'il voyait qu'il ne pouvait tenir sa main immobile. Le nom pris par le pharaon Pépi II lorsqu'il monta sur le trône. Comme le disait Hassan, il y a sans doute eu ici un temple datant de l'Ancien Empire, démantelé par la suite et recyclé comme matériau de remplissage lorsque Séti a construit son temple, mille ans plus tard.

Il secoua la tête, incrédule.

— Bon sang, Freya, je n'arrive pas à… C'est une période de l'histoire dont il ne nous reste presque aucun vestige. Quelque chose comme ça pourrait obliger à réécrire complètement... Hallucinant, absolument hallucinant !

Ils regardèrent dans la cavité pendant encore quelques instants. Puis, conscient que le temps manquait, Flin passa la tête et les épaules dans la brèche du mur et entreprit de se traîner à travers, ses jambes et ses pieds disparaissant quand il se laissa glisser sur l'enchevêtrement de pierres taillées. Freya le suivit, avec beaucoup plus d'agilité ; Flin l'aida à s'extraire de l'étroit passage et la déposa doucement sur la surface inégale.

— Attention où vous posez les mains, la mit-il en garde. L'endroit grouille sans doute de scorpions.

Elle grimaça et retira promptement la main de la tête de la statue sur laquelle elle l'avait appuyée.

Maintenant qu'ils étaient à l'intérieur, la cavité donnait encore plus une sensation d'encombrement et de claustrophobie. Le plafond était trop bas pour qu'ils se tiennent droits et la maçonnerie les oppressait de tous côtés, bien qu'il y eût un courant d'air, à peine perceptible, dont Freya ne pouvait déterminer l'origine. Ils restèrent là un moment, accroupis près de l'ouverture dans le mur, balayant l'espace autour d'eux avec leurs lampes électriques pour essayer d'en prendre la mesure. Puis, après un autre coup d'œil à sa montre – 4 h 51 –, Flin commença à crapahuter alentour en examinant les inscriptions, à la recherche d'un indice sur l'emplacement de l'oasis. Freya dirigeait le faisceau de sa torche dans sa direction pour lui donner plus de lumière, mais sa contribution s'arrêtait là, n'étant pas plus capable de lire les hiéroglyphes que le japonais.

Vingt minutes passèrent ; aucun des deux ne parlait et l'on entendait seulement le raclement des bottes de Flin sur la pierre et, de temps en temps, ses murmures émerveillés – « Extraordinaire ! C'est tout bonnement extraordinaire ! » Puis, soudain, il claqua des doigts et lui fit signe de s'approcher.

— Venez voir ça.

Freya le rejoignit en trébuchant, s'accroupit à son côté. Flin recula sa lampe et en fit jouer le faisceau sur une longue pierre d'un noir verdâtre. Elle se rendit compte au bout d'un moment que c'était un petit obélisque posé horizontalement, en partie enfoui dans un amoncellement d'autres blocs.

— Il semble que ce soit un hymne ou une prière adressée au Benben, dit-il en montrant le texte hiéroglyphique gravé dans la pierre.

— C'est la pierre d'Indiana Jones, n'est-ce pas ? s'enquit-elle. Celle qui possède des pouvoirs surnaturels ?

Il hocha la tête et sourit. Il posa un doigt poussiéreux sur le coin supérieur droit de l'inscription et commença à réciter, d'une voix plus profonde et sonore, comme lorsqu'il avait lu le papyrus d'Imti-Khentika, comme venue d'un lointain passé.

— « *Iner-wer iner-en Rê iner-n sedjet iner sweser-en khérou-en Sekhmet*, entonna-t-il. O grande pierre, ô pierre de feu, ô pierre qui nous rend puissants, ô voix de Sekhmet que nous portons devant nous dans la bataille et qui nous procure des victoires sans nombre... »

— Quelque chose sur l'oasis ?

— Non, mais celui-ci mentionne aussi le Benben...

Flin tourna la torche sur le côté et dirigea le faisceau vers un bloc de calcaire couvert de hiéroglyphes, le texte rehaussé de rouge, bleu, jaune et vert vifs.

— ... et celui-là également...

Il orienta la lampe vers ce qui semblait être un fragment de colonne brisée.

— ... ce qui donne à penser que, de ce côté de la cavité, tous les matériaux proviennent de la même partie du temple de Pépi. Apparemment, une sorte de sanctuaire consacré au Benben. Et comme je vous l'ai dit au musée, là où le Benben est mentionné, habituellement l'oasis l'est aussi. C'est dans ce coin-là qu'il nous faut regarder et que doit se trouver ce que nous cherchons...

Il poussa un grognement de satisfaction et reprit sa recherche, examinant tour à tour chaque morceau de maçonnerie ; ignorant son propre conseil relatif aux scorpions, il plongeait sa torche dans les espaces entre les blocs pour tenter d'éclairer les portions de texte partiellement enfouies ou difficiles à lire en raison de l'angle.

— Et si l'inscription dont nous avons besoin se trouve complètement au fond ? s'inquiéta Freya. Tout ça doit s'entasser sur encore deux mètres de profondeur. En aucun cas on ne pourra tout déplacer.

Flin ne répondit pas, soit parce qu'il était trop absorbé par ce qu'il faisait, soit parce qu'il se refusait à envisager cette éventualité, elle ne savait trop. Il s'écoula encore une quinzaine de minutes. Assise sur une tête de statue, Freya se sentait tout à fait inutile tandis que l'Anglais se frayait un chemin à travers le chaos de décombres. Il poussa alors un cri perçant et lui fit à nouveau signe d'approcher.

Il était maintenant aux deux tiers de la longueur de la cavité, le faisceau de sa torche dirigé vers un petit bloc coincé dans un amoncellement de ses semblables, sa face tournée vers le bas, si bien qu'il ne pouvait la voir qu'en étant couché sur le dos et en regardant en l'air. Il souriait béatement.

— Qu'est-ce que c'est ? demanda-t-elle, tendant le cou pardessus lui pour essayer de mieux voir.

— C'est une partie d'un texte où il est expliqué comment entrer dans l'oasis, répondit-il, essoufflé, le bout des doigts courant d'avant en arrière le long de la pierre, comme s'il caressait une maîtresse. Il vient certainement du sanctuaire le plus secret du temple de Pépi, où seuls le pharaon et le grand prêtre étaient à même de le voir. Les mots me manquent pour exprimer ce que je ressens...

Bouche bée devant l'inscription, orientant la torche d'un côté et de l'autre, il suivait les lignes de hiéroglyphes. Puis, lentement, il se mit à traduire :

— *Sébaoui*, deux portes, te mèneront à l'*inet djeseret*, la vallée sacrée. *Khéry en-inet*, à l'extrémité inférieure de la vallée, le *rê-en wesir*, la Bouche d'Osiris. *Héry en inet*, à l'extrémité supérieure de la vallée, la *maqet en Nout*, l'échelle de Nout, qui est sous *mou nou pet*, l'eau dans le ciel. Et seules ces deux portes te mèneront là, celle du bas et celle du haut ; on n'en trouvera aucune autre, car telle est la volonté de Rê...

Il s'interrompit, l'inscription s'arrêtant là.

— La Bouche d'Osiris, nous connaissions déjà, dit-il d'une voix plus calme, plus posée. Bien que nous ne sachions pas trop ce que cela désigne...

Il secoua la tête.

— Osiris était le dieu des enfers, aussi est-ce peut-être seulement figuré... nous l'ignorons, purement et simplement. En revanche, cette histoire d'échelle de Nout est complètement nouvelle. Elle n'est mentionnée dans aucun autre texte existant ou du moins aucun que j'aie jamais eu sous les yeux, et je suis pratiquement sûr de les avoir tous vus... c'est vraiment extraordinaire.

— Qu'est-ce que ça signifie ? demanda-t-elle, tout excitée alors même que le texte ne lui évoquait rien.

— Nout était la déesse des cieux, expliqua Flin en s'extrayant de dessous le bloc, le visage et les cheveux couverts de poussière. Et une expression comme *mou nou pet*, l'eau dans le ciel, désigne généralement de hautes falaises – pendant les crues subites, l'eau se déverse de leur sommet comme si elle était suspendue dans le ciel. Quant à l'échelle, impossible de dire si elle renvoie à quelque chose de réel ou si c'est seulement une métaphore, mais tout cela laisse supposer que les anciens Egyptiens accédaient à l'oasis par le haut du Guilf Kébir aussi bien que par le bas.

Il s'accroupit à côté de Freya et s'épousseta les cheveux.

— Est-ce que ça nous sert à quelque chose ? demanda-t-elle.

— Les infos dont nous disposons à propos de l'oasis sont si infimes que le moindre indice est important, mais cela ne nous dit rien de précis sur son emplacement. Ce que je suppose et espère, c'est que, puisqu'il existe un texte expliquant comment pénétrer dans l'oasis, il doit bien y en avoir un quelque part expliquant comment la trouver. Nous brûlons, je le sens.

Il lui serra le bras, puis recommença à se frayer un chemin par-dessus les décombres, examinant attentivement chaque pierre centimètre par centimètre. Il avait déjà de l'énergie auparavant, mais Freya avait maintenant l'impression qu'il était carrément survolté : il soulevait et écartait les blocs et les fragments de statues qui n'étaient pas trop lourds pour accéder à ce qui se trouvait dessous, regardait constamment sa montre, marmonnait dans sa barbe, apparemment oublieux de sa présence. Sa persévérance porta rapidement ses fruits. Il trouva successivement trois autres mentions du Benben, un texte décrivant le grand temple qui, semblait-il, était situé au cœur de l'oasis, et une autre inscription où étaient répétés les châtiments qui attendaient ceux qui pénétraient dans l'oasis animés de mauvaises intentions : « Puissent les infâmes être broyés par les mâchoires de Sobek et avalés dans le ventre du serpent Apep. Et dans le ventre du serpent puissent leurs peurs devenir réelles, leurs mauvais rêves un vif tourment. »

Rien n'indiquait cependant où pouvait bien se trouver l'oasis, pas le moindre indice. Trente autres minutes passèrent, interminables ; de plus en plus exaspéré, Flin jurait et tapait du poing contre les blocs comme s'il voulait les forcer à livrer leurs secrets. Incapable de supporter cette tension plus longtemps, l'atmosphère oppressante saturée de poussière, Freya le laissa là, se hissa hors de la cavité et descendit de l'échafaudage. Elle y resta un moment, à s'étirer bras et jambes, tandis que le bruit sourd des pierres déplacées résonnait par le trou au-dessus d'elle, puis elle retraversa le temple vers l'entrée principale en s'emplissant les poumons d'air frais.

Il était maintenant plus de 6 heures et l'édifice n'avait plus du tout le même aspect. Des rayons de soleil matinal tombaient obliquement des ouvertures pratiquées dans le haut des murs et baignaient les salles hypostyles d'une lumière douce et onirique qui chassait les ombres dans les coins et recoins. En se déplaçant avec précaution, Freya se dirigea jusqu'à l'entrée et jeta un coup d'œil au-dehors. Hormis deux gardes en uniforme noir qui se partageaient une cigarette, les cours extérieures étaient désertes. Plus loin, des voitures montaient la côte, des gens allaient et venaient, des vendeurs colportaient des cartes postales et des souvenirs. Elle craignit un instant que Flin ne se soit trompé d'heure et que le temple ne soit sur le point d'ouvrir, mais personne ne semblait s'approcher et au bout d'un moment elle se détendit. Elle regarda encore un moment, puis tourna les talons et revint sur ses pas, se frayant un chemin au milieu des gigantesques colonnes comme à travers une forêt tandis que des oiseaux voletaient au-dessus d'elle. De retour dans la chapelle, elle appela Flin à mi-voix et lui demanda comment ça se passait. Il eut un grognement découragé pour toute réponse. Elle grimpa sur l'échafaudage, se glissa de nouveau à travers la brèche. Flin était assis à l'extrémité de la cavité, courbé sur sa torche électrique, dont le faisceau affaibli pointait vers le plafond, éclairant son visage d'une lueur macabre. Son expression et sa posture en disaient long.

— J'ai tout passé au peigne fin, dit-il, comme s'il était sur le point de se mettre à pleurer. Il n'y a rien ici, Freya. Ou s'il y a quelque chose, c'est enfoui sous des tonnes de pierre et on ne peut pas y accéder.

Elle rampa jusqu'à lui et s'accroupit à son côté. Là, les décombres s'entassaient encore plus haut, ne laissant qu'un mètre d'espace disponible sous le plafond, ce qui les obligeait à garder la tête baissée.

— Nous pouvons revenir la nuit prochaine, dit-elle. Essayer à nouveau.

Il eut un geste de dénégation.

— Dès l'instant où la brèche dans le mur sera découverte, il y aura ici plus de gardes qu'à Fort Knox. Il nous sera impossible de nous approcher. C'est notre dernière chance. Il n'y en aura pas d'autre.

Il regarda sa montre : 6 h 39. Il ne restait que vingt minutes avant que le temple n'ouvre ses portes au public.

— Nous pourrions essayer de remettre le bloc en place, suggéra-t-elle.

Il ne prit même pas la peine de répondre, tous deux sachant que c'était vain. Il y eut un long silence. Puis, avec un soupir et un autre coup d'œil à sa montre, il déclara qu'ils devaient sortir de là.

— Nous pouvons nous cacher dans une des salles hypostyles, nous perdre parmi les touristes dès qu'ils afflueront. Il y en a toujours des centaines dès l'ouverture. Ça ne devrait pas être trop difficile.

Mais il ne fit pas mine de bouger et resta là, la tête renversée en arrière, le coude appuyé sur ce qui ressemblait à une petite pierre tombale : un morceau de calcaire rectangulaire couvert de hiéroglyphes, arrondi dans sa partie supérieure. Plus pour dire quelque chose que parce qu'elle était vraiment intéressée, Freya demanda ce qu'était cette pierre.

— Hein ?

Elle la désigna.

— Ah, ça ! C'est un *wd*. Une stèle. Une sorte de tablette votive que les anciens Egyptiens plaçaient dans les tombes et les temples. On y consignait des prières, des événements, des offrandes, ce genre de choses...

Il se tourna, souleva la pierre – elle n'avait qu'une quarantaine de centimètres de haut –, la retourna et la posa sur ses genoux. Il l'éclaira avec la lampe.

— C'est très intéressant... Ça parle de l'Iret net Khépri, l'Œil de Khépri. C'est l'une de ces formules qui semblent associées à l'oasis, comme la Bouche d'Osiris.

Il passa la main sur le dessus de la pierre et lut :

— « *Wepet iret Khépri wepet wehat khetem iret nen ma-tou wehat en is er-djer bik biki*, lorsque l'Œil de Khépri est ouvert, l'oasis l'est aussi. Lorsque son œil est fermé, l'oasis ne sera pas vue, même par le faucon au regard le plus perçant... »

Il entoura la stèle de son bras, ce qui parut lui procurer du réconfort, et il expliqua que Khépri était un dieu à tête de scarabée, l'une des manifestations du dieu soleil Rê, le nom venant du mot *khéper*, « celui qui parvient à l'existence ». Freya n'écoutait plus ; son attention avait été attirée par la partie supérieure de la stèle, son extrémité arrondie. Il y avait là des figures séparées des colonnes de hiéroglyphes situées en dessous. Sur la gauche, ce qui ressemblait à un mur ou une falaise rouge, à droite, la même paroi, si ce n'était qu'une étroite faille s'ouvrait verticalement en son milieu. Entre les deux représentations courait une bande jaune ondulée de laquelle s'élevait une courbe noire en forme de faux dont les bords étaient étrangement dentelés ; son extrémité supérieure s'évasait en un gros œil finement dessiné, comme une fleur au bout de sa tige. Au début, elle n'y vit qu'un motif intéressant. Cependant, plus elle le regardait, plus cela lui rappelait...

— J'ai déjà vu ça...

Flin discourait toujours des attributs du dieu Khépri et ne parut pas l'entendre.

— J'ai déjà vu ça, répéta-t-elle, plus fort.

— Vu quoi ?

— Ça, dit-elle en montrant le dessin.

Il hocha la tête, pas particulièrement surpris.

— C'est fort possible. L'œil du *wadjet* est un symbole courant...

— Pas l'œil. Ça.

Elle toucha du doigt la ligne noire incurvée.

— Vous l'avez déjà vu... que voulez-vous dire par là ?

— Je l'ai déjà vu. Ou quelque chose de très semblable. Sur une photo.

— Vous avez vu une photo de ce motif ?

— Non, non, c'était une formation rocheuse. Dans le désert. Elle était exactement pareille, même les bords déchiquetés.

Il plissa les yeux.

— Où ? Où avez-vous vu cette photo ?

— Chez Zahir al-Sabri. A mon arrivée en Egypte. Alex était sur la photo, c'est pourquoi j'ai...

— Vous a-t-il dit où c'était ? coupa-t-il.

Elle secoua la tête.

— Il ne semblait pas vouloir que je la regarde et m'a fait sortir de la pièce.

Flin baissa de nouveau les yeux vers la stèle ; les doigts pianotant sur les côtés de celle-ci, il murmura :

— « Lorsque l'Œil de Khépri est ouvert, l'oasis l'est aussi. Lorsque son œil est fermé, l'oasis ne sera pas vue, même par le faucon au regard le plus perçant... »

Les minutes passaient et Freya se rendait bien compte que le temps dont ils disposaient tirait à sa fin, mais elle répugnait à rompre le train de ses pensées. Flin ne bougeait pas, complètement absorbé, puis, avec un léger sourire, il souleva la stèle toujours posée sur ses genoux et la redéposa dans le coin de la cavité.

— Ça doit être de famille, dit-il.

— Pardon ?

— Ça doit être dans la famille Hannen. L'art et la manière de sauver la situation. Alex était coutumière du fait, et il semble que vous suiviez la tradition.

Il se releva et repartit en crapahutant le long de la cavité.

— Je ne comprends pas, dit-elle. Elle est importante, cette pierre ?

— Peut-être que oui, peut-être que non, répondit-il en arrivant à la brèche dans le mur avant de se faufiler à l'intérieur pour rejoindre la chapelle. Entre vous et moi, j'ai un horrible soupçon : il semblerait que j'aie passé ces dix dernières années à glandouiller sur tout ce machin et que ce soit vous qui ayez finalement fait la découverte capitale. Auquel cas, je ne vous le pardonnerai pas.

Il prit pied sur l'échafaudage et se retourna, arborant maintenant un large sourire.

— Je devrais vous laisser là-dedans… Découvrir des choses sans ma permission, non mais ! Cependant, pour la sauvegarde des relations anglo-américaines…

Il lui fit un clin d'œil et lui tendit la main pour l'aider à sortir de la brèche. Elle voulut la saisir, mais Flin la retira soudain et pivota brusquement sur lui-même. L'espace d'un instant, elle se demanda ce qui se passait. Puis Freya entendit ce qui avait dû attirer son attention : des voix. Encore étouffées et lointaines, mais qui provenaient à l'évidence de quelque part à l'intérieur du temple.

— Merde, lâcha-t-il entre ses dents tout en se retournant vers elle. Venez, il faut qu'on sorte d'ici ! Vite !

Il lui tendit la main à l'intérieur de la brèche, la tira à l'extérieur et l'aida à se remettre debout avant d'empoigner un des leviers et de descendre en catastrophe de l'échafaudage qui se mit à couiner de manière alarmante. Freya le suivit et ils se précipitèrent dans la plus proche des salles hypostyles. Les voix, maintenant tout à fait distinctes, venaient de la salle du devant du temple, deux ou trois personnes apparemment.

— Des touristes ? chuchota-t-elle.

Flin écouta un moment, puis fit non de la tête.

— Des gardes. Ils ont dû trouver le cadenas que j'ai cisaillé. Vite !

Il lui fit signe de le suivre à travers le fond de la salle, au-delà de la dernière chapelle et dans un étroit couloir. Dix mètres plus loin, une porte munie de barreaux s'ouvrait dans le mur sur leur droite. Derrière, une volée de marches raides montait vers une deuxième porte et la lumière du jour.

— L'arrière du temple, expliqua-t-il en introduisant le levier dans la serrure de la première porte. Nous devons seulement…

Il actionna le levier, les muscles du cou bandés, le visage écarlate sous l'effort. Il retira le levier, l'enfonça à nouveau suivant un angle différent et poussa de tout son poids, en s'arc-boutant du pied sur le mur d'en face. Il avait beau essayer, il n'arrivait pas à forcer la serrure. Avec un grognement désespéré, il renonça et rebroussa chemin, entraînant Freya dans le couloir et la salle des colonnes. Elle était toujours déserte. Les gardes, semblait-il, n'étaient pas encore arrivés de la salle de devant, mais le brouhaha des voix et le bruit des bottes laissaient supposer qu'ils étaient beaucoup plus nombreux qu'ils ne l'avaient cru.

— *Ehna aarfen ennoko gowwa !* cria quelqu'un. *Okhrogo we erfao'o edeko !*

— Il y a une autre sortie ? demanda Freya en un murmure angoissé.

Flin secoua la tête.

— On ne peut pas se cacher ?

— Ils sont trop nombreux.

— Qu'est-ce qu'ils vont faire s'ils nous attrapent ?

— Si nous avons de la chance, nous coller en taule pendant cinq ans, puis nous expulser.

Elle ne prit pas la peine de demander ce qui se passerait s'ils n'avaient pas de chance.

— *Ento met-hasrin !* ajouta encore la voix. *Mafish maharab !*

Flin jeta un regard circulaire autour de lui, pour essayer de trouver une solution, n'importe laquelle. Les bruits de pas et de voix étaient maintenant presque à la porte entre les deux salles ; il empoigna Freya par le bras et l'entraîna à nouveau vers le fond de celle où ils se trouvaient ; ils dépassèrent la chapelle où ils avaient retiré la pierre, pénétrèrent dans l'avant-dernier sanctuaire. Contrairement aux autres, celui-ci était percé, dans le mur du fond, d'une porte qui ouvrait sur une autre salle, beaucoup plus petite que les deux principales. Deux rangées de colonnes se dressaient au milieu et la lumière du jour tombait de deux trous dans le plafond.

— Où est-ce que ça mène ? demanda-t-elle.

— Nulle part.

— Alors pourquoi sommes-nous...

— Parce qu'il n'y a nulle part ailleurs où aller ! Nous ne pouvons sortir par le devant, la porte de derrière est fermée...

Il leva les mains en un geste d'impuissance.

— Nous sommes pris au piège, Freya. J'essaie seulement de gagner quelques minutes en espérant contre toute attente qu'ils ne viendront pas ici...

Les cris et le bruit de pas se rapprochaient ; les gardes traversaient le temple dans leur direction, resserrant le filet.

— *Sallemo nafsoko !*

— Il doit bien y avoir une autre sortie... dit Freya. C'est obligé.

— Bien sûr, il y a une porte secrète ; si vous avez une baguette magique et dites abracadabra...

Encore des cris, ponctués d'une série de coups de sifflet. Freya regardait autour d'elle, cherchant frénétiquement un moyen de les tirer de là. Dix colonnes trapues en deux rangées de cinq, des pièces plus petites à chaque extrémité, les murs couverts de reliefs, celui de droite protégé par une corde pour empêcher les touristes de toucher aux inscriptions. Rien qui leur offrît un quelconque espoir de s'échapper.

— Lorsqu'ils entreront, ne bougez pas et laissez-moi parler, dit-il. Et faites en sorte que vos mains soient toujours visibles.

Elle l'ignora et continua à regarder autour d'elle. Des aboiements accompagnaient maintenant les cris et les coups de sifflet.

Les deux lucarnes, deux carrés de ciel bleu dans le plafond constitué de plaques de béton, étaient largement hors de portée, même si la hauteur sous plafond était ici bien moindre que dans les deux grandes salles, seulement cinq mètres. Mais, sans échelle ni échafaudage, elles auraient pu être à cinquante mètres du sol, ça n'aurait rien changé. Elle écarta cette hypothèse, regarda de nouveau les murs, les pièces latérales, les colonnes, le sol dallé de pierre, à nouveau les colonnes. Les colonnes ! Trapues, grosses comme des troncs d'arbres, formées de sections cylindriques posées l'une sur l'autre et séparées par une rainure… Elle avança d'un pas et leva de nouveau les yeux vers les lucarnes. Chacune était à un bon mètre et demi du haut de la colonne la plus proche, trop loin pour qu'on puisse l'atteindre sans avoir une prise… Sauf qu'il y en avait une : une armature en fer rouillé qui sortait du béton et dépassait de la lucarne la plus éloignée, telle une racine tordue pendillant dans la salle. Et un collier métallique entourait la section supérieure de la colonne la plus proche, comme une jarretelle le haut d'une cuisse. Escalader la colonne en se servant comme prises des rainures entre les pierres, puis, en se retenant d'un doigt passé derrière le collier, se pencher, sauter et se rattraper au morceau de ferraille… C'était une manœuvre folle, un *deadman* dans un *dead hang*, qu'elle n'aurait même pas envisagée dans une escalade d'entraînement, avec cordes de sécurité et mousse pour amortir la chute. Dément. Dément. Mais…

— Je peux nous sortir de là, dit-elle.

Flin tourna brusquement la tête vers elle.

— Qu'est-ce que vous racontez ?

Elle ne perdit pas de temps en explications. Elle lui fit signe d'aller chercher la corde tendue devant les reliefs du mur, lui dit de l'enrouler, puis courut jusqu'à la colonne et commença à grimper. Bien qu'étroits, les joints entre les pierres lui laissaient assez d'espace pour s'accrocher avec les doigts et les orteils et si de la magnésie et de vraies chaussures d'escalade lui auraient facilité la tâche, elle parvint néanmoins en haut de la colonne sans trop de difficultés. Les doigts coincés derrière le collier métallique, la pointe des pieds en équilibre sur les reliefs dont la colonne était couverte, elle jeta un coup d'œil vers le bout de ferraille. D'ici, il paraissait beaucoup plus loin qu'il n'avait semblé être vu d'en bas.

Au pied de la colonne, Flin tenait la corde enroulée sur l'épaule. Il suivit le regard de Freya et comprit son intention.

— C'est hors de question ! Vous allez vous rompre le cou !

Elle l'ignora. Elle se déplaça petit à petit autour de la colonne pour s'arrêter le plus près possible de la lucarne, ajusta ses prises pour mieux prendre son élan.

— Pour l'amour du ciel, Freya !

Les cris et les aboiements se rapprochaient. Chaque seconde comptait, maintenant ; elle jeta un dernier coup d'œil à la lucarne, s'arc-bouta et sauta, se propulsant dans les airs vers le morceau de ferraille.

Elle avait craint de ne pas avoir une prise suffisante ou que son élan lui fasse lâcher prise. Toujours est-il que, telle une trapéziste chevronnée, elle empoigna le fer des deux mains en un mouvement parfaitement coordonné et se balança d'avant en arrière quelques instants avant de s'immobiliser, suspendue dans le vide. Flin la regardait d'en bas, avec horreur et admiration. La tête renversée en arrière, les yeux fixés sur l'ouverture au-dessus d'elle, elle s'accorda quelques secondes pour rassembler ses forces. Puis elle prit une profonde inspiration et commença à se hisser, une main par-dessus l'autre, vers la lucarne. Pour quelqu'un n'ayant pas son expérience, une telle ascension eût été impossible car elle exigeait une musculature exceptionnelle des épaules et des bras. Les années passées à franchir des surplombs sur quelques-unes des parois les plus difficiles du monde, sans parler des centaines de tractions à la barre fixe qu'elle faisait chaque matin pour se maintenir en forme, avaient plus qu'habitué son corps à de tels exercices et elle en vint à bout assez facilement. Biceps et deltoïdes bandés, battant des jambes comme si elle essayait de nager vers le haut, elle atteignit le dessous de la lucarne. Elle leva la jambe gauche, l'enroula autour du morceau de ferraille, passa la main à travers l'ouverture et s'agrippa au bord extérieur. Elle se hissa de quelques centimètres encore, s'accrocha avec l'autre main, effectua un rétablissement et se retrouva sur le toit du temple.

En contrebas, Flin la regarda disparaître à travers le trou. Elle passa un bras par la lucarne, claqua des doigts et il lui lança la corde en jetant des coups d'œil anxieux par-dessus son épaule. Les aboiements résonnaient maintenant dans le sanctuaire menant à la petite salle.

— *Ehna dakhlin lolo !* cria quelqu'un. *Ma tehawloosh teaamelo haga wa ella hanedrabkom bennar !* Nous arrivons ! Pas de résistance, sinon nous tirons !

— Allez ! dit Flin d'une voix sifflante.

Une extrémité de la corde redescendit en serpentant. Sans même vérifier que Freya s'était assurée comme il fallait à l'autre bout, il saisit la corde des deux mains et se mit à grimper à toute vitesse. Les gardes allaient arriver d'une seconde à l'autre, les aboiements et grondements des chiens semblaient emplir tout le temple. Il atteignit la lucarne, fit un rétablissement en battant des pieds et en se tortillant et roula sur le toit pour s'écarter de l'ouverture, laissant à Freya juste le temps de remonter la corde avant que deux bergers allemands tenus en laisse ne fassent irruption dans la salle, suivis de près par une demi-douzaine de gardes.

Il y eut des cris, encore des aboiements et un bruit de course, mais ils ne s'attardèrent pas pour écouter. Encore haletant, la manche de sa chemise teintée du sang échappé de sa blessure en partie rouverte au bras, Flin entraîna Freya vers l'arrière du toit. Le temple étant bâti à flanc de colline, le sol n'était que deux mètres plus bas. Ils sautèrent dans le sable, se dirigèrent en courant vers l'antenne de téléphonie que Freya avait vue en arrivant et suivirent la piste qui descendait la colline le long du temple. Cinq minutes plus tard, ils étaient de retour à la jeep. Trente secondes après, ils fonçaient sur la route pour sortir d'Abydos et croisaient une file de voitures de police, sirènes hurlantes.

— Je n'aurais jamais cru que l'égyptologie pouvait être aussi excitante, dit Freya, la première à parler.

— Je n'aurais jamais cru que l'escalade pouvait être aussi utile, rétorqua Flin.

Ils se regardèrent en souriant.

— Une longue route nous attend, dit-il. Vous êtes sûre que vous voulez toujours suivre le mouvement ?

— Je ne manquerais ça pour rien au monde.

Il lui lança un regard de côté, hocha la tête et mit le pied au plancher.

— Dakhla, nous voilà !

# Le Caire

Mohammed Shubra travaillait à la réception de l'USAID depuis près de vingt ans et il ne se rappelait pas avoir vu Mme Kiernan plus gaie. Certes, elle le gratifiait toujours d'un sourire, se montrait toujours polie avec lui, mais ce matin, en entrant d'un pas décidé dans l'immeuble, elle était carrément euphorique.

— Tout va bien aujourd'hui, j'ai l'impression, dit-il tandis qu'elle s'approchait de lui et lui montrait son passe. Je le vois sur votre visage.

— Rien ne vous échappe, Mohammed.

— Il faudrait être aveugle pour ne pas s'en apercevoir, madame Kiernan ! Vous avez reçu des nouvelles de votre famille, il me semble.

Elle eut un geste de dénégation.

— C'est le boulot. Il s'agit toujours de boulot, Mohammed.

Il n'aurait pas insisté – ce n'était pas son rôle de l'interroger sur son travail – mais, à sa grande surprise et pour son plus grand plaisir, elle jeta un rapide coup d'œil autour d'elle et se pencha pardessus le bureau.

— Il y a du nouveau concernant un de mes projets, dit-elle. Je ne pensais pas que ça allait si bien se goupiller, mais il semble que oui.

Elle ne lui avait encore jamais parlé de cette façon, ne lui avait jamais fait de confidences, et il sentit un frisson d'excitation, comme si elle lui avait révélé un grand secret.

— Ça fait longtemps que vous travaillez sur ce projet ? demanda-t-il en essayant de paraître désinvolte, comme s'il avait l'habitude de parler de ce genre de choses.

— Oh, oui, répondit-elle, rayonnante, en touchant la croix suspendue à son cou. Très longtemps. J'y travaillais déjà avant votre arrivée ici. Très, très longtemps.

— C'est un gros projet ? Important ?

Bien qu'elle continuât de sourire, son regard s'était soudain durci, comme si elle ne pouvait en dire plus et avait soudain hâte de mettre fin à la conversation.

— Tous nos projets sont importants, Mohammed. Ils contribuent tous à rendre le monde meilleur. Bon, si vous voulez bien m'excuser, j'ai une journée chargée devant moi...

Elle le salua de la main, se dirigea vers les ascenseurs, puis revint vers lui en farfouillant dans son sac.

— Autre chose... Avez-vous déjà vu ce type-là ?

Elle posa une photo sur le bureau devant lui – celle d'un gros homme qui perdait ses cheveux, avec les joues roses et de grosses lèvres.

— Il était ici hier matin, répondit l'Egyptien, sentant qu'il avait peut-être dépassé la mesure et content d'avoir la possibilité de se racheter. Le directeur lui a fait visiter les lieux.

Kiernan hocha la tête et remit la photo dans son sac.

— Voulez-vous me rendre un service, Mohammed ? Si vous le revoyez, soyez aimable de m'en prévenir.

— Bien sûr, madame Kiernan. Dès que je le vois, vous serez la première informée.

Elle le remercia, traversa le hall, entra dans l'ascenseur et disparut.

— C'est une dame très sympathique, dit-il à sa femme quand il lui téléphona un peu plus tard. Mais coriace. Mieux vaut ne pas la prendre à rebrousse-poil.

# Dakhla

Le personnage sortit du sous-bois, s'arrêta quelques instants comme pour tendre l'oreille, puis se hâta jusqu'à la remise : une construction ordinaire en parpaings, à toiture en feuilles de palmier et équipée d'une lourde porte métallique fermée par un cadenas et une chaîne. C'était un homme, cela au moins apparaissait évident à sa façon de se mouvoir. A part ça, il était impossible de l'identifier, car il portait une ample djellaba noire et un *shaal* de la même teinte qui ne laissait voir que ses yeux.

Il fouilla dans sa poche et en sortit un petit objet en métal sur le dessous duquel était fixé ce qui ressemblait à un aimant. Il le retourna dans sa main et le remit dans la poche de sa djellaba. Il grimpa sur une vieille charrette rangée près de la remise et se faufila à l'intérieur par une fenêtre carrée dépourvue de châssis et de carreau, percée dans le haut du mur. Il se laissa tomber de l'autre côté, puis il y eut un bruit de mouvement et celui, léger, d'un aimant qui se collait à quelque chose. Moins d'une minute après, il était ressorti et repartait vers le sous-bois derrière la remise. Trois minutes plus tard, une moto démarra et son vrombissement diminua lentement jusqu'à ce qu'il n'y ait plus que le gazouillis des oiseaux et le ronronnement d'une pompe d'irrigation.

# Le Caire

Une organisation chaotique, Angleton ne pouvait mieux le décrire. Ou un chaos organisé. Quoi qu'il en soit, le système égyptien de surveillance de la circulation automobile paraissait à première vue irrémédiablement bordélique – des policiers à moitié analphabètes qui s'ennuyaient à des postes de contrôle au milieu de nulle part et gribouillaient les numéros d'immatriculation et les coordonnées des conducteurs des véhicules de passage – et, tout compte fait, se révélait remarquablement efficace.

Juste après minuit, les hommes du général Taneer avaient repris contact pour lui communiquer la première fournée de résultats : la voiture de Brodie et Hannen avait franchi un poste de contrôle sur la nationale 11 à 21 h 33 en direction du nord et d'Alexandrie et était repassée par le même poste à 22 h 54, cette fois-ci en direction du Caire. Angleton n'avait aucune idée de ce qu'ils étaient allés faire là-bas, mais cela avait été le prélude à leur trajet principal. Les informations étaient arrivées régulièrement au cours de la nuit et toutes montraient qu'ils se dirigeaient vers le sud. D'abord sur la nationale 22 jusqu'à Fayoum, puis sur la 2, le long de la vallée du Nil. Ils avaient traversé Beni Souef à 0 h 16, Maghaga à 0 h 43, El-Minya à 1 h 16 – moment où il avait demandé aux Egyptiens de concentrer leurs efforts sur cette voie et les routes adjacentes –, Assiout à 2 h 17, Sohag à 3 h 21 et enfin, à 3 h 56, un poste de contrôle juste avant Abydos.

Après quoi il n'y avait rien eu pendant trois heures. Vers 5 h 30, il avait réclamé que l'on vérifie par téléphone auprès de tous les hôtels et maisons d'hôtes d'Abydos et des environs s'ils s'étaient arrêtés pour la nuit. Que dalle. Il avait commencé à jurer et à se tracasser – ce qui ne lui ressemblait pas du tout –, persuadé qu'ils lui avaient filé entre les doigts. Par ailleurs, son matériel d'écoute n'avait capté aucune communication de portable ou autre, et il avait pratiquement accepté l'idée d'avoir perdu leur trace. Puis, soudain, à 7 h 07, on l'avait informé que la Cherokee et ses deux occupants étaient passés de nouveau par le poste de contrôle d'Abydos. Non seulement cela, mais leur départ avait coïncidé avec un incident au temple – entrée par effraction, vandalisme, poursuite. Il aurait aimé en savoir davantage, mais les détails manquaient encore et il avait dû se contenter du fait que, à tout le moins, Brodie et Hannen étaient de nouveau sur son écran radar. De soulagement, il avait donné un coup de poing victorieux en l'air et, serrant la pauvre Mme Malouff dans ses bras quand elle avait franchi la porte pour commencer sa journée de travail, il lui avait planté un baiser sur la joue.

« La partie continue ! s'était-il écrié de sa voix de fille haut perchée. La partie recommence, bande d'enfants de putain ! »

Après s'être calmé et que Mme Malouff eut lissé sa robe et remis de l'ordre dans sa coiffure – « Vous êtes prié de ne pas recommencer, lui avait-elle dit sévèrement, je suis une femme mariée respectable ! » –, Angleton l'avait laissée là et avait pris un taxi pour se rendre à son bureau à l'ambassade américaine. Il y avait continué sa veille (et s'était fait monter un copieux petit déjeuner par le chef de cuisine Barney : le manque de sommeil le mettait toujours en appétit).

A 7 h 46, on lui avait signalé que la Cherokee était repassée par le poste de contrôle de Sohag en direction du nord et, une heure vingt après, par celui d'Assiout. Brodie et Hannen retournaient manifestement au Caire.

Puis vint une surprise. Sur la base de leur trajet aller et du fait que la circulation était plus dense de jour, Angleton avait calculé qu'ils devaient atteindre El-Minya vers 10 h 30. 10 h 30 arrivèrent. Puis 11 heures, 11 h 30. Il commençait à nouveau à s'inquiéter quand, juste après 11 h 45, il reçut un appel l'informant que, au lieu de filer vers le nord, la Cherokee avait été vue à trois postes de contrôle différents sur la route du désert au sud-ouest d'Assiout, le dernier à vingt kilomètres à peine de Kharga. A ce moment-là, d'autres infos avaient filtré à propos des événements d'Abydos. Quelqu'un – la coïncidence était trop grande pour que ce ne soit pas Brodie et Hannen – s'était introduit dans le temple, avait percé un trou dans un mur et découvert une sorte de salle secrète. Comme auparavant, les détails restaient confus, mais quoi qu'ils aient trouvé ou vu, cela semblait maintenant les conduire dans le désert occidental. Intéressant. Très, très intéressant.

Il s'approcha de la carte épinglée au mur et la regarda un moment avant d'aller à la fenêtre. Il était en partie tenté de continuer encore un peu à les suivre à la trace de loin, d'un poste de contrôle à l'autre. Le problème était que cela le laissait toujours avec un temps de retard et que, le dénouement du drame approchant – à grands pas, lui semblait-il –, avoir un temps de retard revenait à rester hors du coup. Il ne servait à rien de demander aux Egyptiens de les filer ; si lui était incapable de le faire, il était sûr et certain qu'ils le seraient aussi. Il caressa l'idée de demander qu'on les arrête et les retienne au prochain poste de contrôle jusqu'à son arrivée, mais il la rejeta rapidement : contre un ancien agent secret en pleine forme et extrêmement motivé, une bande de flics sortis de leur cambrousse ne ferait pas le poids.

Il regarda encore un moment, par la fenêtre, les gens aller et venir dans l'enceinte de l'ambassade en contrebas. Il tapa de la main contre le carreau, prit une décision et retourna voir la carte. Le moment était venu d'entrer dans le jeu : aller là-bas, découvrir ce que Brodie et Hannen savaient, puis les éliminer du tableau. La question était : comment ? Et, de manière plus pertinente : où ? Il promena son doigt sur le désert entre Assiout et Kharga, puis Dakhla et enfin, vers la gauche et en bas, le Guilf Kébir. C'était leur destination ultime. Cela paraissait évident : dans cette histoire, toutes les routes semblaient mener là. Cependant, avant le Guilf… il ramena son doigt le long de la grande route du désert et le déplaça entre Dakhla et Kharga, dans un sens et dans l'autre, comme s'il jouait à « am stram gram… ». C'était certes un pari, mais tout l'était dans cette partie. Il n'avait pas fait trop de faux pas jusqu'ici et sentait dans son for intérieur qu'il n'allait pas en faire là. Dakhla était leur prochaine escale, il en était certain, et c'est à Dakhla qu'il les intercepterait. Il donna du doigt un petit coup sec sur la carte et alla au téléphone. Il décrocha vivement le combiné, composa un numéro.

— Il me faut un avion pour Dakhla, dit-il sans préambule. Aussitôt que possible. Et une voiture à l'arrivée. Je pars pour l'aéroport à l'instant même.

Il reposa le combiné et prit l'étui de son revolver qu'il avait accroché au dossier de son fauteuil. Il en sortit Missy, empoigna la crosse et visa le mur d'en face.

— Cyrus arrive !

# Dakhla

Il était un peu plus de midi quand ils passèrent enfin entre les palmiers métalliques géants qui marquaient la limite ouest de l'oasis de Dakhla. Ils avaient roulé pendant cinq heures sans s'arrêter, Flin au volant la plupart du temps, bien que Freya ait pris le relais sur toute la section intermédiaire entre Assiout et Kharga pour lui permettre de rattraper un peu de sommeil.

Le voyage avait été sans histoire, en dehors de quelques coups au cœur dus à la façon de conduire de Flin. Ils avaient d'abord parcouru la route en sens inverse le long de la vallée du Nil, à travers des champs verdoyants et des villages en adobe tout en longueur. Puis ils avaient obliqué dans le désert : sable, cailloux et pas grand-chose d'autre, les bornes kilométriques régulièrement espacées et, de temps à autre, les postes de contrôle, seuls signes tangibles d'une intervention humaine. Et, bien sûr, la route elle-même, un ruban d'asphalte noir miroitant qui se déroulait à travers les sables comme quelque énorme fissure coupant en deux le paysage.

Un quart d'heure après être entrés dans l'oasis, ils arrivèrent à Mout, où Freya se chargea de la navigation, Flin n'étant jamais allé chez Zahir. Ils passèrent devant l'hôpital et le commissariat – quarante-huit heures seulement s'étaient écoulées depuis qu'elle y était allée, mais elle avait l'impression que c'était dans une vie antérieure –, prirent la route de l'autre côté de la ville, filant au milieu de champs de maïs et de rizières vers la muraille blanche de l'escarpement dans le lointain. Ils arrivèrent finalement au village de Zahir et se garèrent dans la rue devant sa maison. Flin coupa le moteur et commença à ouvrir la portière. Freya le retint en posant la main sur son bras.

— Vous connaissez Zahir ?

Flin la regarda par-dessus son épaule.

— Je l'ai rencontré à plusieurs reprises. Nous ne sommes pas vraiment amis, si c'est ce que vous voulez dire. Je recours aux services d'un autre guide, quand je vais dans le désert. Pourquoi ?

— Je ne peux pas vraiment l'expliquer, répondit-elle en regardant l'entrée de la maison. C'est seulement que… Il ne s'est pas montré très amical en ma présence.

Flin sourit.

— Je n'en ferais pas une affaire personnelle. C'est ainsi que se comportent les Bédouins, voilà tout. Ils cachent leurs émotions. J'ai connu un type…

— Ce n'était pas seulement ça.

Il lâcha la poignée de la portière et se retourna pour lui faire face. Elle avait les yeux rougis par le manque de sommeil, les cheveux ébouriffés, encore mouchetés de la poussière de la cavité du temple.

— Qu'entendez-vous par là ? demanda-t-il.

— Comme je l'ai dit, je ne peux pas vraiment l'expliquer. Il y a quelque chose en lui, dans son comportement… je n'ai pas confiance en lui, Flin.

— Alex avait confiance en lui. Entièrement.

Elle haussa les épaules.

— Je crois seulement que nous devons… être prudents. Ne pas lui en dire trop.

— Alex était bon juge.

— Je crois seulement que nous devons être prudents, répéta-t-elle. Je ne l'aime pas, il me paraît… louche.

Il soutint son regard, puis hocha la tête et descendit de la jeep. Freya le suivit et ils franchirent le mur d'adobe qui entourait la cour devant la maison. Ils passèrent à côté du Land Cruiser au phare cassé de Zahir et arrivèrent à la porte. Elle était grande ouverte.

Freya avait vaguement espéré que Zahir ne serait pas chez lui. Que sa femme les laisserait entrer pour voir la photo de la formation rocheuse et qu'ils trouveraient ce qu'ils cherchaient sans avoir un contact direct avec son mari. En l'occurrence, Flin n'eut même pas le temps de frapper à la porte que Zahir apparut dans le couloir devant eux. En les voyant, son visage s'éclaira d'un grand sourire avant de reprendre cet air morne et maussade qui semblait être son expression habituelle.

— Mademoiselle Freya, dit-il en se dirigeant vers eux à grands pas. Je m'inquiète. Vous disparaître.

Elle marmonna une excuse, prétendit qu'elle avait dû aller au Caire pour une affaire pressante. Ça ne paraissait guère convaincant et il ne la crut manifestement pas, mais il ne releva pas. Il les fit entrer et cria quelque chose dans le couloir derrière eux. Freya distingua les mots *Amrekanaya* et *shiy*.

— *Ana assif, saïs Zahir*, dit Flin. Je suis désolé, Zahir, mais nous n'avons pas le temps de prendre le thé. Nous avons quelque chose à vous demander...

Zahir tourna son attention vers l'Anglais, ayant fait jusque-là comme s'il ne le voyait pas. Il restait impassible, mais quelque chose dans ses yeux, dans la façon dont il se tenait, semblait indiquer, sinon de l'hostilité, du moins une gêne certaine.

— Me demander ? répéta-t-il, l'air soupçonneux. Demander quoi ?

— A propos de la photo, répondit Freya. Celle qui se trouve dans la pièce à l'arrière de la maison. La photo du rocher.

Zahir secoua la tête comme s'il ne comprenait pas de quoi elle parlait.

— Vous ne vous rappelez pas ? Lorsque je suis venue ici, je cherchais les toilettes et je me suis trompée de porte. Il y avait dans la pièce une photo de ma sœur, debout près d'un rocher.

De la main, elle esquissa la silhouette incurvée de la formation rocheuse dressée vers le ciel comme un énorme sabre fendant les sables.

— Elle était au mur, au-dessus de votre bureau. Vous avez dit que la pièce était privée.

— Nous voulons savoir quelque chose à propos de cette photo, enchaîna Flin. Où se trouve ce rocher. Il est près du Guilf, n'est-ce pas ?

Le regard de Zahir passa rapidement de Freya à Flin avant de revenir vers elle. Il semblait réticent à répondre. Il y eut un silence, puis l'Egyptien fit un petit geste dédaigneux de la main.

— D'abord nous buvons le thé. Puis nous parlons.

Il entra dans le salon où se trouvaient la télévision, une banquette couverte de coussins et le coutelas accroché au mur. Flin et Freya restèrent sur le pas de la porte.

— S'il vous plaît, nous avons besoin de voir la photo, insista Flin. Nous n'avons pas beaucoup de temps.

Zahir se retourna vers eux.

— Pourquoi vous avez besoin voir cette photo ? demanda-t-il d'un ton imperceptiblement agressif. C'est seulement un rocher.

Flin et Freya échangèrent un regard.

— C'est en rapport avec mon travail, dit Flin. Je connais assez bien le Guilf, mais je n'ai encore jamais vu cette formation rocheuse et je crois que ça pourrait être important, que ça pourrait... nous aider à comprendre le mode d'habitat paléolithique au milieu de l'holocène.

S'il avait espéré embobiner l'Egyptien avec un jargon technique, ça ne marcha pas. Zahir resta où il était, indifférent. Il y eut un autre lourd silence, puis Freya perdit patience :

— S'il vous plaît, Zahir, je veux voir cette photo !

Elle avait parlé plus sèchement qu'elle n'en avait eu l'intention, mais elle était épuisée et le temps pressait.

— Ma sœur est dessus et je veux en savoir davantage.

Zahir fronça les sourcils.

— *Saïs* Brodie dit qu'il veut voir la photo pour son travail. Et vous parce que le docteur Alex est dessus. Je comprends pas.

Freya serra les lèvres et il sembla un instant qu'elle allait se mettre en colère. Mais elle prit une profonde inspiration et fit un pas vers Zahir, les mains ouvertes en un geste de prière.

— S'il vous plaît, répéta-t-elle. Par égard pour Alex, si ce n'est pour moi, parlez-nous de la photo. Elle aurait aimé que vous nous aidiez, je le sais. S'il vous plaît.

Ils étaient face à face, Freya fixant Zahir, celui-ci refusant de soutenir son regard. Seul le criaillement étouffé des oies dehors troublait le silence. Tout en Zahir évoquait le doute et le malaise. Plusieurs secondes s'écoulèrent, puis, avec un haussement d'épaules réticent, il passa à côté d'eux et retourna dans le couloir.

— Vous voulez voir photo, je vous montre photo, dit-il, le ton de sa voix impliquant que cela ne lui faisait pas du tout plaisir. Venez.

Il les précéda dans le couloir, puis dans la cour à l'arrière de la maison. Freya entrevit un instant son épouse et son fils dans l'embrasure de la porte de la cuisine de l'autre côté, puis la femme recula dans l'ombre et disparut. Zahir se dirigea vers la porte la plus proche percée dans le mur de droite, l'ouvrit et leur fit signe d'entrer.

— Voilà la photo, dit-il d'un ton bourru en allant jusqu'au bureau et en montrant le cliché du doigt avant d'écarter les bras pour prouver qu'il n'avait rien à cacher.

Ils embrassèrent du regard l'énorme éperon incurvé de roche noire aux flancs dentelés et la minuscule silhouette dans l'ombre, au pied du rocher. Flin semblait captivé par la photo ; il se pencha par-dessus le bureau pour l'examiner de plus près en hochant la tête légèrement, comme s'il lui était soudain donné peut-être pas la clé d'une énigme depuis longtemps méditée, du moins un nouvel espoir de trouver cette clé.

— C'est vous qui l'avez prise ? demanda-t-il.

Zahir émit un grognement affirmatif.

— Où ?

— Dans le désert, ça se voit.

Flin ignora le sarcasme.

— Près du Guilf Kébir ?

Autre grognement affirmatif.

— C'est grand, le Guilf Kébir. Vous pouvez être plus précis ?

Pas de réponse.

— Dans la partie nord ou dans la partie sud ? insista Flin.

— *Fi'l ganoub*, concéda l'Egyptien, qui n'appréciait manifestement pas d'être interrogé ainsi. Dans le Sud. Je me souviens pas endroit exact. C'est il y a très longtemps.

Flin examina la photo encore quelques instants, puis se tourna vers Zahir.

— *Sahebee*, je suis chez vous et je vous montrerai donc du respect. Mais vous devez aussi me respecter. Cette photo a été prise au cours des cinq derniers mois. Regardez ici...

Il tapota du doigt le cliché, indiquant un fin trait argenté contre la roche à côté de la sœur de Freya.

— C'est la canne d'Alex. Elle n'a commencé à s'en servir que lorsqu'elle est tombée malade, en novembre dernier.

Zahir regarda par terre en traînant les pieds, mal à l'aise.

— Je ne sais pas ce que vous essayez de cacher ou pourquoi vous ne voulez pas nous parler de la photo, continua Flin, qui s'efforçait de garder un ton égal mais n'était manifestement plus d'humeur à jouer. Mais je vous demande en tant que notre hôte et aussi en tant que Bédouin de cesser de nous dire des conneries et de me donner une réponse franche.

Zahir leva brusquement la tête, les narines dilatées.

— Vous me parlez pas comme ça, grogna-t-il. Pas chez moi ni ailleurs. Vous comprenez ? Vous m'insultez pas ou ça ira mal pour vous.

— Vous me menacez, Zahir ?

— Je vous menace pas, je vous dis. Vous me parlez pas comme ça.

Le ton montait et Freya intervint avant que ça ne dégénère :

— Zahir, nous ne sommes pas venus vous insulter, dit-elle d'un ton à la fois apaisant et ferme. Nous avons seulement besoin de savoir où la photo a été prise. Ma sœur avait une haute opinion de vous et, comme je l'ai dit, si ce n'est par égard pour nous, faites-le pour elle, je vous en prie, dites-nous où se trouve ce rocher et nous nous en irons.

Cette fois-ci, Zahir soutint son regard. Sa colère semblait s'être évaporée aussi vite qu'elle était montée, remplacée par… Freya ne savait trop par quoi : un mélange de résignation et d'appréhension, lui semblait-il, comme s'il avait accepté l'idée de devoir leur dire ce qu'ils voulaient savoir, tout en en redoutant les conséquences.

— Je vous en prie, Zahir, insista-t-elle.

Il resta coi quelques instants, puis :

— Vous voulez aller là-bas ?

Flin et Freya se regardèrent, puis hochèrent la tête.

— Je vous emmène, dit-il. Nous allons ensemble.

— Nous voulons seulement savoir où c'est, repartit Flin.

— Guilf Kébir loin. Dangereux, très dangereux. Pas bon pour vous sans guide. Je vais avec vous.

— Nous avons seulement besoin…

— Loin, très loin. Vous allez seuls, il faut trois jours pour arriver là-bas. Je vais avec vous, moins d'une journée. Je connais Guilf, je connais désert. Je vous emmène.

L'échange se prolongea un moment, Zahir insistant pour les accompagner, Flin et Freya maintenant qu'ils voulaient seulement connaître l'emplacement du rocher. Finalement, l'Egyptien baissa pavillon. Il se laissa tomber sur la chaise près du bureau, les bras serrés contre sa poitrine, fixant le sol des yeux d'un air malheureux.

— Vous connaissez oued al-Bakht ? marmonna-t-il.

Flin répondit que oui.

— Rocher trente kilomètres au sud d'al-Bakht, aux trois quarts du chemin entre al-Bakht et Huit Cloches. Grande falaise là, très haute. Rocher à quatre, cinq cents mètres dans désert. Vous allez sud après al-Bakht, vous pouvez pas manquer.

Il leva les yeux et secoua la tête comme pour dire : « Vous ne savez pas dans quoi vous allez vous fourrer. » N'ayant plus de raison de prolonger la conversation, ils le remercièrent, lui dirent au revoir et se dirigèrent vers la porte. Lorsqu'ils y arrivèrent, il les rappela :

— J'essaie de vous aider. Guilf très loin, trois cent cinquante kilomètres, que du désert, très dangereux. J'essaie de vous aider, mais vous pas comprendre.

Il s'était remis debout, une main tendue vers eux, l'air presque implorant. Pendant un moment, ils restèrent là, dans un silence gêné. Puis, après l'avoir à nouveau remercié, Flin et Freya sortirent dans la cour et fermèrent la porte derrière eux.

Lorsqu'ils furent partis, Zahir demeura longtemps à contempler la photo fixée au mur. Il traversa la maison de nouveau jusqu'à la chambre et prit le fusil qu'il gardait sous le lit. Il s'assit, l'arme posée sur les genoux. Tout en passant une main le long du canon, il fouilla de l'autre dans la poche de sa djellaba et en sortit son portable. Il composa un numéro et attendit.

— Elle était ici, dit-il, quand on décrocha. Avec Brodie. Ils sont au courant au sujet du rocher. Ils vont là-bas.

Une voix résonna à l'autre bout de la ligne.

— Nous n'avons pas le choix, dit Zahir. C'est notre devoir. Tu es avec moi ?

Autre écho lointain.

— *Tamam.* Je passe te prendre dans une demi-heure.

Il raccrocha et se leva, le fusil dans une main.

— Yasmine ! Mohsen ! cria-t-il. Je dois partir ! Venez me dire au revoir !

Le Learjet déposa Angleton à l'aéroport de Dakhla un peu avant 13 heures. Cinq minutes plus tard, il s'installait au volant d'une voiture de location, une Honda Civic vert citron qui avait de toute évidence connu des jours meilleurs. Pendant le vol, il avait longuement réfléchi, consulté les cartes ; il savait exactement où se trouvait la maison d'Alex Hannen – ils allaient partir de là, c'était évident –, la police locale avait pour instruction de le prévenir dès qu'ils apparaîtraient, il ne lui restait donc plus qu'à mettre le turbo. Il s'épongea le cou et le front – doux Jésus, ce qu'il faisait chaud ici ! –, démarra, enclencha les vitesses et, pneus crissant sur le bitume surchauffé, il traversa le parking dans un vrombissement de moteur. Au poste de sécurité de l'aéroport, les vigiles s'écartèrent d'un bond de son chemin tandis qu'il passait en trombe devant eux et prenait la route de Mout.

# Dakhla

C'était étrange, mais dès l'instant où elle avait pour la première fois entendu parler de l'Oasis secrète – était-ce vraiment moins de vingt heures plus tôt ? –, Freya avait senti qu'elle irait à sa recherche dans le désert brûlant. Bien que cette impression soit devenue plus forte au fil des heures et que l'oasis ait pris une importance de plus en plus grande dans le cours des événements, à aucun moment elle n'avait été autre chose qu'une abstraction. Maintenant seulement, alors qu'ils filaient à toute allure sur la piste du désert vers la mini-oasis et la maison d'Alex, leur voyage imminent lui apparaissait dans toute sa réalité.

— Nous n'avons pas besoin de provisions ? demanda-t-elle en se cramponnant au tableau de bord tandis que la voiture cahotait et chassait sur la surface inégale de la piste. De l'essence, de la nourriture ? Trois cent cinquante kilomètres, ça fait un bout de chemin.

— J'ai pensé à tout ça, faites-moi confiance, se contenta-t-il de répondre.

Ils arrivèrent à l'oasis – sa végétation dense, enchevêtrée, parut à Freya bien moins malveillante que la dernière fois où elle y était venue – et suivirent les tours et détours de la piste parmi les arbres. Ils parvinrent finalement à la maison d'Alex, s'arrêtèrent en dérapage dans un tourbillon de poussière. Freya se demanda s'il y avait du sang à l'intérieur. S'ils allaient trouver le corps du vieux paysan étendu au sol. Mais la maison était déserte : fraîche, propre et bien en ordre, exactement comme la première fois où elle l'avait vue.

— Il faut que vous nous trouviez des vêtements chauds, dit Flin en montrant la chambre d'Alex. Des pulls, des vestes ; il fait très froid, la nuit, dans le désert. Nous allons aussi avoir besoin d'eau... il doit y avoir deux ou trois bidons dans la cuisine.

Remplissez-les d'eau du robinet, elle est parfaitement potable. Si vous trouvez de quoi manger et du café, parfait, mais ne vous en faites pas. Avec un peu de chance, nous ne serons pas partis pour beaucoup plus de vingt-quatre heures.

— Mais Zahir a dit qu'il fallait trois jours pour arriver là-bas !

Elle parlait dans le désert car Flin avait déjà disparu dans le bureau d'Alex.

Elle hésita un moment, se demandant, un peu tard, si l'Anglais avait les qualités requises pour entreprendre une expédition de ce genre et s'ils n'auraient pas dû, après tout, accepter l'offre de Zahir. Elle rejeta cette pensée – mieux valait quelqu'un n'ayant pas lesdites qualités, estima-t-elle, qu'un type en qui elle n'avait pas confiance – et entra dans la chambre de sa sœur. Elle trouva sous le lit un grand fourre-tout en nylon. En fouillant dans les tiroirs et les placards, elle mit la main sur deux ou trois pulls, un sweat-shirt et un épais châle en laine ; elle pressa les vêtements contre sa joue, sentant la présence de sa sœur sur chacun d'eux, puis les mit dans le sac. Elle ajouta la vieille veste de voyage en daim d'Alex accrochée derrière la porte, jeta le sac sur son épaule et s'apprêtait à retourner dans le séjour quand elle fit demi-tour et rentra dans la chambre. Elle prit le sous-verre posé sur la table de nuit, en tira la photo format identité d'Alex et elle adolescentes et la glissa dans la poche de son jean.

— Tu ne pensais pas que j'allais te laisser en plan, hein ? dit-elle en tapotant sa poche.

Dans la cuisine, il y avait deux bouteilles en plastique de cinq litres sur le buffet. Suivant les instructions de Flin, elle les remplit au robinet avant de fouiller dans les réserves ; elle trouva un pot de café soluble, des tablettes de chocolat, une grande boîte de haricots cuits, un ouvre-boîte. Après les avoir fourrés dans le sac, elle trimballa le tout dehors et le déposa à l'arrière de la Cherokee.

Pendant ce temps-là, Flin était resté dans le bureau d'Alex, sa présence signalée uniquement par le bruit sourd de tiroirs ouverts et fermés, le froissement de papiers. Il apparut au moment où elle refermait la portière de la jeep, un gros attaché-case noir dans une main, deux ou trois cartes dans l'autre.

— Vous savez où on va ? demanda-t-elle quand il monta dans la voiture en lui faisant signe de faire de même.

— A peu près. Vous avez tout ?

Du pouce, elle montra le sac et les bidons d'eau à l'arrière. Il hocha la tête et démarra.

— Guilf Kébir, nous voilà, dit-il.

Il fit marche arrière et ils retraversèrent l'oasis. En arrivant à l'endroit où la piste faisait un coude autour d'une grande aire de battage, il obliqua à droite sur une piste plus petite que Freya n'avait pas remarquée auparavant. Ce n'était guère plus qu'un sentier amélioré, et la jeep avait tout juste la place de se faufiler entre les épaisses murailles végétales qui le bordaient, le dessous du véhicule balayé par de hautes touffes d'herbe. Ils cahotèrent encore une bonne minute sans guère dépasser les vingt kilomètres à l'heure, passèrent devant un enclos à moutons et une citerne en béton dans laquelle l'eau était pompée, lorsque la végétation se clairsema brusquement. Ils se trouvaient en lisière de l'oasis, près de la grange en parpaings à côté de laquelle Freya s'était réfugiée, deux jours plus tôt. Devant se déployait la vaste étendue de sable qu'elle avait traversée pour s'échapper, les empreintes de ses pas encore légèrement visibles sur la surface compacte.

Elle supposa que, de là, Flin allait tout simplement s'engager dans le désert en direction du Guilf Kébir. Au lieu de cela, il se gara près de la grange, coupa le moteur et descendit de voiture. Il prit l'attaché-case, les cartes, un livre et le sac, demanda à Freya d'apporter les bidons d'eau, alla à la porte métallique de la remise, sortit une clé de sa poche et retira le cadenas. Il ouvrit la porte et disparut à l'intérieur.

Nous allons sûrement prendre une autre voiture, pensa Freya en lui emboîtant le pas après s'être chargée des bidons.

L'intérieur de la bâtisse sentait fortement l'essence et était baigné de lumière grâce aux fenêtres ménagées dans le haut du mur, mais surtout au trou béant que le déplacement d'air provoqué par l'hélicoptère des jumeaux avait laissé en arrachant une partie du toit en feuilles de palmier. Des jerrycans de vingt litres en plastique étaient rangés contre le mur de gauche, remplis d'un liquide transparent qui, à en juger par l'odeur pénétrante, devait être de l'essence. Il y avait à côté une petite glacière orange, un tas d'épaisses couvertures de laine et un plateau couvert de clés à écrous, de tournevis et autres outils. Mais ce qui attira pour de bon, inévitablement, l'attention de Freya, ce fut un énorme objet au milieu de la grange, qui en occupait presque toute la longueur, la largeur et la hauteur. Elle ne pouvait dire exactement ce que c'était car une grosse bâche en toile le dissimulait, mais il ne ressemblait certainement à aucune des voitures qu'elle avait vues jusque-là. A aucun véhicule d'aucune sorte.

— Qu'est-ce que c'est que ce machin ? demanda-t-elle.

— Miss Piggy, répondit Flin énigmatiquement en se glissant le long du mystérieux objet pour se rendre à l'autre bout de la grange.

Cette extrémité de la bâtisse était fermée par un lourd store métallique à enrouleur. Il empoigna la chaîne qui pendait de la roue et tira dessus. La porte monta et s'enroula dans un bruit de ferraille, s'ouvrant sur le tapis jaune miroitant du désert, en parfaite continuité avec le sol en béton de la grange. Freya demanda encore ce qu'ils faisaient là, mais Flin lui fit simplement signe de prendre un coin de la bâche pendant qu'il saisissait l'autre. Ils tirèrent celle-ci lentement par-dessus l'objet, en reculant le long de la remise jusqu'à ce qu'il soit complètement découvert.

— Dites bonjour à Miss Piggy, dit Flin. Alias l'ULM Pegasus Quantum 912 Flex Wing. Voyage à travers le désert, classe affaires.

— Vous plaisantez, murmura Freya, bouche bée. Pas question.

Elle avait sous les yeux une sorte de croisement entre un deltaplane, un kart et un bobsleigh. Il comportait une nacelle conique à deux places rose vif métallisé – d'où le nom, supposa-t-elle, car, comme chacun sait, les cochons sont roses –, trois roues, une hélice à l'arrière et, fixée à son aileron de queue, une énorme voile triangulaire qui semblait planer sur la nacelle comme un oiseau blanc géant.

— Pas question, répéta-t-elle en faisant le tour de l'engin. Vous êtes capable de piloter ce truc ?

— En fait, l'as, c'était Alex. Mais oui, je sais à peu près ce que je fais. Assez en tout cas pour décoller. Quant à savoir si je suis capable d'atterrir...

Il fit un clin d'œil à Freya et entreprit de lui donner des instructions, lui montrant comment attacher deux des jerricans de vingt litres aux sacs de selle suspendus de chaque côté de la nacelle pendant que lui remplissait le réservoir placé sous le siège de devant avec les jerricans restants.

— Il y aura assez d'essence ? demanda-t-elle tout en s'exécutant, ayant toujours peine à croire à ce qu'ils s'apprêtaient à faire.

— A peu de chose près. C'est un réservoir de quarante-neuf litres. Nous consommons environ onze litres par heure de vol et il faut quatre bonnes heures pour arriver au Guilf. Ça va donc être juste. D'autant plus que nous sommes chargés au maximum de la capacité. Nous pouvons cependant nous ravitailler à Abou Ballas, ce qui devrait nous permettre d'aller jusqu'au bout sans trop de problèmes.

— Il y a une station-service dans le désert ? s'étonna Freya.

Il sourit, l'air légèrement malicieux, sa perplexité semblant l'amuser.

— Tout vous sera dévoilé à notre arrivée là-bas, dit-il avec un autre clin d'œil.

Une fois le plein d'essence fait, ils rangèrent le matériel dans la nacelle – cartes, livre, eau, fourre-tout, couvertures, glacière, attaché-case de Flin –, réussissant de peu à tout caser. Puis ils poussèrent l'engin dehors. Ses roues en caoutchouc crissèrent doucement sur la surface tassée du désert. Deux casques à écouteurs et interphone intégrés étaient posés sur les sièges. Flin en lança un à Freya, l'aida à s'installer sur le siège arrière et à s'attacher, puis brancha le jack de son casque dans la prise près de son genou.

— On est assez bien, là-dessus, dit-il en se glissant sur le siège avant et en mettant son casque, les jambes de Freya allongées de chaque côté de lui comme si elle était à califourchon sur son dos. Je crains seulement qu'il n'y ait pas de repas servi pendant le vol. Mais si ça ne vous pose pas de problèmes, ce n'est pas une mauvaise façon de voyager.

— Tant que vous ne nous tuez pas, ça me va, dit-elle, à la fois nerveuse et étrangement regonflée.

Flin jeta un coup d'œil à sa montre : 13 h 39. D'une chiquenaude, il actionna diverses commandes, tourna une clé sur le tableau de bord et appuya sur le bouton de démarrage. Le moteur toussa une ou deux fois, puis s'anima en vrombissant et l'hélice se mit à tourner derrière la tête de Freya. Le déplacement d'air fit onduler et claquer sa chemise, mais le casque filtrait le plus gros du bruit.

— Vous êtes sûr que vous savez où nous allons ? cria-t-elle.

Flin fit un mouvement du tranchant de la main.

— Sud-ouest jusqu'au Guilf Kébir, dit-il, sa voix retentissant dans le casque de Freya. Puis plein sud le long de sa bordure orientale, jusqu'à ce que nous trouvions le rocher. Ça ne devrait pas être trop difficile.

— Et vous êtes absolument certain de savoir piloter cet engin ?

— Nous allons bientôt le savoir, répondit-il en poussant un levier fixé au siège près de sa hanche.

Le moteur monta brusquement en régime et ils commencèrent à avancer sans à-coups sur le sable vers la grosse touffe d'herbes derrière laquelle Freya s'était cachée après sa fuite de l'oasis. Au bout d'une centaine de mètres, Flin fit demi-tour en dirigeant l'ULM avec les pieds et les ramena vers la grange.

— Il faut que la température de l'huile monte à cinquante degrés, expliqua-t-il en tapotant l'un des cadrans du tableau de bord devant lui. Sinon, le moteur se grippe.

Ils firent ainsi des allers et retours sur le sable pendant quelques minutes jusqu'à ce que la jauge indique la bonne température. Après avoir viré une dernière fois devant la remise, Flin arrêta l'engin. Il effectua quelques vérifications de dernière minute, puis tourna la tête vers elle.

— Prête ?

Freya leva le pouce. Il hocha la tête, se retourna et, empoignant la barre de commande, mit les gaz.

— Piggy Airways vous souhaite la bienvenue à bord de ce vol imprévu pour le Guilf Kébir, entonna-t-il en imitant la façon de parler des pilotes de ligne. Nous volerons à une altitude de...

Il n'alla pas plus loin. Au moment où ils commençaient à prendre de la vitesse, il y eut un mouvement confus sur leur droite. Comme un bouchon de champagne, une Honda Civic vert citron maculée de boue et sérieusement cabossée surgit du sous-bois dans un grand dérapage sur le sable avant de se redresser et de foncer dans leur direction, le conducteur klaxonnant furieusement. Il était difficile de bien le voir, mais même à cette distance il apparaissait évident que c'était un homme extrêmement corpulent, son corps semblait occuper tout le devant de la voiture. Les épaules de Flin se tendirent, ses mains se serrèrent sur la barre de commande et sa voix grésilla dans le casque :

— Angleton !

Cyrus Angleton ne parlait pas bien l'arabe – les langues n'étaient pas son fort – et il avait donc eu de la chance que la jeune femme du magasin Kodak du village de Qalamoun parle aussi bien l'anglais. Doublement de la chance, car non seulement elle avait été en mesure de communiquer avec lui, mais elle lui avait fourni d'utiles renseignements. A peine trois quarts d'heure plus tôt, quand elle avait ouvert le magasin après le déjeuner, une jeep blanche était passée à toute allure et avait pris la piste menant à la petite oasis. Il y avait deux personnes à bord, un homme et une femme, avait-elle expliqué. La femme, elle en avait la certitude, était la jeune Américaine qui était venue au magasin, deux soirs plus tôt. Angleton lui avait demandé s'ils étaient repassés par là. Non, avait répondu l'employée, pour autant qu'elle le savait. Y avait-il d'autres routes pour aller à l'oasis et en sortir ? Non, seulement celle-là.

« Parfait ! » s'était-il exclamé avec un petit rire.

Il s'était glissé à nouveau dans la voiture de location et était parti en trombe à travers le désert ; la Honda faisait des bonds, secouée sur la mauvaise piste, des nuages de poussière tourbillonnaient derrière elle comme si elle avait été en flammes.

Il arriva à l'oasis, la traversa à toute vitesse et s'arrêta devant la maison d'Alex Hannen. Pas trace de la Cherokee. Il descendit de voiture, fit le tour jusqu'à l'arrière de la bâtisse. Rien.

— Brodie ! appela-t-il en passant la main sous sa veste pour empoigner la crosse de Missy. Vous êtes là ?

Pas de réponse.

— Et merde !

Il revint sur le devant de la maison, poussa la porte, entra. Il y avait des tiroirs ouverts dans la chambre, la cuisine et le bureau – on avait fait ses bagages. A la hâte, semblait-il.

— Ils ne peuvent être déjà partis, dit-il à haute voix. Pas seuls, en tout cas. C'est impossible.

Il ressortit de la maison, jeta un coup d'œil à sa montre. Ils avaient eu trois quarts d'heure d'avance sur lui et devaient en avoir passé au moins un dans la maison, sinon plus, à rassembler leurs affaires. S'ils étaient déjà partis dans le désert, il pouvait peut-être encore les repérer. Il lui fallait pour ça trouver un endroit en hauteur pour embrasser du regard les environs. Il aperçut une échelle branlante en bois, appuyée contre un côté de la maison. Il alla à elle de son pas lourd et commença à grimper. Le premier barreau cassa net sous son poids. Le deuxième tint bon, mais avec un craquement de protestation. Il continua à monter, le visage ruisselant de sueur, le souffle court. Il ne faisait jamais aucun exercice, n'en avait jamais fait, en réalité, et ce qui pour une personne normale aurait été une banale ascension exigeait de lui un effort physique considérable et l'obligeait à s'arrêter souvent pour reprendre sa respiration et laisser ses muscles récupérer après avoir hissé un tel poids.

— Bon Dieu de bon Dieu ! répétait-il, haletant.

Il arriva au bout de ses peines, passa sur le toit et le traversa d'un pas chancelant. En se protégeant les yeux du soleil éblouissant de l'après-midi, il balaya le désert du regard à la recherche de la Cherokee. Rien.

— Où t'es, fils de pute ? murmura-t-il.

Pendant une minute, ses yeux parcoururent l'enchevêtrement de dunes et de tertres. Soudain, comme s'il avait reçu une fléchette à l'arrière de la tête, il se retourna, d'un bloc.

— Putain, qu'est-ce que c'est que… ?

Quelque part derrière lui, le vrombissement d'un moteur avait rompu le silence torpide de l'après-midi. Aussi vite que ses jambes pouvaient le porter, il se précipita à l'autre bout de la toiture et lança un coup d'œil rapide d'un côté et de l'autre dans l'oasis, pour tenter de repérer l'origine du bruit. Son regard s'arrêta d'abord sur la grange à l'extrême limite sud de la zone cultivée, puis, une fraction de seconde plus tard, sur une grande voile triangulaire qui se déplaçait sur le sable au-delà.

— Salopard ! hurla-t-il. Con d'Anglais !

Il tira Missy de dessous sa veste, fit sauter le cran de sûreté d'une chiquenaude et passa le doigt autour de la détente en visant grosso modo dans la direction de l'ULM. Puis il se ravisa et remit le revolver dans son étui. Non seulement c'était inutile à cette distance, mais s'ils voyaient quelqu'un leur tirer dessus, ils décolleraient immédiatement et c'en serait fini, il aurait laissé passer sa chance. Il fallait qu'il descende de là, qu'il se rapproche…

L'ULM avait fait demi-tour et retournait vers la remise. Ils faisaient chauffer le moteur, ce qui lui laissait au moins quelques minutes. Il regagna l'échelle et la descendit en soufflant et haletant. Arrivé en bas, il se dirigea vers la voiture louée et se casa à l'intérieur. S'il y avait un sentier, ou une piste, entre la maison et la grange, il ne l'avait pas vu de là-haut et il n'allait pas perdre de précieuses secondes à le chercher maintenant. Il passa la première et, les pneus dérapant sur le sol meuble, contourna la maison dans un rugissement de moteur et s'élança dans les champs au-delà, labourant son chemin à travers, puis dans le désert. Dès qu'il arriva sur le sable, il donna un coup de volant à gauche, partit en dérapage, parvint de justesse à redresser son véhicule. Il parcourut cinq cents mètres avant qu'un profond fossé l'oblige à faire une embardée pour retourner dans la zone cultivée. Il traversa un autre champ en cahotant, passa à travers une clôture de broussailles et se retrouva sur une sorte de piste à bétail qui l'emmena en bordure d'une oliveraie, droit dans un épais rideau de végétation. L'élan de la voiture lui permit de le franchir et il se retrouva dans le désert. Sur sa gauche se dressait la grange, et la voile blanche de l'ULM était devant lui. Il mit le cap dessus, pied au plancher, conduisant d'une main, de l'autre sortant Missy de son étui avant de se mettre à marteler le klaxon.

— Oh, non, tu ne vas pas t'échapper comme ça, fils de pute ! cria-t-il. Oncle Cyrus a deux mots à te dire !

Dans le cockpit ouvert de l'ULM, Flin mit plein gaz et empoigna des deux mains la barre de commande, regardant alternativement la voiture et l'indicateur de vitesse du tableau de bord. La Honda se dirigeait vers un point situé juste devant eux, son conducteur ayant visiblement l'intention de leur couper la route pour les empêcher de décoller ; il orienta donc le nez de l'appareil vers la gauche pour s'ouvrir un peu d'espace. L'ULM prenait de la vitesse, mais la voiture était plus rapide, beaucoup plus rapide.

— On ne va pas y arriver ! s'écria Freya en saisissant involontairement l'épaule de Flin.

Il serra les dents, concentra son attention sur l'étendue de sable devant lui. La voiture s'approchait dangereusement, à la limite de son champ de vision, et il semblait inévitable que les deux véhicules entrent en collision.

— Il va nous percuter ! hurla-t-elle.

Il attendit encore quelques secondes chargées d'angoisse, puis, au dernier instant, poussa à fond la barre de commande, l'ULM s'élevant gracieusement dans les airs en frôlant le toit de la Honda qui arrivait droit sur eux.

— Va chier, le gros ! s'écria Flin.

L'ULM grimpa encore et vira. Au-dessous d'eux, la voiture s'arrêta en dérapage, le conducteur en descendit péniblement et beugla après eux en brandissant un pistolet. Le vrombissement du moteur couvrit sa voix et il tira deux ou trois coups de feu, plus par frustration apparemment que dans l'intention de les toucher. Les balles passèrent au large et sa silhouette rondelette s'amenuisa régulièrement tandis qu'ils prenaient de l'altitude et s'éloignaient au-dessus du désert.

— Qui c'était, ce type ? demanda Freya en tendant le cou pour regarder leur poursuivant encore en train de gesticuler.

— Un certain Cyrus Angleton. Il travaille à l'ambassade américaine. Il semble qu'il nous file le train et transmette des informations à Girgis.

— Vous croyez qu'il va nous suivre ?

— Dans une Honda Civic ? J'aimerais bien voir ça.

En virant sur la gauche, il fit un bras d'honneur à Angleton.

— On se retrouve au Guilf ! cria-t-il avant de redresser et de mettre le cap au sud-ouest.

La voiture, la grange, l'oasis, Dakhla disparurent dans le lointain et il n'y eut plus que les ondulations sans fin du Sahara.

A terre, Angleton suivit des yeux l'ULM jusqu'à ce qu'il ne soit plus qu'un vague point dans le ciel. Il hocha la tête, remit son pistolet dans son étui, remonta dans la voiture. Il resta là un moment, le regard fixé sur le désert, et pour finir donna un coup de poing sur le rembourrage du tableau de bord.

— Con d'Anglais !

Puis il démarra et repartit vers l'aéroport de Dakhla. Le moment était venu d'arrêter de déconner. De s'occuper de Molly Kiernan.

# LE CAIRE

Romani Girgis reposa le téléphone sans fil et croisa les bras en regardant les jardins à l'arrière de sa demeure.

— Ça y est, ils ont pris l'air, dit-il.

A côté de lui, Boutros Salah toussa un bon coup et tira sur sa cigarette.

— Tu es sûr que tu tiens à faire ça, Romani ? Pourquoi ne pas laisser. .

— Je n'ai pas attendu vingt-trois ans pour me retirer maintenant. Je veux être là, voir cette chose de mes propres yeux.

Salah acquiesça et tira une autre bouffée de sa cigarette.

— Je vais le dire à Ousmane et à Kasri, annonça-t-il.

— Et les jumeaux ?

Salah poussa un grognement.

— Toujours en train de jouer au billard. Je vais les envoyer là-bas. Des nouvelles du côté de...

— On s'en occupe en ce moment même, coupa Girgis. Ça devrait être bientôt réglé.

Salah hocha la tête et disparut dans la maison. Girgis resta un moment où il était, songeant à tout le chemin qu'il avait parcouru pour en arriver là, depuis ses premières années infernales passées dans le cloaque de Manshiet Nasser. Puis, avec le sourire de celui dont le rêve est sur le point de se réaliser, il descendit l'escalier menant de la terrasse à l'hélicoptère qui l'attendait sur la pelouse.

# AU-DESSUS DU DÉSERT OCCIDENTAL

Sa sœur avait été assassinée. Elle-même avait été pourchassée, on lui avait tiré dessus, elle avait failli être mutilée. Et malgré tout cela, ce vol à travers le Sahara était pour Freya l'une des plus belles expériences de sa vie, le vide omniprésent du désert atténuant pour un temps ses soucis et inquiétudes et lui procurant un calme et une paix étranges.

Ils volaient à basse altitude, pas plus de deux cents mètres au-dessus des sables. A cette hauteur, l'air était plus frais qu'au niveau du sol, mais toujours tiède, et il battait le visage et le torse de Freya comme si elle avait été éventée par un gigantesque sèche-cheveux. Tout autour d'elle le désert s'étendait aussi loin que portait le regard – une immensité inhospitalière de roc et de sable, d'une nudité surnaturelle. C'était comme s'ils avaient été transportés dans un autre monde ou une autre époque : une ère incroyablement lointaine, où toute vie avait disparu de la planète, où il ne restait plus que le squelette nu de la Terre. Il y avait quelque chose de terrible dans cette désolation torride, accablante, qui se poursuivait kilomètre après kilomètre. Mais aussi de la beauté. Une beauté à couper le souffle ; les vagues de sable d'une hauteur imposante et les formations rocheuses mystérieusement tordues possédaient une majesté à côté de laquelle même les plus grands travaux des hommes semblaient ternes et insignifiants. Et si le paysage paraissait dépourvu de vie, plus ils volaient, plus Freya avait le sentiment que ce n'était qu'apparence. Que le désert était, à sa façon, très animé : un être sensible et gargantuesque dont les couleurs changeantes – jaune pâle, rouge-violet l'instant d'après, ici un blanc aveuglant, là un noir d'encre – rappelaient étrangement des humeurs et des pensées transitoires. Ses formes et textures variées – dunes qui s'écroulaient en plaines semées de gravillons, puits salants qui se relevaient brusquement en collines pierreuses – donnaient de même l'impression troublante que le paysage bougeait, se recroquevillait, s'étirait.

Emerveillement, admiration mêlée de peur, euphorie, Freya ressentait tout cela. Surtout, elle éprouvait le sentiment intense d'être liée à sa sœur et le désir ardent de sa présence. C'était l'univers d'Alex, le milieu qu'elle avait fait sien, et plus profondément ils pénétraient en lui, plus, lui semblait-il, elle devenait proche de sa sœur. Elle plongea la main dans sa poche et en tira la photo d'identité qu'elle avait prise sur la table de nuit d'Alex et la dernière lettre que celle-ci lui avait envoyée et qu'elle avait retirée de son vieux jean quand elle s'était changée la veille. Elle les serra dans son giron et sourit tandis que le patchwork sauvage et troublant du Sahara se déroulait lentement sous elle.

Après deux heures de vol, alors que le soleil entamait sa glissade progressive vers l'horizon occidental, Flin posa l'ULM sur une plaine parsemée de gravillons, près d'une petite colline en forme de cône. Tandis qu'ils roulaient vers elle, Freya remarqua que le bas était couvert de tessons de poterie.

— Abou Ballas, commenta Flin en coupant le moteur avant d'enlever son casque et de mettre pied à terre. Appelée aussi, pour des raisons évidentes, la colline des Poteries.

Freya ôta elle aussi son casque et secoua sa chevelure, la température semblant monter de manière spectaculaire tandis que l'hélice cessait peu à peu de tourner derrière elle. Flin lui donna la main pour l'aider à descendre du cockpit.

— Personne ne sait vraiment d'où ils viennent, dit-il en montrant de la tête les monceaux de pots cassés. On admet généralement qu'il y avait là une réserve d'eau utilisée par les Tébous de Libye méridionale pendant leurs razzias. Il y a d'intéressantes inscriptions rupestres préhistoriques de l'autre côté, mais je crois que nous irons les voir une autre fois.

Freya s'étirait et regardait autour d'elle, embrassant du regard les fragments d'amphores, la colline, les dunes ondulant à perte de vue. Tout était nu, immobile et parfaitement aride.

— Vous n'aviez pas dit qu'on allait faire le plein ici ?

— Nous allons le faire.

— Mais où est la...

— ... la pompe à essence ?

Il sourit et lui fit signe de le suivre jusqu'à un tas de tessons légèrement à l'écart de la colline. Ils semblaient avoir été volontairement empilés pour former un petit cairn, une boîte en fer-blanc retournée posée dessus.

— Voici la station-service d'Abou Ballas, dit-il.

Il s'agenouilla, prit sur la pile un gros tesson en forme de pelle et se mit à creuser le sable d'un côté du cairn jusqu'à toucher un objet métallique.

— C'est un truc qu'Alex et moi avons appris des explorateurs du désert du début du siècle, expliqua-t-il en balayant le sable avec la main, découvrant la partie supérieure d'un gros jerrican en métal. On laisse des dépôts d'essence le long de son chemin, au cas où l'on se retrouverait à court de carburant. Il y a là trois jerricans de vingt litres. Nous allons faire le plein avec l'un et laisser les autres pour parer à toute éventualité au retour, bien qu'avec la réserve que nous transportons nous ne devions pas avoir de problèmes.

Il dégagea complètement le jerrican et le traîna jusqu'à Miss Piggy. Il le vida dans le réservoir de l'ULM et l'air s'emplit de l'odeur âcre des vapeurs d'essence. Quand il eut fini, il tendit le jerrican vide à Freya et lui demanda de l'enterrer de nouveau – « Je le remplirai la prochaine fois que je passerai par ici » – pendant qu'il déployait les cartes prises chez Alex. Il les étala par terre, les maintint en place avec des cailloux posés sur les coins et les examina de près.

— Abou Ballas, commenta-t-il quand elle vint le rejoindre, en montrant sur la plus grande des deux cartes un petit triangle noir au milieu d'une zone jaune par ailleurs muette. Et c'est ici que nous devons aller…

Il déplaça son doigt en diagonale vers le bas de la carte, jusqu'à une zone où le jaune virait au marron clair sous la légende « Plateau du Guilf Kébir », et laissa le temps à Freya de se repérer avant de glisser la deuxième carte sur la première. Celle-là représentait le Guilf au 1/1 750 000 : on eût dit deux grandes îles, l'une au nord-ouest de l'autre, séparées par un isthme étroit et entourées d'îles plus petites, éparses. Leurs littoraux, si tant est qu'on pût s'exprimer ainsi, étaient irréguliers, percés d'oueds profonds et sinueux et frangés des noms imagés, en caractères tout petits, des traits du paysage et des formations rocheuses : Deux Seins, Trois Châteaux, Pierre et Paul, cratères de Clayton, brèche d'al-Aqaba, djébel Oueinat.

— L'al-Bakht, dit Flin en montrant l'un des oueds qui s'étageaient comme les barreaux d'une échelle sur la bordure ouest du bloc continental le plus méridional. Si Zahir ne se trompe pas, le rocher ne devrait pas être trop difficile à trouver : à une trentaine de kilomètres au sud de l'al-Bakht, aux trois quarts du chemin entre l'oued et les Huit Cloches...

Il toucha du doigt une chaîne de huit îlots qui s'écartait de la partie inférieure du Guilf.

— Et s'il s'est trompé ? demanda Freya en le regardant.

Flin replia les cartes et se leva.

— On avisera sur place. Pour l'instant, partons d'ici.

Il jeta un coup d'œil à sa montre : 15 h 50.

— Et on ferait bien de se presser. Je ne tiens pas à atterrir dans l'obscurité. Vous avez besoin d'aller aux toilettes ?

Elle secoua la tête.

— Alors, allons-y.

Ils volèrent encore pendant près d'une heure et demie ; maintenant, le soleil plongeait rapidement vers l'ouest, l'air devenait nettement plus frais. Freya était contente de s'être couverte davantage en partant d'Abou Ballas. Si tant est que ce fût possible, le désert était encore plus spectaculaire qu'il ne l'avait été pendant la première étape du trajet : la lumière, plus douce, rehaussait toute sa panoplie de couleurs – du jaune, de l'orange, des nuances de rouge par dizaines – et les ombres qui s'allongeaient faisaient ressortir plus nettement le relief. Ils passèrent au-dessus d'une mer de dunes imposantes, de vastes lacs de gravier blanc parfaitement plats, de forêts primitives de roches fracassées, s'aventurant de plus en plus profondément dans le cœur mystérieux du désert. Puis, alors que le soleil était en équilibre sur la ligne d'horizon, une bande rouge brumeuse apparut sur leur trajectoire, flottant devant eux comme de la vapeur montant de la surface du désert. Flin la montra du doigt.

— Le Guilf Kébir, annonça-t-il dans le casque. *Djer*, pour les anciens Egyptiens : la limite, le bout du monde.

Il modifia légèrement leur cap en virant un peu plus au sud et en prenant de l'altitude. La brume se rapprochait et, à mesure, semblait se dilater et se solidifier, ses couleurs vacillant et se transformant dans la lumière changeante de la fin d'après-midi, le rouge se muant en brun et le brun en ocre orangé pastel. Finalement, tel un génie sortant d'une bouteille, il apparut distinctement : un immense plateau dressé à trois cents mètres au-dessus du désert et s'étendant au nord, au sud et à l'ouest, aussi loin que portait le regard. Par endroits, sa face était abrupte, une muraille infranchissable de roche d'un jaune poussiéreux, les sables s'enflant doucement comme des vagues contre le flanc d'un paquebot. Ailleurs, elle était bouleversée, coupée par de profondes vallées et indentations, les falaises disloquées en corniches rocheuses et éboulis, qui à leur tour s'effondraient pêle-mêle en archipels de collines pierreuses et de buttes : le plateau semblait s'écrouler dans le désert en une série d'énormes marches irrégulières. Freya apercevait au loin des parcelles de végétation, minuscules taches de vert sur fond ocre jaune, et, à mesure qu'ils approchaient, un ou deux oiseaux. On ne pouvait pas dire que ça regorgeait de vie, mais après les étendues désolées qu'ils venaient de survoler, on avait une impression d'abondance.

Flin avait la carte du Guilf sur les genoux, pliée de telle façon que seul le quart sud-est du plateau soit visible. Après les avoir amenés plus près des falaises, il vira plein sud et suivit une route parallèle au massif et légèrement au-dessous de lui. Dix minutes passèrent, pendant lesquelles le soleil plongea sous l'horizon ; finalement, seul son bord supérieur resta visible et le ciel s'embrasa de volutes éclatantes de vert et de pourpre. Puis Flin montra en contrebas devant eux un endroit où le flanc du Guilf s'ouvrait brusquement en une large vallée envahie par les sables.

— L'oued al-Bakht, grésilla sa voix dans le casque.

Il vira sur la droite et le survola. La vallée serpentait vers l'est et disparaissait au loin, ciselant les hautes terres comme si on avait creusé une fente irrégulière dans la roche nue.

— On n'est plus très loin, maintenant, il ne reste qu'une trentaine de kilomètres. Moins de vingt minutes. Ouvrez l'œil.

Il vira encore pour s'écarter du Guilf et descendit jusqu'à se trouver sous le haut du plateau. Ils continuèrent de voler vers le sud ; pareil à une libellule bourdonnant sur la façade d'un gratteciel, l'ULM paraissait minuscule à côté des falaises dressées sur leur droite. Devant eux, le désert était lisse et vide, une mer de sable légèrement houleuse et dépourvue de tout trait caractéristique. Ils auraient dû repérer aisément la formation rocheuse, bien que le soleil fût maintenant complètement couché et la pénombre de plus en plus épaisse. Cependant, vingt minutes passèrent, puis vingt-cinq, et lorsqu'une rangée de collines coniques apparut vaguement loin devant eux, au sud, Flin secoua la tête et fit demi-tour.

— Ce sont les Huit Cloches. Nous sommes allés trop loin. Nous avons dû la manquer.

— Ce n'est pas possible, dit Freya en boutonnant jusqu'en haut la veste en daim de sa sœur pour se protéger du froid de plus en plus piquant. Le désert est complètement vide, nous l'aurions vue.

Flin se contenta de hausser les épaules et mit le cap au nord en descendant encore. Tous deux fouillaient anxieusement le désert des yeux, à la recherche du rocher en forme de croissant, tandis que le peu de jour qui restait baissait rapidement et que le plateau sur leur gauche s'estompait dans une brume d'un gris monotone.

Dix autres minutes s'écoulèrent et il semblait qu'ils dussent abandonner leurs recherches pour la soirée et atterrir avant qu'il ne fasse complètement nuit, lorsque Flin poussa soudain un cri d'excitation :

— Là ! dit-il en indiquant de la main un point sur leur droite.

Comment avaient-ils pu ne pas le voir, Freya n'en avait pas la moindre idée. Elle reconnut les falaises à cet endroit : alors qu'elles se trouvaient désormais dans l'ombre, on voyait bien qu'elles étaient notablement plus hautes et vertigineuses que partout ailleurs dans cette partie du Guilf. Lorsqu'ils étaient passés là, à l'aller, ils n'avaient aperçu aucune trace du rocher. Et pourtant, il était bien là, au-dessous d'eux, nettement découpé sur la surface claire du désert : une longue flèche incurvée de roche noire jaillissant des sables, qui dominait d'une dizaine de mètres le paysage environnant. Quelles forces titanesques de la nature l'avaient façonné et dressé ainsi, l'avaient laissé debout, seul et surréaliste comme une gigantesque côte pointant hors du désert, Freya ne pouvait imaginer ne serait-ce qu'un début d'explication. Et peu lui importait. Ils l'avaient trouvé, cela seul comptait.

Elle donna une tape sur l'épaule de Flin pour lui signifier qu'elle l'avait vu, elle aussi, et regarda en contrebas pendant qu'il décrivait un grand arc de cercle autour du rocher, en scrutant le désert en quête d'un endroit convenable pour atterrir. Il était impossible d'évaluer l'état exact de la surface du sol, tout se fondant maintenant en une brume monochrome. Elle semblait parfaitement plate et compacte, et, après avoir tourné deux ou trois fois au-dessus pour tenter d'y repérer des obstacles, Flin baissa le régime puis coupa les gaz et descendit à deux mètres du sol. Il poussa doucement la barre de commande vers l'avant et posa l'ULM presque sans à-coups. L'appareil roula sur le sable et vint s'arrêter presque sous la flèche rocheuse.

— Bienvenue au milieu de nulle part, dit-il en coupant le moteur et en désactivant les commandes électriques. Nous espérons que votre voyage a été agréable.

Ils restèrent assis là un moment. L'hélice s'arrêta lentement en vrombissant, le silence emplit le vide laissé par l'arrêt du moteur, un silence plus profond, plus lourd, plus dévorant que tout ce que Freya avait jamais connu en l'espèce. Puis, après avoir débranché leurs interphones et ôté leurs casques, ils sortirent du cockpit et allèrent jusqu'au rocher. Il se dressait au-dessus d'eux de toute sa hauteur, incurvé, fuselé, la roche noire dont il était formé – obsidienne ? basalte ? – encore plus sinistre et mystérieuse maintenant qu'ils étaient tout près.

— Je n'arrive pas à croire que je ne l'aie encore jamais vu, murmura Flin en contemplant le sommet qui se découpait sur le ciel nocturne à dix mètres au-dessus de lui, telle la pointe d'une défense géante d'éléphant. J'ai dû voler au-dessus de cette zone une bonne douzaine de fois, et la traverser en voiture presque aussi souvent… Il est tout simplement impossible que je l'aie manqué. Impossible.

Ils firent le tour du rocher en passant les mains sur sa surface, encore chaude du soleil de la journée et étrangement lisse, presque comme du verre. Ils revinrent près de l'ULM, restèrent là, à regarder en l'air, le Guilf dressé sur leur gauche, une lune orange qui montait lentement sur leur droite.

— Qu'est-ce qu'on fait maintenant ? demanda Freya.

— On attend.

— On attend quoi ?

— Le lever du soleil. Il doit se passer quelque chose ici au lever du soleil.

Elle regarda Flin ; son visage était à peine visible, anguleux, beau et ombré d'une barbe de deux jours.

— Que se passe-t-il ? voulut-elle savoir.

Au lieu de se lancer dans des explications, il se tourna vers l'ULM et en tira une lampe de poche Maglite et le livre qu'il avait pris chez Alex. Il avait marqué une page à peu près à la moitié du volume. Il l'ouvrit, le tendit à Freya et alluma la lampe.

— Khépri, dit-il en éclairant la page. Le dieu du soleil levant. Vous ne remarquez rien ?

Elle avait devant elle l'image d'un personnage assis, représenté de profil, un signe *ankh* dans une main, un bâton dans l'autre. Alors qu'il avait un corps d'homme, les épaules étaient surmontées non par une tête et un visage, mais par un gros scarabée noir, son corps ovale culminant en une paire de...

— Les pattes, répondit-elle en touchant du doigt les membres incurvés dressés de chaque côté de la tête du scarabée. Elles ressemblent exactement...

— Tout juste, dit Flin en levant sa lampe et en balayant de son faisceau l'arc de pierre qui se recourbait au-dessus d'eux. Dieu sait pourquoi, mais ce rocher s'est érodé de telle sorte qu'il a presque la forme d'une patte antérieure de scarabée. C'est incroyable... regardez, jusqu'aux barbelures dont le scarabée se sert pour creuser et saisir...

Il fit jouer la lumière autour de la partie supérieure de la flèche. Sa surface déchiquetée et entaillée avait un aspect curieusement dentelé qui rappelait les excroissances barbelées des pattes du scarabée représenté dans le livre.

— N'importe quel ancien Egyptien qui voyait ce rocher devait immédiatement faire le rapprochement, continua-t-il. Nous savions déjà qu'un lien étroit existait entre Khépri et l'oasis – souvenez-vous de la stèle d'Abydos : « Lorsque l'Œil de Khépri est ouvert, l'oasis l'est aussi. Lorsque son œil est fermé, l'oasis ne sera pas vue, même par le faucon au regard le plus perçant. » Cependant il manquait encore quelque chose, un terme essentiel de l'équation. Vous l'avez trouvé quand vous avez reconnu l'image du rocher sur la stèle. Il semblerait que, lorsqu'ils parlent de l'Œil de Khépri, les textes anciens n'utilisent pas seulement l'expression au sens figuré ; ils désignent quelque chose de précis : ça.

Il promena de nouveau le faisceau de la torche de haut en bas le long de la courbe du rocher.

— Je n'ai pas la moindre idée de la façon dont tout cela se combine, je sais seulement qu'il y a une interaction entre le rocher, le soleil levant et l'oasis. Ils sont liés d'une certaine manière et ce lien nous révélera l'emplacement de l'oasis. Du moins je l'espère. Sinon, ça ferait un sacré bout de chemin juste pour s'apercevoir que je me suis trompé.

Il continua à faire jouer le faisceau de la lampe encore un moment, puis il l'éteignit.

— Venez, dit-il. Dressons le camp.

# Le Caire

Il y eut un problème concernant le ravitaillement du Learjet et il faisait nuit quand Angleton arriva enfin au Caire. Il caressa brièvement l'idée de passer à l'ambassade prendre une douche et manger un morceau – son dernier vrai repas datait de l'après-midi de la veille –, mais le temps ne jouait pas en sa faveur et il prit un taxi pour se rendre directement chez Molly Kiernan, dans la banlieue sud de la ville. Aucun indice de sa présence. Il repartit donc avec le taxi à l'USAID, où le garde chargé de la sécurité à la réception – Mohammed Shubra, d'après le badge épinglé à sa chemise – l'informa que Mme Kiernan était encore là, qu'elle travaillait tard dans son bureau du troisième étage.

— Je la tiens, fit Angleton d'une voix sifflante en glissant la main sous sa veste et en se dirigeant vers les ascenseurs, trop concentré sur son affaire pour remarquer que, derrière lui, le garde décrochait le téléphone, composait un numéro et chuchotait dans le combiné.

Au troisième étage, obscur et désert, la bande de lumière filtrant sous une porte au bout du couloir était le seul signe de vie. Le bureau de Kiernan. Il tira Missy de son étui à l'épaule, s'assura que le cran de sûreté n'était pas mis et se dirigea vers la lumière, le front en sueur alors que la climatisation fonctionnait encore. Il arriva à la porte, vérifia à nouveau le cran de sûreté et leva la main pour frapper, puis la laissa retomber. Il saisit la poignée et ouvrit brusquement la porte. Molly Kiernan était assise à son bureau, face à lui. Elle commença à se lever.

— Que puis-je pour…

— Fermez votre gueule et mettez les mains où je peux les voir, dit Angleton avec hargne, son revolver pointé vers la poitrine de Kiernan. Je crois qu'il est plus que temps que vous et moi ayons une petite conversation…

# Oasis de Kharga, piste d'atterrissage militaire de Massaoui

Romani Girgis regardait les caisses d'emballage en aluminium que l'on transportait à flot continu du hangar à la rangée de Chinook CH-47. Un homme en bleu de travail cochait la référence de chacune d'elles sur une écritoire à pince avant d'indiquer à bord de quel hélicoptère elle devait être embarquée, toute la scène baignée de la lumière glaciale d'une douzaine de lampes à arc installées sur la piste. Comme il fallait s'y attendre, tout se déroulait comme une opération militaire : une file d'hommes portaient les caisses du hangar aux hélicoptères pendant que d'autres, penchés sur des tables à tréteaux, pointaient sur des check-lists un inventaire impressionnant d'armes de toutes sortes : pistolets Browning M1911, fusils d'assaut XM8, mitraillettes Heckler & Koch MP5, des petits calibres M249, et même deux ou trois mortiers M224. Girgis s'était demandé plus d'une fois si tout cela était vraiment nécessaire, s'ils n'en faisaient pas un peu trop : trop de puissance de feu, trop de gadgets techniques. Après toutes ces années, cependant, et avec de tels enjeux, il reconnaissait que mieux valait un excès de prudence. Et, de toute façon, ça lui échappait, maintenant. Ils pouvaient mobiliser toute une armée, il s'en fichait du moment qu'il était payé. Et il allait l'être bientôt : cinquante millions de dollars, virés directement sur un compte en Suisse. Il avait suffisamment attendu.

Il tira une lingette du paquet qu'il avait dans sa poche et regarda autour de lui, à la recherche de ses gens. Ahmed Ousmane était dans le hangar et discutait avec d'autres hommes en salopette blanche. Mohammed Kasri faisait les cent pas près des Chinook et parlait avec animation dans son portable : il transmettait les détails de leur plan de vol au général Zaoui, afin que l'armée égyptienne leur laisse le champ libre. Et les jumeaux ? Ils étaient apparemment aux toilettes. Incroyable : ils allaient même pisser ensemble.

— On décolle dans combien de temps ? demanda-t-il en roulant en boule la lingette avant de la jeter.

Près de lui, Boutros Salah tirait les dernières bouffées de sa cigarette, qu'il fumerait jusqu'au filtre.

— Quarante minutes, répondit-il de sa voix rauque. Une heure, au maximum. Nous avons déjà des gens sur le terrain, ce qui fait que rien ne nous échappera. Et Le Caire ?

— C'est arrangé, répondit Girgis en levant son portable. Le Lear est déjà en route, il a décollé il y a un quart d'heure.

— Il semble donc que nous soyons fin prêts.

— Il semble.

Salah se débarrassa de sa cigarette d'une chiquenaude et en alluma une autre.

— Et tu crois vraiment que ça va être comme ils disent ? Que tout est vrai ?

Girgis haussa les épaules, se passa une main dans les cheveux.

— Ousmane pense que oui. Et Brodie aussi, paraît-il. On verra bien.

— Incroyable. C'est incroyable, putain.

— Cinquante millions de dollars, Boutros, c'est ça qui est incroyable. Le reste n'est que...

Girgis haussa encore les épaules, fit un geste dédaigneux de la main et tous deux continuèrent de regarder le défilé des caisses d'aluminium qu'on transbahutait du hangar aux hélicoptères.

De loin, ça ressemblait à un petit scarabée blanc qui avançait à travers le paysage, escaladait les dunes, filait sur les dépressions graveleuses, fouillant le désert couleur d'étain de son unique œil lumineux. C'est seulement en approchant qu'il prit sa forme réelle – un vieux Land Cruiser Toyota blanc qui zigzaguait dans le sable, sa galerie chargée de jerricans de vingt litres. Le faisceau lumineux bien net de son seul phare en état de marche découpait au sol des formes éphémères tandis que le 4 × 4 manœuvrait de-ci de-là. Alors que le terrain, accidenté et irrégulier, se dépliait en imposantes dunes de sable et formations rocheuses déchiquetées, le conducteur semblait se repérer avec précision parmi ses tours et détours. Même sur les tronçons les plus labyrinthiques, il roulait à bonne allure : il descendait rarement sous les cinquante kilomètres à l'heure, atteignait parfois le double sur les plaines de sable et de gravier qui ponctuaient le paysage tels d'immenses lacs. Combien de personnes y avait-il à bord, il était impossible de le dire car l'intérieur de la voiture était complètement obscur, mais à un certain moment elle s'arrêta, quelqu'un en descendit côté passager, leva le bas de sa djellaba et urina : ils étaient donc au moins deux. En dehors de cela et du fait que le conducteur était à l'évidence pressé, tout dans cette voiture restait mystérieux : un point blanc solitaire qui zigzaguait au milieu de ces terres arides, le vrombissement de son moteur résonnant à travers les sables, son nez tourné d'un côte ou de l'autre, comme irrésistiblement attiré vers le sud-ouest.

# Guilf Kébir

Ils trouvèrent du bois sec soigneusement empilé sous une saillie dans le bas de la formation rocheuse – c'était une pratique bédouine traditionnelle, expliqua Flin, de ménager de telles cachettes près des points de repère évidents du désert. Il y fit un emprunt, prépara un petit feu et l'alluma. Ils se couvrirent davantage pour se protéger du froid nocturne, étalèrent des couvertures par terre. Flin ouvrit la glacière, en sortit des casseroles et des poêles, commença à préparer du café et fit chauffer les haricots en boîte trouvés par Freya chez sa sœur.

— Ça me rappelle quand Alex et moi étions petites, dit-elle en se rapprochant du feu et en serrant les bras autour de ses jambes, le regard perdu sur le croissant de lune orange qui flottait au-dessus des dunes à l'est. Papa nous emmenait tout le temps camper. On allumait un feu de camp, on mangeait des haricots, on faisait comme si on était des Indiens ou des pionniers des premiers temps… on dormait à la belle étoile plus souvent que sous un toit.

Flin buvait son café à petites gorgées ; il se pencha en avant pour remuer les haricots en train de chauffer.

— Je vous envie, dit-il. Pour mon père, le top en matière de rigolade consistait à nous envoyer, mon frère et moi, à l'Ashmolean dessiner des poteries anciennes.

— Vous avez un frère ?

Dieu sait pourquoi, cette révélation surprit Freya.

— J'en avais un. Howie est mort quand j'avais dix ans.

— Je suis désolée, je ne voulais…

Il secoua la tête, continua à remuer les haricots.

— On lui avait donné ce prénom en souvenir de Howard Carter, celui qui a découvert la tombe de Toutankhamon. Ils avaient le même prénom et, ironie du sort, ils sont morts exactement de la même forme de cancer, mais au moins Carter avait-il la soixantaine. Howie n'avait que sept ans. Il me manque parfois. Souvent, en fait.

Il remua les haricots une dernière fois et retira la casserole du feu.

— Je crois que c'est prêt.

Il servit les haricots sur deux assiettes en plastique, en tendit une à Freya et prit l'autre. Ils mangèrent en silence, en observant le feu ; ils levaient les yeux de temps en temps et leurs regards se croisaient. Quand ils eurent fini, Flin lava les assiettes en les frottant avec du sable et en les rinçant avec un peu d'eau, puis ils se mirent à l'aise, leurs tasses de café et les barres de chocolat trouvées par Freya à portée de main. Flin s'adossa au rocher, Freya s'allongea de l'autre côté du feu.

Les premières étoiles avaient commencé à apparaître quand ils étaient en vol et le ciel nocturne en était maintenant constellé. Freya se mit sur le dos et le contempla, éprouvant à peu près ce qu'elle avait ressenti lorsqu'ils survolaient le désert : calme, paix et même satisfaction, enveloppée comme dans un duvet par le silence et l'immobilité.

Je suis contente d'être là, pensa-t-elle. Malgré tout. Contente d'être en ce lieu que ma sœur aimait tant, seule avec le sable et les étoiles. Et Flin. Je suis contente d'être là avec Flin.

— Qui était cette fille ? demanda-t-elle.

— Pardon ?

Elle tourna son regard vers lui, puis de nouveau vers le ciel. Une étoile filante fulgura un instant en lisière du firmament, s'évanouissant presque aussi vite qu'elle était apparue.

— Au Caire, lorsque nous sommes sortis de l'appartement, Molly a parlé d'une fille. « Ça n'a rien à voir avec la fille », a-t-elle dit. Je me demandais seulement qui c'était.

Il buvait son café lentement en tisonnant les braises du feu avec le bout de sa chaussure.

— C'est quelque chose qui s'est passé il y a très longtemps, dit-il. Quand j'étais dans les services de renseignements britanniques.

Le ton de sa voix donnait à penser qu'il ne souhaitait pas s'étendre sur le sujet et Freya n'insista pas. Elle s'assit et drapa une couverture autour de ses épaules. La flèche rocheuse dressée au-dessus d'eux leur procurait une sensation à la fois de menace et de curieux réconfort, comme s'ils étaient blottis dans le bras d'un géant. Il y eut un silence que seuls rompaient les chuintements et les crépitements du bois en train de brûler, puis Flin prit la cafetière et remplit sa tasse.

— Ça semble maintenant d'une naïveté désespérante, mais je suis entré dans les services de renseignements car je voulais faire le bien. Contribuer à rendre le monde... disons, sinon meilleur, du moins un peu plus sûr.

Sa voix était basse, à peine audible, comme s'il se parlait à lui-même, les yeux fixés sur le feu.

— Mais si l'on m'y poussait, je serais probablement forcé de reconnaître que j'ai pris en partie cette décision pour faire chier mon père. Il n'avait pas vraiment une bonne opinion des services d'espionnage. Il n'avait pas vraiment une bonne opinion de quoi que ce soit, en dehors du monde universitaire...

Il eut un sourire ironique et se mit à dessiner dans le sable avec le doigt. Freya ne voyait pas en quoi tout cela avait un rapport avec sa question, mais elle sentait que c'était important pour lui et elle se garda de l'interrompre.

— Je me suis engagé juste après avoir fini mon doctorat, poursuivit-il après un bref silence. En 1994... J'ai travaillé dans un bureau à Londres pendant deux ans, puis j'ai été muté à l'étranger. D'abord au Caire, où j'ai fait la connaissance de Molly. Ensuite à Bagdad. Où j'ai essayé de bien me placer pour en apprendre davantage sur Saddam et son programme d'armement. C'était tout sauf évident – vous ne croiriez pas quel degré atteignaient la peur et la paranoïa que faisait régner Saddam –, mais au bout d'un an j'ai eu une ouverture, grâce à un type du ministère de l'Industrie et de l'Industrialisation militaire. Il m'a approché, dit qu'il était prêt à me transmettre des infos, des trucs en provenance du plus haut niveau... exactement ce qu'il me fallait.

Il leva les yeux vers Freya et les baissa de nouveau. Un chacal hurla au loin.

— Comme vous l'imaginez, tout ça le rendait très nerveux ; il insistait pour que sa fille joue le rôle d'intermédiaire, il disait que ça minimiserait les soupçons. Dès le départ, j'ai été contre – elle n'avait que treize ans, bon Dieu ! –, mais il ne voulait pas procéder autrement et l'occasion était trop belle pour la laisser échapper ; j'ai donc fini par accepter. Il copiait des documents du ministère, elle les emportait avec elle en allant à l'école et me les glissait en traversant le parc Zaoura, dans le centre de Bagdad. C'était simple, ça ne prenait que deux secondes.

Deux chacals s'appelaient maintenant en hurlant dans les dunes à l'est. Freya les remarqua à peine, captivée par ce que racontait Flin.

— Pendant un temps ça a bien marché et nous avons mis la main sur des documents intéressants. Puis, au bout de cinq mois, j'ai manqué un rendez-vous. Ce sont des choses qui arrivent, évidemment, mais en l'occurrence c'était parce que j'avais pris une cuite la veille et m'étais réveillé tard. Je buvais pas mal, à l'époque, et depuis déjà un certain temps, du scotch surtout, et quand j'étais lancé... Bon sang, j'aurais bu de la paraffine si on m'en avait servi avec des glaçons...

Il secoua la tête et se frotta les tempes. Le hululement plaintif et aigu des chacals, plus mélancolique que menaçant, formait un fond sonore étrangement approprié à son récit.

— Nous avions soumis cette transmission des documents à une règle absolue, continua-t-il. Si l'un de nous deux n'était pas dans le parc, l'autre passait son chemin, ne s'attardait pas. Le Mukharabat, le service de renseignements de Saddam, était omniprésent, toujours sur le qui-vive, et il était essentiel de ne rien faire qui sortît de l'ordinaire. Je ne sais pourquoi Amira – c'était le nom de la fille – a enfreint la règle, a décidé d'attendre, mais c'est ce qu'elle a fait. On l'a repérée, embarquée, incarcérée. Ainsi que son père et le reste de la famille.

Il poussa un grand soupir, enfonça sa tasse dans le sable près de lui. Les chacals s'étaient tus, soudain. Tout était silencieux.

— Dieu seul sait ce qu'on leur a fait subir, mais ils ne m'ont jamais donné. J'en suis sorti sain et sauf, ils ont tous disparu à Abou Ghraib – oui, l'Abou Ghraib dont on parle tant maintenant –, on ne les a jamais revus vivants. On a apparemment découvert le corps d'Amira, un mois plus tard. Dans une décharge en dehors de la ville. Elle avait été victime d'un viol collectif, elle avait eu les dents et les ongles arrachés... vous pouvez imaginer le tableau...

Il avait renversé la tête en arrière, contemplait le rocher et s'exprimait d'un ton monotone, terne, impassible, comme s'il avait voulu tenir à distance ce dont il parlait, éviter de le considérer dans toute son horreur. Ses mains, remarqua Freya, s'étaient mises à trembler.

— Il y a eu évidemment une enquête interne. J'ai donné ma démission, je suis revenu à l'égyptologie, j'ai atterri ici et je me suis mis à boire pour de bon. Ça aurait continué comme ça si je n'avais pas rencontré Alex. Elle m'a sorti de là, m'a aidé à arrêter l'alcool. Elle m'a sauvé la vie, en fait. Même si elle ne valait pas la peine de l'être. Cette gamine avait treize ans, bon Dieu ! On ne peut même pas imaginer...

Il remonta ses genoux, appuya ses coudes dessus, les paumes sur le front. La lune maintenant complètement levée baignait le désert d'une douce lueur de mercure. Sans trop savoir pourquoi ni même s'en rendre vraiment compte, Freya se leva, contourna le feu et s'assit à côté de lui en posant une main sur son épaule.

— Molly a raison, bien sûr, dit-il. Tout est venu de là : Sandfire, Girgis, l'oasis… Tout est toujours venu de là. Essayer de faire amende honorable d'une certaine façon, de me racheter pour avoir envoyé une gamine de treize dans les chambres de torture de Saddam. Je ne peux les ramener à la vie, elle et sa famille, effacer le martyre qu'ils ont souffert, mais du moins pouvais-je… vous savez… essayer de…

Sa voix se brisait, il s'interrompit. Il y eut un silence, Flin respirait péniblement, puis il leva la tête et la regarda de côté.

— Je vous le dis, Freya, quoi que je puisse penser par ailleurs de l'invasion de l'Irak, et ce n'est pas particulièrement du bien, je ne puis condamner Bush d'avoir renversé Saddam, même s'il a saboté la besogne. Ce type était un monstre.

Il détourna le regard, allongea les jambes, prit sa tasse dans le sable et en vida le contenu. Freya voulait dire quelque chose, tenter de le réconforter, mais tout ce qui lui venait à l'esprit lui semblait pitoyablement futile et inepte, tout à fait inapproprié à l'histoire qu'il lui avait racontée. A la place, elle fit la seule chose qui, croyait-elle, pourrait lui montrer qu'elle comprenait ce qu'il éprouvait, qu'elle aussi savait ce que cela faisait d'être, à chaque instant de sa vie éveillée, et au cœur de la plupart de ses rêves aussi, rongé par un sentiment de culpabilité et de regret.

— Ma sœur vous a-t-elle dit ce qui s'était passé entre nous ? lui demanda-t-elle donc, en retirant la main de son épaule et en serrant ses bras autour d'elle. La raison pour laquelle nous ne nous sommes pas parlé pendant si longtemps ?

Il la regarda de nouveau.

— Non. Elle ne m'en a jamais parlé.

Freya hocha la tête. C'était elle, maintenant, qui fixait des yeux les braises du feu de camp, le bois en train de brûler, palpitant et pétillant comme s'il était vivant. Un moment de silence passa – elle n'avait jamais parlé de cela à personne, c'était trop douloureux –, puis, après avoir pris sa respiration, elle lui dit tout.

Qu'après la mort de leurs parents dans un accident de voiture Alex et son fiancé Greg étaient venus s'installer dans la maison familiale afin qu'elle puisse s'occuper de sa jeune sœur. Que Greg avait toujours été empressé auprès de Freya, qu'il plaisantait et flirtait avec elle, et que ce flirt s'était intensifié une fois qu'ils avaient vécu sous le même toit. Qu'au départ c'était Greg qui avait pris l'initiative, mais qu'après un certain temps, flattée, Freya s'y était mise aussi. Ça avait commencé par des baisers, des caresses, et avait rapidement dégénéré en quelque chose de carrément plus sordide : Greg et elle sautaient dans le lit dès qu'Alex était partie travailler et y restaient jusqu'au soir, avant son retour. Cela avait continué alors même qu'Alex et Greg préparaient leur mariage. Jusqu'au jour où Alex était rentrée plus tôt que d'habitude et les avait surpris ensemble...

— Quand elle est entrée dans la chambre, elle n'était pas en colère, dit Freya en se passant l'avant-bras sur les yeux. Abasourdie, oui, mais pas en colère. Mieux aurait valu qu'elle l'ait été, qu'elle ait crié, hurlé, qu'elle se soit jetée sur moi, mais elle semblait seulement très triste, très solitaire soudain...

Sa voix s'étrangla et elle s'essuya encore les yeux. Flin lui prit la main, un geste réflexe, réconfortant, et tous deux restèrent assis en silence, hypnotisés par la danse des flammes. Les chacals recommencèrent à hurler, derrière eux maintenant, au nord, et leurs plaintes se faisaient entendre dans la nuit comme une aria lugubre.

— C'était à cause de cela, chez Hassan ? demanda-t-il au bout d'un moment. A cause de cela que vous avez accepté de vous déshabiller devant lui. Une façon de... ?

— ... de me punir ?

Freya haussa les épaules.

— Je crois que nous essayons tous les deux de remettre certaines choses en ordre.

Il lui serra la main plus fort.

— Votre sœur vous aimait. Elle n'arrêtait pas de parler de vous, de vos ascensions... elle était très fière de vous. Quoi qu'il soit arrivé, c'était le passé. Elle voulait que vous le sachiez. Elle voulait que vous sachiez à quel point vous comptiez pour elle.

Elle se mordit la lèvre et toucha sa poche de la main, la lettre que lui avait envoyée Alex.

— Je le sais, murmura-t-elle. Ce qui fait mal, c'est que je n'ai jamais eu la possibilité de lui dire la même chose.

Elle soupira et lui jeta un coup d'œil. Cette fois, leurs regards se croisèrent. Ils restèrent ainsi quelque temps, la main de Flin toujours serrée autour de celle de Freya. Puis leurs visages se rapprochèrent, lentement. Leurs lèvres entrèrent un instant en contact puis se séparèrent. Freya lui toucha le visage. Flin lui caressa les cheveux et, ensemble, ils s'écartèrent l'un de l'autre et se levèrent, sachant que ce n'était ni le moment ni le lieu. Pas maintenant, pas après tout ce qu'ils avaient dit.

— Nous devrions essayer de dormir, proposa-t-il. Il faut qu'on se lève de bonne heure.

Ils ranimèrent le feu, déplièrent les couvertures et s'allongèrent de nouveau, de part et d'autre du foyer maintenant. Leurs regards se croisèrent encore un instant. Puis, sur un hochement de tête, ils se tournèrent, chacun de son côté, et se retirèrent dans leurs pensées tandis que les chacals continuaient de hurler au loin.

A quatre cents mètres de là, l'homme régla ses jumelles à vision nocturne. Il observa encore un moment avant de se laisser glisser derrière la crête de la dune, de brancher l'émetteur-récepteur et d'envoyer un message. Cela ne prit que quelques instants : ils se sont couchés, pas de mouvement, rien d'autre à signaler. Une minute après, il avait repris sa veille, les yeux collés aux jumelles, le fusil M25 sur le sable à son côté, oublieux de tout sauf des deux silhouettes pelotonnées innocemment sous la haute flèche de roche. Près d'elles, le feu s'éteignait peu à peu, jusqu'à n'être plus qu'une petite tache orange dans l'immensité du désert éclairé par la lune.

Cela faisait trois jours que Freya ne s'était pas vraiment reposée et elle dormit d'un sommeil profond et sans rêves, dégagé de toute pensée et inquiétude, un vide obscur dans lequel elle s'enfonça avec gratitude, comme si son esprit avait été emmailloté dans un épais velours noir. Ce ne fut que lorsque l'aube commença à colorer l'orient, une légère bande gris rosé montant de l'horizon, qu'elle reprit lentement conscience. Non parce qu'elle avait assez dormi – elle aurait pu continuer à le faire encore plusieurs heures – mais parce qu'elle percevait un étrange bourdonnement qui, même dans les brumes du sommeil, lui semblait déplacé en ce lieu désertique et éloigné de tout.

Elle tendit l'oreille un moment, encore à moitié endormie, en se serrant dans sa couverture pour se protéger de la fraîcheur du matin, essayant de comprendre ce qui se passait. Le bruit s'éloignait puis se rapprochait, comme si ce qui en était la source allait et venait. Elle se tourna sur le côté pour regarder Flin et voir si lui aussi avait entendu. Il n'était pas là. Elle se tourna de l'autre côté, vers l'ULM. Lui aussi avait disparu. Cela la réveilla complètement ; elle se leva d'un bond et pivota sur elle-même pour scruter le ciel.

En quelques minutes, depuis qu'elle était sortie de son sommeil, la lumière du jour s'était notablement accrue et elle repéra immédiatement l'ULM qui volait au-dessus du Guilf comme un énorme oiseau à ailes blanches. Comment Flin avait-il pu décoller sans la réveiller, elle l'ignorait – elle avait dû vraiment dormir d'un sommeil de plomb –, et, un court instant, elle s'alarma, persuadée qu'il l'avait abandonnée. La pensée s'évanouit avant même de s'être imposée car il volait manifestement en cercle et ne s'éloignait pas. Il tournoyait et descendait en piqué au-dessus du plateau en se dirigeant vers le nord puis vers le sud, en un large circuit dont l'axe central semblait orienté vers l'ouest à partir de la formation rocheuse sous laquelle elle se trouvait.

Elle suivit des yeux l'ULM qui disparut presque, s'amenuisant jusqu'à n'être plus qu'un point à peine visible sur le fond du ciel gris avant de grossir lentement et de redevenir distinct. Dix minutes passèrent, puis l'appareil s'éloigna brusquement du plateau, descendit vers le désert et passa en vrombissant juste au-dessus d'elle. A ce moment-là, Flin inclina légèrement l'aile et cria en lui montrant quelque chose au sol. Freya leva les bras pour lui signifier qu'elle ne comprenait pas, l'obligeant à faire demi-tour et à revenir vers elle. Il passa encore plus bas et, gesticulant vers le feu, il articula en silence le mot « café ». Elle sourit et leva le pouce en signe d'assentiment. Flin leva une main, les doigts écartés, indiquant qu'il en avait encore pour cinq minutes, puis il reprit de l'altitude en même temps que la direction du Guilf. Le vrombissement sourd du moteur de l'ULM diminua lentement tandis qu'il recommençait à sillonner le massif.

Elle ramassa du bois, alluma le feu et mit de l'eau à chauffer. Flin fit le tour du plateau encore deux ou trois fois, puis vira, revint poser l'ULM et roula jusqu'au rocher au moment où Freya versait le café dans les tasses.

— Vous avez vu quelque chose ? demanda-t-elle pendant qu'il s'extrayait de la nacelle.

Il fit signe que non.

— Je suis allé à vingt kilomètres au nord, au sud et à l'ouest ; il n'y a rien, seulement du sable, de la roche et quelques parcelles éparses d'acacias à girafe. Quoi qu'il se passe ici à l'aube, c'est sûr et certain que nous ne trouverons pas l'oasis.

Il prit la tasse qu'elle lui tendait en la remerciant d'un signe de tête et but à grand bruit.

— Je ne comprends vraiment pas... Il n'y a aucune autre façon d'interpréter le texte. « Lorsque l'Œil de Khépri est ouvert, l'oasis l'est aussi... » L'oasis est près d'ici et au lever du soleil le rocher en indique d'une certaine façon la direction. Ça ne peut vouloir dire autre chose. On ne peut le lire autrement. A moins que...

Il se recula d'un pas et leva les yeux vers la longue courbe du rocher dressé au-dessus d'eux.

— Y aurait-il quelque chose sur la pierre elle-même ? murmura-t-il, plus par-devers lui qu'à l'intention de Freya. Une inscription, une indication de la direction ? Est-ce cela que le texte essaie de nous dire ?

Il balaya du regard de haut en bas la surface unie de la flèche en plissant les yeux. Il en fit le tour lentement à la recherche de marques, d'incisions ou de hiéroglyphes, d'un signe quelconque d'intervention humaine. Il n'y avait rien : la roche était lisse, noire et nue, et ce de la base au sommet, les ébréchures et éraflures étant de toute évidence d'origine naturelle et non le fait de l'homme. Seule une particularité lui donna à réfléchir, quelque chose qui leur avait échappé quand ils avaient examiné le rocher à la lumière de la torche électrique, la veille au soir : une plaque de cristal jaune opaque pas plus grosse que le poing, découpée de part en part dans l'épaisseur de la pierre, aux trois quarts de la hauteur, comme un hublot miniature. C'était curieux, une anomalie géologique qui jurait avec le reste de la roche. Flin la fixa des yeux près d'une minute avant de conclure à contrecœur qu'il ne s'agissait que d'une extravagance naturelle. Il secoua la tête, dépité, se détourna et alla remplir sa tasse.

— Je n'y comprends rien, putain de merde ! L'oasis devrait être là et ça, dit-il en montrant du pouce le rocher par-dessus son épaule, devrait nous en indiquer la direction. Je ne comprends pas.

— Le rocher est peut-être une fausse piste, suggéra Freya en se penchant sur le feu pour remplir sa tasse. Il n'a peut-être rien à voir avec l'oasis, en fin de compte ?

Flin haussa les épaules et consulta sa montre.

— Le soleil va se lever dans quelques minutes et nous verrons bien ce qui se passera alors, mais, compte tenu des faits, j'ai la désagréable impression que vous avez peut-être raison et que je me suis fichu dedans. Et ce n'est pas la première fois, si ça peut vous rassurer.

Il but lentement son café en regardant vers l'est. Le désert s'étendait, totalement plat, sur plusieurs centaines de mètres avant de se soulever en un chaos de dunes de plus en plus hautes et escarpées à mesure qu'elles s'éloignaient. Freya le rejoignit et ils regardèrent l'aube s'affirmer et s'étendre, le ciel inondé de verts et de roses, le paysage s'égayer en virant du gris monochrome au jaune pâle et à l'orange. Deux ou trois minutes s'écoulèrent, la frange inférieure du ciel embrasée d'une nuance de rouge de plus en plus profonde. Puis, lentement, telle une bulle de lave en fusion, le bord supérieur du soleil apparut au sommet des dunes, fine ligne courbe de magenta qui montait au-dessus de l'horizon, et le désert alentour sembla se gauchir et miroiter comme s'il fondait dans une chaleur intense. L'air se réchauffait rapidement à mesure que la courbe s'enflait en un dôme puis un cercle. Ils tournaient alternativement leurs regards du soleil à la flèche rocheuse, attendant que quelque chose se passe, qu'un signe se manifeste. Mais le rocher dressé là, noir et incurvé, inchangé, inflexible, ne révélait rien alors même que le soleil poursuivait son ascension et se détachait de l'horizon, et que l'aube se muait en petit matin. Flin et Freya restèrent ainsi encore un moment, le visage fouetté par la chaleur du soleil, forte même à cette heure matinale, puis ils se regardèrent et secouèrent la tête. La révélation espérée ne s'était pas matérialisée. Ils étaient venus là pour rien.

— Au moins, on aura vu de beaux paysages, dit Freya, l'air sombre.

Ils éteignirent le feu en projetant dessus du sable à coups de pied et commencèrent à rassembler le matériel de camping, prêts à retourner à la civilisation.

— Il nous reste encore pas mal d'essence, dit Flin en fermant le couvercle de la glacière avant de la ranger dans la nacelle de l'ULM. On pourrait donc survoler encore une fois le coin, pour voir si rien ne nous a échappé. Je propose que nous nous diri...

Il n'alla pas plus loin car Freya poussa une exclamation et lui saisit le poignet.

— Regardez ! Là !

Elle tendit le bras vers l'ouest et indiqua la paroi du Guilf. Il la scruta, la balaya du regard quelques instants, dans un sens et dans l'autre, avant de repérer ce qu'elle lui montrait. Sur l'imposante falaise, à une dizaine de mètres au-dessus du désert, un petit disque de lumière était apparu, nettement visible, qui se détachait sur la roche jaune-orangé environnante.

— Qu'est-ce que c'est que ça ?

Il s'avança d'un pas. Freya fit de même, lui serrant toujours le bras, et tous deux fixèrent des yeux la tache lumineuse en essayant de comprendre ce que c'était, quelle était son origine.

— Est-ce quelque chose dans la falaise ? demanda-t-elle. Qui reflète la lumière vers nous ?

Les sourcils froncés par la concentration, Flin se protégeait les yeux de la main lorsque, soudain, il dégagea son bras et fit marche arrière en levant le regard vers la flèche rocheuse. Après un court silence :

— Oh, c'est fantastique !

Freya le suivit et en eut le souffle coupé : un petit rond d'or fondu était apparu aux trois quarts de la hauteur de la flèche, à l'endroit où les rayons du soleil, en traversant la lentille de cristal, l'embrasaient et projetaient un faisceau de lumière diaphane fin comme celui d'un laser vers l'ouest, en direction de la paroi du massif.

— Voici l'Œil de Khépri, murmura Flin, d'une voix empreinte de respect et d'admiration.

Les yeux levés, bouche bée, ils regardaient, émerveillés, le cristal qui semblait brûler de part en part la roche comme une flamme à travers un papier noir, son flamboiement s'intensifier puis pâlir lentement, imperceptiblement, le rayon s'affaiblir, le cristal reprendre le ton terne de l'ambre.

— Merde ! s'écria Flin.

Il se retourna brusquement et se mit à courir dans le sable vers le flanc du Guilf, les yeux braqués sur le disque lumineux en train de s'effacer, tache fantomatique sur la roche.

— Il ne doit apparaître que lorsque le soleil est à un certain angle ! cria-t-il par-dessus son épaule à Freya qui le suivait. Ne le perdez pas de vue… nous devons voir où tombe le faisceau ! C'est ce que signifie l'inscription… Le soleil levant indique quelque chose sur la paroi de la falaise… Il faut absolument le repérer !

La flèche rocheuse était à quatre cents mètres du Guilf et ils avaient couvert moins de la moitié de la distance que déjà le rayon s'était complètement estompé, ainsi que la tache lumineuse sur la paroi de roche ocre jaune.

— Là ! lança-t-il en se remettant à marcher, le bras levé montrant l'endroit. C'est là qu'il était, juste au-dessus de la saillie !

Freya fixait des yeux le même point de la paroi. Ils continuèrent jusqu'au pied du Guilf, la falaise vertigineuse dressée au-dessus d'eux.

— Il y a quelque chose, là, dit Flin. Une sorte de trou. Vous le voyez ?

Elle l'avait vu : une petite ouverture rectangulaire de cinquante centimètres de haut, moitié moins large, juste au-dessus d'un rebord rocheux, à une dizaine de mètres de hauteur, à peine visible à moins de la regarder directement, et encore. Elle avait été indubitablement percée par l'homme, ses côtés nettement taillés, beaucoup trop symétriques pour être l'œuvre de la nature, et elle semblait bouchée par un matériau qui contribuait à la fondre dans la paroi. Freya s'apprêtait à demander à Flin s'il avait une idée de ce que c'était, mais il avait déjà commencé à grimper. Agrippé à une étroite fissure, le bout d'un pied calé dans une petite anfractuosité de rocher, l'autre cherchant à tâtons une prise sur la pierre nue, il se hissait tant bien que mal. Il perdit pied, retomba en arrière en jurant. Il effectua une nouvelle tentative, sans plus de résultat, et recommença. Il se déplaça vers la gauche, essaya une autre voie ; cette fois-ci, il arriva deux fois plus haut avant de perdre complètement ses appuis et de dégringoler jusqu'en bas avec un bruit sourd. Il se releva péniblement, cracha dans le sable et se prépara à refaire un essai quand Freya s'avança et l'écarta doucement.

— Vous permettez ?

Elle examina rapidement la paroi pour définir une voie. Après avoir remonté ses cheveux en chignon, elle planta ses doigts dans la fissure utilisée par Flin, posa le pied dans la même anfractuosité de rocher et s'élança. Une minute après, elle avait atteint l'ouverture rectangulaire et se tenait en équilibre sur la saillie, un mètre au-dessous.

— Je crois que je vais m'en tenir à l'égyptologie, grommela Flin. Que voyez-vous ?

— A peu près ce qu'on voyait d'en bas. C'est un trou bouché par un tas de toile de lin. Sans le moindre doute percé par l'homme.

— Il y a des inscriptions ?

Elle s'accroupit, la saillie étant suffisamment large, et examina la roche autour de l'ouverture. Elle était nue, dépourvue de quoi que ce soit ressemblant de près ou de loin à des caractères, hiéroglyphiques ou autres.

— Rien ! lança-t-elle. Je vais enlever le tissu qui obstrue le trou pour voir ce qu'il y a dedans…

— Attention aux vipères ! l'avertit Flin. Il y en a beaucoup, par ici, et nous n'avons pas d'anti-venin.

— Super, dit-elle en tirant nerveusement sur le lin qu'elle sortit peu à peu de la cavité.

Il était grossièrement tissé, teint de la même nuance que la roche alentour, et bourré extrêmement serré, comme pour empêcher quoi que ce soit d'entrer. Freya avait supposé qu'il était vieux, mais il paraissait remarquablement conservé et plus elle en retirait, plus elle était convaincue qu'il ne datait pas de bien longtemps et n'avait rien à voir avec l'Egypte ancienne. Elle fit part de ses doutes à Flin, qui les écarta d'un geste.

— Les textiles survivent toujours bien dans le désert, expliqua-t-il. Parce que l'air est sec. J'ai vu des bandelettes de momie qui semblaient sorties droit du métier à tisser. Vous avez tout enlevé ?

— Presque...

Elle continua à tirer et de plus en plus de tissu apparaissait ; il y en avait en fait plusieurs pièces. Enfin, avec un bruit sec de succion, une dernière grosse boule d'étoffe émergea de l'ouverture maintenant dégagée. Du bout de sa tennis, elle tâta le tas d'étoffe de crainte qu'il n'y ait des serpents lovés dans ses plis, puis s'accroupit de nouveau et posa une main de chaque côté de l'ouverture. Elle changea légèrement de position pour ne pas faire obstacle au soleil et regarda à l'intérieur.

— Vous voyez quelque chose ? monta d'en contrebas la voix de Flin, impatient.

Elle laissa ses yeux s'habituer à l'obscurité à l'intérieur du trou, puis répondit :

— Oui.

Autre silence.

— Quoi, bon Dieu ?

— Ça ressemble à...

Elle s'interrompit, cherchant le mot juste. Puis :

— A une poignée.

— Que voulez-vous dire, une poignée ?

— Une poignée, un levier. Comme le levier de frein d'un funiculaire.

— Je n'ai jamais vu de funiculaire, nom de Dieu ! rétorqua-t-il en agitant les bras, frustré. Décrivez-le-moi, c'est tout.

Un levier en bois, voilà ce qu'elle voyait dans le fond de la cavité, creusée d'un mètre dans la falaise. Une bande de cuir était enroulée autour de la poignée et il se trouvait dans une profonde rainure horizontale ménagée dans le bas de la cavité, le long de laquelle le levier pouvait sans doute être tiré – dans quel but, elle n'en avait pas la moindre idée. La présence de ce levier avait quelque chose de surréaliste, de troublant, comme si on avait trouvé un interrupteur à la surface de Mars, et cela lui faisait un peu peur.

— Alors ? s'impatienta Flin.

Elle décrivit ce qu'elle voyait. Il fronça les sourcils et réfléchit en se mâchonnant la lèvre. Puis il lui cria :

— Tirez dessus !

— Vous croyez ? répondit-elle, mal à l'aise. Je ne sais si nous devons…

— Pourquoi sommes-nous venus jusqu'ici, bon sang ? Allez, tirez dessus.

Elle ne bougea pas, sentant… elle ne pouvait vraiment expliquer ce qu'elle ressentait. La prémonition d'un danger, un avertissement intime, la pensée qu'en faisant ce que lui demandait Flin elle allait déclencher une réaction en chaîne qu'ils seraient incapables de maîtriser, qu'elle allait franchir une ligne qui n'était pas censée être franchie. Mais comme il l'avait dit, c'était pour ça qu'ils avaient fait tout ce chemin. Et surtout, c'était ce qu'Alex aurait fait. Aucun doute là-dessus. Sa sœur aurait tiré le levier sans un instant d'hésitation, probablement avant même d'y avoir réfléchi. Elle attendit encore un peu. Puis, après avoir tapé deux ou trois fois sur la roche avec ses doigts repliés – un geste qu'elle faisait pour se ressaisir et s'armer de courage avant de se lancer dans une manœuvre particulièrement difficile pendant une ascension –, elle plongea le bras au fond de la cavité.

Il faisait frais à l'intérieur, la poignée était tout juste à sa portée en tendant le bras au maximum. Elle dut passer l'épaule dans l'ouverture pour pouvoir la saisir à pleine main. Elle se déplaça légèrement, s'assura qu'elle la tenait fermement et commença à tirer.

Le levier était dur et, les muscles de son cou et de ses épaules bandés, elle dut faire appel à toutes ses forces pour le mettre en mouvement. Elle le déplaça de quelques centimètres, s'arrêta quelques instants pour reprendre sa respiration, ajusta sa prise et tira de nouveau. Le levier opposa moins de résistance : il glissa lentement le long de la rainure, sa progression accompagnée d'un grincement, comme si des cordes se tendaient et des roues tournaient. Le son provenait de quelque part loin en contrebas et semblait émaner de la roche elle-même. Elle tira la poignée vers elle au maximum, jusque sur le devant de la cavité. Elle recommença une dernière fois pour s'assurer qu'il était en bout de course, puis se pencha vers l'extérieur et regarda Flin en levant son bras libre comme pour demander : « Il se passe quelque chose ? »

Il s'était écarté un peu du pied de la falaise et balayait des yeux la paroi.

— Rien. Vous avez vraiment tiré à fond ?

Elle répondit que oui.

— Je ne sais pas, lança-t-il. Il n'y a aucune porte magique qui s'ouvre, c'est tout ce que je peux vous dire.

Ils continuèrent à regarder, Flin en contrebas, Freya tout là-haut. L'étrange grincement résonnait toujours, quoique plus faible maintenant, plus lointain. A part ça, tout restait exactement comme avant, si ce n'est que le soleil se faisait plus brûlant, plus fort, le ciel d'un bleu encore plus pâle. Ils attendirent quelques minutes et le grincement cessa peu à peu. Ne voyant aucune raison de rester sur la saillie rocheuse, Freya commença à redescendre en se servant des mêmes prises qu'en montant. Ce faisant, elle perçut un nouveau bruit, à peine audible, une sorte de chuintement, de susurrement. Elle s'arrêta, la pointe des pieds calée dans une étroite fissure, et regarda autour d'elle pour tenter de déterminer ce qui le provoquait. Flin l'avait aussi entendu et il se rapprocha de la falaise, la tête penchée, l'oreille tendue. Le chuintement ne semblait ni diminuer ni croître, mais persistait, en fond sonore.

— Qu'est-ce que c'est ? demanda-t-elle.

— Je ne sais pas. On dirait...

— Je vous en prie, ne dites pas des serpents.

— Non, non, plutôt...

Il ne finit pas sa phrase et s'avança jusqu'au pied même de la falaise.

— Regardez ça !

Freya changea de place et, se tenant d'une main à une protubérance de rocher, se pencha carrément dans le vide pour regarder en bas. Tout d'abord elle ne vit rien. Puis elle remarqua ce qu'il avait vu. Au pied même de la falaise, là où elle formait un angle presque droit avec le désert, le sable glissait vers le bas le long de la paroi sur une vingtaine de mètres, comme à travers le col d'un sablier. Flin s'accroupit à côté, posa la main sur le sol et regarda le sable s'écouler entre ses doigts.

— Qu'est-ce que c'est ? répéta-t-elle. Des sables mouvants ?

— Je n'en ai jamais vu de cette sorte.

L'écoulement des grains s'accéléra, comme s'ils étaient aspirés vers le bas, le filet se muait en un véritable flot et une rigole, un trou linéaire, se formait dans le bas de la falaise.

— Où va-t-il ? demanda Freya.

— Je n'en ai pas la moindre idée, répondit Flin, fasciné, les yeux fixés sur la tranchée qui s'élargissait et s'allongeait.

— Vous devriez peut-être vous éloigner un peu...

Il acquiesça, se leva et recula de quelques pas. Le sable continuait à s'affaisser et s'écouler, découvrant de plus en plus bas la paroi rocheuse, comme la racine d'une énorme dent.

— On dirait un sapement...

Il n'acheva pas sa phrase. Avec un bruit sourd, un grand pan de désert s'effondra devant lui. Le chuintement s'intensifia, le sable s'écoulait en avalanche sans qu'il fût encore possible de se rendre compte de l'endroit où il allait. Flin trébucha en arrière, perdit pied et tomba ; il se releva d'un bond et recula frénétiquement tandis que de plus en plus de sable disparaissait devant lui, aspiré comme à travers une bonde, et que le fossé s'élargissait et s'approfondissait.

— Sauvez-vous ! hurla Freya.

Il était inutile de le lui dire. Flin tourna les talons et se mit à courir. Le trou semblait vouloir le rattraper, le poursuivre à travers le désert. Il s'élargit sur près de cinquante mètres, puis cessa peu à peu de s'étendre, comme satisfait d'avoir pourchassé Flin jusque-là, laissant un énorme cratère béant à la base du massif.

Haletant, Flin s'arrêta et se retourna, prêt à se remettre à courir au cas où le cratère déciderait de reprendre son expansion. Hormis quelques ultimes petits glissements et filets de sable, l'ouverture paraissait s'être stabilisée. Après avoir attendu un moment, Freya termina sa descente et se laissa tomber au bord du cratère. Avec précaution, elle en fit le tour pour rejoindre Flin. Ils regardèrent dans le fond de la dépression.

— Dieu tout-puissant, murmura Flin.

Au-dessous d'eux, un hémicycle de sable descendait en pente raide vers la paroi de la falaise. A son point le plus bas, noire et menaçante, une porte s'ouvrait dans la roche nue, flanquée de deux personnages sculptés monumentaux, les bras croisés sur la poitrine, une haute couronne conique sur la tête, la barbe effilée comme une stalactite. Au-dessous de la taille, ils étaient encore enfouis dans le sable, ainsi que le bas de la porte, à travers laquelle les sables passaient comme dans un entonnoir pour disparaître dans l'obscurité au-delà, un glissement de terrain dans la gorge de l'enfer.

— La Bouche d'Osiris, murmura Flin, le visage curieusement dénué d'expression, comme si ce qu'il voyait l'avait sidéré au point de lui faire perdre la capacité de bouger ses traits. Une vie consacrée à l'égyptologie et je n'ai jamais... je n'arrive pas y croire. C'est tout simplement... tout simplement...

Il retomba dans le silence. Ils restèrent là un moment à regarder en contrebas, muets de stupéfaction, le chaud soleil dans le dos, tandis qu'une buse solitaire tournoyait haut dans les airs au-dessus d'eux, ses ailes se découpant contre le ciel pâle du matin. Puis Flin se ressaisit et dit à Freya de l'attendre ; il courut jusqu'à l'ULM et en revint avec la Maglite et l'attaché-case noir qu'il avait pris chez Alex. Il mit un genou à terre, posa l'attaché-case sur l'autre, ouvrit le couvercle. Il contenait ce qui ressemblait à une bouteille thermos orange du haut de laquelle dépassait une antenne.

— C'est une balise permettant d'indiquer notre position, expliqua-t-il en sortant l'objet de son enveloppe protectrice en mousse. Elle va transmettre par émission dirigée un signal directement aux collègues de Molly aux Etats-Unis et ils vont alerter leur équipe sur le terrain en Egypte. Nous devrions recevoir des renforts dans les trois heures qui viennent.

Il pressa un interrupteur sur le côté de la balise, la cala dans le sable et se releva.

— On descend ? demanda Freya.

— Non, on va plutôt rester là et faire des châteaux de sable.

Le sarcasme était léger et Freya sourit, sachant que sa question était idiote et qu'en aucun cas Flin n'allait attendre en se tournant les pouces.

— Vous pensez qu'il n'y a pas de danger ?

Il haussa les épaules.

— Pas plus qu'à Manshiet Nasser et à Abydos, probablement.

— Il me semble que nous nous en sommes bien tirés...

Ce fut à son tour de sourire.

— Vous êtes comme votre sœur !

Elle ne répondit pas, se contenta de défaire son chignon et de secouer sa chevelure, puis elle montra la dépression à leurs pieds.

— Les égyptologues d'abord...

Le sourire de Flin s'élargit et il commença à descendre vers la porte en attaquant la pente de biais pour ne pas perdre l'équilibre, les pieds s'enfonçant dans le sable presque jusqu'à la cheville. Freya le suivit. A mi-chemin, il s'arrêta et leva les yeux vers elle. Son sourire s'était effacé, il avait maintenant l'air sérieux.

— Vous allez sans doute trouver ça idiot, mais il y a ici des choses, des éléments que nous ne devons pas...

Il s'interrompit, cherchant les mots justes.

— Lorsque nous serons à l'intérieur, faites seulement attention, dit-il enfin. Essayons de ne rien déranger, d'accord ?

Il soutint son regard pour s'assurer qu'elle avait bien compris, puis, sur un hochement de tête, continua à descendre.

Les hélicoptères volaient en formation au-dessus du désert en rasant les dunes : cinq Chinook couleur sable et, légèrement en arrière, un Agusta noir. Ils volaient vite, en direction du sud, le soleil levant derrière eux, leur ligne de vol les emmenant légèrement au nord d'un rocher dressé, ce qui les empêcha de voir le Land Cruiser blanc embusqué sous un surplomb dans le bas du rocher. Ce fut seulement bien après leur passage, lorsque le vrombissement plaintif de leurs rotors se fut évanoui au loin, que le véhicule sortit de sa cachette. Il resta un moment au soleil, comme s'il humait l'air, puis s'élança en dérapant à travers les sables, dans la même direction que les hélicos, afin de ne pas rester à la traîne.

— Ça alors, dit Flin.

Ils étaient arrivés à la porte. Chacun d'un côté, ils jetèrent un coup d'œil interrogateur dans le puits sombre fortement incliné qui s'ouvrait au-delà. Au-dessous d'eux, le sable s'était éboulé sur une dizaine de mètres encore mais, plus bas, il avait laissé à découvert une succession de marches taillées dans le roc qui disparaissaient dans l'obscurité comme dans de l'eau noire.

Il alluma la Maglite et, de son faisceau, balaya les alentours en examinant les parois et le plafond parfaitement taillés, dont la pierre portait encore des marques de burin. Incapable de voir jusqu'où descendait le puits, il se laissa glisser sur les fesses jusqu'aux marches et se remit debout.

— Vous voyez quelque chose ? s'enquit Freya.

— Seulement des marches, répondit-il en dirigeant la torche électrique dans le noir en contrebas. Tout un tas de marches. Ça doit descendre jusque sous le Guilf. Où elles mènent exactement, je me le demande.

Il s'écarta afin de laisser de la place à Freya à côté de lui car le puits était juste assez large pour deux. L'endroit avait quelque chose d'oppressant, d'inhospitalier – l'obscurité, le silence, la roche resserrée de toutes parts autour d'eux – et ils restèrent là un moment, même Flin répugnant apparemment à aller plus loin.

— Vous devriez peut-être m'attendre là-haut, dit-il. Laissez-moi voir où ça mène. Comme ça, s'il arrive quelque chose…

Elle secoua la tête, lui dit qu'ils continueraient ensemble ou pas du tout. Il acquiesça – « Exactement pareille à votre sœur » – et, après un dernier balayage avec la lampe, commença à descendre, Freya à son côté. Ils s'arrêtaient presque à toutes les marches pour examiner de nouveau le puits et essayer de voir où il conduisait. L'escalier s'enfonçait de plus en plus profondément dans le roc, l'air se rafraîchissait peu à peu et derrière eux la porte rapetissait jusqu'à n'être plus qu'un point lumineux, une minuscule trouée dans l'obscurité ambiante. Ils comptèrent cinquante, puis cent, deux cents marches, et Freya commençait à se demander si ça allait jamais finir ou continuer à descendre *ad infinitum* dans les entrailles de la terre, quand, après avoir franchi la trois centième marche, le faisceau de la torche de Flin éclaira la roche horizontale un peu plus bas, à une quinzaine de mètres.

Il y avait là une autre porte, flanquée des mêmes sculptures que celle d'en haut. Après l'avoir franchie, ils se retrouvèrent dans un long tunnel dont les murs incurvés et le plafond voûté donnaient la sensation de se trouver dans un gigantesque boyau. Contrairement au puits par lequel ils étaient descendus, où la pierre du plafond et des parois était nue, ici la roche avait été plâtrée et blanchie à la chaux, peinte d'un étrange motif en boucle qui, Freya s'en aperçut au bout d'un moment, représentait les anneaux d'une multitude de serpents enlacés.

— « Puissent les infâmes être avalés dans le ventre du serpent Apep », murmura Flin, le faisceau de sa torche braqué sur une tête aux mâchoires ouvertes, la langue fourchue dardée de façon menaçante.

— Tout ça ne me fait pas une très bonne impression, dit Freya.

— A moi non plus. Restez près de moi. Et essayez de ne toucher à rien.

Ils commencèrent à longer le tunnel, suivis par les serpents enlacés et lovés sur les parois et le plafond, et les claquements secs de leurs pieds sur le sol de pierre résonnaient à chaque pas. Les oscillations du faisceau de la lampe avaient pour effet troublant d'animer les serpents, comme si leurs anneaux s'enroulaient et ondulaient. L'obscurité, la forme et l'atmosphère oppressante, soporifique, du tunnel amplifiaient encore l'effet et, plus d'une fois, ils s'arrêtèrent et se retournèrent brusquement, persuadés que les reptiles bougeaient, les suivaient sans bruit, la gueule tendue vers eux. Mais ce n'était que des images et après s'être convaincus que tout cela était le fruit de leur imagination, une sorte de mirage souterrain, ils poursuivirent leur chemin. Le tunnel se prolongeait à l'horizontale sur cinq cents mètres à travers la roche avant de commencer à s'incliner vers le haut selon un angle de plus en plus prononcé en direction de la surface. Ils parcoururent encore deux cents mètres – l'escalier et le tunnel les avaient maintenant emmenés à bien plus d'un kilomètre dans le sous-sol du Guilf – lorsque Flin s'arrêta soudain. Empoignant Freya par le bras, il éteignit la lampe.

— Vous ne remarquez rien ? dit-il, sa voix résonnant le long du tunnel.

D'abord, elle ne vit rien, dans cette obscurité étouffante. Puis, à mesure que ses yeux s'y habituaient, elle aperçut au-dessus et devant eux un pâle filet de lumière, à peine visible, pareil à une fente verticale minuscule dans les ténèbres environnantes.

— Qu'est-ce que c'est ? demanda-t-elle. Une porte ?

— Si c'en est une, elle est sacrément étroite, ou éloignée. Venez.

Il ralluma la torche et ils recommencèrent à avancer, plus rapidement, impatients de sortir de l'obscurité. Le boyau continuait à monter et s'élargissait imperceptiblement et, alors qu'au début ils avaient juste assez d'espace pour marcher de front, ils avaient maintenant largement la place de le faire. Ils allongèrent le pas, puis se mirent à trotter, mourant d'envie de retrouver le soleil et l'air frais, sans se préoccuper de l'endroit où menait le tunnel ni de savoir ce qu'il y avait au bout, désireux seulement d'en sortir. Alors que le couloir s'élargissait sans cesse et qu'ils accéléraient le pas, le filet de lumière ne semblait pas se rapprocher. Il flottait à la limite du visible, fine ligne grise qui les appelait tout en paraissant les tenir en respect.

— Qu'est-ce que c'est que ça, bon sang ? grommela Flin.

Il prit de l'avance sur Freya en éclairant le sol devant lui pour éviter de trébucher sur d'éventuels obstacles. La lumière restait distante et, tentante, elle les défiait ; frustré, il se mit soudain à courir à toutes jambes, fonçant vers la lueur grise comme pour la prendre par surprise, y arriver avant qu'elle ne s'éloigne. Pendant un moment, le tunnel répercuta le claquement de ses pieds, puis il y eut brusquement un grand fracas suivi d'un bruit sourd de chute. La torche électrique roula au sol, les taches lumineuses projetées par son faisceau tressautèrent sur les parois. Freya ralentit et scruta l'obscurité.

— Flin ?

Gémissement.

— Ça va ?

Autre gémissement, puis :

— Tu parles !

Freya alla ramasser la Maglite et éclaira devant elle. Flin était étendu sur le dos et clignait des yeux, l'air abasourdi, comme un boxeur expédié au tapis par un crochet vicieux. Juste devant lui, raison pour laquelle il avait été si brutalement arrêté dans sa course, le tunnel était fermé par une porte en bois à deux battants massifs. Entre eux, par un interstice fin comme un cheveu, filtrait le jour, source de la lueur fantomatique qu'ils avaient aperçue de loin.

— Ça va ? répéta Freya en se précipitant vers lui pour l'aider à se relever.

— Pas tout à fait, marmonna-t-il en l'empoignant par l'épaule pour se soutenir, chancelant contre elle. Je suis rentré en plein dans cette saloperie. Bon sang, j'ai l'impression d'avoir été frappé avec un...

Il n'arrivait pas à trouver le mot. Il était là à se toucher le front avec précaution et à essayer de retrouver ses esprits. Il resta ainsi un moment, puis, les idées encore brouillées, il prit la lampe de la main de Freya et balaya la porte de son faisceau.

Ses deux battants, deux fois plus hauts que Flin, fixés aux parois du tunnel par deux charnières de bronze, étaient si parfaitement façonnés et ajustés – la partie supérieure arrondie suivait la courbure du tunnel – qu'en dehors du minuscule rai de lumière grise qui filtrait entre eux on ne voyait strictement rien de ce qui se trouvait de l'autre côté.

— Vous entendez ? demanda-t-il.

Elle entendait, elle aussi : un léger gazouillis d'oiseaux et, encore plus faible, le doux clapotement d'une eau courante. Flin approcha son visage de la fente pour essayer de voir à travers, mais elle était beaucoup trop étroite. Il prit du recul et éclaira le verrou qui maintenait fermés les deux battants. Sur une mince corde grossière enroulée autour avait été apposé un sceau d'argile imprimé d'un motif que Freya n'aurait pas reconnu trois jours plus tôt, mais que maintenant elle ne connaissait que trop bien : le signe bouclé du *sedjet* inscrit dans la silhouette d'un obélisque.

— Encore intact, dit Flin en tapotant le sceau. Quoi qu'il y ait là-derrière, personne n'y a accédé par ici depuis quatre mille ans.

— Vous croyez que c'est l'oasis ?

— Je ne vois pas très bien comment ça pourrait l'être, étant donné que j'ai survolé les parages il y a une heure et qu'il n'y avait strictement rien. Mais, je le répète, si j'ai appris une chose à propos de la *wehat seshtat*, c'est que rien n'est jamais tout à fait conforme aux apparences.

Il tira un petit canif de sa poche revolver et appuya la lame sur l'antique corde. Il hésita un instant, répugnant apparemment à l'abîmer, puis il entreprit de la couper et l'enleva.

— Prête ? demanda-t-il en tirant le verrou et en posant la main contre le battant de droite.

— Comme toujours, répondit-elle en appuyant la sienne contre celui de gauche.

— En ce cas... Sésame, ouvre-toi !

Ils poussèrent. Les battants s'ouvrirent vers l'extérieur avec un doux chuintement et la lumière du jour entra à flots pour les accueillir. Le chant des oiseaux et le murmure de l'eau se firent soudain plus forts.

Dès l'instant où les hélicoptères atterrirent, les portes coulissèrent et déversèrent une fournée d'hommes en combinaison antiradiation. Ils se dirigèrent pesamment vers la porte taillée dans le roc et la sondèrent pendant plusieurs minutes avec une batterie d'appareils électroniques avant d'informer à l'aide d'un talkie-walkie ceux restés dans les Chinook que la voie était libre. Les hélicoptères vomirent un nouveau flot hommes. Certains, armés jusqu'aux dents, équipés de lunettes de soleil et de gilets pare-balles, formèrent un cordon de sécurité autour du cratère de sable. D'autres commencèrent à décharger les caisses en alu contenant le matériel et les emportèrent sous terre. Lorsque la dernière eut disparu, Girgis et ses collègues descendirent à leur tour jusqu'à la porte. Ils s'y arrêtèrent un moment, Girgis se retourna et regarda le personnage dont la silhouette se découpait contre le ciel au bord du cratère. Puis, après un hochement de tête et un signe de la main, il tourna les talons et le petit groupe commença à descendre dans l'obscurité. Les jumeaux, les mains dans les poches, l'air suprêmement indifférents à ce qui se passait, fermaient la marche.

Lorsqu'elles étaient enfants, Freya et sa sœur avaient imaginé qu'il existait un monde secret derrière la lune : un lieu magique, vierge, plein de fleurs, de chutes d'eau et de chants d'oiseaux. Alex y avait fait allusion dans sa dernière lettre, quoique dans un contexte différent, et cela lui revenait à l'esprit maintenant qu'elle avait sous les yeux ce qui avait toutes les apparences du paradis.

Ils se trouvaient à l'extrémité d'une gorge longue et profonde, bordée d'imposantes falaises d'où tombaient de minces cascades pareilles à des fils d'argent. De ce côté-ci, le plus étroit, la gorge n'avait pas plus de vingt mètres de large. Cependant, plus à l'intérieur du Guilf, qui était comme fendu par un gigantesque coup de hache, elle s'élargissait rapidement, le fond s'élevait en pente douce et ses parois abruptes s'évasaient. A l'autre extrémité, au loin, la vallée devait avoir quatre ou cinq cents mètres de large, pour autant qu'on pût en juger à distance. Des oiseaux voletaient, une abondante végétation couvrait le fond de la vallée, irrigué par un réseau de ruisseaux et de torrents : arbres, buissons, tapis de fleurs multicolores. Même les falaises avaient été colonisées : de lourdes touffes de feuillage occupaient les saillies et jaillissaient des fissures comme des chevelures vertes.

— Ce n'est pas possible, murmura Flin en secouant la tête de stupéfaction. J'ai volé au-dessus de cet endroit et il n'y avait rien. Seulement la roche et le désert.

Après avoir franchi la porte, ils se prirent instinctivement par la main et scrutèrent l'enchevêtrement de feuilles et de branches devant eux. Il fallut un moment pour que leurs yeux s'habituent aux jeux de lumière et d'ombre, puis ils remarquèrent des formes au milieu de la végétation : des courbes et des angles de pierre taillée, des portions de mur, des colonnes, des sphinx et des personnages géants à corps humain et tête d'animal. Ici, deux yeux vides creusés dans un visage de pierre recouvert de mousse les fixaient, là, un poing fermé monumental se dressait dans un bouquet de palmiers. Sur leur gauche, les vestiges d'une voie pavée disparaissaient dans le sous-bois, sur leur droite, une rangée d'obélisques perçait le feuillage comme des pointes de lance.

— Comment ont-ils pu faire tout cela ? murmura Freya. Ici, au milieu de nulle part ? Ça a dû leur prendre des siècles.

— Et même davantage, dit Flin en s'avançant dans la clairière sablonneuse qui s'étendait devant l'entrée du tunnel. Ça dépasse tout ce que j'ai jamais pu... J'ai lu les textes, j'ai vu les photos de Schmidt, mais imaginer une chose pareille...

Incapable de finir sa phrase, il laissa sa voix retomber dans un silence rêveur et stupéfait. Cinq minutes passèrent pendant lesquelles tous deux restèrent là, à contempler les alentours. Le soleil était maintenant haut, ce qui semblait curieux car, d'après la montre de Flin, il n'était que 8 h 09. Il leva les yeux vers le ciel en les protégeant de la main et secoua la tête comme pour signifier : « En ce lieu, rien ne me surprend. »

— Ça doit être le temple, dit-il au bout d'un moment en lâchant la main de Freya et en montrant au loin, à l'autre bout de la vallée, ce qui ressemblait à une grande plate-forme rocheuse naturelle dressée au-dessus de la cime des arbres.

Elle était surmontée d'un fouillis d'ouvrages en pierre, dont une structure qui pouvait bien être la porte que Freya avait vue sur la photo de Rudi Schmidt.

— On va là-haut ? demanda-t-elle.

Flin fit non de la tête, mais son expression donnait à penser qu'il en mourait d'envie.

— Nous devons d'abord retrouver l'Antonov, pour voir dans quel état il est. Ensuite, nous pourrons partir en exploration.

Freya le regarda de côté.

— N'aurions-nous pas dû nous munir d'un compteur Geiger, ou d'un instrument de ce genre ? Au cas où les caissons contenant l'uranium auraient été endommagés au cours de l'accident.

Flin sourit.

— Quelles que soient les raisons de nous inquiéter par ailleurs, l'empoisonnement par les rayons n'est pas sur la liste. L'uranium 235 n'est pas plus toxique qu'un sol de cuisine en granit. Je pourrais en mettre dans mon bain et ça ne me ferait pas de mal. Mais si vous connaissez dans le coin un magasin où on vend des compteurs Geiger, je me ferai un plaisir d'en acheter un, uniquement pour vous tranquilliser. Allez, venez.

Il lui fit un clin d'œil et l'entraîna à travers la clairière puis dans un épais bosquet formé surtout d'acacias et de tamaris, mais aussi de palmiers, de figuiers, de saules et d'un immense sycomore. L'air était chaud sans excès, chargé d'un parfum de thym et de jasmin, grouillant d'oiseaux, de papillons et des plus grosses libellules que Freya eût jamais vues. Des nappes de soleil filtraient à travers les branches, pareilles à des voiles de gaze dorée, des petits ruisseaux miroitants serpentaient entre les racines des arbres, se perdaient à certains endroits, à d'autres confluaient pour former des mares d'eau claire frangées de narcisses orange et semées de coupelles de nénuphars bleus et blancs.

— Ça ne semble pas vrai, dit-elle, s'émerveillant de la beauté édénique du lieu. On dirait un paysage de conte de fées.

Flin se tournait d'un côté et de l'autre avec une expression de ravissement mêlé d'incrédulité.

— Je vois ce que vous voulez dire. Il y a au Louvre un fragment d'inscription qui fait référence à la *wehat resout*, l'oasis des rêves. Maintenant, je comprends pourquoi.

Ils poursuivirent leur chemin. Le fond de la gorge montait et s'élargissait progressivement, des murs, des statues et des blocs de pierre couverts d'inscriptions surgissaient de partout. Certains étaient parfaitement conservés, d'autres lézardés, penchés ou renversés par l'action lente des racines des arbres et les crues subites. Plus ils en voyaient, plus il semblait évident à Flin et à Freya que ce qui leur était apparu à la sortie du tunnel comme un fouillis d'ouvrages en pierre ne l'était pas du tout. Loin de là, même : ces ouvrages avaient dû former jadis un ensemble architecturalement ordonné de rues et d'avenues, d'édifices et de cours, dont on distinguait encore tout juste la structure dans la jungle qui l'avait envahi.

— Ça devait être étonnant, dit Flin, la voix tremblante d'excitation. Lorsque les textes parlent de Zerzura comme d'une ville, j'ai toujours pensé qu'il s'agissait d'une hyperbole, mais c'était bien une cité. Ça fiche en l'air tout ce que nous savons de la technologie des anciens Egyptiens.

Ils arrivèrent à un pré de coquelicots et de bleuets ; des ibis et des aigrettes se pavanaient de-ci de-là en croassant et picorant. La plate-forme rocheuse qu'ils avaient aperçue de la partie inférieure de l'oasis était maintenant beaucoup plus proche, bien qu'encore à quelque distance. Elle se dressait au-dessus de la cime des arbres, comme une gigantesque scène, et on voyait distinctement le pylône photographié par Rudi Schmidt. Ils s'arrêtèrent pour les regarder, puis continuèrent à traverser le pré entre deux rangées de sphinx et d'obélisques intercalés – une sorte de voie processionnelle, pensa Flin.

Ils avaient parcouru la moitié du pré quand Freya s'arrêta et empoigna le bras de Flin.

— Là, dit-elle en pointant le doigt sur la droite vers une dense palmeraie adossée au côté de la gorge.

Tout juste visible au-dessus des feuilles recourbées, tel un aileron dorsal blanc déchiré, dépassait la queue de l'avion, et on apercevait un peu plus loin son fuselage, entre les troncs.

— *Eurêka !* s'exclama Flin.

Une autre voie pavée, plus étroite et tout aussi envahie par la végétation, partait perpendiculairement de celle où ils se trouvaient. Elle semblait conduire droit à la palmeraie ; ils s'y engagèrent et passèrent devant une succession de scarabées en granit géants avant d'arriver aux palmiers. Ils se frayèrent un chemin parmi eux et entrèrent dans une petite clairière mouchetée de soleil. L'Antonov blanc était là, effondré devant eux, délabré, entouré d'un silence sinistre et couvert de lierre et de bougainvillier.

Bien qu'il ait dégringolé dans la gorge sur près de cent mètres – les marques de sa chute encore nettement visibles sur la paroi rocheuse au-dessus – après s'être écrasé au sol, l'avion était étonnamment bien conservé. Son aile droite, complètement arrachée, avait disparu, la moitié de la gauche s'était également détachée et les hélices du moteur restant étaient voilées et tordues. Un trou aux bords déchiquetés béait au milieu de la partie inférieure du fuselage, comme mordue par un gros prédateur. L'avion ne s'était cependant pas retourné ; posé à plat sur le ventre, quoique cabossé et éraflé, il paraissait à peu près entier, l'empennage de queue dressé fièrement parmi les arbres, le nez contre la face d'un sphinx monumental.

Ils embrassèrent la scène du regard, puis s'approchèrent de l'extrémité arrière de l'avion et s'arrêtèrent devant trois monticules rectangulaires alignés à l'ombre de la queue. Une croix rudimentaire était plantée dans chacun d'eux.

— Schmidt a dû les enterrer là, dit Flin. Difficile de s'apitoyer sur son sort, si l'on veut bien se rappeler qu'il s'apprêtait à passer en fraude cinquante kilos d'uranium pour Saddam, mais quand même... ça a dû être affreux.

A côté de lui, Freya essayait de s'imaginer par quoi était passé Schmidt : seul, effrayé, sans doute blessé, creusant les tombes et tirant les cadavres hors de l'avion...

— Combien de temps croyez-vous qu'il est resté ici ?

— Un bon moment, à ce qu'il semble, répondit Flin en montrant de la tête les vestiges d'un feu de camp, le sol alentour jonché de boîtes de conserve vides. Je pense qu'il a dû attendre les secours au moins une semaine, peut-être plus. Puis, comme personne ne venait, il a décidé de partir à pied pour tenter de revenir à la civilisation. Mais je me demande comment il a bien pu faire pour sortir d'ici – en tout cas pas par le chemin que nous avons suivi.

Ils regardèrent les tombes encore un moment, puis longèrent le fuselage jusqu'à la sortie avant. Flin passa la tête par la porte ouverte avant de grimper à bord et d'aider Freya à faire de même. Il faisait sombre à l'intérieur, et leurs yeux mirent quelques instants à s'y habituer. Puis elle poussa un cri et, prise d'un haut-le-cœur, porta la main à sa bouche.

— Oh, mon Dieu !

A une dizaine de sièges derrière l'endroit où ils se trouvaient, il y avait un homme. Ou plutôt ce qu'il en restait. Il était assis bien droit, parfaitement momifié par l'air sec du désert, les orbites vides, la peau dure comme du cuir, couleur de réglisse, la bouche pleine de toiles d'araignée et grande ouverte, comme s'il avait suffoqué. La raison pour laquelle Schmidt l'avait laissé là et ne l'avait pas enterré avec les autres n'était pas immédiatement évidente. C'est seulement en s'approchant qu'ils comprirent : la force du choc avait projeté en avant tous les sièges de droite et ils s'étaient emboîtés les uns dans les autres, coinçant les jambes du passager juste au-dessus des genoux. Cela avait dû être atrocement douloureux – ses rotules étaient broyées comme dans un étau. Cependant, ce qui paraissait l'avoir tué, c'était le conteneur métallique qu'il tenait à plat sur ses genoux et qui lui était entré dans le ventre, écrasant les organes internes.

— Vous pensez que ç'a été rapide ? demanda Freya en détournant les yeux.

— Espérons-le pour lui, répondit Flin.

Il s'accroupit et examina précautionneusement le conteneur. Il était toujours hermétiquement fermé et ne paraissait pas avoir été endommagé ni crocheté. Une fouille rapide lui permit de trouver trois autres conteneurs identiques sur le plancher entre les sièges de l'autre côté de l'allée centrale. Eux aussi étaient fermés et en bon état.

— Tout est là, et intact. Venez, sortons d'ici, dit-il en touchant le coude de Freya. Les hommes de Molly seront ici dans deux heures et ils s'occuperont de ça. Nous avons fait notre part.

Elle se retourna, prête à repartir vers la porte de la cabine. Ce faisant, son regard s'arrêta un court instant sur le visage desséché du cadavre, mais cela suffit pour qu'elle remarque un mouvement, quelque chose qui bougeait, se tortillait à l'intérieur d'une des orbites. Elle crut d'abord à un effet de son imagination, puis, la gorge serrée de dégoût, elle pensa à un ver, un asticot. Elle s'obligea à regarder de plus près et constata avec horreur que c'était un frelon, jaune et gros comme le doigt, qui émergeait de la tête du cadavre et longeait l'arête du nez. Un autre le suivit, puis un troisième et encore deux, tandis qu'un bourdonnement grave émanait soudain du crâne du cadavre.

Elle était capable d'affronter n'importe quoi d'autre, mais les guêpes et les frelons la terrorisaient depuis qu'elle était enfant, la seule chose qu'elle ne supportait pas. Elle poussa un cri et se mit à reculer en battant frénétiquement l'air des mains. Le mouvement alarma les insectes. Ceux qui étaient déjà sortis prirent leur envol de manière menaçante, le nid à l'intérieur du crâne en vomissait de plus en plus dans un bourdonnement furieux. L'un se prit dans ses cheveux, un autre lui heurta la joue, ajoutant à son hystérie, qui à son tour excita davantage l'essaim.

— Ne bougez pas ! ordonna Flin. Restez où vous êtes !

Elle l'ignora. Pivotant sur elle-même, elle s'élança vers la sortie en continuant d'agiter les bras. A mi-chemin, elle se prit le pied dans une plante rampante et tomba de tout son long, le fracas provoquant une véritable frénésie chez les frelons.

— Restez immobile, pour l'amour du ciel, lui intima Flin d'une voix sifflante.

Il avança lentement dans l'allée et se laissa tomber sur elle pour la protéger de ses bras et de son corps.

— Plus vous bougez, plus ça les excite.

— Il faut que je sorte d'ici ! gémit-elle en lançant des ruades et se tortillant sous lui. Vous ne comprenez pas, je ne peux pas... aïe !

La douleur cuisante d'une piqûre la lança sur la nuque.

— Chassez-les ! Je vous en prie, chassez-les !

Au lieu de cela, il la saisit par les poignets et bloqua ses jambes avec les siennes à la manière d'un lutteur, sa joue appuyée contre l'arrière de la tête de Freya, pesant sur elle de tout son poids pour la clouer au sol. Elle sentit un frelon remonter dans la jambe de son pantalon, un autre passer sur sa paupière fermée, deux autres sur ses lèvres – le pire de ses cauchemars était devenu réalité. Mais plus aucun ne la piqua et, alors qu'il lui était quasiment insupportable de les sentir ainsi sur sa peau, dans un suprême effort de volonté, et sous le poids de Flin, elle resta immobile. Et cela dura encore et encore, les frelons les percutaient de tous côtés – comment pouvait-il y en avoir autant dans un crâne ? –, puis, de façon aussi inattendue qu'il s'était formé, l'essaim se dispersa. Le bourdonnement s'affaiblit : les insectes avaient disparu de son visage et de sa jambe. Elle resta couchée à plat ventre, figée, les yeux et la bouche hermétiquement fermés, craignant que le moindre de ses mouvements ne les attire de nouveau. Flin avait dû penser la même chose car un bon moment s'écoula avant qu'elle ne sente qu'il levait la tête et regardait autour d'eux. Puis, il la soulagea de son poids.

— Ça va, dit-il en lui tendant la main pour l'aider à se relever. Ils sont partis.

Tremblante, elle se pressa contre sa poitrine, la piqûre à sa nuque l'élançant cruellement.

— Ça va, répéta-t-il d'une voix calme et rassurante, ses bras autour d'elle. Vous ne risquez rien. Il n'y a pas de danger. Tout va bien.

Il semblait dire vrai. Puis, dehors, retentit un petit rire malveillant.

— Malheureusement, professeur Brodie, ce n'est pas le cas. Pas du tout, même. De votre point de vue, du moins. Du mien, en revanche...

Les deux hommes se déplaçaient avec légèreté et célérité à travers le sous-bois en serrant le côté de la gorge. Tous les quinze ou vingt mètres, ils s'arrêtaient et s'accroupissaient derrière un arbre, un buisson, un mur, une statue ou ce qui se présentait pour écouter et reprendre haleine avant de repartir. Leurs djellabas marron se confondaient parfaitement avec le paysage, si bien que même les oiseaux semblaient à peine remarquer leur passage. Seule note discordante, quand ils relevaient le bas de leur robe pour grimper sur un rocher ou sauter un ruisseau, on entrevoyait de temps en temps leurs Nike blanches. Ils ne parlaient pas et ne communiquaient que par signes ou par des petits sifflements. Ils semblaient savoir exactement où ils allaient et poursuivirent ainsi leur chemin à travers l'oasis jusqu'à mi-distance, moment auquel ils obliquèrent vers le centre de la vallée. Ils continuèrent leur progression, en prenant encore davantage de précautions. Ils parvinrent ainsi au pied d'un gigantesque palmier doum ; l'un des deux hommes grimpa au tronc avec agilité et s'accroupit au sommet parmi ses feuilles. L'autre alla un peu plus loin et se tapit derrière un bras en granit de taille colossale. Ils se firent signe en levant leurs fusils, puis, une file d'hommes arrivant dans leur direction entre les arbres, ils se baissèrent promptement Et ce fut comme s'ils n'avaient jamais existé.

Pendant un moment, Flin et Freya restèrent embrassés, trop abasourdis pour faire un geste. Puis, en même temps, ils se baissèrent derrière les sièges et jetèrent un coup d'œil par le hublot le plus proche. A cet endroit, la végétation n'était pas trop dense et ils avaient une vue dégagée sur Romani Girgis, qui se tenait debout dans la clairière, souriant, impeccablement habillé comme toujours. Il était flanqué des jumeaux roux, vêtus de leurs sempiternels costumes Armani et de leurs maillots rouge et blanc d'Al Ahly, et de deux autres hommes, l'un grand et barbu, l'autre trapu et terne, une cigarette entre les dents, sous une moustache broussailleuse tachée de nicotine. D'autres semblaient se déplacer à l'arrière-plan, mais ils ne pouvaient voir combien ils étaient exactement ni ce qu'ils faisaient.

— Comment ont-ils fait pour arriver jusqu'ici ? chuchota Freya.

— Dieu seul le sait, répondit Flin en essayant de mieux voir ce qui se passait dehors. Ils avaient peut-être posté des gens là-bas pour surveiller le rocher, ou bien ils en ont envoyé dès qu'Angleton nous a vus décoller... je n'en ai absolument aucune idée.

— Qu'est-ce qu'on fait ?

— Voulez-vous sortir, je vous prie ? lança Girgis comme pour répondre à la question, bien qu'il n'ait pu en aucun cas l'entendre. Et veuillez faire en sorte que vos mains soient visibles.

— Et merde, grommela Flin.

Il jeta autour de lui un regard frénétique, parcourant la cabine des yeux avant qu'ils ne se posent sur le cadavre momifié. Il était tout habillé, la chemise et la veste de grand couturier contrastant fortement avec le corps ratatiné et noirci qu'elles couvraient. La crosse d'un pistolet dépassait de la veste. Flin rampa jusqu'à lui, sortit l'arme de son étui, enleva le chargeur et vérifia le mécanisme. Chose étonnante, il paraissait en état de fonctionnement.

— Voulez-vous sortir, s'il vous plaît ? répéta Girgis. Vous ne pouvez rien faire, alors pourquoi jouer à ce petit jeu ?

— Vous croyez qu'on peut tenir ? demanda Freya. Jusqu'à l'arrivée des hommes de Molly ?

— Deux heures encore à tenir, avec un unique Glock et un chargeur de quinze balles ?

Flin poussa un grognement de dérision.

— Aucune chance. On n'est pas dans un film de Hollywood.

— Alors, qu'est-ce qu'on va faire ?

Il secoua la tête en un geste d'impuissance, explorant des yeux l'intérieur de l'Antonov. Son regard tomba sur les trois conteneurs métalliques posés entre les sièges derrière lui. Il hésita, puis, après avoir posé le revolver sur le plancher, il se pencha, saisit la poignée du conteneur le plus proche et s'escrima pour tirer celui-ci jusqu'à lui à cause de son poids.

— Qu'est-ce que vous faites ? s'enquit Freya.

Il ignora la question et se mit à tripoter les deux serrures pour pouvoir soulever le couvercle. En vain.

— Qu'est-ce que vous faites ? redemanda Freya.

Flin ne répondait toujours pas. Il reprit le Glock, se recula légèrement, protégea Freya d'un bras et fit sauter les serrures de deux coups de feu. Il reposa le revolver et ouvrit le conteneur. A l'intérieur, nichés dans de la mousse, deux colis ressemblant à des shakers à cocktail. Il en sortit un et, tenant à deux mains le lourd objet, se leva.

— Professeur Brodie ? reprit la voix de Girgis à l'extérieur, sur un ton plus intrigué qu'alarmé. Dites-moi, s'il vous plaît, que vous ne vous êtes pas tués... J'ai ici des hommes qui seraient extrêmement déçus si leur était refusée la possibilité de...

Flin s'allongea en travers des sièges et donna un grand coup dans le hublot avec le colis métallique, interrompant l'Egyptien au milieu de sa phrase.

— Vous avez vu, Girgis ? cria-t-il en tapant encore sur le hublot pour attirer l'attention des hommes qui étaient dehors et s'assurer qu'ils voyaient bien ce qu'il faisait. C'est un colis plein d'uranium enrichi. *Votre* uranium enrichi. Si vous avancez encore d'un pas, je l'ouvre et j'en vide tout le contenu dans l'avion ainsi que celui des autres caissons. Vous m'entendez ? Approchez d'un centimètre et je transforme cet endroit en une fournaise radioactive !

Freya était venue derrière lui, plantant ses doigts dans son épaule.

— Je croyais que vous aviez dit que l'uranium n'était pas dangereux ! dit-elle d'une voix sifflante.

— Il ne l'est pas, répondit-il tout bas. Mais j'espère que Girgis ne le sait pas... c'est un homme d'affaires, pas un physicien. Et même si lui le sait, ses hommes l'ignorent probablement. A tout le moins, ça les fera réfléchir à deux fois avant de venir ici nous faire sauter la cervelle...

Il donna encore un coup violent sur le plexiglas du hublot, puis empoigna le bouchon du colis et le dévissa d'un tour en exagérant le mouvement afin de montrer clairement ce qu'il était en train de faire.

— Regardez bien, Girgis ! Vous voulez voir de l'uranium ? Savoir ce que ça sent ? Parce que vous allez bientôt le découvrir, si vous ne reculez pas ! Approchez, approchez, venez voir le grand show radioactif le plus toxique du monde !

Il donna un autre tour, puis un troisième et un quatrième, attendant une réaction. Il n'y en eut pas. Girgis et ses hommes restaient là, l'air à la fois amusés et perplexes. Il y eut une pause, le joyeux pépiement des oiseaux fournissant à la scène un fond sonore incongrûment mélodieux, puis un éclat de rire. Pas de Girgis, mais venant de la forêt derrière lui. Un rire léger, vaguement féminin.

— Professeur Brodie, vous êtes vraiment impayable ! Allons, pourquoi ne posez-vous pas ce machin-là et ne sortez-vous pas de là-dedans, que nous puissions discuter de tout cela ? Nous sommes entre amis.

# Le Caire

Ibrahim Kémal avait soixante-treize ans et il avait passé soixante-cinq de ces années à pêcher dans le Nil, pratiquement au même endroit, juste au nord du Caire. Et pendant tout ce temps-là, il n'avait jamais trouvé un poisson aussi gros que celui qu'il sentait maintenant tirer sur sa ligne.

— Qu'est-ce que ça peut bien être ? demanda son petit-fils, les bras serrés autour de la taille du vieillard pour l'empêcher de perdre l'équilibre à cause du balancement de leur barque. Un poisson-chat ? Une perche ?

— On dirait plutôt une baleine, bredouilla le vieux pêcheur en grimaçant car la ligne (un fil de nylon avec un hameçon au bout, rien d'aussi sophistiqué qu'une canne) lui entaillait les mains. Quand j'avais ton âge, j'ai attrapé une perche de cinquante livres et elle ne pesait pas la moitié de celui-là. C'est une baleine, je te dis, une baleine !

Il laissa filer un peu de ligne pour donner du mou au poisson, puis se remit à tirer. Le frêle esquif oscillait de façon alarmante, des vaguelettes heurtaient le plat-bord.

— On devrait peut-être le laisser s'échapper, suggéra le plus jeune. Nous risquons de nous retourner…

— Il peut nous envoyer par le fond, je m'en fiche ! grommela Ibrahim en ramenant la ligne une main après l'autre, les yeux exorbités par l'effort. Je n'ai jamais perdu un poisson et c'est pas maintenant que je vais commencer…

Il donna à nouveau du mou pour endormir la vigilance du poisson, puis recommença à tirer alors que les oscillations de la barque devenaient de plus en plus prononcées, renforcées par les tourbillons du courant et les vagues soulevées par un bateau de croisière qui remontait le Nil en fendant les flots près de la berge opposée.

— Viens, mon beau ! lança Ibrahim pour amadouer le poisson. Allez viens, sois gentil.

La ligne venait plus facilement maintenant, soit parce que la proie avait abandonné la lutte, soit parce qu'elle rusait elle aussi, Ibrahim ne pouvait le dire. Il en ramena encore un peu, s'arrêta pour reprendre haleine et changer de position, puis tira derechef, remontant lentement le poisson vers la surface, jusqu'à ce que son petit-fils pousse un cri et le montre du doigt.

— Là ! Le voilà ! Par Dieu, il est énorme !

Sur la gauche, entre eux et un tas d'algues qui dérivait vers l'aval, la silhouette d'un poisson était apparue juste sous la surface, mais il ne ressemblait à aucun de ceux qu'ils avaient vus jusque-là : bulbeux, pâle et étrangement immobile. Ibrahim continua de tirer, plus lentement désormais, l'air perplexe. Son petit-fils lâcha sa taille et se pencha par-dessus bord, épuisette dans une main, serpette dans l'autre, prêt à remonter le poisson quand il serait assez proche. A ce moment-là, une vague gifla le flanc de la créature et la poussa vers eux en la retournant sur le dos, si bien que pour la première fois ils virent distinctement ce qu'ils avaient attrapé. Ce n'était ni un poisson-chat, ni une perche du Nil, ni même une baleine, mais un homme. Excessivement gros, il portait un nœud papillon et une veste couleur crème qui flottait et ondoyait dans les tourbillons du fleuve. Une balle lui avait percé bien nettement le milieu du front.

Il dériva jusqu'au côté de la barque et le heurta, le regard de ses yeux morts fixé sur eux. Ibrahim lui rendit son regard et secoua la tête.

— Je crois que celui-là, on ne va pas le vendre au marché aux poissons, marmonna-t-il.

# Dans l'oasis

— Molly ! Je n'arrive pas à le croire !

Flin continua un moment de regarder par le hublot, ébahi, persuadé que ses oreilles lui jouaient des tours. Puis, après s'être assuré que c'était bien Kiernan qui avait parlé, il remit le colis contenant l'uranium dans le conteneur, fit signe à Freya de le suivre et retraversa l'avion à la hâte vers la sortie.

— Comment avez-vous fait pour arriver aussi vite ? cria-t-il en sautant à terre avant d'aider Freya à descendre. Je ne pensais pas que vous seriez là avant deux heures. La cavalerie arrive à point nommé...

Il était surexcité. Après avoir déposé Freya au sol, il se retourna vers Kiernan avec un grand sourire.

— Franchement, Molly, je n'arrive pas à y croire. Je savais que vous étiez archi au point, mais là, quand même... J'ai activé la balise il y a une heure et demie seulement. Il est carrément impossible que vous ayez fait aussi vite, impossible. C'est... c'est... bégaya-t-il avant de se taire.

Son sourire se figea, puis s'évanouit tandis qu'il embrassait vraiment du regard pour la première fois la scène qui s'offrait à lui : Molly Kiernan, un talkie-walkie noir à la main, côte à côte avec Romani Girgis. Détendus et souriants, ils ne semblaient pas le moins du monde gênés par la présence de l'autre. Bien au contraire. Ils avaient l'air, sinon d'amis intimes, du moins en aucun cas d'ennemis jurés. Associés en affaires, c'est l'impression qu'eut Freya, des associés de longue date qui, à en juger par leur air satisfait, venaient de mener à bien une grosse opération, extrêmement lucrative.

— Molly ?

Le ton de Flin était soudain mal assuré, ses yeux allaient et venaient entre Kiernan, Girgis et, derrière eux parmi les arbres, les silhouettes qu'il voyait se déplacer au loin, traînant ce qui ressemblait à de grosses caisses en aluminium.

— Qu'est-ce qui se passe, Molly ?

Le sourire de Kiernan s'épanouit.

— Ce qui se passe, Flin, c'est que grâce à vous deux, répondit-elle en montrant Freya de la tête, nous avons trouvé l'Oasis secrète. L'objectif de Sandfire a été atteint, l'opération arrive à sa conclusion, le monde est maintenant un lieu plus sûr. Souriez, vous êtes des héros !

Elle leva le talkie-walkie et appuya du doigt dessus comme si elle les prenait en photo, puis elle s'approcha d'eux et leur tapa sur l'épaule

— Et pour répondre à votre question, continua-t-elle en se glissant entre eux pour aller jusqu'à l'Antonov par la porte duquel elle passa la tête, nous avions placé un système de suivi par satellite sur l'ULM et nous étions sur vos talons dès que vous avez décollé. Une unité de surveillance vous a tenus à l'œil toute la nuit, nous avons campé à quarante kilomètres d'ici ; c'est pour ça que nous avons pu arriver si vite. Oh, mon Dieu ! s'exclama-t-elle avec une grimace de dégoût en apercevant le cadavre momifié.

Derrière elle, Flin essayait toujours de comprendre la situation.

— J'ai l'impression que quelque chose m'échappe...

— Hum ?

Kiernan sortit la tête de l'avion et se tourna vers lui.

— Quelque chose m'échappe, Molly. Quand vous dites « nous », de qui s'agit-il exactement ?

— Je pensais que c'était évident.

— Non, ça n'est pas évident, rétorqua Flin en durcissant le ton. Ça n'est pas évident du tout. Alors, pourquoi n'éclairez-vous pas notre lanterne ? Qui est ce « nous » ?

— Romani et moi, bien sûr, dit-elle, comme un parent donnant une explication à un enfant particulièrement obtus.

— Vous travaillez pour Girgis ? demanda-t-il avec de grands yeux, incrédule.

— Dans l'ensemble, je dirais plutôt que M. Girgis travaille pour nous, bien qu'au fil des ans nous...

— « Au fil des ans » ! Qu'est-ce que vous me racontez là, Molly ? Depuis combien de temps ?

— Vous voulez des dates précises ?

Tout le corps de Flin se tendit.

— Ne vous foutez pas de ma gueule, Molly. Cette ordure, ce maquereau et ce trafiquant de drogue a fait égorger un de mes amis, il a failli nous tuer tous les deux !

Il agita la main en direction de Freya.

— Je ne suis pas d'humeur à rigoler. Je veux savoir ce qui se passe, et depuis combien de temps, et je veux le savoir maintenant. Vous entendez ?

La bouche de Kiernan se contracta, comme si elle n'avait pas l'habitude qu'on lui parle sur ce ton et n'appréciait guère. Elle fixa sur Flin un regard dur, puis, avec un hochement de tête, lissa sa robe et s'assit dans l'embrasure de la porte de l'avion, les bras croisés.

— Romani Girgis travaille pour nous depuis 1986. Avril 1986, pour être exacte, moment auquel nous avons pris contact avec lui afin qu'il nous procure une certaine quantité de matière fissile destinée à aider nos alliés irakiens dans leur conflit avec l'Iran.

Flin regarda Freya de côté, puis, par-dessus son épaule, Girgis qui souriait d'un air suffisant à l'autre extrémité de la clairière, et à nouveau Kiernan.

— Votre gouvernement est derrière tout ça ? dit-il, incrédule. C'est votre gouvernement qui allait livrer la bombe à Saddam ?

La bouche de Kiernan se contracta davantage, en une moue presque hargneuse.

— J'aurais aimé que ce soit le cas, répliqua-t-elle. Malheureusement, ça ne l'était pas. Nous voulions bien financer les Irakiens, leur fournir des renseignements, des armes, même chimiques, mais quand il s'est agi de leur apporter les moyens nécessaires pour achever la besogne – éliminer Khomeiny et sa clique de dingues –, Reagan s'est dégonflé. Pis, la moitié de sa fichue administration fournissait des armes à l'Iran.

Elle secoua la tête d'un air dégoûté. Puis, après un silence :

— C'est pourquoi certains d'entre nous ont décidé d'intervenir et de prendre la situation en main. Pour le bien de l'Amérique. Pour le bien du monde libre.

— Certains d'entre vous ?

Flin essayait de suivre, l'esprit en ébullition.

— Qui ça ? Des gens de la CIA ?

Elle éluda la question d'un geste de la main.

— Je ne veux pas entrer dans les détails. Des personnes de même sensibilité, de l'armée, du Pentagone, de la CIA... vous n'avez pas à en savoir plus. Des patriotes. Des réalistes. Des gens qui savaient reconnaître le mal quand ils le voyaient et qui le voyaient, clair et net, sous la forme de la République islamique d'Iran.

Flin roulait des yeux, n'en croyant pas ses oreilles.

— Et ce groupe de gens réalistes et de même sensibilité a estimé que le meilleur moyen de garantir la stabilité dans le Golfe consistait à lâcher une bombe atomique sur Téhéran ?

— Exactement, répondit Kiernan sans remarquer le sarcasme, ou préférant l'ignorer. Et ce qui se passe en ce moment avec Ahmadinejad a prouvé, je crois, que nous ne pouvions avoir davantage raison. Des serpents venimeux, tous jusqu'au dernier. Des serpents et des scorpions.

Elle hocha la tête pour souligner ses propos. Elle décroisa les bras, lissa à nouveau sa robe sans quitter Flin des yeux. Il avait le même air hébété, l'esprit brouillé, que lorsqu'il était entré de plein fouet dans la porte du tunnel ; il ouvrait et fermait la bouche comme s'il avait cent questions à poser et ne savait par laquelle commencer. Freya se tenait près de lui, muette et sans expression, pas plus capable de comprendre ce qui se passait que Flin, la piqûre de frelon sur sa nuque oubliée.

— Pourquoi vous être commis avec Girgis, bon sang ? finit par demander Flin en s'efforçant de maîtriser sa voix. Avec tous ces gens dans l'armée, au gouvernement... Pourquoi ne pas avoir tout simplement refilé à Saddam deux ou trois de vos satanées ogives nucléaires ? Ce n'est pas cela qui vous manquait...

— Oh, je vous en prie ! s'exclama Kiernan, à nouveau sur le ton d'un parent exaspéré par la stupidité de son rejeton. Nous avions de l'influence, mais pas à ce point. Ce n'était pas comme s'il avait fallu simplement remplir un formulaire ou déposer une demande : « Auriez-vous l'amabilité, monsieur l'Intendant, de me mettre de côté deux bombes atomiques, je passerai les chercher cet après-midi... » Tout cela était complètement hors piste, nous devions rester en dehors des canaux habituels. Nous avons certes mis l'affaire sur pied, fourni les renseignements nécessaires, financé à part égale avec Saddam, mais nous restions complètement dans les coulisses. La conduite de l'affaire au jour le jour revenait à Romani.

— Mais c'était vous qui tiriez les ficelles, dit Flin.

— Oui, c'était nous, concéda-t-elle.

Flin secoua la tête et se passa la main dans les cheveux.

— Toutes ces conneries à propos de Girgis, l'interception de l'avion...

— Oh, nous le tenions effectivement à l'œil, mais pas pour les raisons que je vous ai données.

Flin hocha la tête derechef.

— Et quand tout a foiré ? demanda-t-il en montrant du pouce l'épave de l'Antonov.

Kiernan haussa les épaules.

— Là encore, il nous a fallu jouer finement, camoufler notre intervention... On ne pouvait pas aller dire à la cantonade : « Désolés, les amis, nous avons perdu cinquante kilos d'uranium que nous étions sur le point de faire passer en fraude à Saddam Hussein... » Tout s'est cependant passé pratiquement comme je vous l'ai dit l'autre soir. Nous avons continué à chercher de notre côté, Romani du sien, la seule différence étant que nous nous efforcions d'atteindre le même but, si vous voyez ce que je veux dire. Etant donné la complexité de la situation, je crois que nous avons fait du sacrément bon boulot.

— Putain de Dieu ! s'exclama Flin. Et vous pensez que le fou, c'était Khomeiny ?

Pendant quelques instants, Kiernan ne réagit pas. Elle le transperçait du regard, la mâchoire serrée, droite comme un piquet. Puis elle s'écarta de la porte de l'avion, fit passer le talkie-walkie dans sa main gauche, s'avança vers Flin et le gifla.

— Je vous interdis de blasphémer ainsi ! éructa-t-elle, toute rouge, la bouche tordue en un rictus de fureur. Et surtout je vous interdis de me juger ! Vous ne savez pas, absolument pas, combien ces gens sont malfaisants et dangereux. S'il vous plaît, monsieur, s'il vous plaît !

Elle levait le doigt comme un enfant essayant d'attirer l'attention de l'instituteur et, imitant de manière grotesque la voix aiguë d'une petite fille jouant les saintes-nitouches, elle reprit :

— Je veux que tout le monde soit beau et gentil, que personne ne fasse rien de mal... Essayez d'avoir les pieds sur terre, espèce de crétin !

Elle laissa retomber son bras, des gouttes de salive aux commissures des lèvres ; il y avait quelque chose de féroce dans sa façon de regarder Flin.

— Vous croyez que Saddam était un sale type ? Croyez-moi, c'était un saint en comparaison de ces enfoirés de chiites totalement dingues qui gouvernent l'Iran. Vous avez oublié le siège de l'ambassade de Téhéran ? L'attentat à la bombe contre l'ambassade de Beyrouth ? Celui contre la caserne de Beyrouth ? Mon mari est mort dans cet attentat, mon Charlie, et les Iraniens étaient derrière tout ça, de même qu'ils sont derrière la moitié des organisations terroristes de la région : le Hezbollah, le Hamas, le Jihad islamique...

A chaque nom cité, elle claquait des doigts devant le visage de Flin.

— C'est un des régimes les plus redoutables et sataniques qui aient jamais infesté la face du monde et, au milieu des années 1980, quand vous étiez encore un étudiant en train de glandouiller avec votre pitoyable égyptologie, ceux d'entre nous qui avaient légèrement plus de responsabilités devaient affronter le fait que ces fils meurtriers de Caïn avaient une bonne chance de vaincre l'Irak et de devenir la puissance dominante dans tout le Golfe. Ils avaient déjà mis la main sur les îles Majnoon, la presqu'île de Fao, et ils coulaient des pétroliers...

Elle claqua encore des doigts sous le nez de Flin pour insister sur ce point.

— C'était une catastrophe, impensable, la principale région productrice de pétrole du globe sous la coupe d'une bande de mollahs demeurés à l'âge de pierre et à l'esprit dérangé. Il fallait agir. Et ceux d'entre nous qui avaient assez de cran ont décidé de s'y mettre. Et laissez-moi vous dire que si nous avions réussi, le monde serait sacrément plus sûr qu'il ne l'est aujourd'hui ; vous pouvez me croire, sacrément plus sûr !

Elle s'arrêta, haletante. Elle essuya la salive au coin de sa bouche avec le dos du poignet, les yeux toujours rivés sur Flin, qui ne bougeait pas, la joue rougie par la gifle reçue. Il y eut un long silence, brisé seulement par le pépiement des oiseaux et, de temps à autre, la respiration sifflante du collègue râblé de Girgis tirant sur sa cigarette. Puis, touchant la croix suspendue à son cou, Kiernan recula et se rassit dans l'embrasure de la porte de l'Antonov.

— Je suis désolée de ce que vous avez enduré ces derniers jours, dit-elle d'un ton maintenant plus aimable, apaisant, en lissant à nouveau sa robe comme pour se calmer. De ce que vous avez enduré tous les deux.

Ces derniers mots prononcés en jetant un coup d'œil à Freya, qui lui rendit son regard sans ciller, de marbre.

— Et je suis désolée de m'être servie de vous, Flin, ce que je fais depuis dix ans. Comme je me suis servie de bien d'autres gens. Je connaissais votre passé, je savais ce qu'il était advenu de l'adolescente à Bagdad, je savais que vous sauteriez sur l'occasion de vous racheter et feriez tout ce qu'on vous demanderait. J'ai joué là-dessus et je n'en suis pas fière, mais les enjeux étaient trop élevés pour laisser des considérations personnelles se mettre en travers du chemin. J'ai fait ce que je devais. Pour le bien de tous.

— C'est vous qui avez prévenu Girgis, n'est-ce pas ? dit Flin, l'air soudain plus fatigué qu'en colère. Qui lui avez dit où nous étions ? A l'université, au musée.

— Comme je l'ai dit, j'ai fait ce que je devais.

— Mais vous vouliez nous mettre dans un avion... A l'appartement... C'est moi qui ai insisté pour rester...

— Allons, allons ! Sandfire était tout pour vous, l'occasion ou jamais de remettre votre vie sur les rails ! Il n'était pas nécessaire d'être fin psychologue pour imaginer que si vous n'aviez pas encore remué ciel et terre, retourné jusqu'au moindre caillou, vous vous y mettriez pour de bon si je menaçais de vous coller dans le premier avion pour l'Angleterre... Et je dois le dire, ça a fort bien marché.

De la main, elle montra l'oasis autour d'eux. Flin soupira et se retourna pour regarder d'abord Girgis et ses collègues, puis les silhouettes qui se déplaçaient au loin dans le bosquet. Il entrevit des caisses de matériel, des fusils, des hommes apparemment vêtus de combinaisons antiradiations, ce qui, en l'occurrence, lui parut excessif. Il ne s'arrêta pas là-dessus, son esprit trop préoccupé par ce qu'il venait d'entendre.

— Et Angleton ? demanda-t-il en se retournant vers Kiernan. Je suppose que c'était votre agent de liaison avec Girgis ? Il faisait le coursier pendant que vous tiriez les ficelles dans les coulisses ?

Elle le regarda en plissant les yeux. Elle garda le silence un moment, puis, brusquement, éclata de rire.

— Dieu vous bénisse, Flin, mais ce sont des réflexions comme celles-là qui me font comprendre pourquoi, si vous êtes peut-être un bon égyptologue, vous vous êtes gamellé aussi lourdement dans le monde des renseignements !

Elle rit de plus belle, tira un mouchoir en papier de son sac et se tamponna les yeux.

— Cyrus Angleton n'avait rien à voir avec moi, avec Romani, avec Sandfire, avec rien de tout cela, dit-elle en prenant une inspiration pour se calmer. Il travaillait aux Affaires internes de la CIA.

Flin ouvrit la bouche et la referma.

— Dieu seul sait comment c'est arrivé, poursuivit-elle. Sandfire était si bien verrouillé qu'une mouche n'aurait pas pu s'y glisser, mais quelqu'un, quelque part dans l'Agence, a dû avoir vent de quelque chose qui n'allait pas... des règlements inhabituels, des agissements étranges en Egypte...

Elle leva les mains au ciel.

— Qui sait ce qui leur a mis la puce à l'oreille ? Quoi qu'il en soit, ils ont envoyé Angleton mener l'enquête, muni d'un pouvoir venu des échelons supérieurs. Leur meilleur homme, de l'avis de tous, une légende, passé maître dans l'art de fureter dans la maison. Couvert de décorations. Pas une seule affaire qu'il n'ait tirée au clair...

Elle sourit, fit une boule du mouchoir en papier et le remit dans son sac.

— Il y a dans tout cela une certaine ironie, car, de votre point de vue, c'était lui le gentil, il essayait de vous aider. Il avait découvert que Sandfire n'était pas exactement ce qu'il semblait être. Que moi non plus, je n'étais pas exactement ce que je semblais être. Il a essayé de vous arrêter à Dakhla pour vous mettre en garde, vous emmener en lieu sûr. Ouais, il allait sûrement au fond des choses. D'ailleurs, au fond, il y est toujours, je suppose. Tout au fond.

Elle jeta un coup d'œil à Girgis et l'Egyptien fit entendre un petit rire, tous deux partageant visiblement un souvenir amusant ignoré aussi bien de Flin que de Freya.

— Allez, dit Kiernan, vous devez reconnaître que c'est drôle, non ?

— Hilarant, murmura amèrement Flin en regardant à nouveau par-dessus son épaule, en direction du bosquet.

Seuls quelques hommes étaient encore visibles, les autres ayant continué vers le haut de la gorge, sans doute pour établir une sorte de cordon autour de l'avion, se dit-il, bien qu'il eût l'esprit trop occupé par d'autres pensées pour s'y attarder. Tout en lui – les épaules voûtées, l'air de chien battu, les yeux ternes – montrait qu'il venait de comprendre qu'il avait été le dindon d'une grosse farce extrêmement déplaisante.

— Qu'est-ce que vous allez en faire ? demanda-t-il en tournant à nouveau son attention vers Kiernan.

Elle ne parut pas comprendre et il dut préciser sa question :

— De l'uranium, dit-il d'un air las en montrant l'avion de la tête. Qu'allez-vous faire de l'uranium ? Maintenant que votre ami Saddam a lâché la rampe...

Elle haussa les épaules.

— Nous n'allons rien en faire.

— Comment ça, vous n'allez rien en faire ?

— Exactement. Nous allons le laisser là.

— Je vous en prie, Molly, assez de ce petit jeu...

— Ce n'est pas un jeu, Flin. Nous allons laisser les conteneurs où ils sont, nous n'allons pas y toucher.

— Vous avez passé vingt-trois ans à ratisser le désert et dépensé Dieu sait combien de millions de dollars, vous avez tué mon ami, tenté de nous tuer, Freya et moi, et maintenant que vous avez trouvé ce que vous cherchiez, vous allez tout simplement le laisser ici ?

Elle acquiesça.

— Qu'est-ce que c'est que ces conneries ? explosa-t-il, les poings brandis vers elle, laissant libre cours à sa frustration et sa confusion. Vingt-trois ans et vous allez le laisser là ! Cinquante kilos de cette saloperie d'uranium enrichi, et après tous ces efforts, vous allez tout simplement le laisser ici ?

Kiernan le fixait du regard, sans broncher. Après un silence, elle et Girgis échangèrent encore un coup d'œil. Puis :

— Il n'y a pas d'uranium, Flin, déclara-t-elle d'une voix calme, étrangement neutre.

— Quoi ? Qu'avez-vous dit ?

Flin porta la main à son oreille, croyant manifestement avoir mal entendu.

— Il n'y a pas d'uranium, répéta-t-elle. Il n'y en a jamais eu.

Il resta bouche bée.

— Leonid Kanounine, le Russe qui était l'autre partie prenante du contrat, nous a roulés ; il a empoché les cinquante millions de dollars et nous a remis huit colis pleins de billes d'acier. Un membre de son organisation nous en a avertis, deux ou trois jours après la disparition de l'avion.

Derrière eux, Girgis émit un petit rire de gorge.

— Nous sommes allés trouver M. Kanounine, et nous nous sommes... expliqués au cours d'un petit dîner. Malheureusement, il n'a pas semblé apprécier ce qui était au menu.

Il murmura quelque chose à ses compagnons et eux aussi éclatèrent de rire.

— Je comprends votre inquiétude, Flin, vraiment, continua Kiernan, mais même si Al-Qaida ou quelque groupe terroriste tombait par hasard sur l'avion, ce qui, compte tenu du mal que nous avons eu à le trouver, me semble extrêmement improbable, eh bien...

Elle sourit.

— ... je ne pense pas que la puissance de la machine militaire américaine serait grandement affectée si quelqu'un l'attaquait avec quelques poignées de petites billes d'acier !

Les bras ballants, Flin était devenu tout pâle. Il semblait avoir vieilli de dix ans en dix minutes.

— Vous ne me croyez pas ? dit Kiernan en se mettant debout et en montrant la porte de l'avion. Voyez vous-même.

Il passa devant elle et grimpa dans l'avion. On l'entendit se déplacer à l'intérieur de l'appareil et il réapparut avec un colis métallique à la main. Il dévissa le couvercle et le retourna. Des billes d'acier dégringolèrent dans le sable à ses pieds en tintant doucement. Il était si pâle que Freya pensa qu'il allait vomir.

— Mais pourquoi ? marmonna-t-il, l'air abasourdi, d'une voix mal assurée. Pourquoi avoir passé vingt-trois ans à la recherche d'une cargaison d'uranium qui n'existait même pas ?

— Mais nous n'étions pas à sa recherche, répondit Kiernan en traversant la clairière pour se placer à côté de Girgis. Il n'était pas question d'uranium. Il n'en a jamais été question.

— Il était question de quoi alors, bon sang ?

— Du Benben, Flin.

Il ouvrit de grands yeux.

— C'est ce que nous avons recherché pendant toutes ces années, dès que nous avons capté le dernier message radio de Rudi Schmidt et compris que l'avion était tombé dans l'Oasis secrète. L'uranium n'a jamais été autre chose qu'un prétexte. C'est le Benben qui nous intéressait. Ça a toujours été le Benben.

Elle avait parlé d'une voix douce, presque séduisante, les yeux brillants.

— Que disait cette vieille tablette couverte de signes cunéiformes ? Celle qui se trouve au musée de l'Ermitage… « Une arme sous la forme d'une pierre. Et grâce à cette arme les ennemis de l'Egypte au nord et au sud sont anéantis, transformés en poussière à l'est et à l'ouest, si bien que, ô merveille, son roi gouverne tous les pays et nul ne prendra position contre lui, ne l'agressera ni ne le vaincra. Car entre ses mains il a la massue des dieux. »

Elle tenait le talkie-walkie au-dessus de sa tête comme s'il avait été une arme. Rayonnante, triomphante.

— Je vous le dis, Flin, même si cette chose est deux fois moins puissante que ne le prétendent les textes, pas un être infâme au monde n'osera plus se dresser contre nous. Pas un Iranien, pas un Russe, pas un Chinetoque. Aucun de ces dictateurs africains de pacotille ou de ces guignols sud-américains. Personne. Le pouvoir absolu, la sécurité absolue, un nouvel ordre mondial. Un ordre adéquat. L'ordre de Dieu. En regard, vingt-trois ans de recherches et une commission de cinquante millions de dollars, ce n'est vraiment pas cher payé. Qu'en pensez-vous ?

Devant elle, Flin fit un pas en avant et ouvrit la bouche pour répondre. Avant qu'il en ait eu le temps, un cri rompit le silence :

— Un rocher ! Un bout de caillasse !

C'était la première fois que Freya prenait la parole. Jusque-là, elle avait gardé le silence, debout près de Flin pendant que l'histoire se déroulait, pas moins abasourdie que lui, pas moins scandalisée, laissant de temps à autre échapper une petite exclamation ou murmurant un juron. En dehors de cela, elle avait conservé un profil bas. Maintenant, elle ne pouvait plus se maîtriser.

— Vous avez tué ma sœur pour un putain de bout de rocher ! s'écria-t-elle d'une voix presque hystérique. Vous vous apprêtiez à me couper le bras à cause d'une légende foireuse ? Mais vous êtes complètement dingue ! Une vraie tordue...

Elle s'avança vers Kiernan et elle avait parcouru la moitié de la distance quand elle sentit la main de Flin se serrer autour de son bras. Il l'arrêta et la tira fermement en arrière à son côté. Une demi-minute plus tôt, on aurait dit un homme brisé. Son maintien s'était complètement transformé : le corps bien droit et tendu, le regard braqué sur Kiernan.

— Soyez prudente, Molly, dit-il d'un ton à la fois cassant et pressant. Quoi que vous pensiez faire de cette pierre, je vous en prie, soyez très prudente.

Freya dégagea brusquement son bras et le regarda, atterrée.

— Vous n'allez pas me dire que vous croyez à ces foutaises ?

Il l'ignora, les yeux toujours rivés sur Kiernan.

— Je vous en prie, Molly. Il y a ici des choses que nous ne comprenons pas, des forces... Vous devez être prudente.

— Qu'est-ce que c'est que ces conneries ? s'exclama Freya.

— Molly, je vous en supplie, il ne faut pas jouer avec ça. Vous ne pouvez pas débarquer ici...

— Nous ne débarquons pas, coupa Kiernan. Nous avons eu vingt-trois ans pour nous préparer. Nous avons les meilleurs experts en armement, les systèmes de détection les plus perfectionnés...

— Pour l'amour du ciel, Molly, il ne s'agit pas d'un engin que l'on fait détoner en appuyant sur un bouton. Il se passe des choses, il y a des éléments inconnus... ça dépasse tout ce que...

Il s'évertuait à trouver les mots justes.

— Nous ne le comprenons pas, finit-il par dire. Nous ne le comprenons tout simplement pas. Nous devons être prudents.

A côté de lui, Freya ne savait trop si elle allait se mettre à crier tant elle était frustrée ou éclater de rire par dérision. Elle n'eut le temps de faire ni l'un ni l'autre, car à cet instant il y eut un grésillement parasitaire et une voix s'échappa du talkie-walkie que Kiernan avait à la main. Une voix d'Américain.

— Ça y est, madame Kiernan. Nous sommes prêts.

Elle hocha la tête, leva l'appareil et appuya sur le bouton « talk ».

— Merci, docteur Meadows. Nous arrivons.

Flin s'apprêta à protester de nouveau, mais elle leva la main pour l'arrêter.

— Vous êtes un ange, Flin, et croyez-moi, je suis touchée par votre sollicitude, surtout après tout ce que je vous ai dit. Mais dorénavant, ceux qui vont devoir se montrer prudents sont les ennemis de l'Amérique et de notre Seigneur Jésus-Christ. C'est Sa main toute-puissante qui est derrière ça, je le sens. Je l'ai toujours senti. Et laissez-moi vous dire, Flin, il est plus que temps que cette main s'abatte en une juste colère sur la tête des méchants. Maintenant, si ça ne vous fait rien, j'ai attendu ce moment pendant des années et j'aimerais vraiment aller là-haut voir ce qui se passe. Vous nous accompagnez, cela va de soi.

Cette dernière phrase tournée comme un ordre et non une demande. Elle jeta un regard dur et malveillant à Freya, de toute évidence mécontente de son accès de colère, puis se détourna et entra dans la palmeraie qui entourait l'avion.

— Oh, à propos, Romani, lança-t-elle par-dessus son épaule, voulez-vous fouiller rapidement le professeur Brodie ? Je crois qu'il a caché une arme de poing sous son tee-shirt quand il est rentré dans l'avion.

— Merde, murmura Flin.

Ils retournèrent sur la voie processionnelle dallée de marbre, envahie par les mauvaises herbes et bordée de sphinx et d'obélisques, qui montait en pente douce vers le centre de l'oasis, et la suivirent. Kiernan, Girgis et ses deux acolytes étaient devant, les jumeaux fermaient la marche, revolver à la main, serrant de près Flin et Freya au milieu du groupe.

— C'est du bluff, n'est-ce pas ? demanda celle-ci à voix basse. Toute cette histoire à propos de la pierre. Vous les bluffez, hein ?

— Je suis on ne peut plus sérieux, répondit Flin, le regard fixé sur la plate-forme de roc et la porte monumentale dressée au-dessus de la cime des arbres devant eux.

— Vous voulez dire que vous croyez à ces conneries, genre *X-Files* ? dit Freya, incrédule.

— Des sources nombreuses en des endroits très divers disent toutes exactement la même chose concernant le Benben, ce qui donne à penser qu'il y a là-dedans quelque vérité...

— Mais c'est de la foutaise ! Un rocher doué de pouvoirs surnaturels ! Une pure foutaise !

— Il y a deux heures, j'ai survolé le Guilf et il n'y avait pas d'oasis ici, puis tout à coup... dit-il en montrant les environs de la main. Il se passe des choses bizarres. Et s'il faut en croire les textes anciens, des choses désagréables pour ceux qui font mauvais usage du Benben...

— Foutaises, rétorqua-t-elle. Un tas de foutaises.

Il la regarda de biais puis détourna les yeux.

— Cette discussion est purement académique, car après tout ce que nous a dit Molly, je doute fort qu'elle nous laisse sortir d'ici. Et même si elle le souhaitait, Girgis ne l'autorisera certainement pas. A la première occasion, on met les bouts, d'accord ? A la première occasion.

Leurs regards se croisèrent.

— Et que vous pensiez que ce sont des conneries ou pas, lorsque nous serons dans le temple, ne touchez à rien et ne faites rien...

— ... qui puisse mettre le Benben en colère ? Heurter ses sentiments ? coupa-t-elle d'un ton sarcastique.

— Faites seulement attention. Je sais que ça a l'air dingue, mais, je vous en prie, faites attention.

Il la regarda dans les yeux pour s'assurer qu'elle avait bien compris, puis regarda à nouveau devant lui.

— Foutaises, murmura-t-elle. Un wagon de foutaises.

Ils continuèrent d'avancer dans les profondeurs de la gorge, péniblement car leurs pieds s'enfonçaient dans la mousse dont le pavage était recouvert. De chaque côté, les parois de la falaise s'évasaient peu à peu. Le soleil tapait dur ; sous sa violente lumière, la végétation perdait ses riches nuances de vert, qui se fondaient, comme délavées, et la vallée semblait bien moins belle que lorsqu'ils y étaient entrés. Il faisait aussi plus chaud. Une chaleur pas aussi suffocante qu'elle devait l'être en plein désert, mais plus aussi douce ni aussi agréable. Des mouches bourdonnaient et voltigeaient autour de leurs têtes ; ils commençaient à transpirer.

A plusieurs reprises, Freya crut entrevoir de vagues silhouettes dans le sous-bois, mais Kiernan avait imprimé au groupe une allure rapide et elle ne put s'arrêter pour y regarder à deux fois. La pente de la chaussée était de plus en plus forte, le bois de plus en plus touffu autour d'eux et le temple apparaissait et disparaissait à travers le feuillage. Ils gravirent des volées de marches de pierre fendue. Espacées d'abord, elles se firent plus nombreuses et la chaussée se transforma en un vaste escalier couvert de racines, de plus en plus raide, qui les conduisait vers le sommet de la plate-forme de roc, où ils arrivèrent finalement. Devant eux, emmitouflé sous une épaisse couche de lierre et de plantes grimpantes, s'élevait le monumental pylône qu'ils avaient vu de loin. Sur chacune des constructions trapézoïdales massives qui en flanquaient l'ouverture étaient sculptés un obélisque et le signe du *sedjet*, et sur chaque linteau, la représentation de l'oiseau sacré Bénou. Exactement le même que sur les photos prises par Rudi Schmidt, à une différence près, toutefois : fermés sur les photos, les battants en bois de la porte étaient maintenant grands ouverts.

Flin s'arrêta pour l'embrasser du regard. Kiernan et les Egyptiens, eux, semblaient pressés. Ils se dirigèrent à grands pas vers la porte, la franchirent en accordant à peine un regard à l'architecture environnante, et les jumeaux poussèrent Flin et Freya à leur suite. Ils passèrent entre les montants de la porte, véritables falaises de calcaire d'un blanc laiteux, pénétrèrent dans une vaste cour au mur d'enceinte couvert d'une profusion de hiéroglyphes et au pavage, comme celui de la chaussée défoncée qu'ils venaient de suivre, envahi par la mousse et les herbes folles. Par endroits, des arbres – palmiers, acacias et sycomores – s'étaient frayé un passage entre les dalles de pierre et les avaient soulevées, donnant à l'endroit un air étrangement brisé, disloqué, comme s'il se repliait lentement sur lui-même.

— Extraordinaire, murmura Flin en regardant autour de lui, fasciné malgré lui. Incroyable.

Ils traversèrent la cour dans un bruissement d'herbe frôlant leurs chevilles et se dirigèrent vers un deuxième pylône, de l'autre côté. Celui-ci était encore plus grand que le premier et tout aussi décoré. Sur le montant de gauche, un personnage à corps humain et tête de faucon tenait en l'air un obélisque dans la paume de sa main, tandis qu'au-dessous une rangée d'hommes, beaucoup plus petits, semblaient trébucher en arrière, les mains sur les yeux. Sur la tour de droite, la composition était presque identique, si ce n'est qu'une tête de lion surmontait la silhouette humaine et que les hommes représentés au-dessous se bouchaient les oreilles.

— Les dieux Rê et Sekhmet, expliqua Flin en pointant le doigt à gauche puis à droite alors qu'ils en approchaient. Chacun incarne un aspect différent des pouvoirs du Benben : Rê, une lumière aveuglante, Sekhmet, un bruit assourdissant.

— Ah bon ? Sans blague, marmonna Freya, pas davantage prête à croire à tout cela qu'elle ne l'était, dix minutes plus tôt.

Ils franchirent cette deuxième porte, traversèrent une autre cour, celle-ci encombrée de dizaines d'obélisques, certains nus, d'autres couverts d'inscriptions, certains de la taille d'un homme, d'autres dix fois plus grands, et passèrent une troisième porte. En y arrivant, Kiernan et Girgis s'arrêtèrent brusquement. Même eux en restèrent bouche bée.

Une troisième cour s'ouvrait devant eux. Elle était deux fois plus vaste que les deux précédentes, elles-mêmes déjà immenses, et de gigantesques statues de dieux et d'hommes s'alignaient le long du mur d'enceinte. De l'autre côté, la façade d'un temple colossal se dressait vers le ciel, chaque centimètre de ses éléments architecturaux – murs, colonnes, architraves, corniches – peint de tons vifs de rouge, bleu, vert et jaune, riches et éclatants même dans la lumière éblouissante du soleil, tout aussi frais que lorsqu'ils avaient été appliqués, des milliers d'années plus tôt.

Ce n'était cependant pas le temple lui-même qui leur avait coupé le souffle, mais l'obélisque gargantuesque érigé comme une fusée au milieu de la cour. Haut de bien plus de trente mètres et couvert de la base au sommet d'or battu, il reluisait au soleil et emplissait la cour d'une lumière éclatante, comme si l'air avait été embrasé.

— Dieu tout-puissant, grommela Girgis.

Ils restèrent là un moment à le contempler, subjugués. Même les jumeaux, indifférents en temps normal, écarquillaient les yeux, émerveillés. Puis, sur un claquement de doigts pour les faire revenir à ce qui les amenait là, Kiernan repartit à la tête du groupe. Ils passèrent au pied de l'obélisque – maintenant qu'ils en étaient tout près, ils virent que sur chaque parcelle de ses quatre faces étaient gravées des séries de *sedjet* et d'oiseaux Bénou, alternativement – et s'approchèrent de l'entrée du temple.

Trois hommes à lunettes noires, en treillis et gilet pare-balles, montaient la garde entre les colonnes qui bordaient l'entrée du temple.

— C'est quoi, ce boys band ? demanda Flin. Les Forces spéciales ? Ou vous avez fait appel à une entreprise privée pour la circonstance ?

Kiernan ne répondit pas, se bornant à lui lancer un regard méprisant, et continua vers le temple. Un homme en blouse blanche, coiffé d'une sorte de bonnet de chirurgien, s'avança à leur rencontre, parla à voix basse à Kiernan avant de les faire entrer. Ils traversèrent une succession de salles, toutes plus vastes que tout l'intérieur du temple d'Abydos, sembla-t-il à Freya. Certaines étaient pleines d'imposantes colonnes en forme de papyrus, d'autres vides, leurs murs ornés de superbes reliefs polychromes. L'une était envahie par un enchevêtrement de monstrueuses racines, une autre, bordée de rangées de tables en albâtre sur lesquelles étaient disposés des milliers et des milliers d'obélisques en argile, exactement identiques à ceux que Freya avait vus dans le sac à dos de Rudi Schmidt et dans la vitrine du musée du Caire.

— Bon Dieu, à côté Karnak a l'air d'un pavillon de banlieue, marmonna Flin en regardant autour de lui.

Ils s'enfoncèrent dans les profondeurs de l'édifice – les seuls bruits étaient ceux de leurs pas feutrés et de la respiration sifflante du collègue de Girgis, qui fumait comme un pompier – jusqu'à déboucher dans une cour qui devait être le cœur du temple. C'était un lieu retiré, plus petit que les cours antérieures, avec un bassin rempli de fleurs de lotus au milieu et un gigantesque eucalyptus qui avait éventré le pavage contre le mur d'enceinte, sur la gauche. En face, de l'autre côté du bassin, se dressait un bâtiment trapu. Simple et dépourvu d'ornements, il était fait de blocs de pierre grossièrement taillés et irrégulièrement ajustés, et paraissait totalement déplacé au milieu de l'imposante architecture qui l'entourait. Sans en avoir la certitude, Freya avait l'impression qu'il était beaucoup plus ancien et primitif que le reste du complexe formé par le temple et qu'il devait probablement se trouver là depuis des temps immémoriaux lorsque les premières fondations des constructions voisines avaient été creusées.

— Per Benben, la Maison du Benben, l'informa Flin.

Malgré l'intérêt évident qu'il manifestait, Freya ne put s'empêcher de remarquer une pointe d'anxiété dans sa voix.

Ils contournèrent le bassin et arrivèrent devant l'entrée, unique et basse, du bâtiment, fermée par un rideau en roseau. En sortait un enchevêtrement de câbles, raccordés à une batterie de générateurs portables qui bourdonnaient dans un coin de la cour. L'homme en blouse blanche écarta le rideau, laissant voir un court passage barré à l'autre extrémité par un second rideau. Il parla de nouveau à voix basse à Kiernan avant de leur faire signe d'entrer.

— Quoi qu'il arrive, restez près de moi et faites ce que je vous dis, chuchota Flin à Freya pendant que, derrière eux, les jumeaux les poussaient en avant. Et ne touchez à rien.

Il la prit par la main et, en se baissant, ils franchirent successivement les deux rideaux. Une violente lumière froide les enveloppa et le bourdonnement des générateurs fit place à des bips et des grincements de matériel électronique.

Freya avait vu des tas de choses surprenantes au cours de sa vie – une bonne part durant ces derniers jours –, mais rien d'équivalent à la scène qu'elle avait maintenant sous les yeux.

Ils se trouvaient dans une grande pièce carrée, très rudimentaire, au sol en terre battue, aux murs et au plafond nus ; aux antipodes des salles richement décorées qu'ils venaient de traverser, elle faisait plus penser à une grotte qu'à un espace aménagé par l'homme. Elle baignait dans la lumière crue et agressive de quatre lampes halogènes ; une douzaine d'hommes et de femmes, tous vêtus de blouses blanches et coiffés de sortes de bonnets de chirurgien, étaient absorbés dans l'examen de courbes, de séquences de nombres et de graphiques en 3 D aux étranges formes géométriques, affichés sur des moniteurs et écrans d'ordinateur qui bipaient et tressautaient à tout va.

Tout cela, Freya l'embrassa du regard en quelques secondes avant que son attention ne se fixe sur l'élément le plus inattendu de l'ensemble, celui qui était visiblement au centre de ce qui se passait là : une sorte de chambre de quarantaine ressemblant à une cuve, installée au milieu de la pièce. Ce lourd et volumineux cube de verre ambré était doté d'un côté d'un gros tuyau de ventilation, de l'autre d'un sas à deux portes permettant d'y accéder. A l'intérieur, un objet de forme indéterminée, entouré d'épaisses bandelettes de lin, reposait sur une sorte de grand traîneau en bois. Deux hommes en combinaison antiradiation le sondaient à l'aide d'instruments pareils à des aiguillons à bétail – qui fournissaient vraisemblablement des informations aux moniteurs installés à l'extérieur – et un troisième, également en combinaison antiradiation, agenouillé par terre, le dos tourné, examinait le traîneau.

L'ensemble était si surréaliste, si sinistre et déplacé, ressemblait tant à une scène de cinéma, que Freya pensa d'abord qu'elle rêvait. Qu'elle rêvait en fait depuis le début et se trouvait en réalité dans son appartement de San Francisco, au chaud et en sûreté, sa sœur toujours bien vivante. Cette pensée dura un court instant euphorique. Puis elle sentit la main de Flin se serrer autour de la sienne. Cela arrivait pour de bon, elle était bel et bien dans un temple au milieu d'une oasis perdue et, si elle avait du mal à gober l'histoire du Benben, tout le monde ici semblait la prendre extrêmement au sérieux.

— Foutaises, répéta-t-elle à mi-voix. De la pure et simple foutaise.

Pour la première fois le doute perçait dans le ton de sa voix, comme si, au lieu d'affirmer un fait avec assurance, elle tentait de se persuader.

— Alors, qu'avons-nous là exactement, docteur Meadows ?

La question avait été posée par Molly Kiernan.

L'homme qui les avait introduits dans le temple et semblait diriger les opérations – du point de vue scientifique du moins –, penché sur un moniteur, leva la tête. Il vint à eux et leur fit signe d'approcher de l'épaisse cloison de verre de la cuve.

— Les examens préliminaires révèlent un noyau compact présentant des concentrations importantes d'iridium, d'osmium et de ruthénium, ce qui concorderait avec son origine météoritique, entonna-t-il d'une voix nasale et monotone. C'est à peu près tout ce que nous pouvons affirmer à ce stade. Pour en savoir davantage, il va falloir établir un contact physique complet.

— Je propose donc que nous établissions ce contact sans plus attendre, dit Kiernan. Monsieur Ousmane, en tant qu'égyptologue présent ici... notre autre égyptologue, ajouta-t-elle en lançant un coup d'œil de côté à Flin, monsieur Ousmane, voulez-vous nous faire cet honneur ?

L'homme agenouillé près du traîneau leva la main en signe d'assentiment, se releva et fit le tour de l'objet emmailloté de bandelettes, de sorte qu'il se retrouva face à eux. Maintenant qu'elle voyait son visage à travers la cagoule antiradiation, Freya reconnut le compagnon de Girgis aperçu à ses côtés l'autre soir, à Manshiet Nasser : joufflu, cheveux coupés au bol, épaisses lunettes à monture en plastique.

— Molly, je vous en prie, supplia Flin. Vous n'avez aucune idée de ce avec quoi vous jouez...

— Ah ! Et vous, si, peut-être ? rétorqua Kiernan avec un grognement dédaigneux. Vous voilà soudain devenu un grand physicien ?

— Je sais ce que les anciens Egyptiens pensaient du Benben. Et je sais qu'ils l'ont caché ici pour de bonnes raisons.

— Et je l'ai trouvé pour des raisons tout aussi bonnes. Maintenant, si ça ne vous fait rien, *professeur* Brodie, nous avons l'avenir du monde entre nos mains, et pour ma part j'aimerais bien jeter un coup d'œil dessus. Docteur Meadows ?

L'homme en blouse blanche fit signe à l'un de ses collègues. La lumière des halogènes baissa soudain et s'éteignit, ne laissant plus que la lueur fantomatique des moniteurs et le faisceau d'un unique petit spot dirigé vers le mystérieux objet enveloppé de bandelettes. L'un des scientifiques prit une caméra vidéo et commença à filmer.

— S'il vous plaît, monsieur Ousmane, fit Kiernan en croisant les bras.

Ousmane acquiesça. Il s'avança jusqu'au traîneau, resta quelques instants les mains suspendues au-dessus du mystérieux objet, puis commença à tirer sur les bandelettes. Elles étaient enroulées très serré et, avec ses gants de protection, il avait du mal à saisir l'étoffe entre ses doigts. La façon dont il la tripotait et l'agrippait, en soufflant et grommelant, pour tenter maladroitement de la défaire, avait quelque chose de vaguement comique. Plusieurs minutes passèrent, Kiernan et Girgis commençaient visiblement à s'impatienter, puis il réussit enfin à décoller un bout de bandelette, après quoi elles se déroulèrent plus facilement, les unes après les autres, comme celles qui entourent les momies. Il accélérait le mouvement et tirait des deux mains sur le lin en tournant, comme s'il avait remué le contenu d'une grande marmite. A mesure qu'elles se défaisaient, les bandelettes s'entassaient sur le traîneau et le sol, tels des lambeaux de peau après une mue, tandis que l'homme à la caméra se déplaçait autour de la cuve pour saisir la scène sous différents angles. Intercalées entre les bandelettes, des couches de lin, qui faisaient office de rembourrage et donnaient du volume à l'ensemble, commençaient à apparaître, si bien que la taille supposée de l'objet, apparemment considérable au début, diminuait à mesure qu'il était dépouillé de son enveloppe. A chaque épaisseur de lin enlevée, il se faisait plus petit, moins impressionnant, rétrécissait à vue d'œil, puis, lorsque la dernière bandelette tomba par terre, il se révéla enfin dans son intégralité : un affreux morceau trapu de roche grisâtre de moins d'un mètre de haut, au sommet arrondi, plus semblable à une borne qu'à un obélisque classique.

Avoir fait une telle histoire pour si peu ! pensa Freya.

A en juger par leur mine déconfite, Girgis et Kiernan étaient aussi de cet avis.

— On dirait une merde de chien, marmonna l'un des acolytes de Girgis.

Tous regardaient en silence le bout de roche ; les sourcils froncés, Kiernan secouait légèrement la tête, l'air de dire : « C'est tout ? » Puis les lampes halogènes se rallumèrent brusquement et il y eut un débordement d'activité. D'autres hommes en combinaison antiradiation se joignirent à ceux qui se trouvaient déjà dans la cuve de verre et se pressèrent autour de la pierre pour y fixer des électrodes, des fils, une excroissance de crampons adhésifs pareils à des bernaches. Les bips et autres signaux s'accélérèrent et s'intensifièrent soudain, les moniteurs et écrans d'ordinateur se ranimèrent sous la vague d'informations nouvelles qui leur étaient transmises. Une imprimante se mit à babiller follement en vomissant un flot de papier couvert de chiffres, les scientifiques jacassaient et s'interpellaient, conversant dans un jargon que Freya était totalement incapable de comprendre. Des micros relayaient un sifflement aigu tandis qu'à l'intérieur de la cuve l'un des hommes en combinaison attaquait la base de la pierre avec une perceuse miniature semblable à une roulette de dentiste, en striait la surface, d'où tombait une poussière recueillie dans des sacs d'échantillon stérilisés que l'on faisait passer à d'autres par le sas pour être analysés.

— Que Dieu nous aide, murmura Flin en serrant le bras de Freya au point de lui faire mal. Ils ne savent pas ce qu'ils font.

S'il imaginait qu'il allait se passer quelque chose, ce qui était évident, tout en ayant l'impression qu'on l'avait placé à côté d'une bombe à retardement, il fut, si l'on peut dire, déçu dans son attente. Les scientifiques continuaient à prélever des échantillons ou restaient en observation devant leurs écrans et autres appareils. Pendant ce temps-là, Ousmane caressait doucement le sommet de la pierre, comme pour la réconforter et la rassurer, tout en psalmodiant à voix basse :

— *Iner-wer iner-en Rê iner-n sedjet iner sweser-en khérou-en Sekhmet… Iner-wer-en Rê iner-n sedjet iner sweser-en khérou-en Sekhmet…*

Au milieu de tout cela, la pierre restait là, pareille à elle-même, ce qui, en toute autre circonstance, n'aurait étonné personne, s'agissant d'une pierre. Muette, immobile, elle n'explosait pas ni ne grondait ni n'émettait de rayonnement toxique, ne faisait rien de ce que craignait Flin, quoi que ce pût être. Un morceau de roche gris anthracite terne et quelconque, ni plus ni moins. Au bout d'une vingtaine de minutes, le compagnon râblé de Girgis s'excusa pour aller fumer une cigarette dehors. Dix minutes plus tard, les autres collègues de Girgis et les jumeaux allèrent l'y rejoindre, puis Girgis lui-même, avec Flin et Freya. Et enfin Molly Kiernan. Elle se mit à faire les cent pas près du bassin en parlant toute seule, les sourcils froncés, joignant les mains de temps en temps, les yeux au ciel comme si elle priait. A deux reprises, Flin et Freya tentèrent de sortir furtivement de la cour et, les deux fois, ils furent inévitablement repérés : les jumeaux rappliquèrent au trot et leur firent signe de revenir.

— Ne songez pas à vous échapper, leur dit Kiernan d'une voix dure de laquelle toute jovialité avait disparu. Vous m'entendez ? N'y songez même pas !

Tandis qu'elle reprenait ses allées et venues, Flin et Freya, n'ayant rien de mieux à faire, s'assirent à l'ombre de l'eucalyptus géant. La montre de Flin indiquait 10 h 57, alors que la position du soleil donnait à penser qu'il était beaucoup plus tard, le milieu de l'après-midi.

— On dirait qu'ici le temps passe différemment, dit-il.

Ce furent les seuls mots qu'ils échangèrent. Le soleil dardait ses rayons, les minutes s'écoulaient, les générateurs grondaient et il ne se passait toujours rien.

Une heure plus tard, ils furent tous rappelés dans la pièce. Kiernan et Girgis paraissaient blêmes de rage.

— Alors ? demanda Kiernan sans préambule à Meadows.

— Il est certain que c'est un météorite ou une partie de météorite, commença le physicien de sa voix nasale monotone en les menant devant la zone de confinement vitrée. Outre l'iridium, l'osmium, etc., nous avons relevé des traces non négligeables d'olivine et de pyroxène, qui suggèrent clairement une nature chondritique primitive…

— Epargnez-moi ces conneries et dites-moi ce qui se passe.

— Nous avons besoin d'effectuer d'autres tests, marmonna le scientifique en dansant nerveusement d'un pied sur l'autre. Beaucoup d'autres tests, que nous entreprendrons dès que nous serons de retour dans un vrai laboratoire, équipé d'un matériel spectroscopique plus puissant…

Kiernan lui lança un regard et resta coite.

— C'est une chondrite primitive, reprit-il, après un lourd silence. Un météorite.

— D'accord, mais qu'est-ce qu'on peut faire, là, maintenant ? Vous comprenez ce que je dis ? Qu'est-ce qu'on peut faire ? répéta-t-elle, essayant visiblement de se maîtriser. Que peut faire le météorite ? Qu'y a-t-il dedans ? Qu'est-ce que vous disent toutes vos données ?

Elle montra les appareils alignés autour de la pièce. Meadows tripota le bord de l'écritoire qu'il avait à la main mais ne répondit pas.

— C'est tout ?

Kiernan commençait à hausser le ton.

— Vous êtes en train de me dire que c'est tout ? C'est ça que vous voulez me dire ?

Le scientifique haussa nerveusement les épaules.

— C'est une chondrite primitive, répéta-t-il en désespoir de cause. Un météorite. Un morceau de roche venu de l'espace.

Elle ouvrit la bouche, la referma et resta là, le poing fermé, à toucher la croix à son cou de son autre main. Sans rien dire. Personne ne disait rien. Mais le rythme des bips électroniques semblait avoir ralenti et s'être calmé, comme en accord avec le sentiment général, un soufflé qu'on aurait laissé retomber. Le silence dura un moment, puis, à l'intérieur de la cuve de verre, les hommes commencèrent à retirer leur cagoule antiradiation, à arracher l'enchevêtrement d'électrodes et de fils qui couvrait la pierre. Flin se mit à rire doucement.

— Ah, c'est impayable, fit-il en gloussant. Vingt-trois ans et Dieu sait combien de morts, tout ça pour un caillou sans aucune valeur. C'est absolument impayable…

Toute son anxiété paraissait s'être évanouie, et la dynamique de la scène semblait l'exact contraire de ce qu'elle avait été autour de l'avion. C'était maintenant Flin qui savourait l'épisode, semblait-il à Freya, Kiernan et Girgis s'évertuant à accepter la situation.

— Mais les textes, grommela Kiernan. Ils disent bien. les experts, tous affirment…

Elle se retourna et agita la main en direction de Flin.

— Vous-même l'aviez dit ! Que ce n'était pas une légende, que les Egyptiens s'en servaient… vous me l'aviez dit ! Vous me l'aviez affirmé !

Il leva les mains en un geste fataliste.

— *Mea culpa*, Molly. Je ne valais pas un clou comme espion, et il semble que je ne vaille pas mieux comme égyptologue.

— Mais vous me l'aviez dit, vous me l'aviez affirmé, tous me l'avaient dit… qu'il avait des pouvoirs, qu'il avait anéanti les ennemis de l'Egypte... La massue des dieux, l'arme la plus terrible qu'ait jamais possédée l'homme !

Les yeux dilatés, de la bave aux commissures des lèvres, elle enrageait.

— « Soyez prudente », c'est ce que vous disiez ! « Ne déconnez pas avec ça, il y a des choses que nous ne comprenons pas, des éléments inconnus ! » Des pouvoirs, vous me disiez qu'il avait des pouvoirs !

— Apparemment, je me suis trompé, dit Flin, qui ajouta au bout de quelques instants : Allez, Molly, vous devez reconnaître que c'est drôle, non ?

Quasiment la phrase qu'elle avait prononcée elle-même un peu plus tôt, et ça ne l'amusait manifestement pas plus que ça qu'il la lui renvoie au visage. Elle lui lança un regard furieux, le regard le plus haineux, le plus caustique que Freya ait jamais vu. Puis, pointant le doigt vers lui, l'air de dire « Tu ne perds rien pour attendre », elle s'en prit à Meadows, le sermonna, lui intimant de lui montrer tout ce qu'il avait découvert, de le lui expliquer, criant qu'il avait dû faire erreur et devait recommencer les tests...

— Ils me l'avaient dit ! s'égosillait-elle sans arrêt. Tout le monde me l'avait dit... Il a des pouvoirs, voilà ce qu'ils disaient, il a des pouvoirs !

Girgis et ses affidés se mirent de la partie : ils baragouinaient dans un mélange d'arabe et d'anglais, criaient après les scientifiques et après Ousmane – maintenant seul dans la cuve de confinement, l'air triste et délaissé –, et aussi après Kiernan, soutenant que, pouvoirs ou pas, ils exigeaient le paiement intégral de la somme qu'elle leur devait. Puis le moustachu râblé alluma une cigarette et Meadows, qui jusque-là s'était laissé humblement malmener, perdit lui aussi patience et exigea qu'il éteigne immédiatement sa cigarette, la fumée risquant de perturber les appareils électroniques. Deux de ses collègues vinrent le soutenir, et subitement tout le monde se mit à crier et à gesticuler, les jumeaux entrant dans la mêlée pour la seule raison que telle était leur habitude. Tout l'édifice résonnait des accents discordants et furieux de la querelle.

— Ça semble être le bon moment pour mettre les voiles, murmura Flin en prenant Freya par le bras et en l'entraînant à travers la pièce.

Ils arrivèrent à la porte, s'arrêtèrent un instant pour s'assurer qu'on ne les observait pas et s'apprêtèrent à sortir. A ce moment-là, l'un des hommes en blouse blanche – un jeune frisé qui se trouvait près de la porte et qui, malgré la confusion générale, était resté penché sur son moniteur – leva soudain la main et lança :

— Hé, regardez ça !

Ce ne furent pas tant les mots eux-mêmes qui firent s'arrêter et se retourner Freya et Flin, plutôt l'insistance avec laquelle ils avaient été prononcés.

— Regardez ça ! répéta le jeune homme en agitant la main pour attirer l'attention.

Sur l'écran devant lui, Freya vit une série de barres verticales qui se levaient et s'abaissaient comme les pistons d'une trompette. La dispute continuait cependant de faire rage : la voix du scientifique s'était perdue dans le brouhaha, et il dut appeler une troisième fois avant que le tumulte ne commence à se calmer et que tous tournent leur attention vers lui.

— Il se passe quelque chose, dit-il. Regardez.

Tout le monde s'avança, se pressa autour de l'écran. Flin et Freya s'approchèrent, eux aussi, leur fuite momentanément remise à plus tard.

— Qu'est-ce que c'est ? demanda Girgis tandis que les signaux sur le moniteur s'animaient de plus en plus. Ça veut dire quoi ?

Meadows tendait le cou par-dessus l'épaule de son collègue et, les sourcils froncés, regardait les barres sauter jusqu'en haut de l'écran et retomber en une ligne plate.

— Activité électromagnétique, murmura-t-il. Intense activité électromagnétique.

— D'où vient-elle ? De la pierre ?

C'était la voix de Kiernan.

— Ce n'est pas possible, dit Meadows. Nous avons surveillé pendant deux heures et il n'y a eu aucun... C'est tout simplement...

Il pivota sur lui-même et traversa la pièce jusqu'à la cuve de confinement, suivi par les autres. Flin et Freya restèrent en arrière, près de la porte ; personne ne faisait attention à eux et tous les regards étaient tournés vers le Benben. Ousmane se trouvait toujours dans la cuve, la main posée en un geste protecteur sur le dessus du morceau de roche comme sur la tête d'un enfant ; les fils et les électrodes enlevés par les hommes en combinaison antiradiation formaient un collier à la base de la pierre. Celle-ci ne semblait pas différente de ce qu'elle avait été lorsqu'on l'avait dépouillée de ses bandelettes : un bout de roche noire, grisâtre, granuleux et trapu, de forme vaguement ogivale.

— Où ça en est, Harker ? lança Meadows.

— C'est hors échelle, monsieur, rapporta le frisé. Je n'ai jamais rien vu de...

— J'ai un accroissement de rayonnement alpha, bêta et gamma ! annonça un autre scientifique. Un accroissement sacrément important...

Meadows se précipita et se penchait pour examiner cette nouvelle découverte quand, de l'autre côté de la pièce, une femme cria à son tour quelque chose – à propos d'ionisation non séquentielle –, l'obligeant à venir voir son écran. D'autres voix s'élevèrent. Sur un ton excité, insistant, d'autres scientifiques avertissaient qu'eux aussi obtenaient des résultats inattendus, échangeant des mots et des phrases qui ne signifiaient strictement rien pour Freya.

Meadows courait d'un écran à l'autre en secouant la tête avec incrédulité, sans cesser de répéter : « Ce n'est pas possible, ce n'est vraiment pas possible... » L'imprimante, restée silencieuse depuis quelques minutes, se remit à jacasser encore plus follement qu'avant, vomissant un flot interminable de papier. Les bruits électroniques se firent entendre de plus belle, emplissant la pièce d'une symphonie de bips et de grésillements. Les écrans de moniteur et d'ordinateur s'affolaient dans un tourbillon d'activité kaléidoscopique.

— Qu'est-ce qui se passe ? cria Girgis.

Meadows l'ignora. Il alla à grands pas jusqu'à la cuve et ordonna à Ousmane d'en sortir. L'Egyptien ne bougea et resta là, comme cloué sur place, à regarder la pierre fixement, l'air désorienté, absent. Meadows répéta à deux reprises son injonction, chaque fois sur un ton plus pressant. Puis, après avoir levé les bras d'un air résigné, il fit signe à l'un de ses collègues d'appuyer sur un bouton. Il y eut un sifflement dans le sas, ses portes coulissèrent, enfermant Ousmane hermétiquement à l'intérieur.

— Je suis désolé d'avoir à faire ça, madame Kiernan, commença Meadows, mais je ne peux pas risquer...

— Qu'il aille se faire foutre ! coupa Girgis. Et nous ? Y a-t-il un danger ? Sommes-nous en sécurité ?

Meadows le regarda, choqué par son manque d'égard pour son compagnon, puis tapa de la paume sur le devant de la cuve de confinement.

— C'est un verre multicouche à base de plomb, renforcé par des nanotubes de carbone, de huit centimètres d'épaisseur. Ce qui veut dire que rien ne sort de là sans que nous l'ayons décidé. Donc, pour répondre à votre question : oui, nous sommes en sécurité. Je ne peux malheureusement pas en dire autant de votre collègue...

Ousmane s'était mis à vaciller d'avant en arrière, une main agrippée à la pierre pour se soutenir. Il marmonnait par-devers lui, les yeux vitreux, à moitié conscient de ce qui se passait, semblait-il.

— Qu'est-ce qui lui prend, bordel ? demanda le râblé. Il a bu ?

Personne ne répondit. Tout en continuant de tanguer, Ousmane leva sa main libre et tripota la fermeture éclair de sa combinaison antiradiation pour essayer de la défaire.

— *Ana harran.*

Sa voix résonnait dans l'interphone. Il semblait dans les vapes et déboussolé.

— *Ana eyean.*

— Il dit qu'il a chaud, murmura Flin, traduisant à l'intention de Freya. Il ne se sent pas bien.

— Qu'est-ce qui lui arrive ? demanda-t-elle, à la fois horrifiée et fascinée.

Flin secoua la tête, incapable de répondre. Ousmane vacilla, reprit son équilibre, réussit à saisir la languette de la fermeture éclair et entreprit maladroitement de retirer sa combinaison en la faisant glisser le long de son corps, découvrant le pantalon bleu et la chemise blanche qu'il portait dessous.

— *Ana harran*, répéta-t-il d'une voix pâteuse. *Ana eyean.*

Il se débarrassa aussi de sa chemise et de son pantalon, et se retrouva en caleçon, chaussettes et chaussures aux pieds. C'eût été comique s'il n'avait été évident qu'il était maintenant gravement en péril : sa poitrine se soulevait comme s'il n'arrivait plus à respirer, ses mains tremblaient de manière incontrôlable.

— *Ha-ee-yee betowgar*, gémit-il en se tenant les cuisses et le ventre. *Ha-ee-yee betowgar.*

— Il a très mal, traduisit Flin.

— Oh, mon Dieu, murmura Freya. Je ne peux pas voir ça.

Elle continua néanmoins d'observer, comme tous les autres, hypnotisée de façon morbide par la scène qui se jouait dans la cuve de confinement. L'imprimante jacassait encore plus furieusement, les bips faisaient de plus en plus de vacarme. Bien que Meadows ait affirmé qu'il n'y avait pas de danger, Girgis et les autres Egyptiens s'écartèrent de la cuve. Contrairement à Kiernan, qui, elle, s'en était approchée, au plus près, et qui, les yeux brillants d'excitation, avait appuyé une main sur le verre et de l'autre caressait la croix autour de son cou.

— Allez, murmura-t-elle, allez, ma belle, montre-nous de quoi tu es capable... Pierre de Feu, Voix de Sekhmet. Allez, allez !

Ousmane tournait maintenant en rond, titubant, et gémissait de douleur en se frottant les yeux et en tirant sur ses oreilles.

— *Ana haragar*, se plaignit-il. *Ana larzim arooh let-tawarlet.*

— Bon Dieu, murmura Flin. Il dit qu'il va vomir, qu'il doit...

Ousmane se plia en deux et tomba à genoux, juste devant Kiernan. Un filet de vomi liquide s'échappa de sa bouche et son caleçon blanc prit une teinte marron clair.

— Il s'est chié dessus ! s'esclaffa le râblé. Regardez-moi ça ! Ce crétin s'est chié dessus !

— *Iner-wer iner-en Rê iner-n sedjet iner sweser-en khérou-en Sekhmet...* entonna Ousmane, qui se releva en vacillant et resta là, le visage et le ventre collés contre l'intérieur de la vitre, les bras ballants.

Trente secondes passèrent, les réactions de l'appareillage électronique s'amortirent légèrement, comme si ce qui les avait provoquées commençait à diminuer, à se calmer. Puis, tout à coup, il se produisit successivement deux choses : une vibration sonore, profonde, se fit entendre, qui semblait provenir de l'intérieur même de la pierre et résonnait comme un battement cardiaque amplifié en faisant trembler tout l'édifice alors que le son n'était pas particulièrement fort. Presque au même instant jaillit un éclair aveuglant, pareil à celui du flash d'un appareil photo, mais bien plus brillant et intense, également en provenance de l'intérieur du morceau de roche. Il ne dura qu'une fraction de seconde et le verre teinté en absorba le plus gros. Ce qui n'empêcha pas qu'ils soient momentanément aveuglés. Ils se protégèrent les yeux des mains, l'imprimante et les moniteurs se turent, les écrans d'ordinateur et les lampes s'éteignirent, plongeant la pièce dans l'obscurité. Il y eut des cris, du mouvement, la voix de Girgis qui demandait ce qui se passait. Puis, aussi brusquement qu'elle avait été coupée, l'électricité revint. Les moniteurs et les ordinateurs redémarrèrent, les lampes halogènes se rallumèrent. Dans un moment de silence, tout le monde cligna des yeux et se réhabitua à la lumière, puis on entendit des cris et des haut-le-cœur.

— Oh, mon Dieu, dit Freya d'une voix étranglée en portant la main à sa bouche. Le pauvre !

Devant eux, Ousmane était exactement dans la même position, toujours appuyé contre la vitre, toujours en caleçon et chaussettes, ses chaussures aux pieds. La seule différence était qu'il n'avait plus de peau. Son corps – ses membres, son visage, son torse – n'était plus qu'un patchwork luisant et humide de tendons, de muscles et de tissus graisseux. Chose affreuse, il semblait toujours vivant car un borborygme montait de sa gorge et, derrière ses lunettes, il tournait d'un côté et de l'autre ses yeux sans paupières, comme pour tenter de comprendre ce qui se passait. Il marmonna quelque chose et essaya de reculer d'un pas, mais le devant de son corps – le ventre, la poitrine, la joue droite – semblait avoir fusionné avec le verre. Il fit une nouvelle tentative en roulant des yeux furieusement, ses côtes se soulevant et s'abaissant comme un soufflet de forge alors qu'il s'évertuait à chercher sa respiration. Puis, levant ses bras d'écorché vif – Freya se demanda comment il en était encore capable –, il posa les mains sur la vitre, serra les dents entre ses lèvres disparues et poussa pour s'en arracher de force. Dans un bruit de déchirement, il chancela en arrière, laissant d'épais lambeaux de chair collés à la paroi de verre. Un court instant, ils entrevirent avec écœurement ses maxillaires, son côlon et ce qui pouvait être une partie de son foie. Puis il y eut une autre vibration, un autre éclair lumineux, et tout redevint noir.

— Sortons d'ici, dit Flin en empoignant Freya par le bras et en la poussant derrière le premier jeu de rideaux qui fermait la pièce.

Ils entendirent alors la voix de Kiernan qui retentissait dans l'obscurité derrière eux :

— Vous voyez de quoi elle est capable, cette Pierre de Feu ! Oh, Seigneur, c'est un miracle ! Un miracle divin ! Rabaissez-vous sous la main toute-puissante de Dieu ! Merci, Seigneur, merci !

A peine de retour dans la cour, où les ombres s'allongeaient tandis que le soleil descendait à l'occident, ils se mirent à courir. Freya luttait contre une envie irrésistible de vomir. Désormais, elle ne songeait plus à ce qu'il adviendrait de Girgis et des autres, pas plus qu'à venger sa sœur. Elle voulait seulement sortir d'ici.

Ils ne suivirent pas en sens inverse le chemin parcouru à l'aller, mais, afin d'éviter les gardes en gilet pare-balles postés sur le devant, ils sortirent de la cour par une porte latérale et traversèrent en zigzag un labyrinthe de passages, de galeries et de colonnades. Puis, plus par chance qu'à dessein, ils se retrouvèrent dans la deuxième des cours gigantesques par lesquelles ils étaient passés plus tôt dans la journée, toujours encombrée d'un assortiment d'obélisques de différentes tailles. Ils s'arrêtèrent quelques instants pour reprendre haleine, tendirent l'oreille pour s'assurer qu'ils n'étaient pas suivis et se remirent à courir. Ils venaient de franchir le pylône qui permettait d'accéder à la cour quadrangulaire la plus proche de la sortie lorsque l'étrange vibration sonore se remit à résonner derrière eux, tout aussi forte qu'elle l'avait été dans la pièce. L'ensemble des constructions du temple semblait trépider.

— Il faut absolument que nous sortions de cette oasis ! s'écria Flin en montrant la cour. Quoi qu'ils aient déclenché, ce n'est que le commencement. Il faut filer d'ici !

— Qu'est-ce qui va se passer ? cria Freya en courant à toutes jambes au côté de Flin.

— Je n'en sais rien, mais à en juger par ce qu'on vient de voir, ça ne devrait pas être joli joli...

Une demi-heure plus tôt, Freya aurait accueilli cette remarque avec dérision. Après tous les événements survenus dans la cuve de confinement, elle n'avait qu'une idée : courir.

— Vite, vite ! cria encore Flin. Ne traînons pas !

Ils arrivèrent au premier pylône, celui situé sur le devant même de l'ensemble des bâtiments du temple, et s'engagèrent entre les tours trapézoïdales dressées de chaque côté, face à la mer de cimes d'arbres déployée devant eux.

— Et s'il y avait d'autres hommes par ici ? cria à son tour Freya, se souvenant des silhouettes qu'elle avait entraperçues dans le sous-bois lorsqu'ils avaient remonté la vallée. Les types à lunettes noires...

— On avisera, si besoin est. Pour l'instant, sortons...

Il y eut un mouvement rapide et un homme musclé et trapu sortit d'une niche creusée dans la paroi du pylône et lança durement son poing couvert de bagues dans la figure de l'Anglais, lui ouvrant la lèvre et le jetant à terre. Un personnage identique jaillit d'une niche dans le mur opposé, fit un croche-pied à Freya, qui s'étala à côté de Flin, heurtant violemment le pavage du front et s'écorchant les paumes sur la pierre nue.

— Hello, l'Inglisse, dit une voix bourrue. Tu vas maison ?

— Ou tu vas cimetière ? ajouta une autre voix, similaire.

Des rires, puis ils sentirent des mains rudes les relever.

Dès l'instant où les lumières s'étaient rallumées dans la pièce où se trouvait la cuve de confinement et où l'absence de Freya et Flin avait été remarquée, Girgis avait envoyé les jumeaux à leurs trousses, ce qu'il avaient peu goûté car, après avoir passé deux jours à ne rien faire, cela devenait enfin intéressant. Et puis Ousmane en train de rôtir de cette façon, c'était la chose la plus drôle qu'ils aient jamais vue, de l'inédit, carrément hilarant. Mais, pour l'instant du moins, Girgis était encore le patron et ils avaient donc obtempéré ; ils avaient retraversé tout le temple jusqu'à l'entrée et y étaient arrivés avant les deux Occidentaux. Ils avaient pris position et bondi dès que leurs proies étaient apparues, donnant à ce poseur d'Anglais une bonne leçon, ce qui lui pendait au nez depuis un moment déjà.

Ils les remirent debout pendant que l'Anglais essuyait le sang de son menton et leur baragouinait quelque chose, d'abord dans ce qu'ils supposèrent être sa langue, puis en arabe, des conneries à propos d'inscriptions et de malédictions. Ils lui assénèrent deux ou trois autres coups de poing et les ramenèrent, lui et la fille, dans la première des immenses cours, où ils les firent s'agenouiller côte à côte tout en discutant de la meilleure façon de les supprimer. Une balle dans la tête ? Les égorger ? Les tuer à coups de pied ? C'était leur dernier boulot avant de prendre leur retraite, et ils entendaient bien faire les choses. Terminer en beauté, en quelque sorte.

— Pourquoi ne pas les mettre dans la cuve, avec l'autre, là, Ousmane ? proposa le jumeau au lobe déchiré.

— Je crois pas qu'ils nous laisseront faire ça, fit remarquer l'autre, manifestement déçu de ne pouvoir adopter cette solution. Au cas, tu sais, où il y aurait des machins qui en sortiraient. Mais c'était une bonne idée.

Une autre de ces étranges vibrations sonores, un bruit sourd retentissant, résonna à travers le temple et fit trembler le sol sous leurs pieds. Broduré, ou Barodi, l'Angliche, quel qu'ait été son putain de nom, agitait frénétiquement les mains et recommençait à déblatérer à propos de malédictions, de forces qu'on ne pouvait maîtriser. L'un des jumeaux le gratifia d'un coup de pied dans les parties et il s'écroula par terre, le souffle coupé. Comme la fille se mettait à hurler et tentait de les frapper, ils la giflèrent à toute volée. Connasse ! Et moche, avec ça. Maigre. Beaucoup trop maigre.

Ils s'écartèrent de quelques pas et reprirent leur discussion pendant que, devant eux, l'Anglais se relevait lentement sur les genoux.

— Vous devez me croire, recommença-t-il en toussant avant d'aider la fille à se relever, elle aussi, et de s'assurer qu'elle n'avait rien. Ce n'est que le début. Nous devons sortir de l'oasis. Vous pourrez faire ce que vous voudrez quand nous serons hors d'ici, mais si nous restons là, nous sommes morts. Vous comprenez ce que je dis ? Nous sommes morts. Nous tous. Vous aussi.

Ils essayèrent de l'ignorer, mais il continuait de les harceler, et ils en conclurent qu'une balle dans la tête serait, après tout, le mieux, ne serait-ce que pour que ce con ferme sa gueule définitivement. Une fois cette décision prise, ils se reculèrent d'encore deux ou trois pas et sortirent leurs Glock. L'Anglais passa un bras autour de la fille et l'attira contre lui en un geste protecteur, tout en continuant à dérailler.

— Tu te charges de lui ou de la fille ? demanda le jumeau au nez de boxeur.

— Putain, mais qu'est-ce que vous avez dans le crâne ? s'exclama Flin.

— Ça m'est égal, répondit l'autre jumeau. Choisis.

— Toute la vallée va exploser et vous discutez pour savoir qui va flinguer qui ! s'insurgea Flin.

— Je m'occupe de lui, fit le premier.

— Ça me va, dit son frère.

— Laissez-la au moins partir ! insista Flin.

— On compte jusqu'à trois, dirent les deux tueurs à l'unisson en levant leurs revolvers. Un... Deux...

— Bande de connards ! hurla Flin. Elle est jolie, la solidarité entre Diables rouges ! lâcha-t-il avec dérision.

Pas de coups de feu. Les jumeaux étaient là, le bras toujours tendu, leurs armes braquées, l'air de se poser vaguement des questions.

— T'es un supporter d'Al Ahly ? demandèrent-ils simultanément.

— Quoi ?

L'Anglais était livide, désorienté, le bras toujours passé autour de la fille.

— T'as parlé des Diables rouges, répondit l'un.

— Pourquoi t'aurais fait ça si t'étais pas supporter toi-même ? enchaîna l'autre.

Puis, en chœur :

— T'es un *ahlawy* ?

Flin semblait incapable de déterminer s'ils jouaient avec lui ou non, s'il ne s'agissait pas d'une plaisanterie perverse. Près de lui, la fille tremblait et tournait les yeux en tous sens, abasourdie et perplexe.

— T'es un *ahlawy* ? répétèrent-ils.

— J'ai un abonnement à l'année, grommela-t-il. J'assiste à tous les matchs joués à domicile quand je ne suis pas dans le désert.

Les jumeaux fronçaient les sourcils. C'était inattendu. Et ennuyeux. Tuer, pas de problème, mais le foot, c'était sacré. Ils baissèrent légèrement leurs armes.

— Où est ta place ?

— Quoi ?

— Dans le stade. Où est ta place ?

— Vous êtes sur le point de me tuer et vous voulez savoir à quelle place je suis quand je vais voir un match ? C'est bien ça ?

Ils levèrent à nouveau leurs revolvers.

— Tribune ouest, gradin inférieur. Juste au-dessus de la ligne de touche.

Les jumeaux échangèrent un regard. Un titulaire d'abonnement à l'année. Et dans la tribune ouest. Juste au-dessus de la ligne de touche. Ça leur en imposait. Mais il pouvait bluffer, après tout.

— Combien de titres de championnat on a remportés ?

L'Anglais roula des yeux, n'en croyant pas ses oreilles.

— Vous vous foutez de...

— Combien ?

— Trente-trois.

— Des coupes d'Egypte ?

— Trente-cinq.

— Des championnats d'Afrique ?

Il compta sur ses doigts ; agenouillée près de lui, la fille ouvrait de grands yeux, incrédule.

— Quatre, répondit-il. Non, cinq !

Les jumeaux échangèrent un autre regard : le mec savait de quoi il parlait. Puis, après un silence, juste pour être certains :

— Qui a marqué le but de la victoire, dans la finale de la coupe en 2007 ?

— Pour l'amour du ciel ! Osama Hosny, sur un centre d'Ahmad Sedik. J'étais là. Mohamed Aboutreika m'avait donné un billet gratuit, après que j'eus fait visiter le Musée égyptien à ses fils.

L'affaire était close. Ordres ou pas, étrangers ou pas, il était hors de question qu'ils descendent un autre Diable rouge. En plus, un gars à qui Mohamed Aboutreika avait accordé une faveur. Ils abaissèrent leurs revolvers et les remirent dans leur veste en faisant signe aux deux Occidentaux de se relever et en marmonnant des excuses à contrecœur – « Désolés, on pouvait pas savoir que t'étais un Diable, sans rancune, on se verra peut-être à un match... » Ils restèrent face à face dans un silence embarrassé, puis, alors que de nouvelles vibrations sonores se répercutaient partout dans le temple, l'Anglais commença à entraîner la fille en arrière, puis tous deux tournèrent les talons et partirent en courant. Ils avaient atteint le pylône quand Bradoli (Brudilo ?) ralentit et cria par-dessus son épaule :

— *Entoo aarfen en Girgis Zamalekawy ?* Vous savez évidemment que Girgis est un supporter du Zamalek ?

Les jumeaux se regardèrent, interloqués. En dehors de leur con de père, il n'y avait rien au monde qu'ils méprisaient plus qu'un supporter du Zamalek – tous des salauds, des sous-merdes. Et voilà qu'on leur annonçait maintenant qu'ils travaillaient pour l'un d'eux... Depuis dix ans !

— Sortons d'ici.

— Et Girgis ?

— On s'occupera de lui au Caire. On lui donnera une leçon qu'il ne sera pas près d'oublier.

— Un salaud !

— Un vrai salaud !

Les sourcils froncés, ils étaient sur le point de se diriger vers la porte principale quand celui à l'oreille déchirée prit soudain son frère par le bras.

— On pourrait emporter un peu de cet or, dit-il. Tu sais, sur l'espèce de grande colonne...

Il tira de sa poche un couteau à cran d'arrêt, l'ouvrit et fit un mouvement de scie.

— On pourrait en prendre un peu et le vendre à Khan el-Khalili.

— C'est peut-être une idée, reconnut l'autre.

— Faire un cadeau à maman.

— Ouvrir un autre étal à *torly*.

— Au moins, on serait pas venus pour des prunes.

Ils hésitèrent, la cour se mettant à trembler tandis qu'une autre vibration retentissante emplissait l'air. Puis, sur un hochement de tête, ils repartirent au trot à travers le temple en discutant d'or, de *torly* et du pied qu'ils se prendraient à flanquer tous les supporters du Zamalek dans la cuve de verre, à appuyer sur un bouton et à les regarder frire.

— Qu'est-ce que vous leur avez raconté ? demanda Freya, haletante, tandis qu'ils franchissaient au pas de course le pylône monumental et l'étroite clairière devant le temple.

— Je leur ai dit que j'étais un Diable rouge...

— Quoi ?

— C'est une longue histoire. Pour l'instant, il faut seulement qu'on sorte d'ici. Venez !

Ils descendirent quatre à quatre les marches qui menaient à la plate-forme du temple. Arrivés en terrain plat, ils continuèrent à foncer entre les arbres, glissant et trébuchant sur le pavage inégal. Les vibrations se produisaient maintenant à intervalles réguliers, chacune déclenchant une vague de tremblements dans toute l'oasis, comme si l'onde sonore avait fait frémir le sol. Ils s'arrêtèrent un instant.

— Il n'y avait pas quelque chose d'écrit à propos d'un crocodile ? Ou d'un serpent ?

— Les... Deux... Malédictions, répondit Flin en sautant par-dessus une racine géante qui avait éventré le pavage. « Puissent les infâmes être broyés par les mâchoires de Sobek et avalés dans le ventre du serpent Apep... »

— Ce qui signifie ?

— Aucune idée... Venez, il ne faut pas rester là !

Ils repartirent de plus belle, continuant à descendre la chaussée bordée de chaque côté par une rangée de sphinx et d'obélisques. La gorge commençait à se rétrécir. Les pulsations du Benben étaient désormais si insistantes que le babillage et les cris stridents des oiseaux, si omniprésents auparavant, ainsi que le bourdonnement et le murmure des insectes, s'étaient tus. Freya regarda alentour, mais en dehors de deux vautours qui tournaient en rond haut dans le ciel, la vallée semblait soudain vide et dénuée de vie. Flin avait dû remarquer la même chose, car il ralentit l'allure et s'arrêta un instant pour embrasser du regard les arbres et la falaise avant de se remettre à courir. L'absence de vie paraissait l'effrayer autant, si ce n'est plus, que le grondement sourd de la pierre.

— Les gens de Molly ont dû partir, eux aussi ! cria Freya derrière lui.

Pendant qu'ils descendaient, elle avait scruté le sous-bois et n'y avait repéré aucune des silhouettes entrevues en montant la vallée. L'espoir revenait : peut-être allaient-ils vraiment arriver au tunnel et réussir à sortir de l'oasis sans être interpellés.

— Ils ont dû tous...

Flin s'arrêta brusquement. Un gigantesque palmier doum se dressait sur leur gauche, un bras en granit colossal sur leur droite. Devant eux, au milieu de la chaussée, un homme en gilet pare-balles et équipé de lunettes couleur sable de l'armée, une mitraillette Heckler & Koch MP5 à l'épaule, les tenait en joue. Un autre sortit de derrière le palmier, lui aussi brandissant une mitraillette. Flin prit Freya par la main tandis qu'une autre secousse se propageait à travers la vallée. Pour une fois, il semblait ne rien avoir à dire.

Molly Kiernan avait toujours aimé les feux d'artifice, depuis l'époque où, à North Platte, Nebraska, sa ville natale, elle allait avec ses parents regarder avec émerveillement ces explosions colorées illuminer le ciel nocturne au-dessus du champ de foire de Lincoln County, en lisière de l'agglomération. Depuis lors, elle en avait vu de plus grands, de plus spectaculaires – celui qui était organisé aux pyramides pour célébrer la fête nationale égyptienne était toujours impressionnant –, mais rien n'approchait la scène qui se déroulait sous ses yeux, à l'intérieur de la cuve de confinement.

Chaque fois que le Benben émettait l'une de ces sourdes vibrations sonores – et elles étaient de plus en plus fréquentes depuis une vingtaine de minutes –, elle s'accompagnait d'un éclair lumineux. A mesure qu'ils se répétaient, la violence de ces éclairs augmentait. Meadows insista pour que, malgré le verre teinté à base de plomb de la cuve, ils mettent des lunettes antiradiation, à titre de précaution supplémentaire. Des couleurs avaient commencé à apparaître à l'intérieur de la pierre, pâles au début, à peine visibles, de minuscules points brillants rouges, bleus, argent et verts, qui flamboyaient brièvement au sein de la masse sombre avant de disparaître. Les vibrations devenant plus fréquentes, les éclairs plus aveuglants, les couleurs gagnèrent en intensité. Les points se transformèrent en filets et les filets en tourbillons, toute la pierre embrasée d'un kaléidoscope de teintes éclatantes, et quelque chose comme une vapeur dorée parut émaner de sa surface et l'envelopper d'une dense aura.

— C'est magnifique ! s'écria Kiernan en applaudissant de plaisir. Oh, Seigneur, je n'ai jamais rien vu d'aussi beau ! Vous ne trouvez pas ? N'ai-je pas raison ? La plus belle chose qu'on ait jamais vue !

Personne ne répondit, tous ceux qui étaient présents dans la pièce regardaient, muets, le phénomène s'intensifier sous leurs yeux alors que les moniteurs et l'imprimante s'étaient tus, les écrans d'ordinateur et l'installation électrique hors service depuis longtemps.

— Il n'y a pas de danger ? demanda pour la énième fois Girgis, qui, avec ses lunettes en caoutchouc brillantes, ses cheveux lissés en arrière et sa bouche mince, paraissait plus reptilien que jamais.

Vous êtes sûr qu'il n'y a pas de danger ? Je ne veux pas finir comme ça !

Ce disant, il désignait Ousmane, ou du moins ce qui avait été Ousmane. Car il ne subsistait plus grand-chose de l'égyptologue égyptien : chaque éclair successif avait un peu plus attaqué son corps, réduit maintenant à un petit tas d'os blanchis au pied du Benben. Toujours enchevêtrés, de manière surréaliste, avec ses chaussures, ses chaussettes, son caleçon et ses lunettes.

— Nous ne courons strictement aucun danger, monsieur Girgis, lui assura Meadows. Comme je vous l'ai déjà dit, la membrane de verre est infranchissable. Quoi qu'il arrive dans la zone d'observation, cela restera à l'intérieur.

En réalité, au fur et à mesure que la réaction au sein de la pierre gagnait en intensité, les vibrations en fréquence, les éclairs en luminosité, même Meadows semblait perdre de ses certitudes. Il allait et venait en grattant sa tête à moitié chauve et s'entretenait à mi-voix d'un ton anxieux avec ses collègues en blouse blanche, tous se demandant manifestement où tout cela allait les mener et s'il n'avaient pas sous-estimé les effets de ce qu'ils déclencheraient en ouvrant cette boîte de Pandore.

Seule Kiernan restait imperturbable devant ce show pyrotechnique. Bien en avant des autres, elle rayonnait de joie, applaudissait à la façon d'une écolière surexcitée, touchant de temps à autre la paroi de verre comme si elle essayait de se relier à ce qui se passait derrière, de se convaincre que ce n'était pas une illusion.

— Regarde ça, Charlie ! murmura-t-elle. Regarde-moi ça ! Pendant toutes ces années, tu m'as permis de rester forte, de continuer à croire ! Et maintenant… Oh, mon doux Seigneur qui êtes aux cieux, regardez cela ! Magnifique ! Magnifique !

Elle était si absorbée, hypnotisée par l'extraordinaire spectacle de son et lumière qui se déroulait maintenant devant elle, qu'elle ne remarqua pas que quelqu'un l'appelait – une voix grésillante à l'accent américain. Meadows dut lui apporter le talkie-walkie qu'elle avait laissé près d'un moniteur pour qu'elle détourne enfin son attention de la pierre. L'appareil à l'oreille, elle écouta en lançant de rapides coups d'œil en direction de Girgis et en secouant la tête d'un air désapprobateur. Puis, sur un bref « Eliminez-les », elle rendit l'appareil à Meadows et se focalisa à nouveau sur le Benben.

— O, sonnez de la trompette en Sion, murmura-t-elle tandis qu'un bruit de friture suivi de deux coups de feu étouffés se faisait entendre par le talkie-walkie. Faites-la retentir sur ma sainte montagne ! Que les habitants du pays tremblent ! Car le jour de l'Eternel vient, il est proche.

Le fait de recevoir un choc peut produire des effets bizarres sur le mental et, pendant un court moment de confusion, Freya crut qu'elle était morte et voyageait hors de son corps. Elle avait entendu Kiernan ordonner leur exécution immédiate, puis des coups de feu et le bruit mat de deux corps tombant au sol, puis tout était soudain devenu silencieux et immobile, comme si le monde s'était brusquement figé et qu'il ne restait plus qu'un arrêt sur image de ce dernier instant.

Il lui fallut quelques secondes pour se rendre compte que, quoi qu'il ait pu se passer par ailleurs, elle n'avait certainement pas été abattue. Tout était exactement comme avant – l'oasis, la chaussée bordée de sphinx et d'obélisques, le palmier doum géant, le bras monumental en granit. Seule différence notable, la vibration sonore du Benben avait cessé, plongeant la gorge dans un silence d'autant plus profond que le bruit qui l'avait précédé avait été d'une rare intensité. Et puis les deux hommes en gilet pare-balles, qui étaient sur le point d'ouvrir le feu sur eux quelques instants plus tôt, étaient maintenant affalés par terre. L'un, à plat ventre, le sommet du crâne arraché, une bouillie visqueuse de sang, d'os et de matière cérébrale dégoulinant dans son cou et sur le col de son gilet. L'autre sur le dos, les bras écartés, un trou sombre à la place de l'œil gauche.

— Nom de Dieu ! s'exclama-t-elle, ne sachant trop si elle devait éprouver un sentiment d'horreur face à ce carnage, de soulagement parce que leurs agresseurs étaient morts, ou craindre que cela ne fût simplement le prélude à quelque nouvel assaut.

Elle jeta un coup d'œil de côté à Flin, qui semblait en proie à la même incertitude. Il leva les sourcils pour signifier qu'il n'avait pas plus d'idée qu'elle sur ce qui s'était passé et regarda autour de lui pour tenter de déterminer d'où étaient venus les coups de feu et qui avait tiré. Au même moment, après un bruissement de branches au-dessus de leurs têtes, quelque chose – quelqu'un – tomba du palmier doum et atterrit avec légèreté sur leur gauche. Simultanément, de l'autre côté de la chaussée, un autre personnage apparut par-dessus le bras géant en granit dans un tourbillon de djellaba et se hâta vers eux, un fusil à la main. Flin se plaça devant Freya, les poings fermés, prêt à se battre. L'homme s'arrêta, écarta son fusil sur le côté et de sa main libre tira sur le turban qui lui entourait la tête et le visage. Flin et Freya en restèrent quelques secondes bouche bée.

— Zahir ?

Alors qu'elle avait sous les yeux la preuve que c'était bien lui, Freya doutait encore.

— Zahir ? répéta-t-elle. Comment avez-vous fait...

Elle s'interrompit, la surprise et le soulagement faisant place à la suspicion. Tous ses doutes au sujet de l'Egyptien resurgirent, ainsi que le souvenir de cette dernière rencontre tendue, chez lui, à Dakhla. Il remarqua son changement d'expression et écarta davantage son fusil pour bien montrer qu'il n'avait pas de mauvaises intentions. L'autre homme fit de même avec son arme et défit aussi son turban... Saïd, le frère cadet de Zahir, que Freya reconnut pour l'avoir vu à l'enterrement de sa sœur. Elle se détendit légèrement, comme Flin, qui baissa les bras et se recula pour se placer à son côté.

— Qu'est-ce que vous faites ici ? demanda-t-elle, ahurie, en secouant la tête. Comment avez-vous trouvé cet endroit ?

Si elle espérait une explication, celle-ci ne vint pas. Au lieu de cela, après être restés où ils étaient un moment, tous deux avec cet air sévère et froid qui semblait de rigueur dans la famille, Zahir s'avança de deux pas et posa la main sur son cœur.

— Désolé, mademoiselle Freya.

Elle fronça les sourcils, n'ayant aucune idée de ce qu'il voulait dire.

— Je être désolé, répéta-t-il de façon cérémonieuse, grave, comme s'il faisait une déclaration publique. Vous être mon hôte en Egypte, votre sœur ma bonne amie docteur Alex. C'est mon devoir de prendre soin de vous, vous protéger de tout danger. Je vous protège pas ; beaucoup mauvaises choses arrivent. Je être désolé, très désolé. Vous me pardonner.

De tout ce qu'elle avait vécu au cours des derniers jours – les poursuites en voiture effrénées, les fusillades, la découverte de l'oasis perdue, le morceau de roche aux pouvoirs surnaturels –, ce qui se passait maintenant semblait à Freya le plus étrange : se trouver là, à côté de deux cadavres couverts de sang et d'un bras de granit géant, et recevoir les excuses d'un homme qui venait de la sauver d'une mort certaine...

— Vous me pardonner, dit-il encore, avec quelque chose de presque enfantin dans la gravité de son ton.

Malgré elle, malgré tout, Freya éclata de rire.

— Zahir, vous venez de me sauver la vie, bon sang ! Je devrais vous remercier, pas vous pardonner ! Bon Dieu, vous autres Bédouins...

Elle fit tourner son doigt contre sa tempe pour signifier qu'il était fou. Zahir fronça les sourcils, essayant de comprendre si le geste était taquin ou insultant. Optant apparemment pour la première possibilité, il hocha la tête et les commissures de ses lèvres se relevèrent un bref instant en une esquisse de sourire.

— Tout est OK, maintenant, mademoiselle Freya, dit-il en s'avançant pour tâter du pied l'un des cadavres. Vous risquer rien. Pas de danger. Tout va bien.

Curieusement, c'étaient presque les mêmes mots que ceux que Flin avait prononcés, après l'attaque des frelons dans l'Antonov. En cet instant, comme alors, elle fut soulagée, pensant que peut-être, qui sait, la chance avait tourné en leur faveur, qu'ils allaient réussir à sortir de là vivants.

Et cette fois-ci, comme la précédente, le répit se révéla de courte durée. A peine s'était-elle autorisé une lueur d'espoir que, telle une volée de gifles, la vibration sonore à basse fréquence reprit soudain. *Boum... boum... boum...* le bruit sourd résonnait dans toute la gorge, faisait trembler le roc et les arbres, se répétait maintenant à un rythme encore plus rapide, comme si ce qui le provoquait s'était rechargé et voulait rattraper le temps perdu.

Ils se figèrent tous les quatre en regardant anxieusement autour d'eux. Le sol paraissait tressauter sous leurs pieds à chaque impulsion et les vibrations étaient désormais si violentes que Freya fut un moment persuadée que le son non seulement déclenchait des secousses à travers les parois de la gorge, mais qu'il les faisait aussi bouger, les rapprochait l'une de l'autre. Elle secoua la tête, incrédule, certaine que c'était un effet de son imagination, une simple illusion d'optique. Mais plus elle regardait, plus il lui semblait que les parois se déplaçaient bel et bien, se refermaient lentement comme un gigantesque livre, les périodes géologiques se déroulant en sens inverse et se condensant en quelques secondes. Le grincement grave, menaçant, de la roche écrasée contre la roche se faisait maintenant entendre, tout à fait distinct de la vibration sonore, et sa force augmentait rapidement, au point de presque couvrir le bruit du Benben.

— Vous voyez ça ? dit-elle en montrant les falaises à gauche et à droite.

Flin l'avait manifestement vu car il se précipitait déjà vers le bras de granit géant, suivi de près par Zahir et son frère. Les trois hommes grimpèrent sur le sommet de la pierre pour avoir une meilleure vue.

— Qu'est-ce que c'est ? cria Freya. Que se passe-t-il ?

Arc-bouté sur ses jambes pour ne pas perdre l'équilibre sur le bras de granit tremblant, Flin tournait la tête dans un sens et dans l'autre en se protégeant les yeux du soleil.

— Les mâchoires de Sobek, murmura-t-il, puis, à haute voix : Les mâchoires de Sobek ! Mon Dieu, voilà ce que signifie la malédiction ! « Puissent les infâmes être broyés entre les mâchoires de Sobek ! » L'oasis se referme, comme la gueule d'un crocodile ! Voilà ce que ça veut dire. Regardez ! Vous voyez, les parois se rapprochent !

Freya le voyait effectivement, même de son point d'observation moins élevé. La forme de l'oasis, dont les falaises constituaient un gigantesque V, resserré à une extrémité, ouvert à l'autre, évoquait en effet la gueule d'un crocodile colossal, dont le maxillaire supérieur et la mandibule se fermaient maintenant, broyant tout ce qui se trouvait entre les deux. Des pierres et autres débris commençaient à dévaler des falaises ; on entendait un bruit lointain de bois en train de se fendre, comme si des arbres avaient été déracinés et brisés.

— Mais ce n'est pas possible ! s'écria-t-elle. Comment une gorge peut-elle se refermer ? Ce n'est pas possible !

— Rien de tout cela n'est possible ! cria Flin en réponse, montrant les alentours. Du début à la fin, rien. Peu importe, c'est bien ce qui se passe et nous devons sortir d'ici. Au plus vite !

Il sauta à terre, suivi de près par Zahir et son frère, dans un tourbillon de djellabas brunes. Si le visage des deux Egyptiens était comme toujours dénué d'expression, l'inquiétude se lisait dans leurs yeux.

Flin prit Freya par le bras et s'élança vers le bas de l'oasis et le tunnel, mais Zahir les rattrapa et les arrêta.

— Pas par là. Beaucoup d'hommes, plus bas. Nous allons autre côté, haut de la vallée, dit-il en indiquant de la main la direction du temple. Nous montons. C'est par là que nous venons dans oasis. Toujours par là.

Flin ouvrit la bouche pour demander à Zahir ce qu'il voulait dire par « toujours par là », mais l'Egyptien et son frère s'étaient déjà mis à courir en leur faisant signe de les suivre.

— Venez ! lança Zahir. Pas beaucoup de temps.

— Vous êtes déjà venus ici ! cria Flin en fonçant dans son sillage. Vous avez dit que vous étiez déjà venus ici ?

Sa voix se perdit dans les grondements et craquements de la roche broyée tandis que les falaises se rapprochaient peu à peu, régulièrement, et que des nuages de poussière commençaient à s'élever de chaque côté de la gorge, comme si l'oasis était en feu.

Vernon Meadows – le *docteur* Vernon Meadows, titulaire d'un baccalauréat, d'une licence et d'un doctorat ès sciences, membre de l'Institut de physique et agréé par lui, membre de l'Institution des ingénieurs en physique et électronique – avait travaillé sur ce qu'il se plaisait à appeler le « front ésotérique » de la recherche américaine sur la défense pendant près de quarante ans : de la télékinésie quantique aux programmes de perturbation du climat en passant par les boucliers d'invisibilité et les ogives isomères à propulsion antimatière. Et pendant tout ce temps-là, quel qu'ait été le projet auquel il se soit attelé, où qu'il se soit rendu dans le monde – et il n'y avait guère de coins de la planète où il ne soit allé au cours de ses missions destinées à reculer les frontières de la technologie de l'armement –, deux règles de base lui avaient toujours été très utiles : rester calme et maître de soi, aussi extravagante que soit la situation, et, si cela se révèle impossible, ficher le camp au plus vite.

C'était cette deuxième règle qu'il s'apprêtait à appliquer, maintenant que le Benben recommençait à vibrer – sans éclairs lumineux cette fois, ce qui était intéressant, indéniablement – et que de l'extérieur provenait un grondement sourd, qui, l'informa un de ses collègues après s'être précipité dehors pour voir ce qui se passait, était provoqué par les parois de la gorge en train de se resserrer. Pas moins ! Au fil des ans, Meadows avait assisté à des tas de phénomènes bizarres, mais à rien d'approchant. Il sortit à son tour pour évaluer la situation, puis rentra dans la pièce et annonça qu'on arrêtait tout, ordonnant à tous de laisser en plan ce qu'ils faisaient et sauve qui peut !

Personne ne discuta. Même Girgis se laissa pousser dehors par ses collègues, non sans avoir crié : « Et mon argent ? J'ai respecté ma partie du contrat et je veux mon argent ! Immédiatement, vous entendez ! Immédiatement ! »

Seule Molly Kiernan refusa de partir. Elle resta plantée où elle était, devant la cuve d'isolement en verre, oublieuse de la débandade frénétique derrière elle, le regard fixé sur la pierre qui émettait ses vibrations sonores et s'emplissait à nouveau de ses arabesques colorées. Les teintes étaient encore plus riches et profondes qu'auparavant – les couleurs les plus éclatantes, exotiques, hypnotisantes qu'elle eût jamais vues, comme si la pierre avait été une fenêtre ouverte sur un ordre de réalité supérieur, plus parfait.

— Madame Kiernan, nous devons partir ! cria Meadows, qui agitait furieusement la main à l'entrée de la pièce tandis que ses jambes le portaient malgré lui à reculons vers l'extérieur. Je vous en prie ! Nous devons partir. On ne maîtrise plus rien !

Elle fit un petit geste dédaigneux de la main, sans même prendre la peine de se retourner.

— Allez-y, allez-y ! Courez, retournez auprès de maman ! Des rats ! Vous êtes tous des rats et des vers ! Il n'y a pas de place pour vous, ici !

— Madame Kiernan...

— C'est l'heure des forts. Des fidèles. Des vrais croyants ! Notre heure ! L'heure de Dieu ! Allez, sortez de là ! D'ici, nous tiendrons le monde dans nos mains !

Les yeux flamboyants, elle eut un autre geste méprisant de la main, comme si elle congédiait quelqu'un qui essayait de lui vendre une babiole dont elle ne voulait pas. Meadows secoua la tête en désespoir de cause, tourna les talons et sortit en courant. La voix de Kiernan retentissait derrière lui, audible malgré le grondement du Benben et les grincements des parois de la gorge, perçante, euphorique, triomphante :

— Regarde ça, Charlie ! Oh, regarde donc, mon chéri ! Vois quel est Son pouvoir ! Nous allons les écraser ! Les infâmes, les méchants ! Nous allons les réduire en poussière ! Oh, regarde donc !

— Vous le saviez, n'est-ce pas ? Depuis toujours. Vous saviez où était l'oasis. Vous y êtes déjà venus...

Flin s'efforçait de suivre l'allure de Zahir, qui les entraînait par la chaussée processionnelle vers le haut de la gorge. Le sol se soulevait et se déformait ; de chaque côté, tandis qu'elles se refermaient comme un étau, les parois des falaises semblaient grandir, de plus en plus imposantes. L'air était plein de poussière, les statues et les édifices commençaient à trembler et à basculer. Le bruit devenait assourdissant.

Zahir s'arrêta et se tourna face à Flin. Freya et Saïd les rattrapaient.

— Quand ? cria Flin en s'efforçant à la fois de reprendre son souffle et de se faire entendre malgré le chaos environnant. Quand l'avez-vous trouvée ?

— Pas… moi, lança Zahir en réponse par-dessus son épaule. Mon ancitre, Mohammed Wald Yousouf… Ibrahim Sabri al-Rashaayda. Il connaît tout le désert, chaque dune, chaque grain de sable. Il trouve oasis. Six cents ans avant.

— Votre famille connaît la *wehat* depuis six cents ans ?

— Nous passons connaissance d'une génération al-Rashaayda à l'autre, père en fils, père en fils. On en parle à personne.

— Mais pourquoi, bon sang ? Pourquoi garder ce secret ?

— Nous Bédouins, dit Zahir en se tapant la poitrine. Nous comprenons, respectons oasis, nous venons, buvons de l'eau, nous passons la nuit, rien de plus. Nous touchons à rien, nous prenons rien, nous faisons aucun mal. Autres gens… pas comprendre. Oasis puissant !

L'Egyptien indiqua les alentours d'un geste du bras.

— Dangereux si on le respecte pas. Comme tout le désert. Périlleux si autres gens viennent ici. Il se passe mauvaises choses. L'oasis punit. Venez. Nous avons pas beaucoup de temps !

Il se remit à courir, suivi de Flin, Freya et Saïd. Ils atteignirent la première volée de marches qui montaient vers le complexe du temple. Au lieu de continuer tout droit par la voie principale, Zahir les emmena sur un sentier qui contournait la base de la plate-forme de roche sur laquelle le temple était aménagé. Il était plus étroit que la chaussée, obstrué par des racines et des ruines, et leur allure ralentit.

— Et l'avion ? cria Flin en évitant une branche écartée par Zahir qui revenait lui fouetter le visage. Vous saviez que l'avion était tombé là ?

— Bien sûr. Nous le trouvons quatre ou cinq semaines après l'accident. Nous savons un homme vivant parce qu'il creuse tombes, nous le cherchons, mais pas trouver. Après ça, nous venus beaucoup de fois. Nous surveillons. Nous gardons.

— Mais vous participiez à Sandfire ! Vous aidiez Alex à chercher l'oasis !

Zahir lança à Flin un regard parfaitement clair, même sans paroles : « Je l'ai aidée à la *chercher*, mais certainement pas à la trouver. »

— Vous essayiez de nous protéger, n'est-ce pas ? lança Freya en remontant jusqu'à Flin. Lorsque nous sommes venus chez vous hier pour vous interroger sur la pierre. C'est pour cela que vous ne vouliez rien nous dire. Vous vouliez nous protéger.

— J'essaie vous avertir danger, répondit Zahir, tandis qu'apparaissait devant eux une énorme colonne tombée, de près de trois mètres de diamètre, longue comme un wagon de chemin de fer et enveloppée d'un dense réseau de plantes grimpantes, qui bloquait complètement le passage. Oasis dangereuse, gens mauvais dangereux, tout dangereux. Vous bonne amie moi. Je veux pas qu'il vous arrive mal.

Il parvint à la colonne, empoignait l'une des plantes grimpantes et commençait à se hisser quand Flin le prit par le bras et le ramena en arrière.

— C'est nous qui vous devons des excuses, Zahir. Plus que des excuses. Nous ne vous avons pas fait confiance, nous vous avons insulté chez vous. Je suis désolé, *sahebee*. Vraiment désolé.

— C'est OK, je vous tuerai plus tard, dit l'Egyptien en esquissant encore un de ses sourires à peine perceptibles et en écartant la main de Flin. Continuons. Sortons de l'oasis. Vite, s'il vous plaît.

Il donna une tape sur l'épaule de l'Anglais et, après avoir tourné les talons, grimpa sur la colonne, s'agenouilla et tendit la main à Freya pour l'aider à monter. Le déplacement des falaises faisait bouger et trembler la colonne en pierre de quarante tonnes comme si elle avait été un jouet gonflable géant. Il fallut à Freya quelques instants pour trouver son équilibre, puis elle se retourna afin d'aider les autres. A ce moment-là, elle remarqua un mouvement, plus haut sur sa droite.

— Regardez ! s'exclama-t-elle, indiquant la direction.

Ils étaient maintenant presque dans le prolongement de la façade du temple, quoique beaucoup plus bas. Une brèche dans le feuillage des arbres leur permettait de voir distinctement le premier pylône et ses tours trapézoïdales couvertes de plantes grimpantes. Par la porte grande ouverte, c'était la débandade : des hommes à lunettes de soleil et gilet pare-balles, les scientifiques en blouse blanche, Girgis et ses collègues, Meadows et, fermant la marche, les jumeaux roux en costume Armani, tous se ruaient dehors. Pas trace de Molly Kiernan.

— Ils vont mauvais sens, dit Zahir d'un ton neutre. Ils vont mourir. Pas nous. Venez.

Il aida son frère à monter sur la colonne et Freya tendit la main à Flin pour l'aider aussi. Saïd grimpa jusqu'en haut, mais Flin resta où il était.

— Molly n'est pas sortie ! cria-t-il. Elle n'est toujours pas là !

— On se fiche de Molly ! hurla Freya. Venez !

— Je ne peux pas la laisser là !

— Comment, vous ne pouvez pas la laisser là ? Après tout ce qu'elle nous a fait ? Qu'elle aille se faire foutre, laissez-la griller !

Indécis, Flin fermait et ouvrait les poings.

— Venez ! cria de nouveau Freya en jetant des coups d'œil frénétiques à gauche et à droite vers les falaises.

— Oh, non, je ne peux pas la laisser là, répéta Flin. Malgré tout, elle m'a aidé. Elle m'a présenté à Alex, elle a donné un sens à ma vie, quels qu'aient été ses motifs. Je ne peux pas la laisser mourir.

— Vous êtes fou. Vous êtes complètement fou !

Il l'ignora et s'éloigna vers une volée de marches secondaire qui montait en serpentant sur le côté du temple en direction de l'entrée.

— Allez-y ! lança-t-il. Je vous rejoindrai...

— Non !

Freya pivota sur elle-même, saisit une grosse vrille de plante grimpante, prête à descendre de la colonne pour le suivre. Zahir l'empoigna par le bras.

— Nous attendons ici, dit-il. C'est mieux comme ça.

Elle se dégagea d'une secousse et se releva, en criant à Flin :

— Qu'est-ce que vous faites ? Elle a tué Alex ! Elle a participé à son meurtre. Comment pouvez-vous vouloir la sauver ? Elle a tué ma sœur !

Mais il était déjà en train de monter l'escalier quatre à quatre et sa voix fut couverte par les pulsations sonores du Benben et le grondement de la roche pulvérisée.

« J'espère de tout cœur qu'un jour la terre s'ouvrira pour t'engloutir, toi, la honte de mes entrailles. »

Telles avaient été les dernières paroles que sa mère avait dites à Romani Girgis sur son lit de mort, et maintenant qu'il se précipitait vers le bas de l'oasis alors que les falaises se refermaient autour de lui comme de monstrueuses tenailles, que le monde entier semblait se replier et s'effondrer sur lui-même, il avait la désagréable impression que le souhait de sa mère était sur le point d'être exaucé.

Il aurait dû se douter que c'était un coup foireux. Dès le début, vingt-trois ans plus tôt, quand cette salope de Kiernan, cette vieille folle, lui avait dit d'oublier l'avion et que c'était au Benben qu'il fallait s'intéresser. Les putes, la drogue, les armes, l'uranium, c'étaient des choses qu'il connaissait, il pouvait compter dessus, les maîtriser. Mais des pierres explosives, d'anciennes malédictions ? Il aurait dû se méfier, si ce n'est vingt-trois ans plus tôt, du moins ce matin même, lorsqu'ils avaient survolé plusieurs fois le Guilf et n'avaient absolument rien trouvé, puis lorsque, après avoir traversé ce répugnant tunnel, l'oasis leur était brusquement apparue, comme si elle n'avait pas été là de toute éternité. Il y avait ici des forces à l'œuvre, des facteurs qu'il ne pouvait prévoir, des pouvoirs qu'il ne pouvait plier à sa volonté. Bref, c'était la pire des décisions qu'il eût jamais prises en affaires.

— Je veux mon argent ! criait-il en se grattant furieusement les mains et le cou, sans cesser de courir tandis que les obélisques qui bordaient la chaussée processionnelle tombaient avec fracas autour de lui comme des quilles. Vous entendez ? Je veux mon argent ! Donnez-le-moi ! Donnez-le-moi immédiatement !

Il criait dans le désert. La plupart de ceux qui s'étaient enfuis du temple avec lui étaient déjà loin devant ou avaient été écrasés par la chute de monuments, comme cet imbécile de Meadows. Il ne restait plus que lui et ses compagnons égyptiens : Kasri, les jumeaux et, à la traîne, haletant, Boutros Salah. Son plus vieux collègue. La seule personne au monde qu'il pouvait considérer comme un ami. Il lui faisait des signes désespérés, en cet instant même.

— Ne me laisse pas, Romani ! Je t'en supplie, attends-moi. J'arrive pas à suivre !

— C'est ta faute ! glapit Girgis en se retournant à moitié et en pointant vers lui un doigt accusateur. Tu aurais dû m'avertir que c'était un coup foireux ! Tu aurais dû me convaincre de laisser tomber ! Et toi aussi ! Et vous aussi !

Ces derniers mots adressés à Kasri et aux jumeaux.

— Vous tous ! Vous auriez dû me mettre en garde ! Me dire de laisser tomber ! Je veux mon argent ! Vous entendez ? Je veux mon argent immédiatement, espèces de salauds, voleurs, bande de voleurs !

Tandis qu'ils poursuivaient leur chemin en trébuchant, il continuait de divaguer, battait des bras, fulminant contre la duplicité des Américains et la traîtrise de ses hommes. Ils passèrent devant l'épave de l'Antonov ; tel un bulldozer, la paroi rocheuse poussait lentement l'avion vers eux sur une vague de décombres, de rochers et d'arbres déracinés, puis l'appareil retourné se retrouva pris sous le pied de la falaise, pareil à un petit bateau sous l'étrave d'un paquebot.

— Comment c'est possible ? s'exclama Girgis. Arrêtez ça ! Vous m'entendez ? C'est pour ça que je vous paie ! Arrêtez ça !

Sa voix se perdit dans le vacarme assourdissant de la roche en train de se fendre. Même s'ils l'avaient entendu, aucun n'y aurait prêté attention, tous uniquement déterminés à atteindre le bas de l'oasis et le tunnel dans les meilleurs délais.

Ils continuaient d'avancer péniblement, dans une obscurité croissante, à mesure que la gorge se rétrécissait, et les tourbillons de poussière et de débris qui leur montaient au visage. A la fin, ils couraient pratiquement à l'aveuglette et seules les parois sombres des falaises dressées de chaque côté, la pente légère du terrain sous leurs pieds leur indiquaient qu'ils allaient dans la bonne direction.

Les ténèbres étaient si profondes, le bruit de tonnerre de la roche brisée si désorientant, que Girgis ne se rendit compte qu'il se trouvait à l'intérieur du tunnel qu'au bout d'une trentaine de mètres. Le nuage de poussière se dissipait lentement autour de lui et les halos lumineux des lampes à krypton portables qui avaient été disposées à intervalles réguliers lorsqu'ils avaient traversé le boyau le matin apparaissaient peu à peu.

Il ralentit, s'arrêta, se remit à courir afin de s'éloigner davantage de l'entrée du tunnel et du chaos qui régnait à l'extérieur ; il couvrit encore une cinquantaine de mètres avant de s'arrêter de nouveau et de s'adosser à la paroi incurvée du boyau, couverte d'images enchevêtrées de serpents ondulants. Haletant, il donna des tapes sur ses cheveux et son costume pour en chasser la poussière. Le groupe s'était étiré et scindé au cours de l'ultime ruée vers le salut, et Kasri se trouvait maintenant à dix mètres derrière lui. Encore plus à la traîne, Salah, à moitié suffoqué, venait juste d'émerger du nuage de poussière. Il ne vit pas tout de suite les jumeaux et pensa d'abord qu'ils étaient toujours dans l'oasis, puis les repéra sur sa droite, deux taches arrondies plus avant dans le tunnel, qui filaient au loin d'un pas énergique.

— Où vous croyez aller, comme ça ? cria-t-il.

Ils continuèrent à marcher.

— Vous allez vous arrêter immédiatement et m'attendre ! Vous m'entendez ! Attendez-moi, c'est un ordre !

— Le Zamalek, c'est de la merde ! se répercuta une voix à travers le tunnel. Et les *Zamalekaweya* sont des ordures !

— Quoi ? Qu'est-ce que vous avez dit ?

Ils ne répondirent pas, poursuivirent leur chemin comme si de rien n'était, leurs silhouettes se fondant peu à peu dans l'ombre.

— On se retrouvera à la sortie ! beugla Girgis. Vous entendez ? On se retrouvera à la sortie, espèces de petits merdeux !

Sans cesser de se gratter la tête et le cou, de lancer des jurons, il s'écarta du mur et repartit dans le tunnel à leurs trousses en faisant signe à Kasri et Salah de le suivre. Le grondement des falaises en train de se refermer s'estompait progressivement derrière eux à mesure qu'ils s'enfonçaient dans les profondeurs de la terre, jusqu'à n'être plus qu'un lointain grincement plaintif, pas plus fort que le claquement de leurs pieds sur le sol du tunnel et la respiration bruyante de Salah.

Ils arrivèrent en bas de la pente, Girgis avec encore quelque avance sur ses collègues. Le tunnel continuait maintenant à l'horizontale sous le Guilf, tel un énorme trou de ver, et les lampes à krypton continuaient d'éclairer leur chemin – îlots de lumière fantomatiques qui ne faisaient qu'accentuer l'obscurité des zones intermédiaires.

— On n'est plus très loin ! cria Girgis, qui semblait se radoucir au fur et à mesure qu'ils mettaient de la distance entre eux et l'oasis. Dans dix minutes, nous serons sortis de cet endroit de merde et en route pour Le Caire ! On fera une partie de jacquet, hein, Boutros ! Comme au bon vieux temps !

Salah alluma une cigarette et marmonna qu'il n'avait pas apprécié d'avoir été laissé en rade quand ils étaient dans la gorge. Girgis écarta la remarque d'un revers de main.

— Je me rattraperai. Je t'achèterai une nouvelle voiture ou quelque chose d'autre. Allez, viens, cesse de lambiner.

Il accéléra le pas en s'efforçant d'ignorer les serpents peints qui semblaient bouger et luire dans la lumière spectrale, se lover avec malveillance autour des parois et du plafond du tunnel. Il marcha pendant une minute, puis s'arrêta pour scruter les ténèbres.

Bien que son souvenir ne fût pas parfaitement clair – ce qui n'avait rien d'étonnant, étant donné tout ce qui lui était arrivé –, il aurait juré, après avoir traversé le tunnel dans la matinée, qu'il était complètement droit. Alors que maintenant il y avait une courbe devant lui, la paroi du boyau s'incurvant tout à coup sur la droite.

— Qu'est-ce que c'est que cette histoire ? grommela-t-il en avançant encore avant de s'arrêter net.

Il se passait en effet quelque chose de très étrange. Il entendait un bruissement, comme celui de mains frottant un bois granuleux, et, sous ses yeux, le tunnel se redressait lentement puis s'incurvait dans l'autre sens. Il secoua la tête, incrédule, certain que c'était un effet de son imagination. Ça se comprenait : il était fatigué par toutes ces émotions et on venait quand même de l'escroquer de cinquante millions de dollars... Mais cela recommença.

— Boutros ! cria-t-il. Tu as vu ça ? Mohammed ?

Il se retourna brusquement pour chercher à se rassurer auprès de ses comparses, mais il y avait maintenant une autre courbe derrière lui, qui n'existait certainement pas auparavant. La voix de Boutros lui parvint d'au-delà du virage, enrouée par la terreur :

— Romani ! Le tunnel bouge !

— Le tunnel bouge ? Qu'est-ce que tu me chantes là ? Comment peut-il bouger ?

Girgis recommençait à se sentir contrarié. Très contrarié.

— Les parois bougent ! cria à son tour Kasri. Elles se courbent...

— Putain de merde, comment de la roche peut...

Un autre bruissement lui coupa la parole, mais maintenant qu'il l'entendait pour la troisième fois, il lui semblait plutôt provoqué par une sorte de glissement poussiéreux. Atterré, il vit Kasri et Salah réapparaître lentement puis, du fait que le tunnel ondulait gracieusement à droite et à gauche, disparaître à nouveau. Les parois, le sol et le plafond s'incurvaient et se redressaient comme s'ils avaient été formés non pas de pierre mais d'un matériau plus mou, plus élastique – de la peau ou du tendon.

— Arrêtez ça ! hurla Girgis. Arrêtez ça immédiatement ! Je vous l'ordonne !

Il parut un instant que son ordre avait été suivi. Tout s'immobilisa et l'on n'entendit plus que la respiration sifflante de Salah et, au loin, un cri étouffé, que Girgis supposa poussé par l'un des jumeaux. Cinq secondes passèrent, puis dix, et il commençait à croire que les forces géologiques à l'œuvre s'étaient calmées, quand le boyau effectua lentement une nouvelle contorsion. Cette fois-ci, il se mit à tournoyer dans un sens, puis dans l'autre. Les lampes à krypton basculèrent et roulèrent au sol et tout se confondit en un capharnaüm de lumière, d'obscurité et de serpents en train de se lover. Girgis fut projeté à terre, se releva tant bien que mal, retomba et se mit à marcher à quatre pattes. Il ne savait même pas dans quelle direction il allait, il voulait seulement sortir de là. L'ondulation devenait plus violente, le sol frémissait, tout le tunnel semblait se tortiller. Un sifflement pernicieux envahissait l'air, une odeur de pourri, de viande à demi digérée, lui emplissait les narines, il avait des haut-le-cœur et suffoquait.

— Aidez-moi ! cria-t-il au moment où ses compagnons égyptiens surgissaient devant lui, Kasri à plat ventre, Salah à quatre pattes, une cigarette pendant encore au coin de la bouche. Au nom de Dieu, aidez-moi !

Il s'avança vers eux en leur tendant désespérément la main. Salah et Kasri tendirent aussi le bras vers lui et alors que les bouts de leurs doigts n'étaient plus qu'à quelques centimètres, à la grande consternation de Girgis le tunnel commença à se rétrécir, à se contracter. Il se refermait lentement sur ses deux collègues, enserrant et écrasant leurs jambes et leur torse dans une gangue de roche de plus en plus étroite. Ils se débattirent un moment, agitèrent les bras, le visage écarlate tandis que le boyau les broyait, puis ils furent aspirés en arrière et disparurent. La main de Salah dépassa encore quelques secondes, ses doigts tachés de nicotine griffant l'air, avant d'être engloutie elle aussi. Le tunnel se tordit violemment encore une fois et s'immobilisa. Le sifflement s'arrêta.

Girgis resta agenouillé là un moment, frissonnant, gémissant, à fixer d'un regard de dément l'espèce d'anus à travers lequel ses compagnons venaient d'être aspirés. Puis, d'une main tremblante, il prit la lampe à krypton tombée au sol sous l'ouverture, se releva en chancelant et tourna les talons.

Ne pense plus à ce qui vient de se passer, se dit-il. Ne pense plus à Salah et Kasri. Reste calme, remets-toi en marche et fous le camp d'ici. Mais le boyau s'était contracté et refermé aussi devant lui – engloutissant sans doute également les jumeaux. Il était seul et pris au piège, mis au tombeau dans une section de tunnel pas plus longue qu'un minibus.

— Ohé ! cria-t-il faiblement. Il y a quelqu'un ? Quelqu'un m'entend ?

Sa voix était tout juste assez forte pour emplir l'espace dans lequel il se trouvait, sans parler de pénétrer la roche qui l'entourait. Il appela encore et encore, la lampe qu'il tenait – la seule lampe – commença à s'éteindre à mesure que sa batterie se vidait. De plus en plus menaçante, les ténèbres s'épaississaient, se resserraient autour de la lueur faiblissante de l'ampoule au krypton, telle une meute de loups autour d'un feu de camp.

— Je vous en prie ! gémit-il. Je vous en prie, aidez-moi. Je paierai. Je suis riche. Très riche. Aidez-moi !

Il se mit pleurer, puis à crier, un hurlement aigu pareil à la plainte de la hyène, tout en tapant vainement des poings sur la roche dure et demandant à Dieu, n'importe quel dieu – chrétien, musulman, égyptien ancien –, de lui venir en aide, de le tirer de cette situation affreuse. Tout resta en l'état, le silence tout aussi profond, la prison de roche tout aussi solide, et finalement, épuisé, il s'affala par terre, le dos contre la paroi. Au-dessus de lui, à peine visible dans la lumière déclinante, flottait une énorme tête de serpent peinte à la gueule grande ouverte.

— Va-t'en ! gémit-il en se grattant le cou et les membres, l'impression d'avoir des cafards sur la peau plus forte et insupportable que jamais. Fichez le camp ! Dégueulasse ! Dégueulasse !

Il se grattait de plus en plus furieusement, se labourait la peau avec les doigts et se donnait des claques, la sensation d'un grouillement de cancrelats si répugnante et réaliste qu'accablé et désespéré comme il l'était il ne pouvait supporter de rester sans bouger, aussi se remit-il debout en chancelant. Ce faisant, il aperçut quelque chose qui dégringolait le long de la paroi contre laquelle il s'était adossé, une pluie de poussière et d'éclats de pierre apparemment, bien que la lumière fût si faible qu'il ne pouvait en être certain. Il se pencha pour essayer de mieux voir ce qui se passait, terrifié à l'idée que le tunnel commence à s'effondrer. Mais ce qu'il vit était bien pire. Pire que tout ce qu'il aurait pu jamais imaginer, son cauchemar le plus affreux devenu réalité. Des cafards, par dizaines, par centaines, par milliers, sortaient à flots continus de la gueule du serpent peint sur le mur, tel un débordement d'eau sale. Il baissa les yeux : il y en avait sur sa veste, ses bras, ses jambes, ses chaussures.

Dans un hurlement et le bruit mouillé que faisaient ses pieds en écrasant les insectes, il tituba en arrière en se tapant dessus frénétiquement pour tenter de chasser les blattes. Il se cogna contre la paroi opposée et laissa tomber la lampe, dont la lumière brilla plus fort un court instant, illuminant tout l'espace. D'autres gueules de serpents, à droite, à gauche, au-dessus de lui, devant lui, vomissaient des hordes de cafards. Un mouvement animait toute la cavité, une marée grouillante d'insectes qui avançait rapidement vers lui, montait le long de ses jambes, descendait le long de son buste, recouvrait tout son corps, l'enveloppant dans un linceul luisant d'ailes, de pattes et d'antennes. La lumière ne dura que quelques secondes, juste assez pour que toute l'horreur de sa situation lui apparaisse pleinement. Puis son intensité baissa, elle s'éteignit et il ne resta plus que l'obscurité, le petit bruit sec et le frôlement de millions de pattes minuscules et les hurlements démentiels de Romani Girgis.

Flin s'arrêta un instant en arrivant au sommet de l'escalier et sa position plus en hauteur lui permit de voir clairement ce qui se passait dans l'oasis.

Il avait sous les yeux une scène de dévastation spectaculaire. La progression irrésistible des falaises, qui barattaient tout ce qui se trouvait sur leur passage, rendait à peine reconnaissable le paradis encore vierge qu'ils avaient découvert quelques heures plus tôt. Palmeraies, prairies semées de fleurs, arbres fruitiers, mares, chaussées et statues disparaissaient lentement comme des détritus avalés par deux aspirateurs colossaux. Dans la partie inférieure de la gorge, les parois semblaient déjà s'être rejointes, mais les tourbillons de poussière empêchaient d'en avoir la certitude. Plus haut, dans la partie supérieure du canyon, il demeurait un espace dégagé, un triangle de végétation, mais lui aussi sous la menace d'être rapidement dévoré par le rapprochement inexorable des falaises, qui anéantissaient tout sur leur passage. Flin estima qu'il disposait d'un quart d'heure environ avant qu'elles n'atteignent les côtés de la plate-forme de roc et ne commencent à démolir les bâtiments du temple. Et peut-être encore une dizaine de minutes avant qu'elles ne se referment complètement et que l'oasis disparaisse à jamais. Une quinzaine, tout au plus. Pas assez de temps. Pas tout à fait assez. Il se retourna et se mit à courir.

Il franchit la première cour, dont le pavage se déformait et se soulevait sous la pression des parois rocheuses dressées de part et d'autre, puis la deuxième, où la forêt d'obélisques avait été à moitié abattue, pêle-mêle. Et la troisième. Au milieu, le gigantesque obélisque se dressait toujours avec défi, insoumis face au chaos envahissant, même si un morceau déchiqueté de feuille d'or manquait à la base dans le coin gauche, acte de vandalisme qu'il remarqua à peine tant il était résolu à retrouver Kiernan.

Il parvint au temple proprement dit et traversa à toute allure la succession de salles monumentales. Les vibrations sourdes du Benben, jusque-là quasiment étouffées par le grondement de la désintégration de l'oasis, redevinrent peu à peu plus perceptibles et s'immiscèrent de nouveau dans ses oreilles, contrepoint rythmique à l'entrechoquement de la roche s'effondrant sur elle-même.

— Allez ! fit-il entre ses dents, s'exhortant à accélérer l'allure, à jeter dans la course jusqu'à la dernière parcelle de son énergie.

De la poussière et des débris de pierre tombaient en pluie, des morceaux de maçonnerie commençaient à bouger et se déloger, et ce avant même que les falaises aient atteint la plate-forme du temple et commencé à exercer pleinement leur force de compression sur elle.

Alors que l'édifice se lézardait et s'ébranlait de plus en plus, Flin traversa la salle envahie par des racines géantes, celle où se trouvaient les tables d'offrande en albâtre, et poursuivit son chemin jusqu'à la cour plus petite au cœur du temple. Le bassin était maintenant vide, le fond fendu par une profonde fissure, et les lotus roses et bleus gisaient, avachis et délaissés, sur la pierre à moitié sèche. En appelant Molly, il franchit l'entrée de la construction trapue de l'autre côté, passa en trombe les rideaux de roseaux et déboucha dans la pièce derrière. Les bruits extérieurs s'affaiblirent soudain et les pulsations sonores du Benben lui emplirent les oreilles.

— Molly, vous devez sortir d'ici ! Nous devons partir ! Venez !

La pièce était déserte. Resté sur le seuil, Flin embrassa du regard la batterie de moniteurs abandonnés, la cuve d'isolation en verre, le Benben lui-même, flamboyant de rosaces spiralées de couleurs et duquel semblait émaner une légère brume dorée. Il commençait à faire demi-tour, pensant qu'elle avait déjà fui, qu'elle avait dû faire partie du groupe de gens qui s'étaient précipités hors du temple et qu'il n'avait pas dû la voir, quand un mouvement lui attira l'œil. Il se retourna brusquement et, frappé d'horreur, aperçut Molly, qui se remettait lentement debout, derrière la pierre.

— Ohé, Flin !

On eût dit qu'elle l'accueillait à une garden-party.

— Dieu tout-puissant, vous êtes folle, Molly ! Sortez de là !

Elle se contenta de lui sourire. Parfaitement calme, parfaitement détendue.

— Franchement, Flin, ai-je l'air d'être dans le même état qu'Ousmane ?

Elle écarta les bras, comme un magicien invitant le public à l'examiner, pour montrer qu'après avoir été scié en deux il était toujours entier.

— Vous voyez ? Le Benben ne fait pas de mal. A moi, il ne fait rien.

Elle passa les mains le long de son corps, puis se pencha en avant et, à la grande horreur de Flin, enlaça la pierre et appuya sa joue dessus. Elle semblait ne souffrir d'aucun effet négatif et, après être restée un moment dans cette position pour prouver ses dires, elle se redressa.

— Il ne fera pas de mal à ceux à qui nous ne voulons pas qu'il en fasse, Flin. C'est un outil, ni plus ni moins. Et comme tout outil, nous devons savoir comment l'utiliser.

Elle passa la main au-dessus de la pierre : la pulsation parut ralentir et diminuer d'intensité, comme si elle était capable de la plier à sa volonté. Flin la regardait faire, frappé d'incrédulité.

— C'est notre amie, ronronna-t-elle. Comme elle était l'amie des anciens Egyptiens. Comment l'appelaient-ils ? *Iner seweser-en...* je prononce comme il faut ? La pierre qui nous donne la puissance. Et maintenant, la puissance, elle va nous la donner, à nous. C'est pourquoi elle nous a été révélée, pourquoi nous avons été conduits jusqu'ici. C'est un don, Flin. Un don de Dieu lui-même.

Autour d'eux, les murs se mettaient à trembler, des blocs de pierre de plusieurs dizaines de tonnes vibraient et tressautaient comme s'ils avaient été aussi légers que du polystyrène.

— Je vous en prie, Molly, le temps nous est compté ! Nous devons sortir d'ici ! Immédiatement !

— Et ce n'est que le début, dit-elle, ignorant ses supplications, sur un ton d'un calme déconcertant, comme si elle se trouvait dans une réalité complètement différente de celle où était Flin. Le premier aperçu de sa puissance. Songez à ce qu'elle fera pour nous, lorsque nous la libérerons vraiment, ce qu'elle va nous aider à accomplir...

— Je vous en prie, Molly !

— Un monde nouveau, un ordre nouveau, la fin du mal. Le royaume de Dieu sur Terre, dans la sécurité procurée par le Benben, sans aucun être infâme en vue !

Les pierres du plafond commençaient à se disjoindre et laissaient apparaître des bandes de ciel bleu.

— Vous pourriez participer à tout cela, Flin, poursuivit Kiernan, la main tendue vers lui, oubliant apparemment qu'elle avait, moins d'une heure auparavant, ordonné son exécution. Pourquoi ne travailleriez-vous pas avec nous ? Vous en savez plus sur la pierre que quiconque, même moi. Vous pourriez nous conseiller, nous aider à réaliser son plein potentiel. Les autres étaient des faibles, mais pas vous. Venez avec nous. Aidez-nous à bâtir un monde nouveau. Qu'en pensez-vous, Flin ? Etes-vous avec nous ? Allez-vous nous aider ?

— Vous êtes dingue ! cria-t-il en reculant, le regard passant rapidement de Kiernan au plafond et aux murs de la pièce qui trépidaient de plus en plus fort et s'ouvraient à la façon d'un œuf en train d'éclore. Vous ne pouvez pas maîtriser ça ! Ça vous dépasse ! Ça nous dépasse tous !

Elle rit et agita le doigt dans sa direction comme l'aurait fait une maîtresse d'école réprimandant un élève indiscipliné.

— O, homme de peu de foi ! Honte à toi ! Croyez-vous vraiment qu'Il nous aurait fait don de quelque chose que nous ne pourrions utiliser ? Que nous ne pourrions maîtriser ? Ai-je l'air de ne pas pouvoir la maîtriser ?

Elle écarta à nouveau les bras et abaissa lentement ses paumes ouvertes sur le haut du Benben. A la grande consternation de Flin, la vibration sonore ralentit encore et s'arrêta complètement, tandis qu'à l'intérieur de la pierre les couleurs ternissaient et s'estompaient. Les murs et le plafond cessèrent de trembler. Une immobilité et un silence sinistres s'emparèrent de toute chose. Flin regardait autour de lui, sans pouvoir y croire.

— Mon Dieu, murmura-t-il. Comment pouvez-vous... Mon Dieu.

Kiernan était rayonnante.

— Comme je vous l'ai dit, Il ne nous aurait pas donné quelque chose dont nous ne pourrions nous servir. Et, croyez-moi, nous allons nous en servir, avec ou sans votre aide.

Elle prit une profonde inspiration, expira, renversa la tête en arrière et ferma les yeux.

— Faites silence devant le Seigneur, murmura-t-elle. Car le jour du Seigneur est proche ; le Seigneur a préparé...

Un bruit assourdissant lui coupa la parole. L'édifice se remit à trembler de plus belle. Au même instant, le Benben reprit ses vibrations sonores, bien plus fortes, plus furieuses qu'avant, pareilles au grondement d'un lion. L'intérieur de la pierre flamboya de nouveau, d'une seule teinte maintenant, un rouge vif de fournaise, comme si tout ce qui avait précédé – les couleurs tourbillonnantes, les éclairs lumineux, le halo mordoré – n'avait été qu'un simple préambule, un exercice d'échauffement, et que le Benben révélait enfin sa vraie nature

Kiernan rouvrit brusquement les yeux, redressa la tête, son sourire évanoui sur ses lèvres, les bras raides comme si elle avait été électrocutée.

— Sortez d'ici ! hurla Flin.

Elle semblait incapable de lever les mains de la surface de la pierre. Elle se mit à trembler, ses yeux s'écarquillèrent, la bouche ouverte au point de se démettre la mâchoire. Flin fit un pas vers elle, songeant à tenter de lui venir en aide, à la tirer hors de la cuve de verre, mais au même moment une tache jaune, puis brune, apparut sur la joue de l'Américaine, comme sur une feuille de papier tenue au-dessus d'une bougie ; la tache s'élargit et s'assombrit avant de s'enflammer brusquement. D'autres taches se formèrent sur ses mains, son cou, son front, son cuir chevelu, ses bras, elles aussi roussirent et s'embrasèrent, les flammes se joignirent et l'enveloppèrent en une étreinte flamboyante. Tout son corps était en feu, une boule de feu au milieu de laquelle on distinguait vaguement la silhouette d'une forme humaine.

Flin resta un moment cloué sur place, trop ébranlé pour faire un geste. Il crut l'entendre crier : « Charlie ! Oh, mon Charlie ! » Puis, tandis que des traits de lumière jaillissaient du haut du Benben, perçant le verre réputé impénétrable, et traversaient le plafond de la pièce en vaporisant tout sur leur passage, il pivota sur lui-même et prit ses jambes à son cou.

Dehors, l'anéantissement de l'oasis avait progressé plus vite qu'il ne l'avait pensé. Beaucoup plus vite. Les falaises, dressées au-dessus de lui tels deux mastodontes convergents, s'étaient refermées sur la plate-forme de roc, la déformaient et l'écrasaient. Les bâtiments du temple commençaient à s'écrouler sur eux-mêmes, colonnes, pylônes, murs et toitures oscillaient, se gauchissaient et s'effondraient lentement dans une avalanche de poussière et de gravats. Tout espoir de s'échapper par où il était venu ou bien par quelque porte latérale du temple s'était envolé. N'ayant plus le choix, il fit demi-tour et s'élança vers l'arrière du temple en priant qu'il y ait là une sortie.

Il faisait de brusques écarts et slalomait pour éviter les morceaux de maçonnerie qui se fracassaient tout autour de lui, une vague de pierre en train de s'écrouler semblait le talonner, et il fonça à travers une nouvelle succession de cours et de salles hypostyles. L'ensemble des édifices n'en finissait plus et il commençait à se demander s'il allait jamais arriver au bout quand il déboucha dans une autre cour. Devant lui se dressait un mur formé de blocs de pierre massive d'une quinzaine de mètres de haut. Sans porte ni ouverture, les côtés de la cour fermés par des murs semblables : il se rendit compte qu'il s'était fourré de lui-même dans un énorme cul-de-sac. Il était pris au piège.

Il poussa un cri de rage, courut jusqu'au mur et tapa dessus désespérément, sachant que c'était fini, qu'il n'y avait pas moyen de faire marche arrière et de retraverser dans l'autre sens tout ce chaos.

— Espèce de con ! brailla-t-il sans cesser de taper sur le mur. Espèce de...

Le sol sous ses pieds se souleva avec une violence particulière et, comme s'il avait été fait de cubes d'un jeu de construction, le mur bascula, s'écroula dans la pente à l'arrière de la plate-forme du temple et disparut, purement et simplement. A travers un tourbillon de poussière, Flin devina la partie supérieure de l'oasis, une falaise verticale sur la paroi de laquelle les côtés de la gorge empiétaient peu à peu. Le soleil était suspendu au-dessus, boule rouge embrasée.

Abasourdi, Flin escalada les décombres du mur et descendit vers les arbres au-delà. Il distinguait vaguement deux personnes agenouillées au pied de la falaise. Elles semblaient examiner quelque chose par terre.

— Qu'est-ce que vous fichez là ? leur cria-t-il. Grimpez ! Dépêchez-vous de grimper !

Il entendit à peine sa propre voix. Il ne put que reprendre sa course en se frayant un chemin parmi les blocs de pierre effondrés tandis que l'oasis continuait de se refermer autour de lui et qu'un autre éclair jaillissait du Benben dans son dos.

Dès l'instant où Flin avait disparu en haut des marches vers le devant du temple, Zahir avait fait signe à Freya et à son frère de le suivre et ils avaient contourné la plate-forme de roc et continué au milieu des arbres vers la partie supérieure de l'oasis : une falaise verticale de deux cents mètres de haut, base du triangle qu'il formait avec les deux flancs de la gorge. Lorsque Freya avait pénétré dans l'oued, un peu plus tôt – il lui semblait que c'était dans une autre vie –, cette falaise paraissait avoir quatre cents ou cinq cents mètres de large. Elle n'en avait plus que la moitié et continuait de se rétrécir.

— De combien de temps disposons-nous, selon vous ? cria-t-elle.

Zahir leva la main, les doigts tendus, l'ouvrit et la ferma quatre fois.

— Ce n'est pas possible ! Comment allons-nous grimper là-haut en vingt minutes ? Je suis une alpiniste professionnelle et je n'y arriverais pas en moins de deux heures !

Zahir continua à courir. Autour d'eux, les arbres se clairsemèrent peu à peu, puis disparurent tout à fait et ils poursuivirent leur course en terrain dégagé. A droite et à gauche, les parois de la gorge étaient encore visibles malgré les vagues de poussière qui se soulevaient à leur pied tandis qu'elles avançaient en écrasant tout sur leur passage. Devant eux, la falaise qu'il leur fallait escalader cachait le soleil et projetait une ombre épaisse sur le fond de la vallée : une imposante paroi, apparemment lisse, dont le seul trait remarquable, hormis de rares rebords, fissures et saillies, était une sorte de balafre qui serpentait à la verticale en son milieu. Freya supposa d'abord qu'il s'agissait d'une veine de roche de couleur légèrement différente qui traversait le calcaire ou bien d'une mince arête en relief sur la surface plane de la falaise. A mesure qu'ils approchaient, elle s'aperçut cependant que ce n'était ni l'une ni l'autre, mais une immense échelle. Ou plutôt une série d'échelles. En bois, l'air branlantes, leurs barreaux maintenus par des cordes, elles gravissaient la falaise, de la base au sommet, comme une procession de mille-pattes géants en zigzaguant d'une saillie, d'une fissure, d'un rebord à l'autre, profitant de tous les points d'ancrage disponibles pour poursuivre leur ascension et relier la terre au ciel. Freya en était ébahie.

— L'échelle de Nout, murmura-t-elle en se souvenant de l'inscription que Flin et elle avaient vue à Abydos.

— Très solide, dit Zahir en arrivant au pied de la falaise et en tirant un bon coup sur la première échelle pour montrer qu'elle avait été arrimée à de grosses pointes de bronze fichées profondément dans le roc. Ma famille l'utilise depuis des siècles. Nous réparons. Maintenons en bon état. Longue ascension, mais sans danger. Allez, montez !

Il s'écarta de l'échelle et agita le pouce vers le haut pour indiquer à Freya qu'elle devait commencer à grimper.

— Et vous ?

— J'attends *saïs* Brodie. Nous montons ensemble. Allez, allez !

Elle tenta de discuter, mais il ne voulut rien savoir – « Je monte vite, argua-t-il, comme un singe » – et elle obtempéra donc. Elle posa le pied sur le premier barreau et entama l'ascension. Le frère de Zahir la suivit, son fusil en bandoulière, et tous deux s'éloignèrent peu à peu du fond de la vallée. La paroi de la falaise tremblait comme le flanc d'un animal en détresse, mais les échelles tenaient bon et, de plus en plus convaincue de leur solidité, Freya accéléra l'allure. La silhouette de Zahir rapetissait en contrebas et la vue sur la gorge se dégageait à mesure. Une vision de chaos et de destruction.

Elle était montée d'une vingtaine de mètres, la longueur de quatre échelles, et elle attaquait la cinquième quand la falaise vacilla violemment. A la limite de son champ de vision, elle entraperçut un mouvement au-dessus d'elle. Ses années d'expérience de la varappe avaient aiguisé ses réactions et instinctivement elle se plaqua contre l'échelle en passant la tête entre deux barreaux pour la protéger le mieux possible. Des cailloux et de petits fragments de roc dégringolèrent en pluie sur ses épaules, suivis par trois ou quatre morceaux plus gros qui ne passèrent apparemment qu'à quelques centimètres d'elle. Elle ne bougea pas, cramponnée à l'échelle, et attendit de voir si la chute de pierre allait se poursuivre. En dehors de quelques douches supplémentaires de gravillons, cela semblait fini. Avec précaution, elle s'écarta de l'échelle, jeta un coup d'œil d'abord en haut, puis en bas.

— Ça va ? cria-t-elle à Saïd, qui se trouvait quelques mètres audessous d'elle.

Il leva la main pour montrer qu'il n'avait rien. Elle commençait à détourner le regard, prête à reprendre l'ascension, quand elle se retourna brusquement en se penchant davantage, les yeux braqués sur le pied de la falaise.

— Oh, non ! Oh, mon Dieu, je vous en prie, non !

Saïd avait dû voir, lui aussi, car il avait déjà commencé à redescendre en lui faisant signe de continuer à grimper. Elle l'ignora et le suivit, dévalant l'échelle aussi vite que possible. Le grondement des falaises, le tremblement de la paroi rocheuse, l'anéantissement de l'oasis, tout s'estompa tandis que le monde entier se réduisait à une petite parcelle de sol en contrebas, où Zahir gisait à terre sous une plaque de roche grosse comme un capot de voiture.

Parvenue à quelques mètres du bas de la falaise, elle sauta. Après avoir durement heurté le sable, elle se précipita vers Saïd, agenouillé près de son frère. Celui-ci, coincé au sol à partir de la poitrine, vivait encore, mais tout juste. Ses doigts agrippaient faiblement le dessus du rocher et un filet de sang coulait du coin de sa bouche.

— Il faut qu'on enlève ça ! s'écria Freya en passant les mains sous le bloc de pierre et en s'efforçant de le soulever.

Impassible, le visage dénué d'expression, Saïd restait agenouillé, à caresser le front de Zahir. Seuls ses yeux trahissaient son émotion, donnaient une idée du supplice qu'il devait endurer en voyant son frère écrasé ainsi et cloué au sol.

— Aidez-moi, Saïd, gémit Freya. Je vous en prie, nous devons enlever cette pierre, le tirer de là...

C'était vain et elle le savait, elle l'avait su dès l'instant où elle avait vu ce qui était arrivé. Le bloc de pierre était beaucoup trop lourd, et même si par miracle ils avaient réussi à le déplacer, il était hors de question qu'ils portent Zahir, blessé comme il l'était, jusqu'en haut de la falaise verticale. Malgré elle, elle essaya encore de soulever le rocher, les yeux embués de larmes, puis la main de Zahir se glissa à la surface de la pierre, prit la sienne et l'écarta. Il secoua légèrement la tête pour signifier que ça ne servait à rien et que mieux valait ne pas gaspiller ses forces.

— Oh, mon Dieu, Zahir, dit-elle, la gorge serrée.

Il lui pressa faiblement la main et, roulant des yeux, regarda son frère et lui parla en arabe, d'une voix à peine audible, des bulles de sang et des mucosités sortant de ses narines. Freya ne comprenait évidemment pas ce qu'il disait, mais l'entendit prononcer plusieurs fois « Mohsen », le nom de son fils, et comprit qu'il prenait d'ultimes dispositions et confiait sa famille aux soins de Saïd.

— Oh, mon Dieu, Zahir, répéta-t-elle désespérément en tenant sa main dans la sienne et en la caressant.

Des larmes coulaient sur son visage, des larmes d'impuissance, de chagrin, de culpabilité, aussi, parce qu'elle avait douté de lui, pensé et dit du mal de lui alors qu'il avait été bon et honnête. Qu'il avait donné sa vie pour sauver la sienne. Elle avait été injuste envers lui, comme elle l'avait été envers sa sœur. Et de même qu'elle avait délaissé Alex dans l'adversité, elle abandonnait aussi Zahir maintenant, si bien qu'il ne lui restait plus qu'à lui caresser la main, qu'à sangloter et à se haïr pour le tort qu'elle semblait toujours faire à ceux qui lui voulaient du bien.

Pourquoi me trompé-je toujours ? songea-t-elle. Et pourquoi est-ce toujours ceux qui sont gentils avec moi qui finissent par payer mes erreurs ?

Zahir parut lire dans ses pensées et releva légèrement la tête.

— C'est OK, mademoiselle Freya, bredouilla-t-il d'une voix rauque. Nous bons amis.

— Je suis désolée, Zahir ! s'écria-t-elle. Nous allons vous sortir de là. Je vous le promets...

Elle se remit à tirer sur le rocher. Non parce qu'elle croyait avoir une chance de le faire bouger, mais parce qu'il lui était insupportable de ne rien faire, de rester là à le regarder alors que la vie s'échappait lentement de lui sous ses yeux. Zahir secoua de nouveau la tête et repoussa sa main en marmottant quelque chose. Sa voix était trop faible, le bruit de fond trop énorme pour qu'elle saisisse ce qu'il disait. Elle se pencha vers lui et approcha son oreille à quelques centimètres de sa bouche ensanglantée.

— Elle heureuse.

— Comment ?

La main de Zahir serra la sienne plus fort.

— Elle heureuse, répéta-t-il d'un ton pressant, comme s'il employait le peu d'énergie qui lui restait pour se faire entendre et comprendre. Elle très heureuse.

— Qui, Zahir ? Qui est heureuse ?

— Docteur Alex. Docteur Alex très heureuse.

Il délire, pensa-t-elle, il a sombré dans un monde nébuleux entre la vie et la mort.

Zahir serra sa main encore plus fort comme pour lui signifier que ce n'était pas le cas, qu'il savait très bien ce qu'il disait. Autour d'eux, l'oasis parut momentanément devenir immobile et silencieuse, mais Freya aurait été incapable de dire si c'était la réalité ou si ses sens étaient à tel point absorbés par l'homme étendu près d'elle que tout le reste était relégué au-delà des limites de sa conscience.

— Je ne comprends pas. Que voulez-vous dire par « Alex est heureuse » ?

— A Dakhla, vous m'avez demandé si docteur Alex heureuse, fit-il d'une voix sifflante en cherchant son regard pour tenter de lui expliquer. Quand vous venir, le premier jour. Vous avez demandé si elle heureuse.

A travers l'agitation des événements récents, l'esprit de Freya revint à ce premier matin passé à Dakhla, avant que tout ne commence. Zahir l'avait emmenée chez lui pour boire le thé, elle s'était trompée de pièce, avait trouvé la photo d'Alex accrochée au mur et il l'avait surprise là.

« Etait-elle heureuse ? lui avait-elle demandé. A la fin. Ma sœur était-elle heureuse ? »

— Elle tres heureuse, murmura Zahir en s'évertuant à faire sortir les mots. Nous l'amenons ici. A l'oasis. Quand elle malade. Nous utilisons une corde pour la porter jusqu'en bas, elle voir de ses propres yeux.

Malgré la souffrance qu'il devait endurer, il souriait.

— Elle très heureuse. La personne la plus heureuse du monde.

Et l'esprit de Freya se remit à fonctionner à toute allure, quelque chose la titillait, un vague souvenir, un lien qui ne demandait qu'à être établi. Ses pensées tourbillonnaient et trébuchaient, puis la voix d'Alex résonna soudain dans sa tête, aussi claire et forte que si sa sœur avait été à côté d'elle. Elle entendait les mots qu'elle lui avait écrits dans sa dernière lettre, celle qu'elle lui avait envoyée juste avant de mourir.

*Tu te souviens de cette histoire que racontait papa ? Quand il disait que la lune était en fait une porte et que si on montait là-haut et qu'on l'ouvrait, on pouvait passer à travers le ciel et entrer dans un autre monde ? Tu te souviens qu'il rêvait à quoi pouvait ressembler cet autre monde – un endroit magnifique, magique, plein de fleurs, de cascades et d'oiseaux capables de parler ? Je ne peux pas l'expliquer, Freya, pas clairement, mais, ces derniers temps, j'ai jeté un coup d'œil par cette porte et entrevu l'autre côté : il est aussi magique que tout ce que nous avions pu imaginer. Plus, même. Quand on a vu ce monde secret, on ne peut s'empêcher d'avoir de l'espoir. Aussi sombres que les choses puissent sembler, il y a toujours une porte quelque part, petite sœur, et, derrière, une lumière.*

Et Freya comprit que c'était de cela qu'elle parlait : non du souvenir abstrait de fantasmes partagés dans leur enfance, mais de quelque chose de réel, de tangible, de sa venue à l'oasis avec Zahir. De son dernier voyage. Et si la douleur provoquée par le meurtre de sa sœur restait aussi intense que jamais, il y avait maintenant à côté une petite lumière. Car elle savait quelle joie cela avait dû être pour Alex de voir ce lieu, combien elle avait dû être excitée, quel bonheur et quelle plénitude cela lui avait certainement apportés dans ses derniers jours. Comme Alex l'avait écrit : « Quand on a vu ce monde secret, on ne peut s'empêcher d'avoir de l'espoir. »

— Merci, Zahir, dit-elle en sanglotant et en serrant sa main, caressant son front, remarquant à peine que le grondement de tonnerre de la roche en mouvement avait repris autour d'eux. Merci de l'avoir aidée. Merci pour tout.

Elle se tut quelques instants, puis :

— Vous êtes un aussi grand Bédouin que votre ancêtre Mohammed Wald Yousouf Ibrahim Sabri al-Rashaayda.

Comment s'était-elle souvenue du nom, elle n'en avait pas la moindre idée, mais le sourire de Zahir s'épanouit, à peine visible sous le masque de sang qui couvrait maintenant le bas de son visage. Il lui pressa encore la main, à bout de forces, les yeux déjà ternis. Dans un dernier effort de volonté, il libéra sa main et tira sur sa djellaba pour dégager l'étoffe de dessous le rocher. Il trouva finalement sa poche, farfouilla dedans et en sortit un objet qu'il posa dans la paume de Freya. Une boussole en métal verte, ébréchée et très usée, dotée d'un couvercle et d'un fil de cuivre sur le dessus pour la visée. Elle sut immédiatement que c'était celle de sa sœur, celle qu'elle emportait avec elle dans ses randonnées à travers le comté de Markham, celle qui avait appartenu à un Marine à la bataille d'Iwo Jima.

— Docteur Alex me donner, murmura Zahir. Avant de mourir. Maintenant, ça vous appartient.

Freya baissa les yeux vers la boussole, oublieuse du déchaînement de l'oasis autour d'eux. D'une pichenette, elle en ouvrit le couvercle et vit deux initiales gravées sur le dessous : *AH*. Alexandra Hannen. Elle sourit et regarda de nouveau Zahir, voulut le remercier encore, mais, pendant les quelques secondes où elle avait détourné son attention, sa tête était retombée sur le côté et il avait cessé de respirer.

— Lui parti, annonça simplement Saïd.

Il passa la main doucement sur le visage de son frère pour lui fermer les paupières.

— Oh, Zahir, dit Freya d'une voix étranglée.

Pendant un moment, ils restèrent là agenouillés alors que le sol tremblait sous eux, tandis que les parois de la gorge continuaient de se rapprocher et que des éclairs cramoisis jaillissaient dans le haut de la plate-forme du temple. Puis Saïd se remit debout et lui fit signe de retourner à la falaise.

— Mais on ne peut pas le laisser comme ça, protesta Freya.

— Il ne risque rien. Lui heureux. C'est un bon endroit pour un Bédouin.

Comme elle ne bougeait toujours pas, cela obligea Saïd à se baisser et à la prendre par le bras pour la relever.

— Mon frère venu ici pour vous aider. Il ne veut pas vous mourir. S'il vous plaît, venez, grimpez. Pour lui.

Freya ne pouvait rien objecter à un tel argument et, après avoir regardé encore quelques secondes le corps brisé de Zahir, elle se détourna et se hâta jusqu'au pied de la falaise. Saïd avait déjà sauté sur l'échelle inférieure et s'était mis à monter à toute allure.

— Je vais le premier ! cria-t-il. Pour être sûr pas cassé.

— Et Flin ? lui cria-t-elle.

Il se pencha et montra du doigt le terrain dégagé devant la falaise. L'Anglais courait vers eux en agitant les bras comme un fou pour leur intimer de commencer à grimper.

— Vous me suivez ! cria Saïd. OK ?

— OK ! cria-t-elle en réponse.

L'Egyptien hocha la tête et s'élança vers le haut de l'échelle avec une agilité et une rapidité de félin, ses pieds paraissant à peine toucher les barreaux. Ne voulant pas laisser Flin trop loin derrière, Freya hésita encore quelques instants. Puis, après avoir regardé une dernière fois le corps de Zahir et murmuré « Allez », elle empoigna l'échelle et entama l'ascension.

Depuis qu'il avait quitté la plate-forme du temple, Flin n'avait cessé de crier aux deux personnes agenouillées au loin de monter, incapable de comprendre pourquoi elles restaient prosternées là. Il ne le comprit qu'en arrivant au pied de la falaise et en voyant le corps de Zahir coincé sous le rocher. Il s'arrêta et, les yeux baissés vers lui, secoua la tête, éprouvant à peu près les mêmes sentiments que Freya – tristesse, impuissance, culpabilité d'avoir parlé à Zahir de façon insultante chez lui, à Dakhla. Le temps manquait pour lui rendre un dernier hommage, comme il aurait aimé le faire. Il posa un genou à terre, lui toucha le front et murmura des adieux à la manière bédouine traditionnelle. Puis il se releva d'un bond, se précipita jusqu'à la falaise et commença à grimper. Moins de cent cinquante mètres séparaient maintenant les parois de la gorge, des bouffées de poussière et de sable emplissaient l'air et l'oasis devenait de plus en plus sombre.

Comme il avait du retard sur les deux autres, il accéléra l'allure pour tenter de le combler ; le sol s'éloignait au-dessous de lui, les échelles grinçaient et gémissaient sous son poids. Freya s'arrêtait de temps en temps pour se pencher et regarder en contrebas. Il lui faisait signe de continuer à monter et poursuivait son ascension en tentant d'ignorer l'approche des falaises, le tremblement de la paroi rocheuse, ses poumons, ses bras et ses jambes qui le brûlaient, de concentrer toute son énergie pour rester en mouvement.

Sur la première trentaine de mètres, les échelles montaient parfaitement à la verticale, l'une au-dessus de l'autre, et il progressa rapidement. Puis, au sommet de la huitième, la série s'arrêtait brusquement. Sur sa gauche, une corde l'emmena à l'horizontale le long d'une étroite saillie, guère plus large qu'un paquet de cigarettes, jusqu'au pied du deuxième ensemble d'échelles. Celui-là montait encore d'une quinzaine de mètres avant de s'arrêter, et une corde lui permit d'accéder le long d'une autre corniche encore plus étroite, sur la droite cette fois-ci, jusqu'à une troisième courte série de barreaux. Et les échelles se succédaient ainsi en zigzag sur la paroi. Nulle part il n'y en avait plus de trois ou quatre d'affilée, et il lui fallait reprendre l'ascension à un point différent après avoir traversé l'espace intermédiaire, le cœur battant, en s'aidant d'une corde et en traînant les pieds le long d'une saillie ou d'une fissure

Pourquoi les anciens Egyptiens avaient-ils disposé tout le système en espaçant les séries d'échelles au lieu de suivre une ligne verticale, Flin n'en avait pas une idée très précise. Probablement parce qu'ils avaient rencontré des zones de roche peu sûre dans laquelle leurs pointes de bronze tenaient mal. Quoi qu'il en soit – et il ne s'attarda pas sur la question –, sa progression verticale était considérablement ralentie par ces traversées qu'il effectuait précautionneusement, tendu, entre une série d'échelles et la suivante.

Au-dessous de lui, l'implosion de l'oasis semblait s'accélérer. La plate-forme du temple n'était plus qu'un coin de roc désagrégé et enveloppé de poussière, les magnifiques bâtiments un amoncellement de ruines au milieu desquelles le Benben continuait à émettre de spectaculaires éclairs cramoisis pareils à des rayons laser. Cette scène apocalyptique évoquait une représentation de l'Enfer par quelque artiste médiéval. C'est tout juste s'il la remarqua, tant il était attentif à poursuivre ses allers et retours en travers de la falaise ; ses mains et ses pieds glissaient, car il forçait l'allure, prenait de plus en plus de risques pour tenter désespérément de gagner de vitesse les parois qui se rapprochaient de chaque côté.

A un moment donné, alors qu'il manœuvrait le long d'une corde entre deux échelles, il glissa et resta suspendu quelques instants au-dessus d'un vide vertigineux d'une centaine de mètres avant de réussir à reprendre pied et à atteindre tant bien que mal la volée de barreaux suivante. Ensuite, l'un des vieux barreaux se cassa net, un éclat de bois lui entailla profondément le mollet et il poussa un hurlement de douleur tandis que le sang coulait sur sa jambe et dans sa botte.

Il perdit presque espoir, persuadé qu'il n'y arriverait pas, que les mâchoires de la gorge allaient se refermer sur lui avant qu'il ne parvienne au sommet. Il continua néanmoins de monter et, refusant de s'avouer vaincu, ignorant la douleur, l'épuisement et la sensation étouffante de vertige, fit appel à ses dernières forces pour se pousser à persévérer. Le fond de la vallée s'éloignait de plus en plus, complètement caché maintenant par une nuée de débris, le sommet de la falaise se rapprochait et l'espoir lui revint quand il longea une dernière petite corniche vers l'ultime série de cinq échelles qui allait le mener jusqu'en haut.

Freya et Saïd avaient ralenti leur progression dans la partie supérieure de l'ascension, ne voulant pas le laisser trop à la traîne. Ils étaient maintenant juste au-dessous du sommet, criant et gesticulant pour l'encourager. Il leur répondit en s'égosillant lui aussi, leur disant de sortir de là au plus vite, puis, après une courte pause pour oxygéner ses poumons endoloris, il entama l'ascension finale. La proximité des parois de la gorge devenait oppressante. Il parcourut la première des cinq échelles, tous les muscles de son corps protestant. Puis la deuxième échelle, et la troisième. Il était à mi-hauteur de la quatrième, à cinq mètres seulement du sommet, envahi par une poussée d'adrénaline en se rendant compte qu'il était presque parvenu à bon port, les cris d'encouragement de Freya maintenant clairement audibles au-dessus de lui, quand la falaise fut parcourue d'une violente secousse. Les bras noués autour de l'échelle, il attendit que ça passe avant de reprendre son ascension. Il sentit alors l'échelle vaciller sous lui : deux des pointes qui en fixaient le haut à la paroi, puis une troisième, commençaient à se détacher. Il s'arrêta net, l'échelle se stabilisa, il gravit encore un ou deux barreaux et l'échelle se remit à vaciller. Il voyait les pointes de bronze glisser hors de la roche, le sommet de l'échelle s'écarter lentement de la paroi. Il se dépêcha, mais en vain. Alors qu'il tentait désespérément de s'agripper au barreau inférieur de l'échelle suivante, les pointes se dégagèrent complètement et plus rien ne retint celle sur laquelle il se tenait debout. Un bref instant surréaliste, tout parut s'immobiliser et il eut la curieuse impression d'être dans l'un de ces vieux films muets où Harold Lloyd ou Buster Keaton font des acrobaties défiant les lois de la gravité dans les airs. Puis, dans un mouvement d'oscillation proprement terrifiant, le haut de l'échelle bascula en arrière et il se retrouva suspendu dans le vide au barreau de bois tandis qu'un cri hystérique résonnait au-dessus de lui.

Freya aurait pourtant dû savoir, à présent, qu'au moment où tout semblait s'arranger quelque chose allait inévitablement se passer pour empêcher qu'il en soit ainsi.

Dès que Saïd et elle étaient arrivés au sommet de la falaise et s'étaient retrouvés en terrain plat, elle s'était retournée pour regarder en contrebas afin de suivre la progression de Flin. La gorge s'était maintenant rétrécie au point de ne guère dépasser la largeur de deux courts de tennis, le fond n'en était plus visible, plus rien ne l'était, d'ailleurs, hormis le Benben, qui, tel un charbon ardent, continuait de lancer vers le ciel des éclairs d'un rouge flamboyant à travers les nuages de poussière. En d'autres circonstances, elle aurait été fascinée par ce spectacle, par son invraisemblance même. Mais elle avait les yeux braqués sur Flin et le regardait escalader la dernière série d'échelles, de plus en plus certaine qu'il allait y arriver.

« Continuez ! s'était-elle écriée, l'espoir revenant. Vous y êtes presque ! Un dernier effort ! »

Au même moment, le sol sous ses pieds avait été parcouru d'une terrible secousse et l'échelle que gravissait Flin – bon sang, il était si près, à quelques mètres seulement du sommet ! – avait commencé à s'écarter de la falaise. Un court instant de nature à provoquer un arrêt du cœur, il avait semblé qu'il allait s'en sortir. Mais les pointes qui maintenaient en place le haut de l'échelle avaient jailli de la paroi et elle avait basculé en arrière, Flin avec elle.

« Non ! avait-elle hurlé en enfouissant son visage dans ses mains. Oh, mon Dieu, non… »

Elle était affolée, anéantie, incapable de croire qu'après toutes les épreuves qu'ils avaient traversées ces derniers jours, tous les dangers qu'ils avaient affrontés et surmontés, ça allait finir de cette façon, à la dernière haie. Et lorsqu'elle entendit un lointain « Ohé ! » qui filtrait à travers le fracas de la roche en mouvement, elle crut à un mauvais tour de son imagination. Il fallut que le cri retentisse une nouvelle fois, plus insistant cette fois-ci, et que Saïd l'empoigne par l'épaule, pour qu'elle comprenne qu'elle ne rêvait pas. Elle écarta les mains de son visage et regarda par-dessus le bord du précipice.

— Flin ! Flin !

Il était à une dizaine de mètres au-dessous d'elle, accroché à une échelle tandis que l'autre, celle qui s'était détachée de la falaise, pendait à côté comme un bras cassé. Elle vit immédiatement ce qui s'était passé : alors que les pointes qui retenaient le sommet de l'échelle avaient lâché, celles qui en fixaient le pied avaient tenu bon, l'une d'elles en tout cas, et l'échelle avait basculé en arrière et heurté la paroi en contrebas.

Par miracle, Flin n'avait pas été désarçonné par le choc ; il avait réussi à se rattraper à l'échelle du dessous et se trouvait dans une sécurité relative. Une bouffée de joie et de soulagement envahit Freya. Elle ne dura qu'un instant, s'évaporant d'un coup quand l'ensemble de la situation lui apparut clairement. Il était vivant, mais certainement pas pour longtemps.

Ce n'était pas seulement que les flancs de la gorge se rapprochaient de seconde en seconde et se préparaient à le broyer comme de gigantesques mains une mouche. Il avait encore assez de temps pour se sortir de là, mais rien à sa disposition pour poursuivre son ascension. Entre le haut de l'échelle sur laquelle Flin était perché et le bas de celle qui lui aurait permis d'atteindre le sommet, il y avait maintenant cinq mètres d'espace vide. Elle pensa brièvement qu'il pourrait peut-être remettre en place l'échelle tombée pour combler la brèche, mais au même moment la dernière pointe se détacha de la paroi et l'échelle dégringola dans le maelström en contrebas.

— Merde ! lâcha-t-elle.

Tous restèrent figés quelques secondes, sans savoir que faire. Flin secoua la tête comme pour dire : « Ça ne marche pas, il n'y a pas moyen de monter. » Les chances s'amenuisaient d'instant en instant. Puis, sachant que c'était vain, mais aussi qu'elle devait au moins tenter de le sauver, Freya se jeta sur l'échelle du haut et commença à descendre. Saïd essaya de l'arrêter, insista pour y aller lui-même, mais elle savait qu'elle avait plus de chances de réussir. Elle se dégagea d'un coup d'épaule et continua à descendre.

Même les alpinistes les plus chevronnés éprouvent de la peur et Freya ne faisait pas exception. Parfois, cette peur est légère, une simple accélération des battements de cœur ou un fourmillement dans l'intestin. A d'autres moments, elle est plus intense, on a l'impression que tout son être se recroqueville comme au seuil de sa propre mort. Freya avait connu les deux extrêmes, et la plupart des stades intermédiaires. Mais jamais de sa vie elle n'avait été effrayée comme elle l'était maintenant, sur cette échelle qui tressautait sous elle, entre les falaises de plus en plus proches qui envahissaient la périphérie de son champ de vision. Elle réussit malgré tout à dominer sa peur, et elle se força, barreau après barreau, à descendre jusqu'au bas de l'échelle.

— Arrêtez de déconner ! brailla Flin en lui faisant signe de remonter. Allez-vous-en ! Sortez de là immédiatement !

Elle l'ignora. Après avoir fait deux petits sauts pour s'assurer que l'échelle tenait encore bon, elle s'accrocha par une jambe au barreau inférieur, empoigna le troisième et se pencha vers l'extérieur, pratiquement la tête en bas, pour lui tendre le bras. Sans cesser de lui crier de remonter, Flin fit la même chose en sens inverse : il grimpa presque jusqu'en haut de l'échelle et tendit la main vers la sienne. Même en s'étirant au maximum, il restait encore quasiment un mètre entre les bouts de leurs doigts. Ils effectuèrent plusieurs tentatives en faisant tout leur possible, changeant de position, allongeant le bras à la limite de rupture des tendons, mais ça ne servait à rien, et il leur fallut bien reconnaître leur défaite. Flin redescendit de quelques barreaux, Freya se redressa.

— Il n'y a rien à faire ! cria-t-il en regardant à droite et à gauche.

Les parois étaient maintenant en bordure du chemin d'échelles, les barreaux de bois se cassaient net et volaient en éclats sous la pression d'un million de tonnes de roche.

— Je vous en supplie, Freya, c'est fini. Sortez d'ici. Sauvez votre peau. Allez ! S'il vous plaît, allez-vous-en !

Elle l'ignora derechef, se pencha à nouveau à l'extérieur pour examiner la paroi en contrebas, voir s'il n'y avait pas un moyen de se rapprocher de lui, de franchir ce mètre supplémentaire.

Elle repéra un point d'appui évident juste au-dessous d'elle, le trou irrégulier qu'avait laissé la pointe de bronze qui maintenait le haut de l'échelle manquante en s'arrachant de la paroi. Si elle réussissait à descendre jusque-là en conservant une prise sur le barreau inférieur de l'échelle, cela la rapprocherait un petit peu.

Ce ne serait pas suffisant, cependant. Elle scruta frénétiquement la paroi d'un côté et de l'autre, à la recherche de quelque chose – n'importe quoi – qui puisse être utile. Une fissure courait horizontalement à environ deux mètres au-dessus de l'échelle de Flin, tout juste assez profonde pour fournir une prise sûre pour les doigts. Même s'il réussissait à se hisser jusque-là, il restait encore au moins vingt centimètres entre la fissure et le point le plus bas jusqu'auquel elle pouvait tendre la main. Elle poussa un cri de rage. L'écart aurait pu tout aussi bien être d'un kilomètre. Il n'y avait pas moyen d'y arriver.

— Je suis désolée ! cria-t-elle. Je suis vraiment désolée. Je ne peux pas...

Elle s'interrompit, l'œil attiré par quelque chose sur sa gauche : un petit bout de ce qui semblait être du silex dépassait de la paroi de deux ou trois centimètres, exactement de la même teinte que la roche environnante, raison pour laquelle elle ne l'avait pas vu auparavant. Peut-être, peut-être que...

— Ecoutez-moi ! cria-t-elle, s'évertuant à se faire entendre par-dessus le grondement de la roche en train de se pulvériser. Vous allez faire exactement ce que je vous dis. Pas de questions, pas de discussion, faites-le !

— Pour l'amour du ciel, Freya !

— Pas de discussion !

— Vous perdez votre...

— Faites ce que je vous dis !

Il eut de la main un geste d'exaspération, puis acquiesça.

— Vous devez vous hisser jusqu'à la fissure ! cria-t-elle avant de poser le pied dans le trou que la pointe de bronze avait laissé, d'empoigner le barreau inférieur de l'échelle et de se pencher le plus bas possible. Vous comprenez ? Vous devez vous cramponner à la fissure avec les doigts…

— Je n'y arriv…

— Faites-le !

Il lui lança un regard noir, grommela et commença à grimper. Il monta sur le quatrième barreau à partir du haut de l'échelle, puis le troisième, puis le deuxième, les bras écartés, le corps plaqué contre le roc, se glissant le long de la paroi centimètre par centimètre.

— Je vais tomber ! brailla-t-il.

— Vous allez tomber de toute façon dans une minute. Allez !

Il resta où il était, la joue collée contre la roche, grimaçant, les yeux clos, apparemment incapable d'aller plus loin. Puis, dans un suprême effort de volonté et après avoir gueulé « Du nerf ! », il s'obligea à monter sur le dernier barreau de l'échelle, à lever les mains vers la fissure, agrippé au roc par les ongles, s'étirant, peinant, vacillant. Pendant une fraction de seconde, il sembla qu'il n'y arriverait pas, qu'il allait perdre l'équilibre et tomber. Puis sa main atteignit la fissure et il réussit à y enfoncer les doigts, s'y agrippant pour sauver sa peau, les pieds en équilibre instable sur le barreau de l'échelle comme sur une corde de funambule. Epuisée, couverte de poussière, terrifiée, Freya ne put s'empêcher de sourire.

— Maintenant, le plus dur ! lança-t-elle.

— C'est une plaisanterie !

Elle lui expliqua ce qu'il devait faire, tout en jetant constamment des coups d'œil à droite et à gauche vers les flancs de la gorge, qui n'étaient plus maintenant qu'à dix mètres l'un de l'autre. Il fallait qu'il lève le pied jusqu'à la petite saillie de silex et s'en serve comme point d'appui pour se hisser vers sa main tendue. La manœuvre à laquelle elle avait recouru dans le temple d'Abydos avait été insensée, mais ici c'était encore une autre paire de manches. Et il n'était même pas un grimpeur professionnel. Ils n'avaient cependant pas le choix. C'était ça ou attendre que les murailles de roc le fassent tomber, ce qui n'allait pas manquer d'arriver dans les minutes suivantes. Après s'être assurée qu'il avait compris ce qu'il avait à faire, elle ajusta sa position et tendit le bras le plus bas possible, prête à l'attraper.

— Vous n'avez pas droit à l'erreur, Flin ! cria-t-elle. Faites-le comme il faut.

— Je n'avais pas l'intention de le faire de travers !

Elle sourit malgré elle.

— A vous de jouer. N'attendez pas trop.

Après avoir levé les yeux vers elle, puis s'être concentré sur la position du silex, il marmonna une prière, lui qui n'avait pas mis les pieds dans une église depuis près de vingt ans, et leva le pied vers la minuscule saillie. Il prit une profonde inspiration, se hissa en poussant un cri guttural, lâcha sa prise dans la fissure et lança la main vers celle de Freya. Elle l'empoigna, la paume serrée autour de la sienne, Flin leva son autre main et la saisit par le poignet, tout en oscillant dans le vide à la manière d'un pendule, les pieds raclant la paroi. Il était lourd, bien plus lourd que dans son souvenir d'Abydos ; elle sentait qu'elle perdait peu à peu sa prise sur le barreau de l'échelle, sa main commençait à glisser sur le bois, et son épaule craquait comme si tout le bras allait être arraché. Elle réussit Dieu sait comment à tenir bon tandis que les pieds de Flin battaient l'air et, au bout de quelques secondes qui leur parurent une éternité, il réussit à enfoncer un orteil, puis l'autre dans la fissure. Il se redressa, se remit d'aplomb, soulageant Freya du plus gros de son poids.

— Grimpez sur moi ! cria-t-elle. Servez-vous de vos pieds, hissez-vous sur l'échelle. Allez, le temps presse !

Il commença à faire ce qu'elle lui disait, puis, alors que la gorge n'avait plus que six ou sept mètres de large, il s'arrêta, vacillant sur la paroi, une main agrippée à la sienne, l'autre serrée autour de son avant-bras, les orteils coincés dans la fissure. Les nuages de poussière vomis par l'oasis flottaient alentour.

— Le temps presse ! hurla-t-elle. Allez, Flin, grimpez. Vous avez fait le plus dur.

Toute l'énergie frénétique qu'il avait déployée quelques instants plus tôt semblait s'être évaporée. Il était accroché à elle, les yeux fixés aux siens, une expression étrange sur son visage, un mélange d'anxiété et de détermination.

— Allez, bon sang ! s'écria-t-elle. Qu'est-ce que vous avez ? Il faut sortir d'ici ! On n'a pas le...

— C'était moi ! cria-t-il à son tour.

— Quoi ?

— C'était moi, Freya. C'est moi qui ai tué Alex.

Elle se figea, la trachée serrée comme si on l'avait étranglée.

— C'est moi qui lui ai fait la piqûre. Molly et Girgis n'avaient rien à voir là-dedans. C'était moi, Freya. Je l'ai tuée.

La bouche de Freya s'ouvrit et se referma, sans avoir émis aucun son.

— Je ne le voulais pas ! s'écria-t-il. Je vous en prie, croyez-moi : c'était la dernière chose au monde que j'avais envie de faire. Mais elle m'a supplié. Elle avait perdu l'usage de ses jambes, d'un bras, sa vue déclinait, son ouïe aussi... elle savait que ça n'allait qu'empirer, elle voulait conserver au moins en partie l'usage de son corps et de ses sens. Je ne pouvais le lui refuser. Je vous en prie, essayez de comprendre. Ça m'a brisé le cœur, mais je ne pouvais le lui refuser.

Les parois de la gorge étaient maintenant séparées de moins de quatre mètres, ombres imposantes dressées à travers les nuages de poussière. Aucun des deux ne les remarqua. Suspendue à l'échelle, Freya le tenait par la main, Flin, en équilibre sur la fissure, cramponné à son bras, tous deux inconscients de ce qui se passait autour d'eux, enfermés dans une dimension à eux.

— Elle a dit qu'elle vous aimait, ajouta-t-il d'une voix rauque, à peine audible. Ce furent ses derniers mots. Nous étions installés sur sa véranda et regardions le soleil couchant, je lui ai injecté la morphine et je lui ai tenu la main. Et au moment où elle a passé, elle a prononcé votre nom. Elle a dit qu'elle vous aimait. Je ne pouvais pas vous le dire, Freya. Vous le comprenez ? Je ne le pouvais pas. Elle vous aimait tant !

Il soutenait son regard, les yeux brillants. Les pensées se bousculaient dans la tête de Freya, tiraillée par ses émotions. Tout semblait tournoyer, bouleversé, comme si son monde intérieur reflétait le chaos qui régnait alentour. Au milieu de tout cela, cependant, malgré le choc, au milieu de cette vague de douleur et de chagrin, un seul noyau de certitude tenait bon : elle aurait fait exactement la même chose si Alex le lui avait demandé. Et elle savait aussi – d'après le regard de Flin, le ton de sa voix, par tout ce qu'elle avait vu et appris sur lui ces derniers jours – qu'il avait fait cela par bonté, par compassion, par amour de sa sœur, et qu'elle ne pouvait ni l'en blâmer ni le condamner. Au contraire, curieusement, elle se sentait redevable envers lui. Il s'était chargé de ce fardeau. Il avait été là quand Alex était dans l'adversité, alors qu'elle, sa propre sœur, ne l'avait pas été.

Tout cela traversa l'esprit de Freya en quelques secondes, le temps semblant ralentir et se dilater pour accueillir ses pensées. Puis, sur un hochement de tête, elle serra sa main plus fort, comme pour dire « Je comprends. Maintenant, fichons le camp d'ici », et commença à le tirer vers elle le long de la paroi. L'espace d'un instant, leurs visages se touchèrent, leurs regards se croisèrent et tous deux esquissèrent un faible sourire de compréhension, tout juste visible à travers l'étouffant rideau de poussière. Puis il continua de grimper sur elle et prit pied sur le bas de l'échelle au moment où les flancs de la gorge se touchaient presque.

— Allez ! cria-t-elle. Continuez de monter !

— Après vous !

— Arrêtez vos conneries d'Anglais, nom de Dieu ! Allez-y ! Je suis juste derrière.

D'un grand geste de son bras libre, elle lui donna une bonne tape sur les fesses pour le faire avancer. Puis elle effectua un rétablissement sur l'échelle et le suivit en grimpant aussi vite que possible, ses mains saisissant chaque barreau à l'instant où les pieds de Flin le quittaient. Les échelles tremblaient si violemment qu'elle se demandait comment elles pouvaient encore tenir à la paroi. La poussière se dissipa légèrement et elle aperçut Saïd au-dessus d'eux, penché, le bras tendu, qui leur faisait signe de se dépêcher. Alors que les parois se resserraient encore plus de chaque côté, ils poursuivirent leur ascension, maintenant à un mètre cinquante à peine de l'Egyptien. Flin parvint enfin en haut, Saïd l'empoigna par son tee-shirt et le tira hors du précipice. Freya était sur ses talons. A l'instant où les falaises atteignaient ses épaules et les montants de l'échelle, où les barreaux commençaient à se gauchir sous ses pieds, le bois à craquer et se fendre, elle fut saisie sous les aisselles et soulevée à l'air libre sur le sommet du Guilf.

Haletants, ils se reculèrent tous et regardèrent la gorge se refermer complètement. Ce qui moins d'une heure plus tôt avait été une magnifique vallée pleine d'arbres, d'édifices et de cascades était maintenant réduit à une faille d'à peine plus de quarante centimètres de large, des profondeurs de laquelle continuaient à fuser des éclairs rouges. Trente, vingt, puis dix centimètres, et le fracas de la roche broyée diminuait sans cesse, laissant place à un grincement sourd.

Au moment où les parois de la gorge se soudèrent, il y eut un final spectaculaire. Des profondeurs de la terre résonna un grondement tonitruant – « celui d'un lion aux poumons de pierre », dirait plus tard Freya – et une lame de lumière pourpre jaillit à travers ce qui restait de la faille, une lumière dont la force les projeta au sol.

— Ne regardez pas ! cria Flin, qui empoigna Freya par l'épaule, la couvrit de son corps et lui appuya le visage contre le sable. Fermez les yeux, vous aussi, Saïd !

Jusque-là, les éclairs lumineux avaient brillé un court instant avant de s'évanouir comme des étoiles filantes. Cette fois-ci la lumière dura, gigantesque scalpel de feu qui montait vers le ciel et s'élargissait, immense obélisque de flammes qui força les parois de la gorge à s'ouvrir de nouveau. Elle demeura là, oscillant légèrement, tandis que le grondement gagnait encore en puissance, et Freya eut la sensation bizarre d'être brûlée, sans ressentir ni douleur ni gêne. Puis, comme si elle avait montré de quoi elle était capable, la lumière déclina et se retira sous terre telle une flamme mourante. Après un ultime grondement rocailleux, la gorge se referma dans un claquement, définitivement cette fois. Et vint le silence.

Pendant un moment, Freya resta étendue par terre, puis cligna des yeux et les ouvrit. Elle voyait orange et crut pendant un court instant de confusion que sa rétine avait été abîmée, avant de se rendre compte qu'elle avait une fleur sous les yeux : une délicate fleur orange, qui avait réussi à éclore au milieu des terres arides environnantes.

« La fleur ci-jointe est une orchidée du désert. Elle est, m'a-t-on dit, très rare. Conserve-la précieusement et pense à moi. »

Elle sourit et prit la main de Flin, sachant que désormais tout irait bien.

Un peu plus tard, après s'être relevés et époussetés, avoir inspiré l'air pur à pleins poumons et passé quelque temps à chercher en vain une trace de l'oasis enterrée, tous trois se mirent en marche à travers le plateau, guidés par Saïd.

Inexplicablement, le soleil semblait être revenu en arrière dans le ciel. Lorsqu'ils s'étaient échappés de la gorge, il était déjà bas sur l'horizon occidental. Il se trouvait maintenant presque au-dessus d'eux, ce qui correspondait à l'heure indiquée par la montre de Flin : 14 h 16. Ils avaient l'impression d'avoir passé une vie entière dans l'oasis, et n'y étaient restés que six heures.

Ils se dirigèrent vers le nord puis s'engagèrent dans une étroite ravine envahie par les sables qui descendait vers l'ouest et les ramena doucement à la surface du désert.

— Pas de risque, fit remarquer Saïd en tapant de la main contre les parois rocheuses de chaque côté. Pas se refermer.

— Je suis extrêmement content de l'apprendre, dit Flin.

A l'autre bout, la ravine débouchait sur une petite anse dans la face occidentale du Guilf, où le Land Cruiser de Zahir était garé à l'ombre d'un surplomb. Ils partagèrent de l'eau, parlèrent de Zahir, Saïd sortit une trousse de premiers secours et rafistola les diverses coupures et blessures de Flin – « Ne faites pas la femme », marmonna-t-il d'un ton désapprobateur en voyant l'Anglais grimacer et gémir. Puis ils montèrent dans le 4 × 4 et partirent dans le désert en suivant la falaise sud en direction de la flèche de roc et du passage découvert par les sables.

Sauf qu'il n'y avait plus rien. Ils retrouvèrent assez facilement l'ULM, tache d'un rose criard qui se détachait sur la surface du désert comme un pot de peinture sur une feuille de papier vierge. Mais la faux de pierre noire s'était écroulée en mille morceaux et il n'en restait plus que des fragments de roche vitreuse qui ne laissaient rien deviner de sa forme antérieure. Et à l'endroit où aurait dû se trouver la Bouche d'Osiris, il n'y avait rien, si ce n'est du sable, une surface parfaitement plane et nue. Même l'ouverture rectangulaire avait disparu, cette partie de la falaise semblant s'être désintégrée et avoir reculé, réduite à un amas de rochers au pied de la paroi. La seule chose qu'ils trouvèrent, le seul indice, fut un mince triangle de métal qui dépassait du sable tel un petit aileron noir. Il leur fallut un moment pour comprendre qu'il s'agissait de l'extrémité de la lame d'un rotor d'hélicoptère. Non loin de là gisait une paire de lunettes noires, dont un verre était cassé.

— C'est comme si tout cela avait été un rêve, murmura Freya.

— Je puis vous assurer que ce n'en était pas un, dit Flin en touchant sa lèvre fendue.

— Ne faites pas la femme, l'admonesta encore Saïd.

Ils repartirent vers l'ULM, Saïd attendant au volant du 4 × 4 pendant que Flin grimpait dans la nacelle et vérifiait que le moteur était encore en état de marche. Il le laissa tourner au ralenti, descendit de la nacelle et retourna au Land Cruiser. Freya était à côté de lui.

— Vous êtes sûr que ça va aller, Saïd ? lui demanda Flin en se penchant par la portière. La route est longue, jusqu'à Dakhla.

— Je suis bédouin. C'est le désert. Bien sûr que ça va aller. Question stupide.

C'était à peine visible, pas plus qu'un léger retroussement des lèvres, mais de toute évidence il souriait. Freya posa la main sur son bras.

— Merci, dit-elle. Ça semble si pitoyablement insuffisant, après tout ce que votre frère et vous avez fait pour moi. Pour nous deux. Mais merci.

Saïd hocha imperceptiblement la tête, puis se pencha en avant, mit le contact, lança le moteur et passa la première.

— Quand vous venez à Dakhla, vous venez chez moi, dit-il en levant les yeux vers elle. Boire le thé. Oui ?

— Je serai très heureuse d'aller chez vous boire le thé, répondit-elle. Ce sera un grand honneur.

Il hocha derechef la tête, leva la main en signe d'adieu et démarra à travers les sables en klaxonnant à mesure qu'il prenait de la vitesse. Ils le regardèrent s'éloigner jusqu'à ce que le véhicule ne soit plus qu'un lointain point blanc qui montait et descendait au milieu des dunes, puis ils retournèrent à l'ULM.

Flin ramassa un petit morceau de ce qui avait été la flèche de roche incurvée.

— Un souvenir de votre premier voyage en Egypte, dit-il en le tendant à Freya.

Elle rit.

— Je le garderai précieusement.

Ils remplirent le réservoir de Miss Piggy, mirent leurs casques, grimpèrent dans la nacelle et roulèrent sur la plaine de sable où ils avaient atterri la veille au soir. Flin effectua quelques allers et retours pour faire monter la pression d'huile, augmenta les gaz, poussa en avant la barre de commande et décolla, puis décrivit des cercles pour prendre de l'altitude. Le flanc est du Guilf se dressait d'un côté, la mer jaune du désert se déployait sans fin de l'autre.

— Je vous proposerais bien de vous montrer quelques beaux paysages, dit-il dans l'interphone. Le djébel Oueinat, la grotte des Nageurs. Mais vu les circonstances, j'imagine que vous avez envie comme moi de rentrer directement, de prendre une bonne douche et d'aller tout de suite au lit.

Après un silence, ses épaules se tendirent.

— Excusez-moi, je ne voulais pas dire...

Il tourna la tête vers elle, soudain troublé, gêné. Freya se contenta de sourire, lui fit un clin d'œil et pencha la tête de côté pour regarder le désert au-dessous d'eux.

Ils survolèrent le secteur où avait dû se trouver l'oasis ; il n'y avait plus que du rocher, du gravier et par-ci par-là un buisson rabougri. Et des oiseaux. Des centaines et des centaines d'oiseaux, qui descendaient en piqué et tournoyaient comme à la recherche de quelque chose. Flin tourna au-dessus plusieurs fois, puis vira et mit le cap au nord-est. Le Sahara s'étendait à perte de vue, immense, majestueux, d'une beauté indescriptible. Ils volèrent en silence un moment, puis Freya posa la main sur l'épaule de Flin.

— On pourrait parler d'Alex ? demanda-t-elle.

Il lui prit la main.

— J'en serais ravi.

Et c'est ce qu'ils firent tandis que le Guilf Kébir disparaissait peu à peu dans leur dos et qu'un nouvel horizon s'ouvrait devant eux.

Le ronronnement de l'ULM s'était affaibli, puis tu. Les oiseaux aussi étaient partis vers le nord pour élire domicile dans d'autres oueds du Guilf. Le désert était parfaitement immobile, silencieux... et désert. Il n'y avait que le soleil, le sable, la roche et, au pied des falaises, un petit gecko des sables tacheté qui se prélassait à l'ombre d'un des rochers récemment éboulés en roulant des yeux paresseusement et en dardant sa langue. Il déguerpit en voyant devant lui le sable commencer à trembler. A peine visibles au début, les tremblements s'intensifièrent rapidement ; le désert se soulevait, agité de remous, se bombait et finalement s'ouvrit comme un sac qu'on éventre. Une main épaisse couverte de bagues apparut au grand jour. Quelques mètres sur la gauche, une autre main pointa hors des sables, pareille à quelque monstrueux champignon vénéneux. Il y eut encore des mouvements, des remous, on entrevit des têtes, des membres, des torses, et deux rouquins musclés finirent par s'extraire du sol. Ils se mirent debout en chancelant dans une pluie de sable.

— Ça va ? demanda l'un.

— A peu près, répondit l'autre. Et toi ?

— A peu près.

Ils s'époussetèrent et embrassèrent du regard les alentours.

— Les hélicoptères ont disparu.

— On dirait.

— Je crois qu'on ferait bien de partir à pied.

— Je crois aussi.

— Faudrait pas que maman s'inquiète.

— Surtout pas.

— Tu as toujours le...

Ils fouillèrent dans leurs poches et en sortirent une poignée de morceaux de feuille d'or. Ils sourirent jusqu'aux oreilles et se tapèrent dans la main. Puis, après avoir enlevé leur veste et l'avoir jetée sur l'épaule, bras dessus, bras dessous, ils se mirent en marche vers l'est, deux minuscules points rouges qui progressaient doucement à travers l'immensité jaune, les accents d'une chanson s'attardant derrière eux :

*Al Ahly, Al Ahly,*
*La plus grande équipe de tous les temps,*
*Nous jouons court, nous jouons long,*
*En avant les Diables rouges !*

# Note de l'auteur
## *La vraie Zerzura*

De tous les mythes et légendes liés au Sahara, peu ont autant captivé l'imagination que la mystérieuse oasis perdue de Zerzura.

Paradis regorgeant de palmiers luxuriants et de sources bouillonnantes, Zerzura est censée se trouver parmi les sables brûlants du désert libyen, un « désert dans le désert ». Beaucoup ont soutenu que ce n'était qu'un conte de fées, un mirage, un eldorado des sables. Cela n'en a pas empêché d'autres de se mettre à sa recherche, et nombre des premières explorations du Sahara ont été effectuées par ceux qui espéraient retrouver cet étrange point d'eau oublié.

Le nom de Zerzura vient certainement de l'arabe *zarzar*, « étourneau » ou « petit oiseau ». On le trouve pour la première fois dans un manuscrit du XIIIe siècle d'un certain Osman el-Nabulsi, gouverneur de Fayoum, qui parle d'une oasis abandonnée quelque part dans le désert au sud-ouest de Fayoum. Un récit plus détaillé et coloré apparaît, deux siècles plus tard, dans le *Kitab al-Kanouz*, le « Livre des Perles cachées », un guide médiéval pour les chasseurs de trésors. Le *Kitab* dresse la liste de quelque quatre cents sites en Egypte où des richesses sont susceptibles d'être découvertes et passe brièvement en revue les diverses formules magiques et incantations nécessaires pour écarter les mauvais esprits qui les gardent. A en croire le *Kitab* : « La ville de Zerzura est blanche comme une colombe et un oiseau est sculpté sur sa porte. Prenez dans votre main la clef que tient l'oiseau dans son bec, puis ouvrez la porte de la ville. [...] Entrez et vous y trouverez de grandes richesses, ainsi que le roi et la reine endormis dans leur château. Ne vous approchez pas d'eux, mais emportez le trésor. »

Le premier Européen à mentionner l'oasis est le voyageur et égyptologue anglais sir John Gardner Wilkinson, qui en 1835 écrit avoir entendu parler d'un « oued Zerzoura », un lieu situé quelque part dans la Grande Mer de Sable, plein de palmiers et de ruines. Un Bédouin l'avait apparemment découvert par hasard alors qu'il était à la recherche d'un chameau égaré, mais ses tentatives ultérieures pour retrouver l'oasis se soldèrent par un échec (ces deux éléments – la découverte accidentelle et l'incapacité de retrouver l'oasis – sont récurrents dans presque tous les contes sur Zerzura).

Au XIX^e siècle, le Sahara et l'idée d'une oasis perdue ont suscité un intérêt spéculatif croissant, surtout après que l'explorateur allemand Gerhard Rohlfs eut effectué son voyage sensationnel à travers la Grande Mer de Sable, en 1874. Ce n'est cependant qu'au début du XX^e siècle que la « fièvre de Zerzura » a véritablement commencé à monter.

Ce fut la grande époque de l'exploration du Sahara. Des hommes comme Hassanein Bey, le prince Kémal el-Din, László Almásy, Patrick Clayton et Ralph Alger Bagnold, pour n'en citer que quelques-uns, ont parcouru et cartographié de vastes régions du désert jusque-là inconnues. La fascination exercée par Zerzura constitue un élément essentiel de ces voyages d'exploration, et si toutes les expéditions n'ont pas été organisées spécifiquement pour trouver l'oasis, la possibilité d'y parvenir a toujours été présente dans les esprits. Le sujet était débattu en profondeur dans des journaux et des revues savantes, un club Zerzura informel s'est même constitué, dont les membres étaient ceux qui participaient à l'exploration du désert (créé dans un bar de Ouadi Halfa en 1930, le club tenait ses réunions annuelles à la Royal Geographical Society de Londres, suivies par un dîner au Café Royal).

Les travaux de Bagnold, Almásy et consorts ont révolutionné le voyage dans le désert, élargissant les frontières de la géographie, de la géologie, de l'archéologie et de la science en général. *The Physics of Blown Sand*, de Ralph Bagnold, ouvrage sur la physique des écoulements granulaires, le processus de formation et de mouvement des dunes, reste un classique sur le sujet et a été utilisé par la NASA pour préparer ses atterrissages sur Mars.

Leurs aventures n'ont pas été sans rapport avec les campagnes militaires en Afrique du Nord pendant la Seconde Guerre mondiale, de nombreux membres du club Zerzura ayant mis à profit leur connaissance du désert en servant dans le légendaire Long Range Desert Group (fondé par l'omniprésent Bagnold) de l'armée britannique. Almásy fut le seul à unir sa destinée à celle des nazis, ce que ses collègues explorateurs ne lui ont jamais pardonné.

Et pendant ce temps-là Zerzura restait introuvable. De nombreuses théories furent avancées concernant son emplacement. En 1932, une expédition dirigée par Almásy et Clayton, au cours de laquelle deux vallées verdoyantes (appelées ultérieurement oued Abd el-Malik et oued Hamra) furent aperçues d'un avion dans la partie septentrionale du Guilf Kébir, provoqua un grand émoi. Almásy a toujours soutenu que l'un de ces oueds, ou les deux, était à l'origine de la légende de Zerzura, et les recherches se poursuivirent et continuent encore aujourd'hui.

Maintenant que le Sahara a été entièrement cartographié et exploré – au sol, depuis les airs et l'espace –, il est peu probable que les recherches de cet éden perdu aboutissent un jour, mais cela n'affecte en rien la mystique de Zerzura, bien au contraire. L'oasis a quitté la sphère des choses de ce monde pour devenir infiniment plus symbolique. Comme l'a écrit le grand Ralph Bagnold dans son livre *Libyan Sands*, le pouvoir d'attraction de Zerzura tient moins à sa possible existence matérielle qu'à ce qu'elle représente : le frisson de l'exploration, la magie des lieux secrets, l'attrait de l'inconnu. Sur une planète où si peu de régions restent à cartographier, Zerzura entretient l'espoir qu'il existe encore des aventures à vivre et des mystères à élucider. Dans cette perspective, Zerzura sera toujours là, quelque part, même s'il n'y a plus rien à explorer, car ce qui sur un certain plan reste simplement une oasis perdue devient sur un autre quelque chose de plus fondamental, profondément enfoui en chacun de nous : le désir de connaître l'émerveillement de la découverte.

(Pour ceux qui souhaitent en savoir plus sur l'histoire de Zerzura et sur ceux qui l'ont faite, *The Lost Oasis : The Desert War and the Hunt for Zerzura*, de Saul Kelly, est de loin le meilleur ouvrage pour avoir une idée d'ensemble. Voir également *Zerzura, l'oasis légendaire du désert Libyque*, du professeur Théodore Monod et du géophysicien Edmond Diemer.)

# GLOSSAIRE

**Aboutreika, Mohamed (né en 1978) :** Footballeur égyptien, surnommé « le Zinédine Zidane égyptien ». Joue dans l'équipe d'Al Ahly.

**Abydos :** Centre de culte du dieu Osiris. On y trouve les tombeaux de certains des plus anciens pharaons d'Egypte et aussi le spectaculaire temple mortuaire du pharaon Séti Ier. Situé à quatre-vingt-dix kilomètres au nord de Louxor.

**Ahmadinejad, Mahmoud (né en 1956) :** Président de la République islamique d'Iran.

**Aïsh baladi :** Pain pita grossier à base de farine complète.

**Akhenaton :** Pharaon de la XVIIIe dynastie (Nouvel Empire). Règne : v. 1353-1335 av. J.-C. Généralement considéré comme le père de Toutankhamon.

**Al Ahly :** Célèbre club de football cairote, fondé en 1907 (par l'Anglais Mitchell Ince). Il existe une rivalité intense et souvent violente entre ses joueurs, surnommés les Diables rouges, et ceux de l'autre grand club du Caire, le Zamalek. Al Ahly veut dire « national » en arabe.

**Al-Ahram :** Littéralement, « les pyramides ». Le quotidien égyptien le plus vendu.

**Almásy, Ladislav (László) (1895-1951)** : Aristocrate hongrois, pilote, passionné d'automobile et voyageur du désert, l'un des pionniers de l'exploration du Sahara au début du XXe siècle.

**Amon-Rê :** L'un des dieux officiels du Nouvel Empire, dont le principal centre de culte se trouvait à Waset, l'actuelle Louxor. La réunion des dieux Rê et Amon.

**Ancien Empire :** Le premier des trois grands empires de l'Egypte ancienne. Il a duré de la IVe à la VIIIe dynastie et environ de 2575 à 2134 av. J.-C. C'est pendant l'Ancien Empire que les pyramides ont été construites.

**Ankh :** Symbole cruciforme qui, dans l'Egypte ancienne, représentait la vie.

**Apep :** Un esprit du mal et du chaos. Il vivait dans d'éternelles ténèbres et prenait la forme d'un énorme serpent.

**ARCE :** Le Centre de recherches américain en Egypte.

**Ascension libre :** Ascension sans l'aide de matériel. Cordes, pitons, etc., ne servent qu'à assurer une protection. L'opposé est l'ascension aidée.

**Ash :** Dieu du désert de l'Egypte ancienne, particulièrement lié aux oasis.

**Ashmolean :** Musée d'Oxford spécialisé dans l'art et l'archéologie. Il possède une importante collection d'objets égyptiens.

**Astroman :** Voie d'ascension de la Washington Column dans le parc national de Yosemite (E.-U.).

**Atoum :** Littéralement, « le tout ». Divinité primordiale égyptienne de la création. Souvent associée au dieu-soleil Rê, ce qui donne le nom composite Rê-Atoum.

**Badarienne (culture) :** Culture néolithique qui fleurit dans la partie sud de la vallée du Nil vers 4500 av. J.-C. Appelée ainsi en référence à El-Badari, près d'Assiout, le site où cette culture a été identifiée pour la première fois.

**Bagnold, Ralph Alger (1896-1990) :** L'un des grands pionniers de l'exploration du Sahara à la fin des années 1920 et au début des années 1930 (entre autres randonnées épiques, ce militaire effectua la première traversée est-ouest de la Grande Mer de Sable, en 1932). Pendant la Seconde Guerre mondiale, il fonda le légendaire Long Range Desert Group. Il fut aussi un scientifique de renom, dont le livre sur les mouvements des dunes, *The Physics of Blown Sand*, reste encore aujourd'hui un ouvrage de référence.

**Ball, John (1872-1941) :** L'un des premiers explorateurs du désert occidental. A découvert Abou Ballas, ou la colline des Poteries, en 1916. Il a écrit de nombreux articles sur le désert et l'oasis perdue de Zerzura.

**Banou Soulaïm :** Tribu bédouine d'Afrique du Nord.

**Beato, Antonio (1825-1906) :** Photographe anglo-italien à qui l'on doit de nombreuses photos des monuments et du peuple égyptiens.

**Bedja :** Récipient en forme de cloche dans lequel les anciens Egyptiens moulaient le pain.

**Benben :** Pierre en forme d'obélisque vénérée dans l'ancien temple du soleil d'Iounou.

**Bénou :** Oiseau sacré étroitement associé au dieu créateur Rê-Atoum. Il était représenté sous forme soit de héron, soit de hoche-queue jaune. Considéré par beaucoup d'érudits comme le prototype du phénix.

**Bersiim :** Variété de trèfle utilisée comme fourrage en Egypte.

**Beyrouth (attentat contre l'ambassade américaine) :** Attentat suicide du 18 avril 1983, au cours duquel un camion chargé d'explosifs a percuté le bâtiment de l'ambassade des Etats-Unis, tuant soixante-trois personnes. L'Organisation du Jihad islamique en a revendiqué la responsabilité, mais la plupart des analystes pensent que le mouvement du Hezbollah, soutenu par l'Iran, était derrière ces atrocités.

**Beyrouth (attentat contre le QG des Marines) :** Double attentat du 23 octobre 1983 visant la Force internationale de maintien de la paix déployée pendant la guerre civile libanaise (1975-1991). Des camions chargés d'explosifs ont été lancés contre le quartier général des Marines, à l'aéroport international de Beyrouth, et contre la caserne voisine des troupes françaises, tuant deux cent quarante et un militaires américains, cinquante-huit paras français et cinq Libanais. On estime généralement que cet attentat a été commis par des militants du Hezbollah.

**Blix, Hans (né en 1928) :** Diplomate suédois qui, de 2000 à 2003, a dirigé l'Unmovic (United Nations Monitoring, Inspection and Verification Commission), chargée d'enquêter sur les armes de destruction massive en Irak.

**Butneya :** Quartier du Caire connu pour ses voleurs et revendeurs de drogue.

**Carcadet :** Boisson rafraîchissante à base d'infusion de pétales d'hibiscus, répandue dans toute l'Egypte.

**Carter, Howard (1874-1939) :** Archéologue anglais qui découvrit en 1922 la tombe du pharaon-enfant Toutankhamon, la plus grande découverte de l'histoire de l'archéologie égyptienne. Lorsqu'il regarda dans la tombe pour la première fois et que son compagnon et mécène lui demanda s'il voyait quelque chose, il prononça ces paroles immortelles : « Oui, des choses merveilleuses ! »

**Cartouche :** Ovale allongé entourant le nom d'un pharaon.

**Champs bénis de Iarou :** Expression d'Egypte ancienne désignant la vie après la mort. Iarou fut parfois orthographié « Ialou », qui, selon plusieurs érudits, renvoie à l'expression « Champs Elysées ».

**Chicha :** Pipe à eau. On en trouve dans les cafés et chez les particuliers, en Egypte et dans tout le Moyen-Orient.

**Chiisme :** L'un des deux grands courants musulmans (l'autre étant le sunnisme). Si les chiites et les sunnites partagent les mêmes préceptes de base de leur foi, il existe entre eux des différences. Avant tout, les chiites estimaient qu'à la mort du prophète Mahomet son cousin et gendre Ali aurait dû lui succéder au califat, et non son ami et conseiller Abou Bakr. Pour les chiites, l'autorité spirituelle appartient uniquement à la famille proche du prophète, les imams étant directement nommés par Allah. Le nom est l'abréviation de l'arabe *shia'atou ali*, les partisans ou le parti d'Ali. Seuls 10 à 15 % des musulmans sont chiites, bien qu'ils soient majoritaires en Iran et en Irak.

**« Choukran awoui » :** « Merci beaucoup. »

**Clayton, Patrick (1896-1962) :** Topographe, militaire et explorateur britannique. Il cartographia d'importantes zones du désert occidental dans les années 1920 et 1930. Deux autres Clayton ont également joué un rôle de premier plan dans l'exploration du Guilf Kébir dans les années 1930 : l'aviateur britannique sir Robert Clayton-East-Clayton (1908-1932), qui donna son nom à la formation géographique dite « cratères de Clayton », et sa femme, lady Dorothy Clayton-East-Clayton (1908-1933), qui inspira le personnage joué par Kristin Scott Thomas dans le film *Le Patient anglais*.

**Coinceur à cames (*ou friend*) :** Il s'agit d'un coinceur pourvu de cames : on compresse, on place le *friend* dans la fissure et on relâche, les cames se mettent en place sur le rocher. Plus on tire sur le *friend*, plus il se verrouille. Facile à poser et polyvalent. Un coinceur est une pièce métallique (la plupart du temps) utilisée en cascade pour la protection. Il sert principalement en montagne et en terrain difficile, se coinçant dans les fissures du rocher. Il permet de créer des points d'assurage mobiles et récupérables.

**Conseil suprême des antiquités :** Service du ministère égyptien de la Culture, responsable de tous les travaux d'archéologie et de conservation ainsi que des monuments d'Egypte.

**Copte :** Chrétien d'Egypte. Les coptes forment l'une des communautés chrétiennes les plus anciennes du monde ; elle date du Ier siècle après J.-C., au moment où saint Marc apporta l'Evangile en Egypte. Ils représentent approximativement 10 % de la population de l'Egypte moderne. Le mot « copte » est dérivé du grec ancien *aigyptos*, qui vient de l'ancien égyptien *hout-ka-Ptah*, la maison de l'esprit Ptah.

**Cunéiforme :** Ecriture mésopotamienne ancienne en forme de clou (du latin, *cuneus*).

**David-Neel, Alexandra (1868-1969) :** Exploratrice, aventurière, mystique et auteure française, rendue célèbre par ses voyages au Tibet et dans l'Himalaya. Elle a été la première Européenne à entrer dans la ville interdite de Lhassa, en 1924[1].

**Dead hang :** Technique d'escalade dynamique dans laquelle la prise est saisie à la limite du mouvement vers le haut. Elle exerce une contrainte minimale sur la prise et les bras.

**Deadman :** Le fait de rester suspendu dans le vide le bras tendu, de façon à minimiser la tension musculaire.

**De Lancey Forth, Nowell Barnard (1879-1933) :** Militaire et explorateur du désert australien. Il a servi dans le Corps des chameliers du Soudan, de 1907 à 1916.

**Deshret :** Littéralement, « pays rouge ». Terme utilisé par les anciens Egyptiens pour désigner le désert aride qui s'étend des deux côtés du Nil.

**Djed :** Symbole de stabilité de l'Egypte ancienne consistant en une colonne surmontée de quatre branches horizontales. On considère qu'il représente la colonne vertébrale du dieu Osiris.

**Djédéfré :** Pharaon de la IV^e^ dynastie (Ancien Empire), fils de Khoufou. Règne : v. 2528-2520 av. J.-C. Son nom est parfois orthographié Rê-Djédéfré.

**Djellaba :** Robe longue traditionnelle portée par les hommes et les femmes musulmans.

**Djoser :** Pharaon de la III^e^ dynastie (Ancien Empire). Règne : v. 2630-2611 av. J.-C. Sa pyramide à degrés de Saqqarah, juste au sud du Caire, a été la première construction monumentale en pierre au monde.

**Duco :** Ciment à base de nitrate de cellulose très utilisé pour la réparation et la conservation des objets archéologiques.

**Dynastie :** L'historien égyptien Manéthon (III^e^ siècle av. J.-C.) a classé les pharaons et autres souverains d'Egypte en trente et une dynasties. Ce cadre dynastique est resté la base de la chronologie de l'histoire ancienne égyptienne. Les dynasties ont été ensuite regroupées en empires et périodes.

**Dynastie (III^e^) :** La dernière des trois dynasties de la Première Période dynastique. Elle a duré de 2649 à 2575 av. J.-C.

---

1. Déguisée en mendiant. (*N.d.T.*)

**Dynastie (XVIIIe) :** Dynastie inaugurale du Nouvel Empire. Elle comprend certains des pharaons les plus grands et les plus connus, dont Thoutmès III, Aménophis III, Akhenaton et Toutankhamon.

**El Capitan :** Paroi rocheuse granitique à pic haute de neuf cent dix mètres dans le parc national de Yosemite (E.-U.). L'un des « grands murs » les plus célèbres du monde. Sa première ascension est l'œuvre, en 1958, de Warren Harding, Wayne Merry et George Whitmore, qui ont ouvert une route appelée le Nez.

**Empire :** L'histoire de l'Egypte ancienne couvre près de trois mille ans, du premier avènement d'un Etat-nation unifié, vers 3000 av. J.-C., à la mort de Cléopâtre, en 30 av. J.-C. Elle comporte trois longues périodes d'unité nationale et de gouvernement central puissant, appelées l'Ancien, le Moyen et le Nouvel Empire.

**Ennéade :** Groupe de neuf divinités (« Ennéade » vient du mot grec *ennea*, « neuf ») associé au grand temple du soleil d'Iounou (Héliopolis). Il s'agit d'Atoum, Shou, Tefnout, Geb, Nout, Osiris, Isis, Seth et Nephthys.

**Fairouz (née en 1935) :** Célèbre chanteuse libanaise, de son vrai nom Nouhad Haddad.

**Fao (péninsule de) :** Péninsule stratégiquement importante, à la pointe sud de l'Irak. Théâtre d'un âpre conflit durant la guerre Iran-Irak de 1980-1988.

**Fatir :** Genre de crêpe.

**Fellâhin (*sing.* fellâh) :** Paysans égyptiens.

**Fosse à bateaux :** Un certain nombre de sépultures royales égyptiennes comportaient des fosses contenant des barques grandeur nature. Cinq de ces fosses entourent la grande pyramide de Khoufou (Khéops) à Guizèh, dont deux, découvertes en 1954, renfermaient des bateaux intacts.

**Freerider :** Voie menant au sommet d'El Capitan, dans le parc national de Yosemite (E.-U.).

**Gézira Sporting Club :** Complexe sportif de vingt-cinq hectares sur l'île de Gézira, dans le centre du Caire.

**Gouvernorat de la Nouvelle Vallée :** L'une des régions administratives d'Egypte, qui couvre le sud-ouest du pays et comprend les oasis de Kharga, Dakhla et Al-Farafra, ainsi que le Guilf Kébir. Sa capitale est Kharga.

**Grande Mer de Sable :** Vaste région de dunes d'une superficie de trois cent mille kilomètres carrés, située dans l'ouest de l'Egypte et l'est de la Libye.

**Guizèh :** Plateau désertique (et ville) dans la périphérie ouest du Caire, où sont situés les pyramides, le sphinx et de nombreux autres vestiges archéologiques.

**Hafeez, Sayed Abd-el (né en 1977) :** Footballeur égyptien (milieu de terrain). Ancien capitaine d'Al Ahly.

**Hamas :** Mouvement islamique nationaliste palestinien militant, fondé en 1987. Hamas est à la fois le mot arabe qui signifie « zèle » et l'acronyme inversé de « Mouvement de résistance islamique ».

**« Hamdoulillah » :** Littéralement, « Loué soit Allah ».

**Hassanein Bey, Ahmed Mohammed (1889-1946) :** L'une des grandes figures de la politique, de la culture et de l'exploration en Egypte au début du XXe siècle. En 1922-1923, il se lança dans une expédition de huit mois et trois mille six cents kilomètres à travers le Sahara, de Sollum, sur la côte méditerranéenne d'Egypte, à El-Obeid, au Soudan, au cours de laquelle il découvrit les djébels Oueinat et Arkenou, jusque-là inconnus.

**Hatshepsout :** Reine de la XVIIIe dynastie (Nouvel Empire), qui gouverna l'Egypte de 1473 à 1458 av. J -C. Son temple mortuaire, sur la rive occidentale du Nil à Louxor – l'un des monuments les plus spectaculaires d'Egypte –, a été le théâtre d'un massacre de triste mémoire en 1997, qui vit des extrémistes islamiques assassiner cinquante-huit touristes et quatre Egyptiens.

**Héliopolis :** Littéralement, « Cité du Soleil ». Nom grec de l'ancienne ville-temple égyptienne d'Iounou.

**Hezbollah :** Littéralement, « parti de Dieu ». Groupe islamique chiite militant basé au Liban.

**Hiérakonpolis :** Site archéologique extrêmement important de Haute-Egypte. Appelé Nekhen par les anciens Egyptiens, ce fut l'un des premiers centres urbains connus de la vallée du Nil : on a la preuve qu'il était habité dès 4000 av. J.-C.

**Hiératique :** Forme cursive de hiéroglyphes. L'equivalent dans l'Egypte ancienne de l'écriture attachée.

**Holocène :** Période géologique qui va d'environ 10000 av. J.-C. à aujourd'hui.

**Horus :** Ancien dieu égyptien, fils d'Isis et d'Osiris. Représenté avec un corps humain et une tête de faucon.

**Hypostyle :** Grande salle dont le toit est soutenu par des colonnes.

**Imma (*pl.* immam) :** Foulard ou turban porté par les hommes dans toute l'Egypte.

**Iounou :** L'une des trois grandes villes de l'Egypte ancienne, avec Mennefer (Memphis) et Waset (Thèbes/Louxor). Situé dans ce qui est maintenant la partie nord du Caire, c'était un site d'une immense importance religieuse, où se trouvait un vaste ensemble d'édifices religieux consacrés au dieu Rê-Atoum.

**Isis :** Ancienne déesse égyptienne. Femme d'Osiris et mère d'Horus. Protectrice des morts.

**Itérou :** Ancienne unité de mesure égyptienne, équivalant à environ dix kilomètres cinq cents. Egalement, ancien nom du Nil.

**Jihad islamique :** Groupe islamique palestinien militant, fondé à la fin des années 1970.

**Jihaz amn al-douala :** Services de sécurité égyptiens.

**Karnak :** Vaste ensemble d'édifices religieux situé juste au nord de Louxor, dont les édifices ont été bâtis sur une période de deux mille ans. Il était consacré au dieu Amon, mais on y rendait un culte à de nombreuses autres divinités.

**Kémal el-Din, Hussein (1874-1932) :** Millionnaire égyptien de sang royal et explorateur du désert. Il a découvert et nommé le Guilf Kébir en 1926. Un monument, érigé par Ladislav Almásy, lui est consacré, à l'extrémité sud du Guilf.

**Kemet :** Littéralement, « pays noir ». Le mot par lequel les anciens Egyptiens désignaient leur pays. « Egypte » ou « Aigyptos », corruption de l'égyptien *hout-ka-Ptah*, la demeure de l'esprit Ptah, fut employé pour la première fois par les Grecs de l'Antiquité.

**Kenem :** Ancien nom de l'oasis de Kharga.

**Khan el-Khalili :** Grand bazar du Caire où l'on vend de tout, bijoux, pipes chisha, pierres précieuses, objets en cuir, etc.

**Khâsékhem (mort vers 2649 av. J.-C.) :** Roi de la IIe dynastie. Il a bâti un certain nombre d'édifices monumentaux, dont une immense tombe à Abydos.

**Khépri :** Ancien dieu égyptien de la création, du renouveau, de la renaissance et du soleil de l'aube. Il était représenté avec un corps humain et une tête de scarabée ou de bousier.

**Khet :** Ancienne unité de mesure égyptienne équivalant à cinquante-deux mètres cinquante.

**Khomeiny, Ruhollah (1902-1989) :** Chef religieux iranien, leader de la révolution iranienne de 1979. Chef suprême religieux et politique de l'Iran de 1979 à 1989.

**Khoufou :** Pharaon de la IVe dynastie (Ancien Empire), bâtisseur de la grande pyramide de Guizèh. Appelé aussi Chéops, la version grecque de son nom.

**Koufra :** Vaste oasis du sud-est de la Libye.

**Liste des rois de Turin :** Papyrus hiératique qui daterait du règne de Ramsès II (1290-1224 av. J.-C.) et comporte une liste de tous les souverains de l'Egypte ancienne jusqu'au Nouvel Empire. Quoique très abîmé et incomplet, il a été d'une aide précieuse pour établir la chronologie des rois égyptiens. Découvert en 1822 par le voyageur italien Bernardino Drovetti, il est exposé au Musée égyptien de Turin.

**Long Range Desert Group :** Unité d'opérations spéciales de l'armée britannique durant la Seconde Guerre mondiale. Fondée en 1940 par Ralph Bagnold, elle effectua des reconnaissances, un travail de renseignement et des missions de sabotage dans le Sahara.

**Lugal-Zagesi :** Roi d'Oumma, une cité-Etat sumérienne. Règne : v. 2375-2350 av. J.-C.

**Macchad :** Deuxième ville d'Iran par son importance et l'un des sites les plus saints de l'islam chiite.

**Mahfouz, Naguib (1911-2006) :** Ecrivain égyptien lauréat du prix Nobel, à qui on attribue le mérite d'avoir fait connaître la littérature arabe au-delà des frontières.

**Majnoon (îles) :** Zone stratégiquement importante du sud de l'Irak, site de nombreux gisements de pétrole et de gaz.

**Manéthon :** Prêtre gréco-égyptien dont l'*Ægyptiaca*, ou *Histoire de l'Egypte*, est une source essentielle pour l'étude de l'Egypte ancienne. L'œuvre originale ne nous est pas parvenue et n'est connue que grâce à des passages cités par d'autres auteurs de l'Antiquité. On ne sait pratiquement rien de Manéthon lui-même, sinon qu'il a vécu à Sébennytos, une ville du delta du Nil, au IIIe siècle avant J.-C.

**Manshiet Nasser :** Quartier du Caire, à la lisière est de la ville. Y vivent les Zabbaleen, les éboueurs de la capitale. C'est l'un des seuls endroits de la ville où l'on voit des cochons.

**Meh-nsw** (*pl.* **meh-nswt**) : Ancienne mesure égyptienne, la coudée royale, équivalant à cinq cent vingt-cinq millimètres.

**Midan Tahrir :** Littéralement, « place de la Libération ». Vaste place au centre du Caire, plaque tournante de la ville.

**Mnévis :** Taureau auquel on rendait un culte au temple du soleil d'Iounou. Considéré comme l'incarnation du dieu suprême Rê-Atoum.

**Molocchia :** Plat égyptien à base de feuilles de mauve en ragoût.

**Moubarak, Hosni (né en 1928) :** Président d'Egypte depuis 1981. Sa femme, Suzanne, est une philanthrope bien connue.

**Moyen Empire :** L'un des trois grands empires de l'Egypte ancienne. Il s'étend de la XI^e^ à la XIV^e^ dynastie et d'environ 2040 à 1640 av. J.-C.

**Muezzin :** Fonctionnaire subalterne chargé d'annoncer, du haut des minarets des mosquées, les cinq prières quotidiennes.

**Nakht :** Scribe de l'Egypte ancienne dont la tombe, à Louxor, sur la rive occidentale du Nil, est ornée de belles scènes peintes de la vie quotidienne égyptienne, représentant notamment des musiciennes et des danseuses.

**Naqada :** Culture prédynastique à laquelle a été donné le nom de la ville de Naqada – l'ancienne Noubt –, où ses vestiges ont été pour la première fois identifiés (par l'archéologue anglais Flinders Petrie). L'époque Naqada a duré d'environ 4400 à 3000 av. J.-C. Elle a joué un rôle essentiel dans l'unification de l'Egypte.

**Nasser, Gamal Abdel (1918-1970) :** Deuxième président d'Egypte, de 1956 à 1970. Il a été l'un des chefs de la révolution égyptienne du 23 juillet 1952 et une figure majeure de la politique arabe au XX^e^ siècle.

**Nécropole :** Littéralement, « cité des morts ». Synonyme de cimetière.

**Néfertiti :** Epouse royale du pharaon de la XVIII^e^ dynastie Akhenaton. Son nom signifie « la belle est venue ».

**Neith :** Principale épouse, demi-sœur et cousine du pharaon Pépi II, de la VI^e^ dynastie. C'est aussi le nom d'une ancienne déesse égyptienne de la guerre.

**Néolithique :** Dernière période de l'âge de pierre. En Egypte, il a duré de 6000 à 3500 av. J.-C., les dates exactes étant toujours l'objet de débats.

**Neuf Arcs (les) :** Les ennemis traditionnels de l'Egypte ancienne.

**Newbold, sir Douglas (1894-1944) :** Explorateur britannique qui a longuement sillonné le désert libyen pour le compte du Service politique du Soudan, dans les années 1920 et 1930.

**Nisou :** Mot utilisé par les anciens Egyptiens pour désigner un roi ou tout autre souverain. Le terme « pharaon », de *Per-aa*, « Grande Maison », n'a commencé à être usité qu'au cours de la XVIIIe dynastie (v. 1550-1307 av. J.-C.).

**Nomarque :** L'Egypte ancienne était divisée en quarante-deux nomes, ou districts administratifs, chacun dirigé par un nomarque. Dans les périodes de délitement de l'autorité, les nomarques rompaient souvent avec le gouvernement central et gouvernaient comme des seigneurs indépendants.

**Nose (the) :** Le Nez. Voie d'accès au sommet d'El Capitan dans le parc national de Yosemite (E.-U.). L'une des ascensions les plus difficiles au monde, si ce n'est la plus difficile.

**Nout :** Ancienne déesse égyptienne des cieux.

**Nouvel Empire :** Le dernier des trois empires de l'Egypte ancienne. Il va de la XVIIIe à la XXe dynastie et d'environ 1550 à 1070 av. J.-C. Certains des pharaons les plus célèbres de l'histoire égyptienne, comme Toutankhamon et Ramsès II, ont régné durant cette période.

**Omm :** « Mère », en arabe.

**Osiris :** Ancien dieu égyptien des enfers.

**Ostracon :** Tesson de poterie, ou coquille, sur lequel figure un dessin ou un texte. L'équivalent antique d'une page de bloc-notes ou d'un post-It.

**Oued :** Mot arabe désignant une vallée et/ou le lit asséché d'un cours d'eau.

**Oxyrhynchos :** Site archéologique exceptionnel de Moyenne-Egypte, près de l'actuelle ville d'el-Bahnasa. Une multitude de papyrus grecs de la Période tardive de l'histoire égyptienne, y compris des fragments perdus ou inconnus auparavant d'anciens poèmes ou drames et des premiers écrits chrétiens, y ont été retrouvés, dans d'anciennes décharges à ordures.

**Paléolithique :** Période la plus ancienne des temps préhistoriques, époque à laquelle les humains étaient encore des chasseurs-cueilleurs nomades. En Egypte, elle a duré de 700000 à 10000 av. J.-C., bien que ces dates soient encore très discutées.

**Pépi II :** Pharaon de la VIe dynastie. Le dernier grand souverain de l'Ancien Empire. Son titre royal complet était Néfer-ka-Rê Pépi. Il a régné de 2246 à 2152 av. J.-C., le règne connu le plus long de l'histoire mondiale de la monarchie.

**Peret :** L'une des trois saisons en lesquelles était divisée l'année égyptienne (les deux autres étant Akhet et Shémou). C'était la saison des semailles et de la croissance ; elle durait en gros d'octobre à février.

**Période gréco-romaine :** La période finale de l'histoire de l'Egypte ancienne, qu'inaugure la conquête de l'Egypte par Alexandre le Grand en 332 av. J.-C. et qui s'achève en 395 après J.-C. Le dernier souverain égyptien du pays fut Cléopâtre, qui mourut en 30 av. J.-C., après quoi l'Egypte fut gouvernée directement par Rome.

**Période intermédiaire :** Les trois grands empires de l'Egypte ancienne étaient séparés par trois « périodes intermédiaires », qui virent l'autorité centrale s'effondrer et le pouvoir devenir local, sans qu'un roi unique ait gouverné toute la vallée du Nil.

**Période prédynastique :** Période immédiatement antérieure au début de l'Egypte pharaonique, durant laquelle les éléments de base de la civilisation égyptienne se sont développés et unis.

**Période tardive :** Comme le nom l'indique, c'est la période qui couvre les dernières années de l'Etat égyptien, pendant lesquelles l'autorité centrale fut rétablie dans une certaine mesure après la confusion de la Troisième Période intermédiaire.

**Petrie, William Matthew Flinders (1853-1942) :** Archéologue et égyptologue. Il a beaucoup travaillé en Egypte et en Palestine, et a établi bon nombre des règles de base de l'archéologie moderne. Surnommé « le père des pots », car il était passionné de poterie ancienne.

**Pétroglyphe :** Gravure sur pierre.

**Piastre :** Unité de base de la monnaie égyptienne.

**Piton :** Morceau de métal plat, long et pointu, que les alpinistes enfoncent dans les fissures des rochers pour servir de points d'appui.

**Première Période dynastique :** Première période de l'histoire égyptienne écrite, qui remonte au temps où la vallée du Nil a été unifiée en un seul Etat. Elle comprend les trois premières dynasties de l'Egypte ancienne et s'étend de 2920 à 2575 av. J.-C.

**Première Période intermédiaire :** La première des trois périodes intermédiaires qui séparaient les trois grands empires de l'Egypte ancienne. Elle a duré de 2134 à 2040 av. J.-C. et, après le fort gouvernement central de l'Ancien Empire, a vu la fragmentation de l'Etat égyptien.

**Ptah :** Ancien dieu égyptien des artisans, adoré dans la ville de Mennefer (Memphis). Dans certaines mythologies égyptiennes, il est considéré comme le dieu créateur suprême. Représenté sous la forme d'un homme barbu à la tête rasée, gainé dans une momie.

**Pylône :** Porte monumentale placée à l'entrée des temples égyptiens, s'ouvrant entre deux constructions massives de forme trapézoïdale.

**Rappel :** Corde attachée à un amarrage permettant de franchir un ressaut à l'aide d'un descendeur.

**Rê** (ou **Râ**) : Dieu du soleil de l'Egypte ancienne.

**Rê-Atoum :** Réunion du dieu-soleil Rê et du dieu créateur Atoum.

**Rê-Horakhty :** Dieu de l'Egypte ancienne qui réunit les attributs des dieux Rê et Horus, et l'un des dieux officiels du Nouvel Empire. Généralement représenté sous la forme d'un homme à tête de faucon.

**Relief :** Saillie d'une figure, d'un ornement ou d'un texte sur une surface de pierre plane. Bas- ou haut-relief, par opposition aux gravures en creux.

**Rohlfs, Friedrich Gerhard (1831-1896) :** Géographe, aventurier et explorateur allemand. Il a longuement sillonné le Sahara et a effectué une traversée historique sud-nord de la Grande Mer de Sable en 1874.

**« Sahebee » :** « Mon ami » (de *saheb*, « ami »).

**Saïdi :** Natif de la Haute-Egypte (sud). Les Saïdis ont généralement la peau plus foncée que les natifs de la Basse-Egypte (nord)

**Saïs :** Mot souvent placé avant les noms en arabe égyptien comme titre de politesse.

**Salle des Deux Vérités :** La salle où, selon la mythologie de l'Egypte ancienne, le poids du cœur du défunt était comparé à celui d'une plume de Maat, la vérité. Si on estimait que le défunt n'avait pas fait de mal, il était autorisé à rejoindre Osiris dans la vie après la mort.

**Sarcophage :** Du grec *sarx*, *sarkos*, « chair », et *phagein*, « dévorer ». Grand réceptacle en pierre dans lequel on place un cadavre ou un cercueil.

**Scarabée :** Animal considéré comme sacré par les anciens Egyptiens.

**Sélima (nappe de sable de) :** Vaste région plate essentiellement sablonneuse, d'une superficie approximative de soixante mille kilomètres carrés, située dans le sud de l'Egypte et le nord du Soudan.

**Senoussis :** Membres d'un ordre religieux musulman (la Senoussiya) fondé au XIXe siècle et basé en Libye.

**Senwosret Ier :** Pharaon de la XIIe dynastie (Moyen Empire). Règne : v 1971-1926 av. J.-C.

**Seshat :** Déesse de l'écriture, de l'arithmétique, de l'architecture et de l'astronomie chez les anciens Egyptiens.

**Seth :** Dieu des tempêtes, du chaos, des ténèbres et du désert.

**Séti Ier :** Pharaon de la XIXe dynastie (Nouvel Empire), père de Ramsès II. Règne : v. 1306-1290 av. J.-C.

**Shaal :** Grand foulard semblable à un châle.

**Shedeh :** Sorte de vin à base de raisin rouge. Très apprécié dans l'Egypte ancienne.

**Shepen :** Pavot. Utilisé médicalement par les anciens Egyptiens pour provoquer une somnolence.

**Sobek :** Ancienne divinité égyptienne représentée avec un corps d'homme et une tête de crocodile. Sobek était non seulement le dieu du Nil, mais aussi le protecteur du pharaon et des dieux Rê et Seth.

**Solo :** Ascension en solitaire.

**Stark, Freya (1893-1993) :** Voyageuse, exploratrice et auteure, célèbre pour ses voyages sans précédent au Moyen-Orient et en Arabie. Elle a été faite dame de l'Empire britannique en 1972.

**Stèle :** Monument monolithe formé d'une pierre placée debout et revêtu d'images et d'inscriptions.

**Sunnisme :** Le plus important des deux courants de l'islam (environ 84 % des musulmans du monde entier). Les sunnites considèrent Abou Bakr, le premier calife, comme le successeur légitime du prophète Mahomet et estiment que n'importe quel homme méritant peut diriger les fidèles, quelle que soit son ascendance.

**Taamiya :** Sorte de falafel égyptien.

**« Tamam » :** « Bon. »

**Tasienne (culture) :** Culture agricole néolithique, dont le nom vient de Deir Tasa, le site de Haute-Egypte où elle a été identifiée pour la première fois. Elle a fleuri vers 4500 av. J.-C.

**Tébou :** Tribu de nomades sahariens qui vivent en Libye et au Tchad.

**Téhéran (siège de l'ambassade américaine) :** Le 4 novembre 1979, quatre cents étudiants militants iraniens ont assiégé l'ambassade des Etats-Unis à Téhéran et pris soixante-six Américains en otages. Un petit nombre d'entre eux ont ensuite été libérés, mais cinquante-deux sont restés captifs pendant quatre cent quarante-quatre jours. Ils ont finalement été libérés, le 21 janvier 1981.

**Tin Hinan :** Reine mythique de la tribu des Touaregs.

**Tjaty :** Vizir. Le fonctionnaire de rang le plus élevé de l'Egypte ancienne.

**Torly :** Ragoût égyptien à base de viande – généralement de l'agneau ou du bœuf – et de légumes.

**Touria :** Houe. Très utilisée en agriculture et en archéologie par les Egyptiens.

**Toutankhamon :** Roi-enfant de la XVIIIe dynastie (Nouvel Empire), qui régna d'environ 1333 à 1323 av. J.-C. Sa tombe presque intacte, mise au jour en 1922 par l'archéologue anglais Howard Carter, représente la plus grande découverte de l'histoire de l'archéologie égyptienne.

**USAID :** Agence des Etats-Unis pour le développement international.

**Wadjet :** Symbole protecteur égyptien représentant l'œil du dieu-faucon Horus.

**Washington Column :** Pic granitique de trois cent cinquante mètres de hauteur, situé dans le parc national de Yosemite (E.-U.).

**Wilkinson, sir John Gardner (1797-1875) :** Voyageur, écrivain et égyptologue britannique, qu'on qualifie souvent de « père de l'égyptologie britannique ».

**Wingate, Orde (1903-1944) :** Aventurier et militaire britannique. Il a lancé en 1933 une expédition pédestre pour tenter de trouver Zerzura.

**Yosemite (parc national de) :** Parc naturel spectaculaire de trois mille kilomètres carrés sur les contreforts de la Sierra Nevada, dans l'est de la Californie. On peut y faire quelques-unes des escalades les plus difficiles au monde.

**Zabbaleen :** Communauté composée majoritairement de chrétiens coptes qui ramassent et recyclent les ordures du Caire. Leur mode de vie est actuellement menacé, les autorités de la ville ayant chargé des entreprises européennes de l'enlèvement des déchets.

**Zamalek :** Quartier du Caire qui occupe la partie nord de l'île de Gézira. C'est aussi le nom d'un des deux grands clubs de football de la ville. Surnommés les Chevaliers blancs, les joueurs du

Zamalek entretiennent une rivalité intense et parfois violente avec l'autre équipe majeure du Caire, Al Ahly.

**Zawty :** L'actuelle Assiout. Dans les temps anciens, c'était la capitale du treizième nome (district administratif) de la Haute-Egypte.

# Remerciements

Le nombre de personnes sans les avis et l'aide desquelles ce livre n'aurait jamais pu être écrit est important au point d'en être embarrassant. Avant tout, ma bien-aimée épouse Alicky, qui a toujours été là pour me prodiguer de sages conseils et des paroles apaisantes, et qui m'a supporté comme aucune autre femme n'aurait raisonnablement pu le faire pendant ces deux dernières années. La dette que j'ai envers elle est de celles qu'on ne pourra jamais rembourser.

Il en va de même pour mon agent, Laura Susijn, dont le soutien sans faille m'a permis de mener cette entreprise à son terme, et de mon éditeur, Simon Taylor, dont la patience est infinie.

Le professeur Stephen Quirke, du musée Petrie, m'a donné des conseils inestimables sur la langue, la mythologie et la religion de l'Egypte ancienne, et je dois ici m'excuser du flot de questions idiotes dont je l'ai harcelé et des libertés importantes que j'ai prises avec ses réponses. Le département de l'Egypte ancienne et du Soudan du British Museum m'a aidé également à combler mes lacunes concernant l'histoire et les hiéroglyphes d'Egypte. Merci tout particulièrement aux Dr Julie Anderson, John Taylor, Renee Friedman, Richard Parkinson, Neal Spencer et Derek Welsby, ainsi qu'aux Dr Nicole Douek, Clair Ossian, Nicholas Reeves et Robert Morkot, pour leurs conseils respectifs sur les oasis, la botanique, les hiéroglyphes et les obélisques de l'Egypte ancienne.

Le Dr Jon Taylor, conservateur des collections cunéiformes du British Museum, et le Dr Frances Reynolds, de la Faculté des études orientales de l'université d'Oxford, ont eu l'amabilité de m'apporter quelques lumières sur certains aspects de la langue sumérienne ancienne ; mes bons amis, les Dr Rasha Abdullah et Mohsen Kemal, ont fait de même à propos de l'arabe égyptien contemporain.

Jusqu'à récemment, je ne savais strictement rien de la varappe, du pilotage des avions et des ULM. Grâce aux personnes suivantes, je suis un peu moins ignorant : Ken Yager, de la Yosemite Climbing Association, Chris McNamara, de SuperTopo, Paul Beaver, les capitaines Iain Gibson et Alex Keith, Lucy Kimbell, de la Northamptonshire School of Flying, et Roger Patrick, de P & M Aviation. J'ignorais également tout de la contrebande des matières fissiles et de l'enrichissement de l'uranium. Les personnes suivantes m'ont généreusement accordé de leur temps pour m'éclairer : le professeur Matthew Bunn, de la John F. Kennedy School of Government de l'université de Harvard, Gregory S. Jones, de la RAND Corporation, Brent M. Eastman, de la Nuclear Smuggling Outreach Initiative du Département d'Etat américain, Ben Timberlake et Charlie Smith.

Un grand merci à John Berry pour m'avoir accueilli à l'ambassade des Etats-Unis au Caire, à Neil Gower pour ses superbes cartes, au lieutenant-colonel Brian Maka, du Pentagone, à Nashwa, de l'Egyptian Cultural Bureau de Londres, à Stephen Bagnold, Suzie Flowers, au Dr Saul Kelly, à Ken Walton, Peter Wirth et au personnel de la British Library.

L'un des plus grands plaisirs qui m'aient été donnés en écrivant ce livre a été de rencontrer deux groupes de gens très particuliers.

Grâce à Suzy Greiss, Magda Tharwat Badea et au personnel d'Association for the Protection of the Environment (APE), j'ai pu pénétrer et explorer le monde fascinant des Zabbaleen, qui depuis de nombreuses années ramassent et recyclent les ordures du Caire. Pour en savoir davantage sur eux et le travail inlassable de l'APE, on peut consulter www.ape.org.eg. Sylvia Smith et Richard Duebel m'ont fourni des informations générales essentielles et des intro ductions ; je leur en suis grandement redevable.

Le temps que j'ai passé avec les Bédouins de Dakhla est également inoubliable. *Choukran awoui* à Youssef, Sayed, El Hag Abdel Hamid Zeydan et Nasser Halel Zayed pour leur hospitalité, leurs lumières et les jours magiques vécus avec eux dans le désert. Si vous vous trouvez à Dakhla et souhaitez en apprendre davantage sur les Bédouins et leur culture, ne manquez de vous rendre au camp bédouin des Zeydan (www.dakhlabedouins.com).

Enfin, je tiens à citer deux grands amis : Peter Bowron et Paul Beard. Bien qu'ils n'aient pas participé directement à l'élaboration de ce livre, ils ont été très présents dans mes pensées ces derniers temps. Merci de votre gaieté et d'avoir enrichi ma vie. Vous êtes très regrettés et ne serez jamais oubliés.

*Composé par Nord Compo Multimédia*
*7, rue de Fives, 59650 Villeneuve-d'Ascq*

Cet ouvrage a été imprimé en France par

CPI
BUSSIÈRE

à Saint-Amand-Montrond (Cher)
pour le compte des Éditions Presses de la Cité
en mars 2010

N° d'impression : 101016/4.
Dépôt légal : mars 2010.